隋·唐演義

수·당연의

{제4권}

淸 저인확(褚人穫) 지음
진기환(陳起煥) 옮김

明文堂

차례

수·당연의
隋·唐演義

제61회

화우란은 연정을 참으며 정조를 지켰고, 두선랑은 상주하여 배필을 맺어주다.(花又蘭忍愛守身, 竇線娘飛章弄美.)

노래하기를,	詞曰,
새벽 바람과 지는 달에도,	(曉風殘月)
남을 위해 남북을 내달린다.	(爲他人驅馳南北)
청정 마음 하늘로 쏴 올리고,	(忍著淸貞空限貼)
마음에서 우러나오는 말,	(情言心語)
둘이 소근대며 말한다.	(兩兩低低說)
금방 피어난 해당화에 취해,	(沈醉海棠方見切)
서로 놀라 바로 볼 수 없다.	(驚看彼此眞難得)
상주 글을 구중궁궐에 올려,	(封章直上九重闕)
기꺼이 겸손히 물러나니,	(甘心退遜)

골짜기에 퍼지는 매화 향기.　　　（香透梅花峽）

— 곡조〈일곡주〉　　　　　— 調寄〈一斛珠〉

　세상에는 할려고 해도 할 수 없는 일이 많으나, 유독 인정이 많고 의리가 돈독한 사람은, 남녀를 불문하고 그런 일을 해낼 수 있다.

　그렇다면 왜 그러하겠는가?

　인정이 많고 의리를 기키는 사람은, 명철한 마음으로 본성을 깨달아 모든 일이 지극히 공정하고, 사익(私益)을 생각하지 않으며, 정도를 굳게 지키면서 상황에 따라 처리하기에 모든 일이 사리에 맞는다. 보통 사람이나 어리석은 사람이 눈앞의 이익만을 보면서 뒷일을 생각하지 않는 것과는 확실하게 다르다.

　연군왕(燕郡王) 나예(羅藝)의 아들 나성(羅成)은 화우란(花又蘭)과 장공근, 그리고 울지남, 울지북 형제와 함께 유주를 출발하였다.

　유주 관할 지역을 벗어나자, 화우란이 나공자에게 앞으로의 계획을 논의하였다.

　"공자님은 우선 뇌하(雷夏)에 있는 조후(曹后)의 묘지로 먼저 가시렵니까? 아니면 황제가 계신 장안(長安)으로 먼저 가시렵니까?"

　"난 우선 장안에 가서 상주하고 성지(聖旨)를 받고서 뇌하에 가려합니다."

"글쎄요? 그래선 안될 것 같습니다. 두선랑(竇線娘) 공주께서는 사려가 깊은 분입니다. 애초에 마상(馬上)에서 언약할 때에는 누구의 허락도 받을 수 없는 형편이었습니다. 그 뒤에는 국사가 분망하여 언약대로 실천하지 못했습니다. 그건 공자님이 박정해서가 아니니, 탓할 수도 없습니다. 그렇지만 의외로 두씨의 하(夏)나라가 망하고 가문이 파멸하여, 부모의 허락도 받을 수 없고, 중매인의 소개도 받을 수 없는 형편이 되고 말았습니다. 그래서 공주님은 공자님에게 머리를 숙여야 하는가? 아니면 중매인도 없이 그럭저럭 되는 대로 혼약을 따라야 하는가를 결정하기 전에 공자님의 뜻을 확실하게 알려고 공자님한테 서신을 썼으나, 직접 전달할 방도가 없이 언니 목란(木蘭)에게 부탁했습니다. 그러면서 옛 기억을 다짐 받으려 물증으로 화살을 보내드렸습니다. 제가 인정(人情)을 우선하여 헤아려 보니, 공자님은 박정했고 공주님은 옛정을 저버리지 않았습니다. 그런데 황제의 성지(聖旨)를 받아가지고 가서 청혼한다면, 공주님은 공자님을 고맙게 생각하기는 커녕 오히려 무시당한 순정 때문에 노여움만 느낄 것입니다. 공자님의 순정을 기다리고 기대하였지만 권세를 바탕으로 애정을 얻으려 한다면, 공주님이 아니라도 설령 저와 같은 평범한 여인도 달갑지 않을 것입니다. 공자님께서 은정(恩情)을 소중히 여기신다면, 왜 이런 점을 간과(看過)하십니까?"

화우란의 말을 들은 나공자는 저도 모르게 뜨거운 눈물을 흘리며, 화우란의 두 손을 잡고 말했다.

"그럼 내가 어떻게 해야 되겠소?"

"저의 소견으로는 조상(弔喪)한다는 명분으로 먼저 공주를 찾아가시는 것이 더 좋을 듯합니다. 공주님의 거동을 보면서 공주님의 뜻을 탐문해야지요. 옛 친구도 몇 년이나 헤어져 있으면 만나보고 싶은 생각이 간절해지는 법입니다. 하물며 사모한 분이니 더 말할 나위가 없습니다. 일단 공주님을 만난 뒤에 황제의 성지를 받아야 하기에 장안으로 가야 한다고 말씀하시면, 공주는 공자님의 부득이했던 사정도 이해하고, 또 공자님 진정에 감동받을 것이며 이후의 모든 일도 순조로울 것입니다."

공자는 화우란의 말을 듣고 감탄해 마지않았다.

"그대야말로 인정을 잘 알고 또 인정이 많은 분이요!"

나공자는 장공근을 비롯한 여러 사람들에게 낙수(樂壽)로 먼저 간다고 분부했다.

한편 두선랑은 화목란이 자결했다는 소식을 들은 그 이후로는 다른 아무런 소식도 듣지 못했다. 그래서 선랑은 밤이면 등불을 바라보거나 홀로 달을 바라보면서 눈물만 흘렸을 뿐 어찌하면 좋을지 그저 답답할 뿐이었다.

다행히 이웃에 사는 원자연과 작고하신 양의신(楊義臣)의 부인이 아들과 함께 자주 찾아와서 한담을 나눴고, 여정암(女貞庵)의 적(狄), 진(秦), 하(夏), 이(李) 부인도 선랑이 효녀라는 사실을 알고 또 원자연과 절친한 사이이기에 가끔 찾아와서 이야기를 나누기에 그래도 약간은 외로움을 덜 수 있었다.

선랑은 두태후가 하사한 혼수와 지참금에서 일부는 장례를 지내는데 지출했고, 나머지는 가윤보한테 맡겨서 부근에다가 제전(祭田) 약간을 사놓고 옛 군졸들을 불러다가 농사를 짓게 했다.

선랑은 집안을 엄하게 단속하고 관리했는데, 문지기는 이웃의 삼척동자라도 마음대로 드나들지 못하게 단속했다. 하루는 원자연과 함께 방 안에서 한담하고 있는데, 군졸 차림을 한 사람이 문발을 들어올리고 들어왔다.

원자연이 깜짝 놀라하는데, 선랑이 눈여겨보니 금령(金鈴)이었다.

"반갑네! 이제야 돌아왔구나! 화목란(花木蘭)은 왜 그런 변고를 당했으며, 넌 누구와 함께 왔느냐?"

금령이 절을 올리고 나서 말했다.

"앞서 오량(吳良)이 돌아올 때 저는 목란의 동생과 함께 남자로 변장하고 유주 나장군 관부로 찾아갔습니다. 그분은 편지와 증표를 보시더니 몹시 비통해 하시면서 화목란의 동생 화우란을 댁으로 안내해서 서재에서 반달 남짓 묵게 했습니다. 또 나군왕께서는 공자님과 공주님 사이에 언약이 있었던 것을 아시고 조정에 상주문을 올리려고 사람을 보내는 기회에 공자님을 동행하게 하셨습니다. 공자님이 낙수를 거쳐 가신다는 소식을 듣고 자사(刺

史)인 제선행(諸善行)께서 공자님을 성안으로 모셨습니다. 아마 내일이면 이곳에 오셔서 조후(曹后)를 조문하신 뒤 공주님에게 혼례식을 올릴 의향을 말씀드릴 겁니다. 지금 화우란 아가씨께서 문 앞에 와있습니다. 그분은 아주 재간 있는 여인이니 공주님께서 후하게 대우하셔야 합니다. 그분께 물으시면 상세한 내력을 알 수 있습니다."

그 말을 듣자, 선랑은 궁녀 서너 명과 함께 밖으로 맞이하러 나갔다. 금령은 나는 듯이 달려나가 화우란을 초당으로 안내했다. 선랑이 보니 생김새와 차림새가 예전의 나성과 비슷했기에 매우 의심스럽게 생각했다. 눈에서 정기를 뿜는 영특한 가인(佳人)이었다.

우란이 절을 하려고 하니, 선랑이 웃으면서 말했다.

"언니의 뜻을 저버리지 않고 나를 찾아왔구만. 어서 방 안에 들어가 옷을 갈아입고 인사를 나누세!"

선랑은 궁녀들을 불러서 우란을 곁방으로 데리고 들어가 비단 옷을 갈아 입히게 했다. 자세히 보니 우란은 언니보다 더 예뻤다.

공주는 원자연을 가리키면서 말했다.

"이분은 수나라 원씨(袁氏) 부인이신데, 나와 결의 자매를 맺었소. 소저도 나를 꺼리지 않는다면 언니가 맹세했던 것처럼 나와 벗이 되어 늘 한자리에 모이도록 하면 어떻겠나?"

"공주님의 말씀은 바로 제가 바라던 그대로입니다. 하지만 저 같이 비천한 사람이 공주님과 자매간이 되어서는 안 될 것입니다."

"그게 무슨 소린가?"

선랑은 시녀에게 주단을 펴놓게 했다. 원부인이 나이가 제일 많았고, 공주가 다음이었으며, 우란이 세 번째였다. 절을 네 번씩 하고 그들은 서로 언니 동생이라 불렀다.

연회석에 앉자, 선랑이 말했다.

"오량이 돌아와서 동생 언니의 참변을 얘기하니 난 가슴이 찢기는듯했어! 목숨을 바치면서도 뜻을 굽히지 않는 그런 효녀는 고금에 드물지. 그런데 나의 얼굴도 모르는 동생이 어찌하여 그 고생을 하면서 나(羅)공자님을 찾아가기까지 했나?"

"저는 비록 여인의 몸이지만 약속을 소중히 여깁니다. 언니가 공주님의 부탁을 받고 가셨다가 참변을 당했으니, 동생인 제가 어찌 고생이 두렵다고 언니의 뜻을 저버릴수 있겠습니까? 나공자님은 인정을 소중히 여기시는 분이어서 공주님의 편지와 증표를 보시더니 눈물을 흘리시며 읽고 또 읽으시면서 공주님을 생각하셨어요. 또 공자님의 뜻을 헤아리신 연군왕께서는 조정에 상주문을 올리는 기회에 공주님을 뵙고 정식으로 청혼하도록 말씀하셨지요."

선랑은 묵묵히 앉아 듣기만 하는데, 원자연이 말했다.

"그야말로 천생배필이로구만. 나공자가 찾아와서 청혼하면 동생은 쾌히 승낙해야겠어."

그러자 선랑이 겨우 웃으면서 말했다.

"언니를 먼저 출가시킨 다음에 생각해보겠습니다."

"그게 무슨 말인가? 태복(太僕)님의 유언이 있었고, 또 어머니께서 돌아가신 뒤, 서군(徐君, 서무공, 서세적)께서 재삼 간청하기에 하는 수 없어 응했을 뿐이야! 그렇지 않았으면 수절했을 거네. 어찌 다른 마음을 가질 수 있겠나?"

"저도 수절하려고 합니다. 언니께서는 권세가 있는 그분을 따르고, 저는 여기서 경서(經書)나 읽으면서 살면 됩니다."

그런 선랑이 방그레 웃으면서 다시 말했다.

"그런데 우란 동생이 나를 위해서 동서남북으로 뛰어다닌 수고가 수포로 되는게 아쉽군요."

그 말을 듣고 우란이 생각했다.

'이야기가 나한테로 돌려지는구나. 나는 나공자님과 두 달 동안 함께 지냈지만 내 몸이 깨끗한 것은 하늘은 아실 것이야!'

"두(寶) 언니께서 말씀하신 절개란 참 묘한 거지요. 절개를 지키기가 어려운 경우에 절개를 굳게 지켜야만 그 뜻을 말할 수가 있지요."

화우란은 워낙 주량이 컸다. 나공자와 함께 있는 기간에는 술을 마신 뒤 몸을 망칠까봐 두려워 술을 마실 줄 모른다고 잡아떼면서 아예 마시지 않았었다. 그런데 오늘은 여자들뿐이니 마음 놓고 마셨다.

그래서 만취한 그녀는 식탁에 엎드려 잠들었다. 원자연이 작별 인사를 하고 집으로 돌아간 다음, 선랑은 시녀에게 우란을 안아다가 자기 침상에 눕히게 하고, 금령을 불러서 그간의 일을 상세히 물었다.

"나장군께서도 처음엔 몰랐어요. 후에 소문을 듣고 우란을 건드려보시려고 여간 애쓰지 않았지요. 장군께서 애걸하시는 걸 들었어요. 하지만 우란은 하늘에 맹세를 다지면서 기어이 듣지 않더군요. 전 공주님을 만나 뵈었으니 똑똑히 말씀드려야겠어요. '공주님께서 혼례식을 올린 다음에야 공자님의 소원을 풀어 드릴 수가 있습니다!' 라고 말하더군요."

금령의 말을 듣고 선랑은 감격해 마지않았다.

"기특하구나! 나공자님도 군자답고 우란도 의녀(義女)답다. 내가 그 지경에 처해도 그렇게까지는 못하겠다. 우란이 정조를 지키면서 나한테 양도했으니, 나도 우란에게 보답을 해야겠다. 폐하께 올리는 나공자의 상주문이 조정에 당도하기 전에 내가 먼저 황후한테 상주하면 황후께서 내 마음을 알아주실거다."

두선랑 공주는 등불 아래서 상주문을 작성한 후 서기가 필사하여 밀봉하게 했다.

그리고 우문(字文) 소의(昭儀)[1]에게 편지 한 통을 더 썼다. 또 예

---

1 우문소의(字文昭儀, 591–634)─우문술(字文述)의 딸 우문사급(字文士及)의 여동생. 당고조 이연의 총애를 받았고, 아들도 둘이나 낳았다. 고조가 황후로 봉하려 했으나 고사하였다. 뒷날 서국태비(徐國

물을 두 몫으로 갖춰 많은 것은 황후에게 드리고, 적은 것은 우문소의에게 보내게 했다.

원래 손안조와 선랑이 두건덕을 구하려 할 때 금과 진주로 우문소의를 사귀었던 것이다. 그러니 오늘 그녀더러 황후에게 상주문과 예물을 전해달라고 부탁한 것이다.

이튿날 새벽 선랑은 오량과 금령에게 노자를 주어 상주문과 예물을 가지고 장안으로 떠나게 했다. 금령은 유주에서 연정을 느낀 나공부의 집사인 반미(潘美)를 만나지 못하고 떠나기가 아쉬웠다. 그래서 나공자가 가윤보 댁으로 가리라는 것을 알고, 반미가 가윤보네 집으로 찾아가서 두공주가 황후에게 상주문을 올린다는 것을 속히 나공자한테 알려달라고 당부했다. 금령은 돌아와서 행장을 수습해 가지고 오량과 함께 떠났다.

나공자가 낙수에 이르니, 낙수의 백성을 다스리는 제선행(諸善行)이 영접하며 술상을 차려 대접했다.

장공근이 두공주의 소식을 묻자, 제선행이 말했다.

"두(竇)공주야 말로 재간 있고 효성이 지극한 여인이지요. 조후를 닮아서 가정도 엄하게 단속합니다. 지금은 뇌하에 있는 묘소로 옮겨와서 살고 있지요. 두공주는 평소에 이웃에 살고 있는 은사(隱士) 가윤보의 말만 듣지요. 그래서 바깥 일은 모두 가윤보

_____

太妃)로 추존되었다.

의 말만 따릅니다."

장공근이 기뻐하면서 물었다.

"가윤보, 그분은 지금 어디 있습니까?"

"뇌하택(雷夏澤) 권석촌(拳石村)이란 곳에서 살고 있습니다. 진왕(秦王, 李世民)께서 여러 번 관직을 맡으라고 권하셨지만 그냥 은거해서 살고 있습니다."

울지남이 말했다.

"저희들이 진(秦) 백모님의(숙보 모친) 환갑을 축하하러 갔다가 그분 댁에서 묵은 적이 있습니다. 재능도 있고 인정도 깊은 분이지요. 많은 영웅들이 즐겨 그와 사귀려고 합니다. 공자님도 한번 찾아가 보십시오."

나공자는 수하 사람들에게 양의신(楊義臣) 태복을 조문할 향전(香奠, 賻儀)을 준비하고 조황후에게 제사를 지낼 돼지와 양을 마련하라고 분부했다.

나공자는 즉시 제선행과 함께 낙수를 떠나 가윤보의 집으로 찾아갔다. 가윤보는 금령한테서 이미 들었고, 또 두공주가 부탁했기에 묘지 앞에 휘장과 천막을 치고 제사 지낼 준비를 했다. 나공 일행이 문 앞에 이르자, 가윤보가 맞이하면서 인사를 나누었다. 나공자는 두공주와 올릴 혼례식에 관한 일을 이야기했다.

그 말을 듣자, 가윤보가 말했다.

"다른 여자라면 몰라도 영리하고 지혜로운 두공주의 마음은 가늠키가 어렵습니다. 공자님께서 청혼하러 오시는 줄을 알고 황후께 알려드리려고 벌써 장안에 사람을 보내기까지 했습니다. 보통 여인들 같으면 생각조차 할 수 없는 일이지요."

그 말을 듣자, 나공자는 가슴이 섬뜩했다.

장공근이 말했다.

"두공주의 상주문이 먼저 도착하겠군요. 그럼 우리가 먼저 도착하도록 어서 떠나야지요."

가윤보가 말했다.

"먼저 가나 늦게 가나 마찬가지입니다. 조문하신 뒤에 떠나도 늦지 않을 겁니다."

가윤보는 제선행과 함께 나공자 일행을 양공의 묘소로 안내했다. 아들 양형아(楊馨兒)가 묘지 곁에서 답례했다. 조문이 끝나자 양형아는 여러 사람들에게 사의를 표한 뒤에 조후의 묘지로 안내했다.

천막 안에는 흰옷을 입은 사람들이 있었다.

군졸이 땅바닥에 엎드려 아뢰었다.

"공주님께서 나공자님한테 여쭈어 올리라고 하셨습니다. 왕께서는 출가하여 산속에 계시니 답례할 분이 없습니다. 먼 길을 오신 나공자님의 정성을 알 수 있으니 절을 올리지 않아도 무방하다고 하셨습니다."

"공주님한테 여쭈어라. 이 몇 년간 계속 이어진 전쟁 때문에 분주히 보내다 보니 제때에 찾아와서 문안을 올리지 못했다. 오늘 이곳에 이르렀으니, 어찌 조문하지 않을 수가 있겠느냐? 한 집안이기에 답례를 받지 못해도 무방하다."

군졸이 전갈하니 묘소 옆에 붙은 작은 문으로부터 궁녀의 시중을 받으면서 두선랑이 나왔다. 상복을 입은 두선랑은 갑옷 차림으로 말을 타고 다닐 때보다 더 예뻤다. 선랑은 다시 휘장 안으로 들어갔다. 나공자가 조복을 갈아 입고 영전에 절을 올렸다. 두선랑은 다시 휘장 밖으로 나와서 융단에 꿇어앉아 답례하면서 눈물을 샘솟듯 흘렸다. 나공자가 인사를 마치고 휘장 앞에 다가가 말을 하려는데, 두선랑은 얼굴을 감싸고 통곡하면서 묘소를 한 바퀴 돌고 작은 문으로 들어가 버렸다.

나공자는 하는 수없이 상복을 벗었다.

뒤이어 장공근과 울지남, 울지북 형제가 절을 하려고 하니, 가윤보가 말했다.

"하주(夏主)께서 계시지 않고, 공자님이 조문하실 때 공주가 답례했으니 됐습니다. 형씨들이 조문하는 데 답례할 사람이 없으면 난감하게 될 터이니 그만두십시오."

이때 하인이 다가와서 말했다.

"나으리님들께서는 초당에 들어가셔서 식사 하십시오."

가윤보가 일행을 안내해서 초당에 들어갔는데 상이 네 개가 차려져 있었다. 첫상에 나공자가 앉았고, 두 번째 상에는 장공근과 제선행이 앉았으며, 울지남, 울지북은 나공자한테 말한 다음 세 번째 상에 앉았다. 가윤보와 양형아가 끝상에 앉았다. 술이 세 순배 돌자 군졸 몇 명이 돼지 두 마리, 양 두 마리, 술 네 항아리, 돈

삼천냥을 가지고 와서 아뢰었다.

"술과 고기는 사졸들을 위로하시라고 공주님께서 보내신 겁니다. 약소하지만 수고하신 분들을 위로해 주십시오."

나공자가 웃으면서 말했다.

"모두가 자기의 군졸들인데 공주께서 염려하셨군."

그는 즉시 군졸들에게 안에 들어가서 사의를 표하라고 분부했다. 군졸들이 집안으로 인사를 올리려고 들어가려는데, 한 여인 병정이 나와서 말했다.

"공주님께서 그만두시랍니다."

나공자의 한 군졸이 그 여병을 알아보고 웃으면서 말했다.

"전에 싸움터에서 말이 많던 누님이군. 나를 기억하시겠지요?"

그 여병이 생글거리면서 말했다.

"이 마님은 자네 같은 허수아비를 꿈에도 본 적 없다네!"

모두들 웃음을 터뜨렸고 군졸들은 상을 타다가 나누었다. 나공자는 집사에게 은전 50냥을 상으로 나눠주라고 분부했다.

집사는 절하면서 사의를 표했다.

"집사, 공주님께 전해주게. 난 조후님을 조문하고 공주와 혼인을 맺으려고 찾아왔네. 어느 때이건 예의에 따라 공주를 모셔갈 터이니, 너무 슬퍼하지 마시고 몸을 조심해 달라고 전해주게."

집사가 안에 들어가 전하고 나와서 말했다.

"공주님께선 나으리들을 변변히 대접하지 못해 죄송하다고 하셨습니다. 혼인 대사는 황후와 부친께서 주장하실 터이니, 여기서 승낙할 수 없다고 하셨습니다."

나공자가 말하려는데, 장공근이 앞질러 말했다.

"양쪽에 모두 이러저러한 사정이 있으니, 지금은 더 말하지 마십시오."

가윤보가 말했다.

"결혼 날짜가 멀지 않았는데, 아마 이달 중순일 듯합니다."

"공주의 뜻을 알 만하니 지금 강요할 수가 없네. 그런데 나와 함께 온 화(花) 아가씨께서 함께 장안으로 가겠다고 했네. 공주께서 허락하신다면 함께 길을 떠나도록 해주게."

집사가 다시 들어가서 공주한테 여쭈니, 공주가 우란에게 물었다.

"나공자께서 동생이 함께 장안으로 간다고 대답했다면서 지금 떠나자고 하는데, 어쩔텐가?"

"농담으로 대답한 말이었어요. 권세를 따르는 일은 한 번뿐이지요. 어찌 다시 그러겠습니까?"

"그럼 어떻게 대답하면 좋은 지를 생각해서 공자님의 입을 막아야지."

"거야, 어렵지 않지요."

우란은 말을 마치자 종이를 펴놓고 글을 적어서 집사에게 주면서 말했다.

"이 쪽지를 몰래 나공자한테 드려요. 제가 감사를 드린다고 하세요. 다시 만날 때가 있을 테니 몸조심하라고 하세요."

집사가 나와서 쪽지를 전했다. 나공자가 펼쳐보니, 다음과 같은 시구가 적혀져 있었다.

힘께 오긴 왔지만,　　（來可同來）

함께 가기 어렵지요.　　（去難同去）

화향도 때가 있으니,　　（花香有期）

천천히 묵어 가세요.　　（慢留車騎）

나공자가 읽고 나서 웃으며 말했다.

"그럼, 내가 다시 와야겠군. 집사! 미안하지만 공주한테 전해주게. 화(花) 아가씨를 절대 돌려보내지 말라고 말이오. 또 공주는 몸을 조심하라고 전하오."

그들은 길을 떠났다. 날짜가 급해서 가윤보 집에는 들르지 못했다. 집사가 공자의 부탁을 전하니, 공주는 웃기만 했다.

때마침 여정암에 있는 진씨, 적씨, 하씨, 이씨 네 부인이 찾아왔기에 그녀들과 인사를 나누고 자리에 앉았다.

"언니들은 무슨 일로 오셨나요?"

진부인이 대답했다.

"봄빛이 무르녹고 향기가 그윽한데, 어찌 동생의 기쁜 일을 축하하지 않겠나? 그리고 화소저와 면목도 익히고 신랑의 얼굴도 보려고 왔지."

"만일 저의 화동생한테 그런 말씀을 하신다면 아니라고 대답하기가 어려워요. 믿기가 어려우면 이 말 못 하는 선생이 증명해 줄 거예요."

공주는 전날에 작성했던 상주문을 네 부인한테 보여주었다.

적부인이 말했다.

"그러니 화동생이 사전에 동생을 소개했구만."

"화씨벽(和氏璧)[2]이 그대로이니, 그 동생을 모함하지 마세요."

원자연이 말했다.

"동생이 자상히 말해주었으니 말이지, 나도 믿기가 어려웠어. 화동생은 의지와 품행이 진짜 대단한 인물이야."

네 부인들은 원자연을 한쪽에 끌고 가서 자세히 물었다. 원자

---

2 和氏璧〔화씨벽, 卞和之璞(변화지박)〕─璧은 둥근 옥 벽. 美玉의 이름. 楚人 卞和(변화)가 楚 文王에게 바친 것. 다듬지 않은 보옥의 原石(璞, 박)을 楚王에 바친 卞和(변화)는 楚王에게 거짓말을 한다고 세 번이나 刖刑(월형)을 받았다. 이 화씨벽을 전국시대 趙나라에서 소유하고 있었다. 秦(진) 昭王(소왕)이 15개 城으로 바꾸자고 제안했었다. 이를 趙의 대신 藺相如(인상여)가 秦에 갖고 협상하러 들어갔는데, 秦의 흉계를 간파한 인상여는 이 화씨벽을 무사히 趙나라에 돌려보냈다〔完璧歸趙(완벽귀조)〕. 인상여는 完璧歸趙, 澠池之會(민지지회), 負荊請罪(부형청죄) 등 고사의 주인공이다.

연이 화우란이 겪은 일과 그날 밤 선랑이 탐문한 바를 말해주니, 이부인이 말했다.

"그렇다면 화소저는 절개 굳은 여인이고, 동생은 인정 깊은 사람이며, 나공자는 인정을 소중히 여기는 덕행이 높은 사람이야. 세 사람의 행실은 사람들의 존경과 부러움을 불러일으킬 거야."

네 부인은 우란과 자매를 맺고 밤새껏 즐겁게 놀다가 이튿날에야 떠나가면서 두공주에게 말했다.

"우린 떠나야겠네. 다음 날 또 오겠네."

그러면서 진부인이 화우란의 손을 잡고 말했다.

"화동생, 여가가 있으면 자연 동생과 함께 암자로 놀러오라구."

"꼭 가겠어요."

문을 나선 네 부인은 수레에 앉아 떠나갔다.

나공자 일행은 두공주의 상주문이 먼저 당도할까 봐 밤에도 쉬지 않고 걸음을 다그쳐 20일도 안 되어 장안에 당도했다. 나공자는 집사를 불러 진숙보한테 소식을 전하게 했다.

진숙보는 나성과 장공근이 왔다는 말을 듣자, 즉시 주안상을 마련하게 한 다음, 아들 회옥과 함께 말을 타고 1리쯤 마중을 나가서 나공자 일행을 만나 집으로 안내했다. 주단을 펴놓고 예를 마치자, 나공자는 외숙모인 숙보 모친을 배알했다.

숙보 모친은 처음 만나는 생질을 보자 몹시 기뻐했다.

"아버님과 어머님은 건강하시냐?"

그리고는 이어 편지를 받았다고 말했다.

"네가 전번에 제국원을 통해 보낸 서신을 받았다. 그런데 너의 사촌형이 일이 분주해서 아직 답장을 보내지 못했구나."

숙보가 말했다.

"전번 편지에서 동생은 선소저(선웅신의 딸)한테 청혼하려고 하니 중매를 서달라고 썼더군. 그때 나는 왕세충과 싸우고 있었는데, 왕세충은 패배하고 선웅신 형은 생포됐네. 그런데 조정에서는 선웅신 형을 사면하지 않았네. 난 그분과 생사를 함께하자고 맹세를 다진 형제 사이네. 그래서 회옥을 그분의 따님 애련과 배필을 맺게 했네. 선형은 마음을 놓고 세상을 하직했네. 난 고모부님의 권세가 혁혁하시고 동생은 젊고 늠름하니 명문가의 가인을 아내로 맞을 수 있다고 생각하네. 그래서 요즘 답장을 쓰려던 참인데, 마침 동생이 찾아왔으니 속셈을 터놓고 사죄하는 바이네."

"제가 언제 형님한테 선소저와 인연을 맺게 해달라는 편지를 썼습니까? 그런 일이 없는데요?"

나공자는 두공주와 언약한 이야기를 하고 나서 말을 이었다.

"저는 두건덕이 전에 이현장에 가서 1년 남짓 머물렀다는 것과 선웅신과 가까운 사이라는 것을 알았고, 선웅신과 형님이 절친한 사이라는 것도 알고 있었습니다. 그래서 저와 두공주 간의 혼인이 성사되도록 형님께서 선웅신한테 여쭤달라고 썼을 뿐입니다. 그런데 선소저라니요? 그런 일은 전혀 없습니다."

"제국원이 가져온 서신에는 분명 그렇게 썼는데, 그럼 내가 거짓말을 한단 말인가?"

숙보가 말을 마치고 자리에서 일어나 나공자의 서신을 가져왔다.

나공자가 편지를 보고 나서 말했다.

"참, 귀신이 곡할 노릇이군요. 이건 저의 필체가 아닙니다. 전 서신을 제국원한테 주었습니다. 그렇다면 그가 저를 속였단 말인가요?"

"그건 밝힐 수가 있네. 내가 제국원을 불러오면 알 수 있을 것이네."

숙보는 급히 사람을 보내 제국원과 이여규, 그리고 정교금과 연거진을 불러오게 했다.

나공자가 물었다.

"제국원은 시사창 밑에서 일했는데, 어떻게 여기로 왔습니까?"

"시사창이 힘을 써서 제국원은 대리시(大理寺) 평사(評事)로 승진되었고, 이여규는 난의위관군사(鑾儀衛冠軍使)로 발탁되었네."

"듣자니, 형님의 결의(結義) 동생 나사신(羅士信)은 젊은 영웅이라고 하던데 왜 보이지 않습니까?"

"황제께서 정주(定州)로 보내셨네."

이때 집사가 들어와서 알렸다.

"네 분 나으리를 모셔 왔습니다."

숙보와 나공자가 나가서 그들을 맞이했다. 자리를 정하고 앉자 나공자가 편지에 대해서 말하니 제국원이 말했다.

"저는 공자님과 헤어진 후 연도에서 반란을 일으킨 유무주(劉武周)를 만나 싸움터로 끌려갔습니다. 두건덕의 딸과 싸웠는데, 참 지독한 여인이더군요. 숱한 병사를 죽이고 끝내 저를 생포했습니다. 그때 성이 화씨인 한 젊은이가 있었는데, 두건덕의 딸이 그에게 뭐라고 묻고 나서 용모가 출중하니 장수로 남겨두겠다고 하더군요. 그 젊은이가 자기는 여자라고 하니 뒤쪽에 있는 병영으로 끌어가고 저를 나가라고 하더군요. 전 좋은 일이 있을 줄 알았는데 생각 밖에도 저의 한쪽 팔을 잘라버리겠다는 것이었습니다. 다행히 꾀가 떠올라 나공자님의 존함을 외치면서 손안조를 불러 오라고 했지요. 두건덕의 딸은 내 말을 듣자, 수하에게 포승을 풀게 하고 저를 앉으라고 권하더군요. 그녀는 잘 아는 사이처럼 공자님께서 근자에 뭘하고 계시며 몸은 어떤가를 묻더군요. 또 편지를 어디로 가져가느냐고 캐묻더군요. 전 거짓말을 모르고 살아온 사람인지라 곧이곧대로 말했지요. 그녀는 공자님의 편지를 달라고 하더니 자세히 읽어보고 나서 한동안 망설이더군요. 그러다가 편지를 장화 속에 밀어 넣으면서 잠시 보관해 두었다가 떠날 때 돌려주겠다고 말했습니다. 마침, 그 이튿날 그녀는 속히 돌아오라고 재촉하는 부친의 연락을 받았지요. 두건덕의 딸은 사람을 보내 은자 20냥과 편지를 보내왔더군요. 그래도 인정은 있는 여인이었습니다."

나공자는 집사더러 침상머리에 놓여있는 함에서 두공주와 화우란이 보내온 편지를 가져오게 해서 필체를 대조해 보았다. 그제야 두공주가 편지를 다시 썼다는 사실이 판명되었다.

진숙보가 말했다.

"과연 지혜로운 여자로군. 동생에게 맞는 훌륭한 배필이오."

장공근이 말했다.

"그뿐이 아니지요."

장공근은 나공자가 조문하러 갔을 때 어떻게 환대해 주었고, 또 공주가 밤새 황후에게 올리는 상주문을 어떻게 썼으며, 금령이 어떻게 소식을 전했다는 것을 일일이 이야기했다. 여러 사람들은 부러움을 금치 못했다.

이여규가 껄껄 웃으면서 말했다.

"그리고 보니 두공주는 나공자님의 훌륭한 부인〔尊閫(존곤)〕이십니다. 방금 제국원 형이 이런저런 이야기를 마구 말한 것은 공자한테 무례한 일이었습니다."

제국원이 급히 나공자 앞에 다가가서 사죄했다.

"제가 내막을 모르고 허튼소리를 했으니, 공자님께서 널리 양해해 주십시오."

여러 사람들은 손뼉을 치면서 웃어댔다. 이때 집사가 들어와서 아뢰었다.

"폐하께서 귀체가 불편하셔서 어제 조회에 나가시지 않으셨답니다."

숙보가 나공자에게 말했다.

"그럼 고모부님의 하표와 상주문을 봉해서 통정사(通政使)에게 맡겨 전하게 하면 어떨까?"

"형님 생각대로 합시다."

한편 오량과 금령은 두공주의 분부대로 상주문을 가지고 장안에 이르러 우문사급(宇文士及)의 저택을 찾아가서 예물과 서신을 전하고 찾아온 사연을 이야기했다.

황후가 두선랑을 질녀로 삼았기에 우문사급은 급히 나와서 금령과 오량을 만나보고 일의 경위를 물었다. 그런 다음 집사더러 내시를 불러오게 해서 황후에게 보내는 상주문과 예물, 그리고 동생 소의(昭儀)한테 보내는 예물을 전해주도록 했다. 우문소의는 자기의 예물을 받은 후 상주문은 자기가 지니고, 예물은 궁녀한테 들려서 정궁으로 찾아갔다.

마침 몸이 불편한 황제(高祖)는 황후 두씨와 함께 침궁에서 바둑을 두고 있었다. 우문소의가 다가가서 배알하고 선랑의 상주문을 올렸다. 두후가 예물 명세서를 보니 모두가 진주노리개였다.

"홀몸으로 살아가면서도 이렇게 효성을 바치다니!"

황제가 곁에서 물었다.

"상주문에 뭐라고 썼습니까?"

내시가 급히 탁자 위에 올려놓고 펼쳐보니, 다음과 같이 쓰여 있었다.

「성상께 아둔한 소견을 아뢰어 일을 원만하게 처리하려고 이렇게 상주합니다. 성년이 된 남녀라면 모두 가실(家室)이 거느려야 한다고 생각하옵니다. 예의에 따르는 혼인은 마땅히 부모의 뜻을 좇아야 하나이다. 서로 싸운 원수간이라도 인연을 맺어주어야 하고, 친척간의 혼인에 불만을 품는다면 준걸한테 시집 가지 않는 편이 더 나을 것이라 생각합니다. 옛말에, 돌 위에 새긴 맹세(石上之盟)는 뽕나무 밭에서 맺은 언약(桑中之約)을 두려워하지 않는다고 하였습니다. 누추한 오두막에서 태어난 약질인 제가 수다스러울까 두렵나이다. 나라가 망하고 나약한 제가 감히 선조의 뜻을 모독할 수가 있겠나이까? 소첩은 혹심한 재난과 근심 속에서 폐하의 하늘 같은 은혜를 입고 목숨을 부지했습니다. 번화를 바라던 꿈은 깨어지고 말았으니, 누가 고국의 멸망을 한탄하겠나이까? 깊은 정을 믿고 의지하면서 돌아가신 부모님을 그리며 홀로 눈물을 삼킬 뿐이옵니다. 소첩의 최초의 생각은 아버님의 목숨을 보전하려는 것이었지, 중형을 당할 생각은 하지 못했사옵니다. 그러나 제왕의 후손으로 호적에 올랐으니, 이 역시 인생에서 더없는 행운이라고 생각합니다. 하지만 소첩의 아버님은 성지를 받으시고 세속을 떠나 흰구름이 감돌고 나무가 우거진 곳에서 처량한 나날을 보내고 계십니다. 나라가 망하니 서로 헤어지게 되었고, 그림자만 벗을 삼고 계십니다. 소첩과 유주부의 나성(羅成)은 서로 적국이었으므로 처음에는 원수처럼 보았습니다. 직접 만나보고 그의 재능을 아껴서 따르기에는 어려운 형편이었습니다. 배우자를 고른다는 말도 없이 돌연히 혼인을 맺고 의리를 뻗치는 것으로 정(情)을 대신하는 혼인을 아직 보지 못했습니다. 하물며 소첩은 중매인을 보내라고 당부했지만, 오늘까지 세월을 헛되이 보내왔으니 누구의 허물이라 하겠습니까? 지난날 집과 나라가 그렇듯 엄숙하고 위엄이 있을 때에도 나성은 저에게 청혼하지 않았는데, 풍상고초를 겪을 대로 겪으면서 볼품없이 영락(零落)한 오늘에야 더 말할 나위가 있겠나이까? 소첩은 앞으로 머리를 묶고 발을 싸맨 다음, 천하를 둘러보면서 혼인하겠다는 속인의 상념을 버리고 불계(佛戒)를 받고 수신(修身)하려 합니다. 다행히 살아남게 되면 아버님을 꼭 만나뵈옵고, 불행해서 죽는다면 어머님과 서로 의지할 수 있다고 기쁘게 모든 것을 받아들이겠습니다. 세월이 흘러서 모든 일이 이제는 그저 지나간 옛일이 되어버렸습니다. 하지만 저의 마음은 변할 수 없습니다.

소첩에게는 특히 요청할 바가 있습니다. 전에 폐하를 배알했을 때 의매(義妹)인 화목란(花木蘭)도 소첩과 함께 마마의 자애로운 사랑을 받았나이다. 아버님을 대신해서 종군(從軍)했던 목란은 지극한 효성을 실천하였고, 소첩과 함께 폐하의 은혜를 입고 돌아와서 고향을 방문했습니다. 소첩은 군대에 있던 하녀들을 따라가게 하면서 나성한테서 받았던 편지와 증표를 돌려주라고 당부했습니다. 그런데 갈사나가한이 목란의 출중한 재모(才貌)를 탐내어 망령되게 첩으로 삼으려고 했습니다. 목란은 몸을 더럽히지 않으려고 자결해버렸습니다. 목란의 깨끗한 효성과 의리야말로 세상에 훌륭한 기풍을 보여주었습니다.

　더욱 기이한 것은 목란이 죽기 전에 그 동생 우란에게 변장하고 연(燕) 땅에 가서 나성의 답장을 받아오라고 부탁을 했는데, 언니의 부탁을 받은 우란이 어려움을 이겨내며 소첩의 노비와 함께 떠났습니다. 하녀가 돌아온 다음 물어서 알게 되었습니다. 나성의 눈에 들었지만 우란은 의리를 지키면서 몸을 허락하지 않았습니다. 그들은 사나이대 사나이로 한방에 자면서도 분명 선을 지켰습니다. 저는 처음에 그럴 수가 없다고 생각했지만 나중에는 믿지 않을 수가 없었고 부러워하게 되었습니다. 그들은 천지 간에 쌍벽입니다. 나라가 흥성하려면 인륜을 중히 여겨야 하는데, 이런 부녀자야말로 세상의 본보기라 할 수 있습니다. 저의 뜻이 굽힐 수 없는 것이고 화우란의 정은 자랑할 만한 것입니다. 우란은 나성과 한 침상에서 누워서 이야기를 나누었으니 혐의를 받지 않을 수가 없습니다. 구원의 손길을 뻗치셔서 경서(經書)를 잡고 혼례식을 올리도록 도와주시기 바랍니다. 황후께서 자애로운 은총을 베푸시어 폐하께 말씀드려서 목란의 효성과 의리를 표창하시고, 우란의 결백함을 장려하시며, 소첩의 죄를 너그럽게 용서해 주시고, 소첩의 말을 거울로 삼게 조처해 주시길 앙망합니다. 풀이 썩어버리는 그런 해(年)에도 사슴과 노루는 입안에 비와 이슬을 머금고 있기에 죽지 않는다고 합니다. 소첩은 폐하를 우러러 분부가 내리기를 두려운 마음으로 기다리옵니다.」

두황후가 상주문을 읽고 나서 말했다.

"예전에 두선랑이 배알할 때는 나성과 언약했다고 했는데, 왜 지금은 그만두겠다고 하는가?"

"선랑이 망국지녀(亡國之女)라는 사실을 꺼려서 나예(羅藝)가 달리 혼사를 정했는지도 모르지요."

우문소의가 말했다.

"혼인대사는 정했으면 그만이지, 어찌 성쇠에 따라 마음이 변할 수 있단 말이옵니까? 그럼, 선랑은 한평생 처녀로 늙어야 한단 말입니까? 황후께서 질녀로 삼으셨으니, 공자의 명성에 비하여 떨어질 것 없습니다."

두황후가 말했다.

"아마 폐하께서 결혼을 허락하셔야 그 애의 면목이 설 것 같습니다."

"짐은 효성스럽고 용맹한 선랑이 아주 훌륭하다고 생각하오. 그리고 아버지를 대신해서 종군했던 화목란이 절개를 지켜서 자살했다니 몹시 아쉽소. 정문(旌門)을 세우거나 편액을 달아 표창할 만한 일이지요. 또 목란의 동생 우란이 언니를 대신해서 서신을 가지고 갔다가 나성과 한 침대에서 자면서도 마음이 흐트러짐이 없었다니 실로 기특한 일이오."

우문소의가 말했다.

"소첩이 듣자오니, 서무공과 언약한 수(隋)나라 귀인(貴人)이었던 원자연(袁紫煙)이 두선랑과 함께 생활하고 있다고 합니다. 이 상주문의 풍채와 문장을 보면 분명 그녀가 쓴 것 같사옵니다."

이때 초롱불을 든 한 태감(太監)이 많은 상주문을 들고 들어와서 황제에게 바쳤다.

황제가 차례를 보다가 나예의 하표(賀表)를 보고 말했다.

"방금 나성이 약혼을 파기했다고 했는데, 나예가 지금 하표를 보내왔구려."

하표를 펼쳐보니, 다음과 같이 쓰여 있었다.

「진심을 펼쳐 상주하오니 폐하께서 널리 보살펴 주옵소서. 정사에서는 어질게 다스림을 근본으로 삼고 인간 도리에서는 가실(家室)을 앞세워야 한다고 생각합니다. 옛 성현들이 치국에 있어서 백성을 돌보지 않은 이가 없었으니, 의지할 곳 없는 외로운 사람들이 없었습니다. 신은 일개 무부(武夫)로서 폐하의 총애를 받았습니다. 한마음으로 충성을 다하려는 신을 경시하시지 않으시고 요충지를 맡겨주셨으니 나라의 안전을 위해 어찌 힘을 다하지 않을 수 있겠습니까. 악인들이 함부로 날뛰었지만 천자의 위엄으로 깨끗이 소멸되었습니다. 역신 두건덕이 서부 변경 지방을 침략하려고 군사를 이끌고 국경을 침범했을 때 신은 직접 출전했습니다. 신의 자식 나성(羅成)도 군사를 거느리고 나가 두건덕과 싸웠습니다. 하나라의 장수들이 모두 패했지만 유독 건덕의 딸 선랑만이 평소에 칭하던 바와 마찬가지로 용맹한 장수였습니다. 그런데 뜻밖에도 신의 아들과 만나자 싸움 대신에 부부간의 인연을 맺게 되었습니다. 이것은 자식들의 사사로운 정이어서 폐하를 번거롭게 해서는 안 될 일입니다만, 신의 자식은 벌써 스물네 살인데, 사방으로 분주히 돌아다니다 보니 가실을 의논할 여가가 없었습니다. 이미 신에게 복종하고 당나라에 귀순한 건덕은 속세를 떠났습니다. 듣자니, 그 딸이 아버지 대신 형벌을 받으려고 했다니 의지와 품행이 이를 데 없이 훌륭하다고 생각합니다. 또 황후마마의 크나큰 사랑까지 받고 있습니다. 하지만 의지할 곳 없는 외로운 소녀는 지금 규방에서 시집갈 때를 기다리고 있습니다. 저의 아들도 이미 성년이 되었고 늠름한 용사라 하지만, 아직 홀몸으로 변경에서 할 일을 하고 있습니다. 신은 부부간에는 윤리가 관건이고 남녀 간에는 신의를 중히 여겨야 한다고 생각합니다. 신의 아들이 선량을 버린다면 아내를 얻기가 어려울 것이라 생각합니다. 신의 아들이 아니면 선량도 배필을 얻지 못할 것처럼 생각됩니다. 신은 번진(藩鎭)의 중신으로서 업무에 실수가 있거나 스스로 죄를 질까 걱정하며, 우선 외람되게 폐하께 아뢰는 바입니다. 폐하께서 중재하셔서 두 사람의 좋은 인연을 맺어주시기를 삼가 바라옵니다. 신은 황송스럽기 그지없습니다.」

황제가 읽어보고 웃으면서 말했다.
"마침 유주부승 장공근과 나성이 왔소, 내일 짐이 물으면 내막을 자세히 알 수 있을거요."
이때 진왕이 문후를 여쭈려고 들어왔다.

황제가 두 장의 상주문을 보여주니, 이를 읽고 나서 진왕이 말했다.

"건덕의 딸이 문무를 겸비한 인재라니 뜻밖입니다. 더구나 기이한 것은 화씨댁 두 소저입니다. 목란은 충성과 효성이 지극하고, 우란은 신의를 중히 여기는군요. 그런데 목란이 절개를 지키려고 자결한 것은 사실일 수 있겠지만, 우란이 한 침상에서 자면서 살을 섞지 않았다는 것은 믿기 어렵습니다."

"방금 우문소의가 두선랑의 상주문을 서무공의 아내가 될 원자연이 쓴 것으로 의심을 하는데, 확실한 내막을 알 수가 없구나. 서무공은 이미 정혼했다면서 왜 혼례식을 올리지 않는가?"

"원자연은 수나라 궁인이기에 서무공은 조정에 상주해서 허락을 받은 다음에 하려고 합니다."

"수나라 십육원 부인들은 모두가 미희들인데, 왜 보이지 않느냐?"

"두건덕이 우문화급을 토벌할 때 소후가 많이 거느리고 나갔다고 합니다. 나성의 혼사를 처리할 때 서무공의 약혼녀 원자연도 함께 불러다가 허혼하시면서 여러 비빈들의 소식을 물으시면 알 수 있을 것입니다."

황제는 그러는 것이 좋겠다고 하면서 우문사급과 두 노태감을 보내서 두선랑과 화우란, 그리고 원자연을 장안으로 불러오게 했다.

그렇다면 뒷일은 어떻게 되겠는가? 다음 회를 읽어 보시라.

제62회

여러 미인에게 짝을 맺도록 조치하고, 대신들에게 미인과 혼
례를 주선하다.(衆嬌娃全名全美, 各公卿宜室宜家.)

노래하기를,	詞曰,
한창 아름다운 묘령의 몸매,	(亭亭正妙年)
명마 청총마가 힘껏 달린다.	(慣躍靑驄馬)
오직 정든 그분을 위하여,	(只爲種情人)
등불 앞에 사랑을 말한다.	(訴說燈前話)
봄빛 한창 겹겹 무르익었고,	(春色九重來)
매화 향기 정자 가득하도다.	(香遍梅花榭)
함께 머리 감고 은정 따르니,	(共沐唱隨恩)
대답마다 사람 놀라게 한다.	(對對看驚妊)
— 곡조〈생사자〉	— 調寄〈生查子〉

세상 모든 일에 남자들은 누구나 좋은 명성을 얻고 의리를 드높일지라도, 여인들은 온유한 친절과 진실만을 바란다.

특히 천하의 영웅호걸들은 자신을 아끼지 않고 무슨 일이든 실천하려 하는데, 이런 호걸들은 진정을 속이며 억지로 보이려 하면, 다른 사람에게 본바탕이 금방 탄로난다. 또 도학(道學)을 가장한 거짓 군자(僞君子)도 역시 그럴 것이다.

진숙보 집에 머무는 나공자와 장공근 일행은 이날 일찍 일어났다. 그들은 오늘 조정에서 조회를 하지 않는다는 것을 알기에 예의를 갖추지 않고 아침을 먹은 뒤, 숙보와 함께 진왕부에 가서 진왕 이세민을 배알하려고 했다.

이때 반미가 와서 나공자에게 말했다.

"조정에서 엊저녁에 폐하의 유시가 내렸습니다. 홍려시(鴻臚寺)[3] 정경(正卿)인 우문사급(宇文士及)과 태감(太監) 두 사람을 뇌하(雷夏)에 보내서 공주 두선랑과 화씨 둘째 딸 화우란(花又蘭)을 장안에 데려와 폐하를 알현케 하라고 하였습니다."

그러자 나공자가 말했다.

"그 소식은 믿기 어렵구만."

---

3 홍려시(鴻臚寺, 鴻은 큰기러기 홍. 臚는 살갗 려, 전달하다. 寺는 관아 시) — 秦代 典客이 漢代 大行令, 漢武帝 때, 鴻臚로 개칭. 홍려(鴻臚)는 큰소리로 전달하다. 곧 조정에서 의식을 거행한다는 뜻. 외빈 접대 담당.

"금방 두선랑 댁의 금령이 소인을 찾아와 그녀도 길을 떠난다고 알려주었습니다."

이에 진숙보가 말했다.

"그렇다면 우리가 먼저 서세적을 찾아가 정확한 소식을 알아보는 게 좋겠다."

장공근도 좋다고 하였다.

"저도 그분을 배알하고 싶었습니다."

일행이 서세적의 집으로 가니, 문지기가 말했다.

"진왕부에 가셨습니다."

그들은 다시 서둘러 진왕부에 가서 문지기에게 이름을 말하고 예물을 들여보냈다. 울지남과 울지북은 관직이 낮아 품게서(稟揭書)를 올리고 처소로 돌아갔다.

당후관(堂候官)이 나와서 말했다.

"진왕께서 숭정당(嵩政堂)에 계시니, 여러 나으리님들께서 들어가 배알하십시오."

진숙보는 장공근과 나공자와 함께 숭정당으로 들어갔다. 숙보가 먼저 층계에 올라섰다. 진왕은 팔걸이 의자에 앉아있었고, 진왕부의 막료 20여 명이 양쪽에 앉아있었는데 유독 서세적은 보이지 않았다.

진왕은 숙보를 보자 급히 일어서며 말했다.

"배례를 하지 말고 그대로 앉게."

"유주부윤(幽州府尹)인 장공근과 연군왕 나예의 아들 나성(羅

成)이 전하를 배알하려 들어왔습니다."

진왕이 들어오라고 분부하니 수하 사람이 손짓을 했다. 장공근과 나성은 서둘러 계단에 올라서서 상주문을 들고 꿇어앉았다. 아랫사람이 상주문을 받아서 진왕에게 올렸다.

진왕은 풍채가 늠름한 장공근과 외모와 재능이 뛰어나 보이는 나공자를 예우하면서 자리를 권했다. 장공근과 나성이 여러 막료들과 인사를 나누고 자리에 앉자, 진왕이 말했다.

"장공의 뛰어난 능력은 오래 전부터 들어왔네. 한번 만나보려 했는데, 오늘에야 숙원을 이루었네."

"신은 연군왕이 천거하시고 전하께서 발탁하신 은덕을 입었습니다. 신에게 무슨 재간이 있다고 감히 전하의 칭찬을 받을 수 있겠습니까?"

진왕이 나성에게도 말했다.

"자네의 부친은 혁혁한 공훈을 세웠는데, 또 이렇게 영특하고 훌륭한 자제가 있었군. 문무를 겸비한 여인을 아내로 맞이하면 전도가 유망할 것이야."

"신은 그저 무인에 지나지 않습니다. 폐하와 전하께서 총애하시어 아내까지 하사하셨으니, 저희 부자가 아무리 충성을 다한다고 해도 그 은덕에 보답할 길이 없습니다."

"과인은 어제 저녁 궁중에서 두씨 소저의 상주문을 읽었네. 상주문은 완곡하고 정리(情理)에 맞게 작성했지만, 그래도 상세한 내막을 알 수 없으니 자상히 말해보게."

나공자가 자초지종을 이야기하니, 진왕이 감탄하며 말했다.

"규중(閨中) 현녀(賢女)가 지기(知己)를 만나 서로 아끼며 겸양했으며, 하물며 영웅호걸을 만났는데 어찌 서로 사랑하고 존경하지 않을 수 있겠나?'

이때 서세적이 들어와 진왕을 배알하고, 또 여러 사람과 인사를 나눈 뒤, 자리에 앉았다.

진왕이 웃으면서 서세적에게 말했다.

"기쁜 날이 눈앞에 닥쳤으니, 경은 신랑될 준비를 서둘러야 하겠네."

"어제 우문 형께서 사람을 보내 만나자고 해서, 비로소 유시가 내린 것을 알았습니다. 폐하의 두터운 은총을 받아 나장군과 저는 좋은 배필을 얻게 되었습니다."

"과인이 어제 궁중에 있었네. 부황께서는 두소저의 상주문은, 무공의 가인(佳人)이 작성한 것 같다고 말씀하시면서, 경은 왜 성례를 치루지 않느냐고 물으셨네. 과인은 대상자가 수나라의 궁인이어서 폐하의 허락을 기다린다고 말씀드렸네. 그랬더니 폐하께서 속히 가인을 데려와 혼례를 올리라고 분부하셨네."

서세적은 바로 자리서 일어나 사례했다.

"모두 전하께서 염려해주신 덕분입니다."

진왕은 장공근과 나성, 그리고 서세적과 숙보를 후원으로 데려가 연회를 베풀었다.

화우란은 두선랑과 같이 유숙하고 있었다. 양춘가절(陽春佳節)이라 버들이 늘어지고 온갖 꽃이 피었다. 원자연은 시녀 청금을 불러, 화우란과 함께 여정암으로 갔다. 네 부인이 반갑게 맞이해 주었고 무릎을 맞대고 앉아 정담을 나누었다.

진부인이 말했다.

"우리 자매들은 늘 모여앉지만, 오늘 이후로는 떠나갈 사람이 많을테니, 어떻게 소일하겠는가?"

원자연이 말했다.

"화소저와 공주는 조서만 내려오면 곧 떠나겠지만, 저는 여전히 남아있습니다."

그러자 적부인이 웃으면서 말했다.

"그게 무슨 소린가? 장안에 계시는 서씨(徐氏) 낭군은 조정의 큰일을 담당하면서 미인의 재능과 미모를 알아주며 정의(情誼)를 저버리지 않는 분이니 꼭 동생을 데려갈 거네."

화우란이 말했다.

"공주님이야 말할 것도 없겠지만, 저야 단속하는 사람도 없으니 네 분 언니를 모시고 향을 피우고 꽃을 기르면서 여기서 세월을 보내겠어요."

그러자 하부인도 말했다.

"전번 상주문에 두선랑 동생은 물러설 의향을 비쳤으니, 내 추측엔 아마 선랑이 구실을 대면서 거절할 것 같아. 그러니 우란은 몸을 빼기 어려울걸."

"제가 왜 그렇겠어요?"

"선랑은 효성이 지극해서 아버지가 산동에 계실 때 늘 의복이나 물건을 보내면서 문안하고는 했었지. 그런데 아버지를 버려두고 나공자님을 따라서 유주로 가겠는가? 폐하의 성지가 내려도 부친의 명이 없으면 따르려 하지 않을걸."

원자연이 말했다.

"아마 틀림없이 그럴 거예요."

화우란이 물었다.

"은령산(隱靈山)까지 가려면 거리가 얼마나 먼가요?"

이부인이 대답했다.

"이 암자의 일을 해주시는 장씨 노인이 그곳 출생이니 물어보면 알 거야."

이튿날 아침, 여러 부인이 일어났는데 화우란이 보이지 않았다. 선랑이 아버지의 명을 따를 것이라는 말을 들은 화우란은 절의 장노인에게 은을 주고 심부름꾼으로 변장한 후 그와 함께 오경에 일어나 은령산으로 갔던 것이다.

여러 부인들이 찾았으나 그림자도 없었다. 절 안을 찾아보니 역시 없었다.

원자연이 말했다.

"절의 노인과 함께 아마 선랑의 부친 두건덕을 찾아갔을 거예요."

이부인이 말했다.

"그런 차림새로 어떻게 간단 말인가?"

원자연이 말했다.

"우란은 늘 남자 의복을 가지고 다닌다고 말했어요. 어제도 가지고 갔을 거예요."

부인들이 방에 들어가 그녀의 짐을 들춰보니 여자 옷 한 벌과 머리에 꽂는 꽃장식, 그리고 장신구들이 있었다.

부인들은 깜짝 놀랐다.

"어린 나이인데 담도 크고 슬기롭군. 이렇게 담대(膽大)할 줄은 생각지 못했어."

급해진 원자연은 두선랑에게 알리려고 즉시 돌아왔다. 화우란은 절에서 일하는 장노인과 며칠을 걸어서야 은령산의 은령사(隱靈寺)에 도착했다.

장노인은 김을 매고 있는 키가 큰 화상에게 물었다.

"스님, 거덕(巨德) 스님은 어디 계십니까?"

그 화상은 호미를 놓고 머리를 들더니, 물었다.

"어디서 오셨는지요?"

"뇌하에서 왔습니다."

"그럼, 우리집 공주가 보낸 사람인가?"

화상의 물음에 화우란이 서둘러 대답했다.

"저는 가윤보 나으리가 보낸 사람입니다. 드릴 말씀이 있어서 찾아왔는데요."

"그럼 나를 따라오시오."

이 화상은 손안조였고 법호는 거능(巨能)이었다. 그를 따라 석실에 이르니 뒤에는 세 칸짜리 큰 정전(正殿)이 있고 양쪽에는 예닐곱 칸 초가가 있었다. 손안조가 먼저 들어가서 말하니, 법복을 입은 두건덕이 나왔다. 얼핏 보아도 식견이 높아 보였다.

화우란이 무릎을 꿇어 인사를 올리려 하자, 두건덕이 다가와서 부축했다.

"예의는 그만두시오. 가(賈) 나으리께서는 별고 없으신지요? 무슨 일 있나요?"

"저는 가씨 어른의 부탁을 받고 왔습니다. 유주 연군왕의 아드님이 조후(曹后)를 조문하는 한편, 공주님께 청혼하려고 뇌하까지 왔었습니다. 공주님은 아버님께 말씀드리지 못했다고 하시면서 응하지 않으시고 황후한테 직접 상주문을 올려 보냈습니다. 가씨 나으리께서는 효녀인 공주님께서 성지가 내려도 부친의 허락이 없다면서 순종하지 않을까 걱정되어 미처 서찰도 쓰시지 못하고 저더러 공주님의 상주문 초고를 전하께서 읽어보실 수 있도록 하라고 했습니다. 그리고 전하께서 즉시 뇌하에 오셔서 분부해야 혼사를 성사시킬 수 있다고 말씀했습니다."

두건덕은 상주문 초고를 받아 읽어 보고 나서 말했다.

"난 속세를 떠나 출가한 사람이오. 그러니 공주가 자기 일을 주관해야지, 내가 어찌 상관하겠소?"

"공주는 궁궐에 들어가서는 싫어하는 안색에도 불구하고 간언을 올렸고, 돌아와서는 장례를 도맡아 하고 초가를 짓고 지키고 있습니다. 외로운 여자의 몸으로 그 얼마나 효성스럽고 의리가 깊습니까? 혼인대사는 반드시 전하께서 주관하셔야 합니다. 전하께서 늦게 당도하시면 공주님의 종신대사(終身大事)도 그만큼 늦어집니다. 공주처럼 효도하고 의리를 지키는 여인이 평생 독수공방하면서 미인박명(美人薄命)하다고 한탄하며 사는 모양을 차마 볼 수 있겠습니까? 저는 이해할 수 없습니다."

두건덕은 그 말을 듣고 양미간을 찌푸리면서 말했다.

"그렇다면 좋소. 그럼, 여기서 식사나 하고 먼저 돌아가서 가씨 어른한테 알리시오. 내가 제자를 데리고 다녀오겠소."

화우란은 마음속으로 '남자 화상들만 살고 있는 이런 사찰에서 여인이 어떻게 묵는단 말인가?'

이렇게 생각하며 말했다.

"식사는 객점에서 먹고 왔으니 식사를 하지 않아도 괜찮습니다. 전하께서도 늦지 않도록 서둘러 출발하시기 바랍니다."

두건덕이 말했다.

"나는 이전에도 가벼이 승낙하는 사람이 아니었소. 하물며 향을 피우며 도를 닦고 계율을 지키는 오늘, 어찌 거짓말을 하겠소? 내일 산에서 내려가겠소."

그말을 듣자 화우란은 작별하고 절에서 출발하였다. 객점에 이르자, 말을 세내어 얻어 타고 낮이면 가고 밤이면 객점에 투숙했다. 그렇게 어느 덧 3, 4일이 지났다.

어느 날 해질 무렵이 되자, 비가 내리기 시작했다.

"비가 내리는데 객점까지는 아직 멀었으니 가까운 인가를 찾아 쉬어 갑시다."

화우란의 말에 장노인이 앞을 가리키면서 말했다.

"앞에서 연기가 솟아오르는 걸 보아 인가가 있는 것 같습니다. 어서 갑시다."

황량한 마을이었지만 2, 30호 인가가 있고 어린애들이 글 읽는 소리도 들려왔다.

말을 말뚝에 맨 다음 장노인이 집안에 들어가 보니 일곱 살 정도로 보이는 아이들이 있었는데, 30세 가량 되어보이는 얌전한 여인이 가운데 앉아서 글을 가르치고 있었다. 노인을 보자, 여인은 자리에서 일어서면서 물었다.

"노인 어른, 무슨 일로 오셨습니까?"

"친척집을 다녀오다가 비를 만나 하룻밤 묵어가려 합니다."

"저희집엔 여자들뿐이어서 불편하니 다른 집으로 가보세요."

밖에 서있던 화우란이 그 말을 듣고 기뻐하면서 들어갔다.

"아주머니 거절하지 마세요. 저도 여자예요."

부인이 보니 인물이 훤하게 생긴 젊은 사람인지라 대뜸 낯색이 변하면서 말했다.

"젊은이, 허튼 소리 말고 어서 나가게! 안 나가면 관아에 잡혀가 망신당하네!"

그때 아름다운 부인 두 사람이 안방에서 나왔다. 화우란은 즉시 신발을 벗고 자기의 전족을 내보였다. 그제야 부인들은 믿고 그녀를 안방으로 모셨다. 서로 인사를 나누고 자리에 앉아서 내력을 이야기했다.

　부인 세 사람은 수나라 궁전 항양원(降陽院)의 가(賈)부인과 영휘원(迎輝院)의 나(羅)부인, 화명원(和明院)의 강(江)부인이었다. 수나라가 망하게 되자, 그들 세 사람은 함께 도망쳤고, 마침 이곳에서 과부로 살고 있는 올케 은씨(殷氏)를 만나서 자리를 잡았다.

　가련하기로는 지난 날에 부귀영화를 누리던 그녀들의 현재 살아가는 모습이었다. 강씨와 나씨 두 부인은 바느질을 하면서 살아갔고, 가부인은 학식이 있었기에 애들에게 글을 가르치면서 살아왔다. 오늘 화우란을 만나 이야기를 나누고 보니 모두가 보통 사람들이 아니었다.

　자고로 총명한 사람이 총명한 사람을 아낀다는 말이 있다.[4] 그녀들은 만나자마자 벗이 되었다. 하룻밤을 자고 화우란이 떠나려고 하니, 부인들은 놓아주지 않았다.

　가부인이 말했다.

　"아직 기일이 있는데, 왜 급급히 떠나려 하시나? 이틀쯤 더 묵

4　원문 惺惺惜惺惺(성성석성성) - 惺은 영리할 성. 惺惺相惜. 사나이는 사나이를 알아준다(好漢識好漢).

다가 우리와 함께 여정암에 가세. 우린 네 부인님을 만나 자매간의 회포를 나눠야겠네."

화우란은 하는 수없이 일하는 장노인을 먼저 돌려보냈다.

한편, 두선랑은 원자연이 돌아와서 화우란이 은령사에 갔다고 말하자, 생각했다.

'화동생이 나를 위해 애쓰니 참된 의리를 다한다고 할 수 있다. 아버님은 어떻게 생각하실는지. 우란이마저 다른 곳으로 가버리면 내가 홀로 이 짐을 어떻게 짊어진단 말인가?'

두선랑이 몹시 근심하고 있는, 어느날 오량과 금령이 돌아와서 말했다.

"상주하는 글은 우문소의에게 넘겨 두황후마마께 올리도록 홍려시 정경인 우문화급 나으리께 드렸습니다. 마침 나공자 일행이 당도했는데, 아직 폐하를 만나 뵙지는 못하고 상주문만 올렸다고 하였습니다. 조정에서는 공주님과 화소저를 장안에 모셔다가 혼례를 치루도록 우문화급과 태감 두 사람을 보냈습니다. 그래서 저희들은 먼저 돌아왔습니다. 우문화급 나으리의 일행은 내일 아니면 모레쯤 당도할테니, 공주님께서는 떠날 준비를 하셔야 합니다."

"화소저는 여정암에 계시는 네 부인들을 뵈러 갔다가 암자에서 일하는 노인 장씨와 함께 은령산에 계시는 아버님을 찾아갔다네."

그러자 오량이 말했다.

"내일이나 모레쯤 두 분께서 성지를 받으셔야 할 텐데, 화소저가 돌아오지 않으면 어쩌나요?"

그때 한 시녀가 들어와 아뢰었다.

"방금 가씨 나으리께서 오셔서 말씀하셨습니다. 황제의 사자께서 내일 아니면 모레는 꼭 당도할테니, 공주님께서는 서둘러 준비하시랍니다."

"만약 아버님의 명이 없다면 하늘의 영이라도 생각 좀 해보아야 한다."

이때 한 여병이 급히 뛰어들어와 보고했다.

"전하께서 오셨습니다."

뜻밖에 기쁜 소식을 접한 공주는 즉시 달려나가 아버지를 맞이해서 안방에 모셔들이고, 아버지의 무릎에 꿇어 엎드려 대성통곡했다. 두건덕도 마음이 서글퍼 눈물을 흘리다가 딸을 안아 일으켰다.

"애야, 일어나거라. 다행히 네가 효성이 지극하고 슬기로워 아버지는 목숨을 부지하고 산속에 들어가 불도를 닦게 되었다. 오늘 너의 종신대사가 아니었던들, 내가 어찌 다시 속세로 나오겠느냐? 어서 일어나 앉거라. 내가 물어볼 말이 있다."

선랑이 눈물을 닦으면서 일어나 앉으니, 두건덕이 물었다.

"전에 황제께서 너와 나공자가 혼약이 있다는 일을 아시고 물

으셨을 때, 나는 영문을 몰라 대답하지 못했다. 도대체 어찌 된 일이냐?'

선랑이, 예전에 전투를 하다가 나성과 말위에서 언약한 일을 이야기하니, 두건덕이 말했다.

"그럼 됐다. 나예는 원래 수나라의 대장군이었고, 그분의 아들 나성도 젊은 영웅호걸이지. 장래 그가 아버지의 벼슬을 계승하면 너는 일품 부인이 될 것이니 체면이 설 것이다. 그런데 전번에 너와 함께 장안에 가서 황제를 배알했던 화목란이 절개를 지키려고 자결했다니 가석하구나. 듣건대, 목란의 동생이 네 일 때문에 동분서주한다니, 그 여자는 도대체 어떤 사람이냐?'

"우란이 아버님을 찾아 산으로 갔다는데 만나보지 못하셨나요?'

"여인이 찾아오다니? 가윤보가 보낸 영리하게 생긴 젊은이가 노인 한 사람과 함께 왔더라. 별다른 서신도 없이, 그저 네가 쓴 상주문 초고를 보여주더구나. 그래서 난 믿었다."

"그랬군요. 저는 그 초안을 함 속에 넣어 보관했어요. 그런데 우란이 그걸 가지고 변장하고 아버님을 찾아갔었군요."

"나도 심부름꾼의 말씨가 그렇게 부드럽고 인정스러울 수가 있겠나 하고 의심했었다."

"그러면 아버님과 함께 왔어야 하는데, 왜 보이지 않나요?'

"산에서 나를 만나자 곧 돌아섰는데, 왜 아직 오지 않았을까?'

"어쩌면 또 암자에 들렀을지 모르겠습니다."

"덕분에 별고 없이 보냅니다. 부인께서도 아시겠지만 저희들은 정직한 사람이어서 빈둥거릴줄 모릅니다. 그래서 새 황제께서도 우리를 아주 아껴주십니다. 원부인께서 오늘 서 나으리님과 배필을 맺으셨으니, 저희들이 놀러다녀도 될 것 같습니다."

제선행이 말했다.

"서 나으리님도 은정 깊은 분이시지."

장태감이 웃으면서 말했다.

"그러나 아마 태감이 하는 일들을 잘 모르실 겁니다. 저희들역시 출가한 화상이나 도사와 같아서 마님들은 꺼리지 않는 답니다."

이태감이 물었다.

"성지에는 세 분이라고 했습니다. 아마 먼저 들어가신 분이 황후께서 질녀로 삼으신 두 공주님이겠지요. 그런데 화소저는 왜보이지 않습니까?"

우문사급이 말했다.

"여기에 있다면, 같이 나와 성지를 받는 게 도리입니다."

원자연이 대답했다.

"화씨 아가씨는 친척을 만나러 갔는데, 곧 돌아올 겁니다."

시종들이 주안상을 차려오니 여러 관리들은 자리에 앉아 한동안 술을 마셨다.

술상을 물리는데, 두공주의 하인이 밖에서 말하는 소리가 들려왔다.

"절에서 일하는 장노인이 돌아왔군요. 화소저는요?"

장노인이 대답했다.

"이틀쯤 지나서야 오실 것이네. 나는 공주님한테 알리려고 먼저 왔네."

그러자 하인들이 떠들어댔다.

"늙은이가 정신 나갔군. 지금 여러 나으리들이 화소저한테 성지를 전하려고 기다리는 중인데 제멋대로 떠들어대는군."

가윤보가 하인에게 말했다.

"장노인이 돌아왔다니 얼른 데려오게. 내가 묻겠네."

하인은 급히 나가서 장노인을 데리고 들어왔다.

가윤보가 물었다.

"화소저와 함께 갔었는데 왜 홀로 돌아왔는가?"

"그날 산에서 내려오다가 비를 만나게 되었지요. 저희들은 은씨라고 부르는 과부집에 들어가서 묵었습니다. 그 댁에 세 여인이 있는데, 무슨 부인이라고 불렀습니다. 그 부인들이 붙잡는 바람에 화소저는 저더러 먼저 가라고 했습니다. 2, 3일 지나서 부인들이 화소저와 함께 여정암으로 돌아온다고 말했습니다."

장태감이 다시 물었다.

"늙은이가 화소저와 함께 갔었는가?"

"그렇습니다."

하인이 대답하니, 장태감이 언성을 높였다.

"철딱서니 없는 늙은이군. 그분은 황제 폐하의 부르심을 받은 부인이시다. 넌 어디로 꾀어가지고 갔다가 허튼소리를 치는 거냐. 여봐라, 이놈을 끌고 가서 찾아보고, 찾지 못할 경우에는 죽여버려라."

관아 소졸들이 장노인을 붙잡고 목에 쇠사슬을 걸었다. 장노인은 기겁해서 눈물 콧물을 흘리면서 울었다. 선랑이 보고 오량을 불러서 장노인에게 은전 5푼을 상으로 주고, 또 은자 한 냥을 여비로 주게 했다. 그리고 오량에게 사찰을 데리고 즉시 떠나 화소저를 찾아오라고 분부했다.

장태감이 말했다.

"우문 나으리께서는 제(齊) 나으리와 함께 아문으로 돌아가십시오. 저희들은 함께 가서 화부인을 찾아오겠습니다."

"화부인을 모셔오는데, 자네까지 갈 건 없잖아?"

노태감이 우문사급의 귓전에 입을 대고 몇 마디 말하니, 우문사급은 고개를 끄덕이고서 제선행과 함께 먼저 작별하고 낙수로 돌아갔다. 장태감과 이태감은 절에서 일하는 장노인과 함께 문을 나섰다. 선랑은 은자 열 냥을 오량에게 여비로 주었다. 그들은 각기 말을 타고 떠나갔다.

한편 은씨 과부 집에서 2, 3일을 묵은 화우란은 기어코 떠나려고 했지만 부인들이 한사코 놓아주지 않으니 별 수가 없었다. 그날 떠나려고 하는데 밖에서 말 울음소리가 들리더니 사람들이 마구 밀려들었다. 학동들은 놀라서 뿔뿔이 도망쳤다.

가부인이 나오면서 말했다.

"웬 사람들인데 이렇듯 방자한가?"

장노인이 급히 달려오면서 말했다.

"부인님, 화소저가 여기에 며칠 묵는 바람에 저는 공연한 고생을 했습니다. 어서 화소저를 나오시라고 하십시오!"

가부인이 말했다.

"화소저를 모셔가면 그만이지, 왜 이렇게 소란을 피우가?"

태감 두 사람이 가부인을 알아보고 말했다.

"면목이 있는 분들이군요. 부인님들께서 이곳에 계셨군요. 마침 잘 됐습니다."

가부인도 장태감과 이태감을 알고 있었다. 미처 피하지 못하게 되니 상면하는 수밖에 없었다. 마음을 털어놓고 이야기를 나누다가 가부인은 슬피 울었다.

장태감이 물었다.

"부인 몇 분이 함께 계시는가요?"

"나부인과 강부인, 그리고 나 세 자매가 함께 있네."

장태감이 말했다.

"지금 황제 폐하께서는 십육원(十六院) 부인님들을 찾으라는 밀서를 내리셨습니다. 오늘 세 부인님은 행운을 만났으니, 어서 짐을 꾸려서 장안으로 가십시다."

곁에 있던 오량이 말했다.

"부인님, 화소저도 함께 나오도록 말씀해 주세요."

한참 후에 강부인과 나부인이 화우란과 함께 나와 두태감을 만났다.

인사를 마치자 부인들은 다시 방에 들어가 의논했다.

"우린 한평생 여기서 살아갈 수 없다. 더 늙기 전에 몇 년간 다시 멋들어지게 살아보자. 여기서 쓸쓸하게 살아갈 이유가 무엇인가?"

합의를 본 부인들은 짐을 꾸리고 수레 두 대를 삯을 주고 빌렸다. 세 부인과 화우란은 은과부와 작별하고 태감 두 사람과 함께 길을 떠났다.

3일 걸려서 뇌하에 당도할 무렵 태감 두 사람은 강씨, 나씨, 가씨 세 부인을 모시고 제선행의 관아로 갔고, 오량과 노인 장씨는 화우란과 함께 두선랑 공주 집으로 가서 떠날 준비를 했다. 원자연은 양씨 부인과 형아를 위로하고 역시 두선랑의 집으로 왔다. 제선행이 사람을 보내 재촉하니, 선랑은 아버지와 손안조에게 집일을 잘 처리한 다음, 산으로 돌아가 달라고 당부한 뒤에 오량과 금령을 데리고 울면서 문을 나섰다.

여정암의 네 부인은 태감들이 강부인, 나부인, 가부인을 데리고 간다는 것을 알고 감히 배웅하러 오지 못하고 장노인을 보내 인사말을 전했다. 우문사급과 태감 두 사람, 그리고 부인 세 사람 등 모두가 길을 떠났다. 제선행은 여행용 교자 여섯 채를 마련해 주었다.

일행은 한 달이 못되어 장안 부근에 이르렀다. 진숙보 집에 있는 나공자와 장공근, 그리고 울지 형제는 두선랑 일행이 당도했다는 소식을 듣고 사람을 보내 마중하려는데, 서세적이 들어서면서 말했다.

"숙보 형, 나형과 저의 권속들이 곧 당도할 겁니다. 공관을 마련해서 함께 머물도록 할까요? 아니면 각기 자기 집으로 안내할까요?"

"두공주가 선웅신 형 댁에 묵었을 때 내 며느리가 된 애련소저와 결의 자매를 맺었네. 지금 형수님도 우리 집에 계시는 데다가 그들은 몇 년 동안 헤어져 있었기에 함께 있으면서 얘기를 나누도록 하면 기뻐할 거네. 그리고 영부인(원자연)도 함께 우리 집에 와서 하루 이틀 묵기만 하면 혼례식을 마칠 텐데 공관을 마련해선 뭘 하겠나?"

서무공은 진숙보 말을 듣고 집으로 돌아가서 하인 수십 명과 가마 한 채, 그리고 여인 몇 명을 보내면서 잘 시중들라고 분부했다. 나공자도 장공근과 울지남, 울지북, 그리고 진회옥과 함께 많은 하인들을 거느리고 영접하러 갔다.

우문사급과 태감 두 사람이 부인들의 가마행렬을 모시고 십 리쯤 나아가니 앞에서 가마와 말들이 열을 지어 마주오고 있었다. 나공자와 장공근 일행은 우문사급 앞으로 다가가 위로했다.

장공근이 말했다.

"성 밖에서 지체하지 말고 모두 숙보 형님댁으로 갑시다. 거기

서 하룻밤을 묵고 내일 황제 폐하를 배알한 다음, 자기 집으로 가
도록 합시다."

우문사급도 그렇게 하는 것이 좋겠다고 했다.

이때 금령은 반미와 함께 서서 많은 이야기를 하는 공주와
화우란을 가마에서 내려오도록 하였다. 선랑은 말을 타고 먼 곳
에 있는 나공자의 늠름한 모습을 보고 생각하였다.

'다행히 저런 낭군을 얻었으니 떳떳이 살아갈 수 있을 거다.'

이전에 양보하던 마음과는 전혀 다른 심정으로 선랑은 큰 교자
에 앉았고, 화우란은 또 다른 교자에 앉았다. 서세적의 하인들과
많은 사람들이 가마를 뒤쫓아가면서 원부인을 맞으러 왔다. 세
명의 여인들은 원부인을 부축해서 교자에 앉히고 뒤따라갔다.

태감이 말했다.

"세 분 부인은 잠시 역관에 머무십시오. 저희들이 궁전에 들어
가 아뢴 다음 모셔가겠습니다."

태감은 우문사급과 함께 성 안으로 들어가다가 진왕을 만났
다. 그즈음 왕세충이 촉(蜀) 땅으로 유배가다가 정주(定州)에 이르
러 반란을 일으켰다.

그래서 진왕은 황제를 만나러 가던 길이었다. 진왕은 세 사람
과 함께 황궁으로 들어갔다. 황제가 황후 두씨, 장비(張妃), 윤비
(尹妃), 그리고 우문소의와 함께 어원(御苑)에서 꽃구경을 하고 있
다는 것을 알고, 네 사람은 함께 그곳으로 가서 황제를 배알했다.
장태감은 두선랑과 원자연의 행적과 화우란을 찾으러 갔다가 수

나라 조정의 강(江), 나(羅), 가씨(賈氏) 부인을 만난 이야기를 일일이 아뢰었다.

황제는 너무 기뻐서 얼굴에 미소를 지으면서 물었다.

"그 부인 세 사람의 나이가 얼마더냐?"

두황후가 말했다.

"이미 망해 버린 수나라의 낡은 물건들인데, 폐하께선 어쩌하시려고 그녀들을 찾으십니까?"

두황후의 말투가 거칠어지자, 장태감이 대답했다.

"그 옛날 수나라의 허정보(許廷輔)가 그녀들을 입궁시킬 때 열예닐곱 살이었으니, 지금은 서른 살 안팎일 겁니다. 이 세 여자의 자색은 다른 궁비들보다 못합니다."

그러자 비빈 장씨가 웃으면서 말했다.

"그녀들을 몽땅 불러오면, 폐하께서는 서원(西苑)을 또 하나 지으셔야 마음껏 즐기실 수 있을 것입니다."

여인들의 말투에서 질투심을 느낀 황제는 화제를 바꾸었다.

"심려하지 말게. 짐은 나를 위해서가 아니라 따로 생각이 있어서 그러는 것이야!"

황제가 진왕에게 물었다.

"신하들 가운데 아내가 아직 없는 사람이 몇 명이나 있는가?"

"여러 신하들 가운데서 위현성, 나사신, 울지공, 정교금이 아직까지 가실(家室)을 맞아들이지 않았을 겁니다."

황후 두씨가 장태감에게 물었다.

"두선랑과 화우란, 그리고 원자연은 지금 어디에 있는가?"

"그 세 분은 모두 진숙보 집에 있사옵고, 수나라 부인 세 사람은 역관에 머물고 있습니다."

우문소의가 말했다.

"두선랑은 황후의 질녀인데, 어찌하여 그들 세 사람을 먼저 입궁시켜 배알하게 하지 않는가?"

황제가 태감에게 두선랑과 화우란, 그리고 원자연을 즉시 입궁시켜 배알하게 하라고 분부하니, 태감이 모시러 갔다.

진왕이 정주에서 왕세충이 다시 반역했다고 상주하자, 황제가 말했다.

"배은망덕한 역적 놈을 곧 토벌하도록 그곳 총관에게 분부하거라."

태감이 세 여인을 데리고 들어왔다. 세 여인이 단 아래 꿇어앉아 배알하자, 황제가 일어서라고 했다. 선랑은 두후한테 절을 하려고 했다.

두후는 궁녀에게 선랑을 부축해 일으켜 세우게 했다.

"금시 배알하고 또 절을 할 건 뭐냐?"

황제가 보니, 세 여인이 단정하고 얌전했다.

"한 명은 효녀이고, 한 명은 의녀(義女)이고, 다른 한 명은 재녀(才女)이니, 여느 여인들과는 판이하게 다르구나."

황제는 비단 방석 3개를 가져오라고 분부해서 그녀들을 앉게 했다.

황후 두씨가 선랑에게 말했다.

"전번에 네가 보내준 예물을 잘 받았다. 나도 보내려고 하다가 폐하께서 너희들을 장안으로 부르셨기에 보내지 않았다."

"하찮은 물건인데 말씀하시니 부끄럽습니다."

"네가 효성이 지극하고 용감하다는 사실은 오래전에 소문이 났다. 그런데 상주문을 그렇게 잘 쓰리라고는 생각지 못했구나."

황제가 웃으면서 말했다.

"그런데 상주문에 대상자를 남에게 양보한다고 쓴 것은 진정이 아니었지?"

그러자 선랑이 꿇어 엎드려 아뢰었다.

"그건 소첩의 진심에서 우러나온 말이옵니다. 당년에 나성이 처음으로 저에게 편지를 썼사옵니다. 편지를 진숙보에게 주면서 선웅신이 저의 부친에게 청혼하게 했습니다. 저는 편지를 보고 나서 나성이 선웅신의 딸 애련에게 청혼하는 것으로 고쳤습니다. 그런데 애련과 진숙보의 아들 회옥이 배필을 이루었기에 나성은 옛 맹세대로 저에게 청혼한 것이옵니다."

"그건 그럴 수도 있겠다. 하지만 화우란이 나성과 동침하면서 살을 섞지 않았다는 것은 믿기가 어려운 일이다."

"저희들이 감히 폐하께 함부로 아뢸 수 있겠습니까? 황후 마마께서 궁인들더러 검증해 보시게 하면 알 수가 있을 것이옵니다."

두황후가 말했다.

"그거야, 어렵지 않지!"

두황후가 궁녀에게 말했다.

"내 변옥주(辨玉珠)를 가져 오너라."

궁녀가 변옥주를 가져오자, 두후는 화우란을 자기 곁으로 불렀다. 동글동글하고 눈부신 빛을 뿌리는 변옥주로 화우란의 양미간(眉間)을 다림질하듯 서너번 문지르자, 화우란의 눈썹이 한 곳으로 모일 뿐 흐트러지지 않았다.

두후가 감탄하면서 말했다.

"진짜 처녀가 틀림없구나!"

황제가 화우란에게 말했다.

"너야말로 참을성 있는 여인이로구나. 나성도 군자답다. 여느 사람이었다면 그런 형편에서 절개를 지킬 수가 없지. 그러니 두 가인이 나성 한 사람을 섬겨도 보람이 있겠다."

화우란이 재빨리 일어나 사례하니, 두후와 세민과 여러 궁인들이 모두 웃었다.

황제가 원자연에게 말했다.

"원귀인은 천인지학(天人之學)에 능하니 서세적과 배필을 맺으면 금후에 쌍쌍이 나랏일에 조력할 수 있을 것이다."

그리고 장태감을 불러서 역관에 있는 수나라의 세 부인을 불러오게 하고, 내시를 보내서 위현성, 서무공, 울지공, 정교금을 불러오게 했다. 또 이태감을 시켜 나성과 진숙보, 숙보의 아들 회옥과 그의 처 애련을 불러다가 배알하게 한 후에 부관에게 빨간초 13쌍과 육반(六班) 고악(鼓樂)을 불러 대기시키라고 분부하였다. 그리고 황제는 진왕과 함께 편전에 들어가 좌정했다.

위현성(위징), 서세적, 울지경덕, 정교금이 들어와서 알현하니, 황제가 말했다.

"서(徐)경의 가실(家室)은 이미 모셔 왔소. 짐이 생각건대, 주문왕(周文王)처럼 정사를 하려면 안으로는 원한을 품은 여인이 없게 하고, 밖으로는 홀아비가 없어야 하오. 그런데 혁혁한 공을 세운 대신들이 아직 가실이 없다니! 그래서 짐은 태감을 보내서 수나라의 아리따운 궁인 세 명을 불러왔으니, 오늘 경들은 제비를 뽑아서 연분을 맺도록 하시오."

위현성과 울지경덕, 정교금이 일제히 꿇어앉아서 말했다.

"신들은 한평생 폐하께서 베푸신 하늘 같은 은혜에 만분의 일도 보답하지 못할 겁니다. 천하가 아직 태평스럽지 못한데, 어찌 가실을 염두에 두겠습니까?"

"경전에 이르기를, 가정을 꾸린 후에 나라를 다스리고, 나라를 잘 다스려야 천하를 평정할 수 있다고 했소."

진왕도 말했다.

"이건 폐하께서 대공무사하시며, 또 여러분들과 함께 인생지락을 누리려 하심이니 경들은 사양하지 마시오."

황제는 궁인에게 도자기 항아리를 가져오라고 한 다음 강씨, 나씨, 가씨 3부인의 이름을 종이에 써서 항아리에 넣었다. 그런 다음 위현성, 울지경덕, 정교금 세 신하더러 하늘을 향해 맹세를 다진 후에 젓가락으로 집어내게 했다.

위현성은 가씨 부인, 울지경덕은 나씨 부인, 정교금은 강씨 부인을 뽑았다.

세 대신은 황제에게 사례했다.

이때 장태감이 부인을 셋을 데리고 들어와 배알하게 하니, 황제가 물었다.

"누가 가소정(賈素貞)이고, 누가 나소옥(羅小玉)이며, 누가 강도(江濤)인가?"

세 부인이 각각 앞으로 나서서 대답하니, 황제가 세 대신에게 말했다.

"이 세 분 가인은 비록 경국지색은 아니지만 몸매가 날씬하고 고우니, 경들은 절대 천대하지 말아야 하오. 세 부인은 안에 들어가 황후를 배알하고 나와서 함께 촛불을 켜시오."

궁인이 부인들을 안내해서 안으로 들어갔다.

그리고 진숙보가 아들 회옥과 며느리가 될 선애련(單愛蓮)을 데리고 다가와 배알했다.

황제는 진숙보를 특별히 우대했다.

"자네 부자는 일어서오."

그리고 애련을 가리키면서 물었다.

"경의 며느리 선씨는 예식을 올렸소?"

숙보가 대답했다.

"아직 올리지 않았습니다."

황제는 애련의 얼굴이 배꽃처럼 희고 허리가 버들가지처럼 가늘며, 걸음걸이가 온당한 것을 보고 명문 규수라 생각하고 칭찬해 마지않았다.

"훌륭한 소저(小姐)로다."

황제는 시녀더러 애련을 황후한테 안내해서 배알하게 하라고 분부한 뒤, 숙보에게 말했다.

"방금 두선랑은 경의 며느리와 결의 자매를 맺었으며, 또 편지를 써서 나성과 배필을 맺어주려고 했다는데, 그게 정말이오?"

"두선랑이 나성의 편지를 고쳐서 보낼 때는 신이 이미 아들을 선씨에게 허혼한 뒤였습니다. 저와 선웅신은 생사를 같이 하자고 다짐한 친구이기에 맹세를 저버릴수 없어 그러했습니다."

"경의 아들과 저 선소저는 천생배필이오. 그런데 왜 아직 예식을 올리지 않았소?"

"애련이가 집에 돌아가서 부친을 안장한 뒤에 결혼하겠다고 했습니다."

"역시 갸륵한 생각이오. 오늘 짐이 주관할 테니, 여러 사람이 혼례식을 할 때 함께 하도록 하오. 결혼 후 한 달이 차면 집에 돌아가 부친을 안장하도록 허락하겠다."

그리고 내시에게 분부했다.

"두선랑에게는 2품 관대를 하사하고, 다른 부인들에게는 4품

관대를 하사하거라. 그리고 길시를 놓치지 말고 함께 촛불을 켜
도록 어서 그녀들을 불러오너라."

내시는 들어가더니 일곱 여인을 모시고 나왔다. 황제는 먼저
위현성과 서무공, 울지경덕과 정교금과 원씨, 가씨, 나씨, 강씨 네
부인과 짝을 지어서 서게 한 뒤에 붉은 초를 주었다.

네 쌍의 부부는 황제에게 사은하고 주악 소리 속에서 물러갔
다. 두 번째로, 진회옥과 선애련이 황제에게 사은하고 물러갔다.
세 번째로, 나성이 양쪽에 두선랑과 화우란을 세우고 황제에게
사은했다.

"나성이 득을 봤구나. 자네가 점잖았기에 오늘 두 여인을 아내
로 맞이하게 되었네."

나성이 두 가인과 함께 꿇어앉아 말했다.

"폐하의 하늘 같은 은덕을 입었으니 감개무량합니다. 신의 아
내 선랑은 황후마마의 친척이니 신은 황후께 사은하려고 합니다.
폐하께서 허락해 주십시오."

"그렇게 하라."

황제가 나성 부부 세 사람을 거느리고 황후가 있는 후원으로
갔다. 두황후는 젊고 예모가 있는 나성을 기특하게 여겨 궁녀 두
명, 태감 두 명을 하사하고 많은 보물과 의복을 선사했다.

그리고 온거(溫車) 한 채를 내주어 부인 두 사람을 앉히고, 어전
의 금련촉(金蓮燭)을 가져가 주악 속에서 물러가게 했다. 사람들
이 모두 몰려와 구경하면서 저마다 모두가 부러워했다.[5]

뒷일은 어찌 되겠는가 알 수 없나니, 다음 회를 읽어 보시라.

5 부부는 인연이다(夫妻是緣). 좋은 인연이든 나쁜 인연이든(善緣惡緣), 인연이 없었으면 결혼하지 않았을 것이다(無緣不娶). '百世(백세)의 인연이 있기에 같은 배를 타고 건너며(百世修來同船渡), 千世(천세)의 인연이 있어야 한 베개를 베고 잘 수 있다(千世修來共枕眠).'라는 말처럼 부부의 인연은 특별하다.

서로의 차갑고 뜨거운 것을 아는 사이가 바로 부부이며(知冷知熱是夫妻), 부부의 은혜와 사랑은 쓰고도 달다(夫妻恩愛苦也甛). 부부는 한 얼굴이다(夫妻一個臉)란 말처럼, 태도나 관점이 같으며 부부는 같은 복을 누린다(夫妻是福齊). 그러기에 젊어서 부부가 늙어서는 친구이며(少年夫妻老來伴), 사랑하는 부부는 대부분 장수한다(恩愛夫妻多長壽). '집이 가난하면 어진 아내를 생각한다(家貧思良妻).'고 하였으니, 어려운 가정일수록 아내가 현명해야 한다. 어진 처가 있으면 남편에게 화가 없고(妻賢夫禍少), 가정에 어진 아내가 없다면 반드시 의외의 재난을 당한다(家無賢妻 必遭橫禍).

'시골마을 부부는 언제나 같이 다닌다(村裏夫妻 步步相隨).'는 말의 정경을 생각해 볼 필요가 있다. 논으로 밭으로 부부가 한 줄로 따라다니면서 농사를 짓는 그 마음은 가난을 함께 이기자는 의지일 것이다. 때문에 '역경의 친구(患難朋友), 고생할 때 부부(艱苦夫妻)'라고 하였다.

'가난한 집에서는 온갖 일이 모두 어렵게 되지만(貧家百事百難做), 부잣집에서는 귀신을 부려 맷돌을 돌린다(富家差得鬼推磨).'고 하였다. 아내가 현명하면 살림이 좋아지는 것은(妻賢家道興), 사실이다. 그러기에 빈천할 때 사귄 친구를 잊을 수가 없는 것이고(貧賤之知不可忘), 고생을 같이한 아내를 버릴 수 없는 것이다(糟糠之妻不下堂).

왕세충은 배은해 다시 반역하였고, 진회옥은 반적을 죽여 공을 세우다.(王世充忘恩復叛, 秦懷玉剪寇建功.)

노래하기를,	詞曰,
큰 말에 채찍 때려 치닫게 하고,	(驕馬玉鞭馳驟)
좋은 뜻 견지하여 오래 가련다.	(同調堅貞永晝)
손잡고 한 곳에서 함께 머물며,	(提攜一處可相留)
눈썹도 찡그리지 말라.	(莫把眉兒皺)
눈 같은 지조 만나기 어려우니,	(如雪剛腸希覯)
한 번에 빨리 추한 꼴 주살했다.	(一擊疾誅雙醜)
하늘에 맹서 생사를 초월하니,	(矢心誓日生死安)
정말로 드문 특별한 벗이어라.	(若輩眞奇友)
— 곡조 〈오가기〉	— 調寄 〈誤佳期〉

옛사람도 말했으니, 여인의 말에 따라 처신할 수 없다고 하였다.[6] 그리고 사서(史書)에서도 여인의 말에 따르는 것을 경계하였다. 그러니 여인들은 남자의 일에 입을 열을 수 없었다.

부인 중에서도 지혜나 식견이 남자들을 능가하는 사람이 적지 않다는 사실을 많은 사람들이 모르고 있다. 이를테면, 명(明)나라 왕족 주신호(朱宸濠)[7]란 사람이 모반하려 하니, 그의 아내 누씨(婁氏)가 눈물을 흘리면서 만류했지만 듣지 않았다.

그러다가 끝내 잡혀 죽으면서 탄식했다.

"예전에 은(殷)의 주왕(紂王)[8]은 여인〔달기(妲己)〕 말을 들었기

---

6 원문 唯婦人之言不可聽(유부인지언불가청) ─ 그러나 현실에서는 아내의 말을 잘 들어야 한다. 본래 아내만큼 남편을 아는 이 없다(知夫莫若妻). 아내를 멸시하면 일생 동안 궁하다(欺妻一世窮). 아내가 있다면 못생겼다고 탓하지 말라(有妻別嫌醜). 아내가 현명하면 살림이 좋아진다(妻賢家道興). 집안에서 현명한 아내의 도움이 있으면(家有賢妻勸), 사내가 남과 시비하지 않는다(男兒不入是非門). 가정에 어진 아내가 없다면(家無賢妻), 반드시 의외의 재난을 당한다(必遭橫禍). 아흔아홉살까지 살고 싶다면(想活九十九), 아내가 못생겼다고 탓하지 말라(別嫌老妻醜). 아버지가 근심이 없는 것은 자식이 효도하기 때문이고(父不憂心因子孝), 집안에 번뇌가 없는 것은 어진 아내 때문이다(家無煩惱爲賢妻).

7 주신호의 반란(朱宸濠之亂, 宸濠之亂, 寧王之亂) ─ 明 武宗 正德(명 무종 정덕) 14年(1519). 寧王(영왕) 주신호가 江西省 南昌(강서성 남창)에서 일으킨 반란. 남공순무(南贛巡撫)인 왕수인(王守仁, 王陽明)이 평정했고, 주신호는 포로가 되어 처형당했다.

8 주왕(紂王) ─ 28회 주석 참고.

에 천하를 잃었지만, 과인은 아내의 말을 듣지 않아서 나라를 망쳤다."

그러나 부인의 말을 듣느냐, 안 듣느냐는 남자의 뜻에 복종하는가, 아니면 자신의 지향에 어긋나는가를 보아서 들을 말은 듣고, 들으면 안 되는 말은 따르지 않아야 한다.

그때 당황제는 수나라 궁인을 몇 명 불러오라고 태감에게 분부했다. 자기의 시중을 들게 하려고 생각했었다. 그런데 두후가 한 마디 하는 바람에 몇 쌍의 부부가 생겼다. 또 당황제도 많은 정력을 소모하지 않아도 되었다.

수 양제의 소(蕭)황후처럼 황제의 뜻을 무조건 받들었더라면, 황제의 잘못을 바로잡아주지 못했을 것이다. 그 결과는 나라의 멸망이었다.

당황제는 본인이 생각했던 대로, 대신이 직접 여인의 이름을 고르게 하여 부부로 맺어주었다. 몇몇 여인을 신하들에게 주어서 짝을 짓게 하니 남자와 여자 모두 기뻐했고, 또 황제의 은덕에 감격해 마지않았다. 당황제는 자신의 처사가 좋은 일이라 생각했고, 후궁에 들어가서 여러 비빈들에게 자랑삼아 이야기를 했다.

처형된 선웅신의 딸 선애련이 부친의 장례를 치른 후 진숙보의 아들 진회옥과 결혼식을 올리겠다는 말을 했다고 당황제가 이야기하니, 황후 두씨는 감탄하였다.

"백성 중에 효성스러운 여인이 많군요. 의외입니다."

이때 우문소의(宇文昭儀)가 눈물을 흘리니, 당황제가 깜짝 놀라 물었다.

"비(妃)는 왜 슬퍼하는가?"

"제 모친의 영구가 아직 낙양에 그대로 있습니다. 소첩의 오빠 우문사급은 아직 모친을 안장하지 않았습니다."

"내일 그대의 오빠가 입조할 때 짐이 물어보겠다."

한편 진숙보 집에 나성(羅成)과 함께 머물고 있는 장공근은 나 공자가 금방 결혼했기 때문에 떠나자고 재촉할 수도 없었다. 그런데다가 여러 왕비와 대신들의 부인이 두황후가 두선랑을 질녀로 삼았고, 또 선랑과 우란 두 부인의 효성과 의리에 감복하여 서로 다투어 사귀려고 매일 저녁마다 연희를 베풀었기에, 떠나자는 말을 할 수도 없었다.

그러나 장공근은 본래 자기가 관할하는 지역의 치안이 염려되어 황제를 배알하고 떠나겠다고 말했다. 그런데 진왕 이세민은 능력이 뛰어난 장공근을 놓아주기 아쉬웠다. 그래서 황제에게 상주하여 장공근을 참모직인 사마(司馬) 겸 독포사(督捕司)의 직책에 임명하였고, 대신 나성을 장공근의 후임으로 유주부윤(幽州府尹)에 임명하였다. 성지가 내리자, 장안에 남게 된 장공근은 보고서를 연군왕에게 올렸고 가족을 장안으로 데려오도록 사람을 보냈다.

나성도 칙명을 받아 장공근의 직무를 대신하게 되었다. 나성도 부모가 걱정되어 한 달도 안 되었지만 황제와 두황후, 그리고 진왕도 배알하였고 여러 빈료들과 작별했다. 또 선량의 부탁을 받고 우문사급에게 작별 인사를 드리려고 그의 집에 갔는데, 정원에 말들이 줄지어 서있고 사람들이 한창 여장을 꾸리고 있었다.

나공자가 안에 들어가 인사하고 물었다.

"나으리께서는 어디로 행차하려고 여장을 꾸리십니까?"

"내가 아직 모친의 영구를 안장하지 못했기에 두 달간의 말미를 받고 낙양에 가서 안장하려고 하네. 지금 곧 출발하기에 금의환향하시는 나형을 배웅하지는 못하겠네."

"저도 내일이나 모레는 떠나렵니다."

나공자는 말을 마치고 대문을 나섰다. 그는 밤을 새워 떠날 차비를 서둘렀다. 고모인 진숙보 모친과 형수인 장씨, 그리고 숙보의 아들 회옥 부부가 대문 밖까지 나와 전송하였다.

나성은 두선랑, 화우란 두 아내를 거느리고 환향하는 것이 정말 자랑스러웠다. 나성은 일행으로 같이 동행할 울지남과 울지북 형제, 그리고 태후가 하사한 태감 두 사람과 시종인 반미 등이 앞에 나섰고, 나공자와 두선랑과 화우란의 본부인 두 사람, 그리고 시녀인 금령과 오량이 뒤따랐다.

서혜비는 진왕부의 태감을 한 사람 나성에게 보내주었고, 서세적의 부인이 된 원자연도 시녀인 청금을 보내주었다. 그리고 황제의 주선으로 각각 새로운 지아비를 모시게 된 강씨, 나씨, 가씨, 세 부인도 모두 사람을 보내 전송하게 했다.

일행이 타고 갈 수레와 교자가 길을 메웠고, 전송 나온 사람들은 20여 리나 배웅하고 돌아갔다.

나성은 뇌하의 묘소에 이르러 급히 두건덕을 유주로 모셔 가려고 주야로 일정을 서둘렀다. 며칠이 안 되어 일행은 동관(潼關)을 지나 섬주(陝州)[9] 관내의 한 마을에 이르렀다. 그날 아침 일찍 일어나 출발하였기에 조반을 먹지 못했다. 앞서가는 울지 형제는 크고 깨끗한 객점을 찾으려 했으나 마땅한 곳이 없었다.

다시 1리 남짓 더 나아가니 거리 복판에서 펄럭이는 주기(酒旗)가 보였다. 술집을 알리는 깃발에는 '잠시 거마(車馬)를 멈추시고, 명리공(名利公)도 우선 쉬십시오.' 라는 재미난 구절이 쓰여 있었다. 울지 형제 일행은 즉시 말에서 내려 말을 나무에 매고, 안으로 들어갔다. 방이 넓은 데다가 일찍 왔기에 다른 손님도 없었다.

울지 형제는 급히 주인에게 깨끗이 청소하고 술과 요리를 마련하라고 주문한 뒤에 객점을 나와 뒤에 오는 일행을 기다렸다. 그런데 거리에는 많은 사람들이 오가는데 객점 곁에 있는 작은 암

9 섬주(陝州) – 古代 설치한 州名. 治所(치소)는 今 河南省(하남성) 三門峽市(삼문협시) 陝州區(섬주구). 섬서성 접경.

자의 문 앞에 사람들이 몰려있는 것을 보았다. 울지남은 그곳 주민에게 무슨 일이냐고 물었다.

"모르겠습니다. 암자 안에 들어가 보시면 알게 될 겁니다."

울지 형제가 암자 안으로 들어가 보았다. 문 앞에는 가람(伽藍, 절)을 지키는 사천왕상을 모신 한 칸 건물이 있었다. 거기를 지나 들어가니 세 칸짜리 불당이 있었다. 그런데 출입문은 물론 창문, 탁자와 그릇 따위가 깨어지고 부서져 여기저기 지저분하게 널려 있었다. 그리고 서너 명의 늙은 여승이 한편에 모여 앉아 울고 있었다.

울지남이 한 늙은 여승에게 사연을 물었지만 울기만 할 뿐 대답하지 않았다.

사람들이 한쪽에서 수군거리며 말했다.

"그 공주도 역시 금지옥엽으로 자랐을 거야. 나라가 망하고 집이 파멸되었으니, 그 나으리에게 억울하게 당한거야."

울지남과 울지북은 더 따져묻지도 못하고 나성 일행이 당도했을까 되돌아 나왔다. 나성 일행이 모두 도착했다. 두선랑과 화우란은 교자에서 내려 객점 안으로 들어갔다. 말에서 내린 나성은 소란스러운 거리를 보고 무슨 일이냐고 울지 형제에게 물었다.

울지남은 이 마을 사람한테서 들은 말과 암자 안에서 본 모습을 이야기했다.

두선랑이 그 말을 듣고 생각했다.

'수나라와 위(魏)나라 조정의 후손들이 여기를 유랑하고 있는

모양이다.'

두선랑은 즉시 늙은 여승을 데려오라고 분부했다. 군졸 차림을 한 오랑과 금령이 암자에 들어가 늙은 여승에게 말했다.

"우리 집의 공주님과 친왕(親王)께서 당신들 주지를 찾고 있소."

그 늙은 여승이 급히 일어서며 물었다.

"친왕과 공주님은 누구이십니까?"

"가보면 알거요."

늙은 여승은 하는 수없이 따라나서면서 궁금해 했다. 객점에 들어온 여승은 나공자와 두선랑에게 절을 올렸다.

두선랑이 물었다.

"누가 암자에서 소동을 벌였나요? 또 어느 나라의 공주님이 여기에 계셨는가요?"

"수나라의 남양공주(南陽公主)[10]가 계셨습니다. 젊어서 수절한

---

10 隋朝 남양공주(南陽公主, 586年－7世紀)－隋(수) 煬帝(양제) 楊廣(양광)과 蕭皇后(소황후)의 장녀. 美貌와 才氣로 유명했다. 14살에 우문술(宇文述)의 아들 三男 우문사급(宇文士及, 572－642년, 字는 仁人 許國皇帝, 宇文化及의 동생, 唐 高祖, 唐 太宗 재위 중 재상 역임)과 결혼했다. 618年, 宇文士及의 형 宇文化及이 모반하고 隋 煬帝를 시해했다. 두건덕(竇建德)이 起兵하여 宇文化及을 칠 때, 南陽公主의 아들 宇文禪師는 부장 우사징(于士澄)에게 피살되었다. 이는 618년 사건이었다. 본 소설에서는 남양공주와 우문사급의 결혼을 언급하지 않고, 마치 다른 사람처럼 또 훨씬 훗날의 일로 다루었다. 《資治通鑑》189권에 남양공주에 관한 기록이 있다.

공주님은 선사(禪師)라는 아들을 거느리고 계셨지요. 하주(夏主)께서 (우문술의 아들) 우문화급(宇文化及)을 토벌할 때 하나라의 장군 우사징(于士澄)이 공주의 미모에 반해 아내로 삼으려 했는데, 공주가 순종하지 않자 아들을 우문화급의 패거리라고 하면서 죽여버렸습니다. 공주는 하주께 여승이 되겠다고 간청하고 잠시 낙양에 머물러 계셨습니다. 그런데 화적패들이 득실거리던 세월인지라 친척 집에 다녀오려고 장안으로 가다가 길에서 화적패한테 납치되어 갔다가 하는 수 없이 이 암자로 오게 되었습니다. 엊저녁에는 우문사급이라고 부르는 작자가 이 객점에 투숙했습니다. 어느 입빠른 자가 고자질했는지 우문 나으리란 사람이 암자로 와서 남양공주를 꼭 만나겠다고 했습니다. 공주님이 재삼 거절하니 우문 나으리는 문밖에서 이렇게 말했습니다. '공주도 홀로 살고 나도 아내를 잃었소. 지금 서로 독신이니 공주께서 허락한다면 아내로 맞겠소.' 그러나 남양공주는 응하지 않았을 뿐만 아니라 대노하면서 안에서 이렇게 말했지요. '나와 그대는 원수간이오. 내가 오늘 그대의 목을 베지 못하지만, 만약 나를 계속 핍박한다면 나는 죽을 것이오.' 그러자 우문사급은 공주가 순종하지 않는다고 그냥 떠나갔으나, 그 아랫사람이 이미 멸망한 수나라의 일족을 숨겨두었다면서 은자를 내놓으라고 핍박했습니다. 그러면서 이렇게 마구 짓부숴버렸습니다."

이야기를 듣고 두선랑이 말했다.

"당초에 양태복(楊太僕)은 우문사급의 품행이 단정한 것을 알고 우문사급이 당나라에 투항하도록 계교를 알려주었어요. 우문사급은 자기의 여동생을 황제의 비로 진헌(進獻)하였기에 황제의 총애를 받게 되었습니다. 그런데 그가 이처럼 여색에 빠질 줄은 생각 밖입니다. 그러니 서생(書生)이란 사람들은 그가 죽어야 그 사람됨이 어떠한 지를 알 수 있습니다."

말을 마친 선랑은 주위에 있는 여인들에게 늙은 여승과 함께 암자로 가서 남양공주를 모셔오라고 분부했다.

잠시 후 여인들이 남양공주를 옹위하여 객점으로 왔다. 허름한 비단옷을 입은 서른 살 미만의 가인이 들어서자, 두공주와 화부인은 급히 나와 맞이하면서 인사를 나누고 자리에 앉았다.

"방금 늙은 여승의 말에 의하면, 언니께서는 장안에 있는 친척을 만나보고 싶어한다고 말했습니다. 그런데 그 친척이 누구십니까?"

"당나라 광록대부(光祿大夫) 유문정(劉文靜, 568－619년)은 고인이 된 남편의 아주 가까운 지친입니다. 당나라의 개국공신이라서, 저는 장안에 가서 그분에게 기탁하여 한평생을 마칠까 생각했습니다. 그런데 들리는 소문에 유공은 궁감이던 배적(裴寂)과 사이가 나빴는데 끝내 배적의 모함을 받아 참살당했다고 합니다. 나라가 망하고 친척이 죽게 되니 미친 자들한테서 수모를 받았습니다."

말을 마친 남양공주는 눈물을 줄줄 흘렸다. 남양공주의 그런 모습을 두선랑은 심히 가엾게 여겼다.

"언니께서 불문(佛門)에 귀의하시려면, 이곳은 정착할 데가 못 됩니다. 제가 좋은 곳을 알고 있는데, 언니의 의향은 어떠신지요?"

"일러 주시는 대로 따르겠습니다."

"뇌하에 여정암(女貞庵)이라는 작은 절이 있습니다. 지금 수 양제의 십육원 부인들 가운데 뜻을 지키는 진씨, 적씨, 하씨, 이씨 부인 네 사람이 향을 피우면서 수신하고 있습니다. 언니께서 그곳에 가시면 그분들과 뜻이 맞을 겁니다."

"그렇다면 저는 그곳을 찾아가 그분들과 조석으로 예불하면서 부처님의 자비를 빌겠습니다."

"지금 우리도 뇌하로 가는 길이니, 의향이 그러하시면 어서 짐을 꾸려가지고 함께 떠나도록 하시지요."

남양공주는 크게 기뻐하면서 암자로 돌아가서 대충 행장을 수습해 가지고 여러 여승들과 작별하고 다시 객점으로 왔다. 두선 랑은 은자 열 냥을 늙은 여승에게 건네었고, 남양공주가 이용할 교자를 한 채를 세내게 한 다음 함께 길을 떠났다.

반미와 금령이 밥값을 치르려고 할 때, 계산대 뒤쪽에 있던 얼굴이 넓죽하고 귀가 축 늘어졌고, 수염이 많은 어떤 사내가 웃으면서 말했다.

"밥값은 천천히 치르시고 한 가지 물어봅시다. 방금 교자에 오른 분이 하주 두건덕의 따님이 아닌가요?"

"그렇습니다."

"그 젊은 귀공자분은 누구이십니까?"

금령이 대답했다.

"유주 연군왕의 아드님 나성이올시다. 황제께서 두 분의 혼례를 치러주셨습니다."

"하주의 신하 손안조는 지금 어디에 계시는지요?"

"지금 우리 하주님과 함께 산에서 불도를 닦고 있습니다."

그 사내는 고개를 끄덕이고 나서 말했다.

"참으로 애석하구나! 선웅신의 가족은 지금 어떻게 지내시는지 모르겠네!"

반미가 대답했다.

"선장군님의 따님도 전번에 우리 왕자님과 공주님과 같은 날에 황제께서 혼례를 치러 주셨습니다. 진숙보의 아드님이신 회옥 장군의 배필이 되었습니다. 황제께서 그분 부친의 영구를 안장하라고 허락하시어 며칠 내로 노주(潞州)로 떠나십니다."

그 사내가 웃으며 말했다.

"참 잘됐군. 황제께서는 정녕 영명하시군!"

반미가 서둘러 밥값을 치르려 하니, 사내가 앞을 가로막았다.

"하주님과 손안조는 모두 나의 옛 친구였습니다. 오늘 내가 우연히 밥 한 끼 대접했는데, 그걸 개의할 게 뭡니까?"

반미가 은자를 꺼내주려고 했으나 사내는 기어이 받지 않았다.

"좀스럽게 놀지 말고 어서 넣으시오. 그런데 선웅신의 영구가 며칠 사이에 노주로 떠난다고 하신 말은 틀림없겠지요?"

금령이 대답했다.

"그것은 틀림없지요. 우리는 이제 가도 되겠습니까?"

"좋습니다. 그럼 어서 떠나시오."

반미가 그의 이름을 물었으나 사내는 끝내 알려주지 않고 손인 사를 하더니 안으로 들어갔다. 반미와 금령은 하는 수없이 은자를 도로 집어넣고 말에 올라 앞서간 사람들을 따라갔다.

독자 여러분![11] 계산대에 있던 이 수염이 많은 사내가 누구인지 아십니까? 이 사내는 강호(江湖)에 널리 알려진 호걸이니, 성은 관(關)이고 이름은 대도(大刀)[12]이다. 요동 사람인 그는 전에 소금 장사도 하고 강도질도 하는 등 해보지 않은 일이 없었다. 그는 벼슬을 하찮게 여겼고, 또 남에게 붙어서 출세하려고 하지 않았다.

근자에 이밀과 선웅신 등이 참살당하는 것을 본 그는 마음을

---

11 독자 여러분 — 원문 看官們 — 看官은 독자. 책 읽는 사람. 讀者諸位. 주로 장회소설에서 자주 볼 수 있다. 관객 여러분. 관객에 대한 존칭. 們은 무리 문. 복수를 나타내는 접미사. 同學們은 학우들.

12 關大刀 — 소설 속의 가공 인물. 《삼국연의》의 관우(關羽)를 모방한 캐릭터. 《水滸傳》에는 108두령의 한 사람으로, 관우의 후손인 大刀 관승(關勝)이 있고, 또 미염공(美髥公) 주동(朱仝)이 있다.

가라앉힌 뒤, 이곳에서 큰 객점을 운영하고 있었다. 탐관오리들을 만나면 호주머니를 빡빡 긁어내게 하고서야 놓아주곤 했다. 사람을 죽이려 하지 않았으며, 또 벼슬을 탐내지 않는 그는 늘 이렇게 말하곤 했다.

"조상이 관공(關公, 關雲長)[13]이고 정직한 신하였는데, 내가 어찌 함부로 사람을 죽이랴."

또한 그는 "관공도 당년에 조조(曹操)에게 항복하지 않았으니, 나도 오늘 당나라에 귀순하지 않으련다."라고 말하였다. 그래서 사방의 호걸들은 모두 그에 대해 탄복했다.

천하 영웅은 쉽게 알아볼 수 없으니,	(海內英雄不易識)
영웅 지조는 못난이와 본래 다르다.	(肺腸自與庸愚別)
가소로운 자 또한 사람이 아니런가?	(可笑之乎者也人)
공연히 허장성세하며 말로만 떠든다.	(虛邀聲氣張其說)

---

13 관공(關公, 關雲長) ─ 關羽(관우, 162─219년, 字는 雲長)는 河東郡 解縣(今 山西省 運城市). 建安 四年(199年), 漢壽亭 侯(한수정 후, 漢의 壽亭侯가 아님)에 봉해졌다. 관우는 忠義와 勇武의 형상으로 중국인에게 關公, 關老爺(관노야)로 추앙받으며 武聖으로 文聖인 孔子와 나란한 명성을 누리고 있으며, 關聖帝(관성제), 關帝君(관제군), 關帝 등으로 불린다. 道敎에서는 協天大帝, 伏魔大帝, 불교에서는 護法神將(호법신장)으로 '伽藍菩薩(가람보살)'로 불린다. 민간신앙에서 관우 숭배는《三國演義》의 영향이라고 볼 수 있다. 《三國演義》에서 關羽, 張飛, 馬超, 黃忠, 趙雲을 五虎上將이라 했다. 關羽는《三國志 蜀書 6권》〈關張馬黃趙傳〉에 立傳되었다.

한편 두선랑은 부친을 유주로 모셔가기 위해 화우란과 여러 관인을 뇌하로 보내고, 자기는 나공자와 같이 은령산에 있는 아버지를 찾아갔다.

그러나 두건덕은 삼장화상(三藏和尙)의 지도를 받아 속세의 허망함을 깨닫고는 산에서 내려오지 않으려 했다. 눈물을 머금은 채 아버지와 작별하고, 뇌하로 돌아온 두선랑을 가윤보와 제선행이 찾아왔다. 화우란이 여정암의 네 부인을 집으로 모셔갔기에 모두 만날 수 있었고, 양의신의 여씨(如氏) 부인과 아들 형아(馨兒)는 서세적이 이미 사람을 보내 데려갔다.

두선랑은 조후(曹后)의 제사를 지내고 나서 묘소와 부동산들을 늙은 두 하인이 보살피게 한 다음에, 행장을 수습한 뒤 남양공주와 네 부인을 여정암에 데려다주고, 나공자와 화우란과 함께 북쪽 유주를 향해 떠나갔다.

나공자 일행을 바래다주고 가윤보는 선웅신의 영구를 권속들이 모시고 노주로 갔다는 소식을 알았다.

"돈후한 웅신으로부터 얼마나 많은 사람들이 그 은덕를 입었던가? 나 역시 그와 생사를 함께하자고 다짐한 친구였다. 웅신이 처형당하기 직전에 진숙보와 서세적을 비롯한 여러 사람들은 자기의 허벅다리 살을 베면서 다짐했고, 또 진숙보는 자기의 아들을 사위로 삼게 하여 그분의 은덕에 보답하였다. 나도 양심이 있는 사람이지만, 아직 그분의 은혜를 만분의 일도 갚지 못했다. 오늘 그분의 따님과 사위가 영구를 모시고 온다는 소식을 들었는데, 어찌 찾아가서 조상하지 않을 수 있겠나?"

가윤보는 행장을 수습해 가지고 전에 선웅신으로부터 은혜를 입었던 호걸들을 이끌고 장안을 향해 떠나갔다. 한편 진회옥과 애련은 한 달이 되자 조모와 부모에게 작별 인사를 올리고 길을 떠났다.

숙보는 수하의 네 장수들에게 사오십 명의 병사를 주어 호송하게 했다. 회옥은 아버지의 공훈이 혁혁했으므로 이미 전전호위우천우(殿前護衛右千牛)로 발탁되었다. 회옥은 전송하러 나온 많은 관리들과 일일이 작별하고 길을 떠났다.

며칠 뒤 장안을 벗어난 어느 날 저녁 무렵, 호송 장졸들은 말을 달려가면서 유숙할 객점을 찾았다. 때마침 짧은 흰옷을 입고 머리에 흰 수건을 동여맨 7, 8명 사내들이 다가오면서 물었다.

"말을 타신 형씨께 한 가지 물읍시다. 이현장 선웅신의 영구가 이곳으로 오십니까?"

"지금 뒤에 오고 있소."

그 몇몇 사나이는 말이 떨어지기 무섭게 쏜살같이 달려갔다. 장졸들은 사내들이 달려가는 것을 보고 나쁜 놈들이 아닐까 걱정되어 말머리를 돌려 세우고 1리쯤 뒤 쫓아가니 먼지를 잔뜩 일으키며 한 떼의 말들이 달려왔다.

선두의 양편에는 황제가 장례하라고 하사한 금자패(金字牌)가 서 있고, 중간에는 '고장군웅신선공지구(故將軍雄信單公之柩)' 라고 쓰여진 붉은 조기(弔旗)가 휘날렸다. 인마가 기세 드높게 달려오는 것을 본 여러 호걸들은 일제히 소리쳤다.

"맞았어! 온다!"

그들은 영구 앞에 엎드려 땅을 치면서 통곡했다. 호송 장졸들은 그제야 그들이 나쁜 사람들이 아닌 것을 알고 걱정을 놓았다. 진회옥이 급히 말에서 내려 답례했고, 선부인이 가마의 휘장을 제치고 내려다보니 칠팔 명 가운데 전에 살인죄를 범했을 때, 웅신이 자기 집에 숨겨두고 많은 은을 허비하면서 구해주었던 성이 조씨(趙氏)이고 별명이 껄렁쇠〔莽男兒(분남아)〕였던 사내가 있었다.

호걸들은 꿇어앉아 몇 번 절하고 일어나 물었다.

"어느 분이 선웅신의 사위님인 진(秦)장군이신가요?"

"접니다."

그러자 한 호걸이 다가서며 진회옥의 손을 잡고 말했다.

"선형이 훌륭한 사위를 삼았군!"

"진형이 훌륭한 아드님을 두셨군."

"장모님과 부인께서도 함께 오시나?"

"바로 뒤수레에 있습니다."

그 사내가 외쳤다.

"형제들, 우리 가서 형수님한테 문안드립시다."

여럿은 수레 앞으로 다가갔다. 선부인은 아직 수레에서 내리지도 못했는데, 호걸들은 꿇어 엎드려 절을 올렸다.

선부인도 서둘러 수레에서 내려 답례하니, 호걸들이 일어서며 말했다.

"형수님, 우린 형께서 잘못되셨다는 소식을 듣고 늘 생각은 하고 있었지만 찾아와 문안을 드릴 수 없는 형편이었습니다. 형수님께서 이런 훌륭한 사위님을 두셨으니 평생 근심이 없을 것입니다."

"저의 남편께서 불행을 당하다 보니 여러분께 많은 시름을 끼쳤군요."

그러자 꺼칠이가 말했다.

"날이 저물었으니 수레를 객점으로 모시고 갑시다. 가형이 기다리고 있습니다."

진회옥이 물었다.

"가형이라니요?"

"바로 말 장사를 하던 가윤보 말입니다. 그분은 장군의 장인님의 영구 수레가 온다는 소식을 듣고, 형제 십여 명을 데리고 이곳에 와서 기다리고 계십니다."

여러 사내들은 호송 장졸을 한쪽으로 밀어버리고 영구 수레를 밀고 재빨리 가버렸다. 여러 호걸들을 거느리고 달려온 가윤보는 객점에서 기다리고 있었다.

영구 수레가 가까이 오자, 그는 사내들을 데리고 나와서 곡을 하며 절을 하였다.

가윤보는 진회옥과 선부인, 애련 소저를 뒤쪽에 있는 방으로 안내했다.

"이 몇 칸은 전날 두선랑 일행이 오셨을 때 들었던 방입니다. 이미 깨끗이 소제되었으니 형수님과 소저는 여기서 주무십시오. 다른 사람들은 바깥 양쪽 방에 들면 됩니다."

선부인이 가윤보에게 물었다.

"아저씨, 저 호걸들은 우리가 온다는 것을 어떻게 아시고 여기에 모였나요?"

"앞의 호걸들은 관대도(關大刀) 동생이 소식을 듣고 알려서 온 분들입니다. 뒤에 있는 사람들은 제가 연도에서 알려 함께 온 분들인데, 모두 선형의 은혜를 입은 사람들입니다."

말을 마친 가윤보는 진회옥과 함께 나왔다. 대청 남쪽에는 제사상을 진설하고 신주(神主)를 모셨는데 「의우웅신선공지위(義友雄信單公之位)」라고 쓰여 있었다.

관대도는 술잔과 젓가락을 웅신의 신주 앞에 놓고 일어서더니, 이렇게 말했다.

"가형, 두 번째 좌석엔 사위님이 앉으셔야지요."

"그건 안 되네. 장인님이 계시는데 어떻게 마주 앉을 수 있나. 또 그의 부친은 여러 형제와 같은 항렬이라 할 수 있는데, 그렇게 앉으면 실례가 아닌가? 나와 사위가 선형의 양편에 갈라 앉고 여러 형제들이 차례로 앉으면 좋겠네. 의리를 중히 여기고 명성과 작위를 가볍게 여기는 것이 우리 강호(江湖)의 법도이니까!"

여러 사람이 이구동성으로 말했다.

"옳은 말씀입니다."

사람들이 자리에 앉자, 관대도가 술잔을 들며 큰소리로 말했다.

"선형, 우리 형제들은 오늘 밤 서랑(壻郎, 사위)과 함께 이 객점에서 형님을 모십니다. 형님께서는 시름을 놓으시고 한 잔 드십시오."

여러 사람들은 큰 술잔을 서로 마주치고 단번에 잔을 비웠다. 그들은 예전에 선웅신과 사귀던 이야기를 하면서 기쁜 대목에는 노래도 부르고 춤도 추었으며, 슬픈 대목에서는 자리에서 일어나 영전 앞에 가서 가슴을 치고 발을 구르면서 통곡하기도 했다.

이때 껄렁쇠가 큰소리로 말했다.

"여보게 사위님, 난 그해 9월의 일을 잊지 않고 있네. 자네 조모님 예순 회갑 잔치 때 자네 장인은 사람을 보내 우리를 청했었네. 그때 우린 지금처럼 본분을 지키지 않고 한창 무도한 짓을 하고 있었던지라 많은 사람을 데리고 갈 형편이 못되었네."

그는 또 손짓으로 가리켰다.

"그래서 난 저 세 분 형과 함께 오육백 냥을 모아 가지고 제주로 갔었네. 우린 낮에는 감히 자네 집에 들어가지 못하고 이경까지 밖에 있다가 뒷문을 타넘고 들어갔지. 우린 은전을 부들 잎에 싸서 자네 집안 뜰에다 놓고 돌아왔네. 아마 이 일은 영존께서 자네에게 말했을 것이네."

"모친께서 말씀하신 적이 있습니다."

한창 흥이 나서 이야기를 주고 받는데 밖에서 대문 두드리는 소리가 들렸다.

관대도가 달려가서 문을 열었다.

"선집사였군, 마침 잘 왔네. 자네 주인님 영구 수레도 도착했고, 마님과 사위님과 따님도 오셨네."

원래 선전(單全)은 선웅신과 함께 장안에 있다가 주인이 참혹한 죽음을 당하자, 선부인과 작별하고 고향으로 돌아갔다. 진숙보와 서세적은 그가 의협심이 강한 집사라는 점을 알고 있었기에 낮은 벼슬이라도 시키려고 했으나, 그는 끝내 사절하고 이현장으로 돌아왔다. 다행히 선웅신은 생전에 인품이 좋았기에 그의 죽음을 애석하게 여기지 않는 사람이 없었다.

그래서 집과 가산을 보살펴주고 있다가 선전이 돌아가니 모두 그에게 넘겨주었다. 선전은 사심이 없는 사람이기에 받아들인 이식(利息)을 어김없이 장부에 올렸다. 오늘 부인께서 영구 수레를 모시고 고향으로 온다는 소식을 듣고 낮과 밤을 가리지 않고 오다가 연도에서 관대도의 객점에 들었다는 말을 듣고 찾아온 선전을 가윤보가 보고는 기뻐하면서 말했다.

"선집사, 자네가 왔군."

선전은 주인의 신주가 모셔져 있는 것을 보고 먼저 절을 네 번하고 나서 여러 사람에게 일일이 절을 하려고 하니, 여러 호걸은 모두 사양하며 말했다.

"듣자니, 자네도 의협심이 강한 사내라더구만, 이럴 것 없네."

선전이 진회옥에게 절을 하니, 회옥은 급히 그를 부축해 일으
켰다.

"집사, 어서 앉으시오. 함께 술이나 듭시다."

"여러분, 어서 드십시오. 마님께서 어느 방에 드셨는지 제가
찾아뵙고 오겠습니다."

선전은 어떤 여인의 안내를 받아 안으로 들어갔다가 잠시 후
되돌아 나온 선전을 보고, 가윤보가 말했다.

"선집사, 우리 형제들은 집사의 주인님이 생전에 베푸신 은덕
을 생각해서 영구를 모시고 집까지 가려고 하네. 댁에 가면 며칠
묵어야겠는데, 그곳 형편은 어떤가?"

"장원은 제가 수습했지만 아직 묏자리는 잡지 못했습니다. 그
런데 지금 왕세충이 정주(定州)에서 병원진(邴元眞) 등을 규합해
가지고 반란을 일으켰고, 음모궤계를 꾸미며 나사신(羅士信)을 살해
했으며, 서너 개 성곽을 점령했다고 합니다. 며칠 전에 듣자니 이
미 노안(潞安)에 왔다고 했는데, 오늘은 평양(平陽)에 이르렀다고
합니다. 길에서 무사하지 못할까 근심됩니다."

가윤보가 말했다.

"당초에 위공과 백당 형이 근심 걱정없이 금용성(金墉城)에 있
었는데 그 자의 계책에 넘어가 죽었고, 또 선형도 그 자한테 연루
되어 돌아가셨으니, 훌륭한 형제들이 모두 그자 때문에 흩어지게
되었네. 오늘 또 사신 동생이 그자에게 살해되었다니, 어느 날이
든 만나기만 하면 내 손으로 왕세충을 죽여야 마음이 풀리겠네."

진회옥은 아버지와 의형제를 맺었으니 작은아버지라 할 수 있는 나사신이 죽었다는 말을 듣자, 눈물을 흘리면서 말했다.

"저의 부친은 숙부와 결의형제를 맺었고, 저도 숙부와 몇 년간 함께 살았습니다. 오늘 그분이 비참하게 돌아가셨다는 소식을 아버님께서 들으시면, 꼭 군사를 거느리고 가서서 그 자를 죽이고 숙부님의 원수를 갚을 것입니다."

선전이 말했다.

"엊저녁에 저는 칠성강(七星崗)에서 밤을 보냈지요. 삼경 때쯤 해서 주인님이 꿈에 나타나시더니, 저의 이름을 부르시면서 '난 돌아간다. 절친한 친구이자 결의 형제인 사신이 죽었다. 사신은 나와 함께 기의했던 지기(知己)이다. 또 왕세충의 죽을 날이 당도했으니, 너는 사위한테 말해서 그 놈을 죽여 공을 세우라고 해라.' 라고 말씀하시더군요."

관대도가 말했다

"우리 형제들이 모두 함께 출정하여 그 역적 놈을 죽이고 나(羅) 아우의 원수를 갚으면 어떻겠소?"

가윤보가 말했다.

"만약 여러 형제들이 합심하면 틀림없이 그놈을 없애버릴 수 있지요."

여러 호걸들이 이구동성으로 물었다.

"어떤 묘책을 갖고 계십니까?"

"계책이야 있지. 하지만 반드시 그때 가서 꾸며야지 지금부터 말할 수야 없지 않은가? 좋기로는 관형(關兄)이 출정했으면 하는데, 이 객점을 돌볼 사람이 없어 걱정이구만."

그러자 관대도가 말했다.

"객점이야 한 이틀간 닫은들 상관있나? 하지만 선집사를 남겨두면 아무 걱정이 없을 것입니다."

선전이 말했다.

"전 마님을 모시고 돌아가야 합니다."

가윤보가 말했다.

"마님과 소저는 이 객점에서 며칠 묵게 합시다. 우린 선형님의 혼령이 지시한 그대로 공을 세우고 돌아와서 영구를 모시고 가도 늦지 않을 것입니다."

여러 호걸들은 너도나도 호응하고 나섰다.

"좋습니다."

안에서 이런 논의를 들은 선부인이 급히 가윤보를 불렀다.

"우리 사위는 아직 젊어서 이런 큰 적수와 싸워보지 못했어요. 그 애의 의향을 물어보고 가시도록 하세요."

"형수님, 걱정 마십시오. 모든 일은 여러 형제들이 할 것이고, 저와 사위님은 중도에서 지원만 하면 됩니다. 모든 일은 제가 알아서 처리할테니 걱정마십시오."

가윤보가 여러 호걸들에게 말했다.

"내일 우린 큰일을 해야 하니 일찍 잡시다."

그 이튿날 새벽 오경 무렵에, 관대도는 가윤보의 귓전에 입을 대고 몇 마디 말했다. 관대도가 선전에게 당부한 다음 여러 호걸들과 함께 감쪽같이 문을 나섰다. 가윤보와 진회옥도 수하의 군사들을 거느리고 객점을 떠나갔다. 관대도와 껄렁쇠를 비롯한 호걸들은 2, 3일 걸어서야 해주(解州)¹⁴ 지방에 당도하였다.

마침 그들은 왕세충의 선두 부대와 맞부딪쳤다. 20여 명 되는 사람들이 흰옷을 입고 다가오는 것을 보자, 그자들이 물었다.

"어디서 오는 백성들인가?"

그들은 이구동성으로 대답했다.

"우린 선장군의 영구를 맞으러 가는 사람이오."

말위에 앉은 장령이 물었다.

"선장군이라니?"

여러 호걸이 일제히 대답했다.

"바로 선웅신 장군이오."

"선웅신은 우리의 용장이었는데, 당나라에 잡혀가 피살되었네. 당신들은 웬 사람들이기에 그분의 영구를 맞으러 가는가?"

"우린 모두 그분의 휘하에 있던 병졸들입니다. 그분의 은혜를

---

14 해주(解州) - 治所 解縣(今 山西省 서남부 運城市 서남 解州市). 경내에 염지(鹽池)가 있다. 예로부터 유명 産鹽(산염) 지역이다. 관우의 고향이기에 解州 관제묘(關帝廟)는 山西省 運城市 鹽湖區 解州鎮에 있는데, 중국 최대의 關帝廟(관제묘)이다(武廟之冠). 이 관제묘는 隋 開皇 9년(589년)에 건립되어 여러 번 중건되었다. 현재 건물은 淸 康熙 41년(1702년)에 건립된 것으로 알려졌다.

잊지 못해 먼 길을 마다하지 않고 가는 중입니다. 나으리들이 이 곳을 지킵니까?'

"아니네, 정왕(鄭王, 왕세충)께서는 뒤에 오시고 있네. 자네들이 조금만 기다리면 알게 될 것이네."

때마침 뒤에서 먼지가 크게 일어나더니 인마 한 무리가 달려왔다. 여러 호걸들은 손뼉을 치면서 기뻐했다.

"우리의 옛 군왕이시군요."

그 장수는 여러 호걸들을 데리고 왕세충의 앞으로 다가가 아뢰었다.

"선장군의 영구를 너희들은 어디로 모셔가려 하느냐?'

"이현장으로 모셔갈 것입니다."

병원진이 말위에서 말했다.

"염탐꾼들이 아닌가 걱정되는군요."

그는 부하들에게 호걸들의 몸을 수색하라고 했다. 사내들의 얼굴 빛이 변하지 않는 것을 보고 의심이 없어진 왕세충은 이렇게 말했다.

"너희는 모두 나의 장졸인데, 왜 당나라에 투항해서 신세를 고치려 하지 않느냐?'

"당에서는 우리의 주군도 사면하지 않았는데, 우리가 어찌 의리를 저버리고 당나라에 투항할 수 있겠습니까?'

"너희들은 나의 옛 병졸이었다지? 지금 나한테 병력이 부족한

데 모두 남아서 싸우거라. 이전에 너희들은 보병이었나, 아니면 기마병이었는가?'

"그때는 기마병이었습니다."

왕세충은 그들의 이름을 묻고 나서, 서기가 장부에 등록하게 한 뒤, 말 한 필과 의복, 투구, 무기들을 나누어주어 후군에 편입시켰다.

한편 가윤보와 진회옥은 일행을 거느리고 3일 동안 천천히 말을 몰아 해주 부근까지 왔다. 가윤보는 진회옥에게 영리한 병졸 한 명을 거지로 분장시켜 성 안에 들어가 염탐하게 하고, 자기는 관왕묘에서 대기하고 있었다.

이틀이 지나 성에 들여보내던 병졸이 돌아와 알렸다.

"제가 몇몇 나으리의 정황을 탐문했는데, 왕세충의 신임을 얻어 이미 후군에 편입되었답니다. 왕세충 일행은 저녁에 이미 평양(平陽)을 점령하고, 오늘은 해주를 향해 진공한다고 합니다. 백성들은 모두 달아나고 텅 빈 집만 남아 있습니다. 사경이 되자, 웬 영문인지 그자들이 진을 치고 있는 묘아촌(猫兒村)에서 도적이 들었다고 떠들어대기에, 저는 급히 알려드리려고 달려왔습니다."

가윤보가 그 말을 듣고 크게 기뻐하면서 말했다.

"형제들이 성공했으니, 어서 가보세."

진회옥은 수하의 두 장수와 함께 말을 몰아 앞으로 달려갔다. 1, 2리쯤 가서 20여 명의 흰옷을 입은 사람들과 만났는데, 맨 앞에선 사람은 바로 껄렁쇠였다. 그는 잘라온 수급 둘을 들고 나는 듯이 말을 달려오면서 외쳤다.

"가형, 왕세충과 병원진 두 놈의 수급입니다. 뒤에서 적병이 추격해와 싸움이 벌어졌으니 어서 가서 도와주십시오."

가윤보는 사람을 불러 수급을 창대에 꽂아들게 하고 껄렁쇠와 함께 말을 몰아갔다. 여러 호걸들이 산 앞에서 왕세충의 병사들과 백병전을 벌이고 있었다. 껄렁쇠는 앞으로 달려가서 큰소리로 외쳤다.

"우리는 당나라의 병사들이다!"

진회옥은 활시위를 당겨 연속 두세 명을 쏘아 눕혔다.

가윤보가 외쳤다.

"왕세충과 병원진 두 역적 놈의 수급이 여기 있다. 너희들은 어찌하여 값없는 죽음을 당하려고 하느냐?"

왕세충의 병졸들은 모두 싸울 생각도 하지 않고 도망쳤다. 진회옥과 여러 사내들은 묘아촌까지 쫓아갔고, 적병은 군수품을 몽땅 내버리고 뿔뿔이 달아났다. 가윤보는 적병이 버린 병기를 수습해서 여러 수레에 나누어 실었다. 그는 나머지 적병들이 염려되어 30여 리나 추격했다가 되돌아왔다.

이때 한 사람이 달려와서 알렸다.

"선장군의 영구는 이현장 사람들이 객점에 찾아와서 노주로 모셔갔습니다."

여러 사나이들은 모두 말을 타고 열심히 달려 마침내 영구를 따라가 이현장으로 호송했다. 지방의 관리들은 진숙보가 높은 관직에 있고 또 그 아들이 천우(千牛)라는 무관직에 있으며, 거기에 큰 공을 세웠기에 모두 찾아와서 조문하였다. 가윤보는 장원 앞에 있는 좋은 자리를 골라 묏자리를 잡았다.

관대도가 가윤보에게 말했다.

"가형, 우리가 이번에 공을 세우게 된 것은 모두 선형의 영혼 덕분인 것 같소. 내가 전날에 껄렁쇠 아우와 함께 왕세충과 병원진이 술에 취해 깊은 잠에 빠진 기회를 타서 살그머니 병영으로 들어가 두 놈의 수급을 잘랐지요. 그런데 여러 형제들이 말을 타고 나오는 통에 병영에 있는 병사들이 잠에서 깨어났고, 그자들은 병영을 기습하는 줄 알고 모두 일어나 우리를 추격했어요. 날이 어두워 우리가 길을 잃고 헤매는데, 어둠 속에서 한 사람이 말을 타고 길을 안내하지 않겠소? 형제들은 나라고 생각했지만 큰 소리로 물을 수가 없어서 그 사람을 따라 3, 4리쯤 달렸습니다. 그때 날이 훤히 밝았는데 앞에서 달리던 말이 갑자기 사라졌어요. 그러니 바로 선형의 영혼이 우리를 보호해 준 게 아니고 뭐겠어요? 지금 노획한 의복과 은을 두 몫으로 나누어 놓았습니다. 한 몫은 선형의 사위에게 주어 장례금으로 쓰게 하고, 한 몫은 이현장의 백성들에게 나눠주려고 합니다. 그들이 선형의 집과 가산을 지켜주고 또 먼 길을 걸어서 영구를 모셔다가 안장했습니다. 그러니 약간의 수고비라도 주어야지 않겠습니까?"

가윤보와 여러 형제들이 이구동성으로 찬동했다.

"관형의 처사가 매우 합당하오."

진회옥이 말했다.

"그건 도리에 어긋납니다. 이 물건은 여러분이 얻은 것이니, 여러분이 가져야 합니다. 저도 가질 수 없는데, 하물며 마을 사람들이야 말할 여지가 없지요."

그들이 서로 사양하고 있을 때, 노주 관아 사람들이 돼지와 양을 잡아 가지고 조문하러 왔다. 진회옥과 가윤보가 함께 나와서 그들을 맞이했고, 영전 앞으로 모시고 가서 절을 시켰다. 노주 자사는 마당에 모아놓은 두 무더기의 의복과 은전을 보고 어찌된 영문인가 물었다.

가윤보가 대답했다.

"몇몇 장사하는 친구들이 전에 선공과 교분이 두터웠습니다. 그들이 장례식에 오다가 역적 왕세충 무리와 맞싸우게 됐습니다. 친구들이 한마음 한뜻으로 역적들과 싸웠더니 그자들은 빼앗아 온 물건을 버리고 도망쳤습니다. 이 물건은 마땅히 여러 형제들이 나눠가져야 할 텐데, 의리를 중히 여기는 형제들이라 재물을 탐내지 않고 마을의 백성들에게 나눠주려고 했습니다."

자사가 웃으면서 말했다.

"그야말로 의사(義士)입니다. 하지만 백성들은 아무런 공로도 없는데, 어찌 물건을 가질 수 있겠소. 만약 의사들의 호의라면 관가 창고에 넣었다가 조정에 상주해서 선공을 위해 사묘를 짓고 비석을 세워 대대로 전하게 하면 좋지 않겠습니까?"

그말을 듣자, 관리들은 생각이 많았다.

'우린 벼슬을 하면서 백성들한테 몇 푼어치 되는 뇌물을 받자 해도 입이 닳도록 말해야 되는데, 이 사람들은 이렇게 많은 재물도 가지려고 하지 않으니 그 심정을 정말 알 수 없군.'

관리들은 진회옥이 아무 말도 하지 않자 돌아가 버렸다.

사내들은 가난한 백성들을 불러다가 말했다.

"여기에 있는 물건은 선장군의 사위이신 진회옥이 여러분이 수고했다고 하사하는 것입니다. 여러분은 이걸 가져다가 공평하게 나눠가져야 합니다. 하찮은 물건 때문에 서로 다투다가 관아의 책벌을 받지 않도록 하십시오. 오늘부터 여러분들은 사위 진회옥을 예전의 선장군처럼 모시고 받들기를 바랍니다."

마을 사람들은 모두 꿇어 엎드려 사례를 표시하고 물건을 가져갔다.

관대도가 가윤보에게 말했다.

"가형, 우리가 할 일을 끝마쳤으니 이젠 돌아갑시다."

그는 진회옥에게 말했다.

"우린 사위의 장모님에게 인사를 드리지 못하고 떠나야겠습니다."

사나이들은 모두 두 손을 맞잡고 읍(揖)하고 떠나려 하자, 진회옥이 말했다.

"이 물건을 가져가면 여러분의 마음을 어지럽힐까 걱정되지만 말은 타고 가시는 것이 좋겠습니다."

사내들이 이구동성으로 말했다.

"우리가 올 때 걸어왔으니 갈 때도 두 발로 걸어가겠습니다."

말을 마치자 그들은 뒤도 돌아보지 않고 성큼성큼 걸어갔다. 구경꾼들은 모두 진정으로 감탄하며 칭찬했다. 진회옥은 휘하의 사람들을 재촉해서 분묘를 만들게 하고 길일을 택해 장인을 안장했다. 그리고 장모에게 권고하여 주인에게 충성한 선전을 양자로 삼게 하고, 선씨 가문을 잇고 이현장의 전답과 가산을 그가 관리하게 했으며, 매년 봄과 가을에 제사를 지내면서 성묘하게 했다.

진회옥은 왕세충과 병원의 수급을 앞세우고 장안으로 귀대하였다.

다음에는 무슨 일이 있는가를 알려면, 다음 회를 읽어 보시라.

진왕은 궁문에 허리띠를 걸어놓았고, 우문소의는 책상의 시구를 풀이하다.(小秦王宮門掛帶, 宇文妃龍案解詩.)

노래하기를,   詞曰,

고요한 강, 하늘 수놓은 밝은 달,   (寂寂江天錦繡明)

물결 위로, 꽃 그늘을 밝히도다.   (凌波空步繞花陰)

꽃가지 처져 바닥에 막 닿을 듯,   (一枝驀地間相逅)

날아온 벌이 공연히 몸을 던진다.   (惹得狂蜂空喪身)

기뻐 웃으며 좋은 술 마주하고,   (逞樂意, 對芳樽)

옥대 허리에 몰래 바늘 숨겼다.   (腰圍玉帶暗藏針)

노래 부르며 의심을 풀어버리고,   (片詞題破驚疑事)

뒷날 궁궐의 문에선 피를 흘린다.   (喋血他年逼禁門)

— 곡조 〈자고천〉   — 調寄 〈鷓鴣天〉

진회옥이 반적 왕세충(王世充)과 병원진(邴元眞)을 소탕하고, 그들의 수급을 헌상하며, 상을 받은 내용은 여기서는 생략한다.

이야기를 하자면, 당(唐) 고조(高祖) 무덕(武德) 7년(624)에, 사방의 반적들은 진왕(秦王) 이세민(李世民)의 토벌로 거의 다 소멸하였다. 그때는 고조의 만년(晩年)이었고, 총애를 받은 여인이 많아 아들이 20여 명이었고, 아들이 없는 비빈은 이루 다 셀 수가 없었다. 궁중의 여인들은 황제 총애를 잃지 않으려고 온갖 수단을 다 부렸다.

그렇지만 장비(張妃)나 윤비(尹妃) 이외에는 바람이 불듯 문제를 일으키거나 멋대로 나대는 후궁은 없었다. 장비(張妃)와 윤비(尹妃)는 본래 수(隋) 문제(文帝, 재위 581−604년)의 총애를 받았었다. 그러다가 우연히 당황제의 눈에 들었다.

두 여인은 황제의 정위(正位) 중궁(中宮)이 될 수 없었지만, 그들의 말은 황제가 모두 받아주었기에 하고 싶은 일은 뭐든지 다 하려고 했다.

거기다가 고조의 두황후(竇皇后)의 복록(福祿)이 고르지 못하여, 즉위 이전에 타계했다.[15] 그래서 두 사람의 마음속 바램은 커

---

15 唐高祖 이연의 황후 두씨(竇氏, 569−613년)는 본래 北周 神武郡公 두의(竇毅)의 딸로, 고조 李淵의 正妻였다. 隱太子 건성(建成), 唐太宗 李世民, 위회왕(衛懷王) 이현패(李玄霸, 일찍 타계), 4남 이원길(李元吉)과 平陽昭公主의 생모이다. 그러나 李淵의 칭제(稱帝, 618년) 이전에(613년) 죽었다. 이연 즉위 후에 태목황후(太穆皇后)로

질대로 커졌다.

그러나 황제에게는 궁궐에 젊고 아름다운 여인이 많아 그 두 사람에 대해서는 그저 무덤덤할 뿐이었다. 그러니 사실, 장씨와 윤씨 두 부인은 부서진 대나무 발[竹簾(죽렴)]과 같았다. 이런 경우에 자신의 행실을 얌전히 하며, 시세에 순응하고 흐름에 거스르지 않으려는 사람이 몇이나 있겠는가?

늙은 만년에 몸이 불편했던 당고조는 단소궁(丹霄宮)에서 정양하면서 비빈들을 멀리했다. 황제의 부름을 받지 않고서는 단소궁에 들어오지 못하게 했다. 그러니 아무리 미인이라도 궁중에서 기약도 없이 기다리면서 무료한 나날을 보내야만 했다.

그러나 서른 고개를 넘긴 장씨와 윤씨 두 여인만은 나이가 들수록 더 풍만하고 예뻐졌다. 그녀들은 평소에 진왕 이세민의 형제들인 영왕(英王)인 건성(建成, 長男, 太子)과 제왕(齊王)인 원길(元吉, 四男)에게 웃음을 띄우면서 눈짓을 주고 받았지만 서로 조용히 만나 즐거움을 나눌 기회는 없었다.

그날 마침 윤부인은 양(楊) 미인을 불러다가 공치기를 하려고

추존했고, 뒷날 헌릉(獻陵)에 합장했다. 이연이 즉위한 이후는 만귀비(萬貴妃)가 후궁을 장악했다. 뒷날 楚國太妃(초국태비)로 추존했다. 윤덕비(尹德妃)는 고조 만년에 총애를 받으면서 장남 은태자(隱太子) 건성(建成)과 결탁하여 秦王 李世民을 공격했었다.

시녀 소앵(小鶯)을 보냈다. 소앵은 어린 두 내시를 데리고 걸어오는 건성과 원길을 만났다.

소앵은 그들을 보자, 방긋 웃으면서 물었다.

"두 분 전하께서는 어디로 가십니까?"

건성과 원길은 윤부인의 시녀인 소앵을 알고 있었기에 아무렇지도 않게 대꾸했다.

"우리는 두 분 부인과 이야기나 하려고 가는데, 너는 어디 가느냐?"

소앵은 고개를 갸우뚱하며 대답했다.

"단소궁에서 오시는 두 전하께서는 지금 재미를 보러 가시면서도, 왜 저희 어른을 만나러 가신다고 하십니까? 만약 진짜 만나실 생각이 있으셨다면, 왜 그저께나 어제는 오시지 않으셨습니까?"

건성은 약간 이상히 여기면서 되물었다.

"왜 그저께나 어제 가야만 했었나?"

"알겠어요! 다른 사람이 들으면 또 이런저런 말만 나올 것입니다. 어서 가보십시오. 저는 제 할 일을 하겠습니다."

소앵이 다른 곳으로 가려 하자, 평소에 술과 여자를 가까이하려는 태자 건성은 귀엽게 재잘거리는 시녀 소앵을 꽃나무 아래한쪽으로 끌어세우고 어린 내시에게 주변을 살피게 하였다. 그러면서 건성은 소앵의 작은 어깨를 팔로 끌어안으면서 물었다.

"이 쬐그만 참새야! 네가 사실대로 말하면 좋은 물건을 하나 보여줄게!"

"이상한 물건은 감히 받지 못하겠습니다. 그래도 제가 말씀드리지요. 그저께 초열흘은 부인 장씨 마마의 생신이었고, 어제는 열하루인데, 윤 마마의 생일이었습니다. 여러 부인들이 찾아와서 아주 신나게 어울렸습니다. 오늘은 집안이 조용합니다. 장부인께서는 하도 무료하시니 윤부인과 약속하시고 양 미인을 데려다가 공치기나 하실 겁니다. 두 전하께서 하실 말씀이 있으시면 어제나 그저께 오셨더라면 훨씬 즐겁게 만났을 것입니다."

그러자 막냇동생인 원길이 말했다.

"여러 부인이 생일을 축하하였는데, 우리가 보는 눈이 많은 그 자리에서 어떻게 축하할 수 있겠느냐? 오늘 마침 다른 일이 없다니 찾아가 생일 축하까지 한다면 양쪽이 모두 다 좋지 않겠느냐?"

건성이 거들었다.

"맞는 말이야! 우리 형제는 돌아가서 예물을 마련해서 찾아갈 터이니, 너는 먼저 가서 알려드려라."

"두 전하께서 정말 오시면 전 양 미인을 모시러 가지 않고 돌아가서 기다리겠어요. 그런데 두 분께서 오시지 않으면 저는 어찌 합니까?"

건성과 원길이 함께 말했다.

"그럴 리가 없지. 우리가 예쁜 너에게 거짓말을 하겠느냐? 그

럼 우리가 먼저 이 물건을 줄테니, 네가 부인들에게 먼저 전해드
리면 어떠냐?"

"그렇다면 안심하고 기다리겠습니다."

두 왕자는 자기의 몸에 지녔던 팔보십금합환사(八寶十錦合歡絲)
난대(鸞帶)를 풀어 소앵에게 주며 말했다.

"지금 우린 너에게 선사할 물건이 없구나. 궁에 가서 꼭 네가
섭섭하지 않게 해줄 테다."

"그럼, 어서 다녀오십시오. 후재문(後宰門)으로 들어오시면 더
빠릅니다."

그들은 각기 제 갈 길을 갔다.

   한껏 부귀를 뽐내는 삼춘(三春)의 경치에,　　（慢跨富貴三春景）

   매화 꽃가지 끝에 걸린 명월(明月)이어라.　　（且放梅梢玩月明）

소앵이 장씨와 윤씨 부인에게 태자와 제왕이 오신다고 알렸
다. 부인 두 사람은 기뻐 어쩔 줄을 몰랐다.

건성과 원길은 들뜬 마음으로 급히 처소에 돌아가 진주와 주옥
을 금용합(金龍盒)에 넣고 내시에게 들려 가지고 후재문으로 갔
다. 문지기는 두 분 황자를 알아보고 문을 열어주었다. 두 사람은
말에서 내려 하인더러 말고삐를 잡고 기다리라고 하고는 예물함
을 내시에게 들려 가지고 분궁루(分宮樓)로 갔다.

문 앞에서 기다리고 있던 소앵이 기뻐 소리쳤다.

"두 분 전하께서 정말 오셨네요!"

건성이 물었다.

"소앵아, 넌 두 분 마마께 알려 드렸느냐?"

소앵은 고개를 까딱이고서 건성과 원길을 중간 대청에 모셔다가 자리를 권한 뒤, 다른 궁인을 시켜 예물을 받아서 들여 가게 했다.

얼마 안 되니 장씨와 윤씨가 서너 명 시녀를 따라서 사뿐사뿐 걸어 나왔다. 건성과 원길은 자리를 펴게 한 뒤, 아버지의 후궁이라 생각하여 먼저 절을 올리려 하자, 부인들이 급히 다가와 만류했다.

부인 장씨가 먼저 말했다.

"두 분 전하께서 어찌하여 이런 예절까지 차리시나요? 그럼 저희가 황공해서 어찌하겠습니까?"

원길이 말했다.

"두 분은 마치 모친과 같사오니, 생신 축하를 하려고 온 저희가 큰 절을 올리지 않을 수 있겠습니까?"

부인 윤씨가 말했다.

"전하들께서 스스럼없이 대해 주시면 저희도 송구스럽지 않겠습니다."

건성과 원길은 하는 수 없이 두 분의 말에 따랐다.

부인 장씨가 말했다.

"두 분 전하께서는 누각 위에 올라가서서 앉으시지요. 여긴 퍽 불편합니다."

부인 윤씨도 맞장구를 쳤다.

"언니 말씀이 옳아요."

여럿은 함께 이층 누각으로 올라갔다. 건성과 원길이 누각 안을 둘러보니 세 칸으로 꾸며졌는데 아담하면서도 호화로웠다. 자리에 앉으니 다과가 들어왔다.

그들이 천천히 차를 마시고 과자를 먹으면서 이야기를 나누자, 장씨가 말했다.

"두 분 전하께서 늘 보살펴주시니 저희 자매는 그 은혜를 꿈에서도 잊지 못하겠습니다. 그런데 오늘 또 이렇게 귀중한 예물까지 보내주시니, 저희는 어떻게 보답해야 하겠습니까?"

원길이 웃으면서 말했다.

"부인께서는 어찌 그런 말씀을 하십니까? 골육 지간에 늘 찾아와 효성을 다하지 못하는 점은 저의 큰 잘못입니다."

건성도 말했다.

"우리가 수시로 찾아와 모시고 싶은 생각은 간절하옵니다. 하지만 아버님께서 아시면 좋지 않을 것 같고, 또 부인께서도 꾸중을 내리실까 많이 망설였습니다. 오늘은 정히 할 일도 없는데, 이쪽으로 오다가 마침 소영을 만나서 연락하고서 마음놓고 찾아왔습니다."

윤부인이 말했다.

"언니는 늘 말씀하십니다. 세 분 전하께서는 모두 천자의 아드님이신데, 진왕(秦王, 李世民)께선 웬 영문인지 우리를 보면 읍이나 할 뿐 본체만체합니다. 그분은 아버님의 총애를 받는다고 으스대며 모든 일을 마음대로 처리하시다가 천자의 미움을 받아 낙양으로 옮겨가게 되었지요. 다행히 두 사람을 보내 저희들에게 알려주셨기에 저희가 황제를 찾아가서 거듭 사정해서야 그만두셨습니다."

장부인도 말했다.

"우리 네 사람이 합심한다면 진왕이 날아다닌다 해도 두려울 게 없사옵니다."

원길이 말했다.

"만약 두 분 부인께서 돌봐주신다면 우리는 두 분을 황후처럼 모시겠습니다."

이 말에 부인들은 신이 나서 마음놓고 웃어대며 좋아했다.

이때 진수성찬과 안주로 진기한 과일이 들어왔다. 네 사람은 가위바위보로 내기하며 술잔을 주고 받으며 완전히 들뜬 기분으로 술을 마시기 시작했다. 영왕과 제왕은 모두 평소에도 주색을 즐기는 위인인지라 처음에는 그래도 점잖게 마시다가 술이 거나해지니 마구 희롱하면서 못하는 짓이 없었다.

옛사람들이 술은 색정(色情)을 불러온다고 하였다.[16] 두 황자는

---

16 원문 酒是色之媒—술과 여색, 돈과 재물은 사람마다 다 좋아한다

원래 주량이 괜찮은 편이었으나 본심은 다른 데 있었기에 취한체
했다.

원길이 말했다.

"술은 됐으니 잠깐 쉬었다가 마시는 게 어떻습니까?"

온갖 악행의 첫째는 음란행위고,　　(萬惡果然淫是首)

서로 죽일 땐 손발이 절로 따른다.　　(從敎手足自相殘)

잠시 후 건성도 웃으면서 말했다.

청풍에 옥경이 울리고,　　(淸風玉磬)

음향은 아쟁 여음 같아,　　(音響餘箏)

─────

(酒色錢財人人愛). 여색은 사람을 병들게 하고(女色傷人), 주색은
일을 그르친다(酒色誤事). 술과 여색과 재물과 도박(酒色財賭),
사람마다 좋아하는 것이 있다(人各有好). 여색은 사람을 죽이는
칼이다(色是殺人刀). 색(色) 글자에는 칼 한 자루가 있다(色字頭上
一巴刀). 주색에 의한 살인은 칼을 쓰지 않는다(酒色殺人不用刀).
술이 들어갈 창자는 바다만큼 넓고(酒腸寬似海), 여색을 탐하는
마음은 하늘만큼 크다(色膽大如天). 음주와 여색과 도박은 가르
칠 필요가 없다(飮酒女色賭博不容敎). ─가르치지 않아도 알아서
잘 한다. 술은 사람을 취하게 하지 않지만 사람이 스스로 취하고
(酒不醉人人自醉), 여색은 사람을 혼미하게 하지 않는데 사람이
스스로 빠진다(色不迷人人自迷). ─주색에 빠지는 것 모두 자기 탓
이다.

꿈속의 무산 즐거움을   (正如巫山雲夢)

일언에 전하기 어렵네.   (難以言傳)

건성의 뜻을 눈치챈 원길도 웃으면서 화답했다.

"고상하고 미묘한 음악을 저처럼 거친 사람은 배워낼 수가 없습니다."

영왕(英王, 建成)과 제왕(齊王, 元吉)은 기분이 좋아서 내시와 밖에서 시중드는 사람들을 모두 돌려보내고 두 여인과 함께 노래를 부르면서 질탕하게 즐겼다.[17]

한편 황제가 단소궁에서 병을 치료하고 있었기에 진왕 이세민은 진왕부로 돌아가지 않았다. 진왕은 조석으로 약을 달여 봉양하면서 6, 7일간 단소궁에 있었다.

그날 어둠이 내리고 달이 가지끝에 걸렸는데, 약간 기운을 차린 황제가 진왕에게 말했다.

"오늘은 병이 좀 나은듯하니 진왕부에 가서 밀린 일을 처리토록 하라."

진왕이 거절할 수가 없어서 인사를 하고 단소궁을 나섰다. 분궁루 가까이에 이르니 갑자기 비파 소리와 노랫소리가 은은하게

---

17 본래 '아침 해장술(卯時酒), 한낮의 계집질(午時色)은 조금도 탐하지 말라(半點貪不得).' 는 옛말도 있다.

들려왔다. 한동안 멈춰섰던 진왕은 장씨와 윤씨 두 사람의 거처에서 나는 소리라고 생각했다.

'아버님께서 환우(患憂) 중인데 걱정하기는 커녕 노래를 부르다니?'

다시 걸어가려고 하는데, 갑자기 안에서 떠들어대는 소리가 들려왔다.

"이 큰 잔은 형님이 마셔야 하는데, 내가 먼저 마셨습니다."

'평소에 사람들이 두 형제에 대해서 말이 많았지만, 나는 지금까지도 그걸 의심해왔다. 그런데 이런 때에도 여기서 홍타령을 불러댈 줄은 생각지 못했다. 아버님의 병환을 염려하기는커녕 궁궐에서 이런 음란한 짓을 하니 용서할 수가 없구나. 내가 문을 두드리고 들어가 형제들을 한바탕 꾸짖어도 마땅하지만 아버님께서 아시고 병환이 더 심해질까 걱정되니 그럴 수도 없구나.'

진왕은 걸음을 멈추고 생각하다가 중얼거렸다.

"그럼, 내 허리의 옥띠를 풀어 저 궁문에 걸어놓자. 형제들이 나오다가 보면 자기들의 잘못을 뉘우치고 고칠 것이다."

진왕은 옥띠를 풀어서 용과 봉황이 그려져 있는 대문 위에 걸어 놓고 그 자리를 떠났다. 오경이 되어 자리에서 일어난 건성과 원길은 서둘러 옷을 입고 세수를 했다. 궁녀 요요(夭夭)와 소앵이 두 사람에게 아침밥을 가져오자, 건성이 두 부인에게 말했다.

"우리들은 두 분의 은정을 한 시각도 잊을 수 없소이다. 우리가 진왕에게 손쓸 기회가 있으면 부인들게 알리겠으니, 궁안에서도 기회가 보이면 사람을 보내 우리들에게 알려주십시오."

장씨와 윤씨 두 부인이 말했다.

"진왕의 일은 우리네 사람에게도 상관되는데 뭘 당부까지 하시옵니까? 하지만 우리가 만나는 기회는 짧고 헤어져 있는 시일이 오래니, 저희들의 고독한 마음을 어떻게 달래야 한단 말입니까?"

건성은 두 부인의 손을 잡고 훌쩍거리며 말을 못했다.

원길이 말했다.

"너무 걱정하지 마십시오. 저와 형님이 마땅한 기회가 있으면 다시 찾아오지요."

장과 윤, 두 부인은 눈물을 훔치고 나서 대문까지 배웅하였다. 건성과 원길이 대문을 열고 나서니 궁문을 지키는 내시가 옥띠를 두 손에 받쳐들고 아뢰었다.

"엊저녁에 웬 사람이 궁문에 이걸 걸어놓았습니다."

건성이 받아 살펴보니 진왕의 옥띠가 분명했다. 건성과 원길은 옥띠를 보자, 안색이 파랗게 질렸다.

"이건 진왕의 옥띠가 분명합니다. 아마 엊저녁에 이곳을 지나다가 우리가 노는 것을 보고 남겨두고 간 것이 틀림없습니다. 어쩌면 좋을까?"

부인이 말했다.

"근심하지 마십시오. 진왕이 이런 잔꾀를 부린다면, 저는 그를 물고 늘어질 것입니다. 그 죄명을 어떻게 씌우나 두고 보십시오.”

그리고 건성의 귀에 대고 몇 마디 소근거렸다. 건성은 기뻐하면서 원길과 함께 떠났다.

돌아온 두 부인은 급히 치장을 마치고 진왕의 옥띠를 몇 군데 찢은 다음에, 궁녀 요요와 소앵을 데리고 교자에 앉아 단소궁으로 가서 황제를 알현했다.

황제가 흠칫 놀라면서 물었다.

“짐이 부르지 않았는데 무슨 일로 찾아왔는가?”

두 부인이 말했다.

“소첩들은 폐하의 용체가 걱정되어 문안을 여쭈려 왔습니다. 또 부득이한 사정이 있어서 폐하를 뵙고자 합니다.”

“무슨 일로 짐을 꼭 만나야 하는가?”

두 부인들은 눈물을 짜며 말했다.

“엊저녁 밤이 깊었사온데, 진왕께서 만취해 가지고 저희들 침궁에 들어와서 감언이설로 저희들을 꾀다 안되니 억지로 겁탈하려 했습니다. 저희들은 진왕을 끌고 폐하께 오려고 했으나 힘이 모자라 놓치고 말았습니다. 그런데 진왕이 자신의 옥띠를 버리고 갔기에 가져 왔사오니, 폐하께서 보시고 죄를 다스려 주십시오.”

“진왕은 그간 짐의 곁을 한 시각도 떠나지 않고 시중을 들었소. 어젠 짐의 몸이 좀 나으니 저녁 무렵에 돌아가 쉬라고 했소. 그런데 언제 술을 마시고 만취할 사이가 있었단 말인가?”

그러나 황제가 옥띠를 받아서 찬찬히 보니 진왕의 것이 틀림없었다.

"옥띠는 세민의 허리띠가 맞으나 필히 무슨 까닭이 있을 것이야! 아니면 진왕이 어디다 떨군 것을 궁녀들이 주어 바친 것을 가지고 모함하는 것은 아닌가?"

윤씨 부인이 말했다.

"소첩은 몇 년 동안 폐하를 섬겨 왔사온데, 누구를 모함한 적이 없는데 어찌 폐하께서 그런 말씀을 하십니까?"

부인 두 사람은 눈물을 흘리면서 황제의 신변에 다가가 구슬프게 흐느꼈다.

황제는 하는 수 없었다.

"그럼, 돌아들 가라. 짐이 조사할 것이다."

황제는 어사 이강(李綱)[18]에게 진왕이 장씨와 윤씨 부인의 침궁에 들어간 일이 있는가? 또 그럴 이유가 무엇인가를 상세히 물어 보고하라고 분부하였다.

장씨와 윤씨 두 부인은 황제에 사은하고 자신의 침궁으로 돌아왔다.

---

18 이강(李綱, 547－631년, 字는 文紀)－隋朝, 唐朝 大臣. 隋朝 開皇末, 隋 文帝 太子 양용(楊勇)의 스승였다가 은거. 李淵이 長安에 입성하자 알현하였다. 唐이 건국되자, 禮部 尙書 겸 太子를 보필하며 직간하였다. 貞觀 4年(630) 太宗은 李綱을 太子 少師에 임명하여, 太子 이승건을 보필케 하였다. 貞觀 5년, 85세에 병사했다.

진왕은 밤에 자신의 옥띠를 궁문에 걸어놓고 돌아온 이후로 가슴이 답답해서 잠을 이룰 수가 없었다. 아침 일찍 일어나 일을 처리한 뒤, 다시 단소궁으로 문안하러 가려는데 좌우에서 아뢰었다.

"어사 이강이 전하를 뵈옵겠다고 찾아왔습니다."

진왕은 황제의 병문안을 온 줄로만 알고 나가서 만났다. 이강은 배알하고 자리에 앉았다.

"폐하의 용체가 어떠하신지요?"

"과인이 어젯밤에 돌아올 때에는 좀 나았네. 지금 다시 문안하러 가려던 참이네."

"오늘 아침에 내신이 어명을 전했습니다. 저에게 몸소 전하께 문의하라고 하셨기에 찾아왔습니다."

진왕은 아랫사람들에게 탁자를 준비케 한 뒤에 황제의 전지를 읽었다. 진왕은 안색이 하얗게 질리더니 곧 붉어졌다.

진왕이 생각하였다.

'어젯밤 그들의 노랫소리를 듣고 경각심을 깨우치려고 그랬는데 도리어 나를 모함하는구나.'

진왕은 즉시 이강에게 말했다.

"과인이 어제저녁 돌아오다가 분궁루에 이르러 우연히 형제들의 노랫소리를 듣고 그들이 이후라도 행실을 삼가라는 뜻으로 옥띠를 궁문에 걸어놓았네. 이것은 집안일이어서 경에게 똑똑히 말할 수가 없네. 다만 한 가지 묻고 싶네. 과인이 어떤 사람이기에 그런 너절한 짓을 할 것이라고 생각했는가?"

"전하께서는 혁혁한 공훈을 세우시고 높은 덕망을 쌓으셨습니다. 신이 어찌 한 입으로 다 말할 수 있겠습니까? 전하께서 사실대로 적어주셔서 제가 폐하께 상주하면 모든 것이 밝혀질 것입니다."

"지당한 말씀이요."

진왕이 짧게 몇 구절 써서 넘겨주니, 이강이 받아서 넣고 단소궁으로 들어가 상주했다. 황제는 내시를 불러 부축을 받아 옥좌에 앉았다.

이강은 알현하면서 환후를 여쭈었고, 진왕의 글을 올렸다. 황제가 펼쳐보니, 다음 같은 시구가 쓰여 있었다.

집닭도 산새도 각 둥지를 떠나니,	(家雞野鳥各離巢)
추태를 어찌 모두 말씀하겠나?	(醜態何須次第敲)
그때의 정경 차마 여쭙기 어려워,	(難說當時情與景)
말하면 성심(聖心) 더욱 괴로울 것이다.	(言明恐惹聖心焦)

"이는 절구(絶句)의 시(詩)인데, 짐이 어떻게 새겨야 하는가?"

"진왕은 천성이 충성스럽고 신중한 분이라는 사실은 폐하께서도 깊이 통찰하시고 계십니다. 이런 시구를 소홀히 쓰지는 않았을 것이라 생각됩니다. 진왕이 옥띠를 궁문에 걸어 놓았다면 분명 그럴만한 사유가 있을 것입니다. 폐하의 옥체가 조금 쾌차하시니 잠시 놓아두셨다가 나중에 천천히 살펴보십시오."

"그럼 자넨 물러가게. 짐이 더 생각해 보겠다."

이강은 다른 말을 더할 수 없어 물러 나왔다.

전한 소하(蕭何)[19]의 법률(法律)에 다음과 같은 구절이 있다.

「간통하는 자를 잡으려면 둘을 동시에 잡아야 하고, 도적을 잡으려면 근거물을 찾아야 한다. 이런 일은 다른 이것저것을 고려하지 말고 직접 본 사실에 근거해야만 바른 판결을 결정할 수 있다. 남의 말을 듣고는 판단을 내리기 어렵다. 한 가정에도 말썽이 많은 법인데, 하물며 조정의 일은 더 말할 것이 없다.」

이강이 물러가자, 황제는 시구의 뜻을 따져보려고 했다. 그때 마침 우문소의와 유첩여(劉婕予)[20]가 들어와서 알현했다.

---

19 蕭何(소하, 前 257-193) - 沛縣(패현) 豐邑人(풍읍인, 今 江蘇省 徐州市 豐縣). 漢朝 초기의 丞相(승상), 漢初 三杰(삼걸). 《漢書》39권, 〈蕭何曹參傳(소하조참전)〉에 입전. 한 고조 유방(劉邦)이 처음 봉기할 당시 蕭何(소하)는 현의 主吏〔주리, 功曹(공조)〕이었으니 소하의 지위가 높았고 나이도 한 살 위였다. 그리고 曹參(조참)은 獄椽(옥연)이었다. 高祖 劉邦과 曹參, 樊噲(번쾌)가 모두 동향이었는데 蕭,曹 2인은 관리로 명성이 있었고 유방과 번쾌는 토박이 불량배(地痞, 지비)였다. 漢이 건국된 뒤에도 四夷들은 굴복하지 않았고, 전투도 끝나지 않아, 三章의 法으로는 간악한 무리를 방어할 수 없었는데, 이에 相國인 蕭何(소하)는 秦法을 이리저리 모으고, 시의(時宜)에 적합한 것을 골라 9章의 법률을 만들었다.

20 첩여(婕予) - 女官(여관)의 職名(직명). 漢初에는 황후 외에 后妾은

"너희들도 왔는가? 역시 무슨 일이 생긴게 분명하구나."

두 비가 웃으면서 말했다.

"방금 장씨와 윤씨 두 비께서 다녀갔다는 말을 듣고 저희들도 문안하러 왔습니다. 오늘은 폐하 옥체가 차도가 있다 하여 위로해 드리려고 왔습니다."

황제는 가볍게 탄식하고 나서 말하지 않았다. 우문소의는 서안(書案, 책상) 위에 있는 종이를 얼핏보고서는 물었다.

"이 시는 옛날 정(鄭)과 위(衛)나라의 시가의 구절인데, 폐하께서 필사하신 것입니까?"

"이 시가가 퇴폐적인 정나라나 위나라의 시구라는 사실을 어떻게 아는가?"[21]

모두 夫人 또는 美人이라 했고, 女官의 등급 구분이 차츰 세분화되었는데, 《漢書 外戚傳》에 의하면, 황후 아래로 昭儀(소의, 승상격)—倢伃(첩여, 上卿 대우), 婕予)—娙娥(형아, 중이천석 대우, 關內侯와 동급)—傛華(용화, 眞二千石)—美人(2천석 대우)—八子(千石 대우)—充依(충의 천석 대우)—七子(8백석 대우)—良人(八百石 대우)—長使(6백석 대우)—少使(4백석 대우)—五官(3백석)—順常(순상, 2백석)—無涓(무연), 共和(공화), 娛靈(오령), 保林(보림), 良使(양사), 夜者(야자)는 모두 1백석 대우로 총 14 등급으로 구분하였다.

21 鄭衛之音—鄭과 위(衛)는 춘추시대 나라 이름. 두나라의 음악은 퇴폐적인 음악으로 알려졌다. 鄭과 衛의 퇴폐적인 기풍에 대하여 반고(班固)의 《漢書 地理志》에 다음과 같은 내용이 있다.
「鄭나라는 국토가 좁고 험준해서 산에 살며, 계곡의 물을 길어 먹어야 했기에 남녀가 자주 모일 수가 있어 그 풍속은 음란하였다.

"그 시 네 구절의 첫 글자를 모으면 바로 '집안의 추한 꼴을 말할 수 없다는 가추난언(家醜難言)'입니다. 정말 부끄럽다는 깊은 뜻이 있습니다."

황제는 솔직한 사람이었다. 장씨와 윤씨 두 부인이 고발했으며, 또 자신이 이강을 시켜 진왕에게 문의하게 했다는 것, 그리고 진왕이 이 시구를 써서 보내왔다는 그간의 일을 모두 차례로 말하였다.

그 설명을 들은 우문소의가 말했다.

"이런 일을 어찌 함부로 말씀하실 수 있겠습니까? 반드시 목격해야 이런 사건을 바르게 평정할 수 있습니다. 장씨와 윤씨 두 부인은 수나라 조정을 문란시켰지만 진왕께서는 참으셨습니다. 요즈음 몇 년 동안 진왕은 천하를 종횡무진하면서도 여인 때문에 명성을 더럽힌 적이 한 번도 없사옵니다. 그런데 오늘 어째서 두 부인이 폐하의 앞에서 진왕을 모독한단 말입니까? 또 전날에 폐하께서 진왕을 보내 낙수를 평정하게 하고, 소첩을 보내 수나라

그래서 〈鄭風〉에서도 「東門을 나가니 여인들이 구름처럼 모였네.」 또는 「溱水와 洧水의 물은 호호탕탕하고, 남자와 여인이 蘭(란)꽃을 주고받네.」 그리고 「마주보며 즐기나니, 남자와 여인이 서로 함께 장난치네.」라고 노래하였으니 그들 습속이 이러하였다.
「衛(위)는 곳곳에 뽕밭이나 하천의 은밀한 곳이(桑間濮上之阻) 많아 男女가 자주 만날 수 있기에 聲色(성색)이 저절로 생겨날만한 곳이라서 세속에서는 鄭과 衛(위)의 聲音이라고 하였다.」

궁전의 미인을 선택하고 금은보화를 접수하라고 하셨습니다. 그때 아리따운 여인이 많았지만 진왕께서는 거들떠보지도 않았습니다. 혹시 재물을 자기의 소유로 했는지는 모르겠습니다. 폐하께서도 기억하실 것입니다. 그때 소첩과 장씨와 윤씨 두 부인은 부모님들이 가업을 이루도록 밭 수십 경(頃)을 하사해달라고 했습니다. 그때 폐하께서는 칙서를 내려 윤허하셨지만, 진왕은 회안왕(淮安王)과 짜고 칙서를 감춰두고 경작지를 주지 않았습니다. 이로 보아 진왕은 재물은 아끼나 여색을 하찮게 여기는 분이온데, 어찌 폐하께서 총애하시는 비빈들을 빼앗으려 하겠습니까? 장씨와 윤씨 두 부인이 그 일로 앙심을 품고 있는 것 같습니다."

그러자 유첩여도 말했다.

"삼십육궁, 사십팔원에 가인(佳人)이 많고 많습니다. 삼척동자도 아닌데 이런 일을 가지고 생트집을 잡으니, 저승에 가신 황후께서 이 일을 아시면 어찌 비통하시지 않겠습니까?"

드디어 이 말은 황제의 측은한 마음을 움직였다.

"짐도 이 일에 대해선 더 캐묻지 않겠으니 그대들도 입 밖에 내지 말라!"

이때 태감이 들어와 아뢰었다.

"평양공주(平陽公主)[22]께서 돌아가셨나이다."

---

22 평양공주(平陽公主, 590년대 – 623년) – 본명은 기록 없음. 唐 高祖(당

황제는 크게 탄식했다.

"공주는 그전에 금고(金鼓)를 울리면서 의병의 사기를 북돋워주어 짐의 대업을 이루도록 도와주며 오늘에 이르렀다. 그런데 복을 누리지 못하고 짐보다 먼저 가다니, …"

말을 마친 황제가 눈물을 흘리니 우문소의와 유첩여가 황제를 위로했다.

"폐하께서 공주님도 생각하셔야 하겠지만, 세 분 전하를 잘 보살펴주셔야 합니다. 하물며 옥체가 방금 조금 쾌차하시었는데, 너무 상심치 마십시오. 모든 일은 운명에 달렸으니 너무 심려하지 마십시오."

황제가 머리를 끄덕였다.

두 여인이 황제를 부축하여 침상으로 가려는데, 병부에서 토욕혼(吐谷渾)[23]이 돌궐(突厥)의 가한(可汗, 칸)과 결탁해서 민주(岷州, 위치 미상)를 침공하니 속히 구원병을 보내달라는 긴급 청원서를 보내왔다.

고조) 李淵(이연)과 본처 太穆皇后(태목황후) 소생. 시소(柴紹, 柴嗣昌)에게 출가. 여군병을 거느리고 전공을 많이 세웠다. 武德(무덕) 六年(623년)에 타계했다. 태종 이세민의 동복(同腹) 누나.

23 토욕혼(吐谷渾, 토록훈) ─ 西晉에서 唐朝 시대에, 수 靑海省 기련산맥(祁連山脈)과 黃河 상유 계곡에 분포했던 부족 명 겸 나라이름. 663年 토번(吐蕃)에 정복당하여 소멸. 그 선조는 선비족(鮮卑族) 모용부(慕容部). 강족(羌族), 장족(藏族), 한족과 通婚. 현재 靑海省과 甘肅省 일대의 土族이 吐谷渾의 후예로 알려졌다.

황제는 생각 끝에 붓을 잡아 비준하고 지시하였다.

「부마인 병부총관 시사창은 서둘러 장례를 지낸 후 정병(精兵) 1만 명을 거느리고 민주로 가서 연군자사(燕郡刺史) 나성(羅成)과 함께 적을 소멸하되 절대 지체하지 말라.」

황제는 태감을 불러 성지를 전하게 하고, 단소궁에서 계속 정양하였다.

하루는 황제가 화원을 거닐었는데, 건성과 원길도 말을 타고 검을 휘두르며 놀고 있었다. 진왕도 진왕부의 여러 막료들을 거느리고 와서 황제를 알현했다.

건성과 원길, 그리고 진왕이 이야기를 나누다가 서로 자기의 무예가 으뜸이라고 논쟁하자, 황제가 울지경덕에게 말했다.

"재간이 어떤가는 각자가 연마하기에 달렸느니라. 하지만 팔힘이 세어 채찍으로 말을 상하게 하기까지는 어려운 일이다. 그러나 경덕에게는 그런 재간이 있으니 고금에 찾아보기 어렵다."

그러자 가장 어린 원길이 어깨에 힘을 주면서 말했다.

"울지경덕의 말은 모두 허튼 소리입니다. 저 자는 조정의 장수들은 꼭두각시와 같다며 허풍을 떨었습니다. 그리고 우리가 모두 창을 쓸 줄 모른다고 여기는데, 오늘 한 번 겨뤄보고 싶습니다."

황제가 울지경덕에게 말했다.

"내 아들이 경과 무예를 겨루려는데, 어떤가?"

울지경덕이 대답했다.

"신은 어려서부터 십팔반(十八般) 무예를 익혔기에 절대 실수가 없습니다. 그러나 신하인 제가 어찌 감히 전하와 겨룰 수 있겠습니까?"

제왕(齊王)인 원길이 말했다.

"상관없소. 오늘은 작위와 귀천을 논하지 말고 창법을 겨루는데 해가 될 게 무엇이겠소?"

원래 원길은 말 타고 창 쓰기를 즐겼다. 그는 울지경덕이 큰소리를 치자 한번 승부를 겨루어보려고 오래전부터 생각하고 있었다. 그는 진왕을 청해서 전신 무장을 하고 패배해서 쫓겨가는 역을 맡게 했으며, 자기는 선웅신으로 가장하고 말을 타고 뒤따르겠다고 했다.

그러면서 울지경덕에게 말했다.

"장군이 한 손으로 채찍을 휘둘러 말을 상하게 하면서 내 손에서 창을 빼앗을 수 있는지 겨뤄봅시다."

그러자 울지경덕이 말했다.

"죽을죄를 지었으니 저를 용서해 주십시오. 제가 자칫하면 전하를 상하게 할 수도 있으니 나무창으로 바꿔 가지고 겨루겠습니다. 전하께서는 진짜 창을 가지고 겨루어도 저는 피할 방법이 있습니다."

제왕 원길이 대노하면서 수하의 장수 황태세(黃太歲)와 몇 마디 주고받더니 말에 뛰어올라 긴 창을 들고 외쳤다.

"그래, 감히 나와 창법을 겨루겠느냐?"

이 말을 들은 진왕도 창을 들고 말에 박차를 가해 달렸다. 원길이도 창을 들고 1리 남짓 뒤 쫓아가 진왕을 찌르려고 했다.

경덕은 말에 올라 뒤쫓아가면서 소리쳤다.

"경덕이 여기 있으니 전하를 해치지 마시오!"

원길은 즉시 진왕을 내버려두고 창을 휘두르며 경덕에게 달려들었다. 경덕이 창을 막으며 원길의 창을 빼앗자, 원길은 말에서 떨어지며 뺑소니를 쳤다.

이때 황태세가 말을 몰아 달려오며 창으로 진왕을 찌르려고 했다. 진왕은 목숨을 내걸고 싸웠으나 상대방을 이길 수 없었다. 바로 이때 경덕이 나는 듯이 말을 몰아갔다. 황태세가 창으로 경덕을 찌르려는 순간, 경덕은 몸을 한쪽으로 살짝 비키면서 채찍을 휘둘러 내리쳤다. 황태세가 다시 창으로 경덕의 가슴을 찌르려고 팔을 뻗치는 찰나 경덕이 창을 빼앗아 황태세를 찔렀다. 가련한 황태세는 말위에서 떨어져 죽었다.

울지경덕은 급히 황제 앞으로 달려가 아뢰었다.

"황태세가 진왕을 모해하려 하기에 신이 죽여버렸습니다."

원길이 앞으로 나서면서 상주했다.

"진왕은 제가 아끼는 장수를 죽이도록 경덕에게 명령하였습니다. 울지경덕은 부황의 명을 어겼사오니 죽여서 황태세의 원수를 갚아주십시오."

그러자 진왕이 말했다.

"네가 태세를 시켜 나를 해치게 하고서도 무슨 허튼 수작을 하는 거냐? 만약 경덕이 태세를 죽이지 않았더라면 나는 목숨을 잃었을 것이다."

황제가 말하였다.

"짐은 황태세에게 무예를 겨루라고 말하지 않았거늘, 어찌하여 제멋대로 창을 들고 진왕을 쫓아간단 말이냐? 경덕은 예전에 진왕을 구해준 공로가 있기에 짐은 더욱 그를 기특하게 여긴다. 하물며 네가 그와 창을 겨루자고 했기에 죄를 사면하고 충의로운 그의 공덕을 표창해야겠다. 너의 형제들은 마땅히 서로 사랑하면서 고락을 함께 나눠야 한다. 너희들이 형제의 정을 잊지 않는다면 나는 더없이 기쁘고, 너희들이 매일 문안하는 것보다 더 고맙게 생각하겠다."

말을 마친 황제는 궁으로 돌아갔다.

다음에 뒷일은 어떻게 되겠는가? 다음 회를 읽어 보시라.

조왕은 용호관에 웅거하고, 주희는 원앙진을 점거하다.(趙王雄踞龍虎關, 周喜覇佔鴛鴦鎭.)

노래하기를,	詞曰,
세상사 끝까지 갈 수 없으니,	(世事不可極)
극에 달하면 하늘이 싫어한다.	(極則天忌之)
꽃이 피고 시드는 것을 보면,	(試看花開爛漫)
바로 봄이 가는 때이다.	(便是送春時)
무산(巫山) 정상에 다시 올랐다면,	(況復巫山頂上)
어찌 운우의 환희 또 맛보랴?	(豈堪攜雲握雨)
힘을 다하여 다시 치닫는다.	(逞力更驅馳)
달은 거울처럼 비추지 말고,	(莫倚月如鏡)
바람 따라 꺾이지 말기를!	(須防風折枝)

온갖 은애에,	(百恩愛)
많은 사랑을,	(千繾綣)
모두 그린다.	(萬相思)
팽팽한 줄은 쉽게 끊어지니,	(急弦易斷)
누가 여기에 목숨 걸겠는가?	(誰能繫此長命絲)
나의 깊은 한을 촉발하나니,	(觸我一腔幽恨)
새벽 오경 단꿈 깨보니,	(打破五更熱夢)
냉풍 다시 우수수 분다.	(此際冷颼颼)
하늘 뜻이 늘 이러하나니,	(天意常如此)
인정이 어떤 지 알리라.	(人情更可知)
― 곡조〈수조가두〉	― 調寄〈水調歌頭〉

속담에 '한 번의 실수가 천추의 한이니, 돌아보고 뉘우치면 그
때는 이미 늦었다.'[24]고 하였다. 남자가 역경에 봉착하면 하늘과
사람을 원망해도 아무 소용없나니, 부인 역시 후회와 탄식이 많
고 그 끝없는 원한은 하루에 이루 다 말할 수도 없다.

여기서 당나라 궁궐에서 진왕과 형제 사이에 창을 빼앗은 이야
기는 그만하겠다.

─────────

24 원문 ─失足成千古恨 再回頭時百年身─한 발 실수가 백년의 한
이 된다(錯失一步 遺恨百年). 한때의 분노를 참으면 평생 걱정거
리가 없다(忍得一時忿 終身無腦悶). 한순간의 분노를 참으면 백
일 동안 당할 재앙에서 벗어난다(忍一時之忿 免百日之災).

이야기를 하자면, 수나라 양제의 황후 소씨(蕭氏)는, 사부인(沙夫人), 설야아(薛冶兒), 한준아(韓俊娥), 아랑(雅娘) 등과 돌궐 땅에 머물고 있었다.

돌궐의 가한(可汗)이 죽은 뒤에, 한준아와 아랑은 몇 년을 그곳에 더 살았지만, 수토(水土)가 맞지 않아 병으로 먼저 죽었다.

수나라에서 돌궐족에 대한 화친책으로 출가시킨 의성공주(義成公主)는 그 남편이 죽은 뒤, 우울증으로 병을 얻어 1년 남짓 뒤에 죽었다.

왕의(王義)의 아내인 강정정(姜亭亭)은 출산하다가 죽었다. 사씨 부인은 설야아를 왕의의 후처로 맺어주었다. 宮人 나라(羅羅)는 비록 조왕〔趙王, 양고(楊杲), 36회 주석 참고〕보다 대여섯 살 많았지만, 사람됨이 어질고 조용했으며 식견이 높았고 예절에도 밝았다. 그래서 사씨(沙氏) 부인은 나라를 조왕과 결혼시켰다. 이후 나왕후로 일컫는다.

돌궐의 가한은 자식이 없었기에, 죽은 뒤, 조왕이 가한의 자리에 올라 연호를 정통(正統)이라 하고 용호관(龍虎關)에 웅거하였다.[25]

조왕은 지혜와 용기를 겸비한 통치자로, 그 정사는 엄격하였고 권위가 있었다. 퇴조(退朝)한 뒤나 한가한 때는 생모는 아니나 모

---

[25] 이는 소설의 연호이고, 지명이다. 史實이 아니다.

친인 사씨 부인을 모시고 후원을 거닐며 효도를 다했다.

어느 가을 날, 소황후는 흘로 거닐다가 회랑가에 있는 버드나무 밑에 멈췄다. 소후는 후원 밖의 마구간에서 일하는 어떤 젊은 이가 풀을 작두로 잘라 말 구유에 담아주고, 말들이 마구 먹어대는 모양을 물끄러미 바라보고 있었다. 소황후는 그 남자가 중국인과 같아서 앞에 불러 물었다.

"너의 성씨와 이름은 무엇인가? 그리고 본래 어디서 왔는가?"

"소인은 양주(揚州) 사람이고, 성은 우(尤)씨이며, 이름은 영(永)입니다."

"그렇구나. 어쩐지 중국인 같았다. 그래, 처자식은 있는가? 왜 여기로 왔는가?"

"소인은 왕세충을 따라서 출정했다가 요성(聊城)에서 유랑하였습니다. 그러다 주봉춘(周逢春)이란 사람을 알게 되어 같이 지내다가 뜻밖에 우문화급 궁중의 세 여인과 만나게 되었습니다. 그분들은 수나라 신광원(晨光院)의 주(周) 부인, 적진원(積珍院)의 번(樊) 부인, 명하원(明霞院)의 양(楊) 부인이었습니다. 주부인은 원래 주봉춘의 동생뻘이 되는 분이었습니다. 그래서 주봉춘은 주부인을 소인과 결혼시켰고, 번부인과 양부인은 모두 주봉춘에게 출가하였습니다."

소황후가 놀라며 물었다.

"그런 일이 있었군! 그럼 그 세 부인은 어떻게 되었나?"

"주씨는 소인과 1년 남짓 살다가 난산으로 죽었습니다. 번부인도 허약증에 걸려 죽고, 다만 양부인만이 지금 주봉춘과 함께 임청(臨淸)의 원앙진(鴛鴦鎭)에서 객점을 운영하고 있습니다."

"주봉춘과 함께 살지 않고 왜 홀로 이리 왔는가?"

"아내 주씨가 죽은 뒤에 소인은 홀몸으로 떠돌아다녔습니다. 그러다 함께 군졸을 했던 친구가 다시 군대에 들어가자고 하기에 이곳으로 왔다가 머물러 있습니다."

"그래! 그럼 올해 나이가 몇인가?"

"소인은 서른 살입니다."

소후는 잠시 생각하더니 다시 말했다.

"내가 바로 수나라의 소황후이네. 자네가 중국 사람이기에 불쌍히 여기고, 또 주부인의 면목을 봐서라도 자네를 돌봐주고 싶네. 자네에게 상세하게 물어볼 일이 있으나 낮에 여기서 묻기가 불편하니, 저녁에 사람을 보내 자네를 부르겠다."

마부는 절을 하고 물러갔다.

그날 밤 소후가 우영을 불러들이려고 하는데 다른 사람들이 눈치를 채고, 이를 조왕에게 알렸다. 조왕은 소후와 치정(癡情) 관계가 있다고 생각하여 화를 내며 우영을 죽여버렸다.

그런 다음 소후에게 엄하게 충고하고 나서, 궁녀들에게 분부해서 소후의 일거일동을 늘 감시하게 했다. 소후는 부끄러움을 참을 수 없었다.

겨우 한가한 잡담 몇 마디 때문에, (只因數句閒言語)

남을 무한히 부끄럽게 만들었네. (致令人亡己受慚)

　한편 어명을 받은 고조의 사위인 시사창은 즉시 문서를 작성해서 내려보냈다. 시사창은 자기의 부하 이여규(李如珪)에게 군사 1천 명을 인솔하고 먼저 유주로 가서 나성을 만나본 뒤에 토욕혼(吐谷渾)이 공격하는 민주[岷州, 今 甘肅省 남부 定西市 관할 岷縣(민현) 일대]에 가서 토욕혼 족을 막으라고 하였다.

　그리고 자신도 군사를 거느리고 가서 이적(夷狄)을 소탕하겠다고 말했다. 이여규는 유주(幽州)[26]에 당도해서 나성을 만났다. 나성이 문서를 읽어본 뒤, 즉시 연군왕 나예(羅藝)에게 보고하자, 나예가 말했다.

　"민주는 멀고 돌궐가한에게 가려면 가깝다. 돌궐가한은 이미 죽고 자식이 없어, 지금의 정통가한은 수나라 사(沙) 부인이 양육한 아들인 조왕(趙王)이다. 듣자니 양제의 소후도 그곳에 있고, 왕의가 대신(大臣)으로 있다니 모두가 수나라 조정의 사람들이다. 너는 군사를 몇 명 거느리고 가서 가한에게 똑똑히 말해 주어라. 가한이 지원병을 보내지 않으면 토욕혼도 물러갈 것이다."

　나성이 대답했다.

───────

26 유주와 민주는 동북 끝과 서남의 끝이다. 지리적 설정이 전혀 맞지 않는다. 史實(사실)이 아닌 일을 꾸며넣다 보니 이런 오류가 나온 것이다.

"아버님 말씀이 지당하십니다."

나성은 돌아와서 아내 두선랑(竇線娘)에게 이번 일을 이야기하였다.

그러자 선랑이 금방 호응하고 나섰다.

"소황후는 전에 저의 집에도 오셨습니다. 아주 점잖은 분이시셨습니다. 그리고 사부인은 아주 기개가 있는 분이라던데, 저도 함께 출정하여 만나보고 싶습니다."

"부인이 동행하겠다면 나야 더욱 좋습니다."

나성의 말이 떨어지자마자 화우란이 말했다.

"저도 부모님의 성묘도 할겸 둘째 아들을 데리고 함께 가겠어요."

두선랑이 아들을 낳았는데 아대(阿大)라고 이름을 지었고, 화우란이 낳은 아들은 아이(阿二)라고 이름 지었다. 보름 사이를 두고 태어난 두 아들은 여덟 살이었다. 그들은 즉시 금령과 오랑을 불러 준비를 마치고서 연군왕에게 인사를 하고 떠났다.

얼마 가지 않아 일행은 도구(島口)란 곳에 도착했다.

돌궐의 정통가한(正統可汗, 趙王)이 소식을 듣고 급히 모친인 사부인과 상의하였다.

"토욕혼이 저더러 병사를 거느리고 함께 중원을 침략하자고 해서 지금 장수를 고르고 있습니다. 그런데 뜻밖에 당나라에서 연군왕의 아들 나성(羅成)이 원정을 나와 문죄(問罪)하려 하니 어찌했으면 좋겠습니까?"

사부인이 말했다.

"나예(羅藝)는 원래 선제(先帝)의 중신이었다. 그분의 아들 나성은 용맹하여 당나라의 대신이 되었다. 그리고 두건덕의 따님인 선랑이 그의 아내이다. 그들 부부에게는 전투에 능한 장수들이 많으니 얕잡아봐서는 안 된다."

그러자 소후도 말했다.

"말을 그렇게 해서는 안 되네. 만약 그들이 우리나라를 빼앗겠다면 그들이 진공해오지 않아도 다른 나라와 힘을 합쳐 그들을 쳐야 하네. 당 황제 이연은 우리와 이종사촌간이네. 당 황후인 두후와 우리의 태후와는 쌍둥이 자매 간이니 친척이지. 그리고 두선랑은 나도 알고 있네. 날씬하고 예쁘게 생긴 여인이야. 하지만 입이나 까졌을 뿐 재간은 많은 것 같지는 않네. 그녀가 온다면 내가 가서 만나보겠네."

정통가한이 그런 말을 듣자 급히 나가서 왕의와 상의하였고, 군사를 거느리고 먼저 떠나게 했다. 그리고 자신은 천천히 후군을 거느리고 도성을 나섰다.

당군의 이여규는 첫 번째 전공을 자신이 차지하려고 선봉이 되어 진격하다가 왕의의 계책에 말려들어 패전하고 퇴각했다. 후군을 거느리고 오던 두선랑은 앞에서 먼지가 뽀얗게 일어나는 것을 보자 패전한 것이라고 짐작했다.

두선랑이 방천화극을 잡고 달려가니, 상대방 장수가 창으로 이여규의 잔 등을 찌르려고 달려들었다. 급해진 선랑은 화살통 동개에서 화살을 뽑아 창을 명중시켰다. 장수가 놀라서 주춤거리자, 왕의의 아내가 된 설야아가 칼 두 자루를 휘두르며 달려왔다. 선랑은 방천화극으로 상대방의 두 칼을 막았다.

이십여 합을 겨루고 나니, 기력이 빠진 설야아는 말을 몰아 비켜서며 물었다.

"당신은 용안공주(勇安公主)가 아닌가?"

그러자 두선랑이 대꾸했다.

"내 이름을 알면서도 죽으려고 왔는가?"

"소후를 아시는가요?"

"어느 소후 말인가?"

"바로 선조(先朝) 양제의 정궁 마마입니다!"

"나의 부친께서 역적 우문화급을 토벌할 때 소후가 우리나라에 온 적이 있어!"

"그렇다면 저도 공주와 싸우지 않겠어요. 저희 가한께서 오셨습니다."

그러자 두선랑이 웃으면서 대답했다.

"나도 너를 사로 잡지 않을 테다. 우리의 나으리가 오셨다."

두 사람은 각자 군진으로 돌아갔다. 설야아는 돌아가서 조왕에게 모든 상황을 알려주었다.

말을 돌려 달려가던 두선랑은 얼마 가지 않아 마주 오는 나성을 보고 방금 싸우던 이야기를 하였다.

"돌궐 조왕이 군사를 거느리고 출정하였다고 하니, 내가 가서 대처할 것이오."

말을 마친 나성은 조왕의 진지 앞으로 달려가 병사에게 할 말이 있으니, 정통가한을 어서 나오라고 전달하게 시켰다. 병졸이 달려가 알리니, 조왕은 군사들에게 속히 대오를 지으라고 분부했다. 마치,

솟은 머리 수건 용포에 어리고,	(沖天軟翅映龍袍)
담비 털 모자 장식에 빛이 난다.	(和紫貂瑙影自招)
허리에 옥띠 동여 갑옷 조여,	(玉帶腰圍緊繡甲)
손에는 금창, 팔을 휘두르니,	(金槍手腕動明標)
흰 얼굴 별빛 눈동자가 빛나고,	(白面光涵凝北極)
응시한 눈빛 교룡과도 같아라.	(烏睛遙曳定蠻蛟)
불안한 옥룡 바로 도와주려고,	(何似玉龍修未穩)
권력을 잡고 군사를 지휘하네.	(一方權掌揚人曹)

나성이 손을 들어 인사하며 물었다.

"귀하가 바로 선제(先帝)의 유자(幼子) 조왕(趙王)이신가요?"

"그렇소. 지금은 정통가한이요. 그대가 연군왕의 아드님 나성이신가?"

"그렇소! 이전엔 군신(君臣)의 관계이었지만 지금은 적수가 되

었군요. 저는 어명을 받았으니 출정하여 문죄하지 않을 수가 없습니다. 어찌하여 당나라를 침범하도록 토욕혼을 도와주시는가?"

"그것은 토욕혼이 자신들 세력을 돋보이려고 퍼트린 말이요. 우리는 군사를 동원한 적이 없습니다. 당나라는 우문화급의 손에서 천하를 얻었고, 우리 선제, 곧 저의 아버님한테 미안한 일을 하지 않았습니다. 정해진 운명이 그러하니 저는 당나라를 원망하지 않습니다. 지금 저의 정궁마마, 소(蕭) 황후께서도 여기 계십니다. 두(竇) 공주님도(線娘) 함께 오셨다니, 부인께서 우리 진영에 와보신다면 모든 걸 알 수 있을 것입니다."

"그리고 의사(義士) 왕의(王義)란 분도 그곳에 있는가요?"

정통가한은 자기 뒤에 있는 금빛 투구를 쓴 한 장수를 가리키면서 말했다.

"바로 저 장군이오."

왕의는 말위에서 몸을 약간 굽혀, 예를 표하면서 말했다.

"나 장군님을 뵈러 나왔습니다."

"전하께서는 먼저 돌아가십시오. 우리 부부는 왕형과 함께 뒤따라 가겠습니다."

조왕은 군사를 거느리고 먼저 궁전으로 돌아갔다.

나성은 이여규에게 장졸을 성 밖에 주둔시키라고 분부했다. 왕의는 부인 설아아를 보내 두선랑을 맞이하게 하고 나성과 함께 성안으로 들어갔다.

나성 부부가 성안에 이르러보니 인가가 빼곡하고 거리가 잘 정리되어 있었다. 집집마다 오색 초롱을 걸었으며 촉(蜀) 지방에서 나오는 비단을 드리웠고, 문 앞에는 낙타, 사자, 코끼리 형상이나 이름 모를 진귀한 골동품들이 진열되어 있었다. 말을 타고 가면서 나성 부부는 부러워하면서 칭찬했다.

궁으로 돌아간 조왕은 소후와 사부인을 만났다. 그는 왕의가 어떻게 이여규를 이겼고, 설야아가 두선랑과 겨루었지만 영리한 설야아가 졌다는 것, 자기가 나가니 나성도 진지에 이르러 이야기를 주고받았고, 결국 나성이 두선랑과 함께 소후를 만나러 궁 안으로 오겠다는 이야기를 하였다.

소후가 말했다.

"그 사람들이 온다니 어서 준비를 잘하도록 하게. 빈틈없이 준비해야 하네."

조왕이 대답했다.

"알겠습니다."

조왕은 문무 막료들을 불러 병졸 2천 명을 풀어 여러 곳을 지키게 하고, 궁문 안에도 창칼을 든 병사들이 정연하게 서서 대기하게 조치했다. 그리고 성안의 백성들은 집집마다 꽃 초롱을 내걸고 당에서 오는 손님을 영접하게 하였다.

또 내시 두 명에게 분부했다.

"너희들은 빨리 성 밖에 계시는 왕 나으리께 알려라. 두씨 공주님이 오시면 설부인께서 궁중까지 모시게 하라고 해라."

두 내시가 나간 지 얼마 안 되어 다른 내시가 들어와 아뢰었다.

"당에서 보낸 천자의 사신이 도착했습니다."

조왕은 나성이 당나라 황제의 명을 받았기에 두 번째 대문 밖에 나가서 맞이했다. 왕후 나라(羅羅)도 궁녀 둘을 데리고 나가서 두선랑을 영접해 가지고 설야아와 함께 들어왔다.

두선랑은 소후와 사부인에게 인사를 드렸다. 용승전(龍升殿)에 들어간 나성은 탁자를 보자, 붉은 종이에 쓴 당 황제의 칙령을 올려놓고 조왕을 알현하면서 말했다.

"소황후께도 알려주시기 바랍니다. 성지를 함께 받으셔야 합니다."

조왕은 급히 안에 들어가 소후에게 아뢰니, 한동안 생각하던 소황후가 한숨을 쉬면서 말했다.

"전에는 그들이 나에게 배알하였는데, 오늘은 내가 그들을 배알해야 하는구나! 천하를 그 사람이 빼앗은 것도 아니고 또 친척이고, 이제는 천하의 주인이 되었으며 조서까지 내렸으니 알현하기는 해야 한다. 하지만 조복이 없어 어찌하겠나!"

"공주가 입던 법복이 함에 있으니 그 옷을 입으시면 됩니다."

조왕은 궁녀를 시켜 법복을 가져다가 소후에게 입혔다. 평소에 늘 입던 비단옷과는 달랐다. 소후는 칙명을 펴놓은 탁자를 향해 예를 갖췄다.

나성이 소후를 상좌에 모시고 알현하려고 하니, 소후가 눈물을 흘리면서 말했다.

"나라도 망하고 가문도 파산되었으니, 지금은 예전과 다르오! 예의를 갖춰서 뭘 하겠소? 그럴 필요 없으니 그만두시오."

조왕과 왕의도 모두 일상적인 예의를 갖추면 된다고 권했기에 나성은 그들의 말대로 했다.

안으로 들어간 소후는 선랑을 안쪽 자리에 앉히고 말했다.

"난리가 났을 때 난 자네의 궁전으로 간 적이 있었네. 그때 공주의 나이가 열여덟 살이라고 했으니, 이젠 서른 안팎이겠군. 자식은 몇이나 두었는지?"

선랑이 대답했다.

"저는 서른한 살입니다. 아들 둘을 두었는데, 한 애는 저의 소생이고, 다른 한 아이는 화우란의 소생입니다."

사씨 부인이 말했다.

"듣자니, 화목란의 동생 우란도 의협심이 강한 여인이라더군요. 그럼 그분은 공자들을 데리고 집에 계시나요?"

두선랑이 말했다.

"그 장난꾸러기들이 어찌 집에 있겠습니까? 지금 화우란과 함께 군영에 있습니다."

"그렇다면 왜 궁중으로 모시지 않나?"

사부인과 나왕후는 급히 사람을 불러 교자 두 채를 가지고 군영에 가서 화부인과 두 공자를 모셔오라고 분부했다. 내시들은 명을 받고 떠나갔다.

두선랑도 금령을 불러 그들이 입궁할 때 군사들이 호위하도록 분부할 것을 나성에게 알리라고 했다.

소후가 말했다.

"천하가 어지러운 이 시절에도 자네들은 가정을 이루고 안락한 생활을 하는데, 여정암에 있는 네 명 부인께서는 무고하신지?"

두선랑이 대답했다.

"소후께서는 아마 모르실 겁니다. 그 네 부인이 계신 여정암은 양(楊), 서(徐), 진(秦) 씨 등 세 집에서 시주하였습니다. 또 강경파(江鷲波) 부인은 장수 정교금과 가정을 이루었고, 가림운(賈林雲) 부인은 대신(大臣) 위정(魏徵)에게 출가하였으며, 나패성(羅珮聲) 부인은 장군인 울지경덕과 혼인을 맺었습니다. 이 세 가정의 주인은 모두 서세적과 시아주버님의 결의 형제들이어서 돈을 대고 땅을 사주어 걱정없이 지내고 있습니다."

사부인이 물었다.

"그들 세 부인은 어디에 계셨기에 조정의 은총을 입게 되었는가요?"

선랑은 우란이 여정암에 갔다가 돌아올 때 비를 만나 은씨 과부집에 들러 세 부인과 만났던 일과 흠차태감이 세 부인을 알아보고 함께 장안으로 데려간 일을 낱낱이 말해주었다.

사부인이 말했다.

"그 세 부인도 응당 복을 누려야지요. 우리와 함께 왔더라면 그냥 이곳에 파묻혀 있었을 것입니다. 그런데 모두 훌륭한 남편을 만날 팔자여서 불행 중 다행으로 그런 복을 받게 되었군요."

나나(羅羅) 왕후가 말했다.

"그럼 그 네 부인께선 모두 무고하신가요?"

선랑이 답했다.

"전에 비하면 훨씬 잘 지내고 있습니다. 원자연(袁紫煙) 부인은 아들 하나를 낳았는데, 듣자니 가림운 부인의 따님과 배필을 맺었다고 합니다. 강경파 부인도 딸이 있는데, 나패성 부인의 아들과 혼약을 맺었다고 합니다. 그들은 모두 서로 존경하고 아끼면서 잘 보내고 있습니다."

소후가 말했다.

"나도 중국에서 사람이 와서 나를 고향으로 데려가기를 바랬네. 선제의 분묘도 한번 찾아보고 싶어. 그런데 마침 잘됐네. 나는 자네들과 함께 돌아가야겠네. 죽어도 중국 땅에 가서 죽어야지."

이때 내시가 들어와서 알렸다.

"화씨 부인께서 당도하셨습니다."

사부인과 나황후가 일어나 맞아들이니, 두선랑이 말했다.

"얘들아, 어서 어머니와 함께 소후, 사부인, 나황후를 배알하거라."

화우란이 소후를 자리에 앉히고 알현하려고 하니, 소후가 기어이 만류했다.

"이렇게 알고 지내면 되니, 어서 앉아 이야기나 하세."

"그러면 하찮은 인간이 소후의 존엄을 몰라보게 됩니다."

"공연한 소리네. 옥(玉)과 옥벽(玉璧)이 한자리에 있다고 빛을 잃겠나?"

우란은 사부인, 나황후, 설야아와 인사를 나누었다.

소후는 아대(阿大)와 아이(阿二)가 공손하게 읍을 하자, 안아서 한 무릎에 하나씩 앉히며 말했다.

"무슨 조화로 이렇게 똑같은 귀염둥이를 낳았는지?"

두선랑이 말했다.

"그 애들이 전하를 배알하도록 놓아 주셔요."

나왕후가 말했다.

"제가 두 분 공자와 함께 가서 어떻게 절을 하는지 한번 보겠어요."

소후가 말했다.

"그럼, 우리도 함께 가지."

밖에 나가니 조왕과 나성이 바로 그곳에 자리를 잡고 앉아 있었다. 조왕은 아주 기뻐하면서 의자를 가져다 놓게 하고 함께 앉아 술을 마시자고 권했다. 소후가 두선랑을 보니 몸가짐이 단정하고 우아하며 소탈하여 매우 사랑스러웠고, 우란은 선랑과 키가 비슷했는데 피부와 부드러운 손은 박 속처럼 희었으며, 버들가지처럼 날씬한 허리에 다리는 매우 건강해 보였다.

소후는 궁녀를 불러서 일력을 가져다 보면서 말했다.

"모레는 길 떠나기에 좋은 날이야. 나는 공주, 그리고 화부인과 함께 중원(中原)을 다녀와야겠네."

선랑이 말했다.

"소후께서 중원에 가시면 아마 사람들이 못 돌아오시게 할텐데 어쩌시겠나요?"

"구천에 가신 선제가 아니고서는 나를 막을 사람이 없네."

잠시 후 술을 다 마시고 조왕이 나성의 두 아들을 데리고 들어오니, 소후는 남쪽에 가서 선제의 묘지를 돌아보고 오겠다고 하자, 사부인이 거듭 만류했다.

조왕은 소후가 선랑과 함께 얘기하러 나간 뒤, 사부인에게 말했다.

"어머님께선 공연한 걱정을 하십니다. 여긴 어머님만 계시면 되니 소후가 가겠다면 내버려 두세요."

조왕이 말을 마치고 나와서 왕의에게 말하니, 왕의가 말했다.

"소후께서 선제의 묘에 성묘하시겠다는 뜻은 아주 옳은 생각입니다. 저도 함께 가서 선제의 무덤을 찾아 곡이라도 하고 오겠습니다."

조왕이 들어오니 마침 선랑 일행이 작별 인사를 하였다.

조왕이 말했다.

"소후께서 모레 남쪽으로 가시겠다고 하십니다. 공주님께서 하루 이틀 더 계시다가 동행하시면 어떨까요?"

소후와 사부인도 재삼 만류했다. 선랑은 하는 수없이 소후궁에 눌러 있게 되었다.

소후가 선랑에게 말했다.

"내가 처음 공주를 만났을 때는 군율이 엄했고, 집에 들어와선 행동거지가 단정하여 감히 범접할 수 없었네. 그런데 지금은 어찌하여 온순하고 상냥해서 남들의 사랑과 존경을 한 몸에 받게 되었나?"

"전에 어머님과 함께 있을 땐 어머님이 가정을 엄하게 다스려서 함부로 웃지도 못하고 말도 못했어요 그런데 웬 영문인지 나성을 만나고 그분이 몇 마디 일깨워준 후부터 제 성미가 부드러워졌고, 또 그이를 각별히 받들어 모시게 됐어요."

"그러고 보면 임자 부부의 금슬이 여간 좋은게 아니군."

소후가 말하고 나서 눈물을 흘렸다.

"전에 선제께서도 나를 그렇게 대해 주셨네. 그런데 지금 나는 이곳에 버려졌으니, 난 이제 고목(枯木)이나 다름이 없네. 앞으로 살아갈 길이 기가 막히네."

"지금 당나라 천자님께서는 천하를 통일하시고 난 뒤 즐겁게 보내신다더군요. 얼마 전에 미인들을 골라서 궁중으로 데려갔답니다."

소후는 고개를 끄덕이고 나서 궁녀더러 행장을 꾸리라고 했다. 어언간 이틀이 지났다. 나성은 이미 반미(潘美)를 보내 문서를 시사창한테 전하게 했다. 나성과 선랑이 앞에 서고, 이여규와 왕의 부부가 뒤에 서도록 한 후 작별 인사를 마치고 떠나갔다.

소후는 사부인 나왕후와 손을 잡고 한바탕 울고 나서 교자에 올랐다. 나성은 연도에서 조왕의 깃발을 바꿔들고 토욕혼을 영접하는 것처럼 가장했다.

한편 성지를 받은 시사창은 서둘러 아내 평양공주의 장례를 치르고 나서 군사를 거느리고 길을 떠났다. 민주에 도착한 뒤, 지도를 보고 그곳 사람에게 물어보니, 토욕혼의 상황에 관하여 조금도 거짓이 없기에 앞으로 더 진군했다.

토욕훈도 이미 정황을 알았던지라, 오고산(五姑山)이라는 높은 산을 택해 진을 쳤는데, 매우 유리한 지형이었다. 오고산에서 얼마 떨어진 곳에 진을 친 군왕(郡王) 시사창은 몰래 많은 장병들을 진지 부근으로 이동시키고, 자기는 등받이 의자에 앉아 그 산을 바라보았다. 연연히 뻗어간 녹음 짙은 산은 실로 장관이었다.

시사창의 군영과 토욕혼의 군영은 멀지 않았다. 토욕혼의 군사들은 시사창 군진을 둘러보고 강적이라고 짐작했다. 토욕혼의 군사들은 화살을 비 오듯 날렸다.

시사창의 장졸들은 조금도 놀라지 않고 진지 앞에 버티어 서서 한 발자국도 움직이지 않고 날아오는 화살을 방패로 막거나 손으로 잡았는데 부상 당하는 군졸이 없었다. 시사창은 17, 8세 되어 보이는 아리따운 두 명의 아가씨에게 비파를 타면서 청아한 목소리로 노래를 부르고 춤을 추게 하였다.

토욕혼의 군사들은 깜짝 놀랐고, 그들은 모두 칼을 짚고 서서 구경했다. 한 쌍의 여인이 신나게 춤을 추고 노래를 부르고 나갔다. 또 한 쌍이 나타나더니 익양(弋陽)의 여인보다 더 많은 재간을 피우며 놀았다.

그렇게 두세 시간이 지났을 무렵, 갑자기 오고산 뒤에서 포소리가 한 번 울리더니 사방에서 고함소리가 들려왔다. 시사창은 나성이 군사를 거느리고 도착하였을 것이라 짐작하면서 즉시 부대를 이끌고 산 위로 돌격해 올라가 앞뒤로 협공하니 토욕혼의 군사들은 뿔뿔이 도망쳐버렸다.

시사창과 나성은 40여 리쯤 추격하여 적들을 물리치고 돌아왔다. 왕의가 시사창에게 소후를 보호하여 남쪽으로 가는 길이라고 설명하였다. 그러자 시사창은 조정에서 의심할까 걱정되어 즉시 승전을 보고하는 상주문을 작성하면서 소후가 남쪽에 성묘하러 간다는 내용을 덧붙였다.

시사창은 이여규를 시켜 빨리 조정에 보고한 뒤, 자신은 산동으로 부임하는 제국원을 만나기 위해 나성과 동행하였다. 선랑도 뇌하에 가서 조후의 묘를 성묘하려고 함께 떠났다.

이날 임청에 이르니 날이 어두워졌다.
소후가 왕의에게 물었다.
"원앙진(鴛鴦鎭)에 가서 묵으려 하시나?"

좌우에서 대답했다.

"그곳은 꼭 지나야 할 곳입니다."

소후가 말했다.

"듣자니, 원앙진에 주씨(周氏) 객점이 있다고 하던데, 우린 거기서 쉬도록 하세."

여러 사람들은 대답하고 앞으로 나아가니 '주봉춘 초상 객점(周逢春 招商 客店)'이란 큰 천에 쓰여진 간판이 보였다.

시사창과 나성은 자리가 비좁을까 염려되어 각기 다른 객점을 찾아갔다. 교자에 앉았던 소후는 객점 밖에 삼십 대의 사나이가 서 있고, 계산대 안쪽에는 서른 살 안팎쯤 되어 보이는 얼굴이 곱게 생긴 여인이 보였다. 눈여겨보니 명하원의 양편편(楊翩翩)이었다.

그녀가 사나이에게 말했다.

"여보! 뉘 댁이신지 어서 모시고 들어오세요."

먼저 말에서 내린 설야아가 양부인을 보고 엉겁결에 소리쳤다.

"아니, 양부인이 어떻게 여기 계시나요?"

양부인은 설야아를 알아보고 인사를 하고 물었다.

"그 사이 어디서 어떻게 살았는가? 지금은 어디서 오는 길인가? 또 앞에 있는 분은 누구신가?"

"소후이십니다."

양편편은 밖을 향해 소리쳤다.

"얘들아, 황후 마마의 짐을 방 안으로 들여가거라."

설야아를 방 안으로 인도한 뒤 교자에서 내린 소후에게 양부인은 큰절을 올리려 했으나 소후는 한사코 만류하면서 양편편과 보통 인사를 나누었다.

"난 꿈에서나 볼 줄 알았더니 생각밖에 이곳에서 만났구려."

문안이 끝나자, 소후가 물었다.

"우리가 들어올 때 밖에 있던 분이 자네의 남편인가?"

양편편이 대답했다.

"그렇습니다. 그분은 원래 무관이었어요. 함께 지낸 지가 7, 8년쯤 됩니다."

소후는 아무 일도 모르는 체하면서 물었다.

"자넨 혼자 왔나? 아니면 다른 사람과 함께 왔나?"

"번(樊) 부인, 그리고 주(周) 부인과 함께 왔습니다."

"그들은 지금 어디에 있나?"

"번씨는 저와 함께 있다가 병사하셨고, 주부인은 우영이란 사람에게 출가해서 한두 해가 지나 작고했습니다."

"자넨 어디서 자나?"

소후가 물으니 앞쪽을 가리키면서 대답했다.

"바로 저 방입니다."

그때 마침 밖에서 남편이 부르니, 양부인은 밖으로 나갔다.

지난 일을 회상한 소후는 비통한 마음을 금할 수 없어 눈물만 흘릴 뿐! 아무 말도 할 수가 없었다. 자리에 누운 소후는 잠을 이룰 수 없었다.

다음 날 소후의 몸은 불덩이처럼 뜨거웠다. 여인들이 방에 들어와 안부를 묻고 위로하였지만 아무 말도 못하면서 의식을 잃어가는 것 같았다. 나성과 시사창은 마을 사람들에게 물어 의원을 불러왔다. 그런데도 소후의 병환은 차도가 없었다. 그렇게 이틀이 지났다.

소후의 가슴은 꽉 막힌 것 같았다. 그냥 누운 채 아무 의식도 없이 열이 펄펄 끓으면서 앓았다. 그러는 동안 시사창에게 몇 가지 급보가 전해졌다. 시사창은 궁정에 상서롭지 못한 일이 생겼다는 소식을 듣고 나성과 작별하고 서둘러 장안으로 출발하였다.

과연 장안에서는 무슨 일이 벌어졌는가? 알 수 없다면 다음 회를 읽어 보시라.

단소궁에서 비빈들 황자를 헐뜯고, 현무문에서 형제가 싸워서 죽이다.(丹霄宮嬪妃交譖, 玄武門兄弟相殘.)

노래하기를,	詞曰,
기꺼이 좋은 시절 버리면서,	(喜殺佳期)
기쁘고 사랑하는 마음으로,	(歡愛裡)
깊어진 정, 뜨거운 마음.	(情深意熱)
다행히 청춘이 가기 전에,	(幸青春未老)
원앙과 나비처럼,	(鴛鴦蝴蝶)
온갖 향기 어울린 연리지,	(百和香勻連理枝)
화목 온화 집안의 동심결.	(三星氣暖同心結)[27]

---

27 원문 三星氣暖同心結(삼성기난동심결) ─ 三星은 福星(복성), 녹성(祿星), 수성(壽星). 집안에 삼성이 들었다. 가정이 화목하다. 동심결은 한마음으로 이룬 매듭이나 반지 같은 것.

하늘에 묻노니,   (問蒼天)

왜 아니 얻으려 하는가?   (何事慢追求)

답답한 마음이어라.   (肝腸咽)

수심 가득 얼굴, 쌓인 난제들.   (眉間恨, 峰重疊)

마음 비운 일에, 명멸하는 별.   (心下事, 星明滅)

시드는 잎과 꽃 바라보나니,   (看抹綠殘紅)

강산이 바뀌었다.   (江山改色)

어느 날 영웅의 회동을 바라니,   (卻望一朝龍虎會)

장락궁 비구름 그칠줄 모르랴?   (豈知長樂雨雲歇)

오늘 밤 이 한을 풀기 어렵나니,   (歎今宵此恨最難明)

누구를 믿고 말하랴?   (憑誰說)

― 곡조 〈만강홍〉   ― 調寄 〈滿江紅〉

　인간 세상에서 가장 어려운 일은 가문(家門)을 키워 나라로 만드는 일이다(化家爲國). 아버지와 아들, 그리고 여러 영웅이 함께 떨치고 일어나 전략을 세우며, 무기를 들고 싸워 큰소리로 힘을 돋구고, 악한 자를 박멸하였다.

　그러는 동안 얼마나 많은 지략을 썼으며, 얼마나 많이 놀라고 당황했겠나? 적중한 전략의 그 사람을 등용하여 일을 맡기고, 영웅을 따라 사방을 진동케 하니, 모든 반대세력이나 흉악한 자들은 한 때 멋대로 날뛰다가 곧, 결국 모두 섬멸되었다.

조정의 모든 일은 특별한 변환이 없다면 정해진 방책대로 운용되고 처리하였기에 모든 일이 마치 인연에 의한 숙명이고 팔자인 것처럼 하늘에 의해 이루어졌다.

태자인 장남 건성(建成)과 사남인 원길(元吉)은 진왕(秦王) 세민(世民)의 위대한 공훈과 명망을 질시하며, 비빈 장씨, 윤씨와 함께 간악한 흉계를 꾸몄고, 잔재주를 부릴만한 자들을 모아 음모를 꾸며 획책했지만, 천심을 자신들 쪽으로 전환하지는 못했다.

진왕이 장씨와 윤씨 두 비빈의 거처 대문에 자신의 옥대(玉帶)를 걸어 놓은 일은 그 형제로 하여금 자신들의 행실을 경계하여 과오를 뉘우치게 하여 자식의 바른길을 걷고, 도리를 다하길 바라는 충정(衷情)이었다.

그러나 부황(父皇)은 두 여인의 참언을 듣고, 사실일 것이라 생각하며 이강(李綱)을 보내 진상을 파악케 하였다.

만일 부자간의 도리나 나라의 법률로 이런 시비를 가리려 했다면 그 결과가 어떠했겠나? 다행히 이강이 진왕에게 뜻이 담긴 시(詩)를 써서 상주하게 하였다.

다행히 황제는 너그럽게 모든 것을 관용으로 덮었는데, 일단 비빈을 문제 삼지 않았고, 부자간의 정리(情理)를 심하게 따지지 않으려는 뜻이었다고 볼 수 있다.

사실 우문소의와 부인 유씨(劉氏)가 평소에 건성과 원길이 주는 선물을 받기는 했지만, 두 부인의 모함에 더 이상 관여하여도 건성과 원길에게 어떤 이득만이 있을 것이라는 확신도 없었을 것이다.

장씨와 윤씨 부인 두 사람은 평양공주의 장례에 종친과 대신들이 모두 참례한다는 사실을 알고 건성과 원길이 미리 어떤 조치를 취하라고 말해주었다.

건성과 원길은 함부로 설쳐대는 사람들이라서 이런 절호의 기회를 놓치지 않았다. 그들은 공주의 영구를 호송하고 돌아오는 길에 보구선원(普救禪院)에서 진왕을 기다렸다. 진왕이 당도하니, 거짓 친절을 베풀면서 서둘러 술상을 차려 영접하였다.

도량이 넓은 진왕은 그들이 잘못을 뉘우친 줄 알고 개의치 않았다. 영왕(英王) 건성과 제왕(齊王) 원길은 진왕에게 독주를 권했다.

진왕이 반 잔쯤 마셨을 때 대들보에 앉았던 제비가 날아가면서 똥을 쌌는데, 진왕의 술잔에 떨어지면서 옷에 튕겼다. 옷을 갈아입으려고 자리에서 일어선 진왕은 복통이 나서 급히 진왕부로 돌아왔으나 밤새 설사를 했고, 나중에는 피를 토하며 거의 목숨을 잃을 뻔했다.

진왕부의 막료들은 이런 소식을 듣고 모두 찾아와서 문안하면서 건성과 원길을 처단해야 한다고 권고했다. 그때 궁궐에 있던 진왕의 심복들이 이런 소식을 황제한테 보고하였다. 크게 놀란 황제는 천하 안정에 큰 공을 세운 진왕이 걱정되어 친히 진왕부로 찾아와 아들을 살폈다.

황제가 진왕의 손을 잡고 물었다.

"그동안 아무 병이나 이상도 없던 사람이 오늘 갑자기 이런 사단이 있으니, 틀림없이 어떤 까닭이 있는 것이 아니냐?"

진왕은 눈물을 흘리면서 어제 장례를 마친 뒤 건성과 원길을 만나 함께 선원에서 술을 마셨던 내용을 상세히 말씀드리며 탄식했다.

"지금 육궁(六宮, 후궁)에는 웃음소리가 그치지 않고 해가 밝고 날씨도 온난하여 겉으로는 태평한듯합니다. 그러나 형제간에 서로 작은 것을 두고도 다투니 어찌 우애의 웃음이라 할 수 있고, 한(漢)나라 황실의 형제간 우애를[28] 부러워하지 않을 수 있겠습니까? 저들의 의도는 저를 죽이려는 뜻이니, 저는 가슴이 찢어지는 것 같고 피가 끓어오르는 것 같습니다. 그러나 만일 이 모두가 타

---

28 원문은 漢家長枕(한가장침) − 唐 玄宗(당 현종)은 태자로 있을 때, 긴 베개와 큰 이불〔長枕大衾(장침대금)〕을 만들어 여러 형제가 함께 베고 덮었다는 이야기가 있는데, 이는 형제간에 우애가 좋다는 뜻으로 해석할 수 있다. 그리고 형제가 화목하면 가문이 번창한다 (兄弟和睦家必昌)고 하였다. 형제는 수족과 같아서(兄弟如手足) 떨어질 수 없지만, 처자는 의복과 같다는(妻子如衣服) 말도 있다. 이렇듯 형제간의 우애를 강조한 중국인들도 '금전을 나누는 데는 아버지와 아들도 없고(金錢分上無父子), 이해가 걸린 문제라면 형제도 없다(利害面前無兄弟).'라는 속담이 있는 것을 보면, 세상사가 그리 간단하지 않다는 것을 알 수 있다.

고난 운명이라 생각하면 하늘을 탓할 수도 없습니다. 다행히 아버님께서 복을 내려주시고 돌아가신 모친의 영혼이 도와주셔서 무사했습니다. 이 모두를 부황의 은혜라고 생각합니다."

말을 마친 진왕은 눈물을 흘렸다.

황제는 걱정이 되어 아들 진왕에게 말했다.

"내가 지난 날 대업을 이룩하고 천하를 평정할 수 있었던 것은 모두 너의 공로 때문이다. 그때 너를 태자로 세우려 했지만 네가 한사코 사양했었다. 건성은 나이도 있고 또 태자가 된 지도 오래니 폐위시키기가 어렵구나. 너희 형제들이 서로 단합하지 못하는데 장안에 함께 있으면 싸움이 벌어질 수도 있을 것이다. 그러니 너를 낙양(洛陽)에 보내 분사(分司)를 세우고 섬현(陜縣) 동쪽을 네가 관할하도록 하라. 전한(前漢) 양효왕(梁孝王)[29]이 그랬듯이 너한테 천자(天子)의 정기(旌旗) 사용을 허용하겠다."

---

29 漢 양효왕(梁孝王) ─ 孝文皇帝(재위 前 180−157)와 竇皇后(두황후)의 차남. 漢 경제(景帝)의 아우. 劉武는 文帝 12년(前 168)에 梁王에 봉해졌다. 前 154년에는 吳, 楚, 齊, 趙 등 7국이 반란을 진압하는데 공이 많았다. 경제의 아우인 孝王은 竇(두) 太后의 막내아들이라서 40여 개 성을 포함하는 넓은 봉지와 태후가 친애하여 내려준 재물을 이루 다 말할 수가 없었다. 이에 孝王은 東苑(동원)을 만들었는데, 그 둘레가 3백 리였으며 수양성을 70리나 넓혀 궁궐을 크게 지었다. 天子의 旌旗(정기)를 하사받았으며 수종하는 무리가 千乘 萬騎이었으며, 외출하며 경계를 삼엄하게 했고 들어오면서 길을 치우고 통행을 막는 것이 천자의 행차와 비슷하였다.

그러나 진왕은 울면서 사절했다.

"부자간에 서로 의지하면서 살아가는 것이 자식의 복인데, 슬하를 멀리 떠나면 아침저녁으로 부모님을 모실 수 없습니다."

"온 천하가 한 집안이고, 동서 두 도읍 사이의 거리도 멀지 않으니, 네가 보고 싶으면 내가 찾아가 볼텐데 뭘 그리 슬퍼하는가?"

황제는 말을 마치고 궁으로 돌아갔다. 진왕의 가족과 막료들은 이 말을 듣자 불구덩이에서 벗어나게 되었다고 기뻐하였다.

건성도 그 소식을 듣고 가시를 뺀 것처럼 좋아하면서 이를 급히 원길에게 알렸다.

그러나 원길은 오히려 크게 걱정하며 말했다.

"큰일입니다. 이 조치가 시행되면 우리는 모두 살아남을 수 없을 것입니다."

건성이 크게 놀라면서 물었다.

"왜 그러한가?"

"큰 공을 세웠고 용맹한 진왕은 수하에 숱한 문무 관리를 거느리고 있습니다. 진왕이 일단 손을 쓰기만 하면 사방의 군웅(群雄)이 호응할 것입니다. 지금은 우리와 함께 이곳에 있으니, 제아무리 모략이 귀신 같다고 해도 꼼짝할 수가 없어 재능을 발휘하지 못하는 것입니다. 그런 진왕이 일단 낙양으로 옮겨가서 천자의 기치를 내걸면 안하무인(眼下無人)일 것입니다. 거기에 낙양은 땅이 넓고 군량도 충분하며, 진왕이 발탁한 장수들이 대개 산동쪽 사람들이어서 반역을 획책하기만 하면 형님의 태자 지위도 위태로울 것이고 부황의 대업을 그대로 이어받을 것입니다. 그러면 형이나 저는 도마 위에 얹힌 고기〔几上之肉, 几는 안석 궤, 도마. 俎(조)와 通〕와 같으니, 감히 진왕을 억제할 방법이 없습니다."

"네 말이 옳구나. 그럼 우린 어떻게 해야 하는가?"

"형님은 속히 상주문을 올리도록 몇몇 사람들에게 분부하십시오. 진왕의 신변에 있는 자들은 낙양으로 간다는 소문을 듣고 기뻐서 어쩔 줄을 모르니, 그들이 일단 가기만 하면 다시 장안으로 돌아오지 않을 것이라고 상주케 하십시오. 그리고 믿을만한 사람을 보내서 부황한테 이익되는 점과 해로운 점을 말씀드리게 하십시오. 그리고 형님과 내가 즉시 내궁에 들어가서 비빈들더러 밤낮을 가리지 않고 진왕을 헐뜯게 하면, 부황께서는 틀림없이 그를 장안에 붙잡아 둘 것입니다. 진왕이 장안에 그냥 남아있기만 하면 필부(匹夫)나 다름없습니다. 그때 가서 죄를 씌우기는 어렵지 않습니다."

건성이 웃으면서 말했다.

"정말 정확한 생각이구나."

이에 두 형제는 아랫사람들을 시켜 자신의 계책대로 일을 추진하게 했다.

앞길 막은 산의 나무는 이미 베었고,　(採薪已斷峰前路)

성곽 밖의 수풀 공터만 그냥 품었다.   (棲畝空懷郭外林)

세상의 영웅호걸들은 여인의 말을 들어서는 안 된다고 분명히 알고 있다. 그렇지만 밥상 앞에서 또는 베개머리에서 듣는 여인의 말을 어느 새 귀담아 따르게 된다.

여인이 부드럽게 말하면, 그 말에는 그럴만한 이유가 있고, 또 남자를 아껴서 하는 말이라고 생각하게 된다. 그래서 아무리 힘 세고 재능이 뛰어난 사내일지라도 부지불식간에 여인의 말을 듣게 된다.

만일 부인의 말을 어기게 되면 많은 시끄러움과 말썽이 생기게 된다. 육십이 훌쩍 넘은 당 고조는 백성들의 존경을 받으면서 편히 여생을 보내고 싶었다.

그렇지만 젊은 후궁들은 시도 때도 없이 종알거리며 고자질했고, 또 태자와 제왕(齊王) 원길이 황제의 신하들을 매수해서 계책을 꾸미는 통에, 진왕을 낙양에 내보내려던 황제의 말은 이제 그만 흐지부지되고 말았다. 심지어 어떤 자들은 진왕이 황제를 죽이려고 한다는 모함까지 서슴치 않았다.

다행히 황제는 마음이 어진 사람이었기에 그런 말을 염두에 두지 않았다. 진왕의 막료와 측근, 그리고 가족들은 칙명이 내리기만을 고대하였다.

아침 일찍 일어난 진왕이 뜰에서 난(蘭)을 구경하고 있는데, 두여회(杜如晦)와 처남인 장손무기(長孫無忌)가 함께 들어왔다.

진왕이 놀라면서 물었다.

"이 이른 아침에, 두 사람은 무슨 일로 오셨소?"

두여회가 대답을 하기 전에 장손무기가 눈살을 찌푸리면서 말했다.

"전하께선 동궁에서 반역을 획책하고 있다는 사실을 분명히 알고 계셔야 합니다. 이제 더 늦추면 신들은 평생토록 전하를 섬길 수도 없는데, 어찌하시겠습니까?"

"무슨 말을 들어서 그렇게 말하는가?"

"전일 동궁에서는 내사(內史) 한 명을 초(楚) 땅에 보내, 죄짓고 도망다니는 자 20여 명을 데려왔습니다. 또 하주(河州, 今 甘肅省 중남부 蘭州市 일대) 자사 노사량(盧士良)은 무예가 출중한 사나이 20여 명을 동궁에 보내주었습니다. 이는 이번 달 초에 있었던 일인데, 역관 앞에서 제 눈으로 직접 보았습니다. 엊저녁에는 또 관외에서 오는 사람들이라 하면서 3, 40명이 동궁으로 몰려 들어갔습니다. 전하께서 생각해 보십시오. 태자는 지금 황궁을 지키는 금병(禁兵)도 통할하지도 않고 요(遼) 땅을 정벌하려고 무예를 연마하지도 않습니다. 군사를 모집해서 적국을 공격할 사명도 없습니다. 궁중에서 뭘 하려고 그런 사람들을 끌어들이겠습니까?"

진왕이 말하려고 할 때 서의부와 정교금, 그리고 울지경덕이 함께 들어와 배알했다.

정교금이 부채질을 하면서 말했다.

"날씨가 무더워 속에서 불이 이는 것 같습니다. 형제간에 싸움을 도발해서 불길이 사립문에까지 닿았는데, 전하께선 어찌하여 아무런 준비도 안하고 계십니까?"

"방금 두여회도 말했네. 골육상쟁은 고금의 대악(大惡)이라 했으니, 화가 눈앞에 미쳤음을 잘 알면서도 그들이 먼저 손쓰기를 기다렸다가 토벌하려고 하네. 그럼 나한테는 죄가 미치지 않을 것이야!"

"전하의 말씀이 모두 옳다고 할 수는 없습니다. 누군들 자기 목숨을 아끼지 않겠습니까? 오늘 저희들이 목숨을 걸고 전하를 섬기는 것은 하늘이 내린 뜻입니다. 지금 화가 눈앞에 닥쳤는데, 전하께선 예사롭게 여기시고 스스로 겸양하신다면 이 사직을 장차 어찌하시렵니까? 전하께서 막료들의 건의를 듣지 않으시려 한다면, 신은 이 몸을 초야에 숨기렵니다. 전하의 신변에서 죽음을 기다릴 수는 없습니다."

장손무기도 말했다.

"전하께서 울지경덕의 말대로 아니하시면 일을 그릇치게 됩니다. 경덕이 전하를 섬기지 못하고 떠나면, 저 무기도 따라가렵니다. 더는 전하를 섬길 수 없습니다."

"내 말은 제멋대로 하도록 마냥 내버려두겠다는 뜻이 아니니, 다른 방도를 생각해보세."

정교금이 말했다.

"오늘 아침 저의 집 하인 정원(程元)이란 녀석이 거리의 음식점에서 칠팔 명이 국수를 먹는 것을 보았는데, 모두가 힘깨나 쓰는 장사들이었답니다. 정원은 곁방에 들어가서 그자들이 주고받는 말을 엿들었습니다. 한 사람이 태자가 자기들을 잘 대우해 준다고 말하니, 나머지 사람들이 이구동성으로 태자는 마음이 너그럽다고 지껄이더랍니다. 또 다른 한 사람이 작은 친왕(親王, 여기서는 元吉)도 손이 커서 자기들에게 은혜를 베풀어 준다고 말하더랍니다. 그자들이 한창 이야기를 나누는데, 다시 어떤 두 사람이 들어서더니 '우리가 사방으로 찾아다녔는데, 여기서 국수를 먹고 있구만! 태자께서 일어나셨으니 어서 들어갑시다.' 라고 말했답니다. 그자들은 동료들이 국수를 먹으라고 권해도 먹지 않으니 자리에서 일어나 나가더랍니다. 저의 집의 하인 놈은 그중 한 사람을 알고 있는데, 동궁부(東宮府)의 매판(買辦)인 왕극살(王克殺)이랍니다. 집에 돌아와 저한테 모든 것을 알려주었습니다. 그자들의 여러 꼴을 보면 곧 싸움이 일어날 것만 같습니다. 그러니 잠시도 지체할 수 없습니다."

그러자 서의부도 진왕에게 말했다.

"영왕과 제왕은 트집을 걸면서 전하를 한두 번 해치려고 한 것이 아닙니다. 영왕은 금과 은 한 수레를 호군(護軍)인 울지(尉遲)에게 선사했지만 다행히도 울지는 받지 않았고, 단지원(段志元)에게도 역시 금과 비단을 선사했지만 지원도 사절했습니다. 총관 정교금을 헐뜯으며 멀고 먼 남쪽 강주(康州, 唐朝 時, 今 廣東省 경내) 자사로 보내려고 했지만 정교금이 죽어도 못 간다고 뻗치는 통에 그만두었지요. 이 몇 사람은 모두 전하의 팔다리와 같은 고굉지신(股肱之臣)들인데, 죽는 한이 있더라도 마음이 변치 않을 것입니다. 만일 이 사람들이 예상 밖의 재앙을 입게 된다면, 누굴 믿고 그자들을 당할 수 있겠습니까?"

서의부는 말을 마치고 북받치는 감정을 억제하지 못하여 눈물을 흘렸다.

"그렇다면 자네는 속히 정교금과 함께 서세적한테 찾아가고, 장손무기와 두여회는 이정(李靖)을 찾아가서 사연을 자세히 이야기 한 다음, 두 사람의 의향이 어떠한 지 알아보고 오게."

그들은 즉시 물러갔다.

서의부와 정교금은 서세적 저택으로 찾아갔다. 서생(書生) 차림을 한 장손무기와 두여회는 유능한 심복 둘을 데리고 밤을 새워 안주(安州, 今 湖北省 중동부 孝感市 관할 安陸市) 대도독(大都督) 이정을 찾아갔다.

그들을 본 이정은 기쁘기도 하고 두렵기도 했다. 절친한 친구들을 만나니 기쁨이 한량없었지만, 변장한 그들을 보니 두려운 생각이 들어서 급히 서재로 안내한 후 주안상을 차려놓고 마주 앉아 이야기를 나누었다.

두여회가 조정의 일을 자세히 이야기하니, 이정이 말했다.

"나와 같은 지방관인 신하들은 나라의 중대한 일에 되도록 적게 참여하고 의논하지 않는 편이 좋네. 하물며 영명하신 황제께서 계시는데, 나 같은 신하가 어찌 이러쿵저러쿵 논할 수가 있겠나? 집안 일에 대해서 말하면, 진왕의 공로는 천하 백성이 다 아는 바이니 더없는 부귀영화를 누리게 될 거네. 가문 내부의 불화야 스스로 알아서 처리하면 그만일 텐데, 이 멀리 떨어진 지방관에게 문의할 까닭이 뭔가? 수고스럽겠지만 두 분 형씨께서 저의 뜻을 완곡하게 여쭈어 주시기 바랄 뿐이오."

장손무기와 두여회가 재삼 간청해도 이정은 웃으면서 사양할 뿐이었다. 두여회는 하는 수없이 하룻밤을 묵고 오경에 일어나 조정에 무슨 변고라도 생길까 염려되어 쪽지를 써서 상 위에 남겨놓고 장손무기와 함께 문을 나섰다. 50여 리쯤 오니 쾌청한 날씨가 급변하더니 산 밑으로부터 먹구름이 하늘로 휘몰아쳐 오르면서 광풍이 휘몰아쳤다.

"날씨가 변했으니 인가를 찾아 쉬어서 가야겠구먼."

무기가 말하니, 두여회의 하인 두증(杜增)이 대답했다.

"두 분 나으리께서는 걸음을 더 서두르십시오. 2, 3리쯤 더 가면 서(徐) 나으리님 댁이 있습니다."

"그렇지, 어서 가세."

장손무기가 물었다.

"서씨 나으리라니?"

"서덕언(徐德言)[30]을 말하네. 그분의 부인이 바로 남조 진(陳)

후주의 여동생인 낙창공주(樂昌公主)인데, 나의 외사촌 누님이
네."

"헤어졌다가 다시 만난 그분들 말이지? 왜 벼슬을 하지 않고
여기서 사시나?"

"그분은 벼슬을 그만두고 경치 좋은 곳에서 살기를 바란다네."

"아주 재미있는 분들이니 찾아가서 인사를 올려야겠구만."

그들은 말에 채찍을 가하여 동구 밖에 이르니 푸른 강물이 출
렁거렸고, 강가에는 버들이 휘늘어졌다. 앞에는 4, 5백여 호가 됨
직한 큰 마을이 자리잡고 있었으며, 마을 앞밭에서는 농부들이
분주하게 일을 하고 있었다. 그들 일행은 다리를 건너서 문 앞에
이르러 말에서 내렸다.

문을 열고 한 사람이 나오면서 물었다.

"나으리들은 어디서 오십니까?"

두중이 대답했다.

"우리는 장안에 계시는 두 분 나으리를 모시고 안주를 다녀오

---

30 서덕언(徐德言, 생졸년 미상) — 南朝 陳(남조 진)의 詩人(시인). 徐德言
남조 陳朝에서 太子舍人을 역임했다. 陳後主의 여동생인 樂昌公
主와 결혼했다. 陳朝가 쇠락할 때, 멸망을 예상하고 銅鏡(동경)을
반으로 나눠가졌다. 陳 멸망한 뒤, 그의 아내는 수나라 양소(楊素)
에게 끌려가 첩이 되었다. 徐德言은 구리거울 반쪽을 가지고 아
내를 찾아헤맸고, 결국 다시 만났다. 양소가 낙창공주를 내주어
다시 결합했다. 〈破鏡詩(파경시)〉에 「無復姮娥影(무복항아영), 空留
明月輝(공유명월휘).」라는 구절이 인구에 회자된다.

다가 서(徐) 나으리를 뵈려고 찾아왔습니다."

"본댁의 어르신께서는 오늘 아침에 앞마을 사람들이 모셔갔습니다."

"자네는 내 하인과 함께 안에 들어가서 공주님께 아뢰게. 두여회가 왔다고 하면 공주님께서 나오실 것이네."

두여회는 말을 마치고 나서 두증에게 분부했다.

"네가 들어가서 공주님을 뵙고, 내가 뵙겠다고 여쭈어라."

그 사람이 두증과 함께 들어갔다가 곧 되돌아 나와서 두여회와 장손무기를 안채로 안내한 뒤 자리를 권했다. 잠시 후 머리를 땋아 늘인 두 여자가 나와서 두여회를 내실로 안내하여 공주와 대면케 하였다.

두여회가 엎드려 절을 하려고 하니, 낙창공주가 말했다.

"날씨도 무더운데 보통 인사로도 충분하네."

두여회는 읍하고 자리에 앉으면서 물었다.

"누님, 자형께서는 어디 외출하셨습니까?"

"이 마을에서는 초사흗날과 초이렛날이면 주인을 모셔다가 자제들에게 글을 가르쳐주게 한다네. 주인은 마을 사람들에게 효제(孝弟)와 충신(忠信), 그리고 예의(禮儀)와 염치(廉恥)를 가르치는데, 오늘 아침에 마을에 가셨네. 사람을 보내 모셔오도록 했으니 곧 돌아오실 거네."

두여회와 낙창공주는 한동안 집안 일에 대한 이야기를 나누었다.

공주가 물었다.

"동생은 진왕부에서 일한다는데, 무슨 일로 이렇게 바삐 먼 걸음을 하였는가?"

"누님은 정말 신선 같군요."

여회는 진왕과 건성과 원길 사이의 일들을 자세히 이야기 했다.

그의 말을 듣고 공주가 말했다.

"그 일은 나도 얼마간 알고 있네. 그런데 동생은 오늘 어디로 가는 길인가?"

"진왕께서는 저희들 두 사람을 안주도독 이정을 찾아가서 어찌하면 좋겠느냐고 의견을 묻게 시켰습니다. 그런데 그 사람은 일언반구도 말하지 않으니 얼마나 괘씸스럽습니까?"

"이공께선 대신의 체통을 어떻게 지켜야 하는가를 잘 알고 그러한 것인데, 뭐가 괘씸하단 말인가? 이공의 부인 장씨께서 전날 사람을 보내 문안하면서 이공께서 지금 나랏일로 근심하고 계시는데, 조정에 꼭 일이 생길 것 같다고 말씀하시더라고 했네."

"누님은 식견이 높으시고 생각도 깊으신 분인데, 이정이 대신의 체신을 지킨다는건 어떤 의미로 말씀하셨습니까? 그리고 이정이 조정의 일을 어떻게 먼저 알 수 있나요?"

"내가 양소(楊素)의 집안에 있을 때 장씨와 윤씨 두 부인들이 나를 경모했기에 자주 내왕하였네. 지금이야 좀 멀어졌지만 전에 나와 자매의 의리를 맺은 비빈들이 많았네. 한 분은 서왕(徐王) 원

례(元禮)의 모친인 곽첩여(郭婕予)이고, 다른 한 분은 도왕(道王) 원
패(元覇)의 모친인 유(劉)첩여인데, 그 두 분과 난 우정이 깊은 사
이였네. 유부인께선 얼마 전 사람을 보내서 나한테 선물까지 보
내왔더군. 그때 조정의 일을 물었더니, 장씨와 윤씨 두 부인이 제
왕(齊王, 원길)과 영왕(英王, 건성)과 단짝이 되어서 진왕을 모해하
려 하고, 또 금은으로 자식이 있는 부인을 매수해서 황제를 설득
한다 하더군. 곽씨와 유씨 두 언니는 괜찮은 사람들이네. 나머지
부인들은 장씨와 윤씨 두 사람의 단짝이 되어서 영왕과 제왕을
돕고 있다네. 그들은 진왕부의 지략 있는 심복인 이정과 서세적
같은 사람들을 모두 외지로 따돌리게 했지. 그리고 방현령(房玄
齡)이나 장손무기와 같은 사람들에 대해서는 황제한테 참언을 올
려 쫓아버릴 생각을 하고 있더군. 그렇게만 되면 진왕이 홀로 남
게 될 테니까 쉽게 모해할 수가 있지 않겠나. 동생은 진왕부에 근
무하면서 진왕의 봉록을 누리고 있는데, 충성을 다하면서 계책을
꾸며 신하의 본분을 지켜야 할 텐데 왜 동분서주하는 건가? 그래,
서세적과 이정한테 전국시대 연(燕)나라의 전광(田光)[31]과 같은
슬기로운 지혜가 있단 말인가?"

이때 하인이 들어와서 말했다.

"주인님께서 돌아오셨습니다."

---

31 전광(田光, ?- 前 227년) – 戰國(전국) 말기 燕國(연국)의 유협(遊俠).
연의 태자 단(丹)에게 형가(荊軻)를 천거하고 비밀을 지키려 자결
하였다. 《史記 刺客列傳(사기 자객열전)》 참고.

서덕언이 들어와 인사를 나누고 물었다.

"처남, 오래간만이오. 밖에 계시는 분은 누구인가?"

"장손무기올시다."

"우리 집에 처음 오시는 분인데, 왜 홀로 계시게 하였나? 어서 대청으로 나가세."

서덕언이 일어서면서 공주한테 말했다.

"어서 음식을 차려주시요."

대청으로 나온 서덕언은 장손무기와 인사를 나누었다. 영웅들이 만나니 범상치 않았다. 잠시 후 주안상이 들어오자, 자리를 정하고 앉아 장손무기가 제왕과 영왕의 일을 이야기하니 서덕언이 말했다.

"그건 집안일이니 나라의 정사에는 비길 수 없지. 백성들에게도 일의 순서가 있는 법인데 권력으로 해결하는 수밖에 없어. 주위에 영웅호걸이 많고도 현명한 인재들이 보좌하니 성사 못할 리가 없네. 그런데 자네 누님은 뭐라고 하던가?"

두여회가 공주의 말을 되풀이하니, 덕언이 말했다.

"그 말이 틀리지는 않아! 전에 듣자니, 돌궐 가한 울야(鬱射)가 수만 명의 군사를 하북에 주둔시키려고 한다네. 그렇게 되면 출병해야 할테니 사태가 변하게 될지도 모르네."

그 말을 듣자, 장손무기는 마음이 더욱 조급해졌다. 급히 식사를 마치자 비가 그쳤다.

"두 분을 며칠간 묵게 하면서 대접해야겠지만, 지금은 그렇게 한가히 모여 앉아있을 때가 못되니 어서 장안에 돌아가 매사를 서둘러야 할 것이요. 늦추면 일을 그르칠 수도 있습니다.”

두여회는 안채에 들어가 공주에게 작별 인사를 드리고 장손무기와 함께 문을 나서 말에 올랐다. 하루도 걸리지 않아 장안으로 돌아온 그들은 진왕을 찾아가 이정이 한 말을 전하고 나서 두여회의 자형 서덕언을 만났다는 이야기를 하자, 진왕이 서둘러 물었다.

“낙창공주와 서덕언은 범상한 분들이 아니네. 그들 부부는 뭐라고 하던가?”

두여회가 공주와 덕언의 말을 다시 설명하자, 진왕이 말했다.

“그렇네, 연왕 나예(羅藝)가 돌궐의 세력이 흉악하다면서 군사를 보내달라고 청원을 했네. 그러자 영왕(英王)과 제왕(齊王)은 진왕부의 문무 막료들 가운데 그 절반을 보내야 한다고 상주했다네. 그전에 서의부와 정교금도 서세적을 만나고 돌아와 전하는 말이 이정의 말과 똑같았네. 그리고 장공근이 거북점을 귀신처럼 잘 맞춘다는 말을 듣고 울지경덕을 보내 장공근을 불러오게 했으니, 이제 곧 올 것이네.”

마침 장공근이 들어와서 진왕을 배알하고 물었다.

“전하께서는 무슨 일로 저를 부르셨습니까?”

진왕은 건성과 원길이가 궁중에서 저지른 음탕한 짓과 여러 막료들이 궁중에서 자행되는 추악한 일들을 바로잡아야 한다고 주장하는 이야기를 말해주었다.

진왕이 탁자를 가르키며 말했다.

"점을 칠 수 있는 신령한 거북이(靈龜)가 저 탁자에 있으니, 경이 점을 쳐서 결단(決斷)해 주게!"

그러나 장공근은 오히려 큰소리로 웃었다.

장공근은 거북을 버리며 말했다.

"점(卜, 점 복)은 의혹이 있거나 결정을 내릴 수 없을 때 점괘를 보는 것입니다. 그런데 지금의 이런 일이야 의심할 나위도 없지 않습니까? 그러니 점을 쳐서 결정할 일이 아닙니다. 만약 점괘가 '불길하다' 고 나온다면, 이런 일에 대한 대책을 세우지 않을 것입니까? 하물며 이런 일은 지금 지방관으로 재직하는 외신(外臣)까지 모두 알고 있는 일입니다. 신성한 궁궐을 더럽히는 그런 작태를 그냥 방관 방치한다면 나라의 체통(體統)을 어찌 세울 수 있겠습니까?"

그리고 장공근의 말에 이순풍(李淳風)[32]을 비롯한 여러 사람들

---

32 이순풍(李淳風, 602－670년)－唐朝 초기 정치적 인물, 天文學者, 數學者. 그의 부친 이파(李播)는 隋 관직을 버리고 도사가 되었으며 《天文大象賦(천문대상부)》를 저술했다. 이순풍은 천태산(天台山)에서 수도하였고, 수 양제의 사감관(司監官)을 역임하였다. 秦王(李世民)을 섬겼다. 태종이 당시 유행하던 참언(讖言) '唐中弱, 有女武代王.' 이라는 내용을 묻자, 이순풍은 무후(武后)가 칭제하고 황족을 몰살할 것이라 예언했다. 태종이 무비(武妃)를 죽이려 하자, 이순풍은 "不可합니다. 폐하께서 무비를 살려주면 잠시 단절이야

도 권고하자, 진왕은 결심했다.

"그렇다면 과인도 이미 결단을 내렸네. 내일 아침 조회 때 병사를 거느리고 나가서 그자들의 죄를 다스리겠다."

도포(都捕)의 직책에 임명되어 궁성의 북쪽 정문인 현무문(玄武門)[33]을 지키게 된 장공근이 진왕에게 아뢰었다.

"전하, 저를 비롯한 막료가 비록 심복(心腹)이지만 모든 일에 조심하면서 비밀을 유지해야 합니다. 내일 아침 조회 때 신이 계책을 세워 대처하겠습니다."

장공근은 말을 마치자, 진왕부를 나갔다.

그런데 이여규는 시사창의 명령을 받고 한 달 남짓 걸어 장안

되지만 결과적으로 사직은 더 연장될 것입니다. 만약 죽여버리면 결국 남자의 속성으로 변하여 황족은 씨도 없이 사라질 것입니다."라고 말했다. 태종은 기순풍의 말을 따랐다. 貞觀 7年(633년), 이순풍은 재래의 혼천의를 개량하여 '혼천황도의 渾天黃道儀'를 제작했다. 나중에 태사령이 되었다(貞觀 22년, 648년).《典章文物志》,《秘閣錄》등을 저술했다. 高宗 재위 중《인덕력(麟德曆)》를 제정하였고, 고종 麟德 2년(665년)부터 당에서는 李淳風의《麟德曆》이 채용되었다.《新唐書》列傳 제195, 方技 참고.

33 현무문(玄武門) ― 玄武는 中國 전통문화에서 사상(四象)의 하나. 五行學說에 의거하여 北方을 대표하는 짐승으로, 그 형상은 흑색의 거북(龜)과 뱀(蛇)의 합체로 현무는 속칭 귀사(龜蛇)이다. 당조의 수도 長安城 태극궁(太極宮)의 북쪽 宮門의 이름이었다. 진왕 李世民이 여기서 태자 일당을 제거하였다(玄武門之變, 626년).

에 이르렀다. 이여규는 시사창의 상주문을 황제에 바쳤다. 황제
는 이여규를 불러서 전투의 정황과 양제 소황후의 일을 일일이
물었다.

"경은 싸움에서 공을 세웠으니 장안에 남아 있으면서 빈자리
를 메워주게."

이여규는 사은하고 물러나왔다.

때(高祖 武德 9년, 626년)는 이미 미시(未時, 오후 2시 전후)가 되
었는데 태백성이 다시 보였다. 천문을 주관하는 태사령(太史令)인
부혁(傅奕)[34]은 태백성이 진(秦)의 범위에 출현하였으니 진왕(秦
王)이 천하를 장악해야 한다는 상주문을 올렸는데, 황제는 이를
진왕에게 비밀리에 알려주었다.

진왕은 건성과 원길이 궁중에서 음란한 짓을 하고도 아무런 가
책을 느끼지 않으며, 오히려 자기를 독주로 죽이려 했고, 이밀과
왕세충의 복수를 하려 한다는 사실, 그리고 자신이 억울하게 죽
으면 부황의 곁을 영원히 떠나게 될 것이니, 혼백이 지하에 가서
역적들을 보기가 창피할 것이라는 등 여러 가지를 상주했다.

황제가 상주문을 보고 깜짝 놀라며 말했다.

"짐이 내일 문초할 터이니, 너는 일찍 조회에 참석하라."

진왕은 서신 몇 통을 써서 진왕부의 막료들에게 전달케 하였

---

34 부혁(傅奕, 555-639년) - 北周, 隋, 唐 三朝에 출사. 본래는 道士였
　　었다. 천문을 연구, 역법에 밝았다. 극력한 불교 배척론자였다.

다. 내용은 내일 아침 거사할 준비를 하라는 내용이었다.

장씨와 윤씨 부인 두 사람은 진왕이 상주한 내용을 염탐해서 사람을 시켜 건성과 원길에게 알렸다. 건성은 즉시 원길을 불러 계책을 의론했다.

원길은 의륵궁(宜勒宮)에 있는 군사를 믿고 몸이 불편하다는 핑계를 대고 조회에 나가지 않았다.

그가 동정을 살피자고 하니, 건성이 말했다.

"우린 만반의 준비를 다하였는데, 두려울게 뭐냐? 내일 아침 함께 가서 따지자."

(고조 武德 九年 六月 初四, 庚申日. 626년 7월 2일). 사경(四更)쯤 되어 진왕은 갑옷을 입고 겉에 곤룡포를 입었다. 진왕은 갑옷 차림에 병기를 든 울지경덕과 장손무기, 방현령(房玄齡), 그리고 두여회와 함께 진왕부 정문을 나서려다가 말했다.

"잠깐만! 여기 신부(信符)가 있으니 장수를 불러다가 폭죽을 터뜨리게 하라!"

그 폭죽은 서역에서 들어온 것인데 길이가 대여섯 치쯤 되었다. 장수가 요란한 소리가 나는 폭죽을 연이어 세 번 터뜨려서 신호를 보내자 사방에서도 폭죽을 터뜨려 호응했다.

진왕 일행이 서너 개 골목을 지나가니 멀리서 인마 한 무리가 다가왔다. 두여회가 폭죽을 터뜨리라고 하자, 저쪽에서도 폭죽 한 방을 터뜨려서 호응했다.

정교금, 우통, 연거진 등 진왕편이었다. 이때 옆으로부터 다른 한 무리 인마가 나오더니 폭죽 한 방을 또 터뜨렸다. 우지녕(于志寧),[35] 백현도(白顯道), 사대나(史大奈), 그리고 육덕명(陸德明) 등 4명이었다.

뒤이어 폭죽 소리가 울렸으나 나타나는 군사가 없었다.

그들은 조용히 천책부(天策府)[36] 문루(門樓) 앞에서 멈춰섰다. 진왕부 소속 병졸 두 명이 달려와 동쪽 궁궐쪽에서 4, 5백 명의 무리가 밀려온다고 알렸다.

진왕이 곤룡포를 벗어버리고 갑옷만 입은 채 칼을 들고 재적하러 가자, 울지경덕이 말을 달려와 말했다.

---

35 우지녕〔于志寧, 588-665년, 字는 仲謐(중밀)〕-唐朝(당조) 재상 역임. 秦王府(진왕부) 18學士(학사)의 한 사람.

36 천책부(天策府)-천책상장(天策上將)인 이세민의 權府(권부). 천책상장은 唐 高祖 李淵이 次子 李世民의 공적을 높여 수여한 관작. 본래 天策은 星名이다. 고조 武德 4년(621), 秦王 李世民은 호뢰의 전투로(虎牢之戰) 夏王 두건덕(竇建德)과 鄭王 왕세충(王世充)의 세력을 격파하여 두 사람을 포로로 잡아 장안에 압송했고, 唐의 國基(국기)는 확고해졌다. 당시 이세민은 秦王이면서 太尉(三公의首, 전국 군사권 장악) 겸 상서령(尙書令, 재상급 관직의 우두머리)이었기에 더 이상 수여할 관작이 없었다. 이에 고조는 이세민의 뛰어난 공적을 표창하기 위해 이세민을 천책상장(天策上將)에 봉했고, 관아를 설치하고 속관을 거느리게 했다. 이를 天策府(천책부)라 불렀다. 天策上將은 親王으로 三公의 上位이며 문무 백관을 총괄하는 황제 아래 최고의 관작이었다.

"전하께서 친히 손쓰실 필요는 없습니다."

말을 마친 경덕은 10여 명의 군졸을 이끌고 앞으로 달려가서 상대방과 싸움을 시작했다. 그러나 적이 어찌 진왕부 소속의 맹장을 당할 수 있겠는가?

울지경덕이 창으로 서너 명을 찔러 눕히자 상대방 장졸들은 도망쳐버렸다.

임호전(臨湖殿)에 당도한 진왕이 말을 몰아 건성을 쫓아갔다. 건성은 화살을 연이어 날렸지만 진왕을 맞추지 못했다.

진왕이 화살을 하나 날리니, 건성은 등에 살을 맞고 말에서 떨어졌다. 장손무기가 나는 듯 달려가서 단칼에 건성의 목을 잘라버리니 다급한 원길은 말을 몰아 뒤돌아 도주했다.[37]

진왕은 바짝 추격했다. 이때 폭죽이 한 번 더 터지면서 젊은 장수가 달려오면서 호통쳤다.

"역적(逆賊)은 어디로 도망치려는가!"

젊은 장수가 날린 창을 원길이 비키려 하다가 중심을 잃고 말에서 떨어지자 진왕이 바로 달려가 칼로 내려쳤다. 진왕이 그 젊은 장수를 보니, 진숙보의 아들 회옥이었다.

진왕은 원길의 수급을 회옥에게 넘겨주며 말했다.

"방금 폭죽 소리가 났는데 가까이 다가가도 인마가 보이지 않

---

37 正史의 기록으로는, 태자는 진왕 이세민이 직접 사살하였고, 제왕 이원길은 울지경덕이 척살(刺殺)하였다.

아 궁금했었다. 자넨 부친도 집에 계시지 않는데, 내가 거사한다
는 걸 어떻게 알고 여기서 기다렸나?"

"어젯밤 정교금 작은아버님이 저한테 알려 주셨습니다."

진왕은 경덕과 정교금에게 말했다.

"두 역적을 처단했으니 더 이상 장졸을 죽이지 못하게 하라!"

장수들은 도망치는 동부의 장졸을 그대로 버려두었다. 이때
후위군(諭衛軍) 기병을 거느린 장군 풍익(馮翊, 長安, 지명) 출신 풍
립(馮立)[38]은 태자 이건성이 죽었다는 소식을 듣고 탄식하면서 말
했다.

"생전에 그분 은덕을 입은 우리가 그분이 죽었다고 어찌 도주
할 수 있겠나?"

그들은 부호군(副護軍)인 설만철(薛萬徹)과 굴질(屈哐), 그리고
직부좌거기(直府左車騎)인 만년(萬年)과 사방숙(謝方叔)과 함께 동
궁의 정병 1천 명을 거느리고 현무문으로 달려갔다.

마침 거기에는 장공근이 운휘장군(雲麾將軍) 경군홍(敬君弘)과
중낭장(中郎將)인 여세형(呂世衡)이 한창 싸우고 있었다. 장공근이
창으로 여세형을 찔러 죽인 다음, 활로 풍립을 쏘아 죽인 뒤에 바
로 성문을 닫았다. 아무리 수효가 많아도 적군은 성안으로 들어
갈 수가 없었다.

---

38 풍립(馮立) ─ 무예가 뛰어난 太子 李建成 휘하의 거기장군(車騎將
軍). 이건성이 죽자, 현무문의 이세민 진영을 공격하여 경군홍(敬
君弘)을 죽였다.

이때 뱃놀이를 하고 있던 황제가 궁 밖에서 소동이 일어났다는 소식을 듣고 배적(裵寂)과 소우(蕭瑀)[39]를 불러 의논하려 했다.

마침 황제를 보호하도록 진왕이 파견한 울지경덕이 당도했다. 갑옷을 입은 울지경덕이 창을 든 채로 천자 앞에 다가갔다.

황제가 크게 놀라며 물었다.

"오늘 소동을 일으킨 자는 누구며, 장군은 왜 여기에 왔는가?"

"영왕(英王)과 제왕(齊王)이 난을 일으켰기에 진왕(秦王)께서 군사를 풀어 진압했습니다. 진왕께서는 폐하께서 놀라실까 걱정하여 저를 보내 호위하게 하였습니다."

"영왕과 제왕은 어디 있는가?"

"진왕에게 대들었기에 진왕이 사살하였습니다."

그 말을 듣고 황제는 한동안 말이 없었다.

그러다가 배적 등 측근에게 말했다.

"오늘 이런 일이 생길 줄은 꿈에도 생각지 못했소."

배적이 말했다.

"영왕과 제왕은 음모를 꾸미지 말아야 했습니다. 아무런 공로도 세우지 못한 그들이 공로가 혁혁하고 위망이 높은 진왕을 질투해서 난을 일으켰을 것입니다. 지금 진왕께서 징치(懲治)하였다니 폐하께서는 비통해 마십시오. 진왕의 공로는 천하가 다 아는 바이며, 또 장졸의 마음도 이미 진왕한테 쏠렸습니다. 유능한

---

39 소우(蕭瑀, 575-648년, 字는 時文) ─ 光祿大夫, 太子太保, 尙書左僕射 등 여러 관직을 역임. 능연각(凌煙閣) 24공신의 한 사람.

진왕한테 치국의 중임을 맡기시면 이후에 근심 걱정이 없을 것입니다."

"짐도 그렇게 생각하고 있었네."

울지경덕은 영왕과 제왕 편의 장졸 모두 진왕의 통솔을 받으라는 칙명을 내려달라고 황제에게 요청하였다.

황제는 배적과 울지경덕이 함께 여러 장수에게 알리라고 분부했다. 진왕의 군사와 영왕의 군사들은 여전히 치열한 싸움을 계속하고 있었다.

배적과 울지경덕이 현무문에 가서 설만철을 비롯한 장수들에게 좋게 타이르자, 그들은 즉시 군사를 거느리고 철수하였다. 진왕의 수하에 있는 여러 장수들이 모조리 죽여버리자 하였지만, 울지경덕이 강력하게 제지하였다.

"죄는 영왕과 제왕에게 있네. 무고한 장졸은 투항한다면 건드려서는 안 된다. 그 무리들은 마구 살해한다면 이후의 안정을 이룰 수가 없다."

그렇게 하여 전투는 끝났다. 황제는 반역을 도모한 자들을 사면한다는 조서를 내렸다. 그리고 건성과 원길, 그리고 그 무리들의 죄를 더 추궁하지 않았다.

동시에 진왕을 태자로 봉하고 나라의 크고 작은 일은 모두 태자가 처리한 다음 상주하게 했다.[40]

---

40 玄武門之變(현무문지변)의 총합.

617년, 이연의 起兵(기병)과 수 양제의 손자를 찾아 허수아비 恭帝로 즉위케 한 것이 모두 李世民의 지모였다. 《舊唐書》와 《新唐書》에는 高祖 李淵(고조 이연)은 처음부터 隋(수)에 반기를 들 생각이 없었다고 기록하였다. 이연은 정치권력에 매력을 느끼지 못하고 산수에 노닐면서 주색을 즐기는 전형적인 귀족 스타일의 취향을 갖고 있었다. 그러나 차남 李世民(이세민)은 隋의 정치가 문란해지는 것을 보고 隋에 대한 반기를 계획했었다는 것이다. 그러나 이연의 거병은 이연 본인의 뜻이라고 보아야 한다. 거병하는 617년에 이연은 52세, 이세민은 20세였고, 장남 이건성은 당시 29세였다. 정말로 이연이 아들과 이런 중차대한 문제를 상의하려 했다면 먼저 장남과 상의했을 것이다. 이러한 기록은 뒷날 태종 李世民의 영명함과 과단성을 강조하고 아버지에게는 효자이며, 모범적인 군주라는 모습을 형상화하다 보니 이러한 이야기를 만들어 기록했을 가능성은 충분하다고 볼 수 있다.

이때 아버지 李淵은 '化家爲國(화가위국)'의 큰 꿈을 그리면서 이세민에게 말했다. "만약 일이 제대로 이루어지면 그것은 네가 천하를 움켜 쥔 것이니, 너를 황태자로 삼을 것이다. 그리고 이연이 唐王이 되었으니 世子를 세워야 했고, 이세민은 사양하는 제스츄어를 넘어 굳이 사양하기에 장남 建成을 세자로 세웠고, 618년 황제가 되어 武德으로 개원하며 건성은 저절로 황태자가 되었다.

《資治通鑑(자치통감)》의 기록에 의하면, 太子 建成은 性情(성정)이 게으르고 술을 좋아하며 여색을 탐하고 사냥을 좋아하였다. 때문에 高祖의 寵愛를 잃어가는데 世民의 공적과 名望(명망)은 날로 높아졌다. 建成은 心中不安을 느껴 동생 元吉을 '즉위 이후에 皇太弟로 삼겠다.'면서 자기편으로 끌어들인다. 역사 기록은 언제나 勝者(승자)의 입장에서 기록한다는 것을 염두에 두어야 한다.

돌궐의 침입에 대해 고조 이연은 수도 장안을 버리고 천도하려는 계획을 갖고 있었는데, 이에 대하여 태자는 찬동하는 입장이었지만, 이세민은 적극적으로 대처했고 또 공을 세웠다.

李世民은 돌궐과의 전투, 국내 반항세력의 격파에서 확실한 전공을 거듭 세우게 되자, 이연은 이세민의 벼슬을 높여 司徒(三公의 一) 이상의 天策上將(천책상장)에 임명하여 천책부를 설치 운영하게 되자 이세민의 권력은 그 어느 누구보다도 막강해진다. 그러면서 이세민을 둘러싼 인재그룹은 건성의 太子黨(태자당) 못지않게 적극적이고 능력이 있는 인물로 채워진다. 거기에다가 이연의 우유부단한 성격도 일조를 하면서 처음에는 정치적인 의견 충돌이 정치적 대결로 확대되고, 결국 무력에 의한 해결 방법만이 남게 된다.

황궁 내에서 건성은 황제의 신임을 회복하기 위하여 황제의 비빈이나 후궁들에게 잘 보이려 애를 썼고 그들이 건성을 칭찬하고 세민을 헐뜯었다는 여러 가지 기록이 있는데, 이에 관한 내용은 여기서 생략한다.

• 건성과 세민, 원길 등 4형제를 낳은 母親(모친)은 〔太穆太皇后(태목태황후)로 추증. 竇氏(두씨)〕이연이 기병하기 전에 죽었다. 말하자면, 똑똑한 아들을 잘 낳아 잘 키웠지만 황제가 되기 전에 죽었기에 황후로서의 혜택은 엉뚱한 사람이 누리고 있었다. 거기에 이연 또한 고령이라서 비빈들의 말에 휘둘리게 되어 있었다.

여기에 동생 元吉이 建成을 위해 世民을 죽여버리겠다는 뜻을 표시했지만 건성이 만류하였다는 이야기도 있었다. 또 태자당에 속하는 太子中允인 王珪(왕규)나 太子洗馬인 魏徵(위징)도 건성을 위해 여러 책모를 건의하기도 하였다. 태자 건성은 건장한 장병 2천여 명을 모아 東宮 衛士(위사)로 삼아 동궁 주변 長林門 밖에 주둔하고 있었는데, 이를 '長林軍'이라 불렀다. 그렇다면 태자 자리를 둘러싼 형제간의 감정적 갈등, 정책적 충돌, 거기에 각자 한번 겨뤄볼만한 무력을 소유하고 있었으니, 충돌이 언제 터지느냐는 단순한 시간표 상의 문제였고 충돌은 일어날 수밖에 없었다.

• 태자 건성과 진왕 세민과의 갈등과 불화는 아버지 이연도 알고 있었다. 언젠가 한 번은 건성이 세민을 불러 동궁부에서 밤에 술을 마셨는데, 술 속에 독약이 들어 세민이 피를 토하고 쓰러졌던 일도 있었다.

아버지 이연은 작은 아들의 병세를 직접 확인하고 세민에게 '다 같이 장안에 머물면 사고가 일어날 수 있으니, 너는 낙양에 가서 머물면서 낙양 동쪽에서 일어나는 일을 다스리라.' 고 말했다. 세민은 부친 곁을 떠날 수가 없어 아니 가겠다고 말했다. 이를 알게 된 건성은 세민이 낙양으로 가면 그곳 병력을 장악하여 나중에 잡을 수 없다 생각하여 세민이 낙양으로 옮겨가는 일을 반대하였고 이 일은 그냥 중지되었다.

위에서 太白星(태백성)이 대낮에 나타났다며 여론이 분분하며 뒤숭숭할 때 태자당 쪽에서 '이는 세민이 병력을 동원해 큰일을 저지르려는 뜻' 이라는 상주문을 올렸고, 이연은 이를 세민을 불러 보여주며 힐책하자 세민은 결백을 주장하며 '이는 역적 왕세충과 두건덕을 대신하여 그들의 원수를 갚아주려는 것과 같다.' 는 말을 하면서 설령 죽더라도 영혼이라도 부친을 지켜드리겠다고 말한다. 그러자 이연은 내일 건성을 불러 확인하겠다는 말을 한다. 그런데 이러한 부자간의 대화를 후궁 중 한 사람이 건성에 알린다.

이에 건성과 원길은 논쟁 끝에 정말 아버지의 뜻이 그러한지 사전에 궁에 들어가 확인하기로 한다. 그리고 이들이 다음 날 황궁의 현무문을 들어올 때 사건은 간단하게 종결이 된다.

• '현무문의 변' 의 원인은 아버지 이연에서 찾는 견해도 있다. 당의 건국에 결정적인 공로를 세운 이세민을 당연히 태자로 삼았어야 했는데, 이연이 唐王으로서 세자를 세울 때, 이세민이 사양한다 하여 건성을 책봉한 것이 과연 순리이며 현명했느냐를 따져볼 필

요가 있다. 고조 이연이 황제가 된 이후에도 분쟁을 예견하고 교통정리를 했어야 했는데, 그러지를 못한 것은 결국 이연의 무능이라 할 수 있다. 그리고 장남 建成(건성)도 자신의 능력이나 공적이 아우만 못하다는 것을 알았다면 吳나라의 泰伯(태백)처럼 아버지 곁을 스스로 떠났어야 했었다. 진왕 이세민의 현무문의 변은 결과적으로 이세민의 즉위와 '貞觀(정관)의 治(치)'라는 태평성대를 이룩하였지만 '형제 살육'이라는 나쁜 전례로 길이 남았다. 전체적으로 우유부단한 고조 이연을 가운데에 두고 건성+원길의 태자당과 세민을 중심으로 한 秦王黨(진왕당)의 충돌에서 결단성이 부족한 태자가 결국 동생한테 당했다고 볼 수 있다.

• 형제 살육도 생존 경쟁인가?

도덕군자만이 훌륭한 통치자인가? 정치인은 도덕적으로 완벽한 사람이어야 하는가? 지난 역사에서 훌륭하거나 영명한 군주는 그러한 재능을 발휘했다고 보아야지 그들이 도덕군자였다고 단정할 수는 없을 것이다. 태종은 형과 아우를 죽였기에 즉위할 수 있었다. 같은 어머니 뱃속에서 나온 친형제였다. 그렇게 형제를 죽이고 아버지에게 유언무언의 압력을 넣어 황제 자리를 물려받았다. 보통 서민의 통념으로는 도저히 할 수 없는 일을 태종은 해냈다. 이세민이 동생 元吉을 죽인 것은 권력을 둘러싼 투쟁이기에 그렇다 치지만, 필자가 정말로 이해를 못하는 것은 동생 원길의 처 양씨(楊氏)를 후궁으로 데리고 살았다는 사실이다. 원길의 처는 궁중에서 '巢剌王妃(소자왕비)'로 불리면서 이세민의 사랑을 받았고, 태종의 황후 문덕황후가 죽은 이후에 유일하게 皇子를 낳은 후궁이었다. 이는 유가의 도덕관념으로서는 도저히 받아들일 수 없는 패륜이지만 유목민족의 관습으로 동생의 아내를 데려다가 같이 살면서 보살펴주는 것은 당연했는지도 모를 일이다. 동생을 죽이고 그 아내―분명 시아주버니에 대한 제수로 가족 간에 상면한 일

뒷일을 더 알려면, 다음 회를 읽어 보시오.⁴¹

───────

도 있었을 것이다─를 전리품처럼 품에 넣을 수 있다는 것이 유목
민족의 생활 관념이었는지는 모르지만 중국 전통의 유가 도덕으
로서는 있을 수 없는 일이었다.

41 六月初七癸亥日(7월 5일)─高祖는 秦王 李世民을 황태자로 책봉
했다. 그리고 조서를 반포하여「오늘 이후로 군사와 국가의 모든
일은, 대소를 막론하고 태자의 처리와 결정에 따른 뒤에 짐에게
보고하라.」하였다. 이어 진왕에 협조했던 막료의 승진과 국정의
요직 배치가 이루어졌다. 그리고 八月初九, 甲子日(9월 4일) 고조
의 퇴위와 선양을 받아 태자가 제위에 오르니, 이가 唐太宗(당태
종)이다(재위 626─649년, 연호 貞觀, 627─649년).

제67회

여정암에서 후비들 불도를 닦고, 뇌당묘에서 부부가 절의에
죽다.(女貞庵妃主焚修, 雷塘墓夫婦殉節.)

노래하기를,	詞曰,
속세의 인연에 참회와 보답을 하려	(懺悔塵緣思寸補)
달빛의 눈밭에 참선의 등불 밝혔다.	(禪燈雪月交輝處)
적막한 세상사 부질없음 알았도다.	(擧目寥寥空萬古)
마음을 채찍질하는 말,	(鞭心語)
머나먼 하늘을 명월이 가로지른다.	(逈然明鏡橫天宇)
장자(莊子)의 나비 꿈 아직도 생생한데,	(蝶夢南華方栩栩)
탁트인 마음에 만나서 짝이 되니,	(相逢契闊欣同侶)
오늘 밤 마음의 회포 모두 말한다.	(今宵細把中懷吐)

강산이 막혔지만,   (江山阻)

하늘 끝 멀리에 소식을 전해본다.   (天涯又送飛鴻去)

— 곡조 〈어가오〉   — 調寄 〈漁家傲〉

물론 세상사 이미 정해진 분수가 있으니(天下事自有定數), 물한 모금 술 한 잔 이미 정해진 몫이 아닌 것이 없다(一飮一酌, 莫非前定).

하물며 나라의 태자나 만국을 호령할 군왕의 자리가 어찌 억지로, 아니면 요행(僥幸)으로 얻을 수 있겠는가! 그리고 천하의 왕이될 사람은 쉽게 죽지 않는다.

(漢 高祖가) 홍문(鴻門)의 잔치[42]에 참석했을 때, 또 형양(滎陽)에서 포위[43]되었을 때 한(漢)고조의 목숨이 경각(頃刻)에 달렸었

---

42 홍문의 연회(鴻門之宴) — 前 206년(漢 元年), 12월. 秦의 함양에 입성하기 전, 패공(沛公) 유방(劉邦, 漢 高祖)과 항우(項羽)는 홍문(鴻門, 秦 都城 咸陽, 新豐 鴻門, 今 陝西省 西安市 臨潼區 新豐鎭)에서 만나 담판하였다. 항우를 찾아간 패공은 머물러 술을 마셨다. 범증은 항우에게 패공을 격살하라고 여러 번 눈짓했으나 항우는 불응했다. 범증은 일어나 나가서 항장(項莊)에게 말했다. "자네가 들어가 검무를 추다가 패공을 쳐 죽여라! 안 그러면 자네들은 모두 잡힐 것이다." 항장이 들어와 축수(祝壽)하고 말했다. "軍中(군중)에 즐길 거리가 없으니 검무를 추겠습니다." 항백(項伯)도 일어나 춤을 추며 패공을 감싸주었다. 번쾌는 들어가 항우에게 논리로 따졌고, 패공은 일어나 측간에 간다며 빠져나갔다.

지만 그런 위기에서 평안히 벗어날 수 있었다.

초(楚) 패왕(霸王, 項羽)은 그렇게 강하고 마음대로 휘저었지만 결국 오강(烏江)에서 스스로 찔러 죽었다.[44]

만약 건성과 원길이 운명에 안주하고 얌전하게 제후의 자리로 만족했었다면, 어찌 머리와 몸뚱이가 따로 떨어지는 일을 당했겠는가?

장씨와 윤씨 두 부인은 처음에는 풍류를 즐길만한 젊은이와 오래도록 즐길 수 있으리라 생각했으나 마음을 달리 먹고 그만두려고 했다. 그러나 방탕한 행실이 드러나지 않았으면 몰라도, 드러난 다음에야 망하지 않을 수가 없었다.

삽시간에 궁궐 모든 사람들에게 그녀들의 행실이 입에 오르내리기 시작했다. 황제는 자신에게도 잘못이 있는 줄을 생각하였기에 결국 두 부인을 장락궁으로 방출하여 황제를 만날 수 없도록

---

43 형양(榮陽)의 포위 — 형양(榮陽)은 縣名(현명). 今 河南省(하남성)의 鄭州市(정주시) 근처의 榮陽市. 한왕 3년(前 204) 여름인 4월, 항우는 한군을 榮陽(형양)에서 포위했고, 군량이 바닥났으며 구원병도 없었다. 항우의 아부 범증(范增)은 항우에게 형양을 빨리 공격하라고 권했고, 한왕은 이를 두려워했다. 진평(陳平)의 반간계(反間計)가 먹혀 들어가 항우는 범증을 의심하였다. 범증은 대노하며 항우를 떠났으나 도중에 병으로 죽었다.

44 오강(烏江)에서 항우(項羽) 자문(自刎) — 55회 주석 참고. 刎은 목을 벨 문.

조치하였다.

그래서 그 두 여인은 나이 어린 요요(夭夭)나 소앵(小鶯) 등과 함께 바둑을 두거나 공치기를 하면서 소일하였다.

진왕이 태자가 되자, 진왕부의 문무 막료들은 각각 적절한 자리에 승진되었고,[45] 건성과 원길의 옛 부하도 원래의 직분에 등용되었다.

위현성〔위징(魏徵)〕은 이밀(李密)이 잘 나갈 때 진왕에게 은혜를 베푼 사람이었다. 당나라에 귀의한 이후, 황제는 태자 건성의 학문이 낮은 것을 걱정하여 위징을 태자의 스승으로 모셨다. 진왕은 크게 문책하려고 위징을 불러들였다.

위징이 이르자, 태자가 물었다.

"그대가 동궁의 막료로 있을 때, 어찌하여 나와 형제들 사이를 이간질을 하였는가? 자칫하면 나는 음모에 걸려들 뻔했었다."

그러자 위징은 태연자약하게 말했다.

"먼저 태자가 일찍이 저의 말을 따랐다면, 어찌 오늘과 같은

---

45 秦王府 護軍 진경(진숙보)은 좌위대장군(左衛大將軍), 정교금(程咬金, 程知節)은 우무위대장군(右武衛大將軍), 울지경덕(尉遲敬德)은 우무후대장군(右武候大將軍)이 되었다. 고사렴(高士廉)은 시중(侍中, 재상급)이 되었고 방현령(房玄齡)은 중서성(中書令, 재상급), 소우(蕭瑀)는 좌복야(左僕射, 宰相에 준하는 직위), 장손무기(長孫無忌)는 이부상서(吏部尙書), 두여회(杜如晦)는 병부상서(兵部尙書)가 되었다. 그밖의 진왕부 모든 막료가 조정의 요직을 독점하였다.

일을 당했겠습니까?"

"저 사람 위징은 여기에 와서도 굽히려 하지 않으니, 내 사람이 아니다. 끌어내 목을 베어라!"

시위하는 장졸이 위징을 끌어내려 하자, 정교금 등이 꿇어앉아 용서를 빌었다.

태자 이세민이 말했다.

"내가 어찌 위징의 재능과 바탕을 모르겠나? 하지만 먼저 태자의 일 때문에 나를 위해 일하려 하지 않을까 걱정이 된다."

이세민은 곧 분노의 기색을 바꿔서 예의로 위징을 대우했고, 첨사주부(詹事主簿)의 직책에 임용하였다. 왕규(王珪)[46]와 위정(韋挺)[47]도 불러다가 간의대부(諫議大夫)[48]에 등용하였다.

---

46 왕규〔王珪, 571－639, 字는 叔玠(숙개)〕－王僧辯의 손자. 왕의(王顗)의
 아들. 왕규는 어려서 부친을 여의고 숙부의 손에 양육되었다. 숙
 부가 죄를 짓자 終南山에 숨었다. 수나라 멸망 후 唐朝에 출사하여
 世子府 太子舍人 등 역임, 李建成의 심복이 되었다. 현무문의 변란
 이후, 諫議大夫, 黃門侍郞, 太子右庶子를 역임하였다. 貞觀 2년
 (628)에 시중(侍中)이 되었다. 《舊唐書》70권, 〈王珪傳〉에 입전.

47 위정(韋挺, 590－647년)－옹주(雍州) 萬年縣(今 陝西省 西安市) 출
 신. 젊어 李建成과 結交, 관계 양호, 唐朝 建立 이후 등용. 太宗에
 의해 재등용되어 이부시랑, 黃門侍郞, 御史大夫 역임. 위정의 딸
 이 태종 아들 齊王 이우(李祐)의 王妃. 太宗은 늘 房玄齡, 王珪, 魏
 徵(위징), 위정 등과 정사를 논의했다. 태종의 고구려 원정 때 군량
 수송을 담당했으나 추위로 제때 공급하지 못하자, 태종의 미움을
 받아 지방관으로 폄직되었다가 병사했다. 《新唐書》98권에 立傳.

황제는 이세민이 매사에 어진 정치를 베풀고 행동거지가 도리에 딱 맞으며, 또 여러 신료들이 저마다 충성으로 섬기기에 즉시 태자에게 선양(禪讓)하였다. 무덕(武德) 9년 8월에, 진왕 이세민은 동궁 현덕전(顯德殿)에서 즉위하였다(太宗).

그리고 황제를 태상황(太上皇)으로 올렸고, 다음 해를 정관(貞觀) 원년(元年)으로 개원하겠다고 공포하였다. 그리고 왕비 장손(長孫)씨를 황후[49]로 책봉하였다. 그리고 아들 승건(承乾)[50]을 황태자로 책봉하며 정령(政令)을 일신(一新)하였다.

죽은 태자 건성을 식은왕(息隱王)으로, 제왕(齊王) 원길을 해릉날왕(海陵剌王)으로 추봉하였다. 그러나 건성의 아들은 모두 현무문 변란에 피살되어 절손(絶孫)되었다.

한편, 양제의 소황후는 주봉춘의 객점에서 지독한 몸살을 알았다. 빨리 나으려니 했으나 가슴이 막힌 듯하고 온몸이 아프고 열이 나서 움직이지 못하다가 한 달 보름 정도가 지나서야 겨우 일

---

48 간의대부(諫議大夫) ─ 특별한 감찰관직. 言官이며 간관(諫官).

49 장손황후(長孫皇后, 601 ─ 636년 7월, 長孫은 복성) ─ 河南郡(하남군) 洛陽縣(낙양현) 출신. 太宗 李世民 皇后. 당의 첫 번째 황후. 병사 후에 시호는 文德皇后(문덕황후).

50 황태자 이승건(李承乾, 619 ─ 645년 1월) 향년 27세.
魏王(위왕) 이태(李泰, 620 ─ 652년) 향년 33세.
高宗(고종) 이치〔李治, 처음에는 晉王(진왕), 628 ─ 683年〕 향년 56세. 재위 649 ─ 683년.

어날 수 있었다.

소후는 은자 열 냥을 주어 양편편에게 사례하고 왕의와 나성 등과 함께 길을 떠났고, 가는 길에 '황실의 형제들이 화목하지 않아 서로 많은 사람을 죽였다.' 라는 소문을 들었다.

소후가 왕의에게 물었다.

"궁궐에서 어느 형제가 화목하지 못한가?"

"나장군이 하는 말씀이 태자 건성과 넷째 원길이 한편이 되어 진왕 이세민과 화목하지 않았다는데, 이미 건성과 원길이 죽었고, 황제가 진왕한테 선위(禪位)했다고 합니다."

이날부터 그들 일행은 이른 아침에 길을 떠나 밤이 늦어서야 유숙하면서 길을 재촉하여 노주(潞州)까지 빨리 가려고 했다.

왕의가 소후에게 말했다.

"황후마마, 얼마 뒤면 여정암에 도착할 것입니다. 여기서 얼마 가지 않으면 단애촌입니다. 저와 나장군은 군사를 밖에 주둔시킬 테니, 여병들과 함께 배로 가면 매우 편할 겁니다."

"여정암엔 가겠는데, 지름길로 갔으면 하네."

"그러면 황후마마께서 두선랑한테 사람을 보내 함께 가시겠느냐고 물어보시면 어떻겠습니까?"

소후는 즉시 궁노를 두선랑의 거처에 보내 묻게 하였다.

그가 돌아와 말했다.

"선랑과 화우란께서 모두 가시겠다고 합니다."

한창 이런저런 이야기를 하고 있는데, 많은 지방 관리들이 나성을 만나러 왔다. 나성은 이런 기회에 현령에게 큰 배 한 척을 부르게 하고, 여병(女兵) 열 명을 골라 두선랑과 화우란, 그리고 어린 두 아들을 따라가게 했다.

두선랑은 금령을 시켜 소후를 마중하게 했다. 설야아가 배를 타고 가자, 소희와 궁노가 따라갔다. 한 줄기 맑은 물에 노를 저어 단애촌에 이르니 뱃사공을 불러서 먼저 올라가 알리게 했다. 여정암은 고개도(高開道)의 모친이 3년 전에 작고한 곳이고, 지금은 진(秦) 부인이 주지였다.

진부인은 뱃사공의 말을 듣고 깜짝 놀라 물었다.

"소후께서 어떻게 오셨나? 누구와 함께 이곳에 오셨나?"

뱃사공이 대답하였다.

"배는 본 고장에서 부른 것입니다. 나씨 성과 왕씨 성을 가진 두 나으리 외에는 모두 모르는 분들입니다."

신씨, 적씨, 하씨, 이씨 네 부인은 말을 듣고 나서 옷을 갈아입고 마중을 나갔다. 절 입구에 이르자, 한 무리의 여인들이 골목길을 가득 채우고 걸어오는 것이 보였다. 진부인이 보니, 바로 소후와 두선랑 공주인지라 흐르는 눈물을 참을 수가 없었다.

여럿은 소후를 모시고 객실로 들어갔다.

소후 역시 눈물을 흘리면서 말했다.

"여지껏 허욕의 바다에서 길을 잃고 헤맸는데, 오늘에야 선경(仙境)을 돌아보는구먼!"

진부인이 말했다.

"배를 빌어 몸을 기탁하면 헛된 일이 됩니다. 황후마마, 여기에 앉으셔서 인사를 받으십시오."

"나와 부인들의 어제는 모두 황량몽(黃粱夢)[51]에 지나지 않소. 이젠 모두 기울어진 사람들인데, 새삼스레 예를 갖추어서 뭣하리오."

진부인 등은 상례(常禮)대로 서로 인사하였다.

소후가 말했다.

"이 아이는 나장군과 두선랑의 도련님이고, 이 아이는 화부인의 도련님이네."

그리고는 설야아를 가리키면서 말했다.

"부인들께서는 누군지 알아볼만하겠나?"

그러자 적부인이 말했다.

"설야아와 비슷한데…"

---

51 황량(黃粱)의 꿈─노생(盧生)이란 사람이 趙나라의 수도 한단(邯鄲)의 한 객점에서 여옹(呂翁)이라는 도사를 만났다. 여옹이 누런 기장(黃粱)으로 밥을 짓는 동안 잠깐 꿈을 꾸었다. 노생은 꿈속에서 온갖 영화를 누리다가 꿈을 깨었는데, 도사가 짓는 기장밥은 아직 다 익지도 않은 짧은 시간이었다. 이는 한단지몽(邯鄲之夢)이라고도 한다. 이는 많은 소설과 희곡의 소재가 되었다. 唐나라 심기재의 「침중기(枕中記)」, 明나라 탕현조의 「한단기(邯鄲記)」 등이 모두 '부귀란 끝내 허무에 귀착하며 욕망은 자신을 파멸케 한다는 뜻을 말하고 있다. 《列仙傳》에는 여동빈이 종리권을 만났을 때 황량으로 밥을 짓는 동안 화서국에서 부귀영화를 누렸는데, 이 모든 것이 꿈이라는 것을 깨닫고 출가한다는 스토리를 전개하고 있다.

하부인이 말했다.

"설야아라면 저렇게 몸이 나고 키가 클 수 없을텐데."

그러자 소후가 설명했다.

"부인들은 아직 모를 거네. 강정정이 저 세상으로 가자 사(沙)부인이 설야아를 왕의와 짝을 맞춰줬네. 왕의가 이미 저쪽 나라에서 대신이 되었으니 설야아 역시 부인이 되었네."

네 부인들이 다시 설야아를 상좌에 앉히려고 했다. 설야아가 말했다.

"제가 이렇게 인사 올립니다."

네 부인이 급히 답례를 하고 나서 서로 부둥켜안고 통곡하였다.

이미 다과가 차려져 있는 상에 여럿이 모여앉자, 두선랑이 말했다.

"왜 남양공주가 안 보여요?"

이 부인이 대답했다.

"능엄단(楞嚴壇)에서 염불하고 있으니, 곧 올 것입니다."

소후가 물었다.

"공주는 잘 지내고 있소?"

진부인이 옆에서 거들었다.

"공주께선 고생스레 도를 닦고 계시나 심신은 건강하십니다."

묵묵히 그들의 대화를 듣고 있던 적부인이 물었다.

"황후마마, 사부인과 조왕께선 왜 오시지 않았습니까?"

소후는 돌궐의 가한부부가 죽었으나 뒤를 이을 자식이 없어 조왕을 왕으로, 궁인이었던 나라(羅羅)를 왕후로 책봉한 이야기를 들려주었다.

"자고로 뜻을 품은 자가 이룬다고 했소.[52] 사부인은 뜻을 품고 조왕의 곁을 떠나지 않았기에, 오늘에 와서 한 나라를 제패하게 됐지요. 조왕의 곁을 떠나지 않은 보람인가 합니다."

"꿈을 깨면 지기(知己)들은 흩어졌고, 인적이 조용해져야 향기(香氣)를 맡을 수 있습니다(人靜妙香聞). 사람은 관에 덮개를 덮을 때에야 비로소 진면목을 알 수 있다고(到蓋棺時方可論定) 합니다."

하부인이 말했다.

"황후마마의 연세는 높지만 안색은 도련님처럼 동안(童顔)이십니다."

"그게 무슨 말인가? 일전에 나는 원앙진의 주가 객점에서 병에

---

52 원문 '有志者事竟成' ─ 대장부는 각자 자기 뜻을 실행한다(大丈夫各行其志). 대장부의 뜻은 굽힐 때도 펼 때도 있다(丈夫之志能屈能伸). 선비들은 각자 뜻이 있어 서로 강요할 수 없다(士各有志不可相强). 젊어 뜻을 이루었다고 기뻐하지 말고(莫喜少年得志), 늙어 쓸모없을까 걱정하라!(就怕老來無用) 날이 추워진 뒤에야 소나무와 잣나무를 알 수 있다(歲寒然後知松栢). 제비나 참새가 큰기러기나 고니의 뜻을 어찌 알겠는가!(燕雀焉知鴻鵠之志) 작은 새이건 큰 새이건(燕雀鴻鵠), 사람마다 각자 뜻이 있다(人各有志).

걸려 하마터면 죽을 뻔했는데, 뭐가 즐겁겠나?"

이부인이 웃으면서 말했다.

"황후마마께서는 무슨 일이든 속에 품어두시지 않으시잖아요."

설아아가 말했다.

"하부인과 이부인의 용모는 여전하신데, 진부인과 적부인의 안색은 왜 그렇게 창백하십니까?"

어린 소희가 뒤에서 웃으면서 말했다.

"양부인의 얼굴은 조금도 변하지 않았어요."

이부인이 물었다.

"양편편을 어디에서 만났습니까?"

소후가 양부인과 번부인이 주희(周喜)한테 시집가고 주부인이 우영한테 시집갔었는데, 주부인과 번부인은 죽고 양부인과 주희가 원앙진에서 객점을 차리고 있다는 것을 이야기했다.

이부인이 물었다.

"양편편(楊翩翩)과 주희(周喜)는 잘 지내고 있습니까?"

"사랑이 깊어 아주 찰떡궁합이었소."

하부인이 탄식했다.

"주부인과 번부인도 죽었구려."

두선랑이 진부인께 물었다.

"네 부인께서는 도제(徒弟)를 몇 명이나 두셨어요?"

"나와 적부인이 셋을 두었고, 하부인과 이부인은 아직 받지 않왔네."

화우란이 말했다.

"오늘은 누굴 위해 불공을 드리는 겁니까?"

"금년은 진숙보 장군의 모친 여든 돌 생신이네. 그 댁은 우리 암자의 시주(施主)이요. 그 댁에서 시주하여 우리를 공양합니다. 그래서 우린 멀리서 그분의 천추를 축수드립니다!"

두선랑이 다시 이부인께 말했다.

"선웅신 장군의 따님 부부는 어떻게 지내는지 알고 계시나요?"

"젊은 부부가 나쁠 일이야 없습니다."

적부인이 말했다.

"선부인은 이미 아들 둘을 낳았다오."

소후가 일어서면서 말했다.

"우리 모두 불당에 가서 불사(佛事)를 구경하세."

여럿이 손을 잡고 막 들어가려는데, 종소리와 북소리가 멎고 비구니 한 명이 걸어나왔다.

선랑이 말했다.

"공주께서 나오시는군요."

소후가 보니 차림새는 훌륭하나 얼굴색이 몹시 누런 여인이었다. 가까이 보니 틀림없는 공주인지라 설움이 왈칵 치밀었다. 남양공주는 무릎을 꿇고 앉아 흐느끼며 울음을 그치지 못했다.

소후가 두 손으로 부축해 일으키면서 말했다.

"아가, 울지 마라. 옛 친구들한테 인사 올려라."

남양공주가 두선랑에게 인사하며 말했다.

"외롭고 허약한 저는 많은 보살핌을 받았어요. 오늘 이렇게 만나니 꿈만 같습니다."

"뜨거운 가마솥에 들어 있는 개미처럼 살다가 다시 선녀 같은 모습을 보니 세속의 번거로움이 삽시간에 사라지는군요."

남양공주는 화우란과 설야아와도 인사했다.

소후가 남양공주 손을 잡고 말했다.

"아가, 예전에 너는 시렁 위에 놓인 부용(芙蓉)꽃이었는데, 오늘은 어찌하여 울타리 밑에서 자라는 풀이나 국화가 되었느냐?"

"어머니, 수신하는 사람은 마음만 평온하면 됩니다. 겉모습이야 아무려면 어떻겠습니까?"

진부인이 안내하여 들어가 보니 등불이 휘황하고 당번(幢幡)이 찬란한 것이 제법 그럴듯한 도량(道場)이었다. 여럿이 예를 올린 후, 소후가 다섯 비구니와 일일이 인사하였다.

두선랑이 물었다.

"나이가 어린 세 분이 아마 두 분의 도제겠지요."

여러 사람들은 진부인의 안내를 받아 서너 칸을 지나니 공터가 나타났다. 뒤쪽에 높은 담장이 하늘을 찌를 듯이 솟아있고 석대(石臺)가 앞에 있었다. 흰 돌로 쌓은 감실(龕室)이 그 안에 있었다.

조각한 돌기둥이 보였고, 하늘을 가린 수목이 늘어섰다. 거기에 여러 채의 법당과 조사당, 여러 건물이 가지런했다.

선랑이 물었다.

"이런 건물을 모두 네 분 부인들이 이룩하셨습니까? 아니면 먼저 계셨던 분들이 남겨주셨습니까?"

진부인이 대답하였다.

"우리의 수행에 필요한 것이나 예불에 관한 것 모두가 물려받은 것은 없었고, 저 불제자분 역시 준비해 온 것은 없었습니다. 다행히 모두는 진숙보 나으리가 노주에서 액운을 겪었고, 이후 다른 재주(財主)에 은혜를 베풀어 큰 재물을 답례로 받았는데, 그 재물을 전부 우리한테 시주하였기에 이렇게 중건했고, 또 그간 걱정없이 수련할 수 있었습니다. 참 고마운 분이십니다."

선랑이 말했다.

"진부인, 저희들이 승방을 구경하도록 안내해 주세요."

여러 사람들은 우르르 진부인의 침실을 보았다. 진부인의 침실은 두 칸짜리 작은 방이었고, 불경 등 서책과 목어(木魚)와 염주 등이 가지런히 놓여 있는 정갈한 방이었다. 마당에는 연한 노란 꽃 몇 송이가 피어 있었다. 적부인과 남양공주는 한방을 쓰고 있었는데, 그 방은 진부인 방 뒤쪽에 있었다.

적부인이 말했다.

"여긴 오두막이어서 초라하지만 하(夏) 부인과 이(李) 부인의 선실(禪室)은 좀 더 말쑥합니다."

소후가 물었다.

"어디에 있소?"

"바로 오른쪽입니다."

"빨리 가보고 배로 돌아갑시다."

진부인이 말했다.

"식사하시고 여기서 하룻밤 묵고 내일 일찍 떠나십시오. 만약 오늘 저녁에 떠나신다면, 여러분은 우리가 박정하다는 생각이 들 것입니다."

그러면서 한 방문을 열었다.

"이곳이 이부인의 선방(禪房)입니다."

소후가 들여다보니 미미한 햇빛이 창으로 비치고, 침상에는 꽃 그림자와 햇빛이 비쳤다.

원래 진부인과 적부인, 남양공주는 술을 마시지 않았다. 이부 인과 하부인은 말을 듣고 곧 소후와 공주, 부인들에게 술을 따라 권했다.

소후가 말했다.

"술은 그만 마십시다. 배까지 돌아가기는 이미 늦었으니, 여기 서 하루 신세를 져야 하겠네."

진부인이 물었다.

"황후마마께서는 어느 방에서 주무시겠습니까?"

"이부인의 방에서 하룻밤 쉬어가지."

"알겠습니다! 황후마마와 설부인께서는 이부인의 방에서 주무시고, 두선랑 공주는 하부인의 방에서 주무시면 되겠어요."

적부인이 말했다.

"여러분, 큰 잔으로 한 잔씩 더 드십시오."

그리고 잔마다 술을 가득 부었다. 소후는 한 모금 마시고서는 금방 자리에서 일어났다. 하부인이 선랑과 우란, 그리고 아대 형제를 데리고 나갔다.

소후는 이런저런 이야기를 하다가 삼경에 가까워 잠이 들었다. 오경이 되자, 이씨 부인은 옷을 걸치고 일어나 등잔에 불을 켠 다음 옷을 입고 불당으로 불경을 외우러 들어갔다.

아침 공양을 마친 일행은 출발 준비를 서둘렀다. 소후는 은자 여섯 냥씩을 봉지에 넣었다. 두선랑도 역시 열 냥씩 봉지에 담아 진부인에게 사례했다. 설야아도 넉 냥을 주지인 진부인에게 주었다. 그러나 진부인은 받으려 하지 않았다. 소후가 또 두 냥을 넣어 이부인에게 사례했다. 이부인은 사절하지 못하고 받았다.

소후는 남양공주에게 토산품 따위들을 주고 몇 마디 부탁을 했고, 서로 부둥켜안고 한동안 울었다. 여럿이 다 객실에 모이자, 진부인은 소후에게 여러 부인들과 소찬이라도 함께 들자고 청했다. 그러나 소후는 진부인에게 은자 봉지를 억지로 밀어주고 급히 공주와 여러 사람을 작별하고 절문을 나섰다.

남양공주와 네 명의 부인 역시 저마다 눈물을 뿌리며 그들이 배에 오르는 것을 보고서야 돌아섰다.

일행을 태운 배는 순풍을 맞아 곧장 복주(濮州)⁵³에 도착했다. 그곳에는 나성이 이미 교자와 타고 갈 말들을 대기해 놓고 있었다. 그는 군졸 50명을 파견하여 소황후 일행을 뇌당묘(雷塘墓)까지 호송하게 한 뒤, 나중에 청강포(淸江浦)에서 만나 함께 장안으로 돌아가기로 약속하고 제각기 갈 길에 올랐다.

나성이 두선랑, 화우란과 두 아들들이 뇌하의 장모 묘소를 참배한 이야기는 여기서 생략한다.

강에서 지기를 만나 오히려 즐거웠지만,　　(江河猶喜逢知己)

정든 나그네는 시름 안고 무덤에 절하네.　　(情客空懷弔故墳)

소후와 왕의(王義) 부부 일행이 며칠을 더 여행하여 양주(揚州)에 이르렀다. 지방 관아에서 마중을 나왔다.

소후가 왕의에게 말했다.

"지금이 어느 때라고 관아에서 마중을 나오게 하였나? 빨리 그들을 돌려 보내게! 폐 끼칠 것 없네."

관리들은 그 말을 듣고 되돌아갔으나 유독 순박하게 생긴 얼굴에 세 가닥으로 갈라진 수염을 기르고 있는 한 사람만이 남았다. 그의 하인이 명첩을 왕의한테 전했는데, 왕의가 명함을 보고 깜

---

53 복주(濮州)─州名, 隋朝 開皇 년간 설치. 치소는, 今 山東省 서부 荷澤市 관할 견성현(鄄城縣).

짝 놀랐다.

"가윤보(賈潤甫)라는 사람입니다. 제가 황제를 따라 양주에 왔을 때 만난 적이 있는 사람입니다. 후에 이밀(李密)의 위(衛)나라에서 사마(司馬) 직책에 있었는데, 지금은 당을 섬기지 않는 지조가 있는 사람이라 만나보아도 별 탈이 없을 것입니다."

그리고는 다급히 말에서 내려 영접하였다. 여러 사람과 인사를 나누었다.

가윤보가 말했다.

"나는 재작년에 뇌하에서 이곳으로 이사하여 줄곧 살고 있습니다. 여기서 수황제 능까지는 채 2리도 안 됩니다. 황후마마의 수레를 우리 집에 세워두고, 그들이 제물을 모두 준비해 놓은 다음에 가도 늦지 않을 것입니다."

왕의가 막 이런저런 분부를 하려는데, 늙은 환관 한 사람이 왕의 앞에 와서 큰소리로 말했다.

"왕대감, 오셨구려! 황후마마께서는 어디에 계시오?"

"뒤쪽 큰 수레에 계십니다."

환관 두 사람이 다급히 달려가 수레 옆에 꿇어앉아 큰소리로 말했다.

"황후마마, 저희들이 인사드립니다."

소후가 휘장을 젖히며 보고 나서 물었다.

"그대들은 수나라 궁중 환관이었던 이운(李雲)과 모덕(毛德)이 아닌가? 어찌하여 여기에 있는가?"

"지금은 저희들 둘이 수(隋)의 돌아가신 황제(先煬帝)의 능을 지키고 있습니다."

"두 분이 궁중에 있을 때 위세가 대단했었는데, 지금은 이곳에 쫓겨와 외로운 무덤을 지키는구려."

"제사에 쓸 깃발과 북(鼓), 그리고 제물이 모두 준비되었습니다. 마마께서는 제사만 올리시면 되옵니다."

"깃발이며 북 같은 건 필요 없소. 그런데 이런 모두는 어디에서 준비한 것인가?"

"사흘 전에 나(羅) 장군께서 사람을 보내 마련했습니다."

소후가 자신의 하인에게 말했다.

"왕의 어른한테 가서 말하게. 황릉 앞엔 소와 양과 돼지와 술이 모두 준비되어 있다고 하라, 그냥 저승 노잣돈이나 있으면 되네. 그밖의 사람들에겐 은자나 나눠주어 돌아가도록 하게. 내가 이 제사를 올리겠네."

하인이 달려가 왕의한테 알렸다. 왕의가 가윤보와 함께 가씨 댁에 가서 사례할 은자 봉지를 마련해 가지고 능에 와서는 그 사람들을 돌려보냈다. 그런 다음 바깥으로 슬그머니 혼자서 머리를 네 번 조아린 뒤, 가윤보와 함께 모든 준비를 다 해놓았다.

소황후가 궁전에 있을 때 궁 밖으로 행차하게 되면 이 사람들이 천자의 수레와 시종, 여러 가지 차양막인 보개(寶蓋)나 일산(日傘), 깃발들을 준비해 놓고서 시중을 들었다. 환관 두 사람은 가윤보한테 교자를 빌어 가지고 기다렸다.

소후는 소복(素服)으로 바꿔 입고 교자에 올라타니 마음이 몹시 처량한 지라 눈물을 쏟으며 황릉 입구에 도착했다.

소후는 교자를 멈춰 세우고 하녀의 부축을 받으며 설야아와 함께 곡을 하면서 들어갔다. 묘비며 정자와 패방(牌坊)들이 그런대로 갖춰졌고 나무 그림자가 드리웠다.

양제의 본 봉분(封墳) 옆으로 작은 묘가 몇 기(基) 있는데, 복판에 석주(石柱)가 세워져 있었다.

왼쪽 돌비석은 열부주귀아미인영위(烈婦朱貴兒美人靈位)이었고, 오른쪽에는 열부원보아미인영위(烈婦袁寶兒美人靈位)이었다. 양쪽의 여러 무덤에도 모두 돌비석을 세웠는데, 사부인(謝夫人), 양부인(梁夫人), 강부인(姜夫人), 화부인(花夫人), 설부인(薛夫人) 및 오강선(吳絳仙), 묘랑(杳娘), 타랑(妥娘)과 월빈(月賓)의 영위이었다.

이것은 광릉(廣陵)태수 진릉(陳稜)이 여러 사람의 시신을 모아 한 곳에 묻어준 것이었다.

왕의가 소황후를 모시고 비문을 하나씩 읽었다. 소후가 높이 솟은 검은 무덤을 보고 엎드려 대성통곡하면서 부르짖었다.

"선제(先帝)시여! 당신은 가서도 여전히 이렇게 많은 부인들이 동행하는데, 첩은 혼자 어떻게 살랍니까?"

소후는 밀려오는 슬픔에 젖어 점점 큰소리로 울기 시작했다. 설야아는 혼자 주귀아의 돌난간을 붙잡고 헤어질 때의 일을 돌이

키며 넋두리를 했다.

설야아는 자기가 어떻게 선제를 따라 죽으려 했고, 주귀아가 자기에게 많은 당부를 한 일과 사부인을 꼭 따라가라고 하며 조왕을 자기한테 부탁했으며, 오늘에 와서 조왕이 돌궐 나라의 정통가한(正統可汗)이 되었으니, 부탁을 저버리지 않은 것 등등을 혼자 말로 다했다. 그러다가 설야아는 땅에 쓰러져 이빨을 악물고 있었는데, 마치 울다가 죽은 사람처럼 보였다.

왕의는 자기 부인은 비통하게 통곡하고 있지만 소후는 점차 울음소리를 낮추는 것을 보고 불행한 다른 일이 생길 것 같지는 않다 여겨 소황후의 하녀에게 말했다.

"자네들은 빨리 황후마마를 부축하여 일으키게."

여러 여인들이 소후를 부축하여 일으킨 다음, 소지(燒紙)를 하고 술을 부어 올린 다음 먼저 교자에 올라 앉아있었다.

왕의가 황제 능 앞으로 가서 큰소리로 외쳤다.

"선제(先帝)여, 키 작은 신하 왕의가 오늘 다시 여기에 왔습니다. 신이 그때 폐하를 따라 순국하려 했으나 폐하께서 말씀하신 조왕의 부탁 때문에 이 몇 년을 더 살았습니다. 오늘 조왕은 이미 다른 나라의 군주가 되었으니 선제께선 마음을 놓으셔도 되겠습니다. 신은 예전 그대로 폐하를 시중들겠습니다."

말을 마친 왕의는 비석에 자신의 머리를 힘껏 들이박았다. 왕의는 뒤로 벌렁 넘어갔다.

여러 사람이 외쳤다.

"왕 어르신님, 괜찮으십니까?"

이때 가마에 막 오르려던 설야아가 소리를 듣고 몸을 돌려나는 듯이 달려왔다.

"길을 비켜요."

설야아가 보니 왕의는 두개골이 부서져 땅에 피를 흥건하게 쏟았는데 두 눈을 부릅뜨고 있었다.

설야아가 말했다.

"당신도 수나라의 충신입니다. 당신은 빨리 가서 선왕을 섬기세요. 전 귀아 언니한테 가서 말하고 오겠어요."

설야아는 왕의의 두 눈을 감겨주고, 곧장 즉시 주귀아의 비석에 자신의 머리를 힘들여 들이박았다. 잠깐 사이에 미인은 죽어 피가 묘 앞의 풀을 적셨다. 설야아는 그대로 황천객이 되었다.

가윤보가 여러 사람들과 함께 급히 소황후한테 아뢰었다.

교자에 앉은 황후가 흠칫 놀라며 생각했다.

'둘 다 멍청이야. 너희들이 죽었으니, 나는 누구와 함께 청강포로 가겠는가?'

누군가가 말했다.

"황후마마께서는 저들을 한번 보시겠습니까?"

소후가 생각하였다.

'가서 죽음을 본들 무얼하나? 저들처럼 죽어야 하나? 아니면 버려두고 가겠나?

황후는 급히 은자 오십 냥을 꺼내 가윤보에게 주면서 말했다.

"대부께서 수고롭겠지만 목관 두 개를 사서 그들을 묻어 주십시오. 그런데 나는 오늘 청강포에 가서 나장군과 함께 장안에 가야 하는데, 어찌하면 좋겠소?"

"황후마마께서는 심려하시지 않아도 됩니다. 신이 집에 다녀와서 황후마마를 배웅해 드리겠습니다."

가윤보가 집으로 와서 은자를 아들에게 주어 관을 사고 입관하도록 일렀다. 그리고 자기는 말을 타고 소후와 함께 청강포를 향하여 길을 떠났다.

떠난 뒤의 일은 어떻게 되겠는가? 다음 회를 읽어 보시라.

뜻을 굳힌 태종은 한많은 궁녀들 보냈고, 이전 약속 지켜서
저승 송사를 끝맺다.(成後志怨女出宮, 證前盟陰司定案.)

노래하기를,	詞曰,
봄 석 달은 번개처럼 지났고,	(九十春光如閃電)
모두에게 자비 베푸니,	(觸目垂慈)
곧 이승으로 돌아왔다.	(便覺陽和轉)
맺힌 한이 끝없어 돌아보니,	(幽恨綿綿方適願)
하늘 아래 모두가 은택 입다.	(普天同慶恩波遍)
생사(生死) 모습 일조에 바뀌나니,	(生死一朝風景變)
황천 먼길 다녀오니,	(漫道黃泉)
생전 알던 얼굴이다.	(也自通情面)
온 땅 가시나무 앞길 막아,	(滿地荊榛繞指揃)

악몽 놀라 깨니 그냥 기쁘다.　　　(驚回惡夢堪欣羨)

— 곡조〈접련화〉　　　　　　— 調寄〈蝶戀花〉

　　보통 사람의 좋은 일은 남이 알아주지 않아도, 그런 선행은 그
대로 음덕(陰德)이 된다. 간혹 한순간, 또는 생각나는 대로 이루지
거나, 아니면 본인의 성심과 성의로 실행하게 된다. 그런 선행은
어떤 강요나 아니면 꾸밈이 아니기에 아무런 기약도 없이 자연스
럽게 실천하게 된다.

　　그래서 속담에도 '음덕을 쌓으면 필히 눈에 뵈는 보답을 받는
다.'고 하였다.[54]

---

54 원문 有陰德者(유음덕자), 必有陽報(필유양보) — 덕행을 쌓아야 장수
할 수 있다(積德以增壽). 군자는 은혜를 베풀지만 그 보답을 바라
지 않는다(君子施恩不望報). 은혜를 입었으면 은혜에 보답하고,
덕을 입었으면 덕으로 갚아야 한다(有恩報恩 有德報德). 조그만
음덕을 베푸는 것이 10년 기도보다 낫다(積一分陰德 勝燒十年
香). 선행을 3년 계속해도 아는 사람이 적지만(積善三年 知之者
少), 나쁜 일은 하루만 해도 온 천하에 알려진다(爲惡一日 聞於天
下). 소인은 은덕을 원망으로 갚지만(小人以怨報德), 군자는 원망
을 은덕으로 갚는다(君子以德報怨). 군자는 다른 이의 악행을 돕
지 않는다(君子不成人之惡). 그러나 소인은 이와 반대이다(小人
反是). 군자는 (타인의) 좋은 점을 살려준다(君子成人之美).(좋은
일을 성취하도록 도와주다.)《論語(논어)·顔淵(안연)》. 은혜를 잊
고 의를 저버린다면 소인이다(忘恩負義是小人). 착한 사람에게
좋은 보답이 있고(好人有好報), 악인에게는 나쁜 응보가 있다(惡
人有惡報). 선악에 따른 응보는 그림자가 본체를 따라다니는 것과

옛날 장흥(長興)이란 곳에 고씨(顧氏)란 사람이 살았다. 벼슬길에 올랐으나 아들을 두지 못하자, 예쁜 여인 열 명을 첩으로 거느렸다. 그러던 어느 날, 고씨가 술을 마시는데 첩들이 모두 함께 시중을 들었다.

고씨가 탄식하며 말했다.

"나는 평생 음덕을 쌓았는데, 왜 후사가 없는가?"

10명의 첩 가운데 한 여인이 말했다.

"음덕은 멀리 있지 않습니다."

"내가 오늘 음덕을 베풀었기에 너희들이 나와 인연이 만들어진 것이 아닌가?"

"제가 드린 말씀은 제가 지어낸 말이 아니라 이치가 그러하다는 뜻입니다. 저는 지아비가 죽으면 바로 뒤를 따르겠습니다."

고씨는 첩들이 떠나고 싶다면 재물을 주어 모두 내보냈다. 그 뒤로 고씨는 따라 죽겠다는 여인의 몸에서 아들을 셋이나 얻었다.

평민도 이렇듯 음덕을 베풀면 눈에 보이는 하늘의 보답을 받는다. 그렇다면 나라의 종묘사직에 관련이 있다면, 그 보답을 어찌 짐작할 수 없겠는가?

장안에 거의 이를 즈음에, 나성(羅成)은 수종인 반미(潘美)에게

같다(善惡應報 如影隨形). 선악에는 반드시 보답이 있는데, 빠르거나 늦거나의 차이가 있을 뿐이다(善惡必報 遲速有期).

가병(家兵)을 거느리고 가족들을 보호하면서 천천히 오도록 한 뒤에, 자신은 먼저 장안에 들어가 외사촌 형인 진숙보와 늙은 외숙모를 만나 뵈었다.

숙보를 통해서 나성은 시사창이 작년 여름에 명을 받고 숙보 모친에게 생신 예물을 드렸다는 소식을 들었다.

숙보가 말했다.

"동생은 수천 리나 떨어져 있는데도 어머니의 생신 날짜를 지금까지 잊지 않고 있었군."

나성은 북적(北狄)을 정벌한 경과와 양제의 소황후와 함께 돌아오다가 여정암에서 수도하는 수 양제의 후궁 네 여인을 만나러 갔던 일, 그리고 외숙모의 팔순 생신을 알고 그곳에서 천수(天壽)를 기원한 이야기, 그리고 소후가 양주(揚州)에 제(祭)를 지내려 갔을 때 왕의(王義)의 부부가 비석에 머리를 부딪쳐 순절(殉節)한 이야기를 다하였다.

숙보의 늙은 모친이 말했다.

"조카! 조카 댁 두 사람과 아들이 모두 장안으로 온다고 하니, 빨리 사람을 시켜 교자와 말을 가지고 가서 맞아오도록 하게."

그러자 숙보가 말했다.

"어머님, 소황후는 아직 상경하는 길에 있습니다. 그분이 폐하를 만난 뒤, 거처를 정한 다음에 두 분 계수씨를 맞이하는 것이 옳을 것 같습니다."

"만약 그렇다면 회옥에게 성 밖에 나가 소후와 두 부인을 마중하여 승복사(承福寺)에 모셔가 한 이틀 정도 쉬시도록 하게."

아들 회옥이 군졸을 거느리고 서둘러 성 밖까지 나아가 소후와 나성의 가족을 적절하게 안내하였다.

이튿날 나성은 조회에 나가 태종을 배알하였으며, 돌궐국과의 업무와 소황후의 일 등을 모두 아뢰었다. 태종은 그의 노고를 위로하며 공적을 치하하였다.

그리고 환관인 태감(太監) 네 명을 보내 소후를 입궁하도록 하였다. 나성의 아내인 두선랑과 화우란 두 부인은 숙보네 집을 방문하여 노 마님에게 생신 예물을 올리고 축수하였으며, 숙보의 아내 부인 장씨와 서로 인사하였다. 회옥의 부인인 선웅신의 딸 선씨 역시 인사를 나눈 후 자신의 두 아들을 불러내 나씨네 두 아들과 만나 같이 놀게 하였다.

원자연과 강씨(江氏), 나씨(羅氏), 가씨(賈氏), 세 부인 역시 소식을 듣고 숙보 모친께 선물을 보내왔다. 한 달이 넘게 지내다가 나성이 돌아가는 길에 화우란의 선친 화호(花弧)의 묘(墓)에 가서 제사를 올린 것은 여기서 생략한다.

태종이 등극한 이후(626년) 사방을 완전히 평정하였고 예악(禮樂)을 크게 진흥하였다. 위징과 방현령 같은 대신들은 아는 것은 모두 다 말하고, 할 말은 조금도 숨기지 않았으며, 황제와 신하가 서로 의기투합하였다.

태종은 어느 하루 태상황(太上皇, 李淵)을 모시고 미앙궁(未央

宮)⁵⁵에서 연회를 벌였다. 때는 처서(處暑)였고 마침 날씨도 더없이 쾌청하였다.

연회의 분위기가 무르익자, 태상황이 돌궐족의 합리가한(頡利可汗)에게 호인(胡人)의 춤을 추어보라고 말하였다. 이어 장수인 풍지대(馮智戴)⁵⁶가 시를 읊었다.

그러자 태종이 웃으며 말했다.

"호월(胡越)이 이처럼 한 집안이 된 일은 일찍이 없었습니다."

태종이 술잔을 받들어 태상황의 장수(長壽)를 축수하면서 말했다.

"이는 모두가 폐하의 교화의 유풍이 남았기 때문입니다. 이는 저의 지혜와 힘이 미쳐서가 아닙니다. 옛날 한(漢) 고조 역시 태상황의 뜻에 따라 연회를 궁궐에 차리고도 제 잘난 척을 하였는데,⁵⁷ 저는 그런 짓을 따라 하지는 않겠습니다."

---

55 미앙궁(未央宮) - 본래 漢의 정궁 명칭이었다. 미앙(未央)은 '끝이 없다'는 의미이다. 그 유지는, 今 陝西省 西安市 未央區에 있다. 전후한이 멸망한 뒤에도 궁궐로 사용. 唐朝에서는 원래의 터에 건물을 신축했다는 기록이 있다. 晚唐 시기에 철저히 파괴되었다.

56 풍지대(馮智戴, 생졸년 미상, 字는 天錫) - 현종 때 유명한 환관 고력사(高力士)의 큰할아버지(伯祖父). 《新唐書》列傳 第35권, 諸夷蕃將(제이번장) 참고.

57 漢 高祖의 잘난 척 - 太上皇은 황제의 부친에 대한 존칭, 진시황은 先親 장양왕(莊襄王)을 태상황으로 추존했었다. 황제의 생존하는 부친에게 태상황의 존호를 올린 것은 한 고조가 처음이었다.

태상황이 크게 기뻐하며, 진숙보에게 물었다.

"자네 모친은 건강하신가? 금년에 춘추가 어떻게 되는가?"

숙보가 꿇어 엎드려 아뢰었다.

"신의 모친은 금년에 여든하고도 세 해가 넘었습니다. 상황 폐하의 덕택에 별고없이 평안합니다."

명에 따라 중신들은 황족의 아래 자리에 관직의 높고 낮음에 따라 자리를 정하게 되었다. 중신들이 순서에 따라 자리를 정하고 앉자, 태종은 내시들에게 영을 내려 술을 돌리게 하였다. 악기들이 일제히 연주되고, 노랫소리가 울려 퍼졌다.

군신(君臣)이 한창 즐겁게 마시고 있는데, 뜻밖에 울지경덕이 임성왕(任城王) 도종(道宗)[58]의 아래 자리에 앉은 것을 몹시 분하

漢 9년(前 198년) 겨울인 10월, 고조는 미앙궁 前殿(전전)에서 군신 모두의 술자리를 베풀었다. 고조는 옥으로 만든 술잔으로 태상황께 축수하고서 말했다. "전에 아버지께서는 내가 일 솜씨도 없고 일도 안 한다고 꾸중하시면서 내가 재산을 모으지 못할 것이며, 부지런한 작은 형만 못할 것이라고 말했습니다. 지금 저와 작은 형의 재산 중 어느 쪽이 더 많습니까?"

그러자 전각의 모든 신하들은 만세를 불렀고 크게 웃으며 즐겼다. 한마디로 아버지를 여러 신하들 앞에서 망신을 준 셈이었다.

58 이도종〔李道宗, 600－653년, 字는 승범(承范)〕－唐 高祖(당 고조) 李淵(이연)의 조카이니 당 태종의 사촌 형제였다. 唐朝 初年 종실 중 장군으로 나름대로 공을 세웠고, 현명한 사람으로 알려졌다. 당 태종은 만년에 이도종을 이세적(李世勣, 李勣) 설만철(薛萬徹)과 나란한 명장이라고 평가한 적이 있다.

게 여겨 말했다.

"당신이 무슨 공이 있다고 내 윗자리에 앉았는가?"

임성왕이 못 들은 척하자 울지경덕은 여러 사람들이 말릴 틈도 없이 한순간에 커다란 주먹으로 도종의 왼쪽 눈을 때렸다. 얻어맞은 눈 주변이 크게 부풀어 오른데다가 그 역시 화가 나서 좌석에서 나가버렸다.

태상황이 무슨 일인가를 묻자, 중신들은 솔직히 아뢰었다. 태상황이 불쾌해하며 이렇게 말했다.

"임성왕 도종은 짐의 종친이오. 공이 있고 없는 것은 차치하고, 설사 그가 자리를 잘못 앉았다 하더라도 오늘 같은 기분 좋은 날에는 참아야지 않겠소? 어찌 감히 손찌검을 한단 말이오?"

태종은 중신들을 거느리고 태상황한테 죄를 빌고 나서 연회석을 파한 다음에 태상황을 모셔갔다.

이튿 날 태종은 조회에서 여러 신하들에게 말했다.

"어제 짐이 상황을 모시고 군신이 더불어 즐기려 하였는데, 경덕이 군신의 예의에 어긋나는 일을 저질렀으므로 심히 불쾌하였도다. 임성왕이 짐의 친족이 분명함에도 불구하고, 그한테 그처럼 행패를 부렸는데 딴사람한테야 더 이를 데 있겠는가? 짐의 이 말은 도종을 편애해서 하는 말이 아니다."

말이 끝나기 전에 시종이 울지경덕 스스로가 결박을 지고 사죄하리 들어온다고 상주하였다. 중신들이 걱정스러워 모두 꿇어앉아 용서를 빌었다.

"경덕은 무장이어서 워낙 학문을 닦고 점잖을 빼는 것에 익숙하지 못합니다. 비록 성지를 거슬렀다고 하나 폐하께서 그의 공로를 보아 살려주시기를 바랍니다."

태종이 울지경덕을 불러들이게 하고 시종들에게 어명을 내려 결박을 풀게 하였다.

그런 뒤에 울지경덕에게 말했다.

"짐은 경들과 함께 부귀를 누리려 하오. 그런데 경은 관직에 있으면서도 여러 번 법도를 어겼소. 짐은 경의 과실로 그간의 여러 공적을 말살하지는 않겠으나 한조(漢朝)의 한신(韓信)[59]이 처형되고 팽월(彭越)[60]이 육장(肉醬)이 된 것은 결코 고조의 허물이 아

---

59 韓信(前 230 - 196) - 淮陰人(회음인) 漢初三杰(한초삼걸)의 한 사람. 胯下之辱(과하지욕), 漂母進飯(표모진반), 國士無雙(국사무쌍), 多多益善(다다익선), 鳥盡弓藏(조진궁장), '成敗一蕭何(성패일소하) 生死兩婦人.' 成語의 주인공. 회음 후 한신이 입궁하자, 여후는 무사를 시켜 한신을 포박하였고 장락궁 종실에서 처형하였다. 막 참수하려 하자, 한신이 말했다. "내가 괴통의 말을 듣지 않아 되레 부녀자에게 속았으니, 어찌 하늘 뜻이 아니겠는가!" 여후는 한신의 三族을 모두 죽였다. 《漢書》34권, 〈韓彭英盧吳傳〉에 입전.

60 팽월(彭越, ?-前 196) - 異姓 諸侯를 없애는 정책에 희생당했다. 고조는 사자를 보내 팽월을 체포하고 낙양에 가두었다. 담당 관리가 조사하니 모반의 형세가 드러나 법대로 다스릴 것을 청했다. 고조는 팽월을 용서하되 서인으로 만들어 蜀(촉)의 靑衣縣으로 강제 이주케 하였다. 팽월이 서쪽으로 가다가 鄭縣에 이르렀을 때, 마

니라는 것을 알아야 하오."

경덕이 머리를 숙이며 사죄하였다. 태종이 말했다.

"나라의 기강은 상벌로써 다스려지는 것이오. 분수에 넘치는
은혜를 몇 번 씩 얻을 수는 없는 것이오. 경은 자아 수양에 노력
하여 이후 후회할 일을 저지르지 않도록 하오."

울지경덕은 재차 사죄하고 나갔다. 이 일이 있은 뒤로 그의 강
포한 행실은 곧바로 고쳐졌다.

태종은 정관 9년(635년) 5월, 노환으로 태안궁(太安宮)에서 승
하한 태상황의 시호를 신요(神堯)라 했으며 천하에 널리 알리게
했다.[61]

침 장안에서 동쪽 낙양으로 가던 여후(呂后)를 만났다. 팽월은 여후
에게 눈물을 흘리며 무죄이며, 고향인 昌邑(창읍)으로 돌아가게 해
달라고 하소연하였다. 여후는 승낙하면서 팽월을 데리고 낙양에
도착하였다. 여후가 고조에게 말했다. "팽월은 장사인데, 이번에
촉으로 보내는 것은 후환을 만드는 것이라서 이번에 죽여 버리는
것만 못하다 생각하여 제가 그를 데려왔습니다." 그리고서는 팽월
의 舍人(사인)을 시켜 팽월이 다시 모반하려 한다고 거짓을 아뢰게
하였다. 정위가 처벌을 주청하자, 마침내 팽월의 일족을 모두 죽였
다. 그 시신으로 젓[육장(肉醬)]을 담가 여러 제후에게 보냈다.

61 당 고조 - 李淵. 당 건국의 의의

통일제국 唐(李唐, 618-907)은 高祖〔李淵(이연), 재위 618-626〕의 개
국에 이어, 隋(수, 581-618) 말기에 전국적으로 일어난 봉기 세력
들을 진압하고 통일을 완성한다. 이어 태종 李世民(이세민)의 정관

어느 날 태종은 장손황후 및 여러 비빈들과 함께 궁궐 안을 거

(貞觀)의 치(治, 정관, 626-649년)를 통해 군주정치의 모범을 보이면서 안정과 번영을 이룩한다.

당 高祖(고조) 李淵(이연)과 太宗(태종) 李世民의 여러 정책은 성공을 거두어 貞觀(정관)에서 玄宗의 개원(開元, 713-742년)에 이르는 100여 년은 경제가 발전하며 영토 확장과 함께 번영을 누렸다.

당은 건국 초부터 국내 정세를 안정시키면서 대외적으로도 세력을 확장했고, 사회 경제적 안정을 이룩하며 제국 융성의 기초를 닦아 300년 이상, 그래도 다른 시대에 비해 상대적으로 정치적 안정을 유지했다.

당은 수나라의 통일과 제도 정비, 그리고 大運河(대운하) 개통 등 앞 시대의 열매를 수확하면서 국가의 경제적 사회적 기반을 확실히 다졌다. 또 南北朝(남북조) 시대의 문벌 귀족과 관료층을 두루 흡수하여 지배층의 인적자원을 확보하였고, 과거제도의 발전적 시행으로 새로운 관료층을 확보하면서 문벌 귀족의 출현을 미연에 방지하였다.

또한 균전제의 토지제도와 租·庸·調(조·용·조)의 징세제도, 그리고 병농일치의 府兵制(부병제)로 국력을 키우면서 이민족에 대한 견제정책도 성공을 거두었다. 이처럼 이민족을 견제하거나 균형을 유지하며 군사적으로, 또 사회적으로 안정되었기에 당의 문화는 어느 시대보다 찬란하였다.

당 문화는 漢代(한대) 이후 계속 발전해 온 전통적 고전문화의 바탕에 위진남북조 시대의 귀족 문화, 주변 이민족의 여러 문화적 특성을 포용하고 흡수하면서 개방적이고 국제적인 문화특색을 보여주었다. 특히 문학에서 唐詩(당시)의 융성은 지금까지도 중국 문화의 두드러진 특색으로 나타나고 있다.

唐은 중국 역사에서 여러 가지로 공헌한 바가 크다. 당은 중국 본

닐다가 어느 궁에 이르니 많은 궁녀들이 그들을 맞아들였다. 그
들은 용모가 괜찮았으나 늙었거나 허약한 궁녀도 많았다. 태종은
그들을 보고 어지간히 안쓰럽다는 생각이 들었는데, 차를 올리는
궁녀들에게 황후가 물었다.

"자네들은 언제 입궁하였나?"

궁녀들이 대답했다.

"입궁한 지 얼마 안되는 사람도 있지만 수나라 때 입궁한 사람
이 많습니다."

"수나라 때 입궁하였다면 20년이 되었구만."

"열두세 살에 입궁하였으니 이젠 서른 살이 모두 넘었습니다."

"수 양제의 비빈이 많다는 것은 알고 있었네. 그런데 왜 이렇
게 많은 사람들이 시중을 들어야 했나?"

"당년에 수 양제는 황후 외에 부인(夫人), 미인(美人), 소의(昭儀),
충화(充華), 첩여(婕妤), 재인(才人) 등 여관(女官)의 등급을 나누어
여러 궁에 두었습니다. 그들이 어찌 폐하나 황후마마처럼 인자하
고 검소하여 어느 궁이나 천은(天恩)을 골고루 받을 수 있었겠습
니까?"

토를 실질적으로 가장 오랫동안(618－907) 지배한 국가였다. 淸
의 국가 존속 기간(後金－淸, 1616－1912)이 唐보다는 길지만 明
멸망 이후(1644)의 지배 기간은 唐보다 짧았다. 당은 강대한 국력
과 국부를 바탕으로 하는 국제적 문화를 이룩하였으며 세계에서
최고 수준의 문화를 자랑하였다.

"짐이 생각하건대, 천자 한 사람이 많은 비빈을 거느린다 해도 정력에 한계가 있으니 서너 명이면 족할텐데, 하필 이렇게 많은 사람들이 시중을 들게 하고, 이 젊은 여인들을 종신토록 궁에 갇혀 있게 할 까닭은 무엇이겠나?"

그러자 곁에 있던 서혜비가 말했다.

"그들을 보니 불쌍한 생각이 듭니다."

"황후! 짐은 이들을 밖으로 내보내 남편을 골라 시집가게 하려 하오. 남은 반생이라도 여자 구실을 하면서 살게 하는 게 좋지 않겠소?"

"만사를 분부대로 할 뿐이옵니다. 신첩이 어찌 감히 참여할 수 있으리까? 정작 내보내지 않는다 해도 그 생각만이라도 역시 하나의 큰 음덕인가 하옵니다."

"짐이 어찌 농담을 하겠소?"

이에 모든 궁녀들이 모두 꿇어앉아 사은하였다. 황후와 비빈들이 모두 좋아하였다.

태종이 내시에게 분부했다.

"자네는 여관을 관리하는 태감(太監)에게 궁인 명부를 만들어 올리라고 하여라."

내시가 후궁을 관리하는 태감 위형옥(魏荊玉)에게 전달하였다. 그날 밤 궁마다 궁녀들이 이야기로 들끓었고, 날이 밝아 명부가 다 만들어지자 위태감에게 넘겨졌다. 형옥은 조회 끝나기를 살폈다가 궁인 명부를 올렸다.

태종이 잠깐 살펴보고 말했다.

"그들을 취화전(翠華殿)에 모이라 하라."

위태감이 어명을 받고 나가자, 태종은 궁으로 돌아와 명부를 가리키며 황후에게 말했다.

"이 궁녀들이 백성의 피와 눈물, 돈과 쌀을 얼마나 허비했는지 모르오. 그런데 아직도 현명하지 못하게 궁에 남겨두고 있었소. 며칠이 걸려야 다 점검할 수 있을지 모르겠소."

"어렵지 않습니다. 폐하께서 절반을 점검하시고, 신첩이 서부인과 같이 나머지 절반을 점검하면 잠깐이면 끝낼 수 있습니다."

태종은 즉시 황후와 함께 교자를 타고 서혜비는 평여(平輿)에 앉아 취화전으로 가니, 궁녀들이 비좁게 몰려 앉아 있었다. 태종과 황후가 하나씩 상을 차지하고 앉고, 서혜비가 황후의 옆에 앉았다. 궁녀들을 두 곳으로 나누어 이름을 불렀는데, 한 줄이 끝나면 다른 한 줄을 시작하였다.

누구라 할 것 없이 화장을 했는데 태종의 눈에는 미인과 평범한 여인이 각각 절반이라는 생각이 들었다. 태종은 스무 살 이전의 궁녀를 골라 잠시 각 궁에서 일을 맡아보게 하였고, 나이가 많은 궁녀들은 모두 궁 밖으로 내보냈는데, 무려 3천 명이나 되었다. 태종은 위(魏) 태감(太監)에게 빨리 고시(告示)를 써붙여 민간에 알려 부모들이 데려다 남편을 얻어 주게 하였으며, 친척이 멀리 있는 여인은 위징이 남편을 얻어주게 하였다. 3천 궁녀들은 뛸 듯이 기뻐하면서 머리를 숙여 사은하고 장신구나 옷가지를 싸

가지고 궁을 떠났다.

위태감은 낡은 저택을 빌어 궁녀들을 유숙하게 한 뒤 공고하자, 백성들이 모두 알게 되었다. 가까운 곳에 있는 자들은 와서 데려가고, 집이 먼 궁인들은 위태감이 사사로이 납채를 받고 시집을 보냈다. 두 달이 안 돼 궁녀들이 다 떠나고 요요(夭夭)와 소앵(小鶯)만 남았다.

그들은 고향이 관외(關外)로 너무 멀어서 친척이나 부모가 데리러 오지 않았다. 거기에다가 요요는 궁에서 나올 때 병에 걸렸고, 소앵은 간병하느라 위태감네 집에서 서너 달을 머물렀다.

어느 날 위태감의 친구인 금의위지휘사(錦衣衛指揮史)인 위원정(韋元貞)이 우연하게 찾아왔다. 그는 나이가 마흔이 다 돼가는데, 부인이 자식을 낳지 못했다. 아내가 첩을 얻어주려고 했으나 그는 말을 따르지 않고 있었다.

그날 위태감은 위원정과 함께 서재에서 조촐하게 술 한 잔을 마시면서 궁녀 출궁에 대한 이야기를 했다.

"위대감께서 아직 후사가 없고, 듣자니 형수님도 현숙하시다던데, 왜 며칠 전 괜찮은 궁녀 하나를 고르지 않으셨소? 아들을 얻는다면 가문의 행운이 아니겠소."

위원정이 손을 저으며 말했다.

"아내가 낳으면 좋은 일이고 못 낳아도 그만이지!"

"지금 두 명이 남았는데, 꼭 한 부모한테서 태어난 애들 같이 잘 생겼습니다. 내가 불러올 테니 위형이 한번 보시오.”

그리고는 어린 내시한테 말하자, 조금 지나 요요와 소앵이 들어와 위원정에게 절을 올렸다. 위원정도 급히 일어나 답례하면서 보니, 몸매가 어여쁘고 살결이 눈처럼 새하얀 지라 급히 말했다.

“들어 오시게.”

“위대감, 어떻소?”

“어찌 그럴 수 있겠소? 태상황께서 부리시던 애들인데, … 우리처럼 관직에 있는 사람이 그들을 첩으로 삼는다면 체통을 잃는 일이 아니겠소?”

“아낙네 같은 소리입니다! 며칠 전 이대감도 채수용을 데려갔고, 장대감도 조옥교를 첩으로 삼았소. 위대감만은 안 된다는 게 어디 있소.”

그리고는 다시 이야기를 꺼내지 않았다. 술을 다 마시고 난 위원정이 인사를 하고 돌아갔다.

사흘 뒤에 위원정이 집에 없을 때를 알아낸 태감은 소앵과 요요를 수레에 태우고, 젊은 내시에게 말했다.

“위씨 댁에 가서 부인을 만나게. 그리고는 내가 위씨 어르신한테 자식이 없는 것을 알고 일부러 미인 둘을 보냈다고 말하게.”

소앵과 요요가 위씨 댁에 가서 부인을 만나 인사드리자, 위부인은 여간 기뻐하지 않았다. 그날 저녁 위원정이 대문에 들어섰을 때, 위원정의 부인은 그들 둘을 서재의 벽장에 숨겨놓았다. 이를 안 위원징은 부인의 고마운 마음을 알고 서재에서 하룻밤을

자고 난 뒤 이튿날 함
께 부인한테 감사를
드렸다.

　그로부터 처첩이 화
목하였고 후에 각각
아들 딸을 출산하였
다. 소앵이 낳은 딸은
뒷날 중종(中宗, 李顯,
재위 705－710년)⁶² 황
후⁶³가 되었고, 요요가
낳은 아들이 상락왕(上
樂王)에 봉해진 일은
뒷날이므로, 여기에서
는 더 이야기하지 않
겠다.

중종(中宗) 위황후(韋皇后)

　그때 방원령(房元齡, 인명 미상)은 직간한 일 때문에 황제가 자신

---

62 唐 中宗 이현(李顯, 656－710年), 재위 684년에 1개월. 2차 재위
　　705－710년. 병사.

63 中宗 위황후(韋皇后, 李哲. ?－710年 7月)－唐 中宗 李顯의 2번째 아
　　내. 위원정(韋元貞)의 딸. 懿德太子, 永壽公主, 長寧公主, 永泰公主,
　　安樂公主의 생모. 중종을 독살했다는 說이 있다.

을 멀리하는 것을 보고 고령을 핑계로 사직했다.

정관 10년(636) 6월, 장손황후는 병에 걸려 병세가 점점 심해지자 태종에게 부탁하였다.

"저의 병이 심히 위급하여 일어날 것 같지 못합니다. 폐하께서는 반드시 옥체를 보존하셔서 천하를 태평하게 다스려야 합니다. 방원령은 폐하를 오래 섬기면서 조심하고 근신하였으니, 큰 잘못이 없다면 버릴 수 없을 것입니다. 저의 장손씨 가문은 연줄로 관직에 올랐습니다. 덕행으로 천거받지 않으면 사람이 쉽게 흔들립니다. 폐하께서는 저들에게 권력을 그냥 나눠주지 않기를 바랍니다. 제가 살았을 때 사람들에게 덕을 베풀지 못했으므로 죽은 후 무덤을 높이 쌓느라 백성을 노역에 동원하지 말고, 산에 무덤을 쓰고, 부장품은 토기나 목제로 만들기 바랍니다. 그리고 폐하께서는 군자를 가까이하시고, 소인배를 멀리하시며, 충언과 직언을 받아들이시고, 거짓을 배척하며 부역을 줄이고, 유람을 하시지 않는다면 저는 죽어서도 한이 없을 것입니다."

그리고 태자에게도 말했다.

"너는 반드시 정성을 다하여 폐하의 기대에 부응하여야 한다."

태자가 아뢰었다.

"제가 어찌 감히 어머님 말씀을 듣지 않을 수 있겠습니까?"

황후는 밤에 인정궁(仁靜宮)에서 승하(昇遐)하였다.

이튿날 궁녀는 황후가 예로부터 전해온 여인 행실의 득실(得失)을 골라 쓴 《여칙(女則)》⁶⁴ 30권을 황제께 바쳤다.

태종이 그 책을 읽고 비통해하며 근신들에게 말했다.

"황후가 쓴 이 책은 백세에 모범이 되고도 남는다. 짐이 천명을 몰라 무익하게 비통하는 것이 아니오. 후궁에 들어가면 바르게 충고하는 말을 이제는 더 들을 수 없고, 훌륭한 신하와 같은 황후를 잃었기에 슬퍼할 뿐이오."

태종은 내시를 보내 방원령을 다시 불러 원직에 복직시켰다. 11월에, 문덕(文德)황후를 소릉(昭陵)에 안장하였는데 두태후(竇太后, 태종 모친)의 헌릉(獻陵)과 가까웠다. 태종은 황후를 잊지 못해 화원에 높은 누각을 만들어 소릉을 자주 바라보았다.

언젠가 위징과 함께 누각에 올라 소릉을 바라보고 있었다.

위징이 한참 바라보더니 말했다.

"신은 나이를 먹어 눈이 어두워 잘 보이지 않습니다."

태종이 가리켜 주자, 위징이 말했다.

"신은 폐하께서 헌릉을 바라보시는 줄로 알았습니다. 만약 소릉이었다면 신도 보았습니다."

태종이 눈물을 흘리며 누각을 허물게 했지만 마음은 여전히 비통하였다.

어느 날 태종은 갑자기 병에 걸렸는데, 중신들이 밤낮으로 문

---

64 《女則》 — 태종, 장손황후가 고대 여인들의 모범적 언행을 모아 편찬한 책. 《資治通鑑(자치통감)》의 《唐紀(당기)》 10권에 《女則(여칙)》은 총 30권이라 했다.

안을 드렸고, 태의가 부지런히 진맥하였다. 4, 5일이 경과했어도 차도가 보이지 않았고 마치 귀신이 장난을 치는 듯 병세에 기복이 있었다.

유독 진숙보나 울지경덕이 와서 문안드릴 때만 갑자기 정신이 들고 몸이 가뿐해졌다. 이에 진숙보와 울지경덕의 화상을 그려 궁문에 붙여 귀신을 누르게 했다.

병세가 심해지자, 위징과 이정 등을 불러 황제의 유언인 고명(顧命)을 받게 하였다.

"폐하의 춘추가 한창이신데, 어찌 이런 불길한 말씀을 하시렵니까?"

"폐하께서는 걱정 마옵소서. 신이 옥체를 무사하도록 보증할 수 있습니다."

태종은 이정과 위징에게 말했다.

"짐의 병이 이미 이렇게 위독한데, 경들이 어찌 보증할 수 있겠는가?"

말을 마치고 벽쪽으로 돌아누워 어렴풋이 잠이 들었다.

위징은 태종이 놀랄까 봐 걱정되어 이정과 같이 궁문까지 물러나왔다.

이정이 물었다.

"공은 어떤 재간으로 폐하께서 위험을 넘기시게 할 수 있소?"

"지금 저승에서 생사(生死)에 관련한 문부(文簿, 帳簿)를 맡아보는 판관(判官)이 바로 선제(先帝, 당 高祖)의 옛 신하였던 최각(崔

珏)⁶⁵이라는 분이요. 생전에 나와 교분이 두터웠소. 근일에는 늘 꿈속에 찾아와 이야기를 나누곤 했습니다. 만약 내가 최각에게 서신을 보내 저승에서 돌봐달라고 하면 꼭 회생할 것입니다."

이정이 듣고 겉으로는 믿는 척했으나 속으로는 믿지 않았다. 잠시 후 황제의 숨소리가 점점 미약해지고, 매우 위급하여 경각(頃刻)에 달렸다고 궁인의 전갈이 왔다.

위징은 즉시 궁문 곁채에서 서신 한 통을 써 가지고 직접 태종의 침대 앞에서 태웠다.

---

65 최각〔崔珏, 민간 신앙 속의 최부군(崔府君)〕─중국인들이 눈으로 볼 수는 없으나 분명히 존재한다고 생각하는 사후의 세계, 특히 음부(陰府)인 저승세계는 극히 방대한 행정체계를 갖춘 '귀신의 나라(鬼國)'라 할 수 있다. 鬼國(귀국)의 통치자 염라대왕은 귀국의 수도라 할 수 있는 삼라전(森羅殿)에 머물면서 많은 판관(判官)들의 보필를 받고 있다. 그중 중국인들에게 잘 알려진 판관으로 형벌을 주관하는 판관 및 선행과 악행, 그리고 사생부(死生簿)를 장악하는 4대 판관이 있는데, 인간의 생사를 관장하는 최판관이 수석 판관이다. 명대의 소설 《西遊記(서유기)》나 《列仙全傳(열선전전)》 등에 의하면, 최판관의 이름은 최각(崔珏)이라고 한다. 최각의 실존 여부는 확실치 않다. 당나라 고조 재위 중 지방 현령을 역임하며 선정을 베풀었고, 죽은 뒤 神이 되어 명부(冥府)에서 일한다는 전설이 있다. 최판관을 보통 최부군(崔府君)이라고 하는데, 그의 영험함은 南宋 초부터 민간에 널리 알려졌다. 《서유기》 속에 나오는 최판관은 제멋대로 생사부(生死簿)를 고쳐 당 태종의 수명을 20년이나 더 연상시켜 준다. 이를 본다면, 최판관은 황제에게 아부하는 아첨꾼이라 생각할 수도 있다.

그리고는 궁인에게 분부했다.

"옥체가 아직 따뜻하니 절대 움직이지 말게나. 내일 이때까지 조용히 기다리면 좋은 일이 생길 것이네."

그런 다음 여러 사람들과 함께 방문 앞에서 기다렸다.

한편 날이 저물 때까지 잠을 잔 태종이 깨어나 보니, 사방이 아주 조용하였는데, 어느 틈엔가 오봉루(五鳳樓) 앞에 서있었다. 새매〔鷂(암컷 새매 요)〕한 마리가 무언가를 물고 날아오는 것이 보였는데, 태종은 평소에 새매를 좋아하였기에 기뻐하며 눈여겨 보다가 속으로 깜짝 놀랐다.

'이상하다! 이 새매는 위징이 짐에게 상주할 때, 위징에게 보여주지 않으려고 내 품에 숨겼다가 죽게 한 매인데, 어찌 다시 살아났는가?'

그러면서 태종이 급히 잡으려 했으나 새매는 갑자기 어디론가 사라졌다. 그 대신 새매가 부리로 물고가던 물건이 땅에 떨어져 있었다. 태종이 주워보니 한 통의 서신이었다.

서신의 머리에는 「吏曹 관원 위징이 판관인 최형(崔兄)께 드립니다.」라고 쓰여있었다.

그 아래에는 작은 글씨로, 「최각(崔玨)은 선제(先帝)의 옛 신하입니다. 폐하께서 이 서신을 그에게 직접 전해주시어 회생하시길 빕니다.」라고 쓰여 있었다.

태종이 보고 기뻐하며 서신을 소매 안에 넣고 앞으로 걸어갔다. 어느 넓은 곳에 왔는데, 거기에는 산도 나무도 없어서 몹시 놀라 허둥대는데, 어떤 사람이 걸어오면서 큰소리로 불렀다.

"대당(大唐) 황제는 여기로 들어오십시오."

태종이 소리를 듣고 머리를 들어보니, 그 사람은 사모(紗帽)를 쓰고 남색 도포(藍袍)를 입고 있었다. 손에는 상아로 만든 홀을 들고, 분홍빛 밑창을 댄 검은 신발을 신고 있었다.

그 사람은 태종 가까이에 와서 길 옆에 엎드려 말했다.

"폐하, 멀리 나가 영접하지 못한 죄를 용서해 주옵소서."

"경은 누구요? 어느 관직에 있소?"

"저는 최각이옵니다. 선황이 계실 때 예부시랑(禮部侍郞)으로 재직했습니다. 지금은 저승에서 풍도판관(豊都 判官)으로 있습니다."

태종이 크게 기뻐하며 급히 최각을 부축해 일으키면서 말했다.

"귀인이 멀리 나오시느라 수고했소. 짐이 떠나기 전에 위징이 서신 한 통을 선생한테 전해달라고 했는데 마침 잘 만났소."

"서신이 어디에 있습니까?"

태종이 소매 안에서 꺼내 최각에게 주었다.

최각이 받아 뜯어보고 말했다.

"폐하께서는 걱정 마십시오. 위징이 저에게 폐하를 이승에 돌려보내달라고 쓰여 있습니다. 잠시 뒤에 십왕(十王)을 만나보신 뒤 신이 폐하를 이승에 돌려보내 다시 옥궐에 오르시게 하겠습니다."

태종이 사례했다. 그때 저쪽에서 얇은 날개가 달린 하급 관리 두 사람이 걸어오면서 말했다.

"염라대왕의 어명이 있었습니다. 폐하께서 잠시 객관에서 앉아 기다리시면 수 양제 사건을 완결하는 대로 오실 겁니다."

"수 양제 사건을 아직도 판결하지 못했는가요?"

"사실 그러합니다."

태종이 최각에게 말했다.

"짐은 수 양제 등 여러 사람을 만나보고 싶은데, 최 판관께서 안내해 주시면 고맙겠습니다."

"알겠습니다."

여럿이 앞으로 걸어가니 갑자기 큰 성곽이 나타났다. 성문 위에는 '유명지부귀문관(幽明地府 鬼門關)'이란 일곱 글자가 쓰여 있었다.

판관 최각이 말했다.

"신이 앞에서 안내하겠습니다. 폐하께서 불결한 것을 접촉할까 두렵습니다."

최각의 안내를 받아 성으로 들어가 길을 따라가니, 머리를 산발하고 신발도 신지 않아 마치 거지와 같은 사람들이 많이 보였다. 얼마를 더 걸어가니 길 옆에 선제(先帝)가 서있고 어려서 죽은 동생인 원패(元覇, 高祖의 三男)가 그 곁에 있었다. 태종이 깜짝 놀라 부황 앞에 몸을 숙여 절을 올리려는데 금방 사라져 보이지 않왔다.

다시 몇 걸음 더 걸어가는데, 어디선지 형 건성이 동생 원길을 데리고 걸어오며 큰소리로 외쳤다.

"세민이 왔구나. 그러니 빨리 우리의 생명을 돌려다오."

그러자 최판관이 급히 상아홀을 들고서 말했다.

"이분은 십왕전 염제(十王殿 閻帝)께서 특별히 초청하신 분이다. 무례하지 말라!"

그 말에 건성 형제는 어디론가 사라졌다.

태종이 물었다.

"책양(翟讓), 이밀(李密), 왕백당(王伯當), 선웅신(單雄信), 나사신(羅士信)도 여기에 있겠지요?"

"그들은 이미 태원(太原)과 형주(荊州)에 환생한 지 벌써 몇 해가 됩니다."

태종이 태목황후(太穆皇后)와 문덕황후(文德皇后)가 어디에 있는가를 물으려는데, 푸른 기와를 얹은 큰 누각이 나타났다. 밖에서 보니 누각의 모습이 장려했고, 장신구들이 부딪치는 소리가 들렸으며, 좋은 향기와 기이한 냄새가 풍겨왔다.

태종이 한참 동안 눈여겨보는데 거대한 사나이 세 명이 7, 8명이나 되는 험상궂은 얼굴의 지옥사자한테 압송되어 왔다.

"폐하께서는 이 세 사람을 알아보시겠습니까?"

"많이 본 얼굴이나 이름이 생각나지 않소."

"돼지 가죽을 쓴 첫 번째 사람이 우문화급(字文化及)이고, 소가죽을 쓴 두 번째 사람이 우문지급(字文智及)이며, 개가죽을 쓴 세 번째 사람이 왕세충(王世充)입니다. 그들 사건은 이미 결말을 지었습니다. 그들은 1만 겁(劫)을 돼지와 소와 개가 되어 후세 사람한테 칼에 찔려 죽었다 살아나며, 생전에 시해한 죗값을 치러야 합니다."

선악은 시작부터 끝까지 응보 있으니,　　(善惡到頭終有報)

오로지 일찍 아니면 늦느냐만 다르다.　　(只爭來早與來遲)

태종이 한창 구경하는데 양쪽에서 사람들이 웅성대는 말이 들렸다.

"이번에는 어느 사건의 사람들이 나오는가?"

그러자 두 명의 회색빛 옷을 입은 동자가 일산이나 깃발을 들고 웃으며 젊은 황제를 안내하여 걸어오고 있었다. 뒤에는 사모를 쓰고 붉은 겉옷을 입은 사람 몇몇과 관리 복장을 한 두 사람이 따라오고 있었다.

최각이 불렀다.

"장인(張寅) 어른! 이들은 어느 사건의 사람들이오?"

그 관리가 말했다.

"앞에 선 여인은 수 양제의 궁녀 주귀아(朱貴兒)이네. 생전에 충열(忠烈)을 지켰고 역적을 꾸짖다가 죽음을 당했소. 살아서도

죽어서도 부부가 되자고 양제와 말위에서 맹세했었지요. 뒤에 있
는 이 사람들은 함께 죽은 원보아(袁寶兒), 화반홍(花伴鴻), 사천연
(謝天然), 강월선(姜月仙), 양보랑(梁瑩娘), 설야아(薛冶兒) 오강선(吳
絳仙), 타랑(妥娘), 묘랑(杳娘), 월빈(月賓) 등입니다. 주귀아가 황제
가 되었으니, 이 사람들은 그의 신하가 되었습니다. 오늘은 옥소
궁(玉霄宮)에서 도(道)를 수련하며 수신한 다음에 왕가(王家)에 다
시 태어나게 할 예정이요."

태종이 듣고 웃으면서 혼자 말했다.

"짐은 주귀아 등이 난을 당할 때 모두 걸출하고 기이했다는 말
을 들었소. 지금에 이르러서도 그것을 생각하면 여전히 마음이
후련하오. 그런데 천자로 태어난다면, 누구네 집에서 태어나겠는
가?"

그러자 뒤이어 귀졸(鬼卒) 둘이 풀이 죽고 기가 꺾인 양제(煬帝)
를 이끌고 나왔고, 그 뒤로 서너 명의 검은 얼굴의 흉신(凶神)이
따라 나왔다. 최각이 따라 나온 지옥 사자에게 "그를 어디로 데려
가는가?"라고 물었다.

그 지옥 사자가 대답했다.

"전륜전(轉輪殿)에 데려갑니다. 아비와 형을 시해한 사건을 아
직 매듭짓지 못했소. 짐승 무리 속에서 응보를 받아야 하오. 40년
을 기다리면서 철저히 회개한 뒤에 다시 세상에 태어나게 되는데
모습만 달리 하고 성(姓)은 고치지 않으며, 여전히 양씨(楊氏) 댁
의 딸로 태어나 주귀아와 말위에서 한 맹세를 지키게 될 것이요."

"왜 목에 맨 흰 비단을 벗기지 않는가?"

"그는 제후로 태어나도 20여 년 뒤에는 여전히 이렇게 끝장나지요."

최각이 머리를 끄덕이었다.

태종이 말했다.

"양제는 살아서 백성을 못살게 굴었고 음란한 행실로 궁궐을 어지럽혔는데, 오늘 도리어 황후가 되다니! 음란하고 잔인한 행실이 마땅한 것이었단 말인가요?"

"잔인한 짓은 백성에게 액운입니다. 음란하고 간통한 일에 대해서는 두말할 것 없이 엄벌을 내립니다. 오늘 황후가 된 것은 주귀아와 언약을 실현한 것뿐입니다."

태종이 자세히 물으려 할 때, 어떤 관리가 다가와 태종에게 말했다.

"십왕(十王)들께서 청하십니다."

태종이 급히 나아가니, 염왕부(閻王府) 십왕이 계단 아래서 허리를 굽혀 맞이했다.

태종이 겸양하며 앞으로 나가지 못했다.

십왕 중 한 사람이 말했다.

"폐하께서는 이승의 인간들의 왕자(王者)이고, 우리는 저승의 귀신 왕인데, 영접하는 것이 응당한 일이 아니겠습니까? 겸양할 것 없습니다."

"짐이 존하(尊下)께 잘못할 수도 있는데, 어찌 음양과 인귀(人

鬼)의 도리를 논할 수 있겠습니까?"

태종은 계속 사양해 마지않았다. 태종이 삼라전(森羅殿)에 들어가 십왕과 정식 인사를 나누고 자리에 앉았다.

먼저 진광왕(秦廣王)이 읍하고 말했다.

"몇 해 전에 경하(涇河)의 용(龍)을 폐하께서 살려주겠다고 윤허하고는 끝내 죽였다고 하소연하였는데, 어떻게 된 일입니까?"

"짐이 그때 꿈에서 용이 구원을 요청하기에 살려주겠다고 대답한 건 사실입니다. 그런데 뜻밖에도 그가 죄를 범하여 위징한테 죽었습니다. 짐이 위징을 불러 전각에서 바둑을 두었는데, 위징이 꿈을 빌어 목을 베었을 줄을 어찌 알았겠습니까? 이것은 용왕의 죄가 죽어 마땅한데다 위징이 신기한 묘책으로 처리해 버린 것인데, 어찌 짐의 허물이라 할 수 있겠습니까?"

다른 십왕이 그 말을 듣고 말했다.

"그 용이 태어나기 전에 남두(南斗)의 생사 장부에 '위인(魏人) 조씨(曹氏)의 손에 죽는다.'고 정해진 사실은 우리도 알고 있습니다. 그는 한사코 폐하께서 여기로 와 세 사람이 대질해야 한다고 우겼지요. 우리들은 그를 이미 윤회 전생하여 내보냈습니다. 그러나 폐하의 형 건성과 동생 원길이 여기서 울면서 폐하께서 그들을 죽였다고 고소하면서 대질(對質)을 요구하는데, 이에 관하여 무슨 할 말이 있습니까?"

"그들 형제가 함께 음모를 꾸며 짐을 모해하려고 창 뺏기를 핑계로 황태세란 장수를 시켜 짐을 찌르게 하였습니다. 만약 울지경덕이 구해주지 않았더라면, 짐은 그때 죽었을 것입니다. 그들은 또 장비(張妃)와 윤비(尹妃)를 사주하여 없는 죄를 날조하여 부황(父皇)을 오도(誤導)하였습니다. 만약 부황께서 인자하시지 않았더라면 짐도 이미 죽었을 것입니다. 보구(普救) 선원(禪院)에서 독주를 가득 부어 마시라고 권할 때, 만약 날아가던 제비가 똥을 떨구어 구해주지 않았더라면 짐은 또 죽었을 것입니다. 여러 번 짐을 모해하려 했으나 죽이지 못하게 되자 군사를 일으켜 짐을 죽이려 했습니다. 짐은 죽지 않기 위해 그들과 맞섰고 그들도 싸우다 죽었는데, 짐과 무슨 관계가 있단 말입니까? 옛적에 항우(項羽)가 한고조(漢高祖)의 아버지를 삶아 죽이겠다고 협박했습니다. 한 고조가 '나에게도 삶은 국물 한 그릇을 달라.'고 말한 것처럼,[66] 천하를 다스릴 사람은 집을 돌볼 수 없는 것입니다. 부친마저 돌볼 수 없는데, 형제를 어찌 다 살피겠습니까? 십왕 여러분께

___

66 《漢書 陳勝項籍傳(한서 진승항적전)》 – 항우는 廣武(광무)에 주둔하고 漢王과 대치하면서 높은 도마를 만들어 그 위에 太公을 잡아 올려놓고 한왕에게 말했다. "지금 바로 항복하지 않는다면, 나는 太公을 삶아 죽이겠다." 그러자 한왕이 말했다. "나와 너는 함께 북면하여 懷王(회왕)의 명을 받으면서 형제가 되기로 약속하였으니, 내 아버지는 곧 네 아버지이다. 기어이 네 아버지를 삶겠다면, 기꺼이 나에게도 국물 한 그릇을 주기 바란다." 항우가 화가 나서 태공을 죽이려 하였다. 그러자 항백이 말했다. "천하의 일이란 알 수 없는 것이고, 또 천하를 차지하려는 자는 가족을 돌보지 않나니, 비록 태공을 죽이더라도 무익하고 원한만 깊어질 뿐이다." 항우는 항백의 말에 따랐다.

서 살펴주시기 바랍니다."

"우리들은 폐하의 형제에게 거듭 깨우쳐주려고 노력하였습니다. 그러나 그들이 한사코 하소연하기에 막무가내로 잠시 한산한 곳에 안치하였다가 때가 되면 판결을 내릴 것입니다. 오늘 폐하께서 애써 오셨는데, 우리가 급히 재촉한 죄를 용서해주길 바랍니다."

말을 마치고 생사부를 관리하는 판관에게 명령하였다.

"빨리 생사부를 갖다가 당황(唐皇)의 양수천록(陽壽天祿)이 언제까진가 알아보라!"

최판관이 급히 방에 돌아가 천하만국지왕(天下萬國之王)의 천록총부(天祿總簿)를 찾아보니, 남섬부주(南贍部州) 대당 태종 황제는 정관 13년으로 되어 있었다. 최판관이 보고 깜짝 놀라 급히 붓에 먹을 찍어 한 일(一) 글자 위에 두 획(二)을 더 그은 다음 부랴부랴 장부를 바쳤다.

십왕이 보다가 태종의 이름 밑에 33년이라 쓰인 것을 발견하고 물었다.

"폐하께서 등극한 지 몇 년이 되었습니까?"

"짐이 즉위한 지 벌써 13년이 되었습니다."

"폐하께선 아직도 이승에서 20년을 더 살아야 합니다. 이번에 오셔서 사건을 똑똑히 해명하였으니 이승으로 돌아가십시오."

태종이 듣고 허리를 굽혀 감사를 드렸다. 십왕들은 최판관과 주태위(朱太尉)에게 태종을 배웅하여 이승길에 오르게 했다.

태종은 작별 인사를 하고 십왕전을 나섰다. 주태위가 혼을 안내하는 깃발을 들고 앞에서 길을 안내하는데, 유별나게 무시무시한 음산(陰山)이 보였다.

"저기는 어떤 곳입니까?"

최판관이 대답했다.

"저기가 왕사성(枉死城)[67]입니다. 이전에 육십사방에서 온 기녀(妓女)며 도적, 여러 호걸 우두머리, 그리고 억울하게 죽은 귀신들이 모두 여기에 있습니다. 돌봐주는 사람이 없는 데다가 쓸 돈이 없어 환생하지 못하고 있습니다. 폐하께서 그들에게 노잣돈을 하사하시면 지나가기 쉬울 것입니다."

"짐은 지금 빈몸인데, 어떻게 돈이 있겠소?"

"폐하의 신하 울지경덕은 돈이 가득찬 창고 셋을 저승에 맡겨두고 있습니다. 폐하께서 만약 차용증서를 써주시면 제가 보증을 서서 그한테서 창고 하나의 돈을 빌려 이 굶은 귀신들한테 나누어줄 것이니, 폐하께서는 이승에 가서 울지경덕에게 갚아주시면 됩니다. 이 억울하게 죽은 귀신들이 환생할 수 있게 하면, 폐하께

---

67 왕사성(枉死城) — 중국 민간신앙에서 재해, 전쟁, 意外(의외)의 사고나 음모에 따른 사망 또는 순직이나 순절, 다른 사람을 구하려다가 죽는 등등 억울한 죽음을 당한 영혼이 머무는 곳. 大善(대선)하거나 大惡(대악), 대원(大冤)을 품은 혼령은 바로 승천 또는 지옥으로 직행하지 못하고, 우선 이곳 왕사성에 머물며 목련존자(目蓮尊者)의 교화를 받는다고 하였다.

서 무사히 지나갈 수 있습니다."

태종이 기뻐하며 달갑게 자기 이름으로 차용하기로 했다. 최판관한테서 지필을 받은 태종은 잇따라 문서를 꾸며주자 최판관이 소매 안에 넣었다. 음산 곁에 이르자, 귀신들의 호곡 소리가 들리며 많은 귀신들이 어지럽게 밀려 나왔다. 모두가 허리를 다쳤거나 팔이 부러졌으며, 두개골이 없거나 발이 없는 그런 자 모두가 소리쳤다.

"이세민이 왔다. 내 명(命)을 돌려다오."

태종이 놀라 간담이 서늘해져 최판관을 끌어당겼다.

"무례하게 놀지 마라. 내가 대당 황제한테서 은전 한 창고를 빌린 표가 여기에 있다. 너희들은 귀신 우두머리를 불러 표를 가져다 나누어 가지도록 하라. 당 황제께서는 천록(天祿)이 아직 끝나지 않았고, 이승에 가서 수륙도량(水陸道場)을 차려 너희들을 환생하도록 도와주실 것이다."

모든 귀신들이 듣고 재빨리 달려가 귀신 우두머리를 불러왔다. 최판관이 분부하고 표를 귀신 우두머리에게 넘겨주자, 뭇 귀신들이 기뻐하며 떠나갔다.

태종과 최판관이 또 한참 걸어가니 푸른 돌로 만든 다리가 나타났다. 얼마나 미끄러운지 태종이 애를 쓰며 다리에 오르려는데, 천둥소리에 번개가 쳐 깜짝 놀라 떨어지면서 급히 소리쳤다.

"나 떨어져 죽는다! 나 떨어져 죽는다."

눈을 떠보니 태자며 비빈들이 모두 곁에서 시중을 들고 있었다. 태자가 급히 위징 등을 불러들이자, 위징이 황제의 침상에 다가와 옷자락을 끌어당기며 말했다.

"됐습니다! 폐하께서 회생하셨습니다."

태종이 깨어나니, 어의(御醫)가 정심탕(定心湯)을 들여왔으며, 황제가 마시고 일어났다.

위징이 물었다.

"폐하, 저승에서 최각을 만나셨습니까?"

태종이 머리를 끄덕이며 말했다.

"그가 보호해 준 덕분에 무사히 다녀왔소."

그리고는 꿈에서 본 저승의 일을 자세하게 여러 사람들에게 들려 주었다. 사람들은 축하 인사를 올리고 물러갔다.

태종은 조서를 내려 은령산(隱靈山)의 법사(法師)인 당삼장(唐三藏)과 두건덕(竇建德)을 장안으로 불렀다. 황제의 사자가 그곳에 이르렀을 때, 두건덕은 이미 죽은 지 4, 5일이 되었다. 사자가 당삼장을 데리고 장안으로 온 뒤에, 당삼장은 수륙천도제를 베풀어 저승의 원혼들을 환생케 했으며, 금은 창고 하나를 울지경덕에게 돌려주라고 어명을 내렸다.

울지경덕은 사양하며 받지 않으려 했으나 태종이 재삼 권하여 할 수 없이 받았다. 창고 관리하는 사람이 은쟁반을 울지경덕에게 주려고 하니 장부보다 오백관이 부족했다. 창고관리가 놀라 허둥지둥하는데 대들보에서 쪽지 한 장이 떨어졌다. 그것을 주워

보니 대업(大業) 12년에 울지경덕이 서생(書生) 한 명에게 지불한 전표였다.

태종은 궁중에서 3, 4일을 더 보양한 뒤, 몸이 이전보다 더 건강해졌다. 그런데 뜻밖에도 궁정 창고에 불이 났다.

위징이 말했다.

"천재가 널리 퍼지는 것은 죄다 궁중의 음기가 너무 많기 때문입니다. 바라옵건대, 선제의 나이 든 비빈들을 모두 내보내옵소."

태종이 들어보니 그 말이 심히 옳은지라, 나이든 궁녀들을 있는대로 내보냈는데 무려 3천여 명에 이르렀다. 장비(張妃)와 윤비(尹妃)마저 궁 밖으로 나가 집으로 돌아갔다. 그러다 보니 궁전이 너무 많이 텅비었다. 그래서 당검(唐儉)을 보내 민간에서 양가 규수들을 골라오게 했는데, 나이는 14, 15세 정도였고 1백 명에 불과했다.

그리고 미리 태상소경(太常少卿) 조효손(祖孝孫)에게 음악을 가르칠 준비를 하게 했다. 4, 5월이 지나 궁녀가 될 여자애들을 골라 데려왔고, 태종은 그들을 여러 후궁에 분배하여 생활하게 하였다. 그들 가운데에서 무미랑(武媚娘, 뒷날 高宗의 황후, 則天武后)을 재인(才人)으로 뽑아 복수궁(福綏宮)에 보내 생활하게 하였는데, 태종의 총애를 받았다.

다음에 무슨 일이 있는지 알려거든, 다음 회를 읽어 보시라.

마빈왕은 포도주로 발을 씻고, 소황후는 밤놀이에 꽃등을 구경하다.(馬賓王香醪濯足, 隋蕭后夜宴觀燈.)

시로 읊기를,	詩曰,
봄이 되니 궁궐에 꽃이 무성하고,	(春到王家亦太穠)
천만 겹겹 꽃향기 비단 아름답다.	(錦香繡月萬千重)
부유 호화 금곡원 사치 비웃나니,	(笑他金谷能多大)
무산 몇몇 봉우리 아니 부끄럽다.	(羞殺巫山只幾峰)
병풍 가림 속에는 참된 부귀이니,	(屏鑒照來眞富貴)
양의 수레 사치는 그냥 조용하다.	(羊車引去實從容)
다만 운우 즐거움 오래 못가나니,	(只愁雲雨終難久)
혹시 어떤 가인이 여기 머물런가.	(若個佳人留得依)

북송(北宋) 시기에(960-1127년) 양주(揚州)의 진군소(秦君昭)라

는 젊은 사람이 경사(京師)인 변경(汴京, 今, 河南城 開封市)에 유람 왔다가 등씨(鄧氏)인 벗과 깊이 사귀었다. 진군소가 양주로 돌아 갈 때 친우 등씨가 전별하는 잔치를 열어주었다.

등씨는 자색이 아주 고운 젊은 여인을 한 사람 데려다가 진군 소에게 인사를 올리게 한 뒤에 말했다.

"모군(某郡)의 주사(主事)인 모씨가 첩으로 사들인 여인이요. 벗이 고향에 돌아가는 선편(船便)에 저 여인을 모씨에게 데려다 주십시오."

진군소는 수락하지 않았지만, 벗인 등씨가 두 번 세 번 간절히 부탁하여 결국 수락하였다.

진군소가 탄 배가 임청(臨淸)에 도착했을 때는 날이 무더워 밤 에는 모기가 극성이었다. 진군소는 여인을 모기장 안으로 불러들 여 같이 잠을 잤고 이후 목적지에 도착하였다.

주사가 이를 알고 데려간 다음, 3일 뒤에 와서 사례하며 말했 다.

"귀하는 정말 군자이십니다. 저는 어제 서신을 등씨에게 보내 사례하였습니다." 진군소는 이처럼 여색에 초연할 수 있었던 진 군자(眞君子)**68**였다.

---

68 眞君子 – 여색은 사람을 다치게 하고 술은 일을 그르친다(色傷人 酒色誤事). 여색에 미혹되지 않으면 참된 군자이지만(見色不迷眞 君子), 여색을 탐하지 않는 사내 없고(無男不貪色), 남자 생각 않 는 여자 없다(無女不思郞). 술을 보고도 마시지 않는다면 대장부

무측천(武則天, 측천무후)

그런가 하면 상(商, 殷)나라 시절 구후(九侯)는 자색이 고우면서도 품위가 있는 딸을 폭군 주왕(紂王)에게 헌상하였다. 그러나 그 미인이 음란한 짓에 동조하지 않자, 화가 난 주왕은 여인을 죽여 젓갈로 담아 구후에게 보냈다. 이를 악후(鄂侯)가 충간(忠諫)하자 악후를 삶아 죽였다.

구후의 딸은 정말로 남자를 가까이하지 않은 미인이었다. 이를 통하여 남녀의 호오(好惡)가 결코 같지는 않다고 말할 수 있다.

태종은 하늘이 내린 진정한 호걸이어서 색정에 빠지지 않았다. 그런데 장손황후가 세상을 뜨고 무씨(武氏)[69]가 뽑혀 입궁하

가 아니다(見酒不飮非丈夫). 술과 여색, 돈과 재물은 사람마다 다 좋아한다(酒色錢財人人愛). 호한은 여색을 탐하지 않고(好漢不貪色), 영웅은 재물을 탐하지 않는다(英雄不貪財). 가고 오는 것이 분명하다면 참된 군자이다(明來明去眞君子).

69 무재인(武才人, 뒷날 측천무후) ─ 武氏의 初名은 미상. 624 ─705년

자, 색욕이 북받쳐서 그녀를 총애하게 되었으며, 비할 바 없는 즐
거움을 느꼈다.

무비(武妃)의 부친은 무사확(武士彠)[70]이고, 자는 행지(行之)였
다. 형주(荊州, 今 湖北省 남부 荊州市, 중부 荊門市)에 살았는데, 고조
때 관직이 형주도독이었다. 사리사욕을 모르는 그는 벼슬을 하찮
게 여겨서 관직을 버리고 집으로 돌아왔다.

생존. 太原 출신. 형주도독을 지낸 故 무사확의 딸이다. 나이 14세
에 태종이 그 미모를 소문으로 듣고 후궁으로 불러들여 정관 11년
(637년)에 재인으로 삼았다. 이 무렵 세상에 알려진 가곡으로 '무
미랑(武媚娘, 媚는 아양 부릴 미)' 이란 노래가 마치 참언(讖言)처럼 불
리었다. 정관 말년에 太白星이 낮에 자주 보였는데, 太師가 점을
치고 말하기를 '여 군주가 일어날 것' 이라 하였다. 또 전해오는
비기에는 '당이 三世 후에 여왕인 武王이 천하를 차지할 것' 이라
하였다. 태종은 이를 몹시 싫어하였는데, 전에 여러 신하와 잔치
를 하면서 각자 어렸을 때의 이름을 말하게 하였다. 무위(武衛)장
군 이군선(李君羨)은 관직 이름과 봉읍이 모두 武(무)자가 들어가
고, 어렸을 적 이름이 오랑(五娘, 다섯째 딸)이라고 하였다. 태종은
놀라면서 "무슨 여자 아이가 이처럼 건장한가?" 라고 말했다. 어떤
사람이 이군선이 반역을 꾀한다고 아뢰자, 곧 이군선을 주살했다.
(태종이) 은밀히 태사 이순풍에게 물어보니 대답하기를, "신이 천
상을 관찰하고 역수를 살펴보니, 그 사람은 이미 폐하의 궁중에
있습니다. 30년 이내에 천하를 차지할 것이고 당나라의 자손을 거
의 다 죽일 것인데 그 조짐은 이미 생성되었습니다." 라고 하였다.

70 무사확(武士彠, 577−635년, 彠은 자 확, 尺也. 법 확)−李淵이 晉陽에서
기병할 때 고조를 도와주었다. 太宗 시 工部尙書, 荊州都督 역임.
女皇帝 武則天의 父親. 사후에 시호(諡號)는 위충효왕(魏忠孝王).

무사확의 아내 양씨(楊氏)는 현명하면서도 유능한 부인이었지만 마흔이 넘도록 자식이 없었다. 무도독은 이웃에 사는 여인 장씨(張氏)를 첩으로 맞아들였다.

장씨가 들어온 지, 한 달 보름 정도가 지난 어느 날, 장씨는 잠결에 무거운 물건이 내리누르는 것 같아서 밀쳐버렸는데, 결국 제 몸을 밀쳐서 잠에서 깨어났다. 그때부터 임신이 된 장씨는 열 달이 지난 어느 날 꿈을 꾸었는데, 이밀(李密)이 찾아와서 말했다.

"이곳에 10여 년 있으려고 하는데 잘 보살펴 주게. 후일에 보답해 드리겠네."

장씨는 그런 꿈을 꾼 후 곧 해산했다. 무사확은 아들이기를 바랐지만 딸이었다.

임신 기간에 병에 걸렸던 장씨는 해산한 뒤 바로 사망했다. 일찍 죽은 그녀를 위해서라도 무사확 부부는 딸애를 금이야 옥이야 키웠다. 일곱 살이 되자 선생을 모셔다가 글공부를 시켰는데, 선생은 어린애의 아리따운 용모를 보고 '미랑(媚娘)'이라는 이름을 지어 주었다.

열두 세 살이 되자 인물이 더욱 요염해진 미랑은 같은 또래 아이들과 함께 공부를 하면서 늘 남자 동학(同學)과 붙어 다녔다. 또 한 해가 지나가자 미랑은 행운을 만났다. 궁중에 뽑혀 들어가 재인(才人)이 되었다.

총명하고 민첩하며 음악을 즐기는 무재인은 무엇이든 한번 보기만 하면 못하는 것이 없었다. 대담한 그녀는 궁중에서 아무런 구속도 받지 않았고 태종이 출행할 때마다 그녀는 지기(知己)를 대하듯 손짓으로 황제를 불러 끌어안고 입 맞추며, 포옹하면서 아첨하였다. 난생 처음 이런 여인과 접촉하는 태종은 넋을 잃을 지경이었다.

그래서 무재인은 언제나 그림자처럼 태종을 모셨다.

장손황후의 소생인 태자 승건(承乾)[71]은 장성한 뒤에 허벅지에

_____

71 이승건(李承乾, 618-645년, 28세, 字는 高明) - 太宗 長子, 長孫皇后 소생, 貞觀 초기의 太子. 승건전(承乾殿)에서 출생. 武德 9년(626년, 현무문의 변) 10월에 皇太子, 時年 9세. 총명했으나 성년 후에 퇴질(腿疾)을 앓아 보행이 부자연스러웠다. 부친에 대하여 겉으로 순종하였으나 뒤로는 어긋났고 괴팍하였다. 자객을 시켜 스승을 암살하였다. 同母弟(동모제)인 이태(李泰)와 사이가 아주 나뻤다. 그러면서도 父子 관계도 크게 악화되었다. 뒷날 齊王 이우(李祐)의 謀反 사건에 연루되어 貞觀 17년(643년) 4월에, 태자에서 폐위되었다. 그러면서 同母弟 이치(李治)가 태자에 책봉되었다(高宗). 결국 貞觀 18년 12月(陽, 645년 1월) 울화병으로 죽었다.
당 태종은 성공한 모범 군주이지만 황제가 되기 위하여 형제를 죽여야만 했었다. 자신이 그러했듯이 태종 말년에 태자 자리를 둘러싼 암투가 벌어진다. 태종의 長子 承乾(승건)은 長孫皇后 소생으로 성년이 되어 동성애의 기질도 나타났고, 여색과 사냥에 빠지기도 하였으며 성행이 불량했다. 정관 16년에, 승건은 태종의 동생 李元昌과 합세하여 무력을 동원하여 태종을 살해하려는 음모가 발각되어 정관 17년에 서인으로 강등되었다. 장손황후 소생의 4

병이 나서 보행이 자유롭지 못했다. 그렇지만 승건은 여색과 사냥을 무척 즐겼는데, 백성의 농사에 지장을 줄 지경이었다.

위왕(魏王) 태(泰)[72]는 태자의 동생인데, 역시 장손황후 소생이었다. 이태(李泰)는 다재다능해서 태종의 총애를 받았다. 황후가 세상을 뜨자, 이태는 태자의 자리를 뺏으려고 이전과는 달리 자신을 낮추며 여러 사람과 사귀며 칭송을 얻으려 했고, 암암리에 패거리를 묶어 심복으로 삼았다.

태자가 이런 일을 알고 몰래 흘우승기(紇于承基)[73]를 자객으로 보내 위왕 이태를 죽여버리려고 했다.

마침 이부상서(吏部尙書) 후군집(侯君集)[74]이 조정에 불만을 품고 우매하고 저열한 태자를 이용하여 모반하도록 부추겼다. 태자

남인 魏王 李泰(이태) 역시 태자 자리를 노렸으나 유폐되었다. 결국 태종은 측근인 장손무기가 지지하는 장손황후 소생의 李治를 643년에 태자로 책봉한다. 이치는 뒷날 高宗으로 즉위한다.

72 이태〔李泰, 620-653년 1월, 字는 惠褒(혜포)〕 - 母 長孫皇后. 文學에 뛰어났고 書法 특히 草書와 行書에 능했다. 書畵 鑑賞家(서화 감상가)로 명성을 누렸다. 才華(재화)가 橫溢(횡일)하고 총명하고 영민하여 부모의 총애를 독차지했다. 이런 총애를 근거로 형과 태자의 자리를 다툴 정도가 되었다. 고종 재위 중에 병사하였다.

73 흘우승기(紇于承基, 604-656年, 字는 嗣先, 흘우는 복성) - 돌궐족 정벌에 공을 세웠고 太子 李承乾(태자 이승건)의 호위무사가 되었다. 태자는 흘우승기 등 장사 1백여 명을 거느렸었다.

74 후군집(侯君集, ?-643年) - 唐朝(당조) 初期(초기) 장수. 능연각(凌煙閣) 24공신 중 한 사람.

는 후군집의 뜻을 따라 중랑장(中郎將) 계안엄(季安儼) 등에게 금은보화를 주면서 내통하게 했으나 태종이 그 소식을 듣고 태자 승건을 서민으로 폐위시켜 버리고 후군집 등을 극형에 처했다.

그때 위왕(魏王) 이태(李泰)가 매일 궁전에 들어와서 시중을 드니, 태종은 그를 태자로 삼으려 했으나 저수량(褚遂良)[75]과 처남

---

75 저수량〔褚遂良, 596－658년, 字는 登善. 杭州錢塘縣(今 浙江省 杭州市)〕 출신. 唐朝 政治家. 저수량은 虞世南(우세남), 歐陽洵(구양순), 薛稷 (설직)과 함께 '初唐四大家(초당사대가)'에 꼽히는 명필이었다.

＊서예가로서의 당 태종－당 태종은 書法(서도)을 지나치게 좋아하였고 또 배우는데도 열심이었다. 당 태종의 隷書(예서)는 상당한 수준이었다고 공인을 받고 있다. 태종은 특히 王義之(왕희지)의 작품을 좋아하고 수집하였다고 한다. 어느 날 태종은 왕희지의 〈蘭亭序(난정서)〉(蘭亭詩集序文) 서첩을 보지 못했다며 울적해 했다고 한다. 왕희지와 그 아들과 벗들이 東晋 穆帝(목제) 永和 九年 (353년) 三月에, 난정에 모여 禊(계)를 하면서 시를 지었고 그 서문을 왕희지가 썼다. 〈난정서〉는 총 324자의 서문으로, 그중에 '之'가 21번 들어있는데, 모두 서체를 달리해서 썼으며 이 서첩은 왕희지 行書(행서)의 최고봉으로 알려진 명품이었다.

수소문 끝에 왕희지의 7세손 지영(智永)은 승려가 되었고, 그 난정 서첩이 지영의 제자인 변재화상(辯才和尙)이 갖고 있다는 것을 알아냈다. 당시 감찰어사이던 소익이란 사람이 변재화상을 찾아가 바둑을 두며 우정을 쌓은 다음 그 원본을 훔쳐다가 태종에게 바쳤다는 이야기가 전해지는데, 하여튼 태종은 난정서첩 진본을 손에 넣었다.

태종은 즉시 당시의 명필인 우세남, 저수량, 馮承素(풍승소), 歐陽 詢(구양순) 등을 시켜 그 모사품을 많이 만들어 여러 사람들에게 나

장손무기(長孫無忌)는 진왕(晉王) 이치(李治)[76]를 태자로 삼을 것을 간청했다.

태종이 신하들에게 말했다.

"어제 작은 참새 한 마리가 내 품에 안기면서 말했네. '신은 오늘부터 폐하를 위해 아들 하나 두었습니다. 신이 죽는 날 폐하께서 그를 죽이고 진왕(晉王)에게 자리를 넘겨주도록 하십시오.' 짐은 그 새를 심히 불쌍히 여기네."

누어주었다. 그 모사품을 '唐人摹本(당인모본)' 이라 하는데, 그중에서도 '神龍本(신용본)' 을 가장 알아준다고 한다. 〈난정서〉 원본은 태종이 죽으면서 부장품으로 넣었다. 그리하여 진품 난정서첩은 이 세상에 존재하지 않았다고 한다. 그런데 당 태종의 昭陵(소릉)은 五代 시대에 완전히 도굴을 당했는데, 그 이후 〈난정서〉가 출토되었다는 기록은 없다고 한다. 그러면서 진품은 태종의 아들 高宗과 則天武后(측천무후)의 합장묘인 乾陵(건릉)에 부장되었을 것이라고 추측하고 있다.

虞世南(우세남)은 歐陽洵(구양순), 褚遂良(저수량), 薛稷(설직)과 함께 '初唐四大家' 에 꼽히는 명필이다. 태종 때 十八學士의 한 사람이었고 凌烟閣(능연각) 24공신에도 포함되었다. 태종도 우세남의 德行(덕행), 忠直(충직), 博學(박학), 文詞(문사), 書翰(서한, 서예)을 '五絶' 이라며 칭찬하였다. 우세남이 편찬한 《北堂書抄(북당서초)》는 중국에서 현존하는 唐代 類書(백과사전 종류의 책) 중 가장 오래된 것이다. 현재 전해지는 우세남의 詩로는 〈出塞(출새)〉, 〈結客少年場行〉, 〈怨歌行(원가행)〉 등이 유명하다.

76 이치(李治, 628-683년) – 字는 爲善, 唐朝 3대 황제, 李世民의 嫡三子, 母는 文德皇后 長孫(문덕황후 장손)씨. 唐代의 版圖(판도)는 高宗 때 최대였다. 재위 649-683年. 묘호(廟號) 高宗.

그러자 저수량이 아뢰었다.

"폐하께서는 실언하셨습니다. 이는 나라의 존망에 관계되는 대사인데 깊이 생각해 보십시오. 폐하께서 만세를 누리신 후, 위왕(魏王, 李泰)이 천하의 대권을 잡을 텐데, 그가 사랑하는 자기의 아들을 죽이고, 보위(寶位)를 진왕(晉王, 李治)한테 넘겨주려고 하겠습니까? 위왕을 태자로 삼으시려면 먼저 진왕을 처치해야만 안전할 겁니다."

태종은 자리에서 일어나 눈물을 흘리면서 후궁 처소로 향했다.

태자와 두 왕자를 생각하니 마음이 아파 침상을 두드리면서 탄식했다.

서혜비와 무재인(武才人)이 태종에게 물었다.

"폐하께서는 무슨 근심이 있으셔서 탄식하시옵니까?"

태종은 태자와 위왕과 진왕의 일을 이야기했다.

"짐은 천군만마와 싸울 때 죽을 고비를 수 없이 넘기면서도 속셈을 내비친 적이 없소. 그런데 집안에서 형제 사이에도 분별없이 제멋대로 처사하니, 도대체 어떻게 살아간단 말이오?"

서혜비가 말했다.

"폐하께서 사해를 평정하시고 반적을 정벌하시면서 천하를 통일하셨기에 오늘이 있습니다. 그런데 어찌 가내의 사소한 일 때문에 늘 근심하시옵니까?"

"전에는 건성과 원길이 음란했는데, 오늘은 두 왕자가 그들을 따라가려고 하오. 그래서 난 마음을 의지할 데가 없소."

태종은 침상 위에 올라가 패도를 들고 자결하려고 했다.

무씨가 급히 달려가 칼을 빼앗으면서 말했다.

"폐하께서는 어찌하여 이토록 경솔하십니까? 불초자는 이미 폐위시켜 버렸고 모반을 획책하던 자들은 죽었습니다. 어찌하여 진왕(李治)이 어부지리(漁父之利)를 보게 하시지 않으십니까? 진왕은 황후의 소생이니 태자로 삼지 못할 까닭이 없습니다."

서혜비도 맞장구를 쳤다.

"진왕은 어질고 효성스러우니 태자로 삼으면 뒷 근심이 없을 것입니다."

태종은 그 말을 듣고 크게 기뻐하면서 태극전(太極殿)에 나가 신하들을 불러 말했다.

"승건은 반역하려 했고, 태(泰) 역시 음흉한 일면이 있으니, 자식들 가운데서 누굴 태자로 세우면 좋겠는가?"

여러 신하들이 이구동성으로 대답했다.

"어질고 효성스러운 진왕(晉王)을 계승자로 삼아야 합니다."

태종은 즉시 진왕 치(治)를 황태자로 책봉했는데, 그때 진왕은 열여섯 살이었다.

태종이 신하들에게 말했다.

"내가 만일 위왕 태를 태자로 세운다면 그건 억지로 태자 자리에 올려놓는 것과 같다. 지금 태자가 도의에 어긋나는 짓을 했고, 번왕(藩王)은 그런 틈을 노리고 있으니 위왕을 버리겠다. 이건 후손들에게 속세의 법도를 일러주려는 뜻도 있다."

진왕이 곧 책봉된 뒤에 효성을 다하니 상하가 모두 화목하였다.

9월이 되어 마침 진숙보 모친의 구십 세 생일잔치를 맞이하게 되었다. 태종은 친히 진숙보의 집을 찾아와 그의 집에 큰 방이 없는 것을 보고 궁궐의 목재를 가져다가 지으라고 분부했다. 닷새 만에 다 짓자, 태종은 「인수당(仁壽堂)」이라는 편액을 써서 하사하였다. 그리고 비단 병풍, 이부자리, 지팡이 등을 하사하였고, 서혜비 역시 많은 선물을 보내왔다. 진숙보가 글을 올려 감사를 드리니, 태종이 친히 다음과 같은 글을 써서 내려주었다.

「태상황께서 받은 은덕을 보답할 뿐인데 왜 되려 사례하는가?」

여기서 이야기는 두 갈래로 나뉘어진다. 산동(山東) 청하현(淸河縣)[77] 임평(茌平)이란 곳에 이름을 마주(馬周)[78]라고 부르고, 호

---

77 청하현(淸河縣) − 소설 속의 지명. 《水滸傳(수호전)》에서는 청하현 사람 무대(武大)와 반금련(潘金蓮)이 양곡현으로 이사를 했고 무송은 양곡현의 도두(都頭)였으며, 생약포를 운영하는 젊은 갑부 겸 好色漢 서문경은 양곡현 사람으로, 양곡현에서 이야기가 벌어진다. 그러나 《金甁梅(금병매)》에서는 서문경은 청하현 출신이고 청하현이 배경이 된다. 소설 속에서는 '이야기를 하자면, 대송 휘종 황제 정화 년간에 산동성 동평부 청하현에 풍류 자제 한 사람이

(號)가 빈왕(賓王)인 사람이 있었다.

고아로 자라면서 가난하게 살았지만 글공부에 힘써서 시(詩)와
부(賦)에 능했고, 성격이 대범하고 호방하여 부주(傅州) 일대에서
는 그를 존경하지 않는 사람이 없었다.

그러던 그가 부주의 조교(助敎)로 재직하는데 매일 술만 마시
면서 교수(敎授) 일을 게을리했다. 자사가 여러 번 책망했지만 그
는 화를 내면서 듣지 않았고 장안(長安)으로 가서 떠돌아다니면서
신풍(新豐)⁷⁹ 거리에 유숙하게 되었다.

있었는데~(話說 大宋徽宗皇帝政和年間 山東省東平府淸河縣中
有一個風流子弟~)'로 시작이 된다. 소설 속의 여러 지명을 통하
여 청하현이라는 위치가 어딜 것이라고 추정해보지만 고증에 의
하면 지리적 배경이 상당히 잘못되었다고 한다. 예를 들면 청하현
과 양곡현은 이웃하고 있지 않으며 소설 속에 가끔 보이는 동창부
(東昌府)는 宋나라 시기에는 존재하지 않았고 明나라 시대에 설치
되었다고 한다.

78 마주(馬周, 601-648년, 字는 賓王. 博州 茬平人, 唐朝 초기 名臣). 젊은 날
은 '회재불우(懷才不遇)한 인물. 貞觀(정관) 5년(631)에 門下省 속관
으로 출사. 당 태종이 "마주를 잠간이라도 보지 못한 날은 마주가
보고 싶다(暫不見周, 卽思之)."고 하였다. 貞觀 十八年(644)에 中
書令 역임했다. 뒷날 병사. 후에 태종 소릉에 배장되었다.

79 신풍(新豐)－패현(沛縣, 今 江蘇省 徐州市 沛縣) 풍읍(豊邑은 今 江蘇省
徐州市 豊縣)은 한 고조의 고향이다. 고조는 즉위 후에 고향의 거리
를 모방하여 長安에 새로운 거리를 만들고 이름을 신풍이라 하였
고 전국의 부호들을 장안으로 이주시켰다. 이후 신풍은 장안의 유
흥가가 되었다. 현명. 今 陝西省 西安市 臨潼區 동북.

객점 주인은 객점의 많은 장사꾼들을 접대하다 보니 빈왕(賓
王)을 제대로 대접하지 못했다. 무료하게 지내는 빈왕은 돌로 전
한(前漢)의 장군 이릉(李陵)[80]과 전국시대 손빈(孫臏)[81]의 위패를
만들어, 탁자에 모셔놓고, 술을 마시고 취하곤 했다.

마주(馬周)는 상을 두드리면서 통곡했다.

---

80 이릉(李陵, ?－前 74)－전한 武帝 때 장군 이광(李廣, 飛將軍)의 손자.
《史記 李將軍列傳》보다 본《漢書》의 기록이 매우 상세하다. 그의
경력과 전기(傳奇)는 후대 문학에도 영향을 주었다. 흉노에 투항
이후에 선우의 딸을 아내로 맞이했다. 隋 唐代에 북방 소수민족으
로서 그 후손을 자처하는 자가 많았다. 李陵(이릉)의 字는 少卿인
데 젊어서 侍中이 되었다. 기사(騎射)에 능했고, 다른 사람을 잘 대
접했고, 下士에게도 겸양하여 그 이름에 칭송이 높았다. 武帝는
이릉에게 李廣(이광)의 風度(풍도)가 있다고 인정했다. 이릉은 5천
병력을 거느리고 흉노 땅에 들어갔다가, 흉노의 대부대를 만나 크
게 싸웠지만 고립무원의 상태에서 뒷날을 기약하고 투항하였다.
이릉의 투항은 무제의 분노를 촉발했다. 그러나 이릉을 변호했던
단 한 사람－이릉의 친우도 아니었던, 사관 사마천(司馬遷)이었다.
무제의 분노로 사마천은 궁형에 처해졌다. 사마천은 궁형의 치욕
을《史記》저술로 승화시켰다. 이릉은 뒷날 흉노 땅에서 끝까지
투항을 거부한 소무(蘇武)를 만났고, 소무는 귀국했다. 이릉은 끝
내 漢에 돌아오지 못하고 흉노 땅에서 비운의 일생을 마쳤다.《漢
書》54권, 〈李廣蘇建傳〉에 附傳. 李陵의 禍에 대해서는 사마천의
〈報任少卿書〉참고 바람.

81 孫臏(손빈, 前 382－316, 原名은 孫伯靈)－손무(孫武, 孫子)의 5世孫이
었다. 齊(제)나라의 孫子(손자). 臏刑(빈형, 종지뼈를 자르는 형벌)을
받았기에 孫臏(손빈)으로 통칭한다.

"이릉이여, 당신은 무엇을 잘못했기에 능욕을 당하고 또 처자까지 연루되게 했습니까? 한왕(漢王, 武帝)은 무슨 심보로 당신을 끝내 사막으로 쫓아버렸는가?"

마빈왕은 한바탕 울고 나서 다시 술을 마셨다. 그리고 이번에는 손빈의 위패를 마주하고 앉아 울면서 넋두리를 풀었다.

"손빈이여! 당신은 무엇을 수련하지 못해서 친구들의 원한을 샀습니까? 당신은 무슨 죄를 지었기에 종신토록 좌절당했습니까?"

이렇게 넋두리를 마치고 울다가 또 술을 마셨다. 역경에 처한 자가 발광하는 듯 안절부절못했다. 감정이 격렬해지면 장량(張良)[82]이 박랑사(博浪沙)에서 장사를 시켜 진시황을 저격한 철퇴만

---

82 張良(장량, ?−前 185)−漢初 三傑의 한 사람. 張良의 字는 子房인데, 그 선조는 韓人이다. 조부 張開地(장개지), 부친 張平(장평)은 대대로 韓의 재상이었다. 秦은 韓을 멸망시켰다. 장량은 어렸기 때문에 韓에서 벼슬하지 못했다. 韓이 망한 뒤 장량의 집에는 奴僕(노복)이 300명이나 있었고 동생이 죽었을 때 장례를 치르지 않고 가산을 처분해 秦王을 죽일 자객을 구해 韓을 위해 복수하려 했는데, 이는 韓 5대에 걸쳐 재상을 지냈기 때문이었다. 장량은 일찍이 동쪽을 유람하다가 倉海君이란 사람을 만나 한 力士를 얻었는데, 120근 쇠몽둥이를 쓰는 사람이었다. 秦 시황제가 東遊하며 박랑사(博狼沙)에 도착했을 때 장량은 자객과 함께 秦 황제를 저격했으나 副車를 맞혔다. 秦皇帝는 대노하며 온 나라를 크게 수색하며 아주 긴박하게 범인을 잡으려 했다. 장량은 이에 姓과 이름을 바꾸고 下邳(하비)로 도망하여 숨었다. 《漢書》40권, 〈40. 張陳王周傳〉에 말

도 못하고, 전국시대 말기 제(齊)나라의 충열지사(忠烈志士)인 전횡(田横)[83]의 눈물만도 못하다며 자신을 한탄하였다.

마빈왕이 감격하여 분개할 때에는 말을 베는 장검이나 형가(荊軻)[84]의 비수(匕首)도 되지 못하는 자신을 한스러워했다. 이처럼 마빈왕은 세속 사람과 같지 않았다.

어느 날, 마빈왕은 중낭장 상하(常何)라는 사람을 만났다. 상하는 무관이어서 지식은 없어도 인재를 볼 줄 아는 식견이 있었다. 그는 마빈왕이 큰 인물이라고 짐작하며 자기 집에 데려다가 상빈(上賓)으로 접대하면서 문장이나 서예에 관계되는 일들을 모두 마

미에 실린 장량에 대한 班固(반고)의 논찬(論贊)은 아래와 같다. 「張良(장량)의 智勇(지용)을 알고서는 체구가 장대하고 특별한 위엄이 있는 사람으로 생각했지만 그 모습은 오히려 부녀자와 같았다고 한다. 그래서 공자께서도 '외모로 사람을 고른다면 子羽(자우) 같은 인물을 놓친다.'고 하였다. 학자들은 귀신에 대한 많은 의심을 갖고 있지만 장량에게 병서를 준 노인은 역시 기이할 뿐이다. 高祖는 여러 번 곤경을 당했었고 그때마다 장량은 큰 역할을 하였으니, 어찌 하늘의 뜻이 아니 하겠는가?」

83 전횡(田横, ?−前 202)은 田齊의 宗室. 秦漢(전한) 교체기에 齊國(제국)의 宰相(재상)을 역임하고 齊王으로 自立하였으나 패전하고 海島(今 田横島)로 숨었다. 漢高祖 劉邦의 압박에 田横이 不屈하고 자살하니, 그의 門客 500여 명이 모두 主君을 위해 자결했다. 33권,〈魏豹田儋韓王信傳〉,《史記·田儋列傳》 참고.

84 형가(荊軻) − 연(燕)나라의 자객. 13회 주석 참고.

빈왕에게 맡겼다.

그때 황제는 천문의 변화가 이상스럽다며, 조서를 내려서 문무
관원들에게 정사의 득실(得失)을 물었다. 상하는 자기를 대신해
서 마빈왕에게 20여 가지의 정사에 관하여 상세히 문장으로 상주
하게 했다.

어느 날 집안에 있으면서 무료함을 느낀 마빈왕은 지팡이를 짚
고 문을 나섰다. 그날은 마침 3월 3일 상사일(上巳日)이어서 장안
의 남녀들이 모두 곡강(曲江)[85]에 나와서 상서롭지 못한 액운을
없애는 제사를 지내고, 잡극(雜劇)을 보거나 악기도 연주하며 놀
았다. 모든 술집에서는 꽃장식 등불을 내걸었다.

마빈왕도 그곳에 가서 놀다가 어느 술집에 들어가 자리를 차지
하고 홀로 즐겁게 마셨다. 공후(公侯)나 부마(駙馬), 제자(帝子)나

---

[85] 曲江은 장안 동남쪽의 名勝으로 장안 사람들의 행락지로 유명하
였다. 두보(杜甫)의 詩 〈曲江〉이 매우 유명하여 여기에 인용한다.
〈曲江 二首〉(其二)
조정서 돌아오면 날마다 봄옷을 저당잡혀,　(朝回日日典春衣)
매일 곡강 가 술집서 흠뻑 취해 돌아온다.　(每日江頭盡醉歸)
술 외상값은 언제나 가는 곳마다 있지만,　(酒債尋常行處有)
인생에 나이 칠십은 예로부터 드물었다.　(人生七十古來稀)
꽃을 찾는 나비들은 어디서든 날아다니고,　(穿花蛺蝶深深見)
꼬리에 물 적시는 잠자리는 천천히 나른다.　(點水蜻蜓款款飛)
봄날 풍광에 전하나니 함께 세월을 보내며,　(傳語風光共流轉)
잠깐 서로 칭송하며 서로 어긋나지 않기를!　(暫時相賞莫相違)

왕손(王孫)들은 저마다 새 옷차림으로 즐겁게 놀았다.

그때 어느 벼슬아치가 몇몇 친우들과 함께 여러 시중을 거느리고 와서 술을 마셨다.

벼슬아치는 혼자서도 즐겁게 마시는 마빈왕을 보고 말했다.

"이 양반! 홀로 마시면서도 그렇게 흥거운가? 나한테 포도주(葡萄酒)[86] 한 병이 있으니, 손님한테 그냥 주겠소!"

하인이 포도주 한 병을 가져다가 마빈왕에게 주었다. 마빈왕

---

86 포도주(葡萄酒) – 당나라 때 포도주는 몇 년이 지나도 시거나 변하지 않는 최고급 술로 이름이 높았다. 포도주를 읊은 당시(唐詩)의 걸작을 읽지 않고서는 포도주를 말할 수가 없어, 여기에 인용한다. 〈涼州詞 二首〉(其 一) 왕한〔王翰, 字는 子羽. 唐 睿宗 景雲 원년(710), 進士 급제〕

포도로 만든 좋은 술을 야광배에 채워,　　　(葡萄美酒夜光杯)
마시려니 馬上의 비파가 주흥을 돋우네.　　　(欲飮琵琶馬上催)
취하여 모래밭에 누웠다고 그대 웃지마오!　(醉臥沙場君莫笑)
예부터 싸움터서 몇 사람이나 돌아왔소?　　(古來征戰幾人回)

그 술을 야광배(夜光盃)에, 그리고 또 馬上에서 타는 비파가 주흥을 돋우는데 취하지 않을 사람이 누구던가? 더군다나 최전방에 나온 武士인데! 언제 죽을지도 모르는 상황에서 취하는 것이야 흥이 될 것이 없으리라!

포도주를 마신 오늘 하루 – 변새(邊塞)의 武人도 詩人도 오늘만큼은 모두 豁達(활달)하고 기분 좋게, 그리고 얽매이지 않는 오늘의 자유와 상상을 즐겼을 것이다. 술을 마실 줄 아는 사람은 이해의 폭이 넓고 寬容을 베풀 줄 안다. 술 좋아하는 惡人은 없다고 한다. 그러니 愛酒家, 好酒家는 모두 好人이며 正人에 가까울 것이다.

이 뚜껑을 열어 보니 무게가 7, 8근이나 되었고, 향기가 매우 좋았다. 마빈왕은 병 주둥이에 입을 대고 마셨다. 마시다 보니 옆에 밀가루를 반죽하는 넓은 대야가 있었다.

그는 포도주를 모두 대야에 쏟으면서 말했다.

"고양(高陽 酒徒)의 지기(知己)[87]여, 뜻밖에도 오늘에야 그대를 만났구려."

마빈왕이 중얼거리면서 버선을 벗더니 발을 대야에 담그고 씻기 시작했다.

여러 사람들이 놀라서 소리쳤다.

"그 귀중한 포도주를 왜 헛되이 낭비하는가?"

"내가 어찌 헛되이 낭비하겠나? 《효경(孝經)》에 있는 신체발부(身體髮膚)는 수지부모(受之父母)이니, 불감훼상(不敢毁傷)이 효도의 시작이라(孝之始也) 하지 않았는가'[88] 또 증자(曾子)[89]가 말

---

87 고양(高陽)의 지기(知己) ― 高陽의 주도(酒徒, 술꾼) ― 역이기(酈食其, 前 268-204)의 별명. 漢王의 모신(謀臣). 食其(yì jī, 이기)는 '배불리 먹는다'는 뜻. 酈食其(역이기)는 陳留縣(진류현)의 高陽 사람이다. 독서를 많이 했으나 집이 가난하여 실의 속에 의식을 해결할만한 일도 없었다. 마을의 문지기였으나 관리나 縣의 호걸 누구도 그를 쓰지 않았고, 모두가 '미친 사람'이라고 했다.

88 《孝經 開宗明義章》仲尼居 曾子侍. 子曰, ～身体髮膚, 受之父母, 不敢毁傷, 孝之始也. 立身行道～ 以顯父母 孝之終也.

89 曾子(증자, 前 505-435)는 공자보다 46세 연하의 제자인데 공자의 학통을 계승했다 하여 宗聖(종성)으로 추앙받으며 효자로 널리 알려졌다.

하기를 '내 다리를 펴보아라! 나의 손을 펴보아라!《詩》에 「戰戰
兢兢(전전긍긍, 兢은 삼갈 긍)하면서, 깊은 연못가를 걸어가듯, 얇은
얼음을 밟는 듯이 하라.」고 하였다. 지금 이후로 나는 모든 책임
을 면했다! 제자들아!' 라고 말했지 않은가! 내가 어찌 위(입, 口)에
만 아첨하고 아래(발, 足)를 경시하겠는가?'

그는 다 씻고 나서 발을 닦은 대야를 들고 발 씻은 포도주를 모
두 마셔버렸다.

금방 마시자마자, 7−8명이나 되는 사람들이 문으로 몰려오면
서 말했다.

"마 상공(相公)께서 여기 계셨군요!"

"웬일로 나를 찾는가?"

상하의 집에서 온 두 사람이 말했다.

"상공을 입궁시키라는 폐하의 분부가 내렸습니다."

태종이 정전(正殿)에서 신하들이 올린 장계를 보다가 상하(常
何)가 올린 20조 시무책(時務策)을 읽어보니, 민정(民政)에 관련되
는 모든 항목이 상세하고 명확하였다. 무관인 상하가 이런 학문
을 어떻게 아는 지 궁금했다.

상하를 불러 묻자, 상하는 사실대로 복명하였다.

"신의 집에 묵고 있는 마빈왕이 대신 쓴 글입니다."

태종은 크게 기뻐하면서 태감을 보내 마빈왕을 불러오게 했
다. 그 말을 듣고 마빈왕은 급히 상하의 집에 돌아가 의관을 정제

하고 궁궐 문화전(文華殿)에 들어갔다. 태종은 그가 기록한 20조 시무책에 대하여 상세히 물었다. 학문과 재능이 출중한 마빈왕은 엄숙하고 정직한 언사로 질의를 받고 답변하면서 분석했다.

태종은 크게 기뻐하면서 그에게 자사(刺史)의 관직을 내리고, 무관 상하에게는 비단 20필을 하사했다.

어느 날, 태종이 조회를 마치고 궁으로 돌아가다가 봉휘궁(鳳輝宮) 앞에 이르니, 웃음소리가 들려 궁녀를 따라 들어가 보았다. 버들이 휘늘어져서 경치가 그윽한 곳이었다. 갖가지 꽃들이 화려하게 피었고, 바람을 타고 새들이 노니는데 그야말로 즐거운 정경이었다. 웃음소리가 가까워지더니 한 무리의 궁녀가 나왔다. 제비처럼 날렵하다고 말하는 궁녀들도 있었고, 그 연세에 조금도 힘들어 하지 않고 학(鶴)처럼 하늘을 난다고 칭찬하는 궁녀도 있었다.

태종이 한 궁녀를 불러 세우고 물었다.

"너희들은 어디서 오느냐? 왜 이리 떠들썩하게 웃는가?"

"의춘헌원(倚春軒院) 뜰에서 수나라 소황후(蕭皇后) 마마께서 그네를 뛰시는 걸 구경하고 오는 길입니다."

"지금도 타고 있는가? 잘 타시더냐?"

"아주 멋지게 뛰고 계십니다."

궁녀의 말을 들은 태종은 봉휘궁 앞에 와 교자에서 내려 숨어서 둘러보았다. 뜰에는 많은 부녀자들이 모여 웃고 떠들면서 그

네뛰기를 구경하고 있었다.

한 여인이 그네를 타고 있었는데, 연한 색깔의 소룡단(小龍團) 저고리에 솔색(松色) 나는 긴 치마를 입었고 치마 양쪽을 매듭지어 묶었다. 치마 밑에는 붉은 명주 바지를 입고 공중에 날아 올랐다가 내려오는데, 꽃밭을 날아다니는 나비를 연상케 했다.

또 한 번 굴러서 봉황이 아침 해를 향해 날갯짓을 하듯 솟아오르더니 굶주린 독수리가 먹이를 채듯 날아내렸다. 그야말로 우아하면서도 힘찬 모습이었다.

태종이 운모 병풍 뒤에 몸을 가리고 한참을 보고 있는데, 궁녀 하나가 태종을 발견하고 크게 말했다.

"천자께서 오셨습니다!"

궁녀들은 삽시간에 흩어졌다.

상황이 그렇게 흘러가자, 태종은 돌아설 수가 없어서 뜰 안으로 들어갔다.

소황후는 부랴부랴 그네에서 내렸다. 궁인 소희가 급히 다가와 소황후가 머리에 썼던 수건을 벗겨주고 치마의 매듭을 풀어주었다.

소황후는 태종의 무릎 앞에 꿇어앉아 사죄했다.

"폐하께서 왕림하신 줄을 모르고 소첩이 영접하지 못했으니 죽어 마땅합니다."

태종이 소황후를 부축하면서 말했다.

"황후마마는 여기서 신선이 되셨군요!"

"우연히 소일하러 나와서 적막감을 풀려하다가 용안을 거슬렀으니 황송합니다."

소황후와 함께 궁으로 들어가면서, 태종은 짙게 풍겨오는 특이한 향기를 느꼈다. 자리에 앉자, 소황후가 흐느끼면서 말했다.

"소첩은 이처럼 쇠락해진 모양으로 폐하의 이런 은총을 받으리라고는 생각지 못했습니다. 생전에 늘 보살펴주시다가 죽은 다음 오공대(五公臺) 아래에 묻어주시면 원이 없겠나이다."

태종은 기꺼이 수락했다.

"오늘은 청명가절(淸明佳節)입니다. 궁중에 등불놀이가 있으니 마마께서도 구경하러 오십시오."

"오늘은 청명일이니 민간에서는 모두 성묘할 것입니다. 하지만 선제의 묘지에는 성묘하러 가는 사람도 없겠으니 가슴이 아픕니다."

"짐이 묘지기 3백 호를 배치하고 밭 5백 경을 떼주어서 봄, 가을로 제사지내게 했습니다."

소황후가 사은했다.

"잠시 후 짐을 부르겠습니다. 그런데 방금까지 풍기던 향기가 왜 없어졌습니까?"

소황후는 웃으면서 대답하지 않았다. 그 향수는 외국에서 만든 결원향(結願香)인데 돌궐의 가한한테서 얻어온 것이었다. 궁으로 돌아온 태종은 소황후더러 등불 구경을 오라는 성지를 내렸다.

소황후는 즉시 소회를 불러가지고 태종의 궁궐에 찾아가 배알하고 서(徐) 혜비와 무(武) 재인 등을 만나보았다.

태종이 상좌에 앉고 소황후가 왼쪽 첫 번째 자리에 앉으니, 무 재인이 말했다.

"황후마마께서 폐하와 동석하셔야 합니다."

"보잘 것 없는 소첩이 억지로 지존을 배동(陪同)하는 건 타당치 않은 일입니다. 이런 자리도 저한텐 분에 넘칩니다."

"모두가 한 집안인데 사양하실 것 없습니다."

좌석을 정하고 앉자, 주악 속에서 잔을 들었다. 어두워지자 꽃등을 내걸었는데 휘황찬란했다.

소황후가 물었다.

"청명 같은 작은 명절에 어찌하여 궁전의 칸칸마다 꽃등을 내걸었습니까?"

"짐이 사방을 평정한 후 가절이 오면 제야(除夜)나 상원(上元)과 마찬가지로 연회를 베풀고 행사합니다."

"밝기가 대낮 같고 아름답기 그지없습니다. 등불 연기만 없으면 더 훌륭할 것입니다."

태종이 소황후한테 물었다.

"수 황실의 제왕에 비하면, 짐의 시설이 어떠합니까?"

소황후가 웃기만 할 뿐 대답하지 않자, 태종이 재삼 물었다.

"수는 망국지군(亡國之君)이고, 폐하께서는 개기지주(開基之主)이시니, 사치와 검약이 응당 다를 것입니다."

"사치와 검약 중에 어느 한 가지씩은 구비하지 않았겠습니까?"

"수에서는 10여 년 간 치국할 때, 소첩은 늘 따라다니면서 시중을 들었습니다. 섣달그믐 날 저녁이면 어전과 여러 궁원(宮院)에 꽃으로 만든 산을 수십 곳 만들어 놓고, 모든 산에 수십 수레의 침향목을 태웠는데, 불빛이 어두우면 갑전(甲煎)을 부어서 불길이 수십 길이나 솟게 했습니다. 그 향기가 수십 리까지 퍼졌었습니다. 하룻밤에 침향이 백여 수레, 갑전이 백여 석을 태웠습니다. 어전 안에 있는 여러 궁에는 꽃등을 걸지 않고 큰 진주를 120개씩 걸어서 비추게 했는데, 그 빛이 대낮보다 밝았습니다. 그리고 외국에서 바친 명월보(明月寶)와 야광주(夜光珠)가 있었는데, 큰 것은 예닐곱 치씩 되었고, 작은 것은 세 치가량이었습니다. 진주 하나의 값이 수십 만금이었습니다. 오늘 폐하의 시설들을 보니 진주가 없습니다. 어전에 걸려 있는 등촉들은 모두 기름 불이어서 연기에 숨이 막혀 청아한 기운을 느낄 수 없습니다. 하지만 폐하께서는 나라가 망할 일을 하시지 말기를 바라옵니다."

태종은 말없이 한동안 생각에 잠겼다.

태종은 수 황제의 사치한 생활에 탄복하며 말했다.

"뒷날 야광주와 명월보를 황후마마한테 드리지요."

이어 성대한 연회가 시작되었다. 술잔이 오가면서 이경을 넘겼다.

무재인은 쉰살을 넘긴 여인 같아 보이지 않는 소황후의 부드러운 억양과 은근하고 우아한 자태를 보면서 생각했다.

'저런 모습으로 아직 얼마나 많은 남자들을 유혹하는 지 모르겠구나.'

소황후도 역시 무재인을 눈여겨보았다. 볼수록 예쁜 여인이었다. 그러나 요조(窈窕)하거나 정숙한 분위기는 없었다.

서혜비와 여러 비빈들은 그들 세 사람이 어울려 노는 것을 보자 조용히 사라졌다. 소황후도 물러가려고 했으나 태종이 소씨와 무비 두 여인을 잡고 말했다.

"침실에 가서 꽃 연등을 더 구경합시다."

뒤에는 무슨 일이 있을지 알 수 없으니, 다음 회를 읽어 보시라.

제70회

소황후는 죽어 양제와 함께 묻혔고, 무재인은 승복 입고 절에 들어가다.(隋蕭后遺梓歸墳, 武媚娘被緇入寺.)

시로 읊기를,	詩曰,
치세는 오직 예교와 법치에 의지하고,	(治世須憑禮法場)
명성은 한번 균열로 곧바로 붕괴된다.	(聲名一裂便乖張)
무너진 질서 천하에 그대로 독이 된다.	(已拚流毒天潢內)
어찌 황제의 잘못된 쾌락만 그리는가?	(豈惜邀歡帝子旁)
나라 운명은 몇 번 탄식보다 소중하다.	(國是可勝三歎息)
백성 탄식을 외면하면 대책이 없도다.	(人言不恤更籌量)
천추에 거울이 없다고 말하지 말지니,	(千秋莫道無金鑒)
야사와 백성의 이야기 끝없이 나온다.	(野史稗官話正長)

사람의 우연한 만남이나 헤어짐은 본래 정해진 운명일 것이

다. 어떤 사람이 영민하여 눈치가 빠르고 지혜가 뛰어나 세상 일 예측이 아무리 잘 적중하더라도[90] 닥쳐올 세상의 일은 절대로 미리 짐작하지 못한다.

수나라가 망할 때, 양제의 소황후는 큰 물결을 타고 휩쓸려 가면서 한동안은 그런대로 쾌활하게 살았지만, 그래도 허다한 낭패를 겪어야만 했다.

그런 소황후가 아무리 치장을 잘하여도, 또 고귀한 지위를 누리며 평안하고 호화롭게 살았더라도 이제는 오십이 넘은 노파였다. 파란만장한 삶이었고, 만년에 당의 궁중에 들어와 태종의 예우를 받았지만 여인의 기쁨을 계속 누릴 수는 없었다.

---

90 원문 臆測屢中(억측누중) – 공자의 제자 중 端木賜(단목사)는 衛(위) 나라 사람으로, 字는 자공(子貢)이다. 공자보다 31세 어렸다. 자공은 子貢(子贛으로도 표기). 孔子의 제자 중 가장 得意한 사람이며 (受業身通), 孔門十哲 중 言語로 유명하다. 자공은 언어와 웅변은 물론 사업과 정무에도 달통하여 일찍이 魯와 衛의 相을 역임했다. 또 經商之道에도 밝아 曹國과 魯國에서 千金의 재산을 형성하여 공자 學團의 재정적 후원자였으며, 뒷날 중국에서는 훌륭한 인품과 학문이 뛰어난 富商에 대하여 '端木遺風'이라는 成語가 통하였으며, 장사에서 '君子愛財나 取之有道'의 교훈을 남겼다. 後世에는 財神으로도 숭배되었다. 子貢은 재화의 매입과 시세에 따른 전매를 잘했다. 공자는 자공에 대하여 "천명을 받지도 않았는데 그의 예측은 너무 잘 적중한다.(《論語 先進》子曰, ～賜不受命, 而 貨殖焉, 億則屢中.)"고 감탄하였다. 魯와 衛나라의 재상을 역임했고, 집안에 천금을 비축했는데 나중에 齊나라에서 죽었다. 司馬遷은 〈史記 貨殖列傳〉에서 子貢의 經商과 사업을 기록하였다.

오늘 태종이 갑자기 찾아오니 여인들은 더없이 기뻐하였지만 소후는 그렇지 못했다. 일단 바다로 흘러간 물은 다시 돌아올 수 없는 법이고, 무산(巫山)의 운우(雲雨)처럼 아름다운 구름이 언제 다시 피어날 수 있겠는가?

꽃처럼 예쁜 5품의 무재인(武才人)을 태종이 총애하는 사실을 누구보다도 잘 알고 있는 소후였다. 소황후가 아무리 치장을 하고 다른 사람의 환심을 사려 노력한들, 흘러가는 세월은 어찌하겠는가?

태종이 그네를 타는 자신의 모습을 보아준 것이 내심으로 기뻤지만, 그리고 나란히 앉아 등불 구경을 하였지만 그것으로 끝이었다.

무재인은 우아한 품위를 자랑하면서도 아직껏 옛날의 미모를 간직하고 있는 소후에 대한 시기와 질투심이 일어나 냉담한 태도를 취하면서, 태종에게 적극적이었다.

무재인은 미련한 궁녀를 소희와 바꿔 데리고 가서 태종을 모시었다. 그래서 소후는 늘 한을 품고 얼굴에 근심을 지울 수가 없었다. 맛있는 음식을 먹어도, 또 멋진 가무를 보고 들어도 마음이 편하지도 즐겁지도 않았다.

태종은 궁녀를 보내 소후를 불러다가 말 못 할 사연이 있으면 이야기하라고 말했지만, 간교한 무재인은 심복 두 여인을 언제나 따라다니게 했기에 속마음을 말할 수도 없었다.

그래서 소황후는 문안 인사나 하며 만나고 헤어지는 수밖에 없었다. 소후는 탄식하면서 이불을 끌어안고 눈물을 흘리면서 지새는 밤이 많았다. 결국 소황후[91]는 홧병으로 당의 황궁에서 죽었다.

태종은 소식을 듣고 심히 아쉬워하며 후한 장례를 치루게 했다. 조서를 내려서 소황후의 호칭를 회복해 주었고, 시호는 양민황후(煬愍皇后)라 하였다. 소원했던 대로 오공대(吳公臺)까지 운구하여 수 양제의 능에 합장했다.

소후가 죽자, 무재인은 더없이 기뻐하면서 태종으로 하여금 자기의 치마 폭에서 헤어나지 못하게 하였고 늘 단약(丹藥)을 복용케 하였다.

고사렴(高士廉)[92]이 죽었을 때, 태종이 찾아가서 통곡하였는데, 그때 장손무기와 저수량이 간언을 올렸다.

"폐하께서는 단약을 복용 중이시니 상고(喪故)에 가시지 말아

---

91 양제 소(蕭)황후 — 양제와 隋 文帝(수 문제) 開皇(개황) 2年(582)에 결혼했다. 貞觀(정관) 21년(647년) 81세에 병사했다. 그야말로 천수를 누렸다. 태종의 명에 의하여 수 양제의 능에 합장했고, 시호는 양민황후(煬愍皇后)이다.

92 고사렴(高士廉, 575−647년, 名은 儉, 字는 士廉, 字로 통용) — 唐朝(당조) 개국공신. 장손무기(長孫無忌)의 외삼촌. 생질녀(장손무기의 여동생)를 태종 이세민과 결혼시켰다〔長孫皇后(장손황후)〕. 재상급인 상서우복야(尙書右僕射) 역임.

야 합니다. 어찌하여 나라를 위해 자중하시지 않습니까?"

그래도 태종은 듣지 않았다. 그러자 장손무기가 길가에 꿇어 엎드려 계속 충간하니 태종은 궁으로 돌아갔다. 태종은 동원(東苑)에 서서 남쪽을 바라보고 앉아 하염없이 눈물을 흘렸다.

태종은 즉시 24명 공신들의 초상을 그려서 능연각(凌煙閣)⁹³에

---

93 능연각(凌煙閣) 24공신. ─능연은 凌雲(능운)과 같다. 구름 위로 높이 솟아오르다. 공적이 크고 명성이 높다는 뜻. 長孫無忌(장손무기), 李孝恭(이효공), 杜如晦(두여회), 魏徵(위징), 房玄齡(방현령), 高士廉(고사렴), 尉遲敬德(울지경덕), 李靖(이정), 蕭瑀(소우), 段志玄(단지현), 劉弘基(유홍기), 屈突通(굴돌통), 殷開山(은개산), 柴紹(시소, 시사창, 태종의 매형), 長孫順德(장손순덕), 張亮(장량), 侯君集(후군집), 張公謹(장공근), 程知節(정지절, 정교금), 虞世南(우세남), 劉政會(유정회), 唐儉(당검), 李勣(이적), 秦叔寶(진숙보) 等의 공신 24명이다. 이들 24명은 태종과 함께 창업(創業)과 수성(守成)을 같이했던 사람들이다.

태종이 입시한 신하들에게 창업과 수성 어느 것이 더 어려운가를 물었다. 방현령은 "일의 시작 초기에는 여러 영웅들이 한꺼번에 일어나 힘을 겨룬 뒤에야 신하로 거느릴 수 있으니 창업이 어려운 것입니다."라고 말했다. 위징은 "자고로 제왕은 모두가 간난을 겪으며 얻었지만 안일함 속에서 나라를 잃었으니 수성이 어려운 것입니다."라고 말했다.

이에 태종이 말했다. "현령은 나와 같이 천하를 얻는 과정에서 여러 번 죽을 고비를 넘기며 살아났기에 창업의 어려움을 알고 있다. 그리고 위징은 나와 같이 천하를 안정시키면서 교만과 사치는 부귀에서 비롯되고, 재앙과 분란은 소홀히 하는 데서 나오는 것을 늘 걱정했었다. 그래서 수성의 어려움을 잘 알고 있는 것이다. 그

보존하라고 분부했다. 공신의 이름과 작위를 쓰고 사망한 자는 시호까지 적어 넣게 했다.

그리고 병으로 누워있는 서무공〔徐懋功, 徐世勣(서세적). 李勣〕을 태의가 진찰하고서는 수염을 태운 재(灰)를 복용해야 한다고 말하자, 태종은 친히 자기 수염을 깎아서 약을 만들어주니 서무공이 울면서 사은했다.⁹⁴

러나 이제 창업의 어려움을 이겨내었다. 그래서 수성의 어려움을 지금 여러분과 같이 신중하게 생각하는 것이오."

94 인재 등용—長點(장점)만을 취하는 것.

당 태종 貞觀의 治가 모범적이었다는 근거는 언로(言路) 열어놓기에 이어 인재 등용에서 찾아야 한다. 태종의 인재 등용은 성공적이었다. 예를 들어 본다면, 어느 시대이든 천재는 있었다. 다만 그 천재가 천재성을 살릴 수 있는 기회가 주어졌느냐? 아니냐에 따라 천재가 존재했거나 죽었을 뿐이다. 어째서 당 태종 그 시절에만 훌륭한 재상감이나 인재들이 많았겠는가? 어느 시대인들 글씨 잘 쓰는 사람은 있었다. 그러나 태종이 書道(서도)에 관심을 갖고 인재를 찾고 키웠기에 그 시절에 뛰어난 명필이 줄줄이 나왔다. 魏徵(위징)은 태자 建成(건성)의 막료로 '진왕 世民(세민)을 제거하라'고 여러 번 건의했었다. 건성이 죽은 뒤 이세민 앞에 잡혀온 위징은 당당했다. "그 때 太子가 내 말을 받아들였으면, 오늘의 이런 일은 없었을 것입니다!" 이 얼마나 당당한 사나이인가? 보통 사람이라면 위징을 당장 죽였을 것이다. 그러나 이세민은 위징을 살려주었을 뿐만 아니라 오히려 신임했다.

太宗의 重臣 중에는 양제(煬帝)를 섬긴 사람, 태자 건성을 섬긴 관료는 물론 반란의 수괴 왕세충(王世充)의 장군도 있었고, 당나라에 저항하는 봉기를 일으킨 장군도 있었다. 태종이 그들을 모두 받아 태종은 또 서무공의 아내 원자연(袁紫煙)이 죽은 뒤 서무공의 아내가 없어 시중들 사람이 없다고 생각하여 궁녀들 가운데서 한두 명을 골라 보내주려고 했다.

서무공이 재삼 사절하자, 태종이 말했다.

"짐은 경을 위해서가 아니라 나라를 위해서 그러는데, 어찌하여 사양하는가?"

그리고 태감에게 나이 든 궁녀를 선발해서 서무공에게 보내주게 했다.[95]

들인 것은 인재란 제각각 뛰어나고 잘하는 영역이 있기 때문이었다. 마치 칼은 날카롭기에 무기로 쓰고, 바퀴는 둥글기에 수레에 쓰이는 것과 마찬가지였다.

태종은 隋에서 시작한 과거제도를 보다 확충하는 정책을 폈다. 과거제도는 문벌에 의한 인재 등용이 아니라 학식과 능력에 의한 인재 등용이며, 인재의 풀을 그만큼 넓히는 효과가 있었다. 곧 중소 지주계층에게 정치 참여의 기회를 확대해 준 것이었다.

당 왕조에 369명의 재상이 있었는데, 그중 절대다수가 과거를 통해 등용된 사람이었다고 한다. 그렇다면 중, 고급 관료나 지방관을 포함한다면, 과거 합격자가 당의 정치를 이끌었다고 말할 수 있다. 당 태종의 인재 등용은 우선 그 문호를 넓혔다는 점과 지난날을 따지지도 묻지도 않았으며, 오늘의 그가 무엇을 할 수 있는가를 고려하여 채용하는 인재 등용이었다. 같은 물건이라도 누가 쓰느냐에 따라 활용도는 엄청난 차이가 있다. 컴퓨터를 가지고 게임만을 하느냐, 아니면 유익한 정보를 얻을 수 있는 도구로 활용하느냐는 사용하는 사람에게 달렸다. 인재의 특성에 맞게 인재를 활용하는 것은 당 태종 시절이나 현대의 경영에서나 똑같이 중요하다.

그때 낮에도 태백성(太白星)이 자주 나타나자, 태사령(太史令)이 점을 친 뒤 여왕이 창성(昌盛)하리라고 했으며, 민간에는 "당삼세(唐三世) 후에는 여주 무왕(武王)이 천하를 대신하리라." 는 비기(祕記)가 널리 퍼졌다.

태종은 그 말을 듣고 심히 노여워했다.

하루는 무관들이 궁중에 모여서 연회를 하는데 술을 마시면서 자기들의 아명을 말했다. 좌무위장군 이군선(李君羨)이 자기의 아명이 '오랑(五娘)' [96] 이라고 말하면서, 자기가 받는 관직과 분봉받은 읍의 이름마다 무 글자(武字)가 있었기에 화주자사(華州刺史)가

---

95 이상 몇 가지 사례는 태종의 신하사랑, 곧 인재를 소중히 대우하는 태종의 일면을 보여준다. 태종의 모범적 군주정(郡主政)을 기록한 것이 《정관정요(貞觀政要)》이다. 《정관정요》는 정론(政論)을 모은 역사문헌이니 唐代 史學者인 오긍(吳兢, 670-749년)이 편찬하였다. 이 책은 총 10권이고 40편이다. 四庫全書(사고전서)에는 史部雜史類(사부잡사류)로 분류되었다. 《貞觀政要》는 군신의 대담 형식으로 이뤄졌는데, 태종 측근인 위징(魏徵), 왕규(王珪), 방현령(房玄齡), 두여회(杜如晦), 우세남(虞世南), 저수량(褚遂良), 온언박(溫彦博), 마주(馬周), 대주(戴胄), 공영달(孔穎達), 잠문본(岑文本), 요사렴(姚思廉) 등 45인의 정론을 수록하였고 경험을 기록하였다. 이 책에서는 태종에게 간언을 잘했던 위징이 중요한 인물이다.

96 五娘(오랑) - '다섯째 딸' 이란 뜻. 남자아이의 兒名(아명)을 왜 五娘(오랑)이라 지었는가? 아니면 무슨 뜻인가는 不明(불명)하다. 그러나 五(wǔ) 와 武(wǔ)는 당시 발음이 같을 수도 있다. 곧 태종은 五娘을 武娘(무랑)으로 생각했을 것이고, 하여튼 이 때문에 죽어야 했다. 타고난 운명이 아니겠는가!

될 수 있었다고 말했다. 어사(御使)가 그의 말을 상주하니, 이군선이 불충한 일을 도모한다 하여 곧 죽여버렸다.

태종은 태사령 이순풍(李淳風)에게 은밀히 물었다.

"여러 비기의 말들을 믿을 수 있는가?"

"신이 천상(天象)을 보고 제왕의 계승 순서를 상세히 살펴보니, 그 사람은 이미 폐하의 궁중에 있습니다. 30년 이내에 그가 천하를 얻고 당나라의 자손들을 죄다 죽여버릴 조짐이 나타나 있습니다."

"그럼 의심스러운 자들을 몽땅 죽여버리면 어떻겠나?"

"하늘이 정한 운명을 사람들이 어길 수가 없습니다. 또한 군왕이 될 자는 죽지 않는 법이니(王者不死), 헛되이 무고한 사람들만 죽이게 될 겁니다. 하물며 30년이 지나면 그 사람도 늙을 테니 자비로운 마음을 가지고 화를 적게 빚어낼 수도 있습니다. 지금 죽어버리면 하늘이 더 장대한 자를 내려보내 더욱 악독한 짓을 범할 수도 있습니다. 그렇게 되면 폐하의 자손들이 살아남지 못할 겁니다!"

그 말을 듣고서야 태종은 그만두었으나 재인(才人)의 성이 무씨(武氏)라는 사실을 알고 늘 꺼림칙한 생각이 들었다.

하지만 무재인은 성격이 유순했다. 태종은 마음이 울적해서 화를 내다가도 무재인을 보기만 하면 즐거웠다. 그러나 황제는 꺼리는 마음이 있다가도 무재인과 잠시라도 헤어질 수가 없어 다시 만나곤 했다.

무재인도 대신들의 의논과 천자의 뜻을 잘 알고 있었다. 그녀는 형벌이 내리지 않을 줄은 알면서도, 그래도 혐의를 회피해야 한다고 생각하였으나 방도가 없었다.

하루하루 지나가면서 태종의 색욕은 더더욱 북받쳐 올라 결국 병석에 눕게 되었다. 태자 진왕(晉王, 李治)이 아침저녁으로 출입하면서 문안을 드리고 시중을 들었다. 그러는 동안에 태자는 무재인의 용모를 보고 크게 놀랐다.

'그래서 아버님께서 병환으로 누우셨겠구나. 저렇게 아리따운 미인을 옆에 두셨으니, 밤에 어찌 안정하실 수가 있겠는가?'

태자 진왕은 무재인과 은밀히 만나고 싶었지만 적절한 기회를 잡을 수가 없었다. 그래서 서로 눈으로만 정을 주고 받을 뿐이었다(以目送情).

하루는 태자 진왕이 부황을 문안하고 나오자, 무재인이 황금 대야에 손 씻을 물을 가지고 왔다. 그녀의 요염한 얼굴을 본 진왕은 물을 튕기면서 시 한 수를 읊었다.

무산서 꿈에 본 혼령을 생각하나, (乍憶巫山夢裡魂)
양대에 막혔고 한을 풀 길 없다. (陽臺路隔恨無門)

그러자 무재인이 즉석에서 시구를 받아 읊었다.

　비단 장막에서 만난 적도 없었지만,　　(未曾錦帳風雲會)
　먼저 금대야의 물로 은혜를 받았네.　　(先沐金盆雨露恩)

진왕이 듣고서는 크게 기뻐하며 무재인의 손을 잡고 궁전 뒤 조용한 곳으로 데려갔다.

"폐하께서 아시면 저의 죄가 결코 작지 않을 것입니다."

"내가 재인을 이렇게 만나는 인연은 하늘이 내린 것 아닌가? 누가 알겠는가?"

재인 무씨는 태자 진왕의 옷을 움켜잡고 흐느껴 울었다.

"제가 비록 비천하지만, 그간 폐하의 시중을 오래 들었습니다. 오늘 전하와 이렇게 둘이만 있는 것이 큰일이고 사통(私通) 아니겠습니까? 전하께서 뒷날 제위에 등극(登極)하신다면,[97] 저를 어찌하시겠습니까?"

재인 무씨가 고개를 묻고 흐느끼자, 태자는 팔에 힘을 주어 바짝 끌어당겨 안으면서 맹서를 말했다. 태자 자신도 모르게 절로 나온 맹서였다.

"만약 언젠가 폐하께서 안가(晏駕)[98]하신다면, 너를 황후에 책

---

97 원문 倘異日嗣登九五(당이일사등구오)―倘은 혹시 당. 嗣는 이을 사. 계승하다. 九五는《易》〈乾爲天≡≡〉의 구오효(九五爻).「飛龍在天 利見大人」의 의미. 황제의 지위.

봉할 것이고, 이 맹서를 어긴다면 하늘이 나를 벌할 것이다."

재인 무씨는 머리를 끄덕여 태자에게 수락하고 사례하였다.

"전하께서 그렇게 말씀하시나, 조정에서는 제가 무씨(武氏)라 하여 물의(物議)가 많습니다. 그리고 만약 폐하께서 저를 책벌하신다면 어찌하시겠습니까?"

태자는 잠깐 생각하였다.

"방책이 있다. 폐하께서 캐어 물으신다면, 이렇게 말하라. 그러면 그대는 화를 면하고 나도 말썽이 없을 것이다."

무재인은 태자의 말을 듣고 고개를 끄덕였다. 태자는 몸에 지니고 있던 구룡양(九龍羊)이 새겨진 반지를 풀어 무재인에게 정표로 주었다. 무재인은 반지를 받아 쥐고, 곧 다른 곳으로 나갔다.

그때 장안에서는 과거시험[99]을 치루고 있었는데, 합격자 방

---

98 안가(晏駕) — 晏은 늦을 안. 해가 저물다. 황제의 행차가 늦다. 황제의 붕어(崩御).

99 과거제(科擧制) — 隋 文帝 開皇 7年(587년)에 처음 시행, 양제 大業 원년(605)에 進士科 시행 — 九品中正制를 대신한 새로운 인재 등용 방법으로 정착되어 문벌정치의 폐단을 개혁하였다. 과거제도는 당나라에서 크게 확대되었다. 측천무후는 科擧(과거)를 활성화한 군주였다. 문관 등용을 위한 과거는 明經科(명경과)와 進士科(진사과)가 있었는데, '30세에 명경과에 급제하면 늦은 것이고, 50세에 진사과에 급제하면 빠른 것'이라는 말이 있을 정도로 진사과 합격이 어려웠다. 진사과에는 詩와 賦(부)를 시험했기에 唐나라에서 詩가 융성할 수 있는 배경이 되었다. 과거시험 응시자는 國子

(榜)을 붙이는 날짜는 미정이었다.

태종은 병석에서 태사령인 이순풍(李淳風)을 불러 물었다.

"올해 과거에는 어디서 온 어떤 사람이 뽑힐 것인지, 그대는 알고 있는가?"

"신이 어젯밤 꿈에 하늘에 올라갔었습니다. 하늘에서 방을 붙였는데 장원급제한 자의 이름만 나왔습니다. 그가 든 채색의 깃발에 시가 한 수(首) 쓰여 있었습니다."

"어떤 시구였는가?"

"신이 아직 기억하고 있습니다."

이순풍이 태종 앞에서 시구를 낭송했다.

미인 만나 봄날의 쾌락을 즐겼나니,　　(美色人間至樂春)

내가 사통하면은 아내도 밀통한다.　　(我淫人婦婦淫人)

색정 때문에 도망친 아내를 떠올리면,　　(色心若起思亡婦)

온몸 구더기 기듯하여 색욕을 잊네.　　(遍體蛆鑽滅色心)

황제가 듣고 나서 물었다.

監(국자감)의 교육을 받고 응시하는 生徒(생도)와 지방 州縣(주현)의 추천을 받아 응시하는 貢生(공생, 鄕貢)으로 대별했다. 무후는 武科(무과)를 처음 시행하면서 무관의 질을 높였고, 응시자들을 직접 면담하고 파격적으로 등용하는 殿試(전시, 뒷날의 殿試와는 같지 않음)를 시행하기도 했다.

"시의 뒤 두 구절의 뜻이 이해가 되질 않네. 그런데 합격자들은 어디서 온 누구들인가?"

"폐하께서 큰 복을 받으셨습니다. 오늘 급제할 세 사람은 모두 충직한 선비들인데 나라에 큰 도움을 줄 인재들입니다. 이름을 알고 있지만 신은 여쭈기가 어렵습니다. 대신들에게 새어나가면 하늘이 노하게 됩니다. 폐하께서 신에게 밀실을 잠깐 내주시면 이름과 본관을 적어 함에 넣고 밀봉하겠습니다. 방을 붙인 다음 뜯어보시면 아실 것입니다."

태종은 작은 상자를 가져오라고 환관에게 분부했다. 이순풍이 쪽지를 써서 함에 넣고 봉한 것을 태종이 또 한번 봉해서 궤짝에 넣었다. 순풍이 인사를 올리고 물러갔다.

며칠 후 방이 나붙자, 태종은 궤짝에서 이순풍이 쓴 쪽지를 꺼내놓고 대조해 보

적인걸(狄仁傑)

았다. 장원에는 산서(山西) 태원(太原) 출신인 적인걸(狄仁傑)[100]이었다. 방안(榜眼, 次席)에는 낙빈왕(駱賓王)[101]이었는데, 절강(浙江)

---

100 적인걸(狄仁傑, 630-704년, 字는 懷英, 號는 德英)—唐朝, 武周 시기의 저명한 재상. 장간지(張柬之) 등 인재를 천거 등용케 하여 唐朝 中興之臣으로 알려졌다. 위로는 貞觀之治와 아래로는 현종의 開元盛世(개원성세)를 잇는 무측천(武則天) 시대에 나라의 동량이었다. 적인걸의 죽은 해에 대해서는 이견이 있으나 대개 측천무후(則天武后) 長安 4년(704) 9월에 병사한 걸로 알려졌다.

101 駱賓王(낙빈왕, 640?-684?, 駱은 낙타 낙, 字는 觀光)은 寒微(한미)한 출신이지만 7살에 거위를 보고 詩를 지을 정도의 신동이었다. 唐朝初期(당조초기)의 初唐四杰(초당사걸)의 한 사람이다.

唐 高宗 儀鳳 3년(678)에, 낙빈왕은 侍御史(시어사)가 되었지만 다른 사람의 무고에 의해 감옥에 갇혀 있다가 나중에 방면되어 地方官인 臨海縣丞(임해현승)이 되었기에 사람들은 낙빈왕을 '駱臨海(낙임해)'라고도 부른다.

낙빈왕은 반항적인 천재 시인이었다. 684년 徐敬業(서경업, 唐 太宗을 도운 徐世勣의 손자. 서세적은 사성을 받아 李勣으로 개명)이 측천무후를 토벌하자고 거병하였는데, 그때의 격문 〈爲徐敬業討武照檄(위서경업토무조격)〉을 낙빈왕이 지었다. 격문을 읽어본 측천무후가 감탄하면서 '재상은 왜 이런 사람을 미리 등용하지 못하여 반역에 동조하게 했느냐?'며, 꾸짖었다는 이야기는 유명하다.

서경업의 반란이 실패로 끝난 뒤 낙빈왕은 어디로 숨었고, 언제 죽었는지 알려지지 않았다.

낙빈왕의 시는 題材(제재)가 광범위하면서도 청신하며, 재주는 많고 지위는 낮은 데에 따른 격정과 불만을 느낄 수 있으며, 필력은 웅건하다는 평을 받았다. 그의 〈帝京篇(제경편)〉은 唐 초기에 보기 드문 장편시이다. '初唐四傑(초당사걸)'은 盧照鄰(노조린,

의오(義鳥, 수, 절강성 중부 金華市 관할 義鳥市) 사람이었다. 탐화(探花, 3등)는 이일지(李日知)[102]였는데, 장안의 만년현(萬年縣, 수 陝西省 西安市 臨潼區) 사람이었다.

태종은 놀라고 기이하다며 순풍의 말이 헛소리가 아니고, 당시의 참언(讖言)에 대한 이순풍의 말이 틀림없다고 믿었다. 태종이 혼자 생각했다.

'내가 지금 중병에 걸렸으니, 어찌 후손에게 재앙이 미치도록 잔당을 남겨둘 수 있겠나?'

태종은 재인 무씨를 불러놓고 말했다.

"재인과 같은 성을 가진 자들을 모두 도륙해야 한다고 외정(外廷)에서 물의가 많소. 어찌하겠는가?"

무재인이 꿇어앉아 눈물을 흘리며 말했다.

"소첩이 폐하를 모신 지 오래되었지만 아직 잘못한 일이 없습니다. 오늘 폐하께서 까닭 없이 소첩을 죽이신다면, 소첩은 구천에 간들 눈을 감을 수 있겠습니까? 하물며 1백 명이 선발되어 입궁할 때 다른 사람들은 모두 궁아(宮娥)였지만, 오직 저만 재인이 되어 폐하의 많은 은총을 받았습니다. 그러니 오늘 소첩에게 죽

637-680?), **駱賓王**(낙빈왕, 생졸년 미상), 王勃(왕발, 648-675), 楊炯 (양형, 650-692)이 활약한다. 이들은 조숙한 천재였으나, 양형이 관직에 좀 있었고 나머지는 모두 불우한 가운데 익사, 자살, 반란 가담과 도피 등 비참한 종말을 보았다.

102 이일지(李日知, ?-715년) - 효자로 유명. 현종 때 형부상서 역임.

음을 하사하시면 분명 웃음거리가 될 것입니다. 다만 폐하께서 목숨을 아껴주시어 소첩이 머리를 깎고 불문(佛門)에 들어 재계 (齋戒)하면서 부처님을 받들게 하여 폐하의 건강을 축원하여 내세 를 위해 폐하의 은총을 깊이 간직하겠습니다."

무재인은 말을 마치고 통곡했다. 태종은 본디 그녀를 죽일 마 음이 없었던 지라 삭발하고 비구니가 되겠다고 하니 오히려 기뻤 다.

"비구니가 되겠다니 천만다행이다. 어서 짐을 꾸려가지고 가 서 부모를 만나고 감업사(感業寺)에 찾아가서 삭발하고 비구니가 되오."

무재인은 하녀 소희(小喜)와 함께 사은하고 물건을 수습해 가 지고 궁에서 나왔다.

옥룡이 갈고리와 그물을 막 벗어나니,　　（玉龍且脫金鉤網）

마음에 누구를 그릴지 한번 생각하라.　　（試把相思付與誰）

부친 무사확은 딸 무미랑(武媚娘)이 궁궐에서 나와 비구니가 된 다는 소식에 딸을 집으로 데려오게 사람을 보냈다. 분부를 받고 떠난 하인은 며칠 지나지 않아 무재인을 데리고 돌아왔다. 어머 니 양씨는 그전에 딸이 입궁할 때의 모습을 직접 목격했었다. 그 런데 오늘 이렇게 밀려 나오니 슬픔을 참을 수 없어 한바탕 통곡 했다.

인사가 끝나자, 무재인이 어머니에게 물었다.

"듣자니, 아버님께서 조카인 무삼사(武三思)[103]를 양자로 받아들이셨다는데 왜 보이지 않나요?"

"그 아이는 이전과 달라졌다. 글공부를 즐겨하지도 않고 또래들과 몰려다니면서 매일 밖에서 마시고 취해서 돌아온다."

"삼사가 몇 살이나 됐는지 모르겠네요."

"너의 아버지가 양자로 삼을 때 세 살이었지만, 지금은 열다섯 살이다. 덩치만 커졌지만 무슨 생각을 하며 사는지 알 수가 없다."

때마침 무삼사가 취해서 들어서니, 양씨가 말했다.

"삼사야, 네 고모가 돌아왔으니 어서 인사를 올려라."

---

103 무삼사(武三思, ?-707년) ─ 武則天(무측천)의 조카. 武則天에 의해 兵部, 禮部尚書 역임, 왕에 피봉되어 식읍 1천 호를 받았다. 武后는 한 때 武三思를 太子로 삼으려는 생각도 했으나 적인걸이 반대하였다. 神龍(신용) 원년(705) 神龍 혁명으로 中宗이 황제에 오르는 복벽(復辟) 이후, 무삼사는 司空을 역임했다. 武則天이 붕어한 이후 武三思는 專權(전권)을 행사하며 忠良(충량)한 대신을 많이 제거했다. 그러면서 무삼사는 중종의 위왕후(韋皇后)와 사통하기도 했다. 무삼사의 아들 무숭훈(武崇訓)은 태자 이중준(李重俊)을 폐하고 안락공주(安樂公主)를 皇太女로 삼기도 했었다. 경룡(景龍) 元年(707) 太子 李重俊이 경룡지변(景龍之變)을 일으켜 武三思와 武崇訓을 죽였다. 그러나 李重俊의 거사는 곧바로 실패하며 측근에게 피살되었다. 中宗은 무삼사를 梁王으로 追封하였고 이중준 수급으로 제사하였다.

무삼사(武三思)

"고모가 궁중에서 총애를 받는다 해서 좋아했는데, … 조정에서는 왜 신하들이 하는 말을 듣고 사람을 내쫓아 비구니가 되게 한단 말이오? 황제도 참 무정하지. 그래도 살아서 나온 게 다행이오."

무재인은 아무 말도 못하고 눈물만 흘리니, 삼사가 위안조로 말했다.

"고모, 근심하시지 말아요. 그래도 근심 걱정없이 살아가는 사람이 비구니들이 아닙니까?"

무재인은 궁전에서 나올 때의 일을 생각하니 슬펐다. 그러나 말끔하게 생긴 무삼사의 얼굴을 보니 모든 것이 잊혀졌다. 저녁을 먹은 다음에 부모들과 데리고 나온 하인 소희(小喜)가 밖으로 나가니, 삼사가 다가와서 취기 어린 목소리로 말했다.

"고모, 이렇게 좋은 검은 머리를 아까워서 어떻게 잘라 버리겠어요.?"

무재인은 그가 자기 집 혈육인데다가 나이가 어렸기에 품에 끌어 안았다.

"오늘 밤 고모는 어디서 자오?"

"난 어머니 방에서 잘 테야."

"저는 고모한테 많은 걸 묻고 싶은데, 오늘 밤 나와 함께 자면 안 되오?"

"할 말이 있으면 어머니가 잠드신 뒤에 들어와라."

"그럼 잊지 말고! 문을 잠그지 말아요."

무재인이 머리를 끄덕였다. 그날 밤 무삼사는 부모들이 잠들기를 기다렸다가 무미랑의 방에 살그머니 들어가 인륜의 도를 저버렸다.[104]

며칠이 지나자, 무사확은 다른 일이 생길까 봐 무재인과 소희를 떠나라고 재촉했다.

전송하려고 따라 나온 무삼사에게 무재인이 몰래 말했다.

"조카, 나를 잊지 않으면 과거 보러 갈 때 감업사에 와서 찾으라구."

삼사가 그러겠다고 대답했다. 둘은 눈물을 흘리면서 작별했다. 며칠 걸어서 감업사에 당도하자, 법호(法號)가 장명(長明)인 주지가 나와서 무재인과 소희를 맞아들였다.

재인은 예쁜 꽃떨기 같은 가인이고, 스물너댓 살 되어 보이는

---

104 원문 成了鶉鵲之亂(성료순작지란) ─ 鶉은 메추리 순. 일정한 거처가 없는 새. 鵲은 까치 작.

소희는 몸매가 뛰어나고 아리따웠다. 아무리 훑어보아도 얌전하게 수행할 여인들은 아닌 것 같았다.

'저렇게 바람기가 있어 보이는 여인들이 어떻게 출가했을까?'

주지는 무미랑과 소희를 불당으로 안내했다. 불당에서는 제자 네댓 명이 악기를 다루고 있었다. 장명 노승은 무재인을 참배시키고 머리를 깎게 했다. 소희도 옷을 갈아 입히고 불전에 참배하게 했다.

소희는 주지 장명의 제자들 중 네 번째 사람이 여정암에 있던 두 번째 사부(師父) 같았다. 그러나 초면이어서 감히 말하지 못하고 마음속으로만 헤아렸다.

장명이 소개했다.

"이 네 사람은 모두 젊은 도제(小徒)들입니다."

그리고서는 회청(懷淸, 인명)을 가리키면서 말했다.

"이 사람은 지난 해 늦겨울에 왔습니다."

장명 주지는 무재인을 안으로 안내하면서 말했다.

"부인과 소희 아가씨는 이 방 두 칸을 쓰십시오. 옆 칸은 네 번째 사부의 침실입니다."

무재인은 방을 정돈하고 마음을 달랬다.

저녁 무렵이 되자 소희가, 히죽대면서 들어왔다.

"이제는 진짜 비구니가 되었다. 이 지경에도 웃을 경황이 있느냐?"

"부인께선 모르실 거예요. 넷째 사부 한 사람이 바로 여정암에

계시는 이부인의 동생 회청이에요. 저는 진작 알아보았지만 말할
수가 없었어요. 방금 그녀의 방에서 헤어진 다음 이야기를 들었
어요. 그래서 웃는 거예요."

"여정암 이(李) 부인이라니?"

소희가 수나라 황실 소황후가 남쪽으로 제사지내러 가다가 여
정암에 들려서 남양공주와 진(秦), 적(狄), 하(夏), 이씨(李氏) 네 부
인을 만났던 경위를 얘기하니, 무재인이 말했다.

"그런데 왜 이곳으로 옮겨왔다던가?"

"복주(濮州)에 연속 재해가 들고 전염병이 도는 통에 진(秦), 하
(夏), 이씨(李氏) 등 세 부인이 사망했대요. 그래서 어느 선비를 따
라 장안으로 오다가 중도에서 도적을 만나 선비는 죽고 그녀는
물에 뛰어들었는데, 다행히 지나가는 배를 만나 구조되었답니다.
그 후 장안으로 갔는데 장안에서 이곳으로 보내더래요."

"그녀한테 내왕하는 사람은 있다고 하던가?"

"성이 풍씨(馮氏)인 외사촌이 있대요. 남교(藍橋)라는 곳에서
약방을 경영하는데 늘 이곳에 다녀가곤 한다더군요."

무재인은 그런 말을 듣고 그냥 머리를 끄덕였다.

하루는 무재인이 불당에 앉아서 회청이 주련(柱聯) 쓰는 것을
구경하고 있는데, 밖에서 문을 두드리는 소리가 들렸다. 마침 장
명 노승이 도제들을 거느리고 염불하러 가고 없었기에, 회청이
나가서 물었다.

"누구세요?"

"누님, 나요!"

회청이 외사촌 풍소보(馮小寶)인 줄 알고 아주 기뻐하며 문을 열었다.

"왜 그동안 오지 않나?"

"듣자니, 조정에서 보낸 무재인이 이 암자에 와계시면서 출가했다더구만. 그래서 나는 감히 찾아오지 못했습니다. 오늘 대문이 닫혀 있어 제자들이 집에 없을 줄 알구 살그머니 누님이나 만나보려 왔습니다."

"무재인이 안에 계시는데 만나보겠나?"

이어 풍소보가 회청을 따라 들어왔다. 무재인은 탁상에 기대어 회청이 쓴 주련을 보고 있었다.

회청이 무재인한테 다가가서 말했다.

"다섯째 사부님, 동생이 저를 보러 찾아왔다가 인사를 올리겠답니다."

무재인이 몸을 돌려 풍소보를 바라보았다.

그 사람은 온화한 표정에 반듯하고 단단한 체구였으며, 눈매가 서글서글하며 전체적으로 호감이 가는 미남자였다.

"이분이 영제(令弟)이십니까?"

때마침 소희가 무재인을 찾아서 들어왔다가 풍소보를 보자, 역시 인사했다.

"이분의 성씨는 무엇입니까?"

그러자 회청이 말했다.

"내가 전번에 말하던 외사촌 동생인데, 성은 풍씨야."

"그러니 영제되시는 분이었군요. 실례했어요." 회청은 소보를 데리고 자기 방으로 들어갔다. 소보는 탁자 위에 종이를 펴놓고 칠언절구(七言絶句) 한 수를 썼다.

타고난 치정이 어찌 우연이겠나,   (天賦癡情豈偶然)

만나면 서로 그립고 안쓰러워라.   (相遇已自各相憐)

꽃 찾은 나비처럼 좋아 웃으면서,   (笑予好似花間蝶)

붉은색 보라색 꽃 찾아 날아간다.   (纔被紅迷紫又牽)

회청이 웃으면서 말했다.

"나도 한 수 지어 그대에게 드리지요!"

회청은 붓을 잡고 그 뒤쪽에 역시 절구를 지어 썼다.

잘생긴 얼굴 늠름하고 강직하나니,   (一睹芳容卽耿然)

멋지고 우아하고 진정으로 날렵합니다. (風流雅度信翩翩)

그대를 사모하여 도화살을 범하였나니, (想君命犯桃花煞)

나 역시 낭군, 당신만을 연모합니다.   (不獨郞憐妾亦憐)

붓을 놓고 방에서 나온 회청은 주방에서 술과 안주를 가져다가 소보와 함께 먹고 마시면서 즐겼다. 방에서 생각에 잠겼던 무재인은 소희를 따라 회청의 방문 앞에 와서 말없이 서있었다.

밖에서 대문 두드리는 소리가 나고 늙은 사부가 제자들을 데리고 돌아왔다. 무재인은 방으로 들어가고 소희가 나가서 문을 열어 주었다. 회청도 따라나가 그들과 한담을 했고, 소희는 무재인이 적적해할까 봐 방으로 돌아오니 무재인은 넓은 화선지를 펴놓고 시를 쓰고 있었다.

꽃과 나비는 끼리끼리 어울리고,	(花花蝶蝶與朝朝)
정든 꽃앞에 나비 더욱 어여쁘다.	(花旣多情蝶更妖)
몰래 규방서 즐긴 무한 쾌락이니,	(竊得玉房無限趣)
어떤 복락이 이내 몸을 녹여주리?	(笑他何福可能銷)
본래 쾌락은 오래 가질 못하나니,	(從來享樂恨難長)
문득 마음껏 즐긴 그날 그립도다.	(倏爾依回恋彩香)
꽃을 피운 신령께 빚이 많지마는,	(討盡花神許多債)
몇몇 송이 남겨서 오래 감상하리.	(慢留幾點未親嘗)

두 사람이 시를 읽으며 이야기하는데, 회청이 찾아와서 말했다.

"무사부와 소희 아가씨! 함께 저의 방에 건너오셔서 담소나 하시지요."

그러자 무재인이 대답했다.

"손님이 계시는데, 제가 어떻게 가겠어요?"

"자고로 천하 사람 모두가 한 형제라고 했는데 저희들끼리야 허물이 있나요?"

"그럼, 차라리 이 방으로 건너오세요. 제가 차를 마련하겠습니다."

"예 그러지요. 소희 아가씨와 함께 가서 동생을 데려오겠습니다."

회청은 소희와 함께 가서 얼마 후 술과 안주를 날라왔다.

소희가 먼저 들어서니, 무재인이 물었다.

"내가 지은 시를 네가 가져갔었는가?"

"아닙니다. 탁상 위에 있을 것입니다. 저는 그들이 방에서 쓴 시문을 가져왔어요. 부인께서 읽어보세요."

소희는 손에 들고 있던 물건을 놓고 소맷자락에서 시문을 꺼내 주었다. 무재인이 펼쳐보니 회청과 소보가 주고 받은 두 수의 절구였다.

회청과 소보가 들어오자, 무재인은 시문을 감추고 말했다.

"넷째 사부님, 이곳엔 돈 주고 살 물건도 없으니, 어떻게 대접하나요?"

회청이 대답했다.

"반찬들을 보니 정말 초라하지요."

그들은 촛불을 중간에 놓고 소보를 남쪽을 향해 앉게 했다. 무재인이 소보와 마주앉고 소희가 그 옆에 앉았다. 그들은 마음놓고 웃으며 농담하면서 술을 마셨다.

정관(貞觀) 23년(649) 5월, 태종은 병세가 크게 악화되자, 장손 무기와 저수량과 서세적을 침상 앞에 불러놓고 말했다.

"짐과 경들은 간악한 무리들을 제거하고 수많은 고생을 하면서 천하를 안정시켰소. 지금 사방이 평안하니, 이제는 경들과 함께 태평한 복락을 누리려 했지만, 이도 마음대로 되지 않는 것 같소. 위징(魏徵)[105]과 방현령(房玄齡) 두 사람은 먼저 갔고, 근자에

---

105 위징의 죽음 ─ 정관 17년(643년)에, 위징이 죽었다. 魏徵(위징, 580 ─ 643년)은 젊었을 때 빈곤했고, 시운도 따르지 않았다. 위징은 나중에 태자 建成(건성)을 섬겼지만 건성이 현무문에서 죽으면서 위징은 또 한 차례 위기에 봉착한다. 이세민은 위징의 강직한 성품을 알고서 죽이지 않고 바른말을 하라는 뜻으로 諫議大夫(간의대부)로 임명한다. 위징은 이후 秘書監(비서감)과 시중(侍中)을 역임했는데 죽을 때까지 태종의 심기를 건드리는 직간을 2백여 차례나 했다고 한다.

언젠가는 태종이 정말 좋은 사냥매를 얻었다. 태종은 수시로 이 사냥매를 데리고 놀았다. 그런데 갑자기 위징이 나타나자, 태종은 위징의 바른말을 듣기 싫어 사냥매를 얼른 품 속에 집어넣었다. 위징은 태종에게 성현들의 이런저런 이야기로 시간을 끌었다. 태종은 품속의 매가 숨이 막혀 죽을까 걱정이 되었지만 어쩔 수가 없었다. 한참 뒤 위징이 떠나고 품에서 사냥매를 꺼내보니, 이미 죽은 뒤였다.

한번은 태종이 조회를 마친 뒤 얼굴이 벌겋게 상기되어 내전으로 돌아오며 중얼거렸다.

"내가 다음에는 그 늙은이를 꼭 죽여버리겠다." 이를 본 문덕황후(長孫氏)가 물었다. "누가 폐하의 심기를 건드리셨습니까?", "위징은 조회 때마다 나를 모욕합니다." 황후는 잠시 뒤, 황후의 정

또 이정(李靖)과 마주(馬周, 마빈왕) 두 사람도 보내야 했소. 그러다 보니, 이제는 내 차례가 된 것 같소. 짐은 경들에게 다른 부탁은 없소. 태자는 몸소 실행하고 어질고 검소하며 예법을 따라 처신하네. 그래서 그냥 괜찮은 아들이고 며느리라고 할 수 있소. 그렇더라도 경들이 합심해서 잘 보좌하길 바랄 뿐이요."

말을 마치자 가늘게 한숨을 내쉬었고, 아쉬운 눈빛에 눈물이 차며 조금 흐느꼈다.

여러 사람이 아뢰었다.

복을 입고 나와 태종에게 절을 올렸다. 태종이 깜짝 놀라 까닭을 물었다. 황후는 "제가 듣기로는, 주군이 명철하면 신하가 곧바르다고(直) 하였습니다. 지금 위징이 바른말을 한다는 것은 폐하께서 영명하시기 때문입니다. 제가 어찌 경축하지 않을 수 있겠습니까?"〔이는 정관 6년(서기 632년)의 일이었다.〕

중국 역사상 최고의 치세(治世)라고 하는 貞觀(정관)의 治(치)는 이처럼 바른말을 직간할 수 있는 신하와 그러한 바른말을 수용할 수 있는 황제가 있었기에 가능했었다. 정관 17년(서기 643년) 정월에, 위징이 죽었다. 태종은 심하게 서러워했고 그 비문을 직접 썼다고 한다.

태종이 말했다. "사람은 구리로 거울을 만들어 의관을 바로 한다. 옛일을 거울로 삼아 흥망을 알 수 있으며, 사람을 거울로 삼아 잘잘못을 알 수 있다. 지금 위징이 죽었으니, 나는 거울을 잃었도다!" 태종은 위징의 비문을 몸소 썼다고 한다. 당 태종은 위징이 죽은 다음 해에 고구려를 원정했으나 19년에 실패하고 귀국했다. 태종은 이 원정을 뼈저리게 후회하며 탄식했다. "위징이 만약 살았었더라면, 내가 이 원정을 못하도록 했을 것이다." 태종은 역마를 보내 위징의 묘에 羊을 바쳐 제사토록 시켰다.

"폐하께선 아직 정력이 왕성하시니 힘을 다해 나라를 다스리셔야 합니다. 지금은 우연히 용체가 불편하지만, 어찌 불길한 말씀을 하십니까?"

"짐은 벌써 예측하고 있었네. 그래서 부탁하는 거네."

여러 신하들이 인사하고 물러갔다.

그날 밤 태종이 붕어했다.[106]

---

106 태종의 붕어 – 태종은 정관 23년(649년) 52세에 죽었으니, 한창 장년이었다.

전투 지휘관이 승리를 거듭할수록, 또 기업의 CEO가 사업목표를 연속 달성하다 보면 승리나 자신감에 도취되어 더 큰 목표나 더 많은 성과를 얻기 위해서 브레이크가 고장 난 자동차처럼 질주하게 된다. 이를 승자효과(Winner's Effect)라고 한다. 우리가 일상생활에서 자신만만하다는 말을 자주하는데, 그러다 보면 멈춰야 할 때 멈출 줄 모르고 만족하질 못한다. 적당한 어느 선에서 끝을 내야 하는 데 과욕이 생겨 끝내지 못하게 될 경우 그 최후는 패망으로 치달을 수밖에 없다. 패망은 멈출 수 없는 자의 운명적 비극이다.

사실 태종은 英明(영명)한 군주로 文治와 武功(무공) 어디서든 큰 공적을 이룩하였다. 자신이 근검한 생활을 하였고 신하들의 말을 경청하였다. 사람을 가리지 않았고, 능력이 있는 그대로 적재적소에 활용했기에 국내외 모든 면에서 성공을 거둘 수 있었다. 재위 기간이 길어지면서 그동안 계속된 성공이 축적해 놓은 성과가 있기에 점차 初心을 잃어갈 때가 되었는지 그 폐단이 나타나기 시작한 것이다. 태종 만년에 나타난 폐단 중 가장 큰 것은 태종이 점차 직간을 싫어한다는 것이었다. 정관 초기에 그렇게 적극적으로 신하의 말을 경청하더니, 이제는 자세와 결심이 다

태자 치(治)가 즉위하니, 뒷날 묘호(廟號)는 고종(高宗)이다.[107]

천하에 조서를 내렸고, 다음 해를 영휘 원년(永徽 元年)으로 정한다고 알렸다.

감업사에 있는 무씨가 소식을 듣고 슬피 울었다.

르다는 것이었다. 그리고 재위 만년에 이를수록 사치의 풍조가 점차 늘어났다. 즉위 초기의 청정한 생활은 점차 사치 쪽으로 흘러가게 되어 있다. 그래서 궁전을 다시 짓고 泰山에서 封禪(봉선)을 하겠다는 계획을 추진하기도 했었다. 물론 백성들이 너무 오랫동안 태평성대를 즐기다 보면 백성들을 부리기가 어려울 수 있고, 그러니 적당한 부역과 징발이 필요하다고 생각할 수는 있다. 그러나 그것이 치국의 바른길이라 할 수는 없을 것이다.

하여튼 태종의 재위 기간 중에 전체적으로 功은 많고 과실(過失)이 적었기에 축적된 결과가 남아 있었다고 볼 수 있다. 후대는 그 속에 안주하게 되고, 그러면서 점차 기울어가다가 결국 멸망이라는 공식에 도달하게 된다.

107 고종황제의 이름은 치(治)이고, 생모는 장손(長孫)황후이다. 장남 승건(承乾)이 태자에서 폐위되자, 장손무기는 태종에게 治를 책립할 것을 강력히 권했다. 7년 동안 태자로 동궁에서 살았다(정관 17 – 23년). 태종은 정관 22(648년)에 《제범(帝範)》 12편을 지어 내려주며 말했다. "수신(修身)과 치국(治國)의 요체가 모두 그 가운데 있다. 내가 죽더라도 다시 더 할 말이 없다."

《帝範(제범)》은, 태종이 태자를 가르치기 위해 자신의 정치 경험과 자신의 功過(공과)를 저술한 책. 君體(군체), 建親(건친), 求賢(구현), 審官(심관), 納諫(납간), 去讒(거참), 誡盈(계영), 崇儉(숭검), 賞罰(상벌), 務農(무농), 閱武(열무) 등 12편이다.

고종이 즉위하자, 장손무기와 저수량이 선제의 유조를 받아 정사를 보필했다.

후에 태종의 기일이어서 고종이 감업사로 향을 피우려고 가다가 마침 암자에 빈둥대는 풍소보를 만났는데, 사람을 시켜 불러도 회피하고 오지 않았다.

주지 장명은 하는 수없이 소보의 머리를 깎게 하고서는 고종이 물었을 때, 풍소보가 조카인데, 토지당(土地堂)에서 출가하였고 자기를 찾아왔노라고 거짓말로 보고했다. 그러나 고종이 그런 눈치도 못채겠는가?

"낙양의 백마사(白馬寺)[108]에는 전지(田地)가 넓지만, 화상은 매우 적네. 짐이 저 화상에게 도첩(度牒)을 내주게 할 것이니, 내일 중으로 백마사로 쫓아보내라."

무재인은 고종을 보자 대성통곡했고 고종도 눈물을 흘렸다. 고종은 몰래 장명에게 분부해서 무씨가 머리를 길러 묶게(束髮) 하라고 지시했고, 앞으로 사람을 보내 무재인을 데려가겠다고 분부한 다음에 회궁하였다.

이후에 무슨 일이 있을지 모른다면, 다음 회를 읽어 보시라.

---

108 백마사(白馬寺) ─ 수 河南省 洛陽市 동쪽, 북쪽으로는 북망산, 남쪽으로는 낙하(洛河)에 연접한 불교 사원. 후한 명제 때(서기 68년) 건립. 불교가 중국에 전해진 이후 최초의 佛寺. 중국 불교의 發源地(발원지), 佛教的(불교적) '祖庭(조정)', '석원(釋源)'이라 칭한다. 당시 面積(면적)으로 중국 最大的 佛寺였다고 한다.

무재인은 머리를 길러 환궁하고, 진숙보 모친은 백세방을 받았다.(武才人蓄髮還宮, 秦郡君建坊邀寵.)

노래하나니,	詞曰,
세상사 사람 따라 승패 결정되니,	(景物因人成勝槪)
눈앞을 가로막는 티끌도 없도다.	(滿目更無塵可礙)
헛되이 놀라고 만났다 기뻐하며,	(等閒驚地喜相逢)
걱정도 풀리고 마음이 즐거우니,	(愁方解, 心先快)
명월에 청풍이니 기다릴만하다.	(明月淸風如有待)
누구가 믿겠나 대문에 천자 수레,	(誰信門前鸞輅隘)
꽃 같은 세상의 새 삶이 열렸다.	(別是人間花世界)
매사에 즐겁지 않은 일 없나니,	(座中無物不淸涼)
애정과 은정이 모두 여기 있지만,	(情也在, 恩也在)

강물도 구름도 모두 흘러갔구나.　　　　　　(流水白雲眞一派)

— 곡조〈천선자〉　　　　　　　　　　— 調寄〈天仙子〉

인간의 눈먼 애정이나 끝없는 탐욕을 상황에 따라 바로잡기는 때로는 아주 쉬운 일이다. 태자 이치(李治)의 경우에 예(禮)가 아니면 보지도 않고 듣지도 않았으며, 말하지도 행동하지도 않았으며,[109] 어려서부터 사부(師傅)의 가르침에 따라 바른 심성을 함양하였으며, 여러 법도를 잘 준수하였다. 그런데도 의외로 사악하고 바보 같은 치정(癡情)에 사로잡혀, 음란한 생각에 취한 듯 홀린 듯 이성을 잃었고, 미쳐 날뛰듯 오륜(五倫)[110]에 어긋나는 짓들을

---

109 원문 非禮勿視(비례물시), 非禮勿聽, 非禮勿言, 非禮勿動－勿은 말 물. 하지 않다. 하지 말라. 본래 이는 《論語 顔淵》의 첫 章에 보인다. 顔淵(안연, 안회)의 질문에 공자는 克己復禮(극기복례)가 仁이라 말하자, 안회는 그 실천 방법을 물었고 공자는 위의 4가지를 말해주었다. 이렇게 禮를 실천하는 것이 仁이며, 예의 실천은 자신의 의지이니 仁이 자신에게 있는 것이지, 타인 때문에 仁을 실천하는 것이 아니라는 것을 명확하게 설명하였다.

110 오륜(五倫)－五倫의 배열 순서는 君臣(군신), 父子(부자), 夫婦(부부), 兄弟(형제), 붕우(朋友)이다. 《中庸》
《孟子, 滕文公 上(맹자 등문공 상)》의 五倫 배열 순서는, 父子, 君臣, 夫婦, 長幼, 朋友이다. 《맹자 등문공 상》에는 「~. 人之有道也에 飽食暖衣하고 逸居而無敎면 則近於禽獸하여, 聖人有憂之하여 使契爲司徒하여 敎以人倫하다. 父子有親, 君臣有義, 夫婦有別, 長幼有序, 朋友有信. ~」라 하였다.

서슴없이 저질렀다.

　어리석은 백성이 밝은 촛불 아래서, 또는 뽕나무 밭에서, 또는 냇가에서 저지르는 불륜이나 치정보다 더 심하게 저질렀다. 십년이 넘도록 아버지와 살을 섞은 여인에게 치정을 느꼈고, 그런 불륜을 자제하지 못했다. 도대체 머릿속에 윤리(倫理)나 도덕(道德)이라는 개념조차 없었던 것 같았다.[111]

　어느날, 고종은 감업사(感業寺)에 가서 향을 피우고 돌아왔다.[112] 무재인(武才人)이 자기 방에 들어서니 회청(懷淸)이 말했다.

---

111 高宗은 아버지 太宗의 후궁인 武才人(武后)을 절에서 데려와 황후로 삼았었는데, 물론 애틋한 사랑이 있었다고는 하지만 그 결과는 당 왕조의 중간 단절이란 엄청난 파장을 불러왔었다. 이러한 비정상적인 애정은 太宗도 예외가 아니었다. 태종은 '현무문의 변'을 통해 동생인 齊王(元吉)을 죽이고 그 아내, 곧 弟嫂(제수)를 데려다가 사랑하고 거기에서 所生(소생)을 얻기도 했었다. '貞觀의 治'라는 선정을 행한 태종이 武氏를 궁으로 불러들인 결과는 측천무후의 등장을 초래했고, '開元의 治'를 이룩한 현종이 양귀비를 사랑한 결과는 安史의 난과 당나라의 쇠퇴를 불러오는 단초가 되었다. 그래서 帝王(제왕)이건 凡人(범인)이건 모든 행실이 도덕적이어야 한다는 교훈이 통하는 것이다. 아무런 실효가 없어 보이는 人倫(인륜)과 도덕이 인간의 삶에서 가장 중요하다는 것을 알아야 한다.

112 貞觀 23年(649) – 唐 太宗 붕어. 武才人은 後宮(후궁)의 전례에 따라 感業寺(감업사)에 들어가 출가 삭발하였다.
　高宗 영휘(永徽) 원년(650年) 5月, 高宗은 太宗 1週 기일(忌日)에

"부인은 참 좋으시겠어요. 폐하께서 왕림하시어 부인이 회궁할 수 있도록 머리를 기르도록 주지에게 특별히 당부하셨어요. 이제 황궁의 모든 비빈을 관장할 날이 멀지 않았어요. 그런데 부인은 왜 양미간을 찌푸리고 계시나요?"

"궁중으로 돌아가 은총을 받으리라고 오래전부터, 그리고 기다리며 한편으로는 짐작도 했지요. 그런데 풍랑(馮郎, 풍소보)이 우리 셋 때문에 삭발하고 중이 되었으니 우리한테 그를 구할 방도가 없겠나를 생각하고 있었어요."

"풍소보를 걱정하지는 마세요. 그가 뭐라고 말하나 한 번 들어보세요."

풍소보가 방 안에 들어와서 물었다.

"왜 아무 말도 없이 앉아만 있는거요?"

소희가 대답했다.

"무부인과 넷째 사부님께서 풍랑 때문에 근심하고 있어요."

感業寺 가서 향을 피웠다. 이때 여승이 된 비구니 武氏와 상면한다. 당시 고종의 소숙비(蕭淑妃)는 王皇后(왕황후)와 총애를 다투고 있었는데, 왕황후는 고종과 무재인과의 애틋한 감정을 알고서, 소숙비를 제거할 속셈으로 고종에게 무재인을 환궁시키라고 적극 권유했다. 唐 高宗은 즉시 수락했다. 영휘 2年(651) 5월, 高宗이 상복을 벗으면서 당시 27세의 武氏를 환속(還俗)하고 入宮케 했다. 이때 무씨는 이미 잉태하여 입궁하면서 아들을 출산하니, 이 아들이 바로 맨 처음 태자였던 이홍(李弘)이다. 다음 해 5월에 무재인은 二品인 소의(昭儀)에 책봉되었다.

그러나 풍소보가 아무렇지도 않다는 듯이 말했다.

"걱정 마십시오. 부인께선 모르셔도 저의 누님은 잘 알고 있습니다. 저는 위로 부모님이 안 계시고, 아래로는 형제나 아내도 없는 홀몸입니다. 출세하려는 생각도 없고 민간에서 조용히 살아가려고 합니다. 오늘 부인을 만나 회청 누님과 사랑을 나누어 받으면서 옥체까지 더듬어보았고, 또 소희 아가씨와 재미도 마음껏 누리고 도움도 받았지요. 크나큰 은혜를 입었으니, 세 분을 위해서라면 죽음도 두렵지 않은데 머리를 깎는 것쯤이야 뭐가 대단하겠습니까?"

회청이 말했다.

"머리를 깎고 출가했으니 부인 옆에 자면서 자식을 보기는 이제 틀렸지!"

"누님은 아직 모를거요. 어떤 부인들은 중을 보면 밤낮 끌어안고 있으면서 아예 놓아주질 않습니다."

무재인이 말했다.

"그럼 앞으로 당신에게 즐거운 일이 있으면 우릴 잊어버리겠구만."

"천만에요, 부인과 같은 경국지색은 세상에 정말 드뭅니다. 아니 정말 없습니다. 의리와 우정을 중히 여기는 두 분과 같은 성품도 세상에 또 없을 것입니다. 한 가지 요구라면 궁전에 들어가신 다음에 조정에 말씀하셔서 저를 백마사 주지가 되도록 해주십시오. 그럼 저는 더 바랄 것이 없습니다. 중들 가운데는 관리도 없을 것이고, 특히 백마사 주지쯤 되면 정말 대단하지요.”

이에 회청이 말했다.

“네 말은 틀렸어, 네가 백마사의 주지가 될 수 있다면, 그러면 나라의 황제는 꼭 남자들만 하는 것인가? 무재인께서도 이제 궁중을 관장하게 된다면 앞으로 어떻게 될는지 누가 알겠어!”

이에 무재인이 웃으면서 말했다.

“그런 것을 두고 입씨름을 할 거야 없어. 어쨌든 우릴 잊지만 않으면 난 만족해!”

그러자 풍소보가 꿇어앉아서 맹세를 말했다.

“하늘을 향해 맹세 드립니다. 저 풍소보가 뒷날 무재인과 회청 사부님, 그리고 소희 아가씨의 은덕을 잊는다면 천벌을 감수하겠습니다!”

무재인은 자신의 속적삼을 벗었고, 회청은 옥으로 만든 여의 (如意)를, 그리고 소희도 입고 있던 아래 무명 속옷을 벗었다. 그들은 그 물건을 정성으로 접어서 소보한테 선물로 주었다.

한창 이야기를 나누고 있는데, 주지 장명이 술주전자를 들고 일하는 노파가 안주를 들고 들어왔다.

“풍사부님, 곧 떠나게 되니 저는 술 한 주전자를 가지고 왔소. 나를 잊지 말아 주시오. 방금 천자 앞에서 내 조카라고 했으니, 도리대로 말하면 오늘 밤엔 내 방에서 주무시면 석별의 정을 나뉘야 합니다. 하지만 나는 늙은 몸이니 시중들기가 어렵습니다. 백마사에 가시면 훌륭한 도제들을 받아들이고 또 나를 돌봐주시오. 자, 내일은 떠나야 할 테니, 어서 이 술을 들고 주무시오."

장명은 말을 마치자 나가버렸다. 풍소보와 무재인 등 세 여인은 오경 종소리가 울릴 때까지 밤새 이야기를 나누었다. 소보가 물건을 수습해 가지고 떠나니 그녀들은 눈물로 전송했다.

며칠 후 高宗은 차관(差官)을 보내 재인(才人) 무씨를 궁궐로 데려다가 소의(昭儀)[113]로 승급시켰다. 고종은 매우 기뻤다. 무소의역시 운이 좋았다. 이듬 해에 아들을 낳고 또 한 해가 지나 딸을낳으니, 고종의 총애는 더욱 확실하였다.

따라서 황후 왕씨(王氏)[114]와 숙비(淑妃) 소씨(蕭氏)[115]에 대한황제의 은총은 더욱 식어버렸다.[116]

---

113 소의(昭儀) — 女官의 명칭. 皇后 아래에 三妃(正一品에 해당)가 있고 그 밑으로 六儀(正二品, 6명. 昭儀는 여기에 해당)가 있으며, 이어 美人(正三品), 才人(正五品에 해당)의 품계가 있었다.

114 왕황후(王皇后, 622년 전후—655년) — 唐 高宗 元配(원배). 처음에는 晉王(진왕)의 妃(비), 皇太子 妃, 皇后가 되었다. 고종 영휘(永徽) 6년(655) 10월 폐위, 武則天(무측천)의 손에 죽었다.

115 숙비(淑妃) 소씨(蕭氏) — 처음에는 太子의 양제(良娣)였다가 淑妃에 봉해졌고, 여러 후궁 중에서 총애를 많이 받았다. 許王 李素節, 義陽公主 李下玉, 高安公主를 출산했다. 영휘(永徽) 六年 10월에 왕황후와 함께 폐위되었다가 武則天의 손에 죽었다.

무소의가 딸을 낳은 후 어느 날, 황후는 어린애가 귀여워서 데리고 놀았다. 황후가 돌아간 뒤 무소의는 딸애의 목을 졸라서 죽여놓고는 소의궁에 가서 태연자약하게 웃고 떠들면서 놀았다. 돌아와서 이불을 벗기고 보니 딸이 죽었는지라 울면서 궁녀들에게 물었다.

모두들 왕황후가 다녀갔다고 아뢰었다.

고종이 소식을 듣고 대노했다.

"왕황후가 내 딸을 죽였구나!"

무소의도 울고불고 야단을 치면서 황후의 죄를 열거하고 책망했으나 왕황후는 스스로 결백을 밝힐 도리가 없었다. 이 일로 인해 고종은 황후를 폐위시킬 생각을 품게 되었다.

어느 날 고종이 조정에서 장손무기와 이적과 저수량, 그리고 우지녕(于志寧)¹¹⁷을 다시 내전으로 불러 황후 폐위 문제를 물었다.

---

116 왕황후와 소숙비의 경쟁 - 태종이 죽었을 때 무재인은 25세였다. 비구니가 되었고 고종이 절에 갔을 때, 무재인을 보고 눈물을 흘렸다. 이때에 왕황후는 소숙비와 총애를 다투고 있었는데, 무재인에게 몰래 머리를 기르게 하고서는 고종에게 불러들이라고 권했다. (무재인이) 입궁한 뒤로 왕후와 소숙비는 모두 총애를 잃었다. 무씨는 나이 32세에 소의에서 황후가 되었고, 왕황후와 소숙비는 모두 죽음을 당했다.

117 우지녕〔于志寧, 588-665년, 字는 仲謐(중밀)〕- 唐朝(당조) 재상 역임. 秦王府(진왕부) 18學士(학사)의 한 사람.

먼저 도착한 저수량이 말했다.

"황후를 새로 책봉하는 일은 황실과 나라를 위한 일입니다. 선제의 부탁이 있었거늘, 만약 황후를 폐위시킨다면 이후에 무슨 면목으로 선제를 대하겠습니까?"

이적은 몸이 불편하다는 핑계를 대고 오지 않았다.

장손무기 등이 내전에 이르니, 고종이 말했다.

"황후는 자식이 없고 무소의가 아들이 있으니, 황후로 책봉하면 어떻겠나?"

저수량이 말했다.

"선제에서 돌아가시기 전에 폐하의 손을 잡으시고 '짐은 훌륭한 아들과 훌륭한 며느리를 경들에게 맡긴다.'고 신하들에게 말씀하셨습니다. 이 말씀은 폐하께서도 들으셨습니다. 그 말씀이 아직도 귓전에 쟁쟁합니다. 황후한테 큰 잘못이 있다는 말을 듣지 못했는데, 어찌 경솔히 폐위시킬 수 있겠습니까?"

고종은 몹시 불쾌한 심정으로 면담을 마쳤다.

이튿날 다시 불러서 이야기하니 저수량이 다시 아뢰었다.

"폐하께서 황후를 다시 책봉하시려면 천하의 명문 거족 가운데서 선택하실 일이지, 어찌하여 무씨를 택하십니까? 하물며 무씨가 선제를 섬겼다는 사실은 모두가 알고 있는 바인데, 후손들이 폐하를 어떻게 말하겠습니까?"

저수량이 홀(笏)을 계단에 놓고 모자를 벗은 다음 자기의 머리를 땅바닥에 부딪치면서 직언을 하자, 대노한 고종은 저수량을 끌어내라고 분부했다.

무소의가 휘장 뒤에서 듣다가 큰소리로 말했다.

"저런 놈을 왜 박살 내지 않으십니까?"

그러자 장손무기가 말했다.

"저수량은 선제의 고명(顧命)을 받은 신하이기에 죄가 있어도 형벌을 가할 수는 없습니다!"

그리고 한원인(韓瑗因)도 울면서 간언을 올렸지만 고종은 따르지 않았다.

며칠 후 중서사인 이의부(李義府)[118]가 황제에게 서장을 올려 무소의를 황후로 봉할 것을 청원했다.

그때 이적이 조정에 들어오자, 고종이 물었다.

"짐이 무소의를 황후로 책봉하려고 저수량에게 물으니 안 된다고 하는데, 경의 생각은 어떤가?"

"이는 폐하의 가정사인데 어찌하여 외인들에게 문의하십니까?"[119]

---

118 이의부(李義府, 614-666년, 字는 未詳) ― 貞觀(정관) 8년(634) 출사한 이래 감찰어사, 太子舍人(태자사인)을 역임하며 고종의 인정을 받았다. 장손무기의 미움을 받아 지방관으로 좌천될 뻔했었다. 왕황후 폐위와 무소의의 황후책봉을 주장하여 고종의 신임을 획득했다. 웃음 속에 칼을 품은〔笑裏藏刀(소리장도)〕사람이라서 당시 사람들이 '고양이 이가(李猫)'라고 불렸다. 나중에 이부상서를 역임했고 재상 반열에 올랐다.

119 李勣(이적)의 책임은?― 이적(李勣, 徐世勣(서세적))은 태종의 특별한

그러자 옆에 있던 허경종(許敬宗)[120]도 찬성했다.

부탁[顧命(고명)]을 받은 사람이다. 태자에게 보위를 넘겨주기 전에 일부러 지방관으로 방출하여 그 충성심을 테스트를 했고 그런 테스트에 통과했었기에 고종이 즉위하면서 곧바로 불러들였던 것이다. 그만큼 고종은 이적을 신뢰했었다.

만약 폐비 문제에 이적이 저수량과 같은 입장을 취했다면 고종은 추진하지 않았을 가능성도 충분하였다. 고종이 신하에게 물었던 것은 그만둘 수 있다는 의미인데, 이적의 찬성은 곧 결론이었다. 이적은 '이는 家事(가사)'라는 의견으로 자신의 의견은 없는 것처럼 말했다. 그러나 그것이 어찌 황제 개인의 일인가? 이적은 젊은 황제에게 忠諫(충간)해야 하는 의무를 저버렸을 뿐만 아니라 오히려 권장한 꼴이었다.

그 결과는 결코 저수량의 폄직과 죽음으로 끝나지도 않았으며 고종 자신의 불행만은 아니었다. 당나라 皇室은 中絶되었고, 그 餘震(여진)이 남아 中宗은 황후 韋氏(위씨)에게 독살되었다. 다행히 玄宗의 즉위로 수습은 되었지만 그 폐해가 결코 적지 않았다. 太宗은 이적을 일부러 지방관으로 보내어 이적의 충성심을 떠보았지만, 이적이 지켜야 할 忠이라는 大節은 결코 이런 것이 아니었다. 이적은 668년에 고구려 평양성을 함락시키고, 그 다음 669년에 76세로 죽는다. 고종은 7일 동안 輟朝(철조)하면서 大臣의 죽음을 애도했다. 그러나 뒷날 이적의 손자 徐敬業(서경업)이 武則天에 대항하다가 일족이 주살당하고 이적 역시 剖棺斬屍(부관참시) 당했으나 中宗이 재즉위하면서 복위 복권되었다.

120 허경종(許敬宗, 592-672년, 字는 延族)—唐朝 官員, 秦王府 學士 출신. 고종 즉위 후 禮部尙書(예부상서) 역임. 李義府(이의부)와 함께 武皇后(무황후)를 지지, 저수량 방출과 장손무기의 사사(賜死)를 주도했다. 中書令(宰相) 역임.

"농사꾼도 10곡(斛)의 보리를 더 수확하려고 아내를 바꾸기도 하는데, 하물며 천자인 경우야 더 말할 나위가 없습니다."

고종은 그 자리에서 결정짓고 왕황후와 소숙비를 폐위시켜 서인으로 만들고 옥쇄띠를 준비하라고 이적(李勣)에게 분부했으며, 무씨를 황후로 책봉했다.

저수량(褚遂良, 69회 주석 참고)을 담주(潭州, 今 湖南省 長沙市 일대) 도독으로 강등시켰다가 다시 애주(愛州, 고종 때 安南都護府 소속, 今 越南 지역) 자사로 방출하여 임지에서 죽게 했다.

그때부터 무씨는 조정을 마음대로 휘둘렀으며 고종과 함께 어전에서 정무를 처리했다. 그리하여 세상에서는 무씨와 고종을 일러 '이성(二聖)'[121]이라고 불렀다.

고종은 색정(色情)에 빠졌으며 무후를 두려워했다.

그래서 무후의 말에 따라 사람을 보내 풍소보를 백마사 주지로 봉했다. 또 행인사(行人司)에 분부해서 무황후의 모친 양씨를 장안에 데려왔고, 부친 무사확에게 사도(司徒) 관직을 하사하고 주국공(周國公)의 작위를 추증하였으며, 양씨를 영국태부인(榮國太

---

121 이성(二聖) ─ 두 명의 황제. 高宗(고종)은 고혈압과 어지럼증으로 (風眩) 고생을 했는데, 여러 부서에서 상주하는 문서를 다 읽을 수가 없어 가끔은 황후가 결재하도록 하였다. 황후는 천성이 총명하고 고금의 도서를 섭렵하였기에 정사를 처리하는 것이 모두 황제의 뜻에 맞았다. 이로부터 정사를 위임하니, 그 권세가 황제와 같았기에 사람들은 천자가 두 명이라고 말했다.

夫人)에 봉했다. 또 조카 겸 입양한 양자로 동생이 된 무삼사(武三思, ?-707년, 70회 주석 참고)를 만나서 친히 관직과 작위를 내렸고 장안에 살게 했다.

무후는 왕황후와 소숙비를 증오하여 그들 수족을 잘라 술독에 넣으라고 분부했다.

"비천한 계집들이 전에 나에게 욕설을 퍼부으면서 망신을 주었지. 나는 네년들의 뼈다귀를 짓부숴 분을 풀겠다."

고종과 무후의 음탕한 생활은 밤낮으로 계속 되었다. 무후는 악독한 마음을 품었고 고종을 빨리 죽게 하려고 백방으로 아양을 떨었다.

고종은 두 눈이 어질어질하여 장계(狀啓)도 읽을 수 없는 형편이었다. 백관들이 올린 장계는 모두 무후가 처리하게 했다. 무후는 문학과 역사를 두루 섭렵했기에 총명과 식견을 뽐내면서 일마다 폐하의 뜻이라고 둘러대었다.

그래서 '천후(天后)'라는 칭호가 붙게 되었다.

어느 날 고종의 눈병이 더해졌다.

그는 번민하던 끝에 무후에게 말했다.

"황후와 종일 궁중에만 있으니, 어찌 짐의 눈병이 나을 수가 있겠소. 숭산(崇山)[122]의 경치가 매우 수려하다니 함께 유람하면

---

122 숭산(崇山, 崇山)－오악 중 중악. 32회 주석 참고. 수 河南省(하남성) 서부의 登封市(등봉시)에 있는데, 최고봉의 높이는 1,491m이

서 안계(眼界)를 넓히면 어떻겠소?"

무후도 궁중에 있으면 왕황후와 소숙비 귀신의 앙화(殃禍)를 입을까 걱정이 되어 궁 밖을 나가서 순행하고 싶었던지라 바로 찬성했다.

"아주 좋은 생각이십니다."

고종이 태감에게 분부하니, 얼마 후 황제의 의장대라 할 수 있는 난의위(鑾儀衛)의 군사들이 깃발을 들고 줄지어 섰고 많은 궁녀들이 뒤를 따랐다.

고종과 무후가 한 쌍 봉황의 수레에 오르자, 무후가 말했다.

"문신(文臣)들은 공무가 있으니 따라와서 뭘 하겠습니까? 어림군(御林軍) 4, 5백 명만 거느리고 출행하여도 충분할 것입니다."

고종이 칙령으로 문신들은 따르지 않게 하여 문신들은 조정에서 업무를 계속했다.

난의위의 정연한 깃발에 대오가 심히 엄숙했다. 낮에는 행차하고, 밤에는 쉬면서 행차하여 각 주나 현에 이르면 지방관의 영접을 받았다.

며칠 후 숭산(嵩山)에 도착하였다. 기괴한 봉우리가 구름 속에

다. 이 산 아래에 무술로 유명한 少林寺(소림사)가 있어 우리나라 관광객이 많이 찾는 산이다.

치솟았고 뭇새들이 지저귀면서 날아들었다. 절 앞에 있는 석교 밑으로는 시원한 계곡물이 흐르고, 가을 단풍잎은 말없이 떨어지고 있었다.

사원의 일궁월전(日宮月殿)은 금빛 찬란했다. 사원 뒤에 있는 불에 탄 작은 전각을 아직 수리하지 못한 것이 흠이었다. 저녁 무렵 낙조를 구경하고 가마에 올라 멍한 생각에 잠긴 무후를 바라보면서, 고종이 물었다.

"아내〔어처(御妻)〕께서는 뭘 생각하는 거요?"

"생각하는 바가 있습니다."

말을 마친 무후는 종이를 펴놓고 시를 썼다.

천자를 모시고 금원을 거닐었고,	(陪鑾游禁苑)
시중을 들면서 내전을 출입했다.	(侍賞出蘭闈)
구름은 높다란 봉우리 가리었고,	(雲掩攢峰盡)
노을은 날리는 깃발에 깔리었다.	(霞低�浪旗)
일궁(日宮)의 계곡문 활짝 밀어젖히고,	(日宮疏澗戶)
월전(月殿)의 바위문 밀어 열어놓았다.	(月殿啓巖扉)
천자의 화려한 수레 옥토를 지나,	(金輪轉金地)
누각의 향기도 옷에 스미어 든다.	(香閣曳香衣)
바람에 들리는 풍경 경쾌한 소리,	(鐸吟輕吹發)
깃발은 흔들려 엷은 이슬에 젖다.	(幡搖薄露希)
영지를 태우는 불빛 멀리서 본다.	(昔遇焚芝火)

단풍 든 산자락 새들 날개를 접고,	(山紅迎野飛)
꽃피운 누각도 이제 그림자 없다.	(花臺無半影)
연꽃에 받쳐진 불탑 찬란한 금빛,	(蓮塔有金輝)
백성들 인자한 공덕(功德) 덕분에 살고,	(實賴能仁力)
오로지 재물과 선행 위력 떨치네.	(攸資善世威)
자애를 베풀어 공덕 인연을 짓고,	(慈緣興福緒)
그러한 공덕에 귀의 의지하련다.	(於此欲歸依)
가지는 바람에 계속 흔들리어도,	(風枝不可靜)
마음의 통곡은 무엇 때문이런가?	(泣血竟何爲)

무후가 다 쓰자, 고종이 읽어 보고 칭찬했다.

"문장 기교가 새롭고 뜻이 예스럽고 우아하오. 이런 글은 한림원 대신들이 지어내야 하는데, 황후의 손에서 나오니 참으로 대단하오! 대단해!"

유람을 마친 황제 일행이 장안 도성에 이르자, 대신들이 마중 나와서 아뢰었다.

"이적〔李勣, 본명 徐世勣, 字는 懋功(무공)〕이 달포 정도 병석에 누웠었는데 어제 저녁 삼경에 서거하였습니다!"

보고를 받은 고종은 매우 슬퍼하면서 이적에게 정무(貞武)라는 시호를 하사하였다. 이적의 손자인 경업〔徐敬業, 뒷날 徐氏(서씨) 성을 회복하였다〕이 영공(英公)이라는 작위를 세습하였다.

高宗은 무후가 조정의 대소 정무를 결단하고 처리하자 더욱 좋아하였다. 황후는 대신들이 올리는 모든 상주문을 재결(裁決)하였다.

그런 상주문 중에 설인귀(薛仁貴)[123]가 돌궐의 잔당을 토벌하면서 3개의 화살로 천산(天山) 일대를 평정하였다는 문서를 읽고 감탄하며 말했다.

"몇 만의 대군일지라도 설인귀의 화살 3개만 못하구나!"

그러면서 고종에게 물었다.

"설인귀 장군이 대략 몇 살쯤 되었습니까?"

고종이 말했다.

"아마 서른 살 전후일 것이요."

그러자 무후가 말했다.

"그렇다면 그가 입조할 때 내가 한번 살펴보아야겠다."

고종이 조회할 때 설인귀가 알현했다. 황후는 주렴 뒤에서 설인귀를 훔쳐보니 그 체구와 모습이 정말 당당하였다. 무후는 마음속으로 크게 기뻐하면서 고종의 젊은 후궁 하나를 빼내 설인귀에게 보내주었다.

어느 날 무황후는 궁궐 화림원(華林園)에서 모친 영국부인과 무

---

123 설인귀(薛仁貴, 614−683년, 名은 禮, 字는 仁貴, 以字 行)−唐朝(당조) 초기 명장, 고구려 원정 성공. 삼전정군산(三箭定軍山) 등의 전고 (典故)를 남겼다. 70세에 병사했다.

삼사를 위한 잔치를 벌렸다. 고종은 한 잔을 마신 뒤에 대신과 정
사를 논의하러 자리를 떠났다. 모친 양씨는 옷을 갈아입고 황후
그리고 무삼사와 함께 화림원을 돌아다니며 경치를 구경하였다.
궁궐 여러 곳의 경치를 둘러본 모친은 교자를 타고 집에 돌아갔
다.

　그러나 무삼사는 다시 의복을 갈아입고 황후와 즐겼고, 즐거운
놀이를 마친 황후도 자신의 침소로 돌아왔다.

　한편 고종의 아들로 태자였던 이홍(李弘)[124]은 일찍 죽었고, 패

---

124 태자 이홍(李弘, 652－675년, 字는 宣慈)－高宗 李治(이치)의 五子로
　　唐 中宗과 唐 예종(睿宗)의 형인데, 무후 소생으로는 장남이었다.
　　태자 李忠(이충)이 폐위된 뒤 656년 5살에 태자로 책봉되었다. 이
　　홍은 인정이 많고 文士를 아끼고 학문을 좋아하여 태자로 결함
　　이 없었다. 다만 몸이 허약했었다.
　　이홍은 어느 날 자신에게 이복누나인 蕭淑妃(소숙비) 所生의 義陽
　　公主(의양공주)와 宣城公主(선성공주)가 비빈들과 궁녀들의 거처
　　인 掖庭(액정)에서 나이 40이 넘도록 결혼을 못하고 살고 있다는
　　것을 알았다. 그때까지 결혼을 안 시킨 것은 모두 武后의 소숙비
　　에 대한 분노 때문이었다.
　　이홍은 놀라고 그들을 동정하면서 이들 자매를 출가시켜야 한다
　　고 말했다. 무후는 크게 화를 내면서 되는대로 시위하는 병졸의
　　아내로 시집을 보냈다. 이때부터 이홍은 무후의 미움을 받기 시
　　작했다. 李弘(이홍)은 아주 검소한 혼례로 裴居道(배거도)의 딸 裴
　　氏를 妃로 맞이했으며 백성들의 곤궁한 살림을 보고 은혜를 베
　　풀기도 하였다. 그렇지만 24살에 갑자기 쓰러져 죽었는데, 이는

왕(沛王)인 이현(李賢)과 주왕(周王) 이현(李顯)[125]은 궁궐 안에서
할 일이 없어, 돈을 걸고 내기하는 닭싸움(鬪鷄)을 매우 즐겼다.

그때 왕발(王勃)[126]은 나이가 어렸지만 재주가 많은 박사(博士)

무후가 독살한 것으로 알려졌다.

125 패왕 이현(李賢)은 장회태자(章懷太子, 655-684年)—무황후의 두
번째 아들. 형인 李弘이 죽은 뒤 태자가 되었다. 그러다가 나중
에 서인으로 강등되었다. 周王(주왕) 이현(李顯, 李哲)은 뒷날 中宗
(중종)으로 즉위한다. 주왕도 황후 소생이었다.

126 왕발(王勃, 650-676?, 字는 子安)—《明心寶鑑 順命》편에 '時來에
風送滕王閣(풍송등왕각)하고 運退(운퇴)에 雷轟賤福碑(뇌굉천복비)
라.' 는 구절이 있어 왕발은 우리에게도 잘 알려진 사람이다.
왕발은 初唐의 詩人인 楊炯(양형), 盧照隣(노조린), 駱賓王(낙빈왕)
과 함께 '初唐四傑(초당사걸)'로 불린다. 왕발의 생졸 연도에 대
해서는 약간의 이설이 있다. 水神의 도움을 받아 〈滕王閣詩(등왕
각시)〉를 지어 이름을 날렸고 수신이 일찍 거두었기에 어업종사
자들은 왕발을 '水仙王(수선왕)'이라며 신앙처럼 숭배하고 있다.
왕발의 할아버지 王通(왕통)은 隋나라 煬帝(양제) 때의 大儒이었
다. 왕발은 어려서부터 매우 총명하여 6살에 글을 지은 신동이었
고, 14살에 과거에 급제하여 朝散郎(조산랑)이라는 관직을 받았
다. 그러나 高才博學(고재박학)한 젊은이로 그 재주를 믿고 오만
한 데가 많아 관직생활은 순탄치 못했다.
왕발은 뛰어난 천재였으니 먹물을 많이 갈아놓고 누워있다가 갑
자기 일어나 시를 써 내려가면서 한자도 고쳐 쓰질 않았기에 그
를 '腹稿(복고)'라 불렀다. 이는 '뱃속에 글이 들어 있다'는 뜻이
다. 어떤 異人이 왕발의 관상을 보고 말했다. "당신의 神明은 강
하나 골격이 허약하고, 氣는 淸秀하나 신체는 파리하며, 腦骨(뇌
골)이 함몰되었고, 눈의 정기가 온전치 못하며, 이삭은 패지만 結

였다. 패왕과 주왕 두 사람은 왕발과 담소를 즐겼다. 왕발은 패왕과 주왕이 닭싸움을 하는 동안 구경하며 술을 마셨다. 그러면서 왕발은 〈투계격문(鬪雞檄文)〉을 지었는데 아주 명문이었다.

「내가 알기로는, 묘수(昴宿, 宿는 별자리 수)는 천상의 28수(宿)에서도 유명한데, 이 세상 만물을 생성하는 우주의 덕을 가장 잘 표현한다. 사실 인간 세계에 살면서 하늘에 올라가 조짐을 제대로 알려주는 것은 사실 닭밖에 없다. 밤이 지나 새벽이되면 닭이 울어서 꿈에서 깨어나게 한다. 비바람 속에서도 홰를 치며 우는 힘찬 그 울음소리는 사람들에게 정감을 불러 일으킨다. 닭 울음소리가 들리면 사람들은 큰 창문 아래서 재미있는 이야기를 시작한다. 동진 시대의 명장 조적(祖逖)[127]은 닭 울음소리를 듣고 일어나

實하지 못하니, 끝내 大貴하지는 못할 것이오.(秀而不實, 終無大貴矣.)" 異人의 예언 그대로 왕발은 단명했다. 왕발의 詩에는 이별이나 고향을 그리는 정감을 표현한 시가 많으며, 五言律詩이나 五言絶句(오언절구)에 우수한 작품이 많다.
왕발은 시뿐만 아니라 曆學(역학)에도 밝아 《大唐千歲曆》을 저술했다. 그러나 이 조숙한 천재는 무엇이든지 자기중심으로만 생각하고 행동했다. 도망 나온 宮奴(궁노)를 숨겨 주었다가 발각될 위기에 물증을 없앤다 하여 궁노를 죽여버렸다. 결국 모든 것이 밝혀지고 투옥되었다가 겨우 사면을 받았다. 그러나 그 결과로 왕발은 남만의 땅 교지(交趾, 지금 월남 북부지역)에 현령으로 근무하는 부친을 뵈러 바닷길을 여행하다가 익사하였다.
127 조적 – 고사성어 '聞鷄起舞(문계기무)'의 주인공. 낙양 사람 조적

침상 앞에서 검무를 추었다. 닭 벼슬 모양으로 머리에 수건을 감은 사람이 조정에 새벽을 알렸고, 닭벼슬 모양의 투구를 쓴 자로(子路)를 공자 문하에서는 용장이라고 생각했다. 관중(關中)에서는 닭 울음소리로 공자(公子)의 안전을 빌어주었다. 제(齊)나라 경내에서는 닭 울음소리로 백성들이 인구를 늘리고 재물을 늘릴 수 있다고 생각하였다. 그리고 무엇인가 결단하지 못하고 의심을 풀려는 사람들은 닭발을 가지고 점을 쳤고, 황제의 조서를 반포할 때는 장대를 세웠다.

전한 고조의 유안(劉安)[128]의 일가(一家)가 신선이 되어 승천할 때 그 집의 닭과 개들도 모두 따라서 승천하여 신선이 되었다.

그러나 보통 백성의 집에서 키우는 닭은 어린애들과 놀 뿐이다. 닭은 도덕을 갖춘 비범한 가금(家禽)이다. 머리에 관을 썼으니

(祖逖, 266 - 321년)은 젊어 큰 뜻을 품고 있었다. 그전에 유곤과 함께 잠을 자다가 한밤에 닭 울음소리를 듣고 유곤을 발로 차 깨우며 "이는 듣기 싫은 소리가 아니다."라 하면서 기상하고 검술을 연마했다. (조적이) 남으로 강을 건너와서는 사마예(司馬睿)에게 병력을 요청했다. 그러나 사마예는 평소에 北伐(북벌)의 뜻이 없어 조적을 예주 자사로 임명하고 병사 천 명을 주고, 무기와 장비는 주지 않았다. 조적은 (임지로 가려고) 양자강을 건너면서 中流에서 노를 두드리며 말했다. "조적이 중원을 깨끗이 하지 못하고 다시 건넌다면 이 강물과 같으리라!"

128 유안(劉安, 前 179 - 122년) ─ 유장(劉長)의 아들이며, 劉邦(유방)의 손자. 淮南王(회남왕). 명저《회남자(淮南子)》의 저자. 중국에서 두부를 최초로 만든 사람.

문신이고, 발톱의 무기를 지녔으니 무신이다. 그 몸에 오덕을 갖추었으니 토지의 풍요로움이고, 가금 중에 제일이니 패왕의 모습이다. 이 문무를 겸했으니 진(秦)나라의 영씨(嬴氏)보다 뛰어났다. 먹을 것이 있으면 언제나 먼저 소리를 내어 무리를 불러모으는 인(仁)을 보여주고 실천한다. 불러 모이지 않으면 더 큰소리로 부르며 다른 무리가 모이기를 기다린다. 파리 같은 벌레가 어찌 닭의 소리를 흉내낼 수 있고, 귀뚜라미가 어찌 그런 소리로 부를 수 있겠는가. 숯닭이 높이 날아오르니 세력이 강대한 것이며, 또 싸우다가 꼬리털이 빠졌다고 어찌 조심하고 조심하겠는가? 몸엔 갑옷을 입었고 발톱은 쇠로 무장하였고 날개로 날아오르면서 발톱으로 공격하니, 어찌 전투를 마다하겠는가?

노(魯)에서는 대부(大夫) 계씨(季氏)가 권력을 휘둘렀지만, 닭장에는 언제나 적수가 있기 마련이다. 한 곳에 두 영웅은 나란히 존속할 수 없으니, 어찌 한번 공격을 했다고 시름을 풀고 방심할 수 있겠는가? 보통 때에는 위력을 키워 무리를 이끌고 곤경에 처해서는 온 힘을 다하여 상대에 달려들어 이겨야 한다. 보통 때는 그저 죽은 나뭇가지이지만 수탉이 거기에 올라가 울 때에는 여간 장하지 않다. 싸움을 해야 하면 신속히 덮쳐 공격하면서 엉덩이를 들어 위엄을 세우고, 머리를 낮춰 상대의 약점을 노려 공격한다. 마을에서 또는 다른 곳에 가다가도 적수를 만났다면 때를 가리지 않고 달려들어 공격하며 승패를 결정 짓는다. 그리고 거위나 오리 같은 부류에게도 결코 지지 않는다. 심지어는 네 발 달린

개와도 싸워 이기니 얼마나 용맹한가! 자기의 재주와 용맹은 하늘의 왕자인 사냥 매처럼 용맹하다. 상대방이 많으나 적으나를 막론하고 상대의 털을 뽑아버린다. 상대방 힘의 강약에 따라 발톱이나 부리를 적절히 활용한다. 싸울 때는 머리를 쳐들고 공격하면서 기필코 이기려 한다. 이렇듯 용맹한 장수는 나라에 얼마나 있겠는가. 닭이 공격하면서 두 날개를 쫙 펼치고 공격하면, 마치 대붕(大鵬)이 도남(圖南)하는 날개를 치는 것보다 더 힘차다. 싸움에 이긴 닭은 다른 닭을 울지 못하게 만들고, 울지 못하는 닭은 식탁에 오를 수밖에 없다. 격문이 오거나 첩보가 내려오듯 하늘에 사냥매가 뜨면 즉시 출정하면서 거위나 오리 무리도 지켜준다. 혈전에서 이기면 얼마나 당당한가? 그런 닭이 어찌 소 꽁무니를 부러워하겠는가. 닭은 먹을 만한 고기가 돼지보다야 적지만 맛이 좋으니 누가 닭을 버리겠는가? 변방의 군영에서 군령을 어기면 닭장 안에 끌려가 죽음을 당한다. 암탉이 아침에 운다면 바로 죽여버리는데, 이는 여느 짐승들과는 크게 다른 것이다. 암탉처럼 엎드려 있는 수탉은 꼭 죽이는데, 그렇다고 어찌 소 잡는 칼을 쓰겠는가. 이에 격문을 지었다.」

고종이 왕발의 격문을 읽어보고 말했다.

"패왕과 주왕의 닭싸움에 왕발은 투계를 중지하라는 간쟁을 하지 않고 도리어 격문을 지었다. 이는 이 격문으로 자신의 재능을 인정받으려는 뜻이 아니겠는가!"

고종은 왕발을 문책하였고 패왕의 관아(沛王府)에서 방출케
하였다. 왕망은 명령을 받자, 관직에 대한 미련을 버리고 배를 빌
려 남방에 지방관으로 재직중인 부친을 찾아뵈러 먼 여정에 올랐
다.

왕발이 탄 배가 마당산(馬當山)이란 곳에 왔을 때 풍랑에 뱃길
이 막혀 앞으로 더 나아갈 수가 없었다.

그날 밤, 온 하늘에 별이 촘촘하게 박혔고 땅에는 찬서리가 내
렸다. 왕발은 객수(客愁)로 잠을 이룰 수 없었다. 왕발은 강 언덕
에 올라 사방을 둘러보았다.

그런데 어떤 백발노인이 언덕 바위위에 앉아 있다가 왕발을 불
러 말했다.

"젊은이는 어디서 오는 길인가? 내일은 중양절(重陽節)인데, 등
왕각(滕王閣)[129]에서 성대한 연회가 있다네. 연회에 가서 글을 지

---

129 등왕각(滕王閣)－江南 3대 名樓의 하나. 금일의 滕王閣은 1989년
重建한 것이다. 왕발이 스물여섯이던 해 중양절, 강남의 3대 名
樓의 하나인 南昌의 滕王閣(등왕각)에서는 洪州都督 閣伯嶼(염백
서)가 주관하는 중건 기념 잔치가 열렸다. 今 江西省 南昌市 贛江
(공강)의 東岸에 있는 이 누각은 唐 高宗 永徽(영휘) 4년(653)년에
당시 洪州都督으로 있던 唐 高祖 李淵의 아들인 李元嬰(이원영)
이 건축한 누각이었다. 왕발은 마당산(馬當山) 신령의 현몽을 얻
어 순풍을 타고 하룻밤 사이에 등왕각에 도착했고, 잔치에 참여
하여 '南昌은 故郡이요, 洪都는 新府라'로 시작되는 〈滕王閣序

으면 후세에 전해질 것이네. 그러면 〈투계격문〉 따위를 쓰기보다야 월등히 낫지 않겠나?"

그러자 왕발이 웃으면서 말했다.

"여기서 등왕각이 있는 홍도(洪都)까지는 그 거리가 700여 리길인데 하룻밤 사이에 어떻게 당도하겠습니까?"

"여기는 하늘의 중원(中元)에 해당하네. 중원의 수부(水府)는 내가 주관하지. 그대가 가려고만 한다면 좋은 바람이 불도록 도와주겠네."

왕발이 손을 들어 읍하며 감사 인사를 하였는데, 노인은 온데

〈등왕각서〉〉를 지어 자신의 천재성을 유감없이 발휘하였다.

이원영의 封號가 '등왕(滕王)'이기에 등왕각이라 불리었는데, 20여 년 후 염백서가 이를 다시 지어 준공하면서 잔치를 열었다. 그런 건물의 잔치에는 건물의 유래나 내력을 명문으로 지어 내걸었는데, 당시 염백서는 사위의 문재를 자랑할 뜻을 속셈이 있었기에, 참석자 누구도 서문을 짓겠다고 나서는 이가 없었다.

그러나 젊은 왕발은 종이와 붓을 받고 옆방에서 글을 짓기 시작했다. 왕발이 '豫章(예장)은 故郡(고군)이요, 洪都(홍도)는 新府(신부)라.'고 서문의 첫줄을 짓기 시작하였는데, 그 말을 전해 들은 염백서는 '老生常談'이라며 불쾌한 표정을 지었다. 그러나 거침없이 써내려 가는 글이 '落霞與孤鶩齊飛(낙하여고목제비, 지는 노을과 한 마리 물새는 같이 날고), 秋水共長天一色(추수공장천일색, 가을 물과 하늘은 한 가지로 푸르다)이라는 글을 전해 듣고는 무릎을 치며 '斯不朽矣(사불후의, 이는 불후의 명구이다)'라고 말했다. 서문을 다지은 다음 왕발은 本詩를 단숨에 완성했다.

간데 없이 사라져버렸다. 배로 돌아온 왕발은 뱃사공을 재촉했다. 청풍이 배를 밀어주니 순식간에 남창(南昌)에 도착했다. 뱃사공이 기뻐서 소리쳤다.

"아이구야! 벌써 홍도에 당도했어요!"

왕발은 무척 기뻤다. 그때 우문균(字文鈞)이 새로운 강주(江州) 자사가 되어 백성을 다스리고 있었다. 그는 도독인 염백서(閻伯嶼)가 젊고 재간이 뛰어나며 시문을 잘 쓰는 사위 오자장(吳子章)을 손님들 앞에서 자랑하고 싶어한다는 사실을 알고 있었다. 왕발은 이전에 우문균과 교분이 있었기에 함께 들어가서 염백서와 인사했다.

우문균이 연회에 초대하니 왕발은 거절할 수가 없어서 뭇 영웅들과 인사를 나눈 후 연회석으로 들어갔다. 왕발은 25～26세의 젊은이라 말석에 앉았다.

주악이 울리면서 술이 몇 순배 돌자, 우문균이 말했다.

"등왕이셨던 이원영이 여러 곳을 정벌하면서 많은 공훈을 세웠고, 후에는 목민관으로 백성을 잘 보살펴 주었습니다. 사람들은 그분의 덕을 잊지 못해서 이곳에 누각을 짓고 천추에 본보기로 삼았습니다. 그런데 아쉬운 점은 아직까지 이런 명승(名勝)에 돌에 새길 수 있는 서문을 지어 널리 알리는 현인이 없었습니다. 오늘 여러 현인께서 많이 모이셨으니 재능을 다해 서문을 지어보는 것이 어떻겠습니까?"

말을 마치자 지필묵을 가져오라고 수하들에게 분부했다. 여러 사람들은 우문균과 염백서의 뜻을 미리 알고 있는지라 모두 사양하였고, 그런 내막을 모르는 왕발은 사양하지 않았다.

그러자 염백서가 속으로 생각했다.

'철 모르는 애송이가 참 우습구나. 도대체 뭘 어떻게 쓰는지 보자.'

그는 옆방에 대기하면서 서리들을 왕발의 곁에서 살피게 하였다.

왕발은 탁자에 종이를 펴놓고 붓을 들었다.

「남창(南昌)은 고군(故郡)이요, 홍도(洪都)는 신부(新府)이니…」

서리가 하나가 이를 보고하자, 염백서가 웃으면서 말했다.

"늙은 서생의 입에 달린 소리(老生常談)이로군!"

「별은 익수(翼宿), 진수(珍宿)로 갈라지고, 땅은 형산(衡山), 여산(廬山)에 이어졌는데, …」

그러자 염공이 듣고 말했다.

"이건 말이 되는데…"

「삼강(三江)은 소맷자락이고, 오호(五湖)를 허리띠처럼 둘렀는데, 형주(荊州)를 제어하여 남월(南越)을 끌어당기듯 이어지는데, …」

염공은 말이 없었다.

「낙조는 외로운 기러기와 함께 날고, 추수(秋水)는 하늘과 같은 색인데…」

이렇게 거침없이 이어지자, 염공은 놀라 주위를 바라보며 말했다.

"기이한 사람이야! 과연 천재야! 어서 큰 술잔으로 흥을 돋워 줘야지!"

순식간에 글을 마치니, 염백서의 사위 오자장이 말했다.

"그 글은 왕형(王兄)의 재능이 아나라 모조품입니다. 여러분이 믿을 수 없다면 제가 글자 하나 틀리지 않고 외울 수 있습니다."

여러 사람들은 모두 크게 놀랐다. 오자강이 '남창(南昌)은 고군(故郡)이요.' 으로부터 '여러분들에게 바란다(是所望於群公).' 까지 암송하니 모였던 사람들은 매우 이상하다고 생각했다.

그러나 왕발은 아주 태연하게 말했다.

"오형의 기억력이 놀랍군요. 하지만 이 글 외에도 제가 시 한 수를 더 짓겠는데 오형께서 암송할 수 있겠는지요?"

대답하기가 어렵게 된 오자장은 부끄러워하면서 물러갔다.

왕발은 시를 지었다.

〈등왕각의 시〉	〈滕王閣詩〉
등왕의 높은 누각 강가에 자리했고,	(滕王高閣臨江渚)
패옥의 소리 함께 가무도 끝이났다.	(珮玉鳴鸞罷歌舞)
아침의 단청 기둥 남포(南浦)에 구름 날고,	(畫棟朝飛南浦雲)
주렴을 걷는 저녁 서산(西山)에 비 내린다.	(珠簾暮捲西山雨)
연못에 구름 가고 석양은 유유한데,	(閒雲潭影日悠悠)
경물과 별도 바뀐 세월은 얼마던가.	(物換星移幾度秋)

누각의 등왕 지금은 어디 있나요?　　　　　(閣中帝子今何在)

난간 아래로 장강(長江)만 말없이 흐른다.　　(檻外長江空自流)

염백서와 우문균이 시를 읽어보고 왕발의 재주를 크게 칭찬하
였고 비단 5백 필을 상으로 주었다. 이로부터 왕발의 이름은 천
하에 알려졌다.

고종의 황음무도한 방탕은 끝을 몰랐고, 거기에 따라 눈은 더
욱 어두워졌다. 무후는 고종을 어서 죽게 하려고 시각마다 그와
장난질을 했다. 그리고 조정의 일은 모두 무후가 수렴청정했다.

하루는 장계를 뒤적이다가 정조를 지킨 여인들을 위하여 정문
(旌門)을 세워줘야 한다고 예부에서 올린 상주문을 읽었다.

무후는 저도 모르게 탁자를 치면서 탄식했다.

"괴상하구나! 여인들이 명예를 얻으려 하는데 남자들이 맞장
구를 치며 왜 나서는가! 천하가 넓고 넓다지만 진정한 정녀가 도
대체 몇이나 있단 말인가? 설혹 있다고 해도 우둔하거나 융통성
없는 여인들이다. 규방에는 웃음소리가 많고 많은데, 눈을 가리
고 참새를 잡고〔掩目捕雀(엄목포작)〕, 귀 막고 방울을 훔치는 엄이
도령(掩耳盜鈴)과 같은 수작이다. 누가 절개를 지키고 있다는 말
인가? 이런 멍청한 남정네의 잘못을 그대로 세상에 알리는 것이
야. 남정네가 바보이니, 여자가 절개를 지킨다고 말하는 것이야!
가소롭기 그지없다. 돈으로 패방(牌坊)을 바꿔서 자기 체면을 세

우면 도대체 무슨 이익이 있단 말인가? 나는 열녀문을 세워주자는 말에 찬동할 수 없어 대신 팔십 세를 넘긴 부인들에게 조정에서 연회를 베풀게 하겠다. 이렇게 하면 선황 때보다 못하다는 말은 못하겠지?"

예부에서 천하에 알리도록 무후는 곧 성지를 썼다. 그러자 제후와 부마로부터 지방의 명사에 이르기까지 유시를 듣고 기뻐하면서 이력을 적어 조정에 바쳤다.

무후가 보아도 수백 명은 되었다. 무후는 장안에 있는 3, 40명을 골라 조정에서 차린 연회에 참가토록 주선하였다.

그날이 되자, 무후는 보화전(寶華殿)에 연회를 차리고 자신의 어머니 영국부인까지 모셔왔다. 여러 공신의 권속들이 말숙한 옷차림으로 모여들었다.

특히 105세인 진숙보의 어머니 영씨(寧氏)와 90세를 넘긴 장간지(張柬之)¹³⁰의 모친 등씨(滕氏)만이 옛 조복(朝服) 차림으로 참석

---

130 장간지(張柬之, 625-706년, 字는 孟將) – 뒷날 무후의 병환이 위중했다(705). 705년 2월 재상 張柬之(장간지)가 중심이 되고, 羽林軍(우림군)이 동원되어 무측천을 압박하여 中宗에게 양위를 하게 한다. 그리고 무후의 寵臣(총신)인 張易之(장이지)와 張昌宗(장창종) 형제를 궁 안에서 죽였다. 무후를 上陽宮(상양궁)으로 옮기고, 則天大聖皇帝(측천대성황제)라는 존호를 올렸다. 이 해 겨울에 무후가 죽었는데, 나이는 82세였다. 이를 역사에서는 '神龍혁명'이라 한다. 중종은 705년에 다시 즉위하고〔復辟(복벽)〕 국호를

하였다.

모두들 인사를 나누고 자리에 앉아서 술을 마셨다.

"천하가 조용하여 관리 모두 집에서 정양하니 정신이 한결 왕성할 것입니다."

진숙보의 모친이 대답했다.

"예로부터 주군을 잘 섬기면 자신한테도 좋다고 하였습니다. 제 아들은 영명하신 폐하를 만나 부귀영화를 누리니 자식 한 몸을 조정에서 키워주셨습니다. 마음속으로 언제나 조정의 은총을 잊지 않고 있습니다."

무후가 말했다.

"댁의 아드님과 손주가 예의를 다해 천자를 모시니, 어찌 태부인님의 가르침을 어길 수 있겠습니까? 효자가 충신 아니겠습니까?"

장간지의 어머니가 말했다.

"진태부인님은 오육십 세 밖에 안 되어 보입니다. 황후마마께서는 백세 노인의 거주지를 알리는 백세방(百歲坊)을 지어주셔야 할 것 같습니다."

그러자 황후의 모친인 영국부인이 말했다.

"진태부인님의 생신일은 어느 날인지요? 저희들이 축수 드리

___

다시 唐으로 되돌린다. 그러나 장간지는 중종 위황후(韋皇后)와 무삼사(武三思)의 핍박을 받아 죽었다.

러 가겠어요."

"천만에요, 저의 생일은 삼월 스무사흗날이니 벌써 지났습니다."

술이 세 순배 돌자, 장간지와 숙보 모친은 자리에서 일어나 무후에게 감사를 드렸다.

이튿날 진숙보 부자와 장간지가 조정에 들어가서 감사 인사를 올렸다. 무후는 숙보의 고향에 그의 어머니의 백세방을 세워주고 「복수쌍고(福壽雙高)」라는 편액을 써서 하사하였다. 이는 한때 매우 영광스러운 일이라 칭송되었다.

제72회

장창종은 굿으로 태후의 총애받고, 풍소보는 석정을 귀순케
하였다.(張昌宗行儺幸太后, 馮懷義建節撫碩貞.)

시로 읊나니,	詩曰,
춘풍이 불며는 상사병이 생기나니,	(春風著處惹相思)
그리는 정념은 푸른 가지를 닮았다.	(總在多情寄綠枝)
꾀꼬리 노래 소쩍새 울음 들려오니,	(莫怪啼鶯窺繡幕)
가지에 어찌 그리는 마음 있겠는가.	(豈憐佳樹繞游絲)
푸른 옥 닮은 마음에 해가 기울으니,	(盈盈碧玉含僑日)
어여쁜 문희 아가씨 시집가는 날.	(裊裊文姬下嫁時)
우연히 눈길 돌리니 눈웃음 예쁘고,	(博得回眸舒一笑)
귀신에 홀린 그녀의 마음 모르겠네.	(憑他見慣也魂癡)

속담에도 '배부르고 등 따시면 음욕이 일어난다.'고 하였다.[131]

그러나 이는 보통 여인의 경우일 것이다. 만약 황후라면 만백성의 어머니가 되어야 하니, 자연히 몸가짐이 단정하고 침착하며 차분할 것이다. 결코 사악하거나 음란하지 않을 것이다.

그러나 그러한 황후가 고금에 몇이나 있었는가?

(戰國時代) 진(秦)의 장양왕(莊襄王) 왕후¹³²는 만년에 음심(淫

---

131 원문 飽暖思淫慾(포난사음욕) — 飽는 배부를 포. 暖은 따뜻할 난. 배부르고 등 따시면 음욕이 생기고(飽暖生淫慾), 배고프고 추우면 도둑질할 마음이 생긴다(飢寒生盜心). 배부르고 등 따시면 엉뚱한 일이 생긴다(飽暖生寒事). 한 사람이 배부르고 등 따시면 많은 이웃의 원망을 산다(一家飽暖千家怨). 부자는 사치를 아니 배워도 사치하고(富不學奢而奢), 빈자는 검소를 안 배워도 검소하다(貧不學儉而儉). 설령 죽더라도 배부른 귀신이 되어야 한다(死也落個飽肚鬼).(죽을 땐 죽더라도 먹을 것은 먹겠다.) 배부른 창자가 어찌 굶주린 창자를 알겠는가?(飽肚不知餓肚飢)

132 장양왕(莊襄王, 재위 前 249 – 247년)의 왕후 — 화양부인(華陽夫人)을 지칭. 장양왕 별명은 異人, 秦 孝文王의 양자. 진시황의 부친. 初名은 子楚. 秦 昭襄王의 孫, 孝文王의 子, 진시황의 父. 趙에 인질로 나갔다가 여불위(呂不韋)의 도움으로 귀국하여 왕위에 올랐다. 여불위의 활동으로 화양부인은 孝文王(安國君)을 설득하여 趙에 인질로 갔다가 귀국한 異人(子楚로 改名)을 養子로 맞이하며 태자로 삼았다. 前 251년, 秦 昭襄王이 죽고 52歲의 아들 孝文王(安國君)이 계위했다. 이에 효문왕은 화양부인을 王后로, 子楚를 太子로 지명했다. 그러나 3일 만에 갑자기 붕어했다.(재위 前 250년 11월12일 – 11月15日. 享年 52歲) 子楚가 계위하니, 이가 秦 莊襄王(장양왕, 재위 前 250 – 247년)이다. 뒷날의 진시황은 異人(이인, 子楚)이 趙의 邯鄲(한단)에 머물 때 趙姬(조희)라는 여인

心)이 더더욱 불붙어, 수시로 여불위(呂不韋)[133]를 감천궁(甘泉宮)으로 불러들였다. 그런 여불위는 노애(嫪毐)[134]를 찾아내어 거짓

한테서 얻은 아들이다. 여불의가 자신의 씨앗을 잉태한 여인을 異人(子楚)에게 주었으니, 진시황은 여불위의 아들이라는 이야기는 누구도 확인하거나 장담할 수 없다. 莊襄王(장양왕)이 즉위 4년 만에 죽자, 조희(趙姬) 사이에서 태어난 아들 政이 13살에 즉위한다. 그래서 화양태후가 약 7년간 섭정한다. 이때도 呂不韋(여불위)는 相國이었다. 화양부인은 진시황한테는 할머니 뻘이다.

始皇帝는 嬴政(영정, 영은 성씨. 政은 名)이라 통칭. 前 259년 출생. 前 247年(13세) 秦王으로 즉위. 嫪毐(노애)와 呂不韋(여불위)를 제거. 李斯(이사)를 중용. 前 221년(39세) 六國을 멸망시키고 황제로 즉위. 자칭 始皇帝. 前 210년(50세) 사망, 재위 37년.

133 呂不韋(여불위, 前 292–235년) – 처음에는 大商人(奇貨可居의 故事), 13년간 秦國의 相 역임. 門客을 모아 《呂氏春秋》를 편찬했는데, 先秦 雜家(선진 잡가)의 대표적 인물(兼儒墨하고 合名法). 뒷날 嫪毐(노애) 집단의 견제를 받아 相國에서 물러나 河南에 거처하다가 蜀으로 유배되자 三川郡(今 洛陽)에서 자살했다. 《史記 呂不韋列傳》참고. 《呂氏春秋(여씨춘추)》26편(書存)은 秦相 呂不韋(여불위)가 智略之士를 모아 편집한 책. 八覽(팔람), 六論, 十二紀로 총 20여만 字. 여불위는 책이 완성되자, 《呂氏春秋》는 天地萬物과 古往今來의 事理를 모두 다 집대성했다고 자부하면서, 함양성 성문에 책과 함께 1천금의 상금을 걸어놓았다(懸賞金) 그러면서 《呂氏春秋》에 一字라도 가감하거나 고칠 곳이 있다면 1천금을 상으로 주겠다고 공표했다(一字千金). 그러나 아무도 고치겠다고 나서는 사람이 없었다. 권세는 그처럼 무서웠다.

134 嫪毐(노애, ?–前 238年) – 嫪는 시기할 노. 사모하다. 毐는 음란할 애. 본래 呂不韋의 천거를 받았다. 秦始皇 母親 趙姬(조희)의 面

거세하여 환관으로 만들어 진시황 생모(趙太后)의 음욕을 채워
주게 하였다. 태후가 사랑했고 나중에 진시황에 의하여 피살되었
고 여불위는 파직되었다.

한(漢) 고조의 황후인 여후(呂后)는 남편 고조의 벗이며 신하인
심이기(審食其)¹³⁵를 궁으로 불러들여 사통(私通)하였다. 서진(西
晉)의 후왕비(侯王妃)인 하후씨(夏侯氏)는 하급 관리(小吏) 우금(牛
金)¹³⁶과 통정하여 동진(東晉)의 개국 군주인 진 원제(晉 元帝)¹³⁷를

首(면수, 情夫)로 始皇母인 趙太后를 섬겼다. 노애는 정력이 극강
하여 조태후를 즐겁게 했다는 이야기가 전한다. 노애와 조태후
는 사통하여 아들을 둘이나 출산했었다. 秦始皇〔진시황, 政(정)〕 즉
위 9년(前 238년), 嫪毐(노애)가 秦에서 반란을 일으켰다가 발각
되어 삼족이 다 멸망하였고, 呂不韋(여불위)는 파직되었다.

135 審食其(심이기, ?−前 177)−西漢 沛人(서한 패인). 고조와 항우가
싸우는 동안 呂后와 태자를 지켰다. 고조 6년(前 201)에 벽양후
(辟陽侯)가 되었고 呂后 집권 시절에 좌승상을 역임했다.

136 사마의(司馬懿)가 살아 있을 때부터 '우계마후〔牛繼馬後, 牛氏(우씨)
가 사마씨를 계승한다〕'라는 참언이 떠돌았다. 그래서 사마의는 휘
하의 장수인 우금(牛金)의 성이 牛氏라 하여 우금을 죽인 일도 있
었다. 그러나 뒷날 후손의 왕비가 牛金이라는 사람과 사통하여
아들을 낳을 줄을 어찌 알 수 있었겠나!

137 진 원제〔晉 元帝, 司馬睿(사마예), 재위 317−323년 字는 景文〕−사마의
(司馬懿, 죽은 공명한테 쫓겨 도망친 사마중달)의 증손, 낭야공왕(琅邪
恭王) 사마근(司馬覲)의 아들. 모친은 낭야왕비인 하후광희(夏侯光
姬). 사마예(司馬睿)는 서진 팔왕의 난(八王之亂) 때 강동으로 이
주하였고 낭야왕씨(琅邪王氏)를 수장으로 하는 사족(士族)의 협조
를 받아 晉을 계승한 江南政權(강남정권)을 건국하니, 이를 동진

출산했으니, 궁궐을 더럽혔으며 역사에 기록되어 비난을 받았다.

차라리 이런 사람에게는 남녀의 혼인 중매를 전문으로 하는 월하노인(月下老人)이 짝을 몇 명 더 맺어주어 그 음욕을 채워주지 못한 것이 아쉬울 뿐이다. 그러나 이는 정말 어리석은 생각이 아니겠는가!

다시 무황후의 이야기를 돌아가야 한다.

무황후는 궁중에서 음란을 즐기면서, 고종의 병이 점점 악화되자 기쁨을 이기지 못했다.

하루는 고종이 두통이 극심하여 거동할 수가 없었다. 그래서 태의(太醫)인 진명학(秦鳴鶴)을 불러 진맥케 하였다. 태의는 고종의 머리를 찔러 피를 흘리게 하면 나을 수 있다고 말했다.

그러자 무후는 크게 분노하며 말했다.

"이 자를 참수해야 한다. 천자의 머리를 찔러 피를 보아야 한다니!"

그러자 고종이 말했다.

"피를 흘리는 것이 꼭 나쁘지는 않을 것이다."

그래서 두혈(頭穴)에 침을 꽂아 피를 조금 뽑았다.

고종이 말했다.

"내 눈이 한결 밝아지는 것 같구나!"

(東晉, 317 – 420년 존속)이라 한다.

무후는 손을 고종의 이마에 대보면서 말했다.

"하늘이 보살펴주신 덕분입니다."

그리고는 비단 1백 필을 태의 진명학에게 하사했다. 명학은 사은하였고, 황제를 정양하게 했다.

무후는 고종을 매우 아끼는 듯 한시도 옆을 떠나지 않았다. 고종은 병석에 누워서도 태의의 치료를 받지 않고 무후와 음란한 생활을 하다 다시 화기(火氣)가 올라 사망하니, 재위한 지 34년만이었다.[138]

---

[138] 唐 高宗 李治(당 고종 이치)는 능력으로 따진다면 아주 평범한 제왕이었다. 재위 기간 중(649년 7월 – 683년 12월. 34년 5개월) 이렇다 할 치적이 없었다. 다만 태종의 정치적 업적과 그 기반 위에서 최대의 영토를 누리며 안정을 취했을 뿐이었다.

군이 고종의 의지에 의한 치적을 꼽는다면, 年上의 아버지 후궁을 정식 황후로 맞이한 것이 최대의 치적(?)이라 할 수 있는데, 그 결과는 당 황실로서는 최고의 비극이었다. 나라 이름조차 바뀌었고 많은 황족이 죽어야 했다. 중국 최초의 女帝의 출현은 모두 고종의 무후를 선택한 그 결과였다. 무후는 학식이나 정치적 능력에서 고종보다 여러 면에서 우수했었다고 보아야 한다. 물론 고종의 건강 이상 특히 眼科(안과) 질병이 있어 글을 오래 보지 못한다는 치명적 약점이 있었기에 고종 재위 중의 모든 정치 행위는 무후의 정치적 치적이라 할 수 있다.

高宗은 在位 기간에 연호를 14번 바꿨는데, 永徽(영휘), 顯慶(현경), 龍朔(용삭), 麟德(인덕), 乾封(건봉), 總章(총장), 咸亨(함형), 上元, 儀鳳(의봉), 調露(조로), 永隆(영륭), 開耀(개요), 永淳(영순), 弘道(홍도)이다. 재위 총 34년에 무후가 정사를 장악한 것이 30년이었다.

무후는 급히 배염(裴炎)[139]을 비롯한 대신들을 불러 태자 영왕 (英王, 名은 顯, 나타낼 현)을 황제로 책봉하고, 이름을 철(哲)이라 고 쳤다. (뒷날 묘호 中宗) 왕비였던 위씨(韋氏)를 황후로 책봉하고, 다음 해를 사성 원년(嗣聖 元年)으로 삼았다.

또 무후를 황태후(皇太后)로 올렸고, 중종 위황후의 아버지 위 원정(韋元貞)을 예주자사(豫州刺史)로 발탁하고는 정사는 모두 황 태후가 결정한다는 조서를 내렸다.

하루는 위 황후가 할 일이 없어서 거문고를 뜯고 있는데, 상관 완아(上官婉兒, 上官은 복성)라고 부르는 태후의 몸종이 왔다. 열두 서너살 되는 여자애였는데 예쁘게 생겼고 성격이 온순했다. 완아 의 어머니는 어떤 사람한테서 큰 저울〔大秤(대칭)〕을 받는 꿈을 꾸고 그 애를 낳았다고 한다. 그래서 이 여자애가 천하 일을 가늠

---

139 배염(裴炎, ?―684년, 字는 子隆)―唐朝 재상. 高宗 調露 2년(680) 入 相. 후에 侍中으로 승진. 중종 즉위, 中書令이 되었다. 中宗이 韋 皇后 부친 위현정(韋玄貞)을 재상으로 임명하려 하자, 太后 武則 天은 裴炎의 지지하에 中宗을 폐위하고 중종의 동생 睿宗을 세 웠다. 측천무후의 이복오빠의 아들, 곧 무사확의 손자 무승사(武 承嗣)가 武氏 칠묘(七廟)를 세우려 하자 배염은 반대했고, 무후는 몹시 기분 나빠하며 그만두었다. 뒷날 이적의 손자 서경업(徐敬 業)에 기병하며 무측천에 반역하였다. 측천무후가 문책하자, 배 염은 황제(예종)에게 귀정(歸政)할 것을 주장했다. 배염은 투옥되 었고, 결국 참수되었다. 가산을 몰수했지만 집안에는 비축한 재 물이 하나도 없었다. 《新唐書》列傳 42권, 〈裴炎傳〉 참고.

할 수 있으리라고 생각하였다. 후에 상관완아는 문장이 출중했고 암기력이 뛰어났다.

오늘은 우연히 궁중에서 놀다가 위후를 만났다.

위후가 물었다.

"태후는 어디 계시는데, 너는 왜 여기에 와서 노느냐?"

"궁에서 술을 마시옵니다. 저는 들어가면 안 되옵니다. 그래서 여기로 왔습니다."

"풍소보와 무삼사 두 사람이 있겠지?"

완아는 말없이 머리만 끄덕였다.

"너처럼 어린애가 들어가는데 뭐가 안 된단 말이냐?"

"태후께서 말씀하시는데, 저의 두 눈에 독기가 있어서 제가 보면 안 된다고 하였습니다."

"무삼사는 될 수 있겠지만 까까머리 중이야 취할 바가 있겠는가?"

때마침 중종이 노기등등해서 들어오니, 완아는 살그머니 밖으로 나갔다.

위후가 물었다.

"조정에 무슨 일이 있었기에 폐하께서 노여워하십니까?"

"방금 어전에서 시중(侍中) 한 자리가 결원이라서 짐은 황후 부친에게 그 관직을 주려고 했소. 그런데 배염이 안 된다고 한사코 우긴단 말이오. 짐이 화가 나서 '천하도 위원정한테 맡기려고 했는데 그까짓 시중 관직이 다 뭔가!'라고 소리쳤더니, 여러 신하들이 아무 말도 못하더군."

"그건 괜찮습니다. 아버님한테 그 관직을 드리지 않으면 그만입니다. 하지만 태후께서 지나치게 음란하니 이 일을 어쩐단 말입니까? 듣자니, 오늘은 풍소보와 무삼사 두 사람과 함께 술을 마시면서 장난질을 한다고 하옵니다."

"《시경(詩經)》에도 「자식이 일곱이 있는데(有子七人), 어머니 마음을 몰라준다(莫慰母心).」고[140] 하였소. 모후께서 그러시니 짐도 어찌할 수가 없소."

"폐하께서 그런 도량이 있사오나 시중드시면서 간하시지 마시고 조용한 기회에 한번 여쭈십시오."

"그거야, 어려울 것 없지. 내일 모후께 말씀드리겠소."

이튿날 조회가 끝난 다음 태감들은 중종이 위원정에게 시중 관직을 주려고 한다는것과, 또 천하를 내주려고 한다는 말들을 태후에게 고자질했다.

태후가 욕설을 퍼부었다.

"미쳤구나."

얼마 후 중종이 들어와서 태감들을 물러가게 한 다음 조용히 상주했다.

"황태후께서 마음껏 한때의 낙을 즐기시지만 후손 만대의 역

---

140 원문 '有子七人 莫慰母心' ―《詩經 邶風(패풍), 凱風(개풍)》의 구절.

사에 그런 일을 숨기지는 못할 것입니다. 황태후께서는 일찍 통찰하시기를 바랍니다."

태후는 그러지 않아도 분노가 치밀었는지라, 중종의 말을 듣자 더욱 화가 나고 부끄러웠다.

"넌 네 할 일이나 하거라. 왜 에미까지 비방하는 거냐? 네가 천하를 장인한테 넘겨주려고 한다는 게 헛소리가 아니구나. 그 사람과 함께 일할 수 없다."

태후는 즉시 배염을 불러서 중종을 여릉왕(廬陵王)으로 강등, 폐위시키고, 방주(房州)¹⁴¹로 옮겨가 머물게 했으며, 예왕(豫王) 단(旦)을 황제로 삼으니, 곧 예종(睿宗)¹⁴²이다.

---

141 방주(房州, 房陵. 房縣. 今 湖北省 서북부의 지명) — 漢代부터 황족들의 유배지로 유명. 중종은 즉위 2달 만에 폐위되어 均州에서 1年을 살았고, 房州에서 13년을 거주했었다. 중종이 房陵(방릉)에 살면서 자살하려 할 때마다 위후는 중종을 말렸다. 중종은 위후에게 은밀히 "다른 날, 행여 다시 해를 볼 수 있다면 (당신이) 하고자 하는 것을 말리지 않겠다."고 맹세를 했었다. 환궁하여 태자로 다시 8년을 지냈는데, 反正 후에 위씨는 다시 황후가 되었다.

142 예종황제(睿宗皇帝) — 이름은 단(旦, 아침 단)이다. 그전에 高宗(고종)이 붕어하자(684년) 中宗(중종)이 즉위했고, 2개월 만에 폐위시킨 뒤에 武后(무후)가 旦을 즉위케 하였는데, 7년을(684 - 690년) 명목상 황제로 있었다. 그리고 폐위되어 周 측천무후의 황사(皇嗣)로 9년, 상왕(相王)으로 다시 피봉 되어 10년을 있었다. 그리고 측천무후가 죽고 다시 즉위한 중종이 죽었고, 이어 즉위한 中宗의 子는 이중무(李重茂)를 폐위하고(710년), 예종이 다시 즉위

예종은 별궁에 거처하였다. 궁내의 크고 작은 모든 정사는 태후가 결정했으며, 예종은 보고를 받지도 못했다.

태후는 종실에 있는 대신들 가운데 원한을 품고 불복하는 자들은 몽땅 죽여버렸다. 동시에 밀고(密告) 제도를 크게 권장하여 태후의 뜻에 맞게 밀고하면 특별히 중용했다.[143]

한 사건을(710년) 그 해의 연호를 따서 唐隆之變(당륭지변)이라 한다. 예종의 아들이 다시 황제에 올랐고, 아들 이륭기(李隆基)를 태자로 책봉했다(현종, 재위 712-762년).

143 밀고 권장과 혹리들의 행적

측천무후는 황제에 정식으로 오른 뒤, 밀고(密告)를 적극적으로 권장했고 혹리들을 최대한 활용했다. 우선 지방의 모든 주현에 공문을 보내 누구든 上京하여 밀고하겠다고 하면 관아에서는 驛馬(역마)를 내주고 五品 관리에 해당하는 여비를 주도록 했다. 밀고자가 상경하여 밀고했을 경우 사실로 드러나면 포상을 받았고, 사실을 입증하지 못하더라도 처벌을 받지 않았다.

또 밀고자 전용 구리상자〔銅匭(동궤)〕를 만들어 각 주현에 보냈는데, 그것은 투서를 넣을 수는 있어도 꺼낼 수 없도록 만들어 담당자만이 그것을 열어볼 수 있게 하였다. 그러다 보니 밀고 내용이 폭주하게 되고 이를 처리하기 위하여 혹리들을 발굴하고 등용하였다.

索元禮(삭원례)는 나무 족쇄를 만들어 죄수의 손발을 끼운 다음에 이를 비틀어 고통을 주는 고문도구를 만들었는데, 이를 鳳凰曬翅(봉황쇄시, 봉황이 날개를 펴 햇볕을 쬐다)라 하였다. 또 나무 족쇄에 양 손을 끼운 다음에 위에 벽돌을 차곡차곡 올려 고통을 주기도 했고, 사람을 거꾸로 매달아 놓고 큰 돌을 머리카락에 묶어 놓아 고문을 했다. 또 쇠로 만든 바구니(鐵籠)를 머리에 씌운 다음 그리고 삭원례(索元禮)[144]와 주흥(周興),[145] 그리고 내준신(來俊臣)[146] 같은 혹리(酷吏) 등을 불러 죄인을 고문하는 방법을 나열한 《나직경(羅織經)》을 편찬하게 하였고, 그들이 도제들을 끌어모아 무고한 자들을 박해하게 했다.

―――

사방의 구멍으로 나무 나사를 조여 고통을 주었다고 한다. 삭원례는 나중에 그 자신이 모반한다는 밀고를 받았는데, 심문하는 혹리가 "삭공께서 사용하던 쇠 바구니를 준비하라." 하니, 삭원례는 자복했고 옥에서 죽었다.

周興(주흥)은 모반이라는 죄명으로 너무 많은 사람들을 죽여 악명이 높았는데, 나중에 주흥이 모반한다는 밀고가 있어, 이를 주흥의 후배인 來俊臣(내준신)이 담당하게 되었다. 내준신은 주흥을 초청하여 잔치를 하면서 죄인이 자백을 안 하면 어떻게 해야 하는가를 물었다. 그러자 주흥은 "큰 독[甕(옹)]을 준비하고 사방에 숯불을 피운 다음에 그 안에 들어가라면 간단히 해결이 된다."고 일러주었다. 그러자 내준신이 일어나 사람이 들어갈 만한 큰 항아리와 숯불을 준비케 한 다음에 주흥에게 말했다. "제가 밀지(密旨)를 받았는데, 공께서 모반한다는 밀고가 들어왔습니다. 항아리에 들어가 주시기 바랍니다[請君入甕(청군입옹)]." 나중에 내준신도 사형을 당했는데, 사람들이 벌떼처럼 달려들어 그 시신을 훼손하며 "이제는 눈 감고 편히 잘 수 있겠다."며 좋아했다고 한다.

144 삭원례(索元禮, ?−691년)−측천무후 시대의 대표적인 혹리. 잔혹한 수단으로 고문. 결국 측천무후에게 처형되었다.

145 주흥(周興, ?651−691년)−측천무후 시대의 혹리. 당 종실 사람을 많이 죽였다. 측천무후의 명에 따라 유배 가다가 원한 가진 사람들에게 피살되었다.

146 내준신(來俊臣, 651−697년)−武則天이 칭제(稱帝)한 이후의 혹리.

균주(均州)에서 그런 소식을 들은 중종은 벌벌 떨면서 하늘을 우러러 보며 빌었다.

중종은 공중에 돌을 던지면서 말했다.

"내가 황제로 복위할 수 있다면, 이 돌이 땅에 떨어지지 않을 것입니다."

과연 그 돌은 나뭇가지 사이에 걸려 떨어지지 않았다. 중종은 크게 기뻐했고, 위황후 역시 황제의 자리가 회복되기를 바랐다.

중종이 말했다.

"뒷날 황제 자리만 회복되면 그대의 마음대로 하도록 하겠네."

하지만 이것은 후에 있는 일이기에 여기서는 더 이야기하지 않는다.

낙양에는 장이지(張易之, 아우)[147], 장창종(張昌宗, 宗之, 형) 형제가 살고 있었는데, 그들의 부친은 서예가였다. 하루는 장안에 과거보러 왔다가 우연히 무삼사의 집 부근에 들었다. 때마침 무삼사와 풍소보는 사이가 좋지 못했는데, 서로 총애를 받으려고 태후한테 창종 형제를 천거했다. 한편 감업사 승려 회청(懷淸)은 풍소보가 낙양 백마사(白馬寺)에 가서 돌아오지 않으리라고 생각했다.

---

147 장이지(張易之, ?-705년) - 형인 張昌宗(宗之)과 함께 미남자이면서 음률에도 능했다. 武則天에 아부 협력했다. -705년 장간지(張柬之) 등이 신룡정변을 일으켜 형제를 제거 참살(斬殺)하였다.

때마침 목주(睦州)[148]에서 온 진선객(陳仙客)이란 사람이 있었는데, 체구가 장대하고 사술(邪術)에 능했다. 회청은 머리를 기르고 진선객을 따라 목주로 갔다. 절 옆에서 가죽을 팔던 사람도(毛皮匠) 함께 따라가 심부름꾼이 되었다.

그해 목주에는 큰 가뭄이 들었는데 땅이 갈라지면서 연못이 생겼다. 연못 가운데에는 석교가 있었는데, 석교에는 '회선(懷仙)'이란 두 글자가 새겨져 있었다. 사람들은 못에 얼굴을 비춰보면 일생 동안의 좋은 일과 나쁜 일을 알 수 있다고 하면서 많은 사람들이 찾아와서 비춰보았다. 회청 부부도 찾아가서 비춰보았다.

그런데 그들 부부가 천자와 황후의 차림으로 어깨를 나란히 하고 서있는 모습으로 나타날 줄을 어찌 알았으랴.

회청은 심히 이상스럽게 생각하면서 진선객에게 말했다.

"석교에 새겨진 '회선(懷仙)'이란 두 글자는 바로 나와 당신의 이름자이고, 나타나는 모습도 그러하니, 무미랑(武媚娘)만 황제가 될 수 있고 우리는 될 수 없단 말인가?"

이에 그들 두 사람은 숭의당(崇義堂)이란 건물을 지었고, 쇠고기와 개고기를 금하고, 정진(精進)하는데 방해가 되는 음식도 먹지 않았다. 그러자 많은 사람들은 귀의해서 진심으로 복종했다.

---

148 목주(睦州) ─ 武周(무주) 萬歲通天(만세통천) 2년(697) 睦州府를 建德縣(건덕현)으로 옮겨 建德府로 고쳤다. 建德府, 睦州, 嚴州의 관할 지역은, 今 浙江省 杭州市 서부지역이었다.

회청은 남자들을 도제로 받아들였고, 선객은 여인들을 도제로 받아 들였는데, 2년을 넘기지 않아 수천 명이 되었다.

회청은 스스로 호를 석정(碩貞, 클 석)이라고 부르며 건장한 젊은이들에게 법술을 가르쳐주었는데, 모두가 호풍환우(呼風喚雨)할 수 있었다. 예상외로 현윤(縣尹)이 알고 군사를 파견해서 그를 잡으려고 했다.

도제들이 놀라서 진선객과 석정한테 그 소식을 알렸다. 석정은 도제 3, 4백 명을 골라 현에 들어가서 현윤을 죽여버렸다. 그런 다음 황기(黃旗)를 세우고 문가황제(文佳皇帝)로 자칭했으며 선객은 숭의왕(崇義王)으로 칭했다.

그러자 멀고 가까운 주현(州縣)에서 소식을 듣고 찾아와서 돈을 바쳤다. 양주자사(楊州刺史) 음윤(陰潤)은 조정에 아뢰는 수밖에 없었다.

태후는 할 일이 없으니 사람을 보내서 풍소보를 불러다가 별실에 연회를 차리고 술을 마셨다.

올라온 장계를 읽고 태후는 웃으면서 말했다.

"지금 천하에 나만이 여자들 가운데서 뜻이 있고 과감하다고 생각했네. 그런데 생각 밖으로 이 여인도 여장부가 될 뜻을 품고 황제로 자칭하고 있구나."

그러자 풍소보가 말했다.

"목주에 있는 문가황제(文佳皇帝) 진석정(陳碩貞)이겠지요. 예전에 어떤 여승이 말하는데 진석정은 더없이 흉맹하다고 했습니다. 감업사에 있던 회청이 아닌지 모르겠습니다."

때마침 상주자사(像州刺史) 설인귀(薛仁貴)가 군사를 풀어서 진석정을 토벌하겠다는 상주문과 그의 부인 소희가 태후에게 드리는 선물이 당도했다.

상주문에서는 진석정이 바로 회청인데, 목주에서 기의했고 이인(異人)을 만나 천서(天書)와 부적을 얻었는데, 기세가 사나와서 건드리기 어려우니 보호해야 하는지 아니면 토벌해야 하는가를 판단해 줄 것을 기다린다고 했다.

"나는 싸움을 거는 여자가 누군가 했더니 알고 보니 언니(令姉)였구만."

풍소보도 역시 웃으면서 말했다.

"그만둡시다. 남자들이 쓸모없게 되었구먼요. 유약한 여인이 이 지경에 이를 수 있단 말입니까?"

그러자 태후가 타박을 주었다.

"허튼소리 그만해! 순(舜)은 어떤 사람이고, 나는 어떤 사람인가? 유망한 사람은 이렇단 말이네. 여자들이란 남자들이 마구 짓밟는 헌신짝인 줄 아나? 나는 그전에 관직을 나눌 때 여자들만 채용하고 남자들은 심부름꾼으로만 쓰려고 했어. 조정에 부인들만 있어도 얼마든지 성대해질 수 있어. 수고스럽겠지만 그대가 가서 귀순시키면 회청이 듣지 않을 리가 없을텐데."

풍소보가 대답했다.

"아무런 관직 없는 제가 어찌 그를 귀순시킬 수 있겠습니까?"

"그럼, 내가 대장군 관직을 줄테니 가겠는가?"

태후는 곧 칙명으로 풍소보에게 우위대장군(右衛大將軍) 관직을 수여했고 목주에 가서 진석정을 귀순시키게 했다.

공문이 오자, 풍소보는 장안에서 출발하였다. 태후는 여러 가지로 부탁했고 어림군 3천 명도 보내 도와주게 했다. 그리고 상주자사 설인귀에게 공문을 보내서 군사를 파견해 맞이하게 했다. 설인귀는 칙서를 받자 군사를 파견해서 토벌하기 시작했다.

진석정 부부는 근래 들어 화목하지 못했다. 선객은 처가 정예한 도제들을 관할하지 못하게 하여 불만을 품었고, 석정은 또 선객이 아리따운 여자애들을 빼앗다가 아무 곳에서나 음란한 짓을 하니 꺼렸던 것이다.

그들 부부는 서로 자기가 거느린 군졸이 더 강하다면서 대오를 나눠가지고 제각각 공을 세우려 했다.

설인귀가 회상(淮上)에 이르니, 정탐꾼이 보고했다.

"숭의왕 진선객이 1, 2천 군사를 거느리고 이곳에서 30여 리 떨어진 서주(徐州)에 식량을 꾸리고 왔으니 어떻게 하실는지 나으리께서 결단을 내려 주십시오."

설인귀는 군사를 주둔시키고 정병 3백 명을 뽑아 피난민으로 변장시켜 밤을 새워 쫓아가 매복하게 했다. 또 정병 1백 명을 선발해서 술장수로 변장시키고, 정병 2백 명을 선발해서 참배자로 변장시켜서 선두 부대가 손쓸 곳에 매복시켰고, 지시를 마친 다음, 각자 떠나게 했다.

설인귀는 친히 대군을 통솔하고 가서 도적 무리와 2, 3리 거리를 두고 군사를 주둔시켰다. 밤중이 되자 신호 포소리가 울렸다. 설인귀가 나는 듯 앞으로 달려가니 뒤에서는 불꽃이 튕기며 폭파 소리가 끝없이 울렸다. 설인귀는 창을 들고 적의 군문으로 곧장 진격하였다. 가련한 적병들은 이런 정예 군사들과 맞닥뜨려 본 적이 없는지라 갑옷을 벗어버리고 뿔뿔이 도망쳐버렸다.

진선객은 그런 줄도 모르고 온돌 위에서 잠깐 잠자고 있었다. 꿈결에서 함성을 듣고 도망치려고 하는데 창을 든 설인귀가 달려왔고, 그 뒤로 네댓 명의 정병들이 달려들었다. 진선객은 도망치지 못하고 설인귀의 창에 찔려 땅바닥에 쓰러져 목이 잘리고 말았다. 7, 8백 명의 오합지졸은 진선객이 죽은 줄을 알자 아무런 저항도 없이 병장기를 버리고 투항했다.

한편 어림군 3천 명을 거느리고 떠난 풍소보는 먼저 네댓 명의 도제를 선발해서 유랑하는 승려로 변장시키고, 회청이 환속할 수 있겠는 지를 알아보도록 했다. 도제들이 분부를 받고 떠나자 그는 천천히 뒤를 따랐다.

며칠 후 도제들이 노인 한 사람을 데리고 돌아오니, 풍소보가 물었다.

"확실한 소식이 없나?"

도제들이 대답했다.

"문가황제를 시중들던 노인을 꾀어서 데리고 왔으니 나으리께서 직접 물어 보십시오."

풍소보가 나와서 노인한테 물었다.

"어디 사람이며, 성씨는 무엇이오?"

"나으리께서 소인을 몰라보십니까? 저의 성은 모(毛)씨이고, 이름은 이(二)입니다. 본래 장안 사람이었습니다. 당년에 감업사 옆에서 모피를 팔았습니다. 소인은 홀몸이었지요. 회청 사부님은 늘 저한테 밥과 차를 주었습니다. 그런데 목주에 있는 진선객이란 사람이 절에 와서는 여섯째 사부님을 속여가지고 목주에 가서 머리를 기르고 부부가 되었지요. 소인은 따라가지 않을 수가 없었습니다."

"그들에게 어떤 재간이 있어서 사람들을 속일 수 있었는가?"

"진선객이란 사람은 사술에 능했지요. 여섯째 사부님을 만나자 더욱 똑똑한척하면서 총명해져서 참서와 부적에 정통한 척, 효험을 보게 됐지요. 그래서 원근의 남녀들이 알고 찾아왔습니다."

"진선객의 용력(勇力)이 어떠한 지 아는가?"

그러자 모이가 눈물을 흘리면서 말했다.

"나으리, 저의 주인님은 이미 사망했는데 용력을 물어서 뭘 합니까?"

풍소보가 그 말을 듣고 기뻐하면서 물었다.

"언제 죽었소?"

"며칠 전에 설인귀 장군한테 토벌당했지요. 여기로 오다가 길에서 만났는데 어두운 밤에 본영을 습격했답니다. 저희 주인은 자다가 갑옷도 입지 못하고 설인귀 장군한테 살해당했습니다."

"거짓말을 해선 안 되오."

"소인이 감히 거짓말을 한다면 나으리의 처분을 받겠습니다."

"노인은 이제 지금 어디로 가려는가?"

"소인은 숭의왕이 죽은 소식을 알려야겠습니다."

"그대는 문가황제와 내가 친척간이라는 걸 아시오?"

"제가 왜 모르겠습니까?"

"조정에서 회청이 반란한 걸 알고는 나를 보내서 투항을 받으라 했네. 숭의왕이 죽었다는 소식을 전하러 갈 때, 내 부하를 데리고 가면 문가황제가 알 거요."

말을 마친 풍소보는 서신 한 통을 써서 물건과 함께 4명의 도제들에게 주면서 부탁했다.

도제들은 함께 길을 떠나 며칠 후에 패현(沛縣)에 도착했다. 많은 군영들이 늘어섰는데 성 밖에도 수비군이 있었다.

본영을 지키는 군졸이 물었다.

"모 노인장께서는 왜 돌아오셨습니까? 그곳 형편은 어떻습니까?"

모이가 손을 저으면서 말했다.

"잠깐이면 알게 될 거네. 황제께서는 어디 계시나?"

소졸이 말했다.

"중군에 계십니다."

모이가 서둘러 중군에 달려가 알리니 들어오라고 했다. 모이는 땅바닥에 엎드려 흐느껴 울기만 했다.

진석정이 조급하게 말했다.

"노인께서 왜 그 모양이오? 좋은 일이든 궂은 일이든 말해야 알 텐데 왜 울기만 하오?"

모이는 숭의왕이 어떻게 군사를 거느렸고, 설인귀가 어떻게 습격했으며, 숭의왕이 자다가 어떻게 죽었다는가를 얘기했다. 진석정은 듣고 대성통곡했다.

회청이 통곡하자 모이가 말했다.

"황제께서는 울지 마십시오. 또 한 가지 일이 있는데 황제의 분부를 받아야겠습니다."

모이는 풍소보가 쓴 편지를 꺼내 바쳤다. 진석정이 받아서 겉봉을 보니 「백마사 주지가 알리오.」라고 쓰여 있었다.

진석정이 모이한테 물었다.

"그대는 풍소보를 어떻게 만났소?"

모이는 꾀임에 걸려서 찾아갔던 일을 이야기했다. 진석정이 펼쳐보니 다음과 같이 적혀 있었다.

「정이 깊고 안락했던 지난 날 즐겁던 때를 기억하고 있소. 뜻밖에도 천자께서 왕림하시니 우린 갈라지게 되었지. 간장이 끊어질 듯 슬프던 그때 어찌 오늘이 있을 줄 알았겠소. 누님이 좋은 곳으로 옮겨간 후 오늘까지 줄곧 소식을 탐문했소. 처음에는 비구니였다가 지금은 황제가 되어 절친하던 사이가 적으로 변해 버렸소. 지금 비록 기사회생의 감로수를 받고 있지만 지난 날 절간의 좁은 방에서 함께 지낼 때보다 못하오. 곧 만나게 되겠지만 먼저 소식을 전하오. 서로의 마음은 더 말할 것 없소. 누님의 모습이 눈앞에 선하오. 동생 풍소보 올림.」

모이가 말했다.

"그분께서 보낸 도제 네 명이 지금 밖에 있습니다."

석정은 그들을 본영으로 불러들이게 했다. 모이가 나가더니 4명 도제를 데리고 들어왔다. 도제들이 보니 양쪽에 칼과 창을 든 군사들이 삼엄하게 서있고, 위에는 단정하게 생긴 여인이 주옥과 보석이 달린 모자를 쓰고 소맷자락에 붉은 꽃을 수놓은 검은 색 전포를 입고 앉아있었다.

도제들은 꿇어 앉아서 머리를 조아렸다.

"저희 나으리께서 마마에게 문안을 전했습니다."

석정이 말했다.

"너희 나으리께서는 조정에서 잘 지내시는가?"

"네, 저의 나으리께서 마마께 물건을 보내셨는데, 좌우를 물러가게 해주십시오."

"모두가 나의 심복이다."

석정이 말하자, 도제는 소맷자락에서 물건을 꺼내 바쳤다. 석정이 받아 보니 헤어질 때 자기가 소보한테 준 옥으로 만든 여의(如意)였다.

석정이 눈물을 흘리면서 혼자 중얼거렸다.

"난 동생과 영영 만나지 못할 줄 알았는데, 오늘 다시 볼 줄을 어찌 알았겠느냐?"

석정이 도제들한테 말했다.

"여긴 너희들의 집과 같다. 이곳에 있으면서 너희 나으리께서 오실 때까지 기다려라."

네 사람은 그곳에 머물렀다. 이튿날 새벽 오경에 폭파 소리가 세 번 들리더니 기마 초병이 달려와서 알렸다.

"적병이 들이닥칩니다!"

진석정이 말했다.

"우리 집 나으리께서 오셨는데 뭐가 적병이란 말이냐!"

군사들은 갑옷을 입고 대오를 정돈한 다음 포성을 울리고 성문을 열었다.

진석정이 사람을 보내 물었다.

"당신들은 어디서 오는가?"

풍소보의 군사들이 대답했다.

"우리는 백마사 주지 우위대장군 풍(馮) 나으리의 부하들이오. 당신들은 누구요?"

"문가황제는 여기에 계시다."

군사들은 진석정한테 달려가서 보고했다. 석정은 3, 40명을 선발해서 따라오게 하고 말을 타고 칙령을 받으러 갔다.

풍소보는 3천 어림군을 주둔시키고 도제 3, 40명과 함께 칙서를 들고 다가왔다. 석정의 본영에 이르러 향안을 차려놓았다. 석정이 칙령을 받은 다음, 두 사람은 끌어안고 울다가 뒤채에 가서 밀담을 나누었다. 주안상을 차리려는데 성내의 여러 관원들이 찾아와서 배알했다.

풍소보가 사람을 보내 감사를 드리고 석정에게 말했다.

"누님은 이미 투항을 접수했으니 수하의 병졸들을 어떻게 하려오?"

"나는 투항했으니 동생과 함께 장안으로 가서 폐하를 배알해야겠네. 군사는 목주에 주둔시켰다가 후에 처리하겠네."

"그게 좋겠소." 석정은 부장들에게 군사를 목주에 주둔시키고 칙명을 기다리라고 분부한 뒤 3, 40명의 시중들을 거느리고 길을 떠났다. 2, 3일 걸어서 설인귀의 군사들을 만난 풍소보는 석정이 귀순한 일을 얘기해 주었다.

설인귀가 말했다.

"그럼 일을 매듭지어 끝났으니 사부님은 누님을 모시고 상경하여 태후를 만나십시오. 저는 상주문을 올리고 돌아가서 수비하겠습니다."

그들은 작별했다. 풍소보와 석정은 함께 장안에 가서 태후에게 알렸다. 풍소보가 먼저 궁에 들어가서 설명하고 차인을 보내

석정을 궁으로 맞아들이게 했다.

태후는 석정을 만나자 기쁘고도 슬펐다. 그들은 헤어진 다음의 일들을 이야기했다. 태후는 석정을 2, 3일간 궁중에 머물게 하면서 금과 은, 그리고 비단을 선물로 주고 집 한 채를 사주었다. 또 석정을 귀의왕(歸義王)에 봉하고 태후의 빈객으로 삼았으며, 풍소보를 악국공(鄂國公)에 봉했다.

안금장은 배를 갈라 억울하다 호소하고, 낙빈왕은 격문 지어
무후를 성토하다.(安金藏剖腹鳴冤, 駱賓王草檄討罪.)

노래하기를,	詞曰,
달리는 토끼, 날아가는 새,	(兔走鳥飛)
순식간에, 멀리 사라져 버린다.	(一霎時, 翻騰滿目)
밀고가 유행하고,	(興告訐)
일망타진에, 엄벌로 다스린다.	(網羅欲盡, 律嚴刑酷)
눈에 띄는 충성의 마음 한 조각,	(眼底赤心肝一片)
하늘 끝에 끝없는 거짓 자비심,	(天邊鱷淚愁千斛)
울분을 토해 격문을 지었다.	(吐盡懷草檄)
반역자 죽여도 또 원한이,	(整天庭, 仇方復)
술 한잔하며 진한 연정 맺는다.	(斟綠酒, 濃情續)

은촛대 밝히고 화장을 고친다.　　(燒銀燭, 新妝篏)

정자에 바람 불고 달빛 비추나니,　(向風亭月榭)

정담(情談)에 악곡을 듣는다.　　　(細談衷曲)

— 곡조 〈만강홍〉　　　　　— 調寄〈滿江紅〉

옛날부터 명예를 중히 여기는 사람은 의리에 죽지만, 여색을
밝히는 자는 연인을 위해 죽는다. 그래서 연정 때문에 죽는 사람
줄줄이 많지만, 의리를 지켜 죽는 사람은 백에 한 둘이다.

춘추시대 위(衛)나라 대부(大夫) 홍연(弘演)은 위(衛)나라 의공
(懿公)[149]이 죽자 그의 간(肝)을 자신의 배에 숨긴 채 순장되었고,
전국시대 제(齊)의 신하 왕촉(王蠋)은 민왕(閔王)이 죽었다는 소식
을 듣고 나무에 목을 매달아 죽었으니, 이는 스스로 목을 잘라 죽
은 셈이다. 자신의 뜻이 다른 사람과 다르다면 이목(耳目) 또는 일
신한 것이니 이런 경우는 세상에서 적지 않았다.

---

149 위나라 의공(衛 懿公, ?–前 660年)—춘추시대 衛(위)나라 군주. 衛
는 소국이었다. 姬姓(희성), 名은 적(赤)으로 이 사람은 재위 중에
학(鶴)을 너무 좋아하였다. 이민족 적인(狄人)의 습격으로 피살되
었고 나라가 일단 망했다. 홍연(弘演, ?–前 660년)은 春秋 시기 衛
國 大夫. 다른 나라에 사신으로 갔다 돌아오니 적인이 의공을 죽
였고, 그 고기를 뜯어 먹었다. 겨우 간을 남겨두자, 홍연은 자신
의 배를 갈라 의공의 간을 자기 뱃속에 넣었다. 마치 자신의 육
신을, 의공의 관처럼 자신을 순장하여 충성을 다 바쳤다.

무태후가 궁중에서 쾌락 속에 지나다 보니 어느덧 초겨울이었
다. 태후의 총애를 받는 태평공주(太平公主)[150]는 육신이 풍만하
고 자색이 아름다웠다.

그러나 그 경박한 성질에 모친의 편애를 믿고 매사가 제멋대로
였다.

태평공주는 먼저 설소(薛紹)[151]와 결혼했지만 3년 안 되어 설소
가 죽었다. 궁궐로 돌아온 공주는 마음을 안정하지 못하고 이쪽저

---

150 태평공주(太平公主, 665-713년) - 高宗과 武則天의 막내딸. 中宗
과 예종(睿宗)의 누이동생. 玄宗의 고모. 이름은 李令月(이령월).
특히 武后의 총애를 많이 받았고 한때는 '거의 천하를 움켜 쥔
公主'라는 평을 들었다.
태평공주는 16세인 681년에 결혼했다가 과부가 되었다. 무후는
과부가 된 태평공주를 자신의 친정 조카에게 690년에 시집보냈
고, 무후는 황제로 정식 등극한다. 이후 태평공주의 생활은 매우
음란했다. 어찌 보면 태평공주는 측천무후의 복사판으로 야심이
많고 心計가 남들보다 뛰어나 결코 남자의 품에서 얌전하게 지
낼 여인은 아니었다.
태평공주의 모반 실패는 626년 이세민의 '玄武門(현무문)의 變
(변)' 이후 측천무후의 등장과 중종 폐위와 예종을 대신한 섭정,
武周의 건국과 무후의 퇴위(神龍 革命), 709년 中宗 태자 李重俊
의 모반, 중종 韋(위)황후의 발호와 중종의 독살, 그리고 위황후
의 축출과 예종 즉위[唐隆之變(당륭지변)]에 이은 마지막 정변이
었다. 이후 '開元의 治'라는 태평성세가 이어진다.

151 설소(薛紹, 661-689년, 字는 昌) - 唐 高宗과 武則天의 딸인 太平公
主(태평공주)와 결혼한 사람.

쪽을 기웃거리고, 이 사람 저 사람을 집적거렸다. 무태후는 자신
이 데리고 놀만한 사내를 공주가 유혹할까 걱정이 되어, 자기 처
족(妻族)의 한 사람인 대부 무유기(武攸曁)란 사람과 재혼시켰다.

어느 날 태후와 무삼사가 궁궐 화원에서 거닐며 놀고 있었다.
태후가 말했다.

"요즈음 날씨가 참 화창하고 좋구먼!"

"날씨가 좋기는 하지만 초목이 시드는 가을이라 온갖 꽃들이
붉고 푸르게 피어나는 화창한 봄날과는 크게 다릅니다."

"이 가을에도 꽃을 보는 것! 그것도 어려울 게 없지. 며칠 전에
상림원승(上林苑丞)[152]이 상주하여 배꽃이 활짝 피었다고 했어.
이 가을에 배꽃을 피게 할 수 있는데, 다른 꽃이야 왜 못 피우겠
는가? 요즈음은 꼭 이른 봄철 날씨 같지 않은가? 내일 무유기가
찾아와 사은할 것 같은데, 그새 사위를 데리고 상림원에서 잔치
를 하면서 온갖 꽃을 피워 신혼을 축하해야지."

"사람 마음이 그렇기를 바라지만 하늘도 그렇게 해줄 것이라
고 생각하십니까?"

그러자 태후가 웃으며 말했다.

"내일 꽃이 피면 경은 백옥의 큰 잔으로 벌주 석 잔을 마셔야

---

152 上林苑(상림원) - 황실용 사냥터. 秦의 舊苑으로 황폐했던 것을
    漢 武帝가 중수한, 今 陝西省 西安市의 상림원. 後漢의 上林園은
    낙양성 동쪽 12km에 위치했다. 今 河南省 洛陽市 白馬寺 일대.

하네."

그러자 무삼사도 웃으며 대답했다.

"백옥 잔의 술은 폐하께서 늘 신에게 하사하셨습니다. 다만 이 늦가을 날씨에 온갖 꽃이 어찌 피겠습니까?"

무태후는 노기를 띠고 무삼사를 내려다보았다. 그리고 말없이 거처로 돌아갔다.

궁전에 이른 태후는 즉시 귀의왕(歸義王) 진석정(陳碩貞)을 불러 놓고 화원에서 있었던 일을 이야기하였다. 그리고 법술(法術)로 화원의 나무마다 꽃을 피워 상서로운 길조를 여러 사람이 볼 수 있게 하라고 명령하였다.

그러자 진석정이 말했다.

"만약 내일 연회에 폐하께서 한두 가지 꽃을 피게 하라고 하시면 신이 화신(花神)의 힘을 빌릴 수 있습니다. 그러나 백화가 만발하게 하는 일은 하늘의 뜻에 달린 일입니다. 폐하께서 조서를 내리시면 신이 화신을 시켜 하늘에 상주하게 하여 칙명에 응하도록 힘써보겠습니다."

그러자 태후는 곧바로 황색 종이를 펴고 직접 조서를 썼다.

내일 아침 화원을 거닐터이니,　(明朝游上苑)
서둘러 봄소식 알리도록 하라.　(火速報春知)
기어이 오늘 밤 꽃을 피우고,　(花鬚連夜發)

새벽에 바람 불지 않게 하라.　　(莫待曉風吹)

태후가 조서를 다 쓴 다음 진석정에게 넘겨 주었다. 석정이 또 격문 한 장을 쓴 다음, 태후와 헤어져 곧장 어원에 이르러 법술을 부리며 화신에게 분향했다. 태후가 또 칙령으로 광록시(光祿寺)의 정경(正卿)인 소량사(蘇良嗣)에게 어원(御苑)에 연회석을 준비하게 했다.

무삼사가 집으로 돌아가는 길에 풍소보를 만났다.

풍소보가 물었다.

"상경께서는 왜 궁중에서 주무시지 않고 돌아가십니까?"

"태후께서 화신(花神)에게 봄을 빌어 내일 아침 백화가 만발하게 하신다고 하니 얼마나 우스운 일이오? 사람의 생사는 자신에게 달려있다고 하겠으나 꽃을 피게 하는 것은 하늘의 지시에 따르는 일인데, 어찌 화신에게 봄을 일찍이 보내달라고 하겠는가? 내일 자네가 나와 함께 어원에 이르러 꽃이 피었나 아니 피었나를 보면 하늘의 뜻을 알게 될 거요."

두 사람은 크게 웃고 헤어졌다.

이튿날도 날씨가 화창했다. 풍소보는 이래저래 걱정하며 서둘러 궁궐 화원에 미리 들어가 보았다. 그런데 화원에는 온갖 꽃들이 활짝 피어 향기를 품어내고 있었다. 이리저리에 돌아 창화당

(暢華堂)에 이르니, 한 관원이 거기에서 일하고 있었다.

바로 소량사가 연회를 잘 준비하라는 태후의 지시를 받고 아침 일찍 나와서 여러 가지를 챙기고 있었다.

풍소보를 발견한 소량사가 욕설을 퍼부었다.

"웬 놈의 까까중이 감히 여기까지 왔느냐!"

풍소보가 이 말에 몹시 기분이 나빴지만, 그가 눈이 나빠 잘 보지 못한다고 생각하며 그냥 눌러 참으며 말했다.

"소대감, 우리 함께 조정에서 천자를 모시고 있는데, 내가 왜 여기 못오겠는가?"

"오늘은 무 부마(駙馬)께서 인사하러 오는 즐거운 연회여서 조정에서 나더러 여기에 연회석을 마련하라고 했소! 자네는 무슨 출신이기에 정경의 관직이라고 우쭐거리느냐? 네가 빨리 물러나지 않으면 내가 이 상아 홀(笏)로 네 놈의 이마를 갈겨버리겠다. 네 놈이 나를 어쩌겠느냐?"

풍소보가 눈을 똑바로 뜨고 말하려는데 뜻밖에 소량사가 홀을 들어 풍소보의 이마를 한 대 갈겼다. 화가 잔뜩 났지만 풍소보는 태후의 궁안으로 도망쳐 들어가 무태후 앞에 무릎을 꿇었다.

태후가 물었다.

"경은 지금 뭐하는가?"

"소량사가 무례하게 신의 이마를 때렸습니다."

"그가 어디서 경을 때렸는가?"

"어원 창화당 앞에서 때렸습니다."

태후가 풍소보에게 일어나라고 말한 뒤, 이어 말했다.

"짐이 그 사람에게 연회석을 마련하라고 했네. 경은 왜 쓸데없이 그곳에 갔는가? 남쪽 대문으로는 재상들이 내왕하니 다음부터 경은 마땅히 뒷문으로 드나들게."

그리고는 북문을 관리하는 내시들에게 앞으로 상사(上師)가 출입하더라도 금지시키지 말라고 분부하고, 풍소보에게도 말했다.

"경은 오늘 여기에 있게. 바깥 술상이 끝나는 대로 짐이 경과 함께 놀고 싶네."

소량사는 창화당에서 연회석을 마련하였다. 공작 병풍 앞에 부용(芙蓉) 방석을 깔았다. 온 산에 백화가 만발하여 이채를 돋우니 분위기가 한결 더 좋았다.

어사(御史)인 적인걸(狄仁傑)이 여러 관원을 거느리고 들어와 활짝 핀 꽃을 보고 찬탄을 금치 못했다.

"기이하도다. 천심(天心)이야 어찌 하리오!"

내사(內史)인 안금장(安金藏)[153]이 말했다.

"이런 천자만홍 속에 피지 않은 꽃도 있을까요?"

여러 신하들은 이곳저곳을 거닐면서 꽃구경을 했다. 그런데 유독 무궁화(槿)만이 움트지 않고 시들어버린 그대로 있으니, 저

---

153 안금장(安金藏) – 당의 관리. 속특인(粟特人, Sogdiana) 출신 장수. 예종(睿宗)을 위해 할복한 사람. 兵部尚書에 추증되었다.

도 몰래 찬탄하며 말했다.

"훌륭하구나 무궁화야, 참으로 곧은 마음으로 아첨하지 않는 구나!"

이때 부마 무유기가 궁전에 들어가 알현하고 창화당으로 걸어왔다. 이어 많은 궁녀들이 태후를 모시고 들어왔다. 태후는 신하들에게 알현을 생략하게 하고 위계에 따라 착석하게 하였다.

태후가 말했다.

"초목이 시들어 흥미가 없기에 짐이 어제저녁 특별히 성지를 내려 화신에게 봄을 빌었소. 뜻밖에 오늘 아침 백화가 활짝 피었으니, 우리나라의 태평스러운 경상(景像)을 역력히 보여줄 수 있소. 오늘 이 자리에서는 누구나 마음껏 술을 마시고 시나 부(賦)를 지어 이 성스러운 일을 기록해야겠소."

태후는 내시에게 분부하여 꽃 가운데에 천명을 거역하고 피지 않은 꽃이 있는가 알아오게 했다. 얼마 뒤에 좌우에서 아뢰었다.

"백화가 만발한 가운데 무궁화는 피지 않았습니다."

이 말을 들은 태후는 대노하면서 나무를 잘라 밖에 내버리고 다시는 어원에 심지 말라고 하였다. 허리를 굽실거리며 아첨하기를 좋아하는 무삼사 무리들은 찬사를 아끼지 않았다. 다만 적인걸이 아뢰었다.

"봄에 번화하고 가을에 조락하는 것은 자연의 법칙입니다. 오늘 백화가 활짝 핀 것은 폐하의 복을 입었기 때문입니다. 그러나

겨울에 봄을 불러오게 하는 영을 내리는 일은 될 수 있으면 삼가 는게 좋을 것 같습니다."

술이 세 순배 돈 다음, 여러 신하들이 물러가고 태후도 풍소보가 기다리고 있기에 궁중으로 돌아갔다.

무삼사는 태후가 자기를 궁전으로 부르지 않자 속으로 의심하면서 걸어갔다. 완월정(玩月亭)을 지나 취벽헌(翠碧軒)을 돌아서려고 할 때에 상관완아(上官婉兒)[154]가 난간에 기대어 혼자 생각에 잠겨 있는 모습을 보았다.

배꽃처럼 담백한 얼굴이고,	(淡白梨花面)
버들같이 날씬한 허리로다.	(輕盈楊柳腰)
난간에 서글피 홀로 섰으니,	(倚欄惆悵立)
무삼사 혼령은 녹아 버리네.	(斌媚覺魂消)

---

154 상관완아(上官婉兒, 664-710)－唐朝의 女官, 詩人. 政事에도 관여. 高宗 시기 재상 상관의(上官儀)의 손녀. 唐 高宗의 才人. 中宗 연간에 소용(昭容)으로 승급. 上官昭容으로도 불린다. 上官儀가 형벌로 처형된 이후 상관완아는 모친을 따라 궁궐 노비가 되었다. 14살에 측천무후에 女官이 되어 궁궐의 문서 담당 일을 맡았다. 中宗 연간에, 昭容으로 정사에 관여하기 시작하여 권세가 날로 성했다. 그때 修文館 學士를 두고 조정 관리와 천하의 시문을 품평하였는데 천하의 문사들이 상관소용의 집에 몰려들었다. 여러 일을 겪은 뒤 현종〔李隆基(이융기)〕의 명에 따라 처형되었다.

무삼사는 상관완아가 태후의 거처에서 늘 보던 여인이라 늘 관심이 있었다.

오늘 상관완아가 홀로 서있는 것을 보자, 매우 기뻐하며 말했다.

"상관 아가씨! 여기서 홀로 뭘 그리 골돌히 생각하시나? 혹시 나를 생각하시나!"

완아가 고개를 들어보니 무삼사인지라 웃으며 대답했다.

"저는 당신을 생각하지 않지만, 다른 어떤 분은 저쪽 어디에선가 마음속으로 생각하고 계십니다."

"그 사람이 누구일까?"

"제가 먼저 묻겠어요. 오늘 창화당 연회에 참석하셨는데, 여기는 왜 오셨어요?"

"그건 상관하지 말고 나와 함께 취벽헌에 들어가지. 내가 물을 말이 있네."

"할 말이 있으면 여기서 하세요."

"나는 조용한데 가서 묻고 싶소."

완아는 할 수 없이 삼사를 따라 취벽헌 안으로 들어갔다.

무삼사가 물었다.

"누가 태후 궁궐에서 놀고 있소."

"풍소보 화상이에요."

무삼사가 완아를 조용히 끌어당기며 말했다.

"내 어여쁜 소저(小姐)! 소저가 금방 나를 생각하는 사람이 있다고 했는데, 그 사람이 누구인가?"

완아는 중종의 위후(韋后)가 궁궐에 있을 때의 일을 상기시키며 말했다.

"저는 늘 위후 앞에서 당신이 얼마나 멋있는 풍류남아이며 온화한 대인(大人)이신가를 자주 말씀드렸어요. 또 당신과 태후가 후궁에서 어떤 행위를 했는가 이야기했더니 위후가 긴 한숨을 쉬고 멍해 있더니 말했어요. '그래서 태후가 그 사람을 사랑하는군!' 그러니 위후가 당신을 생각하는 것이 아닌가요? 애석하게도 지금 여릉왕(廬陵王, 中宗의 폐위 이후 호칭)과 함께 방주(房州)로 옮겨갔습니다. 만약 위후가 돌아오기만 하면 제가 당신을 만나게 주선하겠습니다. 이는 후궁에 들어가는 것보다 낫지 않겠어요?"

"위후가 그런 호의를 갖고 있다면, 내가 태후에게 잘 말씀드려 여릉왕을 불러오게 하겠소."

무삼사는 이런 말을 남기고 상관완아와 헤어졌다.

이때 삭원례와 주흥, 내준신 등도 함께 창화당 연회에 참가했으나 이날 적인걸과 안금장 등 줏대 바른 사람들은 의기가 오만하고 또 예우해주지 않자 적인걸 같은 강직한 사람들은 마음속으로 증오하고 있었다.

풍소보는 소량사에게 이마를 얻어 맞은 뒤에, 몹시 화가 났다. 마침 괵주(虢州) 사람 양초성(楊初成)이 중종을 영입하려 방주로 가려 하자 태후가 명하여 양초성을 가지 못하게 했다.

풍소보는 주흥을 매수하여 소량사와 적인걸, 그리고 안금장 등이 반역을 꾸미고 있다고 모함하고, 내준신은 부채 하나를 궤(匭)속에 넣어두었다. 거기에는 〈취화음(醉花陰)〉이라는 시 두 수가 쓰여 있었다. 그 내용은 소량사가 태후를 조소하고 반역을 도모하려 한다는 풍자가 들어있었다.

꽃은 봄날에 피어야 정상이니,	(花到春開其常耳)
겨울에 피는 꽃이 몇이던가?	(破臘花有幾)
매화를 제외하고서는	(除卻一枝梅)
겨울에 피는 꽃을 찾아도,	(再要花開)
다른 꽃은 없으리라.	(只恐無其二)
어원 개화를 재촉하는 조서도,	(上苑催花丹詔至)
상례에 구애받지 말라지만,	(不許拘常例)
초목이 무엇을 알겠나,	(草木亦何知)
그래도 꽃 피니 태후가 웃는다.	(博得天顔喜)

때를 어긴 꽃 무슨 뜻이련가?	(違例開花花何意)
군왕의 비위를 맞추었다.	(要把君王媚)
어젯밤 조서로 꽃이 피었고,	(昨夜詔花開)
오늘 일찍 보니, 열매도 맺었다.	(今早來看, 卻果都開矣)
홀로 무궁화 한가지 특별히,	(槿樹一枝偏獨異)
보통 꽃따라 피지 않았도다.	(不肯隨凡卉)

울타리 아래 홀로 유유하니,　　　(籬下盡悠然)

꽃들은 모두　　　　　　　　　　(萬紫千紅)

무궁화 앞에 부끄러우리.　　　　(對此應含媿)

　태후는 이를 읽고 대노하였다. 그러나 적인걸이 충성스러운 신하라는 점을 잘 알고 있기에 붓으로 그 이름을 지워버리고 나머지는 색원례를 시켜 심문하게 했다.

　색원례는 잔혹하게 심문하는 사람이라 얼마나 많은 사람을 억울하게 해쳤는지 모른다. 소량사를 형틀에 올리고 손가락을 비틀며 반역을 꾀하였음을 승인하라고 핍박하자, 소량사가 말했다.

　"천지신명이 머리 위에서 굽어본다. 만약 소량사가 조금이라도 딴마음을 품고 있었다면 멸족의 형벌이라도 달게 받겠다."

　이어 안금장에게 고문을 가하자, 안금장이 말했다.

　"자식은 부모에게 효도해야 하고, 신하는 황제께 충성해야 한다. 만약 폐하께서 신하더러 죽으라 한다면 누가 감히 살아나려 하겠는가? 그러나 그런 신하에게 황제를 해치라고 한다면 신하는 응하지 않을 것이다. 오늘 이 안금장의 말을 믿지 않는다면 내 배를 가르더라도 소량사가 반역하지 않았다고 분명히 밝히겠다."

　이렇게 말하고 즉시 차고 있던 패도(佩刀)로 자기 배를 가르니 오장이 다 드러나고 피가 현장에 휘뿌려졌다. 두경검(杜景儉)과 이일지(李日知) 두 사람은 마음씨가 너그러워 급히 좌우를 시켜 칼을 빼앗게 하고 태후한테 상주했다.

태후가 즉시 지시하여 심문을 중지하고 태의(太醫)를 불러 보이게 했다.

이에 안금장의 사건이 원근에 널리 알려졌다. 미주(眉州, 수 四川省 중동부 眉山市) 자사(剌史)인 영공(英公) 서경업(徐敬業)[155]이 동생 서경유(徐敬猷)와 함께 양주(揚州)에 이르러 이 소식을 듣고 깜짝 놀라 말했다.

"애석하게도 뛰어난 영웅인 선제께서 수년간 싸워 천하를 태평성세를 이뤘지만, 오늘은 이 천하가 한 부녀자의 손에 들어가 선제의 자손들을 없애버리는구나. 황제의 자리를 무씨(武氏)에게 넘겨줘야 한단 말인가? 조정의 신하들은 모두 다 허수아비들이구나!"

동생 경유가 말했다.

"형님, 그건 무슨 말씀이시오? 여러 신하가 모두 태후 밑에서 제각기 자기 한몸만을 보살피며 떠받들다 보니 태후가 음란해도 조정의 기강은 없어지지 않았습니다. 괘씸스러운 것은 여우같이 요사한 인간들입니다. 만약 오늘 충의지사(忠義之士)들이 모두 나와 그들을 토벌하려 한다면 누가 말릴 수 있겠습니까!"

---

155 서경업(徐敬業)─서세적(徐世勣, 徐懋功)은 당의 개국 공신이다. 공적이 하도 지대하니 國姓(국성) 이씨를 하사받았고, 태종의 이름 글자 世를 피휘하여 이름이 이적(李勣)이 되었다. 이적의 손자는 본래의 徐氏로 되돌아갔다(復姓). 이에 서세적이 되었다.

둘이 이야기를 나누고 있을 때 당지기(唐之奇)와 낙빈왕(駱賓王)[156] 두 사람이 들어왔다. 원래 이 두 사람은 조정에서 일을 하다 양주로 쫓겨나온 사람이었다.

---

156 駱賓王(낙빈왕, 640?－684?, 駱은 낙타 낙, 字는 觀光)은 寒微(한미)한 출신이지만 7살에 거위를 보고 詩를 지을 정도의 신동이었다. 唐朝 初期의 初唐四杰(초당사걸)의 한 사람이다. 唐 高宗 儀鳳 3년(678)에 낙빈왕은 시어사(侍御史)가 되었지만 다른 사람의 무고에 의해 감옥에 갇혀 있다가 나중에 방면되어 地方官인 臨海縣丞이 되었기에 사람들은 낙빈왕을 '낙임해(駱臨海)'라고도 부른다. 낙빈왕은 반항적인 천재 시인이었다. 684년 徐敬業(서경업, 唐 太宗을 도운 徐世績의 손자. 서세적은 李績으로 성과 이름이 바뀌었지만, 서경업이 본래 성명이다.)이 측천무후를 토벌하자고 거병하였는데, 그때의 격문 〈爲徐敬業討武照檄(위서경업토무조격)〉을 낙빈왕이 지었다. 격문을 읽어본 측천무후가 감탄하면서 '재상은 왜 이런 사람을 미리 등용하지 못하여 반역에 동조하게 했느냐?'며 꾸짖었다는 이야기는 유명하다. 서경업의 반란이 실패로 끝난 뒤 낙빈왕은 어디로 숨었고 언제 죽었는지 알려지지 않았다.

낙빈왕의 시는 題材(제재)가 광범위하면서도 청신하며, 재주는 많고 지위는 낮은 데에 따른 격정과 불만을 느낄 수 있으며 필력은 웅건하다는 평을 받았다. 그의 〈帝京篇(제경편)〉은 唐 초기에 보기 드문 장편시이다. 낙빈왕이 7살에 지었다는 〈咏鵝(영아, 鵝는 거위 아)〉는 다음과 같다. 이 시는 중국의 할아버지들이 손자가 말을 배울 때부터 일러주는 詩라고 한다.

아! 아! 아! (거위의 울음소리)　　(鵝, 鵝, 鵝)

굽은 목으로 하늘 보고 노래한다. (曲項向天歌)

하얀 깃털은 푸른 물에 떠있는데, (白毛浮綠水)

붉은 발바닥 맑은 물결을 헤친다. (紅掌拔淸波)

두 사람이 서경업 형제가 주고받는 말을 듣고 말했다.

"잘 하시는군, 당신들은 반역을 생각하고 있으니 무슨 까닭이오?"

서경업이 대답했다.

"두 분은 여기 장안 소식이 있으니 보시면 알 것이오."

두 사람이 읽고나서 당지기는 탄식만 했다.

낙빈왕이 경업에게 말했다.

"이 일은 당신의 할아버님께서 생존하신다면 만회할 수도 있겠으나 지금은 아무리 애써도 헛된 짓이요."

"형씨는 왜 그런 말씀을 하시오. 사람마다 제 마음이 있는 법이오. 만약 의기(義旗)를 높이들고 군사를 거느리고 들이치면 누가 막아내겠소?"

당지기가 물었다.

"그런데 형씨는 왜 잠자코 있소?"

낙빈왕이 말했다.

"형씨가 만약 의기를 들겠다면 내가 격문을 지어 주겠소."

서경업이 말했다.

"형씨가 나를 도와주시겠다면 내가 그 중임을 떠메고 하늘에 제사 지내고 당나라 조상들에게 제사를 지낸 다음 삼군을 호령하여 장안으로 진격하겠소. 먼저 술을 가져오겠으니 형씨들은 천천히 생각하시오."

낙빈왕이 말했다.

"이건 더 많이 생각할 필요도 없소이다. 사실만 열거해 놓아도 그 죄가 태산 같단 말입니다."

서경유도 말했다.

"태후의 졸개들만 처단해도 됩니다. 저렇게 지독한 마음은 남자들도 품을 수 없습니다."

잠깐 뒤에 술상이 마련되자, 모두가 큰 잔으로 여러 잔씩 마셨다.

낙빈왕이 자리에서 일어나며 말했다.

"제가 격문을 지어 여러 형씨들께 보여드릴 터이니 읽어보시고 결단하십시오."

낙빈왕은 책상 옆에 앉아 종이를 펴놓았다.

「탈법적으로 황제 행세를 하고 있는 무씨는 사람됨이 착하지 못한 빈천한 계집이다. 옛날 태종의 시녀로 궁중에 들어와 알몸으로 태종의 시중을 들었었다.」로 시작하는 〈토무조격(討武曌檄)〉[157]을 지었다.

---

157 〈토무조격(討武曌檄)〉─측천무후를 토벌하자는 격문. 曌는 비칠 조. 照와 같은 뜻의 측천문자(則天文字)이다.

*우리는 漢字를 생각할 때 '한글보다 쓰기 어려운 글자'라는 선입관을 가지고 있는데, 이는 실제로 그러하다. 또 우리 한글이 한 가지 모양이듯 한자도 하나일 것이라는 생각을 갖고 있지만 이는 한자의 다양성을 모르기 때문에 하는 이야기이다. 우리가 '한글'이라는 글자를 어떤 글씨체로 쓰더라도 누구나 읽을 수

서경업이 옆에 앉아서 바라보니 낙빈왕은 붓을 놀리며 연신 눈물을 떨구었다. 경업이 울분을 참지 못해 눈물을 훔치었다. 낙빈

있지만 한자는 절대 그렇지 아니하다. 요즈음 中文科 학생들이 쓰는 簡化字(간화자)를 모르는 사람이 많은 것은 당연하다고 하지만, 한문을 많이 공부한 사람도 草書(초서)를 별도로 공부하지 않았다면 거의 읽지 못한다.

漢字는 글자의 風格에 따라 甲骨文, 古文, 金文, … 篆書(전서, 大篆, 小篆), 隷書(예서), 楷書(해서), 行書, 草書로 구분한다. 또 漢字의 구성요소를 말하자면 筆劃, 筆順, 六書, 部首가 있고, 簡化한 모양에 따라 正體字, 簡化字로 구분할 수 있다. 그리고 역사책에서 사진으로 가끔 볼 수 있는 거란문자, 여진문자, 서하문자 등은 한자에서 파생된 문자이다. 중국 내에서 方言(방언)이 크게 틀리듯 그 方言에 맞는 方言字가 있는데, 이 또한 파생문자라 할 수 있다.

측천무후가 황제로 즉위하면서 국호를 周로 고쳤고 자신의 이름을 曌(조)라고 改名하였다. 이는 照(비출 조)와 같은 뜻인데, 측천무후가 새로 만들어 쓰도록 유통시킨 파생문자로, 이를 보통 '則天文字'라고 한다. 측천무후가 만든 측천문자는 일종의 會意文字이다. 하늘(空) 위에 해(日)와 달(月)이 있으니(照), 이는 해와 달이 밤낮으로 지상을 비춘다는 뜻이 된다.

한 가지 예를 더 들면, 위에서부터 山, 水, 土를 내려써서 地(땅지)라는 뜻으로 쓰고 읽는다. 또 한 일(一) 아래 충성 충(忠)을 쓴 것은 '臣'이라는 뜻인데, 이것은 신하는 '오로지 忠' 뿐이라는 관념을 의미한다. 그리고 한 일(一) 아래 날 생(生)을 쓰고 '人'의 뜻으로 썼다. 이런 측천문자는 기존의 漢字(한자)보다 筆寫(필사)나 의미에서 더 나은 장점이 없기에 생명력을 갖고 확산될 리가 없었다. 그러니 측천무후 시대가 끝나면서 곧 사라져 버렸다. 다만 측천무후 시절에 만들어진 비문에 그런 글자가 남아 있기에 여기에서 언급하였다.

왕은 짓기를 계속했다.

그리고 격문은 이렇게 끝났다.

「선제 봉분의 한 줌 흙이 아직 마르지도 않았는데(一杯之土未乾), 작은 이 몸둥이를 누구에게 맡기겠는가?(六尺之孤何托) 그리고 보시라! 지금의 도성은(請看今日之城中) 누구의 천하인가!(竟是誰家之天下)」

서경업이 다 읽고 나서 분노로 치떨면서 통곡했다.

낙빈왕은 다 짓고 나서 붓을 놓고 말했다.

"만약이 격문을 보고도 호응하여 나서지 않는 자는 금수(禽獸)와 같은 인간이다."

여러 사람들이 모두 같이 읽어보고 눈물을 흘렸다.

이 격문 한 편의 문장은 마치 漢代 가의(賈誼)¹⁵⁸의 〈치안책(治

---

158 賈誼(가의, 前 200-168) - 漢 文帝의 아들 長沙王의 太傅였다. 저서로 《新書》, 政論文으로는 〈過秦論〉, 〈論積貯疏〉, 〈論治安策〉이 유명하다. 辭賦로는 〈弔屈原賦〉, 〈복조부(鵬鳥賦)〉, 〈석서(惜誓)〉 등이 잘 알려졌다. 《史記 秦始皇本紀》에는 賈誼의 〈과진론〉 전부가 실려 있다. 《史記 陳涉世家(진섭세가)》에 실린 〈過秦論〉은 楮少孫(저소선, 前漢 말, 博士)이 《史記》를 보완하며 인용한 것인데, 이를 반고가 《漢書》에서 다시 수록하였다. 賈誼(가의)는 낙양 사람으로, 나이 18세에 詩書에 능통하고 글을 잘 지어 郡에 소문이 났었다. 河南郡守(하남군수)인 吳公은 가의가 수재라는 것을

安策))과 같다고 할 수 있다. 〈치안책〉을 읽고서 통곡한 사람이 한 사람, 눈물을 흘린 사람이 둘, 길게 탄식한 사람이 여섯이라고 했다. 서경업과 낙빈왕 그리고 모두가 함께 서러워했다.

서경유가 말했다.
"이 일은 울어서 될 일이 아닙니다. 여러분들은 어떻게 할 계획인가를 상론해야 합니다."
여러 사람들이 다시 자리에 앉자, 경업이 말했다.
"내일 두 분 형씨께서는 일찍 오십시오. 몇몇 친구들을 더 불러 함께 거사합시다."
낙빈왕과 당지기 두 사람이 대답하고 헤어졌다.

이때 적인걸은 재상으로 있었다. 아직도 옥중에 억울하게 갇혀있는 사람 285명이나 되었다. 적인걸이 상소하여 색원례와 주홍 등이 너무 잔혹하게 혹형을 가한 일을 무태후에게 알리고 엄사선(嚴思善)에게 색원례와 주홍 등을 심문하라고 명령했다.
엄사선이 주홍을 청해 같이 식사를 하며 물었다.
"많은 죄수들이 죄를 인정하지 않는데 무슨 방법을 써야 좋겠습니까?"

———
알고 불러 문하에 두고 매우 아끼고 인정하였다. 文帝가 즉위한 뒤에 河南守 吳公의 치적이 천하에 제일이었다. 문제는 가의를 불러 박사를 제수하였다. 《漢書》48권, 〈賈誼傳〉 참고.

"죄수들을 항아리에 넣고 불을 피우면 자복하지 않는 자가 없을 것이요."

그러자 엄사선이 즉시 큰 항아리를 가져다 놓고 주흥의 말대로 불을 피운 다음, 주흥에게 말했다.

"당신을 심문하라는 조정의 문서가 내렸소. 당신이 저 항아리 속에 들어가시면 좋겠습니다."

그러자 주흥은 즉시 머리를 조아리며 죄를 인정한 뒤 영남(嶺南, 五嶺 산맥 이남)지방에 유배되는 도중에 원한을 품은 사람들에게 살해되었다. 그리고 삭원례와 내준신을 사형에 처하자, 사람들이 다투어 그들의 고기를 잘라가 씹어먹었다.

천하 백성이 모두 그들을 미워하고 있다는 사실을 안 태후는 그들의 죄악을 나열하고 멸족시켰다. 이러한 잔혹한 사람들이 하루아침에 다 없어져 버리자 백성들은 서로 축하하며 말했다.

"오늘부터 발 뻗고 잠을 자게 되었소."

하루는 무삼사가 서경업의 격문과 배염(裴炎)이 서경업에게 보낸 서신을 태후에게 보였다.

다 읽고 난 태후는 저도 모르게 모골이 송연해져 탄식하며 물었다.

"이 격문은 누가 지었는가?"

"낙빈왕이란 사람이 지었습니다."

"이런 인재를 등용하지 못하여 타향을 유랑하게 했으니 전임 재상의 잘못이오."

서경업이 배염에게 내응(內應)해 달라는 부탁을 했는데, 배염의 답신에는 '청아(靑鵝, 鵝는 거위 아)'라는 글자 두 자만 쓰여 있어 모두가 그 뜻을 이해하지 못한다고 무삼사가 아뢰자, 태후가 말했다.

"이해하기 어려울게 뭐요. 청(靑)은 12월이란 뜻이고 아(鵝, 거위 아)는 스스로(我, 나 아)의 뜻이니, 12월에 입성하면 내가 몸소 호응하겠다는 뜻 아닌가? 지금 배염이 지방에 출장 중이니 쫓아가 잡지 말고 대장 이효일(李孝逸)을 보내 경업만 토벌하면 되오. 그런데 여릉왕(廬陵王, 폐위된 중종)이 지금 방주에 머물고 있소. 그 아이는 내가 낳은 자식이지만 만약 다른 마음을 품으면 시끄럽소. 내가 심복을 보내 지금 그 애가 무슨 생각을 하며, 무엇을 하고 지내는가를 알아봐야 하겠는데 보낼 사람이 없소."

무삼사는 중종의 황후 위씨(韋氏)가 자기를 사모한다고 말한 상관완아의 말을 마음에 떠올리며, 무태후에게 말했다.

"저는 폐하의 심복이 아닙니까? 제가 다녀오겠습니다."

"경은 갈 수 없네."

"이번 걸음은 나라의 대사에 관계되는 큰일인데, 다른 사람을 보내서는 진가(眞假)를 믿기 어렵습니다."

그러나 무태후는 건성으로 "응, 응" 하고 대답하였다.

이때 궁녀 하나가 들어와 아뢰었다.

"스님께서 오셨습니다."

그러자 태후가 상관완아를 불러 분부했다.

"네가 무(武) 나으리를 배웅하거라."

상관완아가 무삼사에게 말했다.

"오른쪽으로 돌아가세요."

"왜 동쪽으로 가지 않는가?"

"서쪽 편이 조용해요."

완아의 뜻을 알아차린 무삼사는 그녀의 어깨를 끌어안고 한참 동안 즐긴 다음, 태후가 방주에 사람을 보내려는 일을 설명하고서, 상관완아에게 자기를 보내게 하도록 태후를 설득하라고 단단히 일렀다.

"이 일은 제가 해드리지요. 제가 위후께 보낼 예물이 있어요. 그리고 제가 위후께 서신 한 통을 써서 위씨의 마음을 움직이게 하겠어요. 그런데 이 다음 저를 모르는척하시면 안 됩니다."

"그거야 물론이지."

무삼사는 상관완아와 이야기를 주고받고는 궁전을 나왔다.

다음 날 태후가 무삼사에게 급히 방주에 가서 여릉왕을 만나라는 지시를 내렸다. 무삼사는 명령을 전달받자 궁궐에 들어가 태후와 작별했다. 태후가 몇 마디 당부했고, 상관완아가 예물과 편지를 무삼사에게 주었다.

무삼사는 그날로 즉시 방주로 떠났다. 며칠 뒤 방주에 이르렀을 때는 저녁녘이었다. 삼사가 객점에 들어 유숙하면서 아랫사람들에게는 무씨 나으리가 이곳에 물건을 사러왔다고 거짓말을 하게 했다.

저녁에 무삼사가 객점 주인에게 물었다.

"여릉왕은 여기서 잘 지내는가?"

"여릉왕 나으리께서는 잘 지내십니다. 늘 스님들과 왕래합니다. 이곳 감덕사(感德寺) 주지 스님의 호가 혜범(慧範)입니다. 여릉왕께서는 초하룻 날이나 보름날이면 꼭 절에 가서 혜범스님의 불경 강설을 듣습니다. 그리고 백성에 대해서는 털끝만치도 건드리지 않습니다. 이렇게 훌륭한 황제를 태후께서는 왜 미워하시며 쫓아냈는지 모르겠습니다."

무삼사가 속으로 생각했다.

'여릉왕의 이런 거동은 그가 딴마음을 품고 있지 않다는 뜻이지! 다행히 오늘이 열나흘이니, 내일이 보름이다. 그가 절에 들어간 뒤에 찾아가면 안성맞춤이겠구나!'

이튿날 무삼사는 심부름꾼 서넛을 데리고 교자에 앉아 여릉왕 저택으로 갔다. 문지기가 삼사를 알아보고 무슨 일인지 몰라 급히 위후에게 알렸다.

위후가 태감을 불러들여 물었다.

"무씨가 어떻게 무슨 일로 왔겠나? 누가 모시고 왔더냐?"

태감이 대답하자, 위후가 분부했다.

"그렇다면 그분과 우리는 친척간이니 궁으로 모셔 만나도 괜

찮아!'

태감이 나와 무삼사를 모셔들이자 위후가 나왔다. 위황후는 장안에 있을 때보다 조금 수척한 것 같지만, 날씬한 몸매와 잘생긴 이목구비, 요염한 눈웃음과 풍성하게 틀어올린 칠흑 같은 머릿단, 그리고 목덜미 아래로 하얗게 드러나는 피부는 여전히 매혹적이었다. 그런 모습은 여색을 상당히 밝히는 무삼사에게도 참으로 고혹적(蠱惑的)이었다.

무삼사가 급히 절을 올리자 위후도 답례하고 자리에 앉았다.

"태후께서는 잘 계시나요?"

무삼사가 웃으며 대답했다.

"그전보다 좀 더 너그러워졌습니다."

위후가 눈물을 흘리며 말했다.

"우리 황상께서 우연히 태후의 노여움을 사서 뜻밖에 추방당했어요. 우리 부부가 언제나 다시 모후의 슬하에 돌아갈 수 있을는지 모르겠어요."

"황상께서는 궁중에 안 계십니까?"

"오늘 아침 감덕사에 가셨어요. 이미 사람을 시켜 모셔오라 했어요. 그런데 무 나으리께서는 무슨 일로 이런 벽지까지 행차하셨는지요?"

"상관완아가 황후를 그리워하며 보내온 편지가 여기 있습니다."

무삼사가 행장 속에서 완아의 편지를 꺼내 위후에게 넘겨주고 좌우에 명하여 예물을 바치게 했다. 위후가 완아의 편지를 읽어보고는 빙그레 웃었다.

그때 갑자기 내시가 들어와 전갈했다.

"폐하께서 돌아오셨습니다."

위후가 들어가더니 여릉왕과 함께 나왔다. 무삼사와 인사를 나눈 다음 자리에 앉자, 여릉왕이 태후의 안부를 묻고 한담하며 조정의 일들을 이야기했다.

여릉왕이 물었다.

"무형은 지금 어디로 가는 길이오? 숙소는 어디에 잡았소?"

"객점에 숙소를 잡았습니다. 하룻밤 묵고 내일 떠나려 합니다."

"어디 그런 법이 있소. 형은 나를 동생처럼 생각하지 않소? 어찌 그리 급히 떠난단 말이오? 나는 형한테 물을 일이 많습니다."

여릉왕이 좌우를 돌아보며 분부했다.

"무 나으리의 행장이 객점에 있다니, 네가 사람을 시켜 가져오게 해라."

잠시 후 그들은 궁전에서 술을 마셨다. 삼사는 안금장이 할복한 일과 서경업이 격문을 산포하자, 태후가 이효일을 보내 정벌하게 한 일 등을 설명해 주었다. 그런 다음 태후가 자기를 양주(揚州)로 보내 누사덕(婁師德)[159]에게 이효일(李孝逸)과 협력하여 서

---

159 누사덕(婁師德, 630－699년)－무신, 지방에 장기 근무. 唾面自乾

경업을 토벌하라는 명령을 전하라 하여 출장 가는 도중에 문안차 들렀다고 말했다.

여릉왕이 다 듣고 나서 대노하며 말했다.

"이적(李勣)은 공신이기에 태후께서 얼마나 잘 대해줬소. 그런데 뜻밖에 그 자손들이 저렇게 반역하다니! 사로잡기만 하면 능지처참을 해도 그 죗값을 다 치르지 못할 거요."

중종은 술상을 서재로 옮기라 분부하고 옷을 갈아 입으려 안으로 들어갔다.

삼사가 보니 안에는 이미 다과가 마련되어 있었고, 위후를 따라다니던 궁녀가 찻잔을 들고 삼사 곁에 다가오더니 소곤소곤 말했다.

"무씨 나으리, 취하게 마시지 마세요. 황후께서 여쭐 말씀이 있으시답니다."

이때 여릉왕이 나와 자리에 앉았다.

(타면자건) 고사의 주인공. 동생이 代州刺史를 제수받자 누사덕이 말했다. "우리 형제의 영광과 황제의 신임이 지나치게 많아 남의 질투를 받을 것이다. 어찌하면 그런 시샘을 안 받겠는가?" 동생은 "지금 남이 내 얼굴에 침을 뱉더라도 닦기만 할 것입니다."라고 말했다. 그러자 누사덕은 정색을 하고 말했다. "이것이 내가 걱정하는 이유이다. 사람이 네 얼굴에 침을 뱉는 것은 너에게 화를 내는 것이다. 네가 침을 닦아버린다면 그 뜻을 거스르면서 그 분노를 더 심하게 하는 것이다. 침은 닦지 않아도 저절로 마를 것이니(自乾), 응당 웃으면서 그 분노를 받아주어야 한다."

서로 술을 마신 뒤, 여릉왕은 만취되어 내시의 부축을 받고 나갔다. 무삼사가 보니 안쪽 칸에 놓인 침상에 잠자리가 마련되어 있었다. 심부름하는 두 사람은 바깥채에 머물렀다. 무삼사는 그들에게 먼저 가서 자게 하고 침상에 의지하여 서책을 펼쳐보았다. 얼마 후 위후를 삼사가 급히 맞이하며 말했다.

　"소인이 무슨 행운이 있어 황후께서 이리 애지중지 해주십니까?"

　"소리 내지 마세요."

　위후는 손을 머리에 올려 명주학정(明珠鶴頂)을 떼내고 소매 속에서 벽옥 손목걸이를 꺼내 상 위에 놓으며 말했다.

　"당신은 저를 박정하게 대하지 마세요."

　"제가 돌아가면 태후께 두 분의 효성을 여쭈어 즉시 장안으로 불러들이게 하겠습니다."

　"그렇게 해주면 매우 고맙겠어요. 소첩이 학정 하나를 당신께 선사하니 말씀하신 대로 저의 기대를 저버리지 마세요. 상관완아한테는 편지를 쓰기 불편하여 쓰지 않겠습니다. 소첩을 대신하여 감사를 드려주세요. 이 벽옥 손목걸이는 완아한테 전해주세요."

　위후는 무삼사를 포옹하고 한참 무아지경에서 놀다가 안으로 들어갔다. 무삼사는 여릉왕의 저택에서 사흘간 묵은 뒤 오래 지체하면 태후가 의심할 것 같아 여릉왕과 작별하고 장안으로 돌아갔다.

　뒷일을 알려거든, 다음 회를 읽어 보시라.

국호를 바꿔 여주(女主)가 칭제하고, 소인은 빈틈에 만두를 훔쳐오다.(改國號女主稱尊, 闖賓筵小人懷肉.)

노래하기를,	詞曰,
무후가 갑자기 연호 바꿨으니,	(武氏居然改號)
당조(唐朝)는 위태롭고 심히 애통했다.	(唐家殆矣堪哀)
그러나 요상한 꿈이 적중하니,	(卻緣妖夢費疑猜)
여릉왕 복 위해 명맥 이어갔다.	(留得廬陵還在)
괴상한 화상(和尙)이 여색 밝히는데,	(只怪僧尼戀色)
신하가 어찌 바른 행실지키랴.	(怎敎臣庶持齋)
아부로 뜻을 얻고 이루려 하니,	(阿誰懷內首將求)
무뢰배 소인이 정말 웃겨주네.	(笑殺小人無賴)
— 곡조〈서강월〉	— 調寄〈西江月〉

나라의 형편이 기울어져 곤경에 내몰리게 되면, 다행히 유능한 인물이 나타나 나라의 기강을 바로세우고 격류를 버티는 나라의 기둥이 된다.[160]

그러나 돼지나 개같이 못난 후손들은(猪狗之徒) 조상이 온갖 고생을 겪으며[161] 세워놓은 나라와 권력을 고스란히 남의 손에 넘겨주게 된다.

무태후가 국호를 주(周)로 고치고[162] 종묘사직을 무씨(武氏)로

---

160 원문 中流砥柱(중류지주) — 지주산(砥柱山) — 中流砥柱는 황하 강물에 버티고 선 암석이다. 河南省(하남성) 서쪽 끝의 삼문협시(三門峽市) 부근 황하 격류 가운데 버티고 선 석주(石柱) 같은 이 암석은 온갖 역경을 이겨내는 독립인(獨立人)의 의지를 표현한다. 지금은 지주산 바로 위에 큰 댐이 설치되어 지주가 황하의 격류와 크게 부딪치지는 않는다.

161 원문 櫛風沐雨(즐풍목우) — 바람으로 머리를 빗질하고 비를 맞으며 머리를 감다. 온갖 고생을 하며 큰일을 해내다.

162 원문 國號則改爲周(국호칙개위주) — 고종이 재위할 때, 무후는 아들 弘을 자신이 죽였고, 아들 賢을 태자에서 폐위했었다. 고종이 죽자, 아들 哲이 즉위했으나(中宗) (2달만에) 폐위하여 여능왕(廬陵王)으로 강등했으며 아들 단(旦, 예종)을 세웠다. 무후는 조정에 나가 섭정을 했고 무씨의 조상을 제사하는 칠묘(七廟)를 세웠다. 영공(英公) 서경업(徐敬業)이 기병하여 무후를 토벌하려 했었다. 태후는 장수를 보내 공격하여 서경업을 죽였다. 월왕(越王) 이정(李貞) 또한 거병하여 당 황실을 회복하려 했으나 패배해서 죽었다. 이런 과정에서 태후는 당의 종실을 많이 죽였다. 태후는 자

바꾸니, 중종(中宗)이나 예종(睿宗)은 사실 칼 도마 위에 놓인 고기(肉) 신세가 되었다.

그런 상황이었지만 그래도 하늘이 당(唐)을 버리지 않을 줄을 누가 어찌 알았으랴![163]

신의 이름을 조(曌, 비출 조)라 고치고 국호를 주(周)라 했다. 예종 단(旦)을 황사(皇嗣)로 삼았고, 예종은 자신의 성을 무씨(武氏)로 고쳤다. 이때 측천무후의 나이는 67세였다.

163 측천무후의 일생 요약

고종 재위 기간과 측천무후 재위 중에는 연호가 정말 많이 바뀌었다. 그러다 보니 연도 계산에 착오도 있었고, 무후의 일생과 관련되는 행적을 계산하면 앞뒤로 서로 맞지 않는 내용도 있다. 또 요즘 출간되는 책에도 음력으로 기록된 연도를 양력으로 환산하여 표기한 책과 음력 연도를 그대로 쓴 책도 있어 독자들에게 혼란을 주기도 한다. 측천무후가 神龍(신용) 원년(서기 705년)에 82세로 죽었다는 기록을 기준으로 무후 일생을 정리하면 다음과 같다.

武照(무조, 생존 기간 624년 2월-705년 12월)

高宗의 황후(655-683년)→中宗, 睿宗의 皇太后(683-690년 10월)→武周皇帝(690-705년 2월)→太上皇(705-705년 12월).

서기	무후	황제	행 적
624	1세	고조	父 무사확, 장안 출생.
637	14	태종	才人으로 入宮(武媚).
643	20	〃	이치(李治) 태자가 됨.
645	22	〃	태자와 연정.
649	26	〃	태종 붕어. 비구니 됨.
		高宗	7월 고종 즉위(22세).
650	27	〃	재 입궁(무소의武昭儀).
655	32	〃	皇后가 됨. 政事 관여.
659	36	〃	장손무기 등 삭직 면관.
668	45	〃	고구려 멸망.
675	52	〃	高宗 지병, 양위 의사 비침. 태자 李弘 폭사.

어지러워진 나라를 바로잡을 현종(玄宗)이 이미 궁중에서 꿋꿋
하게 자라고 있었다.

무삼사(武三思)가 방주에서 여릉왕(廬陵王, 中宗)과 헤어져 돌아
온 사실은 더 설명하지 않는다.

한편 이때 부유예(傅遊藝)[164]라는 인물이 있었으니 원래는 관직
도 없는 사람이었다. 그런데 부유예의 친구 두숙(杜肅)이 풍소보

서기	무후	황제	행 적
683	60	高宗	고종 붕어, 中宗 즉위
684	61	예종	중종 폐위, 예종 즉위. 황태후로 공식적 섭정.
690	67	武周	皇帝로 즉위. 國호 周.
705	82세		正月, 퇴위. 太上皇.
		중종	12月. 病死.

164 부유예(傅遊藝, 武游藝, 629-691년 8월, 字는 元綜) — 혹리로 유명. 武
則天 등극후 짧으나 재상의 반열에 올랐다. 부유예는 유년에 총
명했고, 經史를 열심히 읽었으며 글을 잘 지었다. 지방 현 관아
의 치안을 맡아보는 부현령격인 현위(縣尉)였었다. 나중에 위남
(渭南)의 주부였다가 河南 合宮의 주부(主簿)가 되었다. 母親(모친)
의 상을 치른 뒤, 監察御史에 좌보궐(左補闕)이 되었다. 그러자
690년 9월에 관중(關中) 백성 9백여 명을 거느리고 궁궐 문 앞에
와서 국호를 周로 고치고, 황제 단(旦, 睿宗)에게 武氏 姓을 하사
할 것을 표문으로 올렸다. 그리고 자신에게도 무씨 성을 하사해
달라고 청원하였다. 그러나 무태후는 일단 거절하였다. 그러나
부유예는 급사중(給事中)이라는 중앙 요직에 임명되었다. 이를
본, 문무백관과 황친(皇親), 일반 백성, 사이(四夷)의 추장(酋長), 승
려 도사 등 6만여 명이 부유예를 따라 비슷한 내용을 계속 상서
하였다. 황제(李旦)도 어머니에게 모친 성을 따르겠다고 주청하
였다. 그러자 황제에게 무씨 성을 하사하였다.

(馮小寶)와 아주 친했다.

두소보는 이 두 사람을 무태후에게 알현시켰고, 그들 두 사람은 행운을 만나 시어사(侍御使)로 발탁되었다.

부유예는 태후에게 아첨하며 국호를 고치고, 무승사(武承嗣)[165]를 태자로 봉하라고 상소하였다. 태후는 크게 기뻐하며 국호 당(唐)을 주(周)로 개칭하고, 연호를 천수(天授) 원년(690)이라 고친 다음, 성신황제(聖神皇帝)라 자칭하면서 무씨 7대조의 제사를 지낼 사당을[166] 건립하였다.

황후가 황제를 칭했으니,	(皇后稱皇帝)
소군(小君, 왕후)이 대군(大君)되었다.	(小君作大君)
절대로 없던 일 생겼으니,	(絶無僅有事)
예전에 들어본 적 없었다.	(亘古未曾聞)

무삼사(武三思)는 상경하여 무승사가 천자의 꿈을 꾸고 있다는 소문을 듣고 몹시 언짢았다.

---

165 무승사(武承嗣, 649-698년) - 唐 형주도독(荊州都督) 무사확(武士䕏)의 손자. 女皇 武則天의 이복 오빠인 무원상(武元爽)의 아들.

166 武氏七廟(무씨칠묘) - 七廟는 帝王이 받드는 묘당. 《禮記》의 규정에 의하면, 天子는 七世祖의 제사를 지내는데 太祖廟를 중앙에 설치하고 좌우로 각각 3소(三昭)와 3목(三穆)의 조상을 제사한다. 가의(賈誼)의 〈過秦論 上〉에서도 '일부작난이칠묘휴(一夫作難而七廟隳, 隳는 무너질 휴)' 라는 구절이 있다.

복명하고자 입궐하는 길에 마침 상관완아(上官婉兒)를 만난 무삼사가 물었다.

"태후께서는 귀체가 어떠하시냐?"

"태후께서는 우연히 안질이 생겨서 방금 심남무(沈南繆) 의원을 불러 치료를 받고 계십니다. 여릉왕 쪽 사정은 어떻습니까?"

"폐하(中宗)께서는 지금 조석으로 부처님을 모시는 일에 전념하시는데 매우 보기에 좋더라. 아내 위(韋) 황후께서는 오랜 염원을 다 풀었다며 나를 보고 반가워하셨고, 나도 며칠 동안 즐거웠다. 황후께서 회신을 쓸 겨를이 없어 상관소저에게 주라 하시며 차고 있던 벽옥 팔찌 한 쌍을 보내시면서 너한테 감사하다는 말을 전해달라고 신신당부하셨네!"

그러면서 무삼사는 옷소매 안에서 벽옥 팔찌를 꺼내 상관완아에게 넘겨주니, 완아가 받아 넣으며 말했다.

"아마 지금쯤은 태후께서 한가하실 거예요. 어서 들어가 보시지요. 요즘 무승사(武承嗣)가 태자로 봉해달라고 요청해서 꾸지람을 들었으니 조심하시오."

무삼사는 상관완아의 말에 따라 궐 안으로 들어가 태후를 만났다. 태후에게 축수를 한 다음에, 중종이 얼마나 어떻게 태후를 생각하고 있으며, 또 어떻게 태후를 위해 부처님께 기도를 드리고 있는 가를 자상히 이야기했다.

태후는 말없이 묵묵히 듣기만 하고 한참 동안 아무 말도 없었다.

어느 날, 태후는 꿈자리가 어수선했다. 그래서 적인걸을 불러 해몽을 부탁했다.

"엊저녁 꿈에 짐은 선제가 갖다주는 앵무(鸚鵡)새 한 마리를 받았소. 받을 때에는 두 날개를 펴고 있었는데, 짐이 어루만지니 다시는 깃을 펴지 못하니 그게 무슨 뜻이오?"

"앵무의 무(鵡)는 무(武)이고, 무씨는 폐하의 황실 성씨(姓氏)입니다. 이제 갸륵한 아들과 며느리를 불러들이시면 두 깃이 그전처럼 펴질 것입니다."

"경의 말씀이 매우 지당하오. 그런데 무승사가 태자로 봉해 달라고 하니, 이 일은 어떻게 해야 하겠소?"

"문(文) 황제(高祖 李淵)께서는 몸소 군사를 이끌어 천하를 평정하고 사직을 자손에게 물려주셨습니다. 선제(先帝, 高宗)께서는 두 자식을 폐하께 부탁하셨으니, 이제 태자의 자리를 다른 성씨에게 넘겨준다면 이는 하늘의 뜻이 아닙니다. 고모와 친정 조카 사이와 부모 자식 사이 중 어느 쪽이 더 가깝겠습니까? 폐하께서 이제 아들을 세우면 천추만대로 종묘사직을 받들어 모시며 끝없이 이어갈 것입니다. 그런데 폐하께서 조카를 태자로 세우려고 하신다는데, 조카가 천자로 되어 고모를 종묘에 모셨다는 이야기는 일찍이 들어보지 못했습니다."

태후는 인걸의 대답에서 깨달은 바가 있어 중종을 다시 불러들였다. 모자가 상봉하여 서로 그립던 정을 나누었다.

어느 날, 태후는 삼사와 함께 창가에 앉아 이야기를 나누고 있었다. 때마침 장창종(張昌宗) 장이지(張易之, 易는 쉬울 이) 형제가 들어왔다.

태후가 웃으며 말했다.

"지금 미인과 관련된 글 제목 아홉 개를 만들어 놓고 자네들과 나누어 글을 지어보려던 참이오."

창종이 탁자에 놓여 있는 종이를 집어보니 「미인욕(美人浴)」, 「미인수(美人睡)」, 「미인취(美人醉)」 등 아름다운 제목들이었다. 채 훑어보지도 못했는데, 무후의 막내딸 태평공주(太平公主)가 상관완아의 손을 잡고 들어왔다.

창종(昌宗)과 이지(易之) 형제는 전부터 태평공주와 살을 섞고 있었다. 태후도 그 눈치를 어느 정도 알고 있었다.

이날 여럿이 만나자, 태평공주가 말했다.

"어원에 연꽃이 활짝 피었는데, 모후께서는 왜 가서 보실 생각도 하시지 않고 여기에 적막하게 앉아계십니까?"

태후가 웃으며 말했다.

"그럼, 함께 가보자꾸나."

태후는 어원에다 술상을 차리라 명하고 여럿과 함께 어원에 나갔다. 소학당(嘯鶴堂, 嘯는 휘파람 불 소) 앞에 연꽃이 활짝 피어 울긋불긋하였고 향기가 은근히 풍겼다.

태후가 말했다.

"아주 보기 좋구나! 때마침 연꽃을 만끽할 수 있는 호시절이로

구나."

사방을 휘둘러보고 나서 좌석에 앉아 술을 한 순배 돌렸다.

그리고는 또 말했다.

"참으로 기분 좋은 자리구나. 술자리에 꽃은 없어도 시(詩)는 있게 마련이지. 더구나 꽃이 있는데 시가 없어서야 되겠느냐?"

상관완아가 바로 말했다.

"실로 꽃(花), 시(詩), 술(酒) 네 가지 아름다움(四美)이 다 구비되었사온데, 어찌 헛되이 보낼 수 있겠습니까?"

태평공주가 물었다.

"꽃, 술, 시 세 가지 뿐인데, 왜 네 가지라고 하느냐?"

"여기에 미인이 많이 자리하셨습니다. 그러니 네 가지 아닙니까?"

완아의 대답에 모두 웃었다.

장이지가 말했다.

"연꽃을 읊은 시들은 많지만, 왜 미인으로 시를 짓지 못하겠습니까? 그래야만 다른 시를 답습하지 않을 것입니다."

그러자 태후가 기다렸다는 듯이 찬동하며 분부했다.

"옳은 말이네. 금방 내놓은 시 제목이 아직 궁중에 있으니 어서 가져오너라."

장창종이 말했다.

"제가 미리 예상하고 그 제목을 가져왔습니다."

창종이 옷소매에서 시 제목을 꺼내 태후에게 바쳤다.

태후가 받아들고 웃으며 말했다.

"시 제목이 마침 열두 개이다. 뜻대로 쓰도록 하자. 여기 모인 사람의 신분과 상관없이 말이다. 여기 모두 여섯 사람이 있으니, 제비를 뽑아 한 사람이 두 수씩 짓도록 해야겠다."

그는 완아에게 제비 열두 개를 만들어 함에 넣도록 하였다. 태후가 먼저 두 개를 뽑자, 다른 사람들도 잇따라 뽑았다. 태후가 먼저 위쪽 탁자에 앉아 시를 짓기 시작했다. 공주와 상관완아는 옆에 있는 동쪽 탁자에서 쓰고, 무삼사와 장이지와 장창종은 창문 쪽 가까이 작은 탁자로 가서 생각하기 시작했다.

잠시 후 태후가 시를 다 짓고 일어나서 말했다.

"변변찮은 재주라서 종이에 그냥 먹칠이나 해 놓은 것 같다. 혹시 명제에 어긋나지 않을까 걱정된다."

여럿이 가져다 보니, 거기에는 〈미인취(美人醉)〉가 적혀 있었다.

유하주 마시다 보니 흘러간 젊은 날,	(細酌流霞盡少年)
모두가 봄날을 즐겨 저절로 흐뭇하다.	(直都春好自陶然)
옥산(玉山)의 뛰어난 자태 그림자 그러하고,	(玉山蕩影無堅壁)
눈으로 보내는 사랑 하늘도 끌어당겨,	(銀海光搖欲拽天)
공들여 다듬고 작은 치장도 마쳤도다.	(邑勉添香還裹足)
거울을 보고서 님의 어깨에 기대본다.	(艱難臨鏡又憑肩)
낭군의 속삭임 웃음소리에 빠져드니,	(聽郎啤語和郎笑)

낭군의 품에서 잠깐 꿈길을 가고파라.　　　(弔爾溫存一霎眠)

다음은 〈미인수(美人睡)〉였다.(睡는 잠잘 수)

경망한 나씨 부부는 사랑놀이로,　　　(羅家夫婦太輕狂)

저렇듯 함께 온밤을 지새웠도다.　　　(如許終肯一宵忙)

아침에 겨우 눈떠도 피곤할지니,　　　(晚起自嫌裡眼倦)

한낮에 역시 금침을 덥혀줘야지.　　　(午餘猶覺錦衾涼)

몽롱히 무산 신녀의 운우즐기니,　　　(朦朧楚國行雲雨)

요란한 사랑 머리도 흩어졌구나.　　　(撩亂梁家裡馬妝)

귓가에 입김 살짝이 뒤척였더니,　　　(耳畔俏呼身乍轉)

땀방울 분에 엉켜서 얼룩남겼네.　　　(粉腮凝汗枕痕香)

여럿이 읽어보고서는 혀를 차며 감탄하였다. 이렇듯 진솔한
사실을 경험했단 말인가? 겪어보지도 않고 이런 구절을 상상으
로 떠올릴 수 있겠나! 마음속으로는 '나이가 얼마인데 아직도!'
라는 생각이 들었다.

　그러다 보니 장창종과 상관완아의 시도 완성되었다. 태후가
먼저 창종의 시를 보니 〈미인좌(美人座)〉였다.

아하 중문에 석양이 붉게 비추니,　　　(咄咄屏窗對落暉)

꽃잎 멋대로 봄옷에 날아와 앉네.　　　(飛花故故點春衣)

턱을 받치고 조용히 꾀꼬리 듣고,　　(支頤靜聽林鶯語)

무릎 껴안고 멀리로 나르는 제비.　　(抱膝遙看海燕歸)

살짝 옥비녀 부풀린 머리 올리고,　　(愛把玉釵撩鬢髮)

그냥 일 없이 허리둘레를 재본다.　　(閒將金尺整腰圍)

창밖 꽃사라 소리 들려 오더라도,　　(賣花牆外聲聲喚)

일어나기 싫어 묻지도 아니한다.　　(懶得擡身問是非)

장창종의 다음 시는 〈미인의 회상(美人憶)〉이었다.

정자를 내려와 버들가지 꺾어드니,　　(記得離亭折柳條)

옥총마 뽐내던 그날이 언제였던가.　　(風姿何處玉驄驕)

춘심에 취하여 꿈에 원앙침 베었고,　　(春情得夢虛鴛枕)

옷자락 품 안에 자주 안겼던 그날들.　　(世態依人幾綈袍)

비 오던 그날에 누굴 그리워했지만,　　(其雨日高誰適沐)

강물이 넓어도 배가 나가지 못한다.　　(日歸河廣不容刀)

돈내는 점쟁이 길흉 믿을 수 없으니,　　(金錢卜慣難憑准)

등불도 흔들려 눈물 뿌리며 그린다.　　(亂剪燈花帶淚抛)

태후가 읽고서 칭찬하였다.

"이 두 수의 시는 제법 시격(詩格)에 맞는다. 청신하고 준일(俊逸)한 격조가 잘 갖춰져 있다."

상관완아의 시 첫수는 〈미인욕(美人浴)〉이었다.

늦더위 난간 망연히 기대 있었는데,　　　(秋炎扶夢倚闌干)

하녀가 난향 욕물을 준비 하였단다.　　　(小婢傳言待浴蘭)

허리띠 속옷 풀고서 반몸 담갔더니,　　　(條脫漸鬆衫半掩)

천천히 비녀 빼고서 머리 풀었도다.　　　(步搖徐解髻重盤)

따사한 봄날 육두구 향기 퍼지는데,　　　(春含荳蔲香生暖)

연꽃의 향기 빛속에 아직 그대로다.　　　(而暈芙蓉膩末乾)

철없는 하녀 물티며 장난 여전하나,　　　(怪底小姑垂劣甚)

가려진 곳에 엿보는 눈길 있으리라.　　　(俏拈窗紙背奴看)

그 다음은 〈미인의 장난질(美人謔)〉 이었다.(謔은 희롱할 학)

천진한 열다섯 장난이 버릇이러니,　　　(盈盈十五慣嬌癡)

틈보아 때마다 익살로 장난치노나.　　　(正是偷閒謔浪時)

상아(嫦娥)의 모습에 작약 향기 보내며,　　　(方勝疊香移月姉)

치마를 나무에 걸고 풍신(風神) 비웃네.　　　(繡裙固樹笑風姨)

엄중자 삼장법(三章法) 책을 펼쳐 놓고서,　　　(申嚴仲子三章法)

고모들 시집날 접쳐 백냥 내란다.　　　(細數諸姑百兩期)

어떻게 교태를 숨겨 아니 보이나　　　(何事俏將巾帶裏)

남들은 모르고 사내 같다고 하네.　　　(敎人錯認是男兒)

　　　　　　　　　　月姉(월자)는 嫦娥(항아)

무태후가 읽고 웃으며 말했다.

"내가 늘 너보고 재간이 뛰어나다 했더니 정말 보통이 아니다. 이 시를 간행해서 알린다면, 궁에서 지은 시라고 생각하는 이 없을 것이다."

이때 무삼사도 다 지었다며 태후에게 시를 올렸다. 펼쳐보니 첫 수는 〈미인어(美人語)〉였다.

싫어도 입술 연지는 곱게 바르고,	(何人輪卻口脂香)
동풍 심술에 해당화 졌다 욕한다.	(罵盡東風負海棠)
함께 거닐며 일부러 아닌 척하니,	(連袂踏青憶款曲)
비친 그림자 보면서 님을 그린다.	(臨池對影自商量)
봄날 기나긴 한낮이 싫다 하더니,	(頻嫌東陸行長日)
가을 짧은날 싫다고 투덜거린다.	(未許西鄰聽隔牆)
비단 휘장 밖 뜨거운 눈길 보내고,	(不盡喁喁繡幕外)
낭군 이름을 앵무새 시켜 말한다.	(細敎鸚鵡數檀郎)

다음은 〈미인병(美人病)〉이었다.

살짝 상주 비단 수건 머리에 두르고,	(俏裹常州透額羅)
발에 베개 끼고 침상에 비껴 누웠네.	(畫牀綺枕皺凌波)
꿈에 그린 수척한 낭군 모습 때문에,	(原因憶夢成消瘦)
봄날 상심을 계절 탓이라 생각했네.	(錯認傷春受折磨)

연정 깨어진 적막 속에서 마음 졸여,　　(窮彩情懷今寂寞)

답청 놀이는 결국 헛꿈이 되었구나.　　(踏靑竟況久蹉跎)

어떤 아비가 딸의 속병을 알겠는가?　　(兒家夫婿誰知道)

가는 허리에 걱정 얼마나 많겠는가!　　(減卻腰圍剩幾多)

이어 태평공주도 시를 모두 지었다. 첫 수는 〈미인 그림자(美人影)〉였다.

무슨 일로 따르며 떠나질 않는가?　　(何事追隨不暫離)

날씬 몸매 남들이 알기를 바란다.　　(慣將肥瘦與人知)

한낮 햇빛 비추면 꽃그늘 아래서,　　(日中斜傍花陰出)

달빛 받아 푸르른 가지 흔들린다.　　(月下橫移草色技)

비를 피한 찡그린 눈썹 보지 말고,　　(避雨莫窺眉曲曲)

바람 맞아 날리는 옷자락 보게나.　　(搖風多見袖垂垂)

가련한 부평초 흔들리는 곳에는,　　(堪憐臨水萍開處)

물고기 헤엄에 그림자도 깨진다.　　(白小吹波亂唉伊)

그 다음은 〈미인의 걸음(美人步)〉였다.

흐느적거리며 옮겨 딛는 걸음마다.　　(款蹴香塵冉冉移)

봄이슬 젖어서 미끄런 길 걱정된다.　　(畏行多露滑春泥)

꽃그늘 지면서 조용히 지난 발걸음,　　(花陰點破來無跡)

때맞춰 기울은 달빛이 그냥 말한다.　　　(月影衝開去有期)

애써 찾는 시구에 피곤을 모르나니,　　　(覓句推敲何黨懶)

향기 찾아 늦게 떠올린 구절이로다.　　　(尋芳搖曳故教遲)

미인 걸음마다 연꽃이 피어난다니,　　　(玉奴步步蓮花地)

응당 동풍도 다른 곳에 옮겨 불리라.　　　(應爲東風異往時)

　태후가 시를 미처 음미할 사이도 없이 장이지도 시를 지어 바쳤으니, 그 첫 수는 〈미인립(美人立)〉이었다.

한낮의 진한 그림자를 바라보며,　　　(凝眸中天顧影明)

천천히 다시 돌아서니 멋있도다.　　　(遲回卻望最合情)

비껴든 비파 소리 없이 그림자뿐,　　　(斜抱琵琶空占影)

늘어진 패물 아무 소리도 없구나.　　　(穩垂環珮不聞聲)

한가히 옷깃 옥대 소매를 만지며,　　　(閒將衣帶和衫整)

꽃가지 그림자 섬돌에 비껴간다.　　　(懶爲花枝繞砌行)

이슬 젖은 신발로 정든 님 맞으니,　　　(露濕弓鞋猶待月)

시녀 부름에 돌아볼 줄 모른다네.　　　(小鬟頻喚未將迎)

　그 다음은 〈미인의 노래(美人歌)〉였다.

옹문자 비파 여음이 남아 있나니.　　　(雍門三日有餘聲)

나그네 위한 위성곡 아니랍니다.　　　(不爲驪駒唱渭城)[167]

한밤에 진정 내심을 풀어내나니,   (子夜言情能婉轉)

미인의 한을 분명히 풀어주노라.   (羅敷訴怨最分明)

붉은 입술 열리니 금방 조용하여,   (朱唇午啓千人靜)

하얀 치아 사이로 온갖 아름다움.   (皓齒才分百媚生)

---

167 원문 不爲驪駒唱渭城 ─ 여구(驪駒)는 검은 말. 나그네를 의미. 위
성(渭城)은 장안 서쪽의 지명. 서쪽으로 떠나는 나그네를 전송하
는 곳. 여기서는 당나라 시인 왕유(王維)의 〈渭城曲〉.

盛唐의 玄宗 시대(재위 712─756)는 별만큼이나 많은 시인들이
빛을 내며 文運이 크게 융성한 시기였다. 그 시기에 왕유(王維,
699?─761 / 701?─761)는 李白(701─762)과 杜甫(712─770)와 함께
시단의 큰 별이었다. 호탕한 이백을 詩仙(시선), 유가적 사상을
바탕으로 사실적이고 현세적이었던 두보를 詩聖(시성)이라며, 그
의 시를 詩史라고 한다. 그리고 불심을 바탕으로 천재적 언어감
각과 내면적 성찰로 산수전원시의 전통을 계승 발전시킨 왕유를
보통 詩佛이라 부른다. 山水詩의 조예와 시가의 神韻(신운)을 논
한다면, 왕유의 시는 李杜와 마찬가지로 가장 존중받을 만한 典
範(전범)이며 意境(의경)의 새로운 개척이라고 말할 수 있다. 측천
무후 시대는 왕유가 활동하기 이전이었다.

따라서 이 시에 나오는 〈위성곡〉도 존재할 수 없었다. 왕유의 시
가 중 악부제인 〈送元二使安西 / 一名 渭城曲〉은 당시의 대중가
요로 宋代까지 유행했었다. 渭城(위성)은 지금의 陝西省(섬서성)
咸陽市 관할 渭城區(위성구). 秦의 도성 咸陽(함양)을 '渭水에 있
는 城'이라는 뜻으로 渭城으로 바꿔 불렀다. 西域(서역)으로 떠나
가는 사람을 이곳에서 전송했다. 제목을 〈渭城曲〉, 〈陽關曲〉, 〈陽
關三疊(양관삼첩)〉이라 한 책도 있다. 이 시는 현종 天寶(천보) 초
년의 작품이라고 알려졌다.

백거이 장한가 슬피 노래하나니,   (譜盡香山長恨句)

꾀꼬리 모여서 함께 시합하노라.   (聽來眞與燕鶯爭)

시를 모두 다 보고나서 태후가 웃으며 말했다.

"너희들 네 사람의 시는 향렴(香匳, 여인의 화장 도구)의 멋이 있을 뿐만 아니라 모두가 한 사람의 손에 쓰여진 것 같구나."

이때 한 궁녀가 연꽃 서너 가지를 꺾어 들고 왔다.

무삼사는 한가지를 들어 장창종의 귓전에 대고 비앙거렸다.

"자네 얼굴이 연꽃같네."

태후가 웃으며 말했다.

"그래도 연꽃이 창종 경과 같다고 해야지."[168]

모두 웃고 떠들며 술을 몇 순배 돌렸다. 무삼사와 장창종, 장이지 등이 물러갔다.

태후는 내감 우진경(牛晉卿)을 시켜 풍소보를 불러오게 하였다. 악국공(鄂國公)이 된 이후에 풍소보는 권세를 믿고 재물을 긁어모았을 뿐만 아니라, 요즘은 방자하여 아름다운 계집까지 남몰래 숨겨두고 밤낮으로 즐기고 있었다.

---

[168] 장씨 형제는 요즈음 말로 꽃미남이었다. 장이지는 오랑(五郎), 장창종은 육랑(六郎)이라 불렸는데, 아부하는 자들은 "사람들은 육랑이 연꽃을 닮았다고 하지만, 나는 연꽃이 육랑을 닮았다고 말하겠다."라고 하였다.

이때도 풍소보는 만취했었다.

우진경이 태후의 명령을 전하자, 풍소보는 발카 성질을 내며 말했다.

"여기에도 아름답고 싱싱한 꽃들이 흔하게 널렸어. 이것들을 구경할 사이도 없는데, 언제 늙고 비쩍 마른 나무토막을 살펴볼 틈이 있겠느냐? 너는 돌아가거라. 내가 알아서 할테니."

우진경은 하는 수없이 돌아왔다. 우진경은 풍소보가 하던 말을 그대로 태후에게 일러바쳤다.

태후는 대노했다.

"그 돌대가리 녀석이 어찌 이렇게 무례할 수가 있단 말이냐? 그전에 천당(天堂)에 불이나 불길이 명당(明堂)까지 번진 것도 모두 그 중대가리 녀석 때문인데, 오늘 또 이토록 방자하다니."

태후가 한창 화가 나 있을 때 태평공주가 들어섰다. 대노하는 태후를 보고 그 까닭을 묻자, 환관이 풍소보가 하던 말을 다시 되풀이했다.

모두 듣고 난 태평공주가 말했다.

"그 까까머리 녀석이 너무 무례하구나. 모후께서는 일단 참으십시오. 제가 내일 그 자식을 없애버리면 그만입니다."

"꼭 자취 없이 죽여버려라."

태후가 당부하자, 태평공주는 명을 받고 물러갔다.

그 이튿날 아침 일찍 일어난 태평공주는 건장한 궁녀 2, 30명을 정원에 숨겨두었다. 그 다음 내시 두 사람에게 풍소보를 부르되, 정원으로 꾀어들이라고 분부했다.

한편 풍소보는 엊저녁 취중(醉中) 실언을 크게 후회하고 있었다. 그러던 차에 내시가 그를 부르니 어제의 잘못을 덮어 감추려고 내시를 따라 뒷문으로 입궐하였다.

태평공주는 궁녀를 시켜 도중에서 "태후께서 화원에서 기다리고 계시니 어서 그리로 가도록 하라."는 분부를 전했다. 풍소보는 조금도 의심치 않고 서둘러 화원으로 걸어갔다. 궁녀는 그를 약간 구석진 곳으로 안내하였는데, 거기에는 태평공주가 앉아있었다. 태평공주는 소보에게 종이 한 장을 던져주며 보라고 했다. 받아보니 소보를 거세(去勢)해야 한다는 상소(上疏)였다. 내시들은 즉각 손을 써서 그를 즉석에서 거세하였다. 그리고 매를 들이대니, 얼마 안 되어 풍소보는 말도 못하고 그대로 죽었다.

시체를 자루에 넣은 다음 백마사로 보내 태워버리고 태후에게 보고했다.

한편 명당의 화재로 태후가 천당(天堂)에 모시던 불상이 모두 파손되었다. 또 사방에서는 수재(水災)와 한재(旱災, 가뭄)가 거듭되어 상주문이 도처에서 올라 들어왔다.

태후는 관리들에게 물자와 비용을 절약할 것과 민가에는 도살행위를 엄금하라는 조서를 내렸다. 심지어는 물고기와 새우 따위의 수산물을 잡는 것도 엄금하라고 했다. 금지령이 내리자 누구 하나 범하는 자가 없었다.

이때 익국공(翼國公)인 진숙보는 관직을 사직하고 집에서 효성을 다해 노모를 모시고 있었다. 그의 아들 진회옥은 고조의 허락을 받아 선웅신의 딸과 결혼하여 두 아들을 낳았다. 큰아들은 진종(秦宗)이고, 둘째 아들은 진우(秦瑀)였다. 진우는 습유(拾遺) 장덕(張德)의 딸에게 장가 들어 아들 쌍둥이를 보자, 숙보에게는 증손이고 노모에게는 현손(玄孫, 손자의 손자)이니 몹시 기뻐하였다.

출산 후, 만월이 되자 탕병연(湯餠宴)이 마련되고 조정의 문무 백관이 축하하러 왔다. 숙보 부자는 연석을 배석하고 손님을 대접하였는데, 장덕도 그 자리에 있었다. 부유예와 두숙도 여러 관원들과 함께 섞여 연회에 참가했다. 연석에는 술잔이 늘어서고 산해진미를 즐비하게 차려 심히 풍성하였다.

장덕이 손님들을 둘러보며 말했다.

"만일 살육을 금한다는 조서에 따른다면, 오늘 이 잔치에는 산해진미가 마련할 수 없었을 것입니다. 그런데 저의 사돈댁 노마님께서 현손을 보고 심히 기뻐하시고, 또 어른들께서 이렇게 왕림하시기에 태만할 수가 없어서 이런 자리를 마련했습니다. 여러분은 살생금지령을 어긴 죄과를 널리 양해하시고 비호해 주시기 바랍니다."

숙보 부자도 함께 읍을 하며 말했다.

"여러 형제들께서 널리 양해해 주십시오."

여러 관원들은 "예, 예" 하고 대답하였다. 그러나 소인(小人)인 부유예와 두숙 두 사람만은 입으로는 대답했으나 마음속은 딴판이었다. 그들은 태후에게 고발하고 상을 받으리라는 속셈이었다. 부유예가 두숙을 보며 웃자, 두숙이 그 뜻을 알아차리고 남들이 서로 술을 권할 때 고기소가 들어간 만두를 냉큼 소매 속에 집어넣고는 연회가 파하자 집으로 돌아갔다.

이튿날 아침 어전에서 황제를 배알하고 문무백관이 퇴궐하자, 부유예와 두숙은 진숙보의 연회석을 고소하려고 눌러있다가 태후를 따라 후당으로 들어갔다.

"경들은 무슨 일을 상주하려 하오?"

태후가 묻자, 두숙이 상주했다.

"폐하께서는 재난을 극복하기 위해 긴축령을 내리시고 도살을 엄금하라 하셔서 모두 그 법을 엄하게 지키고 감히 범접치 못하고 있습니다. 대신의 집에서는 더욱 실수없이 칙명을 받들어야 한다고 생각합니다. 그런데 어제 익국공의 아들 진회옥은 둘째 아들이 쌍둥이 아들을 보았다 하여 손님을 모셨습니다. 신도 부유예와 함께 그 연회에 참석하였는데 산해진미를 다 차려놓았으니 금령을 범하였습니다. 신이 이미 몰래 그 증거물을 지참하고 왔사온즉, 폐하께서는 칙명을 범한 죄를 다스려 주십시오. 그래야 신하와 백성이 그 두려움을 알고 칙명대로 실천할 것이라 생각합니다."

두숙은 말을 마치자 소매 속에 넣어두었던 고기소 만두를 내놓았다.

부유예가 말을 이었다.

"습유 장덕도 정분에 얽매여 그것을 비호하고 또 관원들에게 사정을 보아달라고 부탁까지 했습니다. 불법이 확실하니 죄를 더해 처벌해야 합니다."

상주를 다 들은 태후는 빙그레 웃으며 진회옥과 장덕을 불러오라고 명령했다. 곧 두 사람이 들어왔다.

태후가 진회옥을 보고 말했다.

"듣자니, 경의 둘째 아들 진우의 처 장씨가 사내 쌍둥이를 낳았다고 하오. 진씨네는 아들을 보고, 장씨네는 외손자를 본 셈이니 크게 경하할 일이로다."

회옥과 장덕이 엎드려 머리를 조아리며 사은하였다.

태후가 말을 이었다.

"그런데 어제 집에서 손님을 초대하여 잔치를 벌였소?"

"신의 조모가 만년에 현손을 보고 기뻐하시기에 기쁘게 해 드리려고 잔치를 올려 잠깐 잔을 기울였을 따름이온데, 태후께서는 어떻게 알고 계셨습니까?"

태후는 좌우에 명하여 고기소 만두를 꺼내 보이게 하고는 웃으며 말했다.

"이것이 경들의 잔칫상에 오른 음식이 아니오? 장습유는 경을 두둔해서 비밀에 부쳐 달라고까지 부탁하였다면서? 그런데 지참

해가지고 와서 고발하는 사람이 있으니, 이를 어찌했으면 좋겠소?"

회옥과 장덕은 크게 놀라 머리를 조아리며 말했다.

"신들이 금지령을 범하였으니 그 죄 죽어 마땅하옵니다."

"짐이 도살을 엄금한 것은 백성들이 아무 이유없이 모여 앉아 마시고 재물을 탕진하고 짐승들을 잡아버리기 때문이오. 길사(吉事)나 제사 때문에 행하는 잔치는 그 범위에 속하지 않는 것이오. 개국공신인 경의 부친이 이미 연로하고, 또 노모까지 계시는데 한꺼번에 현손 둘을 얻었으니 큰 경사요. 당연히 축하연도 베풀 만하고 연회에 고기를 지지고 볶고 응당한 일인데, 짐이 왜 그것을 엄금하겠소? 그런데 경들은 이후로는 손님을 청할 때 꼭 사람을 가려 청해야 합니다."

태후는 부유예와 두숙을 가리키며 말을 이었다.

"저런 사람들을 다시는 청하지 마오."

회옥과 장덕은 머리를 조아려 사은하고 물러갔다. 부유예와 두숙이 부끄러워 어쩔 줄 몰라 하고 있을 때 태후는 손을 들어 그들을 나가라고 하였다. 그들이 궁궐에서 나오자 문무백관이 욕을 하지 않는 자가 없었다.

노인이 망령 피운다 말하지 마오,   (莫道老妖作怪)
때로는 되려 인정에 잘 따른다오.   (有時卻甚通情)
금령 위반 고발해 상을 노렸지만,   (犯禁不准出首)

역시 소인의 짓거리는 소인이다.　　（小人枉作小人）

　태후는 지난 날의 공신들을 무척이나 그리워했으나 이제는 거의 다 죽어가는 판이었다. 그런데 또 정교금이 작고했다는 소식이 들어왔다.

　그러고 보면 능연각(凌煙閣, 43회 주석 참고)에 그려 모신 24명 개국공신 가운데서 진숙보 한 사람만이 살아있을 뿐이었다. 진숙보가 증손자를 보았다는 말을 듣고 태후는 비단 20필, 금전 2관(貫)을 갓난아기에게 하사하였고 이름까지 지어주었는데, 하나는 사효(思孝), 다른 아이는 극효(克孝)라 하였다.

　이에 진숙보 부자는 입궐하여 사은하였다. 그뒤 한 달도 못되어 숙보의 노모가 돌아가셨다. 숙보는 너무 상심하여 울다가 병이 들어 얼마 안 가서 그 역시 세상을 떠났다. 태후는 부고를 받자, 그를 위해 조회를 3일간 중지하고 제물과 시호를 하사하였다. 그야말로,

　　개국의 큰 공신들 모두 다 죽었으니,　　（開國元勳都物故）
　　능연각 빈집에는 초상화만 남았도다.　　（空留畫像在凌煙）

치정에 빠진 부부를 풀어주고, 의리 표방한 형제는 처형되다.(釋情癡夫婦感恩, 伸義討兄弟被戮.)

노래하기를,	詞曰,
사랑에 인연도 많으니,	(有意多緣)
어찌 붉은 끈으로만 묶어야 하나.	(豈必盡朱繩牽接)
혼인 인연 참으로 권능이 많나니,	(只看那紅拂才高)
약사(藥師, 李靖(이정))의 뜨거운 사랑.	(藥師情熱)
상여(相如)가 임공서 비파 연주하니,	(司馬臨邛琴媚也)
탁문군 사랑은 얼마나 절절했나.	(文君志向何眞切)
잠깐 서로 만나,	(乍相逢)
한눈에 영웅을 알아보고,	(眼底識英雄)
그리고 크게 좋아한다.	(堪恰悅)

정이 있어 인연 맺고,　　　　　　　(有一種, 天緣結)

정이 있어 부평처럼 다시 합친다.　　(有一種, 萍蹤合)

아름다운 사랑 끝나지 않나니,　　　(歡芳情未斷)

눈먼 사랑 끊기지 않는다.　　　　　(癡魂未絶)

여불위는 진(秦)에서 참수 당했고,　(不韋西秦曾斬首)

우금(牛金)도 동진(東晉)에서 처형되었다.　(牛金東晉亦誅滅)

그런 일은 역사책에 분명하니,　　　(這其間, 史冊最分明)

무얼 더 말하랴?　　　　　　　　　(何須說)

— 곡조〈만강홍〉　　　　　　　— 調寄〈滿江紅〉

　천하의 일치일란(一治一亂)은 연속 순환하는데, 오랫동안 태평하더라도 혹 혼란해지지 않을 수도 있다.[169]

---

169 '역사의 수레바퀴'나 '一治一亂(일치일란)' 같은 말에는 역사의 순환, 곧 '되풀이 된다'는 의미를 내포하고 있다. 중국의 역사를 땅 위에 가득 펼쳐놓고 하늘에서 내려다본다면 순환이라는 말이 실감난다.

秦의 통일은 단명으로 끝났다. 진시황의 통일완성(前 221)에서 2세 황제의 멸망(前 207)까지는 불과 15년이었다. 그러나 진의 중국통일이라는 성과가 있었기에 前漢(西漢, 前 206 – 서기 8)과 後漢(東漢, 서기 25 – 220)의 420년 역사가 이루어졌다.

이어 후한의 멸망은 곧 一治의 시대가 끝났다는 뜻이며, 다음에는 一亂의 시대가 전개되었다. 그 一亂의 시작은 魏(위), 蜀(촉), 吳(오) 삼국의 鼎立(정립)이고(서기 220 – 280) 다시 西晉(서진, 265 – 316) 짧은 통일, 그리고 본격적인 혼란의 시대인 5胡16國시

그리고 혼란이 극에 달하면 다시 안정된 치세(治世)로 돌아간
다. 비록 천하에 알려진 걸출한 인물이 없더라도, 아니면 혼란을
바로잡아 바른길로 이끄는 영명한 군주가 그런 혼란 속에서 태어
나 성장하게 된다.

영명한 군주의 출현은 한두 가지 원칙을 견지하며 권력에 아부
하지 않고, 사안에 따라 바른말을 하면서 수행하다가 시운을 타
고 흥기하며 천의(天意)를 쫓아 인간의 정도(正道)를 걷나니, 그런
행적이 어찌 보잘 것 없겠는가!

중종이 장안으로 돌아온 일은 더 설명하지 않겠다.

─────

대(304－439)와 南朝(420－589)와 北朝(북조, 386－581)의 분열이 이
어진다. 이를 魏晉南北朝(위진남북조, 220－589) 시대라 하는데, 약
370년간의 분열 시기였다.

治世란 太平한 시대를 의미한다. 그러나 치세라 하여 백성들의
살림살이에 걱정이 없던 시대라는 뜻은 아니었다. 일반적으로
역사가들은 漢 초기 文帝(재위 前 180－157)와 景帝(경제, 재위 前
157－141) 때의 文景之治(문경지치)의 40년과 당 太宗 때의 貞觀(정
관)의 치세(626－649) 24년, 당 玄宗 전기의 開元(개원)의 치세(713
－741) 29년 정도를 태평성세로 꼽는다. 그러나 이 기간에도 수
시로 가뭄, 홍수, 蝗蟲(황충, 메뚜기)의 피해는 계속 있었다. 거기
에다가 횡포한 지방관의 폭정은 언제 어느 시대에나 똑같았다.
그러다 보니 중국의 태평성세, 곧 治世(치세)란 외적의 침입이나
내부 민란이 없이 정치적으로 비교적 순탄했던 시대를 의미한
다. 전체적으로 난세는 길었고 치세는 훨씬 짧았다는 것을 염두
에 두어야 한다.

중종은 돌아왔지만 여전히 태자 시절의 거처인 동궁(東宮)에 머물렀고 조정의 대권은 이전처럼 태후가 장악하고 있었다.

그런데 태후의 음욕은 나이를 먹어도 여전히, 아니 더욱 강렬한 불꽃으로 타올랐다. 요즘은 장창종을 궁정의 제반 업무를 관장하는 봉신령(奉宸令)으로 삼고 매번 궁정 연회만 있으면 무삼사와 장창종, 그리고 장이지를 불러 마시고 놀고 희롱하기에 바빴다. 또 많은 미소년을 선발하여 침식을 거들게 하여 그들 외모의 미추(美醜)에 따라 밤낮으로 희롱하였다.

그러자 재상 위원충(魏元忠)[170]이 상주했다.

"재상으로서 소인들을 폐하 측근에 머물게 하였으니, 이는 재상의 죄입니다."

위원충은 타고난 품행이 단정하여 권세에 아부하는 법이 없었다. 그리하여 여러 무씨들과 장창종 형제에게 큰 원한을 샀고, 태후도 그리 좋아하지 않았다. 장창종이 태후에게 위원충을 모함하며 참소했다.

"폐하, 며칠 전에 위원충이 '태후가 늙었어도 이토록 음란하니, 태자를 의지하여 장구방책(長久方策)을 삼아야 한다. 동궁이 일단 분발하면 방탕하고 무뢰한 소인들은 모두 관직에서 물러나게 될 것'이라고 말했다고 합니다."

---

170 위원충(魏元忠, ?-707년, 原名 眞宰) ─ 武則天 시대의 재상 역임. 많은 부침을 겪었고, 수 중국 서남방 貴州省의 지방관으로 좌천되어 임지로 가는 도중에 죽었다.

이 말을 들은 태후는 대노하며 위원충을 처단하기로 결심했다. 장창종은 일이 성사되지 않을까 걱정되어 또 슬그머니 봉각사인(鳳閣舍人, 中書舍人)인 장열(張說)[171]에게 금은보화를 보내는 한편, 좋은 관직에 승진시켜 주겠다 언약하고, 장열에게 위원충이 이런 말을 했다고 입증하라고 부탁하였다.

장열이 마음속으로 생각했다.

'내가 못한다고 해봤자 어차피 장창종은 화를 내며 좋아하지 않을 것이고, 또 다른 사람을 찾아 모함하게 할 것이다. 그러니 일단은 먼저 대답해 놓고 때가 되면 그때 다시 생각하기로 하자.'

이렇게 생각한 장열은 "예, 예" 하면서 일단 장창종과 헤어졌다.

이튿날 태후는 조정의 조회를 마친 뒤, 대신들이 물러나자 위

---

171 장열(張說, 667−731年, 字는 道濟, 一字 說之) − 원적은 范陽〔범양, 수 河北省 중부, 涿州市(탁주시)〕. 中宗 때부터 병부원외랑, 공부시랑, 병부시랑, 홍문관 학사 등을 역임한 뒤, 玄宗 시 3번이나 재상을 역임했다. 燕國公(연국공)에 봉해졌다. 문학에 뛰어났고 특히 비문(碑文)이나 묘지(墓誌)의 문장을 잘 지었다고 한다. 許國公(허국공) 소정(蘇頲)과 나란한 명성을 누렸다.

蘇頲〔소정, 670−727, 頲은 곧을 정, 字는 廷碩(정석)〕 − 장안 武功縣〔今 陝西省 咸陽市 관할 武功縣(무공현)〕 사람이다. 監察御史, 給事中, 修文館學士, 中書舍人을 차례로 역임하고 玄宗 때 재상이 되었고 許國公에 봉해졌다. 문학에 뛰어나 燕國公 張說(장열)과 함께 '燕許大手筆'이라는 명성을 누렸다.

원충과 장창종을 함께 불러놓고 물었다.

"장창종, 자네는 언제 위원충의 뒷공론을 들었는가? 누구하고 말하던가?"

"위원충은 봉각사인 장열과 심히 가깝게 지내고 있습니다. 그런 악담을 장열에게 하였답니다. 이제 장열을 불러들여 물어보시면, 신의 말이 거짓이 아님을 아실 것입니다."

태후는 내시를 시켜 장열을 불러왔다. 이때 조정의 대신들은 각자 집으로 가지 않고 밖에서 사태를 살피고 있었다. 그런데 태후가 장열을 소환했다니 위원충의 일이라고 직감하였다. 장열이 서둘러 들어가려는데, 이부상서(吏部尙書)인 송경(宋璟)[172]이 그를 불러 세웠다.

"장 대인(大人), 명예를 지켜주십시오. 잡귀들에게 기회를 주어서는 안될 것입니다. 인정에 얽매여 일시적으로 모면해서도 안 됩니다. 죄를 짓고 도망가더라도 그것이 오히려 영광이 될 수도 있습니다. 만일 일이 잘못되면 나 송경등이 힘껏 조정에 상주하여 대인을 두둔하며 생사를 같이 하겠습니다. 만대 후계에 우러러보는 인물이 되는 여부는 오늘 이 한수에 달렸습니다."

좌사(左史)인 유지기(劉知幾)[173]도 말했다.

---

172 송경(宋璟, 663-737년)─玄宗 開元 초기의 저명 재상. 시호 文貞. 17세에 진사 급제한 이후, 봉각사인(中書舍人)을 거쳐 어사중승(御史中丞)에 승진했다. 장창종 형제의 모함에 끝까지 버티었다.

173 유지기(劉知幾, 661-721년, 字는 子玄)─唐代 관리, 史學者. 680년,

"장대인께서는 청사에 오점을 남기거나 후손의 웃음거리가 돼서는 안 됩니다."

장열은 고개를 끄덕여 대답하고 곧 입궐하였다.

태후가 그 일을 물었으나 장열은 묵묵부답이었다. 장창종이 옆에서 어서 말하라고 재촉했다.

장열이 말했다.

"사실 신은 위원충이 했다는 그런 악담을 듣지 못했습니다. 그런데 장창종이 신더러 증언하라고 핍박하였습니다."

그러자 태후가 대노하며 질책했다.

"장열, 너는 이리저리 말을 바꾸는 나쁜 놈이구나. 함께 조처하겠다."

장열은 곧바로 퇴궐하였다. 며칠 후 태후는 다시 장열을 불러다 물었다. 장열의 대답은 여전하였다. 대노한 태후는 위원충의 재상직을 삭탈하고 장열을 남쪽 영남지방으로 유배보냈다. 장창종은 장열이 위원충을 모함하려 하지 않자, 태후의 위세를 이용하

약관에 진사 합격. 中書舍人, 著作郞(저작랑) 역임 修國史(수국사)로 20여 년을 재직했다. 《唐書》 80권, 《高宗實錄》 20권, 《中宗實錄》 20권, 《則天皇后實錄》 30권 등 많은 저술을 했지만, 지금은 《史通》만이 전한다. 《史通》은 중국 제일의 史學理論書이다. 유지기는 《史通》에서 史家는 史才, 史學, 史識의 三長을 갖춰야 한다고 주장하며 악행을 덮을 수도, 선행을 기록 안할 수도 없다고 말했다. 《新唐書》 132권, 〈劉吳韋蔣柳沈傳〉에 立傳.

여 그에게 빨리 떠나라고 독촉하였다.

그런데 장열에게는 애첩이 한 명 있었으니, 성은 영(寧), 이름은 회당(懷棠)이고, 자(字)는 성화(醒花)였다. 영회당이 태어날 때 어머니가 해당화 한 가지를 받는 꿈을 꾸어서 그런 이름을 지어주었는데, 집안의 여러 아주머니들이 늘 "해당은 아직도 잠에서 깨어나지 못했다."고 농담을 했다.

그러면 그 모친은 "이 꽃은 깨기쉽고 잠들기 어려워하는 꽃이니라."고 하면서, 자를 성화(醒花, 깨어 있는 꽃)라고 하였다. 장열에게 왔을 때 나이는 17세에 자색이 뛰어났으며 문재 또한 뛰어나 장열의 모든 기밀서류를 총괄하고 있었다.

어느 날, 성화와 같은 나이의 성은 가(賈)씨요, 이름은 전허(全虛)라고 부르는, 장열의 옛 친구의 아들이 장열을 찾아왔다. 그의 아버지 가각(賈格)은 예부상서를 역임했었다. 가전허는 약관의 총각이라 과거를 보러 상경했다가 아버지의 친구인 장열을 만나뵈러 온 것이었다.

그런데 가전허가 비록 나이는 어렸으나 재간이 있으니 남겨두고 서기로 쓰고 있었다. 그래서 서신 왕래는 모두 가전허가 대필하였다.

장열의 집에 와서 한 해 여름이 지나가고 가을이 왔다. 가을 풍경은 은근히 사람의 마음을 부풀게 한다. 오동나무 잎이 떨어지고, 물푸레나무 향기가 풍겨오는 가을이었다. 가전허(賈全虛)는 정원의 녹옥정(綠玉亭) 앞을 거닐다가 우연히 성화를 만났다.

가전허는 곧장 다가가서 읍하고 말했다.

"소생은 소주(蘇州)에서 온 가전허라 합니다. 우연히 거닐다가 미처 피하지 못했으니 부인께서 널리 용서해 주십시오."

성화는 말없이 인사를 하고는 안으로 들어갔다.

'우리 나으리께서 가상공(賈相公)이 글짓기에 뛰어나고 가문이 훌륭하다고만 했지, 저처럼 풍채가 늠름하고 성격이 온화하다는 이야기는 하지 않았지. 오늘 그 거동이 우아한 걸 보아 곤궁한 사람은 아니야. 내가 여기에서 지금은 괜찮게 지내고 있다고 하지만 앞으로 내 신세가 어찌 될는지 누가 알겠나!'

이렇게 생각한 성화의 가슴에는 어느새 그에 대한 호감이 부풀어 올랐다. 가전허도 그 부인이 누구인지도 모르고 또 찾아가 방문할 수도 없었으나 단 한 번의 만남을 잊을 수 없게 되어 늘 그 부인을 그리워하고 있었다.

마침 장열에게 궁전의 변이 일어나자, 가전허는 밖에 나가 수소문하고 돌아와 홀로 서재에 앉아있었다. 달빛이 밝은 가운데 창문가에서 기침소리가 났다. 가전허가 밖으로 나오니, 어떤 여인이 서서히 다가왔다.

놀란 전허의 물음에 그 여인이 대답하였다.

"저는 성화부인의 시녀 벽련(碧蓮)입니다. 어제 낮에 부인께서 공자를 녹옥정에서 한 번 만난 적이 있는데, 은근한 호감을 느끼시고 내내 잊지 못하고 계십니다. 그런데 나으리께서 오늘 떠나신다 하시기에 부인께서 도련님과 한 번 만나보고 싶어하면서, 특히 저더러 먼저 가서 허락받아오라고 했습니다."

벽련의 말이 채 끝나지도 않았는데, 성화가 다가왔다. 진한 향기가 전해졌다.

가전허는 마주 다가가 읍을 하고 말했다.

"녹옥정에서 잠깐 만나보고도 부인께서는 범상한 분이 아니라는 걸 짐작했습니다. 그래서 감히 곧이곧대로 간절한 마음을 보여드린 것입니다. 오늘 다행히 이렇게 오셨으니, 하늘이 내리신 기연(奇緣)입니다. 만일 부인께서 꺼리지 않으신다면 백년가약을 맺을까 합니다."

그러자 성화는 곧 마음을 달래고 난 뒤 말했다.

"천첩이 이 집에 온 지 벌써 1, 2년이 지났어요. 드나드는 귀인들을 많이 보았지만 공자 같은 사람은 정녕 보지 못했습니다. 만일 천첩을 몸을 망친 여자라 여기지 않으신다면 영원히 아내가 되고 싶습니다. 이 뒤숭숭한 기회를 타서 이위공(李衛公, 李靖)이 장출진(張出塵)[174]을 데리고 도망친 것처럼 홀가분히 멀리 떠났으면 합니다. 공자님의 뜻은 어떠하신지요?"

---

174 장출진(張出塵, 紅拂女) ─ 두광정(杜光庭)이 지은 唐 전기소설(傳奇小說) 《규염객전(虯髯客傳)》에 등장하는 허구(虛構)의 인물. 이정(李靖), 규염객(虯髯客)과 함께 '풍진삼협 風塵三俠'이라 일컬어진다.

가전허가 바로 대답하였다.

"부인의 엄청난 사랑을 받은 내가 무슨 일인들 마다하겠습니까? 다만 나으리께 미안한 것이 걱정될 뿐입니다."

그러자 성화가 말을 이었다.

"우리 둘 사이의 종신대사(終身大事, 結婚)이니, 언제 그런 걸 생각하겠습니까? 반드시 스스로 주장을 세워야 한다고 생각합니다."

이때 벽련이 술과 안주를 가져왔다.

두 사람이 대작하면서 전허가 농담을 걸었다.

"부인의 자(字)가 성화(醒花)라고 하는데, 만약 밤이 깊어 꽃이 잠들어버리면 어떡하죠?"

성화가 웃으며 말했다.

"그대와 함께 있으니 오늘 밤은 잘 필요가 없지요. 그렇지 않으면 이 일각이 천금 같은 시간을 전부 헛되이 흘려버리게(全虛) 됩니다."

그들은 마주보며 웃었다.

벽련이 말했다.

"담에도 귀가 있다(隔墻有耳)고 하였습니다. 오늘의 계책은 오직 삼십육계(三十六計)[175] 중 줄행랑이 제일입니다(走爲上策)."

---

175 三十六計 – 兵法書의 여러 계책을 勝戰計, 敵戰計, 攻戰計, 혼전계(混戰計), 병전계(並戰計), 敗戰計의 각각 6계씩 36개의 계책을 설명하였다. 그중 맨 마지막 36번째 계책은 이것도 저것도 안 되

그래서 그들은 서둘러 짐을 챙겨 가지고 밤새 도망쳤다.

  처음부터 혼인은 미리 정해진 것이니,   (婚姻到底皆前定)
  다만 연정의 다소에 연분이 결정된다.   (但得多情自有緣)

이 일을 일찍 알고있던 사람이 장열에게 일러바쳤다. 장열은
사방으로 사람을 보내 잡아들이게 하였다.

얼마 안 되어 그들이 장열 앞에 끌려왔다. 장열이 가전허를 죽
이려고 하자, 가전허가 큰소리로 말했다.

"미색을 보면 마음이 동하는 건 사람의 상정(常情)입니다. 사내
대장부가 죽어도 아까울 것이 없습니다. 다만 명망 높고 관록이
높은 대인께서 오늘 비록 폄적(貶謫)되어 지방으로 쫓겨가시더라
도, 머지않아 다시 발탁될 터인즉, 어찌 후일에 의외의 급한 일로
사람을 쓸 일이 없다고 장담하실 수 있겠습니까? 그것이 걱정됩
니다. 또 어찌하여 일개 부녀자가 아까워 대장부를 죽이려 하십
니까? 이것은 대인께서 취할 바가 아닙니다. 초 장왕(楚 莊王, 재위
613 - 前 591년)은 궁중 연회에서 갓끈을 짜른 일을(絶纓) 추궁하지
않았으며,[176] 원앙(爰盎)[177]은 애첩을 훔친 서생을 문죄하지 않았

─────
  면 도주하는 것이 가장 좋은 계책(走爲上計)이라고 했다.
176 절영지연(絶纓之宴, 纓은 갓끈 영. 모자를 고정시키는 끈) ─ 춘추오패
  의 한 사람인 楚 莊王(초 장왕)이 어느 날 밤 신하 및 비빈들과 함
  께 술자리를 벌였다. 갑자기 바람이 불어 촛불이 꺼졌다. 그 틈

으며, 양소(楊素)도 이정(李靖)의 행방을 추적하지 않았기에 뒷날 모두 그 보답을 받았다는 이야기를 들어보지 못하였습니까? 그런데 나으리께서 일개 부녀자로 인하여 나라의 선비를 죽이려 하시니 어찌 잘된 일이라 하겠습니까?'

장열은 그 말을 기이하게 여겨 노기를 거두고 웃었다.

"네 말도 사리에 맞는다. 이제 성화를 너에게 주겠다. 그리고 또 집사람들에게 분부하여 지참금도 후하게 줄 것이다."

가전허는 사양하지 않고 성화를 데리고 떠나갔다.

무태후가 이 소문을 듣고 장열이 인정이 두텁고 전과(前過)를 따지지 않는데 감복하여 원직을 회복시키고, 겸하여 예종의 셋째 아들 융기(隆基)의 사부로 삼았다.

을 노려 신하 한 사람이 장왕이 아끼는 허희(許姬)의 입술을 훔쳤다. 허희는 재빨리 그 사람 갓끈을 잡아뗀 다음에 소리 질렀다. 사정을 안 장왕은 모든 신하에게 갓끈을 다 떼라고 분부했다. 이어 불을 밝혔다. 군신이 같이 즐기는 자리에서 술 취한 다음의 추태는 있을 수 있는 일이나, 그 때문에 신하를 죽일 수 없다는 뜻이었다. 이렇게 신하의 마음을 얻은 장왕은 춘추시대 제후의 패권을 장악할 수 있었다.

177 원앙(袁盎, 생졸년 미상, 字는 絲)─漢 文帝, 景帝(경제)의 大臣. 경제에게 제후왕에 대한 강력한 통제정책을 주장했고 뒷날, 오초칠국난 발발의 원인이 되었다. 《漢書(한서)》 49권, 〈원왕조조전(爰盎鼂錯傳)〉에 입전되었다.

이융기(李隆基)는 바로 당나라를 중흥시킨 현종(玄宗, 재위 712
－756년)이다. 그러나 아직은 때가 되지 않았으니 태후도 그를 등
한히 하였다. 그때 태후가 총애한 사람은 무씨 일가 외에 태평공
주와 안락공주(安樂公主)[178]뿐이었다. 안락공주는 중종의 딸로서,
태후의 조카 무숭훈(武崇訓)과 결혼하였다.

태후가 무씨들을 사랑해주니 안락공주도 사랑을 받게 되었다.
그녀는 시집 세력을 믿고, 또 태후에게 아첨하여 환심을 사자 오
만불손하고 음란하였는데, 그 행실이 태평공주와 다를 바 없이
제멋대로 놀았다.

---

178 安樂公主(685－710년)－唐 中宗과 위(韋)황후의 딸. 중종이 황
제에서 房陵(방릉)으로 쫓겨가서 얻은 딸. 唐朝 제일의 미인이라
는 평판이 있었다. 위황후와 안락공주는 어머니와 딸인데 도대
체 지금의 윤리와 도덕심을 기준으로도 이해할 수 없는 정도였
다. 안락공주는 중종과 위황후에게 귀여움을 받았고, 할머니 무
후의 총애를 받으면서 武三思의 아들 무숭훈(武崇訓)에게 시집을
갔다. 그런데 안락공주는 무숭훈의 사촌 武延秀(무연수)와 놀아
나고 있었다. 위황후는 남편이 황제인데도 황후로서의 처신을
잘해야 하는데, 딸의 시아버지와 通姦(통간)을 하고 있었는데 그
것을 中宗은 모르고 있었다. 중종이 무삼사와 위황후가 쌍륙놀
이를 할 때 옆에서 말이나 써주고 있었다니 中宗이 흐리멍덩했
다고 보아 틀림이 없을 것이다. 위황후는 사위 무숭훈이 죽은
뒤, 딸이 데리고 노는 무연수가 훤칠한 미남자이기에 무연수를
데려다가 잠자리 시중을 받았다. 이들 모녀의 사치와 음락(淫樂)
은 그렇다 치더라도 모녀가 매관매작을 하며 정치에 간여하다가
나중에는 합작해서 남편과 아버지인 中宗을 독살했다.

어느 날. 태평공주와 안락공주는 궁중에 한가히 앉아있다가 우연히 벽에 걸린 〈미인투백초(美人鬪百草)〉란 그림을 보았다. 그림이 재미있었을 뿐만 아니라 함께 쓰여진 노래(詞) 〈서강월(西江月)〉도 아주 잘 지었다고 생각하였다.

봄이 오니 봄풀이 모두 무성하고,	(春草春來交茂)
봄날 규방 아씨는 춘흥에 취했네.	(春閨春興方濃)
급히 어린 하녀를 정원에 보내서,	(爭教小婢向園中)
새로 돋은 방초를 찾으라 애쓴다.	(偏覓芳菲種種)
다퉈 서로 고운풀 많이 찾으려니,	(各出多般多品)
누가 더욱 예쁘냐 서로들 겨룬다.	(爭看誰異誰同)
무슨 까닭 얼굴에 웃음을 띠는가.	(因何一笑展歡容)
응당 사내 마음을 끌려고 애쓴다.	(鬪著宜男心動)

태평공주가 그림을 보고, 안락공주에게 말했다.

"미인 투초(鬪草)는 규방의 운사(韻事)라. 이제 막 2월이니 아직 온갖 풀이 다 나오지는 않았지만, 봄이 한창이고 풀이 무성할 때, 우리도 투초하며 내기를 하는 게 어때?"

안락공주도 흔연히 응낙하였다. 3월 초순이 되자, 안락공주가 궁녀들을 시켜 어원에 나가 여러 가지 기이한 풀들을 채집하게 했다.

때마침 상관완아가 와서 한담을 하다가 그 이야기를 듣고 말했다.

"공주님께서 사람을 보내 풀을 채집하라고 하시는데, 이쪽에서 채집 할 수 있는 풀은 저쪽에서도 채집할 수 있습니다. 그러면 어떻게 이길 수 있겠습니까? 반드시 상대가 찾을 수 없는 물건을 얻어야 합니다."

안락공주가 물었다.

"그럼 어떤 물건이 저편에서는 구하지 못할 물건인가?"

"그것이 꼭 풀이어야 한다는 이유는 없습니다. 풀과 같은 유형에 속하는 것이라도 상관 없을 것입니다."

"도대체 어떤 물건이 풀과 한 종류에 속하는 것인가?"

"풀이란 땅의 털(毛)입니다. 인체에는 다섯 가지 털이 있는데, 그것은 땅의 풀과 같다고 할 수 있습이다. 사람 몸의 털 가운데서 가장 귀중한 것이 수염입니다. 제가 알기로는, 남해 기원사(祇洹寺)에는 유마힐(維摩詰)[179]의 조각상이 있는데, 그의 수염은 진(晉)나라의 명인 사령운(謝靈運)[180]의 수염이라고 합니다. 이것이야말

---

179 유마힐(維摩詰) ― 유마힐보살(維摩詰菩薩), 維摩詰居士, 維摩居士 ― 유마힐은 정명(淨名) 무구(無垢, 번뇌 없음)의 뜻. 석가모니(釋迦牟尼) 시대의 佛敎修行者. 未出家한 在家居士(재가거사)로 적극 수행한 사람의 모범. 《유마힐경(維摩詰經)》의 주인공.

180 사령운(謝靈運, 385―433) ― 謝靈運(사령운)은 鮑照(포조, 鮑參軍. 414―466, 字는 明遠). 顔延之(안연지)와 함께 원가〔元嘉, 남조 宋 文帝 유의륭(劉義隆)의 연호, 424―453년〕 3대 시인으로 꼽힌다. 사령운은 조조(曹操)의 아들 조식(曹植)을 추앙했다. 사령운은 "천하의 재

로 세상에 둘도 없는 것입니다. 그것만 있으면 이기는 건 문제없습니다."

안락공주는 듣고 크게 기뻐하였다. 원래 동진 나라 사령운은 강락군공(康樂郡公)이라 일컫는 명인이다. 그는 아름다운 수염을 길렀는데 보는 사람마다 흠모했을 뿐만 아니라 그 자신도 심히 아꼈는데 후에 죄로 형벌을 받게 되자, 임종 직전에 그 수염을 잘라 사람들에게 나누어주었다 한다. 때마침 남해 기원사에서 유마상을 세우던 때라, 그는 자신의 수염으로 유마힐의 수염을 대신하라는 유언을 남겼다. 그것이 후세에 전해져서 그 절의 일대 진품(珍品)이 되었다.

유마힐은 석가모니와 동시대 사람으로서 문수보살(文殊菩薩)과 아주 사이좋게 지냈다. 그들 사이의 일문일답이 경전에 수록되었는데, 바로 《유마경(維摩經)》이다. 그는 천축국(天竺國)에서 출가하지 않고 머리도 깎지 않은 거사(居士)였기에 그 불상을 세울 때는 수염을 붙여야 했다.

좀 한가한 이야기를 계속해야 한다. 안락공주는 상관완아의 이야기를 듣고 즉시 비밀리에 내시 임무(林茂)를 불러 급히 남해 기원사로 가서 유마거사 상의 수염을 반만 잘라오라고 하였다.

———

주가 1섬이라면(天下才有一石), 조식의 재주가 8두이고(曹植才高八斗), 세상 사람들이 1두를 나누어 갖고(天下人共一斗), 내가 1두를 독점했다(我獨佔一斗)."라고 말하였다.

임무가 떠나간 뒤에 안락공주가 생각했다.

'절반만 가져오라고 했는데, 만약 태평공주가 알고 가서 나머지 절반을 가져온다면 둘다 똑같지 않겠는가? 아예 나머지 절반도 모조리 가져오는 것이 상책이야! 그럼 내기에서도 이기고, 또 그 수염을 모조리 남겨두면 기이한 일이 될 것이니, 이것이야말로 매우 멋진 일 아닌가?

이렇게 생각한 안락공주는 다시 내시 양춘경(陽春景)을 불러서 밤을 새워서라도 갔다 오라고 말했다. 절반쯤 갔는데 임무가 되돌아오고 있었다. 양춘경은 나머지 반을 얻으려 계속 내려갔고, 임무는 먼저 잘라낸 절반만을 가지고 궁궐로 돌아와 바쳤다.

바로 그날 태평공주가 안락공주와 약정하고 각기 진귀한 노리개를 내놓고 겨루기로 하였다. 태평공주는 장춘궁(長春宮) 안의 만녹헌(滿綠軒)을 내기 장소로 결정하고 상관완아에게 판정을 내려달라고 했다. 묘하게도 바로 그날 임무가 돌아왔다.

안락공주는 수염을 가져온 사실을 알고 아주 기분이 좋았다. 그러나 그런 내색을 하지 않고 먼저 보통 풀을 내놓고 서로 견주어보았다.

저쪽에 있는 것이면 이쪽에도 있었고, 이쪽에서 내세우는 것은 저쪽에도 있었다. 두 사람은 서로 비겼다.

이때 안락공주가 말했다.

"땅 위에 자란 풀은 사람 몸에 난 풀만 못합니다. 저에게 한가지 풀이 있는데, 고인의 몸에서 자란 것입니다. 그러니 이것이야말로 세상에 둘도 없는 풀이라 할 수 있습니다."

태평공주가 무슨 물건인가 묻자, 안락공주가 대답했다.

"동진과 송대(宋代)의 시인 사령운의 수염입니다."

그러자 태평공주가 말했다.

"듣자니, 사령운이 죽을 때 자기 수염을 기원사에 희사하여 유마힐 불상에 쓰도록 하였다던데, 그것을 어디서 얻었느냐?"

안락공주가 웃으며 대답했다.

"사령운이 희사하였으니 제가 가질 수도 있습니다. 바로 여기 있습니다."

그리고 임무에게 수염을 꺼내 보여주게 하였다. 임무가 비단 주머니를 받쳐 들고 그 속에서 수염을 꺼내 탁자 위에 펴놓았다.

과연 아름다운 수염이었다. 산사람의 턱에서 베어낸 것이나 다름없이 광택이 났다.

모두 넋이 나간 듯 한참 바라보고 있는데, 이상하게 흘연히 앞에서 바람이 일어나더니 수염이 허공으로 천천히 흩날렸다. 임무는 멋도 모르고 바람을 쫓아가며 수염을 잡으려고 허우적거렸다.

몇 번이고 금방이라도 잡을 것 같았지만 끝내는 섬돌에 걸려 넘어지면서 오른 팔이 부러져 일어나지 못했다. 내시가 부축하여 궁궐 밖으로 나갔다.

태평공주가 말했다.

"불상(佛像)의 수염을 건드려서는 안 되지! 그 징벌을 받은 걸 보면, 부처님이 분명 노하셨어!"

그 말을 듣고 상관완아는 '이번 일은 내가 말했는데!' 라고 생각하며 몹시 불안해졌다.

그러나 안락공주가 화를 내며 말했다.

"그런 헛소리는 하지 마세요. 오늘 투초는 내가 이겼어요."

태평공주는 화내지 않고 웃으며 말했다.

"수염을 풀로 생각할 수 없지 않은가? 그렇다 치더라도 지금은 없지 않은가? 네가 골라온 풀은 여기 있다. 그런데 네가 가서 얻어온 것도 아니고, 그리고 지금 여기에 있는 것도 아니다! 그러니 누가 이기고 진 것도 아니야! 그저 아무것도 아닌 것이 되었어!"

그리고는 웃으며 술을 마시고 헤어졌다.

안락공주는 이기지 못했고 지지도 않았지만 그 수염이 바람에 날려 없어진 것이 정말 아쉬웠다. 그래서 그 나머지 절반이 오늘이나 내일이면 가져올 터이니, 이번에는 보여주지 않고 잘 간수하겠다고 생각했다.

며칠 후 양춘경이 나머지 수염을 잘라가지고 돌아왔다. 양춘경도 길에서 오른팔이 골절되는 바람에 늦게야 돌아왔다고 말했다. 수염을 받은 안락공주는 매우 기뻤다. 그래도 한번은 꺼내서 보아야 한다고 생각하며 꺼내어 자세히 보려는데, 이상하게도 또 갑자기 향기로운 바람이 불어오더니 수염을 공중으로 날려버렸다.

향기로운 바람이 지나가자 잇따라 광풍이 불어와 정원의 나무에 피었던 꽃들을 모조리 지게 했다. 꽃은 하나도 남지 않았다.

이것을 본 사람들은 모두 크게 놀랐다.

이를 두고 어떤 사람이 노래를 지어 불렀다.

사령운과 유마힐 거사의 얼굴,　　（靈運面, 維摩詰）

부처와 인간 얼굴을 어찌 닮았나.　　（何彷佛面如人面）

이 수염은 그가 남긴 수염이니,　　（此鬚借作彼鬚留）

장난으로 어찌 수염을 잘랐는가?　　（怎因嬉戲輕相剪）

겨우 기뻐 볼 때 날려 사라졌고,　　（纔喜見, 吹不見）

요상 음란한 여인은 볼 수 없네.　　（不許妖淫女子見）

누가 인자한 얼굴에 가위를 대랴,　　（誰將金剪向慈容）

수염 자른 두 팔이 부러졌도다.　　（剪得鬚時兩臂斷）

안락공주는 크게 놀라며 합장하고 허공을 향해 빌며 참회했다. 이런 소식을 들은 태평공주와 상관완아도 크게 놀랐다. 그들 세 여인이 각각 천금을 내어 남해의 기원사를 중수하고 유마힐 불상을 다시 만드는데 쓰라고 재물을 바친 이야기는 여기서 생략한다.

한편 적인걸(狄仁傑)이 죽은(측천무후 長安 4년, 704년) 뒤로 조정 대신들 가운데서 송경(宋璟)만이 정직하고 늠름하여 위엄이 있었다. 무태후마저도 그를 존경하였으니, 무씨들도 감히 깔보지 못하였다.

장이지와 장창종도 그를 두려워하는 모양이 적인걸을 두려워하는 것과 같았다. 적인걸이 살아있을 때 적해국(適海國)에서 갖옷〔裘(가죽 외투 구)〕한 벌을 보내왔는데, 집취구(集翠裘)라고 하였다. 그것은 물총 새의 깃철을 모아 만들었기에 매우 가볍고 따뜻한 진귀한 옷이었다.

장창종은 그것이 심히 욕심이 나서 태후에게 간청하여 하사받았다. 창종은 성은에 감사드리고 어전에서 그 옷을 입어보았다.

태후가 보고 웃으며 말했다.

"자네가 그 옷을 입으니 더 아름다워졌군."

창종은 득의양양했다.

때마침 적인걸이 입궐하여 마주치게 되었다. 태후는 적인걸이 품의한 안건을 윤허(允許)하고 인걸과 창종을 가깝게 지내게 하려고 탁상 위에 놓여있는 바둑을 보고 두 사람이 한 번 두어보라고 명을 내렸다. 둘은 명을 받아 마주 앉았다.

태후가 웃으며 말했다.

"한수 높은 사람이 백을 잡아야 하오. 창종의 바둑 수가 썩 높지!"

그러자 적인걸이 일어나 상주하였다.

"신은 순백한 마음을 자부하기에 결백한 마음에 검은 물을 들이려 해도 들일 수 없는 사람입니다. 바둑알이 비록 작은 것이지만, 저의 마음과 같은 색을 따라 백을 잡고자 하니 윤허해 주십시오."

그러자 태후가 말했다.

"그럼 경의 마음대로 하게. 그런데 자네들은 꼭 내기를 해야 하네. 무슨 내기를 하려나?"

적인걸이 대답했다.

"창종이 입고 있는 저 갓옷에 내기를 걸겠습니다."

"그럼 경은 무얼 내놓겠는가?"

"신은 지금 입고 있는 이 자색 관복을 내걸겠습니다."

태후가 웃으며 말했다.

"이 집취구는 천금을 주고도 사지 못하오. 어찌 경이 입고 있는 그 관복과 비할 수 있겠는가?"

"이 관복은 대신이 입궐하여 폐하를 알현하거나 상주할 때 입는 옷이지만, 창종의 집취구는 비천한 사람이 아첨하며 총애를 받으려는 옷이오니 관복으로 집취구를 맞상대하는 것은 그 가치가 다르다고 생각합니다."

태후는 듣고 웃기만 하였다. 창종은 부끄럽고 기가 꺾여 연속 패배하였다. 적인걸은 즉시 창종의 집취구를 벗겨 몸에 걸친 후 사은하고 물러났다. 그리고는 광범문(光範門)에 이르러 집취구를 벗어 하인에게 입히고 집으로 돌아갔다.

태후는 그 일을 알고 더는 묻지 않았다. 그래서 소인들은 모두 그를 무서워하였다. 조정에 있는 정직한 사람들, 이를테면 장간지(張柬之)나 환언범(桓彦范),[181] 그리고 경휘(敬暉)[182]나 원서기(袁恕己)[183]와 최현위(崔玄暐)[184] 등은 모두 적인걸이 천거한 사람들로서 송경과 함께 충심을 다지고 역적을 치기로 맹세했다.

어느 날, 중종은 남산(南山, 終南山)[185]으로 사냥하러 나갔다.

---

181 환언범(桓彦範, 653 – 706년, 字는 士則) – 장간지(張柬之), 최현위(崔玄暐), 경중엽(敬仲曄) 등과 함께 측천무후를 퇴위시키고 중종을 복위시키는 신룡혁명(神龍革命, 705년)의 주동자. 그러나 중종 복위 뒤에 황후 위씨(韋皇后)와 武三思의 미움을 받아 피살되었다.

182 경휘(敬暉, ? – 706년, 字는 仲曄) – 장간지, 최현위 등과 함께 神龍革命(신용혁명)을 주동. 중종을 복위케 했다.

183 원서기(袁恕己, ? – 706년) – 장간지, 환언범 등과 함께 측천무후를 퇴위케 하는 神龍革命의 주동적 인물. 中宗(중종)이 복벽(復辟)한 위황후에게 미움을 받아 유방(流放)되었다가 武三思(무삼사)가 보낸 자객에게 피살되었다.

184 최현위(崔玄暐, 639 – 706년) – 玄暐는 字, 以字行. 장간지, 경휘 등과 신룡혁명의 주동자. 위황후에게 내쫓겼다가 죽었다.

185 종남산(終南山) – 長安의 南山, 太乙山이라고도 부르는데, 秦嶺山脈(진령산맥)에서 陝西省(섬서성) 부분을 지칭한다. 道敎의 聖地인 樓觀台(누관대)가 있고, 金庸(김용)의 소설《神雕俠侶(신조협려)》와《射雕英雄傳(사조영웅전)》의 한 배경이다. 唐의 盧藏用(노장용)이란 사람은 진사과에 급제하였지만 발령을 받지 못하자 종남산에 들어가 은거하면서 소문을 내었다. 얼마 뒤 특별히 황제의 부름을 받아 좌습유에 임용되었다. 사마승정이란 사람이 은거하려

장간지 등 다섯 사람이 말을 타고 뒤따랐는데, 산 중턱 조용한 곳에 이르자, 그들 다섯 명이 말에서 내려 상주하였다.

"저희들 가슴속 깊이 묻어두었던 이야기를 직접 폐하께 상주하고 싶었습니다. 그런데 이목이 많아서 입을 열 수가 없었습니다. 오늘 사태가 급하니 더는 묻어둘 수 없는 상황입니다. 신들은 폐하께서 연령과 덕이 겸비하시다고 생각하지만 태후께서는 장창종과 장이지의 꼬임에 들어 보좌를 내주려 하지 않고 있습니다. 근래에 듣자니, 장창종, 장이지가 심히 총애를 받아 태후께서는 보좌를 창종에게 물려줄 뜻이 있다고 합니다. 만일 이것이 사실이라면 폐하께서는 어찌 되겠습니까? 우리는 사정이 이렇듯 급하기에 폐하께 상주하오니 수락해 주시기를 바랍니다."

중종은 듣고 깜짝 놀라 물었다.
"그럼, 지금 어떻게 해야 하오?"
장간지가 말했다.
"장씨와 무씨네 역신(逆臣)을 죽여버려야만 폐하께서 보좌에

하자, 노장용은 종남산을 가리키며 "저 산에 은거하기 좋은 곳이 있다."고 말했다. 그러자 사마승정은 "내가 보기에는 벼슬길로 들어서는 捷徑(첩경)이 있는 것 같습니다."라고 말했다. 이에 노장용은 부끄러워했다. 말하자면, 고상한 隱逸(은일)인척 종남산에서 황제의 부름을 기다리는 사람에게 종남산은 벼슬길로 가는 가장 빠른 길이었다. 이를 '終南捷徑(종남첩경)'이라 한다.

오를 수 있습니다."

"태후가 계신데, 어떻게 죽이겠소."

"신이 오래전부터 계책을 꾸며놓았습니다. 그러니 폐하께서는 심려하지 마십시오. 다만 신들이 폐하를 놀라시게 할까 걱정되어 먼저 상주합니다."

"장씨네 형제는 죽여 마땅하오. 그런데 무씨네는 과인과 외가 친척 사이이니, 태후의 얼굴을 보아서 목숨만 부지하도록 하오."

"신의 병사들이 궁궐로 돌입할 때 만나지 않는다면 그렇게 하겠습니다. 그러나 부딪친다면 병장기는 무정하니 뜻대로 될는지 모르겠습니다."

"과인이 만약 보좌에 오르면 국호를 당으로 되돌리고 자네들을 모두 왕으로 봉하겠소."

장간지 등이 사은하였다. 그들은 대강 사냥이나 하는 것처럼 꾸미고는 돌아와서 각각 헤어졌다.

궁궐에 돌아오니 무삼사가 그날 중종이 사냥간 낌새를 알아차리고 마침 위후(韋后)와 함께 궁궐에서 히히덕거리고 있었다. 좌우가 중종이 돌아왔다고 보고하자, 겁에 질린 무삼사는 사시나무 떨듯 했다.

위후가 말했다.

"무서워 할 것 없어요. 함께 바깥 서재에 가서 쌍륙(雙陸)을 놀도록 합시다. 그러면 폐하께서 들어와 보시더라도 아무 말도 하시지 않을 것이고 훈수를 두실 지도 모릅니다."

삼사는 마지못해 위후를 따라 서재에 나와 마주 앉았다.

이때 중종이 들어섰다.

그들을 본 중종은 웃으며 말했다.

"자네들은 참 한가하구먼, 여기에서 쌍륙을 놀고 있는 걸 보니."

무삼사는 서둘러 일어나 인사를 올렸다.

"무슨 내기를 하고 있는 거요?"

위후가 말했다.

"옥으로 만든 물건 내기입니다."

중종이 옆에 앉으며 다시 말했다.

"잠깐! 과인이 훈수를 할 테니, 어디 누가 이기나 봅시다."

연이어 두 판을 놓았으나 서로 이기고 보니 결국은 비겼다. 세 번째 판엔 무삼사가 졌다.

중종이 말했다.

"옥으로 만든 물건이라니 무엇이오? 어서 봅시다."

"미미한 물건이니 폐하께서 보실만한 것은 못됩니다. 후일 황후마마와 다시 겨루어 보겠습니다. 날이 이미 어두워졌으니 신은 물러가겠습니다."

"오늘 저녁은 아예 여기에서 자시고 좀 늦게 돌아가도 괜찮지 않겠소?"

삼사는 중종과 함께 안에 있는 서재로 갔다. 등촉이 밝은 가운데 저녁이 마련돼 있었다.

두 사람은 자리에 앉았다.

"어떻게 노실 작정이십니까?"

중종이 잠깐 생각하였다.

'바깥 일이 어떻게 되겠는지를 점쳐봐야겠다.'

이렇게 생각한 중종이 대답했다.

"어디 장원(狀元)이나 놀아볼까."

"장원도 좋지만, 둘이서 무슨 재미가 있겠습니까?"

"과인과 자네는 친척 사이이니 황후와 상관소의(上官昭儀)를 불러다가 넷이서 놀아보지. 그럼 재미있겠지?"

이 말에 무삼사는 크게 기뻐하며 말했다.

"거참, 좋겠습니다."

중종이 좌우에 분부하자, 위후와 상관소의가 말쑥하게 차리고 들어섰다. 날씬하고 아름다운 몸매들이었다. 그들은 둘러 앉아 놀기 시작했고 얼마 안 되어 중종이 일점을 쳤다. 셋은 손벽을 치며 치하했다.

"참 묘합니다. 일등은 폐하께서 하셨습니다."

중종이 말했다.

"좋기는 좋지만 일점뿐이어서 유감스럽군. 만약 6점이었다면 일등 자리는 누구도 바라보질 못할 텐데."

무삼사가 말했다.

"말하자면, 수는 1부터 시작하지 않습니까? 묘한 것은 모든 일이 1부터 시작되고 만물이 새롭게 시작합니다. 어서 큰 잔에다 술을 부어 폐하께 올리겠습니다."

중종이 술을 마시자, 나머지 셋은 계속 놀기 시작했다.

상관소의가 4점 네 개를 치고 말했다.

"이젠 되었습니다. 제가 2등입니다."

위후가 말했다.

"2등이고 3등이고 상관없이 한 잔 마셔야 해. 좀 있다가 내가 4점 여섯 개를 쳐서 폐하까지 끌어내릴 테야."

나머지 두 사람이 계속 놀았다.

이때 중종은 속으로 생각했다.

'아마도 초경쯤은 됐을텐데, 왜 아직도 동정이 없을까? 만약 그들이 거사하지 않는다면 무삼사를 집에 돌려 보내도 괜찮지 않을까? 사람을 시켜 알아봐야겠다.'

여기까지 생각한 중종은 상관완아를 불렀다.

"네가 저 두 사람이 노는 걸 지켜보아라. 일단 삼등이 나온다면, 일등은 과인의 것이다. 잠깐 나갔다 와야겠다."

중종이 나가는 것을 본 무삼사는 걸상을 당겨 위후 곁으로 바싹 다가갔다. 명색이 놀음이지 서로 손발이 점잖지 않았다.

그 눈치를 챈 상관소의가 웃으며 말했다.

"소첩은 나가서 폐하께서 오시나 살피겠나이다."

소의가 나갔으면 하던 차라, 위후는 소의가 나가자 시녀들도 몰아냈다.

그리고는 삼사와 몸을 비비려는데, 소의가 소리치며 뛰어 들어왔다.

"큰일 났어요!"

둘은 후닥닥 놀라 떨어졌다.

위후가 물었다.

"무슨 일이 생겼느냐?"

위후의 말이 채 끝나기도 전에 중종이 앞에 나타나 무삼사를 지켜보며 말했다.

"과인이 완아에게 자네를 안내하게 하겠으니 잠시 뒷방에 들어가 앉아있게."

무삼사가 물었다.

"날이 저물었는데 웬 사람들이 이렇게 시끄럽습니까?"

중종은 장간지 등 다섯 사람이 장씨 형제와 무씨네를 죽여버리려 하기에 자기가 삼사는 다치지 말라고 재삼 당부해 놓았다는 것, 지금쯤은 장씨 형제가 저승 사람이 되었을 것이라고 말해주었다.

이 말을 들은 무삼사는 중종 앞에 털썩 꿇어앉아 애걸했다.

"신의 목숨은 폐하께 달렸습니다. 제발 구해주십시오."

무삼사는 몸을 사시나무 떨듯 떨고 있었다.

위후가 말했다.

"폐하께서 여기에 남아 있으라고 하신 것은 다 생각이 있으셔서 하신 일인데, 그렇게 무서워할 것 없습니다."

이때 내시들이 몰려와 상주했다.

"중신들이 밖에 와서 폐하를 뵙자고 합니다."

중종은 급히 상관완아에게 무삼사를 뒷방으로 데려가게 하고 밖으로 나갔다.

장간지 등은 군사를 거느리고 중궁까지 몰려들어갔다. 때마침 장씨네 형제와 태후가 잠자리에 들려 하였다. 그러니 도망가지도 못하고 군졸들에게 잡혀 한 칼에 한 사람씩 도륙(屠戮)되었다. 태후는 크게 놀라 떨었다.

이때 장간지 등이 들어와 태후에게 곧바로 상양궁(上陽宮)[186]으로 옮기시라고 말하면서 옥쇄를 회수하였다. 그리고 중종을 찾아왔다.

"태후께서 이미 거처를 옮기셨고 옥새는 여기 있습니다. 중신들이 모두 어전에서 기다리고 있으니 폐하께서 속히 보좌에 오르셔야 합니다."

중종은 어전으로 나갔다. 장간지 등은 옥새를 받들어 올렸다. 이어서 장창종과 장이지의 수급을 받쳐올리고 문무백관들이 축하를 올렸다.

중종은 국호를 당으로 환원하였고 위후의 아버지 위원정(韋元貞)을 상락왕(上洛王)으로, 어머니 양씨(楊氏)를 영국부인(榮國夫人)

---

186 상양궁(上陽宮) - 皇城 서북 구석의 別宮.

으로 봉했다.

그리고 장간지 등 다섯 사람을 모두 왕으로 봉해주었다.

장간지가 말했다.

"무삼사의 가속도 여기 장씨 형제처럼 주살해야 합니다. 전자에 폐하의 분부가 계시기에 죽이지 않았습니다만, 지금도 왕의 지위를 유지한다면 신들은 그와 자리를 같이 하기 어렵습니다."

이 말을 들은 중종은 할 수 없이 무삼사의 왕위를 박탈하고 사공(司空)에 임명하였다. 모두들 사은하고 물러갔다.

낙주장사(洛州 長史)인 설계창(薛季昶)이 다섯 왕을 보고 말했다.

"장씨 형제는 주살했으나 마치 한(漢)의 여산(呂産)과 여록(呂祿) 같은 황후 일족이 남아있듯, 무씨 일족이 살아있습니다. 이번에 뿌리를 완전하게 뽑지 않으면 다시 살아날까 걱정됩니다."

다섯 왕이 말했다.

"대세가 이미 결판난 상태입니다. 또 그는 이미 도마 위에 놓인 살점 덩어리(肉)와 같으니 어찌 살아나겠습니까?"

설계창이 이 말을 듣고 탄식하였다.

"무삼사가 살아 있는 한 우린 죽어도 묻힐 곳이 없겠구나!"

중종은 연호를 신룡(神龍) 원년(705)으로 바꾸고, 무태후를 측천대성황제(則天大聖皇帝)로, 동생 이단(李旦, 예종)을 상왕(湘王)으로 봉했다.

그런 다음 천하에 대사면령을 내리니 만민이 기뻐 환호했다.

장간지 등에 의하여 상양궁에 옮겨간 태후는 지난 일들이 꿈만 같아 하루하루를 눈물로 보내다가 끝내는 병이 들었다.

무삼사는 속에 부끄러운 것이 있었으나 궁전으로 들어가 문병 했다. 병상에 누워있는 태후는 얼굴이 누렇게 되고 바싹 여위었다.

무삼사는 저도 모르게 탄식하며 말했다.

"신이 일이 많아 정상적으로 입궁할 수 없습니다. 용안이 이렇게 수척해졌으리라고는 정말 생각 밖입니다."

그는 태후의 손을 잡고 위로하였다.

태후가 무삼사에게 말했다.

"조카야! 네가 오랫동안 입궁하지 않았구나. 짐의 병은 이미 골수에 들어 목숨이 조석에 달렸구나. 우리 가문을 보존할 수 있겠는지 걱정된다."

"고모님께서는 염려하지 마십시오. 황제께서 이미 무씨네를 다치지 말라는 조서를 내리셨습니다. 몸을 잘 조리하시면 조만간 나으실 것입니다."

무삼사는 이어서 장간지 등의 흉악한 짓거리를 고발하면서 그들 때문에 자주 입궁할 수 없다고 말하며 통곡했다.

"얘야, 근자에 듣자니 네가 위후와 사통하며 즐긴다고 하더구나. 네가 황후에게 하소연하여 그녀더러 계책을 꾸며 다섯 놈을 처단하게 해라. 그래야 짐이 마음을 놓겠다."

무삼사가 고개를 끄
덕이자, 태후가 또 분부
했다.

"네가 가서 폐하를 이
리로 오시라 하여라. 폐
하께 내가 부탁할 말이
있다."

삼사가 상양궁에서 나
와 중종에게 태후의 분
부를 전했다. 중종이 서
둘러 상양궁으로 갔다.
태후가 중종에게 몇 마

무측천(武則天, 측천무후)

디 분부한 지 이틀이 지나 태후가 숨을 거두었다.[187]

---

187 無字碑(무자비) – 누가 어떻게 평가하는가?

측천무후(則天武后)는 중국 역사상 유일한 女皇帝(여황제)였다. 국
호를 唐(당)에서 周(주)로 바꾸고서 16년(690 – 705년) 동안에 改
元(개원)을 14번 했다. 무후가 고종의 황후가 된 655년 이후 퇴위
하는 705년까지 반세기는 측천무후 한 사람의 시대였다. 우유부
단한 고종은 측천무후보다 여러 면에서 자질이 부족했기에 무후
의 독재 정치는 자연스러운 결과였다.

측천무후가 장역지, 장창종 형제를 총애했다면서 美少年과의 음
행을 구설수에 올리지만, 어찌 보면 여성으로서의 본능이라고 인
정할 것은 인정해 주어야 한다. 다만 그 나이와 지위에 따른 체면
과 연결되기에 구설수가 붙는 것이다. 그 다음에 酷吏(혹리)들을

중종은 천하에 조서를 내리고 장례를 후하게 치렀음은 더 말할

등용하였고, 혹리들이 잔혹하게 고문을 가했고 많은 사람들을 죽인 것도 물론 비난의 대상이 된다. 심지어 적인걸도 혹리 앞에 불려다가 없는 죄를 자백하여 겨우 죽음을 면한 일도 있었다. 그러나 이는 무후가 자신의 입지를 강화하기 위한 방법이었다. 무후 이전 또는 무후 이후라도 그만한 독재권을 행사하지 않은 황제는 없었다.

高宗과 武則天은 섬서성 乾縣(건현)에 있는 乾陵(건릉)에 묻혔다. 건릉 동편에 전체 높이 7.3m, 폭 2.1m, 두께 1.5m의 거대한 비석이 있는데, 아무런 글자가 없어 이를 '無字碑(무자비)'라 부른다.(단, 北宋 이후에 後人들의 紀行을 새긴 글자는 있다.)

본래 '기록 내용을 후세에 남기기 위한 방법'으로 비석을 만들어 세운다. 그런데 비석에 기록이 없는 이유에 대하여 후인들의 갖가지 추측만이 있다. 碑文(비문)이 없는 이유로서,

ㄱ) 武則天은 자신의 功德(공덕)은 文字를 써서 표현할 수 없을 정도로 위대했다고 생각했다. 그 통치 기간 중에 나라는 태평했고, 백성들은 평안했고, 정치는 깨끗했다. 따라서 글자를 써 넣지 않은 것은 측천무후 자신의 의지일 것이다.

ㄴ) 武則天(무측천) 자신의 죄과는 너무 많고 무겁고 칭제(稱帝)한 일 자체가 과오였다는 것을 자신이 알고 있었기에 무자비를 세우게 했을 것이다.

ㄷ) 武則天 자신이 임종하며 "나의 功過(공과)는 후인의 평가를 기다려 기록하라."는 유언을 했기 때문이다.

ㄹ) 이 비는 아들 中宗이 작성하고 세워야 하는데, 측천무후에 대한 칭호를 皇帝(황제)로 하느냐, 母后(모후)로 하느냐의 논쟁이 있었고 결론을 내리지 못했기에 아예 비문을 쓰지 않았다. 또는 中宗의 모친에 대한 악감정 때문에 또는 모후의 공적을 찬양하기도, 또 후인들의 왈가왈부하는 비판도 싫어 아

필요가 없다.

한편 무삼사의 휘하에는 병부상서(兵部上書) 종초객(宗楚客), 어사중승(御史中丞) 주리용(周利用), 시어사(侍御史) 염조옹(冉祖雍), 태복(太僕) 이준(李俊), 광록승(光祿丞) 송지손(宋之遜), 감찰어사(監察御史) 요소지(姚紹之) 등 여섯 사람이 있었으니, 모두 그의 심복들이었다.

그들은 위후와 상관완아 등과 단짝이 되어 밤낮으로 장간지 등 다섯 사람을 헐뜯었다. 무삼사는 또 비밀리에 사람을 시켜 황후의 음란한 행위를 쓴 글을 천진교(天津橋)에 붙여놓게 했다. 황후를 폐해 버려야 한다는 내용이 담긴 글이었다.

이 일을 안 중종은 대노하여 감찰어사 요소지에게 범인을 찾아

예 비문 새기기를 거부했을 것이다.

이런 저런 온갖 추측이 난무하며 나름대로 설득력이 있는 주장을 펴지만 그 眞實(진실)은 누구도 알 수 없다. 결론으로 말한다면, 한 사람에 대한 평가는 이처럼 어려운 일이다.

무후가 정치권력을 행사했던 50년은 태종의 '貞觀의 治'와 현종의 '開元의 治'를 연결하는 기간이었다. 이 기간에 당의 國勢(국세)는 크게 불어났고 이민족과 원만한 관계를 유지하면서 최대 판도를 통치했다. 나라 이름이 바뀌었는데도 많은 사람들이 武后의 조정에서 뽑아주기를 기다렸었다. 그 당시 권력의 最上層(최상층)은 어지러웠으나 백성들은 평안했다. 역사가들은 그 시대를 '亂上而未亂下(난상이미란하)'라고 기록했다. 한 시대의 평가는 한 면만 바라보고서는 바로 평가할 수 없다.

내라고 지시하였다. 요소지가 이는 경휘 등 다섯 왕이 사람을 시켜 한 일이라고 보고하였다.

"말로는 황후를 폐하라고 하였지만 실은 대역무도한 반역을 꾀하고 있습니다. 장간지 등 다섯 사람을 주살해야 황후의 분을 풀어줄 수 있습니다."

중종은 법사(法司)에서 그 죄를 다스리라 명하여 장간지 등 다섯 왕을 변방으로 추방하니, 무삼사가 사람을 파견하여 중도에서 그들을 살해한 다음에야 비로소 안심하였다. 이후 무삼사의 권세는 날로 커져갔고 사람마다 그를 두려워했다.

중종도 어쩔 수 없어 일만 있으면 오히려 그에게 문의하면서 통제를 받는 상황이었다.

한편으로 위황후는 무삼사를 진심으로 사랑하면서 늘 이렇게 말했다.

"저도 그대의 고모님처럼 스스로 황제의 보좌에 오르는 소원을 이룰 것입니다."

이후에는 어떤 일이 일어날지 알 수 없다면, 다음 회를 읽으시라.

꽃비단 누각에 비빈이 시를 품평하고, 관등 행렬에 황제 황후가 즐겨 놀다.(結彩樓嬪御評詩, 游燈市帝后行樂.)

시로 읊나니,	詩曰,
똑똑한 여인에게 시를 써 보이니,	(試誦斯於訓女)
나쁘진 않다지만 옳지도 않았다.	(無非還要無儀)
재주가 많은 궁인이 시를 평하니,	(炫才宮女漫評詩)
유림의 문학을 크게 무시하였다.	(大褻儒林文字)
황후와 비빈과 공주 같은 여인이,	(帝后嬪妃公主)
존엄한 자리를 어찌 감히 엿보나?	(尊嚴那許輕窺)
외신(外臣)의 시중이 이미 잘못되었나니,	(外臣陪侍已非宜)
광대의 희롱을 어찌 견디겠는가?	(怎縱作優謔戲)
— 곡조〈서강월〉	— 調寄〈西江月〉

사람들이 하는 말에, 남자는 덕행이 바로 재능이지만, 여자는 재주가 없는 것이 여자의 덕행이라고 하였다. 그래서 남자가 덕행이 있다면, 곧 재능을 겸했다는 뜻이나, 여자는 재능이 뛰어나더라도 꼭 여인의 덕행을 갖추었다고 말할 수 없는 것이다.

그러나 이렇게 말하더라도, 재주가 뛰어난 여자가 어리석은 부인만 못하다고 하겠는가? 주(周)나라 무왕(武王)의 왕후인 읍강(邑姜)[188]은 주나라 초기 혼란의 시작인데, 그녀의 재능 때문이었다.[189]

재능이 여인의 일상에 누(累)가 된다는 것은 아마 그 재능을 믿고 함부로 행동하기 때문이겠지만, 다른 사람을 감탄하게 하는 그런 재능을 갖고도 덕행이 없다면 정말 애석한 일이 아니겠는가!

그러나 남자에게 밖으로 드러나는 재능이 그의 덕행을 뛰어넘는다면(才勝於德) 역시 칭송할 바가 못된다. 예를 들어, 여자의 몸으로 태어났지만 지저분한 행실이 널리 많이 알려졌다면, 비록 어렸을 때부터 뛰어난 재능을 보이며, 시를 잘 지었더라도, 아름다운 이야기로〔佳話(가화)〕전해오더라도 그를 본받으려 하지는 않았을 것이다.

---

188 읍강(邑姜, 생졸년 미상) - 姜姓(강성), 齊 太公(제 태공) 여상(呂尙)의 딸. 西周 開國之君 周 武王의 王后, 成王과 여러 왕자의 모친. 태교를 잘한 여인, 婦德의 모범이었다.

189 원문 '序於十亂' - 내용 미상.

그래서 재녀(才女)는 그 재능을 스스로 드러내지 않는 것이 바로 여인의 덕행이었다. 그렇지만 여인이 그 재능을 발휘한다면 그것은 남자들의 권유나 유혹이었으니, 이는 마치 여인에게 미색을 자랑하도록 칭찬하며 권장하는 것과 같았다.

그러나 이런 일은 보통의 사인(士人)이나 서민의 가정에서는 불가능한 일이었다. 그렇지만 황실의 비빈(妃嬪)이라면 응당 존중받았는데, 그렇다 하여도 어찌 비빈이 함부로 재능을 자랑하면서 사림(士林)을 무시하거나 국사에 관여할 수 있겠는가!

당나라의 황궁에서는 여인에 대한 금제(禁制)가 엄격하지 않았기에 조신(朝臣)들은 황후나 비빈 아니면 공주를 만나볼 수 있었고, 연회에 참석하여 시를 짓는 것이 조금도 이상한 일이 아니었다.

황후나 비빈은 더 말할 것도 없지만 환관(宦官), 관리의 첩실(妾室), 배우(俳優)나 난장이〔侏儒(주유)〕도 한자리에서 농담을 하거나 멋대로 지껄이면서 지존(至尊)일지라도 조금도 꺼리지 않았으며, 심한 경우 비웃는 경우도 있었다.

여기서 중종(中宗, 2번째 재위 705-710년)이 어리석고 우매하여 황후 위씨(韋氏)가 권력을 행사한 일에 대해서는 상세히 이야기하지는 않겠다.

그때 조신(朝臣) 중에 잘 알려진 두 사람이 있었다.

한 사람은 송지문(宋之問)[190]인데, 자(字)는 연청(延淸)이었다.

---

190 송지문(宋之問, 656?-712)은 그의 생질 劉希夷(유희이)와 함께 高宗 上元 2년(675)에 진사과에 급제하였다. 송지문은 여러 관직을 전전했는데 측천무후의 총애를 받던 張易之(장이지)의 便器(변기)를 받들며 시중들었다 하여 '天下醜其行(천하추기행, 天下가 그의 행동을 추하게 생각하다)' 하다고 알려진 사람이다. 705년 측천무후가 퇴위하자 장이지, 장창종 형제도 피살당했고 장이지에 아부했던 송지문도 폄직된다.

송지문은 中宗 2차 재위 중에는(705-710) 다시 太平公主에 아부하였는데, 뇌물을 받아먹은 것이 탄로되어 越州長史〔월주장사, 今 廣東省(광동성) 지역〕로 폄직되었다. 睿宗(예종)이 再 즉위하면서 (710) 欽州(흠주, 今 廣東省 欽縣)로 유배되었다가 현종이 즉위하는 先天 元年(712)에 사약을 받고 죽었다.

송지문의 생질인 劉希夷〔유희이, ?651-679, 字는 延芝(연지)〕는 젊어 문재로 이름을 날렸고 음주와 음악을 즐겼다. 《唐才子傳》에 의하면, 유희이는 高宗 上元 2년(675) 진사가 되었고, 宋之問(송지문)의 생질로 두 사람이 나이 차이가 별로 없었다고 한다. 유희이는 관직을 즐기지 않고, 혼자 파촉(巴蜀) 땅에 들어가 三峽(삼협)에 노닐거나 揚州(양주)까지 놀러 다녔다고 한다. 유희이가 〈代悲白頭翁(대비백두옹)〉이라는 長詩(장시)를 지었는데, 그 시를 시를 읽어본 송지문은 '年年歲歲花相似 歲歲年年人不同'이라는 구절이 아주 좋다면서 그 구절을 자기에게 달라고 하였다. 유희이는 건성으로 대답을 했지만 시구를 외숙에게 주지 않았다. 이에 앙심을 품은 송지문은 비밀리에 사람을 시켜 土袋(토대, 흙 자루)로 유희이를 압사시켰다고 한다. 물론 이런 이야기를 100% 신뢰할 수는 없지만 송지문의 인품이 지저분하다 보니 이런 이야기가 전해지는 것이다. 하여튼 오언율시(五言律詩)에 능했다고 하지만, 좀 지저분한 인격의 소유자로 알려졌다.

분주(汾州, 今 山西省 중부 呂梁市 관할 汾陽市) 사람으로, 직책은 인재 천거와 관련한 업무를 담당하는 고공원외랑(考功員外郎)이었다.

다른 한 사람은 심전기〔沈佺期, 字는 雲卿(운경)〕[191]인데 내황현(內黃縣, 今 河南省 북부 安陽市 관할) 사람으로 기거랑(起居郎)으로 재직하고 있었다. 이 두 사람의 문재(文才)를 보면 그 실력이 매우 엇비슷하였다.

송지문은 건장하면서도 우아하고 잘생긴 미남이었다. 그 성격은 풍류를 즐기면서도 남녀 애정에도 밝고 또 밝히는 사람이었다. 그는 측천무후의 총애를 받으면서 한창 권력을 행사하며 부귀영화를 누리는 장이지(張易之)와 장창종(張昌宗) 형제를 몹시 부러워하고 흠모하였다.

---

191 심전기(沈佺期, 650?-714?) - 高宗 上元 2년(675)에 進士(진사)가 되어 則天武后 때 考功員外郎(고공원외랑)으로 근무하면서 뇌물을 받아 옥에 들어갔다가 나와 복직하여 급사중(給事中)에 올랐다가 中宗 시기에 지금은 월남 땅으로 유배되기도 했었다. 심전기는 五言律詩에 능했고 송지문과 함께 이름을 날린 宮廷詩人(궁정시인)으로 文學史에서는 '심송(沈宋)'으로 불린다. 심전기는 송지문과 함께 唐代 율시(律詩)의 기초를 확실하게 닦았고, 그래서 그들의 율시를 특별히 沈宋體(심송체)라 부른다. 그의 시는 南朝 梁과 陳의 화려하고 艶麗(염려)한 기풍이 있어 宮體 詩風을 벗어나지는 못했지만, 新體詩의 발전에 공헌했고 오언율시(五言律詩)의 기초 확립에 기여한 인물로 평가된다.

매번 어전에서 장씨 형제가 응대할 때마다 무후가 자주 추파를 보내는 것을 직접 목도하면서 그것을 무후가 자신에 대한 인정과 자신의 잘생긴 외모에 대한 구애의 표시라고 착각하였는데, 무후는 끝까지 송지문을 내궐로 부르지 않았다.

송지문은 참기 어려울 지경이어서, 내시에 접근하여 무후한테 자신을 천거해 달라는 청탁을 넣기도 하였다. 하여튼 송지문 외모와 남녀 정사의 능력을 암시한 내시의 말을 들은 무후가 웃으며 말했다.

"짐이 그 사람을 모르는 것도 아니고, 인정할 것은 인정하지만, 듣기로는 그 송지문 구취(口臭, 입 냄새)가 역겹다 하니, 내가 굳이 그런 사람을 만나봐야 하겠나?"

원래 송지문은 생김새가 점잖아 보이고 수려하지만 어려서부터 심한 입 냄새가 있었다. 그간 무후에게 송지문을 천거한 대신도 있었지만 한번 가까이했던 사람은 두 번 다시 가까이하지 않았다.

내시한테 무후의 말을 전해들은 송지문은 이후 늘 계설향(鷄舌香, 丁子香, 丁香, 좋은 라일락 향)을 입안에 넣고 지내면서 무후가 불러주기를 고대했다. 이를 본다면 송지문은 재주와 능력은 뛰어나지만, 그 품행은 볼 것이 없는 사람이었다.

심전기도 장이지와 사귀며 추종했는데 나중에 중종 딸인 안락공주(安樂公主)의 문하에 출입하며 아부하였다. 한 번은 장물(贓

物) 수수죄로 탄핵을 받아 환주(歡州, 수 월남 지역)로 유배되었고, 안락공주한테 애원하여 겨우 풀려 다시 관직을 얻었다.

　안락공주는 언니인 장녕공주(長寧公主, 중종과 위황후의 장녀)의 옛 저택을 억지로 빼앗아 새 집을 짓고 중종을 모셔다 노닐게 하였다. 또 심전기를 불러 연회에서 시종들게 하면서 시를 지어 그 행사를 기념하게 하였는데, 안락공주는 하늘 천(天)을 운자로 내어 놓았다.

　심전기는 즉석에서 칠언율시(七言律詩)로 시를 지어 올렸다.

시로 읊기를	詩曰,
황실 고귀한 공주는 신선을 좋아하고,	(皇家貴主好神仙)
별장 누각을 지으니 운한(雲漢)에 닿았도다.	(別業初開雲漢邊)
앞산 명봉령 꼭대기 멀리로 보이는데,	(山出盡如鳴鳳嶺)
새로 만들은 연못은 음룡천 못지않다.	(池成不讓飮龍川)
궁궐 비취색 누각에 봄날이 가려는데,	(妝樓翠晃敎春住)
누각 나는 듯 솟으니 태양이 걸렸도다.	(舞閣全鋪借日懸)
황제 행차가 이르자 공손히 수행하고,	(敬從乘輿來至此)
술잔 들어서 헌수에 균천악 울려온다.	(稱觴獻壽樂鈞天)

중종과 공주는 심전기의 시를 읽고 크게 칭찬했다.

안락공주가 말했다.

"경과 송지문은 명성이 함께 높아 사람들은 심송(沈宋)이라 일

컷는데, 지금 심전기만 칭송하고 송지문이 없다면 불공평합니다."

그래서 내시를 보내 즉시 송지문을 불러오게 하여, 송지문에게도 즉석에서 시를 짓게 하였다.

안락공주가 먼저 심전기의 시를 보여주며 말했다.

"여기 심경이 칠언율시를 지었는데, 송공은 오언배율(五言排律)이 어떻겠소?"

"전기가 폐하께서 내려주신 운자에 맞춰짓는 은덕을 입었으니, 공주께서 제게 운(韻)을 정해 주십시오."

송지문의 말에 공주가 웃으며 말했다.

"경의 시재를 따를만한 사람이 없으니, 빌 공(空)을 운으로 하면 어떻겠소?"

송지문이 명을 받아 즉석에서 오언율시를 한 수 지었다.

멋진 울타리 별채 옥루짓고,   (英藩築外館)

미인 공주님 황궁 나오셨네.   (愛主出皇宮)

빈객 별처럼 모두 모여있고,   (賓至星搓落)

신선 오는듯 명월 떠올랐다.   (仙來月宇空)

대모 큰집에 축하 제비모여,   (玳梁翻賀燕)

금빛 담장은 큰빛 무지개다.   (金埒倚長虹)

통소 가락이 누각 연주하고,   (簫奏秦臺裡)

공자 옛집에 서재 차렸도다.　　　(書開魯壁中)

단가 노래에 해도 멈춰섰고,　　　(短歌能駐日)
고운 춤사위 바람 흔들린다.　　　(豔舞欲嬌風)
오래 머물곳 있다 들었는데,　　　(聞有淹留處)
작은 언덕에 꽃이 만발했다.　　　(山阿花滿叢)

완성된 시에 안락공주가 크게 칭찬하였다. 중종도 함께 읽고 거듭 칭찬하면서 각각 꽃 비단 두 필씩을 하사하였다. 안락공주 는 별도로 상을 내렸다.

두 사람이 사례하고 나왔지만 심전기는 마음속이 불편했다. 왜 그러한가?

사실 심전기와 송지문은 함께 명성을 누리면서 차이가 없었으 나, 이번에 공주는 송지문만 칭송하였기에 마음이 편할 수 없었 다.

중종 경룡(景龍) 3년(709년) 정월 초하루였다. 중종은 곤명호 (昆明湖)에 유람하며 조정 신하를 불러 큰 잔치를 열었다.

이 곤명호는 전한(前漢) 무제(武帝) 때 조성한 인공 호수였다. 무제는 큰일을 벌리고 마친 다음에 자랑하기를 좋아하는 성격이 었다.

그래서 곤명국(昆明國, 수 雲南省, 昆明市 일대)을 징벌하려 했다.

그 나라에 둘레가 3백 리나 되는 호수가 있고〔滇池(전지)〕, 지형이 험준하다는 말을 듣고 이 곤명호를 파서 수군(水軍)을 조련(調練)케 하였다.

호수 복판 인공 산에 누각과 정자가 있어 올라가 넓고도 큰 호수를 굽어볼 수 있었다. 중종은 이곳에서 유람하고 연회를 열기 이틀 전에, 조신(朝臣)들에게 즉석에서 오언율시를 지어 바치게 하고, 그 가운데서 가장 뛰어난 시를 뽑아 새로운 어제곡(御製曲)을 만들겠다는 어명을 내렸다.

그러자 조신들은 모두 시를 지어 제출하였다.

황후 위씨가 중종께 말했다.

"모든 신하들이 그 재능을 자부하는데, 궁궐 안 비빈들 재능 역시 조신을 능가한다는 걸 인정하지 않고 있습니다. 제 생각으로는, 여러 신하들이 올린 시를 상관완아(上官婉兒)가 폐하 앞에서 품평하게 하십시오. 그래야 그들이 궁중에도 재간 있는 인재가 있다는 걸 알고 이 다음에 응제시를 지을 때, 더욱 골똘히 생각을 가다듬지 않을 수 없을 것입니다."

그 말에 중종은 기꺼이 찬동하였다.

"짐의 생각도 황후와 꼭 같소!"

그러자 상관완아가 말했다.

"천첩이 궁인의 신분으로 조신의 시를 품평한다면, 조신이 어찌 달갑게 여기겠습니까?"

황제가 웃으면서 말했다.

"재능이 걸출한 완아가 공정하고 올바르게 품평한다면 누구든 받아들이지 않을 수 없을 것이다."

그리고 곤명호 호숫가에 특별한 자리를 마련케 하였다. 큰 차일(遮日, 遮는 막을 차) 앞에는 높은 다락을 세우고 색색의 비단을 늘어트려 꾸미게 하였다.

그리고 상관완아가 누각에 올라 시에 대한 품평하는 평어를 듣거나 볼 수 있게 하였다. 그러나 어명이 내리면서 조신들의 의론이 분분하였다.

이는 조신을 업신여기는 일이라고 불쾌하게 여기는 사람도 있었다. 또는 풍류를 즐긴만한 멋진 자리라고 좋아하는 사람도 있었다.

그날이 되자 중종, 위황후, 태평공주와 안락공주, 그리고 장녕공주와 상관완아 등이 모두 곤명호 호숫가를 거닐었고 잔치에 참석하였다. 모든 신하가 다 모여 황제에게 인사를 올렸고 연회와 음식과 가무를 즐겼다.

황제와 황후, 여러 공주들도 휘장 안쪽 자리에서 조신과 함께 술을 마셨다. 술이 몇 순배 돌아간 뒤에 모두가 자신들이 지은 시를 바쳤다.

황제가 말했다.

"경들이 모두 다 훌륭한 재능을 갖추었다고 하나 그 시에 어찌 우열이 없겠는가? 짐이 일일이 읽어볼 여유가 없어 궁궐 안에서도 문재가 뛰어난 상관(上官) 소의(昭儀)를 시켜 모두의 시를 품평하고 그 우열을 판가름하게 하였다. 오늘 이 자리에서 장원이 결정된다면 이 또한 천추의 미담으로 남을 것이다. 물론 뽑히지 않았다 하여 그것이 어찌 부끄러운 일이라 생각하겠는가!"

모두가 머리를 숙여 사은하였다. 여러 신하들은 비단 장식을 한 누락 왼쪽에 모여 있다가 자신의 시고(詩稿)가 뽑히지 못하고 누각에서 아래로 떨어지면 시고를 들고 오른쪽 좌석으로 옮겨가게 하였다.

드디어 상관완아가 머리에 봉황관을 쓰고 꽃비단 저고리와 하늘거리는 긴 치마에 손끝을 덮는 긴 소매를 휘저으며 올라왔다. 그 황홀한 모습이 마치 선녀가 속세에 강림한듯하였다. 먼저 상관완아는 황제와 위후에게 인사를 올린 뒤 내시와 궁녀의 도움을 받으면서 누각의 안쪽 문방사보(文房四寶)가 준비된 널따란 탁자 가운데 앉았다.

탁자 위 천정에 가로 걸린 비단 휘장에는,

「상관완아가 명을 받아 시를 평한다. 가장 훌륭한 한수를 골라 황제께 올려 감상케 할 것이다. 낙선된 시고는 다락 아래로 내려 보내 본인에게 돌려준다.」

내시가 신하가 올린 시고 뭉치를 탁자 위에 올려 놓았다.

완아가 붓을 들어 평가하는 동안 신하들은 모두 다락 위를 바라보았다. 잠깐 사이에 낙선된 시들이 다락 아래로 떨어져 내려왔다. 종잇장이 날아 내릴 때마다 여러 사람들이 다투어 달려가서는 자신의 것을 받아 곧바로 소매 속에 넣고 오른쪽 자리로 이동하였다.

그러나 심전기와 송지문 두 사람은 종이가 떨어져도 아무렇지도 않은 듯 자리를 지켰다. 자신의 시는 꼭 뽑힐 것이라 확신하면서 앉아있었다. 이어 모두가 자리를 옮긴 뒤에 두 사람만이 남았다.

심전기가 송지문에게 작은 소리로 말했다.

"어명에 따라 한 수만 골라 장원으로 삼느다 하였으니, 우리 둘 중 한 사람은 낙선할 것이요. 여태껏 우리의 시재(詩才)가 우열을 가린 적이 없었지만 오늘은 확실하게 우열이 갈라질 것이요. 높낮이가 결정되면 이후로는 더 이상 다투지 맙시다."

송지문도 웃으며 머리를 끄덕여 찬동하였다.

한참 뒤에 시고 한 장이 날랐다. 사람들이 받아보니, 그것은 심전기의 시고였다.

심전기의 시는 아래와 같았다.

봄날 황제 수레의 행차는,	(法駕乘春轉)
은하 호수 이르러 멈췄다.	(神池像漢回)
옛날 만든 곳곳의 주춧돌,	(雙星遺舊石)
달빛 아래 쓸쓸한 그림자.	(孤月隱殘灰)

돌에 새긴 개미 없어졌고,　　　　(戰蟻逢時去)

물고기 나타나길 기다린다.　　　　(恩魚望幸來)

산에 핀 꽃은 비단 두른 듯,　　　　(山花緹綺繞)

성문 앞 버들 우거진 냇둑.　　　　(堤柳帳城開)

큰소리로 노래하는 태평세월,　　　　(思逸橫汾唱)

환희의 가무에 술잔 부딪친다.　　　　(歌流宴鎬杯)

조신의 부족한 문재 충성심을　　　　(微臣彤朽質)

제출된 시구로 재능을 가른다.　　　　(差睹豫章才)

시 뒤에는 시에 대한 평어(評語)가 있었다.

「심전기와 송지문 두 사람의 시구를 읽어보면, 두 분의 재능과
노력이 실로 대단하여 비교가 어렵지만, 심전기의 시는 후반부에
기운이 빠져버린 것 같았고, 송지문의 시는 오히려 우뚝 솟은 느
낌이었다. 이에 송지문의 시를 장원으로 뽑는다.」

여러 사람들이 금방 모여 읽고 있을 때, 상관완아가 누각에서
내려와 송지문의 시를 황제에게 올렸다. 중종과 위후 및 공주들
이 돌아가며 보면서 모두 훌륭한 시라고 칭찬하였다. 아울러 시
를 고르고 비평한 상관완아의 재능에도 감탄하였다.

중종이 여러 신하를 모아 송지문의 시를 돌려보게 하였다. 시
는 이러했다.

곤명호에 봄맞이 연회 벌리니,　　　　　(春豫靈池會)

물결 위에 차일이 활짝 열렸다.　　　　　(滄波帳殿開)

파도치며 돌의 고래가 움직이고,　　　　　(舟淩石鯨動)

북두견우 때려 운행케 하는구나.　　　　　(搓拂斗牛回)

그믐녘에 일력 낱장도 다하였고,　　　　　(節晦蓂全落)

늦봄이라 버들 녹음이 짙었구나.　　　　　(春遲柳暗催)

어렴풋이 사방 경물을 둘러보니,　　　　　(像溟看浴景)

억겁년 불길이 태운 재 분별했다.　　　　　(燒劫辨沉灰)

주문왕(周文王) 호경에서 술을 즐기고,　(鎬飮周文樂)

한무제(漢武帝) 분하에서 호탕한 노래!　(汾歌漢武才)

명월이 넘어간다 아쉬워 말지니,　　　　　(不愁明月盡)

하늘에 야광주가 저절로 빛난다.　　　　　(自有夜珠來)

　원래 한무제가 이 곤명호를 굴착할 때, 땅속에서 몇만 말(斛)의 검은 재(灰)가 묻혀있었다. 무엇이 타고나서 생긴 재인지 몰라 동방삭(東方朔)[192]을 불러 물었다.

---

192 東方朔(동방삭, 前 154-93)－字는 曼倩(만천), 滑稽(골계)로도 유명했던 문장가. 東方은 복성. 고위 관리, 辭賦 作家.《史記 滑稽列傳(골계열전)》에 수록되었고,《漢書》65권, 〈東方朔傳〉이 있다. 무제는 즉위하면서 천하에 方正, 賢良, 文學, 材力의 인재를 구하

"이는 서역(西域)의 불교 승려가 중국에 들어올 때를 기다렸다가 그들에게 물어보면 알게 될 것입니다."

동방삭의 말처럼 뒷날 서역에서 축법란(竺法蘭)이라는 화상이 한(漢)에 들어왔다. 그 재를 보여주며 무엇이 타고 남은 재인가 물었더니, 화상이 웃으며 말했다.

"세상의 마지막 날 온 세상을 다 태운 겁화(劫火)에 타고 남은 재입니다. 이 정도는 동방삭도 알고 있을 터인데, 저한테 물어볼 만한 일이 아닙니다."

그러자 무제가 동방삭을 불러 왜 알면서도 말을 하지 않았느냐고 물었다.

면서 일반적인 절차에 구애받지 말고 천거하라고 하였다. 이에 四方의 士人들이 상서하여 정치의 득실을 논하면서 스스로 재학을 자랑하는 자가 수천 명이었고 그중 채용이 불가한 자는 상서가 들어오자마자 바로 돌려보냈다. 동방삭이 장안에 와서 상서하였다. 동방삭의 글은 오만불손하며 한껏 자신을 칭찬했는데도 무제는 특별하다고 생각하여, 待詔公車(대소공차)에 임명하였으나 봉록은 박했고 천자를 알현하지도 못했다.

동방삭은 문장가이고 부(賦)를 잘 지었다. 그리고 우스운 농담〔滑稽(골계)〕을 잘했다. 동방삭은 자신이 무제한테 광대와 같은 대우를 받고 있다는 사실을 잘 알고 있었다. 동방삭의 농담이나 점을 치고 물건을 알아맞히는 일은 천박한 일이지만, 많은 사람들이 따라했으며, 거기에 현혹되지 않는 어린아이나 목동이 없었다. 그 이후 호사가들은 기언(奇言)과 괴어(怪語)를 모두 동방삭의 말이라고 생각했다.

그러자 동방삭이 말했다.

"소신이 아는 사실을 말해도 믿지 않을 것이라 생각했기 때문에 말씀드리지 않았습니다."

곤명지 가운데 섬에는 예장대(豫章臺)라는 큰 누각이 있고, 누각 아래 바위에는 고래(鯨)를 조각해 놓았는데 우레가 치고 비가 내릴 때마다 울부짖는 소리가 세상에 크게 울려퍼졌다. 그리고 곁에는 두 명의 석인(石人)이 있는데, 전설에 의하면 하늘에서 떨어진 운석(隕石)을 후세 사람들이 다듬어놓은 것이라 하였다.

이렇듯 많은 볼거리와 이야깃거리가 있는데, 송지문의 시에 이를 언급하였다. 여러 조신들은 송지문의 시를 보고 모두 부러워하면서 칭찬하였고, 심전기도 스스로 송지문에 미치지 못한다고 생각하였다.

중종이 심전기의 시를 읽고 상관완아의 시평을 본 다음에 두 사람에게 물었다.

"두 분에 대한 시평을 어떻게 생각하오?"

그들 둘은 아주 지당한 평가라고 복명하였다.

중종은 여러 조신에게 다시 물었다.

"경들의 시에 대한 품평에 대한 불만이 있다면 서슴치 말고 말을 하시오!"

"과연 재능을 갖춘 탁월한 평이라 생각합니다. 심씨와 송씨마저 그 공정함에 탄복하는데, 하물며 소신들이 어찌 불만이 있겠습니까?"

중종은 크게 기뻐하며 즐겁게 술을 마시고 연회를 마쳤다.

이로부터 심전기는 매사에 송지문에게 양보하면서 다시는 우열을 겨루지 않았다.

시재(詩才)를 말하자면 심전기, 송지문인데,　　(漫說詩才推沈宋)

여인이 품평하여 우열을 가려주었네.　　（還憑女史定高低）

중종은 위(韋) 황후 등 여인들의 손에 쥐여 놀아나다 보니 심지(心地)가 아예 미혹되었다. 또 아부하는 신하들에게 현혹되어 나랏일은 뒷전으로 미루고 온종일 희희낙락거리거나 연회를 즐기며 소일했다.

세월이 흘러 경룡(景龍) 4년(710년) 정월이 되었다.

정월 대보름 상원절(上元節, 정월 15일)에 장안에서는 연등놀이가 성황을 이루었다. 거리마다 부호부터 평민까지, 집집마다 비단으로 만든 붉은 꽃등을 켜놓았다.

연등놀이를 나온 사람이 인산인해를 이루고 북소리와 노랫소리가 왁자지껄하며, 여러 음악이 밤새도록 울려도 이날만큼은 금하지 않았다.

위황후도 밖에서 연등놀이에 끼고 싶었다. 그래서 상관완아와 여러 공주들과 함께 중종을 설득하여 변장하고 함께 연등놀이 구경을 나갔다.

중종은 평민 복장으로 거리에 나섰다. 무삼사 등 가까운 신하들도 옷을 바꿔입고 뒤따르게 하였다. 평민들과 어깨를 부딪치고 다니며 아무렇지도 않게 즐겼다.

그렇지만 관리나 선비 및 백성들 중에서도 지각이 있는 사람들은 황제나 황후의 연등놀이에 관하여 뒤에서 의론이 분분하였다.

"등불을 구경하는 이 사람들은 아마도 모두 대궐에서 나온 공주나 비빈, 아니면 왕자나 왕손, 고관들 같아! 황궁에 구경할만한 등불이 없어서 밖에 나와 백성들과 함께 구경한단 말인가? 이런 인산인해 속에 남녀가 마구 뒤엉키고 귀천의 구분이 없으니, 무슨 체통을 차린단 말인가!"

황제와 위후는 한때 남녀들 속에 이리저리 몰려다녔다. 그러다 보니 궁인들도 끼리끼리 떼를 지어 나와 거리 인파 속에 휩쓸렸다. 나중에 궁안에서 점검하니 궁녀 여러 명이 이날 밤에 사라졌다.

그렇다고 하여 추적할 수도 없으니 그냥 모르는체할 수밖에 없었다.

위황후가 거리에서 연등을 구경했는데,	(韋后觀燈街市行)
백성들이 보고서는 모두들 크게 놀랐다.	(市人矚目盡驚心)
궁녀들은 고삐풀려 눈맞은 남자 따르니,	(任他宮女從人去)
황제보다 대담하단 이름을 남겨 버렸네.	(贏得君王大度名)

상원절이 지나고, 봄빛이 화창한 어느 날, 황제와 위황후, 그리

고 비빈과 공주들은 모두 현무문(玄武門)에 모여서 궁녀들의 물놀이[水戲(수희)]를 구경하였다.

조신들에게는 연회를 베풀었고, 그 자리에서 여러 가지 잡기(雜技)를 즐기도록 허용하였다. 그래서 멋지게 투호를 하고, 탄궁(彈弓)으로 새를 잡거나, 비파나 북을 연주하는 사람들이 제각각 자신만의 숨은 재능을 선보여 번화하고 떠들썩하기 끝이 없었다.

그러자 갑자기, 그중에서도 아주 특별하게 국자감(國子監)[193]의 제주(祭酒)인 축흠명(祝欽明)[194]이 팔풍무(八風舞)를 추겠다 자진해 나오며 팔소매를 걷어붙였다.

그는 섬돌 앞에서 허리를 굽혔다 무릎을 굽혔다 하였고, 두 팔

---

193 국자감(國子監) – 唐에서는 中央의 官學이며 最高學府(최고학부)인 國子監(국자감)을 설치하고 국자감 내에 國子學, 太學, 四門學과 律學, 書學, 算學을 교육하는 과정을 두었다. 국자감은 禮部에 소속되어 있으면서 國家 敎育을 主管하는 동시에 科擧 시험 집행에 협조하며 귀족 자제의 교육과 품행을 규찰하는 기능을 수행하였다. 제주(祭酒)는 국자감의 최고 책임자.

194 축흠명(祝欽明, ?–710년대, 字는 文思) – 唐朝(당조), 武周(무주)의 관리, 中宗 연간에 재상의 반열에 올랐다. 저명한 유학자. 경룡 4년(710) 5월에 위황후 집안 혼사 잔치에 여러 신하들을 초청했다. 축흠명이 팔풍무(八風舞, 우리나라의 병신춤 같은 놀이)를 추겠다고 자원하였고, 중종이 허락했다. 그가 뚱뚱하고 못생긴 체구에 온갖 동작으로 사람들을 웃게 했다. 중종은 재미있다고 웃었지만 보통 관원들은 그 추태에 눈살을 찌푸렸다. 八風舞(팔풍무)는 눈알을 굴리고 머리를 흔들면서 팔방의 바람을 표현했다고 하지만 음란한 춤이었다.

을 쫙 펼치기도 하고 어깨를 들썩거리며 춤을 추었다. 몸을 뒤흔
들고 눈을 두리번거리며 온갖 추태를 연기했다. 황제와 황후, 여
러 공주들이 이를 보고 박장대소하였다. 내시와 궁녀들도 웃음을
참느라 입을 가리었다.

당시 이부시랑(吏部侍郞)이던 노장용(盧藏用)[195]이 옆에 앉은 사
람에게 작은 소리로 말했다.

"축공(祝公)이 국자감 제주로 저런 추태를 자진해서 선보이니,
오경(五經)으로 땅바닥을 청소하는 것과 같습니다!"

옆에 앉았던 국자감 사업(司業) 곽산휘(郭山暉)가 제주(祭酒)의
굉장한 추태를 보고 크게 분개하였다.

잠시 후 황제가 곽산휘에게 말했다.

"곽사업도 장기가 있을 테니 짐에게 보여 줄 수 없겠소?"

곽사업이 자리에서 일어나 머리를 숙여 예를 표하고 아뢰었
다.

"소신에게는 별다른 장기가 없으나 시를 읊어 주흥을 돋울까
합니다."

---

195 노장용〔盧藏用, 664–713년, 字는 子潛(자잠)〕─ 進士出身(진사출신),
終南山에 은거하며 생식〔辟穀(벽곡)〕하며 연기(練氣)의 술법을
배웠다. 측천무후에 의해 등용 나중에 6부의 시랑직을 역임했
다. 太平公主에 아부했다가 유배생활도 했다. 현종 開元 초년에
풀렸으나 장안에 돌아오는 도중에 병사했다. 노장용은 서법과
금기(琴棋)에도 뛰어나 多能之士(다능지사)라는 명성이 있었다.
成語(성어) 종남첩경(終南捷徑)의 주인공.

"경이 시를 잘 읊던가? 어떤 시를 읊으려 하오?"

황제가 묻자, 곽산휘가 대답하였다.

"소신은 폐하를 위하여 《시경》의 〈녹명(鹿鳴)〉편과 〈실솔(蟋蟀), 귀뚜라미〉편을 읊으려 합니다."

곽산휘는 근엄한 얼굴로 큰소리로 먼저 〈소아(小雅) 녹명(鹿鳴)〉편[196]을 읊었다.

메에 메에 우는 사슴, 들판 쑥 뜯어먹네.　　(呦呦鹿鳴, 食野之萍)

내게 귀한 손님 오셔, 북 치고 생황 불어라.　(我有嘉賓, 鼓瑟吹笙)

생황 불고 북 쳐, 폐백 광주리 높이 올렸네. (吹笙鼓簧, 承筐是將)

님이 나를 좋아해 나도 예의로 모시었네.　　(人之好我, 示我周行)

곽산휘는 이어서 근엄한 표정으로 〈당풍(唐風) 蟋蟀(실솔), 귀뚜라미〉편[197]을 읊었다.

귀뚜라미 대청서 우니, 올해도 저물어간다.　(蟋蟀在堂, 歲聿其莫)

---

196 〈小雅 녹명(鹿鳴)〉 ―《毛詩 序(모시 서)》에 군왕이 여러 신하와 함께 잔치하는 모습을 읊은 시라 하였다.

197 〈唐風 실솔(蟋蟀)〉 ― 실솔은 귀뚜라미이다. 이 시는 부지런히 일하는 周의 제후국 唐의 民風(민풍)을 노래한 시이다. 귀뚜라미가 울면 가을이고, 풍성한 수확을 거두고, 서로 음식을 차려 함께 즐기나 본분을 망각하지 말라고 경계하는 뜻의 시이다.

지금 우리 아니 즐기면, 세월 그냥 가리라.　(今我不樂, 日月其除)

너무 편치 말고, 언제나 처자를 생각해야지.　(無已太康, 職思其居)

즐겨도 방탕치 말고, 양사(良士)처럼 신중해야지. (好樂無荒, 良士瞿瞿)

곽산휘는 읊기를 끝내고 숙연히 물러 나왔다.

중종이《시경》읊는 것을 듣고 위황후를 돌아보며 말했다.

"곽사업이 시(詩)로 짐에게 간언을 말하였소. 그 뜻이 아주 깊소."

이리하여 다른 사람이 더는 장기자랑을 못하게 하고 연회를 끝내게 하였다.

국자감 제주가 직접 팔풍무를 추자,　(祭酒身爲八風舞)

오경(五經)의 권위를 타락시켰다고 탄식했다.　(堪歎五經掃地盡)

〈녹명〉〈실솔〉을 큰소리로 노래하니,　(鹿鳴蟋蟀抗聲歌)

그래도 곽사업은 직분을 바로 지켰다.　(還虧司業能持正)

이후, 안락공주가 틈을 보아 곤명호 소유권을 자기에게 넘겨달라고 요청하자, 중종이 말했다.

"선제께서는 이런 땅을 개인에게 주어도 된다는 말씀이 없었다."

안락공주는 불쾌하게 생각하고 새로운 연못을 굴착하여 정곤지(定昆池)라고 이름을 붙였다. 곤명호의 절경을 능가한다는 뜻에서 그런 이름을 붙였다. 이는 곧 곤명호와 견주어보자는 뜻이었다.

이런 대규모 토목공사는 사농경(司農卿)인 조이온(趙履溫)이 백성을 동원하며 준공하였는데, 얼마나 많은 백성의 재물을 탕진하고 백성 노동력을 동원하였는지는 말할 필요도 없었다.

그리고 호수 가운데에 누각과 누대를 세워 화려하기 그지없었다.

중종은 호수가 준공되었다는 말을 듣고 황후와 비빈, 그리고 광대와 잡기를 공연하는 사람들을 데리고 정곤지에 가서 놀았다.

안락공주가 큰 차일을 높이 치고 연회를 베풀어 중종을 환대하였다. 중종을 따라온 여러 신하들도 동석하였다. 중종은 정곤지가 광대하고 곤명지보다 더 장관인 것을 보고는 몹시 기뻐하며 여러 신하에게 즉석에서 시로 아름다움을 찬양하라고 명령하였다.

여러 신하들이 어명을 받들고 구상에 열중하는데, 황문시랑 이일지(李日知)가 곧장 자리에서 일어나 말했다.

"소신이 어명을 받들고 시를 짓기 전에 민요 하나가 생각나서 읊어보겠습니다."

그리고 큰소리로 말했다.

안일한 거처를 바라면 생각 바꿔,　　　(所願暫思居者逸)
백성들 고생을 시키지 말아야지.　　　(勿使時稱作者勞)

그러자 중종이 듣고서 웃으며 말했다.

"경도 곽산휘를 본받아 시로 간하려는가!"

중종은 한동안 생각하다가 내시에게 명령을 전달하라고 시켰다.

"여러 조신들은 시 짓기를 그만두고 즐겁게 술을 마시라."

술이 많이 돌았을 때, 광대들이 함께 회파(回波, 위글과 페르시아)의 춤을 추었다. 중종이 보고 아주 즐거워하면서 여러 신하들에게 〈회파악(回波樂)〉의 곡조로 사(詞)를 지어 주흥(酒興)을 돋우라고 명령하였다.

이날 심전기는 여러 신하들과 함께 연회에 참석하였으나, 송지문은 병이 났다고 나오질 않았다.

심전기는 그때 급사중고공랑(給事中考功郎)이라는 관직에 있었으나 유배에서 풀려나온 직후였다. 다행히도 관직을 다시 받았으나 아직도 높이 발탁되어 승진하지 못한 상태였다. 그래서 그는 오늘 〈회파악〉의 사(詞)로 황제를 감동시키겠다는 생각을 했고, 곧이어 읊었다.

에헤야디야 좋구나! 심전기는,	(回波爾如佺期)
영남 땅 유배 풀려 돌아왔구나.	(流向嶺外生歸)
은덕을 입어 이름을 올렸지만,	(身名幸蒙齒錄)
상아홀 붉은 관복엔 못 올랐네.	(袍笏未復牙排)

가사에 회파이여(回波爾如)는 회파악 첫 구절에 쓰이는 흥을 돋구는 말이었다.

중종은 듣고서는 빙그레 웃었다.

그러자 안락공주가 아버지인 중종에게 말했다.

"심공의 뛰어난 재능을 보아서 상아홀에 붉은색 관복을 입는 반열에 임명되어도 지나치지 않습니다."

그러자 위황후도 거들었다.

"폐하께서 즉석에서 관직을 하사하셔도 무방하다고 생각합니다."

그러자 중종이 말했다.

"심전기를 태자첨사(太子詹事)에 임명하겠다."

심전기는 즉석에서 머리를 숙여 사은하였다.

그러자 배우인 장봉(臧奉)이 중종과 위후에게 절을 올리고 아뢰었다.

"소신이 알고 있는 민요 한 구절이 있습니다. 희롱하는 내용이 있어 폐하의 존엄을 범할까 걱정됩니다. 폐하와 황후께서 만 번 죽을죄를 용서하신다면 무엄하더라도 한 번 읊어보겠습니다."

"좋다. 한 번 읊어 보아라! 용서하겠다."

중종과 황후가 허락하자, 장봉이 천천히 읊기 시작하였다.

에헤야디야, 버들 고리짝이여,　　　　　　　(回波爾如佺期)

무서운 아내, 정말 두려웁다네.　　　　　(流婆嶺也大好)

외조(外朝)에는 배담이 일등 공처가,　　　(外頭只有裴談)

내조(內朝)에는 이노(李老)가 정말 첫째다.　(內裡無過李老)

그 무렵 어사대부(御史大夫) 배담(裴談)이 유가 경전을 가장 훌륭하게 풀이하였지만, 아내가 얼마나 표독스럽고 투기가 많은지 아내를 황제보다 더 두려워하였다.

배담은 아내가 무서운 이유로 세 가지를 언급하였다.

배담의 말에 의하면, "그의 젊은 아내는 살아있는 보살(菩薩)이었으니, 어느 누가 보살을 두려워하지 않겠는가? 중년에 아들딸 많이 낳은 아내는 마치 아홉 아들을 거느린 마귀 어멈〔구자마모(九子魔母)〕으로 마치 야차(夜叉, 지옥의 鬼卒)와 같으니 세상에 야차를 두려워하지 않는 사람이 어디 있겠는가? 그리고 늙은 아내가 얼굴에 연지와 분을 찍어 바르면 검고 붉거나 푸르딩딩한 마귀할멈이니, 마귀할멈을 두려워하지 않을 사람이 어디 있으랴?"라고 하였다.

이 말을 들은 사람들은 모두 크게 웃으면서 틀림없다고 생각하였다. 그래서 당시 사람들은 '아내를 두려워하는 배담'이라고 말했다.

그리고 당시 위황후의 일거일동을 보면, 측천무후의 버릇 그대로 남편인 황제를 마음대로 하였으므로 중종이 언제나 위황후를 몹시 두려워하였다.

그래서 장봉은 감히 이런 노래를 불러 위황후의 위풍을 도와주려고 말했으니, 노래에서 이씨(李氏), 곧 이노(李老)는 중종이었다.

남편을 무시하는 아내에 공처가 남편,　　(欺夫婆子怕婆夫)
조롱을 받고서도 아무 말씀이 없구나.　　(笑罵由人我自吾)
그날의 집안 어른 이 노인은 이상해라,　　(卻怪當年李家老)
아들은 아비 닮고, 며느리는 시모닮네.　　(子如其父媳如姑)

노래를 들은 황제는 소리내어 웃고, 위황후도 흐뭇한 웃음을 머금고 앉아있었다.

그런데 좌중에서 한 관리가 벌떡 일어나니, 간의대부(諫議大夫) 이경백(李景伯)이었다. 이경백은 눈뜨고는 차마 볼 수 없고, 귀로 들을 수 없다고 생각하며 벌떡 일어나 중종 앞에 가서 아뢰었다.

"소신도 회파악을 한 수 읊어보겠습니다."

에헤여디야, 술잔을 들고서,　　(回波爾持酒危)
소신(小臣)의 직분에 간언 올린다.　　(微臣職在箴規)
황제 연석에 겨우 술 석 잔,　　(侍宴不過三爵)
마구 떠드니 예의가 아니다.　　(讙嘩或恐非儀)

중종은 노래를 들은 후 불쾌한 기색이 완연했다. 3품관인 소지충(蕭至忠)이 눈치를 보고, 황제에게 아뢰었다.

"정말 그의 간언이 옳다고 생각합니다. 폐하께서 그가 한 말을 귀담아 들어주셔야 합니다."

그러자 중종은 연회를 끝내라 명령하고 내궁으로 돌아갔다. 이튿날 중종이 광대 장봉을 엄히 문책하려 하였는데, 벌써 위황후가 장봉에게 돈과 비단을 하사였다는 말을 듣고는 탄식하면서 더 이상 거론하지 않았다.

농담하는 광대의 하늘만큼 큰 담력,	(俳優謔浪膽如天)
화도 못낸 황제에 상을 내린 황후다.	(帝不敢嗔后加獎)
땅에 떨어진 기강 말할 것도 없나니,	(紀綱掃地不可問)
탄식하니, 죽는 양기, 날로 크는 음기!	(堪歎陽消陰日長)

후사(後事)가 여하(如何)할지 미지(未知)하니 하회(下回)를 분해(分解)하시라.

중종을 짐주로 독살하니 애들 장난 같고, 대역무도 황후 죽이니 민심이 좋아했다.(鴆昏主竟同兒戱, 斬逆后大快人心.)

노래 하기를,	詞曰,
천자는 지존이시니,	(天子至尊也)
어찌 황후에게 무시당할 수 있나?	(因何事卻被后妃欺)
그런 우매한 자는 정말 무능하고,	(奈昏目貴無能)
우유부단 때문이다.	(優柔不斷)
아무나 벼슬을 주고,	(斜封墨敕)
남에게 맡겨버렸다.	(人任爲之)
어느 날 궁정에 정변이 터지고,	(故一旦宮庭興變亂)
침전에서 재앙이 일어난다.	(寢殿起災危)
금수강산과 같지만,	(似錦江山)

꽃 세상이 좋아보여도	(如花世界)
잠깐 생각해 본다면,	(回頭一想)
모두가 쓰린 슬픔뿐.	(都是傷悲)
무후(武后)를 따라 배워서	(還思學武后)
형벌과 포상으로,	(刑與賞)
대권을 직접 장악했다.	(大權盡我操持)
천년을 이을 나라를 원하지만,	(冀立千秋事業)
백대를 내려갈 뿌리는,	(百世根基)
다시 더욱 황음무도한 생활.	(再欲更逞荒淫)
환락에 만족 못 하고,	(爲歡不足)
시역(弑逆)을 자행하고,	(躬行弑逆)
변명도 못할 죄악.	(獲罪難辭)
임치왕 군사가 일어나며,	(試看臨淄兵起)
결국 처형으로 종결된다.	(終就刑誅)
― 곡조 〈내가교〉	― 調寄 〈內家嬌〉

예로부터, 궁궐 내의 혼란은 춘추시대에도 많았다. 주 양왕(周襄王, 재위 前 652-619년)은 외씨 성(隗姓)의 적인(狄人, 북방 이민족)을 아내로 맞이했지만, 이 여인이 왕의 동생인 숙대(叔帶)와 사통하여 환란을 일으켰다.

기타 다른 제후국의 부인(夫人)들, 예를 들어 노(魯)나라의 문강(文姜)[198]이나 위(衛)나라의 남자(南子)[199]와 같은 무리들은 이루다 셀 수가 없다.

그리고 진(秦), 한(漢), 진(晉) 시대는 물론 오대(五代)에 이르기까지 역시 많았다.

어쨌든 그런 일이 일어난다면, 당시 황실의 명예를 크게 손상하고 후세에 전해지면서 역사에 오점을 남기게 된다. 그렇다 치더라도 당나라 고종의 무후나 중종의 황후 위씨(韋氏)처럼 극심한 여인은 전무후무했다.

무후 한 사람만으로도 당나라의 체통은 크게 손상되었는데, 그런 일을 위황후가 또 계승하였다.

거기다가 고종의 딸인 태평공주(太平公主), 중종의 딸인 안락공주(安樂公主), 그리고 측천무후와 중종을 섬긴 상관완아(上官婉兒) 등이 염치없이 인륜을 짓밟을 대로 짓밟았다.

가소롭기 짝이 없는 당 고종과 중종은 이런 여인들의 행실이

---

198 문강(文姜, 前 733 - 前 673년) - 姜姓(강성), 齊(제) 희공(僖公)의 딸, 齊 양공(襄公)의 이복 여동생, 春秋(춘추)시대 魯 환공(桓公)의 夫人, 齊 양공과 난음(亂淫)으로 유명. 재능이 출중했다. 결국 노 환공을 죽음으로 몰았다.

199 衛 南子(? - 前 480年) - 春秋시대 衛 靈公(위 영공)의 부인. 《史記 孔子世家》에 의하면, 공자는 魯를 떠나 衛(위) 蘧伯玉(거백옥)의 집에 머물렀다. 衛 靈公의 夫人 南子(남자)가 공자를 불러 만났다. 이를 자로(子路)가 좋아하지 않자, 공자가 맹서하며 말했다. "내가 예의에 어긋나는 일을 했다면 하늘이 나를 버릴 것이다. 하늘이 나를 버릴 것이다."(子見南子, 子路不說. 夫子矢之曰, "予所否者, 天厭之, 天厭之!")라고 확실하게 말했다. 《論語 雍也》

수치라는 사실을 알지도 못했고, 그래서 금지시키기는 커녕, 무
능과 파렴치로 오히려 여인들의 포악을 조장(助長)하였기에 그 결
과 황실의 권력을 빼앗기고, 황제가 피살당하는 최악의 사태가
계속 일어났다.

이러한 시역(弑逆) 행위가 일어나면서 황족의 자손은 그들 생
명을 보존하기에 급급하였고, 황제 자신이 시해당하게 되어 후세
사람들의 웃음거리가 되었으니, 어찌 통탄할 일이 아니겠는가!

그때 상관완아가 곤명호의 비단을 둘러 꾸민 높다란 누각에서
조정 신하들의 시를 품평한 이후로 상관완아의 명성은 일세를 풍
미(風靡)하였다.

이런 일로 중종은 더욱 상관완아를 총애하여 첩여(婕妤, 여관의
품계)로 승격시켰다. 상관완아가 입은 옷은 궁궐에 거주하는 비
빈의 의상과 다르지 않았다. 황제의 총애를 받으며 교만해진데다
황후와 여러 공주들이 모두 자기를 좋아한다고 믿으며 아무런 거
리낌도 없이 방자(放恣)하였다.

중종은 궐내에 특별히 수문관(修文館)을 짓고 중신들 가운데서
시문(詩文)에 능통한 자를 골라 수문관학사(修文館學士)라고 하였
다.

학사로 뽑힌 유명인은 심전기와 송지문, 그리고 이교(李嶠)[200]

---

200 이교(李嶠, 645?−714?, 字는 巨山)는 趙州〔조주, 今 河北省 남부 邢台市

등 20여 명이었다. 중종은 자주 궁궐에서 연회를 열고 학사로 하여금 시와 부(賦)²⁰¹를 짓게 하였으며 그 아름다움을 다투게 하였

관할 柏鄕縣(백향현)〕 출신, 20세에 진사로 급제한 뒤. 감찰어사 등 요직 역임. 武后 時 재상의 반열에 올랐다. 현종으로부터 '眞才子!(진재자)'라는 칭찬을 들을 정도로 상상이 풍부하였다. 이교는 120수의 詠物詩(영물시)를 남겼는데, 사람들은 이를 〈李嶠百詠(이교백영)〉이라 불렀다. 〈이교백영〉은 해, 달, 별, 바람, 구름, 안개, 이슬, 비, 눈 등 자연 기상을 읊은 시가 많다.

이교는 왕발(王勃), 楊炯(양형)과 교제했고, 이어 杜審言(두심언, 杜甫의 祖父), 崔融(최융), 蘇味道(소미도)와 함께 '文章四友'로 호칭되었으며, 노년에 원로 문인(文章宿老)으로 대우를 받았다. 그의 문집《李嶠集》이 있고, 〈單題詩(단제시)〉 120수가 전해온다.

201 賦(부) - 文體의 하나로 押韻(압운)한 문장이다. 楚辭(초사)에서 변화 발전하였는데 외형상 詩나 산문(散文)이라고 한 가지로 단정할 수 없는 詩文의 혼성체이다.《詩經》은 내용상 風, 雅(아), 頌(송)으로, 作法上으로는 賦(부), 比(비), 興(흥)으로 분류한다. 이때 賦는 鋪(펼 포, 늘어놓다)의 뜻이니, 곧 '言志를 鋪陳(포진)한 형식'이며 거기에는 朗誦(낭송)의 뜻을 포함한다. 不歌하고 誦(송)하는 것이 賦(부)이다. 賦는 漢代에 유행한 文學 형식으로 詩歌(시가)와 산문의 특성을 합한 형태라 할 수 있다. 前漢의 賈誼(가의), 枚乘(매승), 司馬相如(사마상여)가 漢代 賦의 代表的 작가이다.

漢賦는 辭藻(사조)가 화려하고 筆勢(필세)가 힘차다지만 대개 내용은 공허하고 글자와 뜻이 어려워 읽고 이해하기가 쉽지 않다. 司馬相如 이후에 後漢 班固(반고)의 〈兩都賦(양도부)〉, 張衡(장형)의 〈二京賦〉, 曹植(조식)의 〈洛神賦(낙신부)〉, 西晉(서진) 陸機(육기)의 〈文賦(문부)〉, 左思(좌사)의 〈三都賦〉가 유명하고, 또 東晉 陶淵明(도연명)의 〈歸去來辭(귀거래사)〉도 賦의 명편이며, 唐 杜牧

다. 지은 시작(詩作)들은 상관완아가 갑을(甲乙)로 품평하였고, 작품을 묶어 편찬하거나 악부(樂府)에 넘겨 곡을 달아 노래하게 하였다.

따라서 천하 선비들이 시문을 숭상하다 보니 정의를 강조하는 문사와 바른말을 하는 사람들은 영달할 수가 없었다. 바로,

방정(方正)하고 현량한 문사를 구하지 않아,　　(不求方正賢良士)
다만 풍운(風雲)과 명월, 이슬을 꾸며 뽐냈다.　(但炫風雲月露篇)

상관완아는 또 중종의 황후 위씨와 공주들과 몰래 의론한 뒤,

(두목)의 〈阿房宮賦(아방궁부)〉, 宋 歐陽脩(구양수)의 〈秋聲賦〉, 소식의 〈赤壁賦(적벽부)〉도 모두 賦의 명작이다.

《漢書 藝文志》에는 楚 屈原(굴원) 이후 漢代의 賦와 詩를 수록했다. 班固는 賦를 抒情(서정)을 위주로 한 屈原賦 계열(一), 漢代 陸賈(육가) 계열의 賦(二), 孫卿(손경, 荀子) 계열의 賦(三), 그리고 雜賦(잡부)로 분류된 賦(四)로 分類(분류)하여 수록하였는데, 그 근거는 명확하지 않으나 楚辭(초사) 계열 賦와 漢代 부를 별도로 구분한 것은 그만한 차이가 있기 때문이라 생각할 수 있다.

중국에서는 각 시대를 대표하는 문학 형태로 '漢文(한문), 唐詩(당시), 宋詞(송사), 元曲(원곡), 明淸 小說'이란 말이 있는데, 漢代에는 서사와 서정을 위한 長文의 賦와 記事의 名文이 비약적으로 발전했다. 이런 長文의 詩賦나 名文은 秦代 붓(毛筆)의 실용화와 漢代 직물산업의 발전으로 크게 늘어난 비단의 생산, 이어 後漢 蔡倫(채륜)의 종이(紙)의 발명에 원인을 찾을 수 있다.

스스로 밖에 사저(私邸)를 마련하고 여러 학사들이 드나들면서 시문을 쉽게 품평받도록 편리를 도모해 준다는 사실을 중종에게 귀띔하도록 하였다. 그러자 성품이 낮거나 불량한 관리들이 상관완아의 사저에 자주 드나들면서 추천을 받아 등용되기를 원했다.

상관완아는 이 기회에 그 가운데서 뛰어난 젊은이들과 결탁하여 은밀히 궁궐에 드나들면서 위황후나 안락공주들과 잘 교류할 수 있도록 주선해 주었다.

이로서 최식(崔湜)[202]이나 종초객(宗楚客)[203] 등 조신들이 모두 완아와 먼저 사귀고 난 뒤에 위황후와 공주들의 심복이 되었다.

중종은 거리에서 연등을 구경한 이후로 자주 변복(變服)하고 거리에 나가 노닐거나 상관완아의 사저에서 술을 마셨다. 뿐만

---

202 최식〔崔湜, 671 −713年, 字는 澄瀾(징란)〕─太平公主(태평공주)에 아부했다. 현종에게 숙청된 뒤, 자살했다.

203 종초객(宗楚客, ?−710年, 字는 叔敖)─武周와 唐 中宗의 관리. 미남자였고, 두뇌가 명석했고, 수염이 멋졌으며 재주가 많았다. 측천무후 즉위 뒤에 종초객의 형 종진객(宗秦客)은 內史(내사)로 승진하였다. 그뒤 종진객, 종초객, 종진경(宗晉卿) 3형제는 장물죄로 嶺南(영남)에 방출되었다. 종진객은 嶺南에서 병사했고 종초객은 관직을 받고 장안에 돌아왔다. 종초객은 중종 때 재상급인 中書令(중서령)이 되었다. 710년 6월, 임치왕(臨淄王) 이융기(李隆基)와 太平公主가 당륭지변(唐隆之變)을 일으켜 위황후를 제거할 때 종초객 형제들은 모두 피살되었다. 李白의 계실(繼室)인 宗氏(종씨)는 바로 종초객의 손녀였다.

아니라 위황후와 공주들을 데리고 와서 함께 놀기도 하였다.

　이처럼 상관완아의 저택이 밖에 있다 보니 궁녀들이 밤낮을 가리지 않고 출입하였고, 그러다 보니 궁문 출입 통제가 되지 않아 물의가 많았다. 그러나 그 누구도 앞에서 간할 엄두를 내지 못했다. 다만 황문시랑(黃門侍郎)인 송경(宋璟)이 상주문을 올렸을 뿐이다.

　송경의 상주는 대략 다음과 같았다.

「신이 그전에 들은 바로는, 천자께서 후비나 공주와 더불어 변복하고 연등놀이를 구경했고 이를 본 백성이 이상히 여기며 주목했다고 하였습니다. 신은 처음에 그런 일은 절대 있을 수 없다고 생각했습니다. 그러나 그 뒤에 잘 아는 사람이 헛소문이 아니라고 하였을 때 놀라지 않을 수 없었습니다. 《예기(禮記)》에서는 군주의 부인이나 세자, 명부(命婦), 군주(君主)가 저잣거리에 나가 놀면 벌을 받아야 한다고 하였으며, 특히 군주가 저잣거리에 나가면 죄인을 대사(大赦, 사면)해야만 했습니다. 백성들의 저잣거리는 폭리를 탐하는 사람들이 모여들어 시끄러운 곳으로서 군자들이 갈 곳이 아닙니다. 하물며 천자나 황후가 변복하고 그것도 밤에 저잣거리에서 줄지어 다닐 수 있겠습니까? 궁녀 3천 명을 궁궐 밖으로 내보낸 일은 태종 황제의 선정(善政)이었습니다. 그러나 폐하께서는 이런 선정을 본받지 않고, 궁녀 수백 명이 제멋대로 밖에 나가 노닐도록 방치하였습니다. 도망친 궁녀들을 잡아들이려 하나 찾아낼 수가 없으니, 나라의 체통이 어찌 서겠습니까? 더욱이 비빈이 궁밖에 사저를 잡아두고 대신들과 내왕하는 것을 어찌 용납할 수 있단 말입니까? 이것은 모두 나라의 체면을 여지없이 깎는 일입니다. (중략) 더욱이 황제께서 변복하고 아무 때나 놀러다닐 수는 없습니다. 한심하게도 어릿광대들이 조신과 어울려 폐하와 황후 앞에서 거림낌 없이 제멋대로 희롱하게 할 수는 절대로 없습니다. 폐하를 업신여기고 조신을 모독하면 그 뒤에 더 큰 물의를 일으킨다는 사실은 자명한 일입니다.」

중종은 상소문을 읽고도 아무런 조치도 없었고, 송경을 불러들여 문의도 하지 않은 채 그대로 묵살하니, 송경도 어찌할 방도가 없었다.

위황후는 더욱더 거리낌 없이 방종했고, 고종의 태평공주와 중종의 안락공주도 이미 황제의 허락을 받은지라 제각기 사저를 마련하고 관속들까지 배치하였다.

염치없이 관직에 오르기를 바라는 자들은 공주 저택에 있는 관리들과 자주 상종하면서 계책을 꾸몄다. 안락공주의 저택에 마진객(馬秦客)과 양균(楊均)이라는 두 젊은 관리가 있었다. 마진객은 의술(醫術)을 알고, 양균은 요리 솜씨가 뛰어나 음식을 잘 만들었다. 두 사람은 모두 미남자들이라서 안락공주의 총애를 받고 위후에게 천거되어 불미스런 애정이 대단하였다. 이런 연고로 마진객은 산기상시(散騎常侍)로, 양균은 광록소경(光祿少卿)으로 승진하였다.

최식과 종초객은 이미 상관완아와 내통하였기에 완아가 위황후와 안락공주에게 부탁하였더니, 중종 앞에서 이 두 사람이 재상감이라고 서로 칭찬하였다. 그러자 중종은 종초객을 중서령(中書令)으로, 최식을 동평장사(同平章事)에 임명하였다.

이로부터 소인들이 제각기 붕당(朋黨)을 끌여들이다 보니 매일 관리들이 불어나 궁궐을 채우게 되었다. 세상 사람들은 3가지 관직에는 의자를 놓고 앉을 자리마저 없다고 말했다. 백성들이 지칭하는 세 가지 자리는 재상과 어사(御使), 그리고 정원 외 자리인 원외랑(員外郞)이었다.

이렇듯 높은 3직분에 사람이 가득 들어찼으니, 다른 관직에도 관리가 넘치는 것은 당연한 일이었다. 그때 이부시랑 정음(鄭愔)이 관리 임면(任免)을 맡아보고 있었는데, 곳곳에서 뇌물을 얼마나 받아먹었는지 선발될 사람들은 신끈에 돈을 꿰고 다녔다.

정음이 그 연고를 물었더니, 그들이 대답하였다.

"지금은 관리로 뽑히자면, 돈을 주지 않는다면 될 수가 없다."
고 하였다.

정음은 듣고 묵묵부답이었다.

중종도 소인들의 말에 유혹되어 조정에서 순차나 평가에 의한 인재 등용이나 승진이 아니라도 괜찮다고 하면서 이부(吏部)의 관리 선발 이외에 황제의 마음대로 칙서를 꾸려 관직을 제수하였다.

이리하여 태평공주 및 안락공주, 장녕공주(長寧公主, 안락공주의 언니), 그리고 상관완아는 모두 관리 등용의 권한을 갖게 되었다.

이때 돌궐의 가한(可汗, 칸)인 묵철(默啜)이 변방을 침범하였으나 북방 변경의 총관이었던 장인원(張仁願)에게 거듭 패전하여 물러났다. 그러나 묵철은 암암리에 종초객과 내통하고 그에게 많은 뇌물을 먹여 변방의 일을 소홀히 하도록 만들었다.

이를 안 감찰어사 최완(崔琬)[204]이 종초객을 탄핵하는 상주문을 중종 앞에서 읽었다.

원래 당조의 법규에서는 대신이 궁전에서 간관에게 탄핵을 받게 되면 즉석에서 허리를 굽히고 쫓겨나가 궁전 앞에서 책벌이 내리기를 기다려야 했다.

그런데 이날 종초객은 쫓겨나가지도 않았을뿐더러 잔뜩 화난 표정으로 자신이 강직한 탓으로 최완에게 모함을 받고 있다며 변명하였다.

그러자 송경이 호되게 종초객을 질책하였다.

---

204 최완(崔琬) — 唐 中宗 때 감찰어사(監察御史) 역임. 중종 景龍(경룡) 3년(709), 최완은 宗楚客(종초객)을 탄핵했다. 종초객은 극구 변명했고, 중종은 종초객을 문책하지도 않았다. 나중에 중종의 명에 의하여 최완과 종초객은 의형제를 맺었다고 한다. 현종 즉위 이후 최완은 여러 지방관을 역임하였고, 開元(개원) 7年(719) 경 조소윤(京兆少尹)이 되었다.

"초객은 어쨌다고 억지 변명을 하는가? 조정의 법제를 끝까지 어길 작정인가?"

그러나 중종은 문책할 생각은 조금도 없이 최완과 종초객을 의형제로 맺어주고 화해하도록 적극 권하여 백성에게 웃음거리가 되었고, 중종은 사건을 밀가루 반죽처럼 무마하려 한다는 뜻으로, 화사천자(和事天子)라는 별명이 하나 더 생겼다.

또 그때, 위월장(韋月將)이라는 사인(士人)이 '무삼사가 궁녀와 간음하고 있으니 꼭 반란이 일어날 것'이라는 직언(直言)하였다.

위황후가 이런 사실을 알고서 상소한 자를 속히 죽여버리라고 중종에게 권유하였다.

그러자 황문시랑 송경이 황제에게 아뢰었다.

"위월장은 무삼사가 궁녀와 간음했다고 말하였는데, 폐하께서 직언의 사실 여부를 따져보지도 않고 죽여버린다면 어찌 천하 사람들을 복종케 할 수 있겠습니까? 만약 꼭 월장을 죽이겠다면 저를 먼저 죽이십시오. 그렇지 않고서는 저는 감히 어명을 받들지 못하겠습니다."

그래서 중종은 위월장을 죽이지 않고 영남 지방으로 유배를 보내라 명령했다. 이로부터 중종도 몹시 불안하여 의심을 품고 궁문을 드나드는 사람들을 잘 감시하라고 분부하였다. 이 때문에 소인들 마음이 편할 수가 없었다.

태자 이중준(李重俊)[205]은 모든 일을 현명하게, 빨리 처리했으나 중종은 응대(應對)는 잘하지만 결단을 내리지 못하였다.

위원충(魏元忠, ?−707년, 原名 眞宰, 75회 주석 참고)이 내궐에 들어가 황제를 알현할 때, 중종은 공주 가운데에서 태녀(太女)를 골라 황위 계승자로 삼고 태자를 폐하면 어떻겠느냐고 은밀하게 물었다.

그러자 위원충이 아뢰었다.

"태자는 지금까지 덕망을 저버린 적이 없습니다. 폐하께서 어찌 경솔하게 나라의 근본을 바꾸시려 하십니까? 또 황태녀(皇太女)라는 용어는 건국 이래 있어본 적도 없는데, 공주를 태녀라고 호칭한다면 부마는 어떻게 불러야 합니까? 이는 절대로 불가한 일입니다."

그러자 중종도 깨달은 바가 있어 이를 미뤄둔 채 다시는 언급하지 않았다. 그러나 위황후와 안락공주는 이 일을 몹시 불쾌하게 생각했다.

안락공주는 자신이 황태녀가 되고, 위후가 조속히 집정하도록 하고 싶었으나 별다른 계책이 머리에 떠오르지 않았다.

어느 날, 양균은 취사 관련 업무로 내궐에 들어가 음식을 장만

---

205 이중준(李重俊, 683−707年)−中宗의 第三子, 생모 미상. 韋皇后, 安樂公主, 武三思 등의 박해를 받자, 707年에 羽林軍을 동원하여 정변을 일으켜 武三思와 무삼사의 아들 무숭훈(武崇訓)을 죽였으나 배반한 사졸에 의해 참살되었다. 뒷날 예종은 이중준을 절민태자(節愍太子)로 추증하였다.

하게 되었다. 위황후가 밀실에 불러다 놓고 좌우를 물리친 뒤에, 은밀하게 모의하였다.

위황후가 먼저 말했다.

"근자에 황제가 외신(外臣)의 말을 무턱대고 믿고 궁궐 안의 일을 많이 의심하니 내가 걱정하지 않을 수 없다."

"제가 볼 때, 대황후마마께서 옥체 만강(萬康)하시어 앞으로 꼭 경하할 일이 생기리라 믿습니다. 금상께서 붕어하시면 황후마마가 집정하고 제위에 오를 것이니, 무엇을 걱정하십니까?"

양균의 말을 듣고 위황후는 좋아하였다.

"만약 황제의 마음이 변한다면 우리가 어찌 붕어할 때까지 기다릴 수 있겠나?"

양균이 한참 생각하다가 말했다.

"황후마마께서 그런 생각을 하신다면 이 일은 모략으로 해치워야 합니다."

위황후가 양균의 귀에 대고 작은 소리로 말했다.

"만약 좋은 약이 있다면 그런 일을 깨끗이 해결할 수 있지 않겠나?"

"마진객에게 물어보면 좋은 약을 꼭 구할 수 있습니다. 하지만 이런 일은 소홀히 생각할 일이 아니오니, 기회를 보아 행동해야지 섣불리 서두를 수는 없습니다."

이후 두 사람의 밀모는 더 설명하지 않겠다.

태자 중준(重俊)은 위황후가 자기를 폐할 모의를 했다는 말을 듣고 몹시 두려웠다. 또 무삼사와 상관완아 같은 무리들에게 모함을 받을 수는 없다고 생각하며 미리 선수를 치는 것이 가장 좋은 방법이라고 생각하였다.

태자 이중준은 동궁의 관리인 이다조(李多祚)[206] 등과 어명을 사칭하며 황궁을 호위하는 우림군(羽林軍)의 군사를 동원하여 무삼사의 저택을 급습하였다.

때마침 무삼사의 아들 무승훈도 무삼사의 집에서 술을 마시고 있었던 차에 모두 산채로 잡혀왔다.

태자가 직접 칼을 들어 무삼사를 처단하고서도 분노를 삭힐 수 없어 그 시신을 난자하였다. 그리고 온 집안의 남녀노소를 모두 죽여버렸다. 또 군사를 거느리고 궁문에 이르러 상관완아를 죽이려고 하였다.

중종은 변란이 일어났다는 말을 듣고 대경실색하여 급급히 현무문 문루에 올라서서 군사들에게 명령하였다. 궁위령(宮闈令)인 양사욱(楊思勗)에게 이다조를 막아 싸우게 하였다. 결국 이다조의 군사가 밀려났고, 이다조는 스스로 목을 찔러 자결하였다. 그러다 보니 결국 태자는 혼전 속에 죽었다.

---

206 이다조(李多祚, 654-707年) — 唐朝(당조)의 말갈족(靺鞨族) 장군. 별명 황두도독(黃頭都督) 遼陽郡王에 임명. 이중준 정변에 관여, 패사(敗死), 54세.

태자가 몸을 던져 역신을 주살했으나,　　　(太子拚身誅逆賊)

성패나 영웅에 대해서는 논하지 말라.　　　(休將成敗論英雄)

이때에 만약 궁궐을 깨끗하게 했다면,　　　　(此時若便清宮闈)

임치왕(현종) 대공(大功)을 어찌 기대했겠나? (何待臨淄建大功)

　무승훈이 죽자, 중종은 무연수(武延秀)를 안락공주의 남편으로
삼았다. 무연수는 곧 무승훈의 동생이었으니, 시동생을 남편으
로, 형수를 아내로 맞이한 것이니, 인륜을 크게 짓밟은 재혼이었
다.

　그러나 이후로 위씨와 무씨의 발호는 더욱 심했다. 그때 마침
허주(許州)[207]의 참군(參軍) 연흠융(燕欽融)이 위황후가 음란하게
놀아나고 정사에 관여하여 종초객 등이 나라를 위기에 빠뜨릴 음
모를 꾸민다고 상소하였다.

　중종이 상소문을 보고 지시도 내리기 전에 위황후는 중종에게
연흠융을 박살하라는 뜻을 전해왔다. 중종은 불쾌한 뜻을 감추지
않았다.

　이렇게 되자 위황후는 몹시 불안하여 은밀히 양균을 불러 지시
하였다.

　"황제가 정말 나를 의심하고 또 변심하고 있으니, 그전에 말했

---

207 허주(許州) - 治所는 長社縣〔潁川縣(영천현)〕은, 今 河南省 중부
　　許昌市에 해당.

던 좋은 약을 써서 닥쳐올 화를 예방하는 것이 좋을 것 같다."

"제가 마진객에게 약을 갖고 오도록 알리겠습니다. 이 일은 틀림없을 것입니다. 그런데 황후께서는 일을 시작하기 전에 제게 확실한 말씀을 해주셔야 저도 일을 추진하겠습니다."

"아직도 내 진심을 의심하는가?

위황후가 양균을 끌어안으며 양균의 손을 끌어다가 자신의 젖가슴 위에 얹었다.

양균이 위황후를 와락 끌어당겨 안으면서 얼굴을 부볐다.

그리고 말했다.

"마진객이 가져온 약이 뱃속에 들어가면 복통이 일어나지만 말을 못하게 됩니다. 그때 인삼탕을 먹이면 열이 많이 나면서 즉사하게 됩니다. 그러면서 약의 흔적은 사라집니다."

황후가 다그쳤다.

"빨리 준비하라."

그러나 양균이 다시 한번 확인을 요구하였다.

"일이 성사되면 저를 무안군(武安君)으로 봉해 주시오."

"걱정 하지 마오. 부귀를 함께 누려야지!"

양균은 위황후를 끌어당겨 한참을 안고 있다가 팔을 풀고 나갔다. 양균은 마진객과 밀모하고 약을 가지고 궁으로 들어왔다.

위황후는 중종이 삼수병(三酥餅, 떡의 이름)을 좋아하는 줄을 잘 알고 있었다. 그래서 중종에 올릴 삼수병 안에 약 가루를 뿌렸다. 중종은 신룡전(神龍殿)에 나아가 정사를 지시한 뒤에 점심 무렵

점심을 먹으려고 내전으로 들어왔다. 위황후는 아직 준비가 안 되었다며 우선 삼수병을 중종 앞으로 내밀었다. 중종은 좋아하는 떡이라며 하나를 집어 덥석 깨물어 먹었다.

그러나 떡 하나가 뱃속에 들어가자마자 곧 배가 아프기 시작했다. 중종이 다음 삼수병을 집기도 전에 배가 너무 아팠다. 마치 뱃속을 칼로 찌르는 것 같았다. 중종은 배를 움켜쥐면서 그대로 나뒹굴었다.

위황후는 크게 놀랐다.

예상 밖으로 빠른 효과에 놀라지 않을 수 없었다. 중종은 말을 못하고 손가락으로 자기 입을 가르킬 뿐이었다. 위황후는 시녀에게 빨리 인삼탕을 올리라고 말했다.

중종을 침상에 겨우 눕힌 위황후는 인삼탕이 들어오자 숟가락으로 인삼탕을 중종의 입에 떠 넣었다. 그러자 중종은 곧 조용해졌다. 말하기는커녕 눈을 감고 누워있었다. 몸을 뒤틀지도 못했다. 중종의 이마는 불덩이와 같았다.

위황후는 남은 삼수병을 재빨리 감추었다가 화장실에 쏟아버렸다. 저녁 때, 중종은 아무 말도 없이 그냥 뻣뻣하게 굳어버렸다.

예전에 점을 치며 노심초사 했었지만　　(昔日點籌煩聖慮)
오늘은 떡 하나로 군왕에게 보답했네.　　(今將一餅報君王)
불쌍타! 친히 자애롭게 독수를 뻗치니,　　(可憐未死慈親手)

똑똑한 아내 손에 목숨을 내맡겼구나.　　（卻被賢妻把命傷）

위황후는 중종을 독살했고 목적을 달성했지만, 황제가 붕어했다고 누구에게도 알리지 않았다.

태평공주는 시녀를 통해 중종의 변고를 눈치채었지만, 아는 척을 할 수도 그렇다고 자진해서 찾아가 물을 수도 없어 참으면서 사태 추이를 기다렸다.

태평공주는 상관완아를 불러 중종의 유서를 조작할 것과 그래서 상왕(相王, 李旦, 중종의 동생, 예종)을 보위에 올리려 하였으나 위황후와 안락공주가 기를 쓰고 반대하자, 결국 위황후의 뜻에 따라 중종의 아들 온왕(溫王) 이중무(李重茂)[208]를 황위에 앉히기로 결정하였다.

유서의 조작에 합의를 보자, 위황후는 대신들을 입궐시켰다. 위황후가 위탁을 받고 중종이 병으로 갑자기 병사하였다고 알리면서 유서에 근거하여 태자인 온왕 이중무를 황제로 모신다고 선포하였다. 이중무의 나이 15살이었기에, 위황후가 섭정하였다.

종초객이 측천무후 때의 전례를 본받아 위씨 자제들이 장안에

---

208 이중무(李重茂, 695－714년)－高宗과 武則天의 손자, 中宗의 막내 아들, 安樂公主(안락공주) 同父異母(동부이모) 동생. 예종과 태평공주의 조카. 玄宗의 사촌동생. 위황후가 중종을 독살한 뒤 景龍 四年(710年) 7월 8일 즉위, 7월 25까지 재위했다. 연호는 당륭(唐隆). 開元 2年(714년) 병사. 시호는 상황제(殤皇帝).

주둔하는 남·북군을 통솔케 하라고 권고하였다. 또 상왕〔相王, 李旦(이단)〕과 태평공주를 정략적으로 제거하라고 강력히 주문하였다.

그러면서 종초객은 도참설을 이용하여 위씨 일족이 당 왕조의 명맥을 끊어버리려 한다는 헛소문을 퍼트리면서 이런 소문의 배경에는 상왕과 태평공주가 있다고 말했다.

당현종(唐玄宗, 우측)

이에 안락공주는 도지병마사(都知兵馬使) 위온(韋溫) 등과 밀모하여 반란을 일으킬 것을 약조하였다. 이때 상왕(相王)의 셋째 아들 임치왕(臨淄王) 이융기(李隆基)[209]는 일찍 노주(潞州)의 별가(別

---

209 唐 玄宗 李隆基(이융기, 685－762)－睿宗의 제 3子인데, 皇帝로 44년을 재위하여(712－756), 唐에서 재위 기간이 가장 긴 황제이다. 玄宗은 廟號(묘호)이고, 諡號(시호)는 至道大聖大明孝皇帝. 보통 唐明皇이라 부른다. 中宗을 시해한 황후 韋氏(위씨)를 처단하고 아버지 睿宗(예종)을 복위시켰다가 예종의 양위를 받아 28세

駕)로 있다가 사임하고 장안으로 돌아왔다.

임치왕이 보니, 수많은 소인들이 마치 혈안에 불을 켠 듯 날뛰는지라, 문무 겸비한 인재를 모아 세상을 바로잡으려는 뜻을 갖고 있었다.

병부시랑(兵部侍郎) 최일용(崔日用)²¹⁰은 이전에 위씨네 파벌에 가담했었으나 지금은 영명한 임치왕 의기에 눌릴뿐더러 종초객

에 즉위하였다. 즉위하고 30年간은 '開元之治(개원지치)'라 하여 당의 최 전성기를 맞이했었다.

그러나 장기간 재위에 따라 정사에 게을러져서 天寶(천보) 연간 (742-756)에 양귀비를 좋아했고, 간신 李林甫와 楊國忠을 중용하고 안록산을 신임하여 결과적으로 안사의 난(안록산과 그 부장 史思明, 755-763)을 초래했다. 756년에 아들 숙종에게 양위하였다. 757년에 안록산이 아들 안경서에게 피살된 뒤에 長安으로 돌아와 太上皇으로 살다가 762년에 78세에 죽었다.

唐 玄宗은 音樂的(음악적) 재능이 뛰어나 唐朝의 音樂 발전에 큰 영향을 주었다. 현종 자신이 비파와 북을 연주하기를 좋아하였고 〈霓裳羽衣曲(예상우의곡)〉등 100여 곡을 작곡하였다. 현종은 樂工을 직접 선발하고 宮女들을 모아 梨園(이원)에서 歌舞를 익히게 하였다. 중국의 藝人(예인)들은 현종을 '老郞神(노낭신)'이라 하여 자신들의 職業 神으로 숭배하고 있다.

210 최일용(崔日用, 673-722년)-進士 출신, 중종 재위 중에 宗楚客(종초객), 武三思, 武延秀 등에 협력, 兵部侍郎 겸 修文館學士. 中宗 폐사 후에 화가 미칠 것을 염려하여 임치왕 현종과 연결되었다. 710년 6월 이융기가 당륭지변(唐隆之變)을 주도 성공하자 이중무를 축출하고 예종을 제위에 오르게 하였다[복벽(復辟)]. 이후 여러 관직을 역임하며 현종의 인정을 받았다.

이 대권을 독차지하려는 짓거리가 마음에 걸렸다. 또 종초객이 반역하리라는 것을 알고는 자신에게 연루될까 봐 보창사(寶昌寺)의 중 보윤(普潤)을 밀파하여 임치왕한테 변란을 고발하게 하였다.

임치왕이 몹시 놀라 태평공주에게 알리는 한편, 내원총감(內苑總監) 종소경(鐘紹京), 과의교위(果毅校尉) 갈복순(葛福順), 어사(御史) 유유구(劉幽求, 655-715)와 이선부(李仙鳧) 등과 함께 역적이 변란을 일으키기 전에 처단해 버릴 방법을 강구하였다. 뜻을 같이하는 여러 사람들이 모두 목숨 바쳐 헌신하겠다고 다짐하였다. 태평공주도 아들 설숭행(薛崇行), 숭민(崇敏), 숭간(崇簡) 등 3형제를 보내 돕게 하였다.

갈복순이 임치왕에게 말했다.

"현명하신 전하께서 상왕(相王) 전하께 거사한다는 사실을 알려야 합니다."

그러나 현종은 갈복순의 건의에 반대의 뜻을 확실하게 말했다.

"나의 거사는 나라를 위한 거사이니, 성사되면 부왕께서 복을 누리시게 되고, 성사가 안 되어 내가 순직하면 혈친께서는 연루되어서는 안 되요. 그래서 지금 미리 말씀드린다면, 부왕께서 위기를 예감하시고 따르지 않을 수도 있습니다. 그러면 우리 일을 추진할 수가 없소. 그러니 이번 거사는 알리지 않을 것입니다."

이에 임치왕과 일행은 전투에 편리한 옷으로 갈아입고 여러 사람과 함께 내궐에 진입하였다. 그 시각은 한밤이었는데 갑자기 하늘에서 운석이 무더기로 떨어졌다.

그러자 유유구가 외쳤다.

"하늘의 뜻이니 때를 놓쳐서는 안 됩니다."

갈복순이 앞장 서서 칼을 빼들고 우림군영에 돌입하여 군사를 통솔하여 위온(韋溫), 위준(韋濬), 그리고 위번(韋璠), 고숭(高嵩) 등을 잡히는대로 모두 죽여버렸다.

유유구가 호통쳤다.

"위황후가 선제(先帝)를 독살하고 나라를 위기에 빠뜨렸다. 오늘 밤 함께 역적을 처단해 버리고 황위에 상왕(相王)을 모시고 천하를 안정시킬 것이다. 역적을 도우려는 자는 삼족을 멸할 것이다."

우림군들은 머리를 숙이며 명에 따르겠다고 다짐하였다. 임치왕은 여러 사람들을 거느리고 남원문(南苑門)으로 나왔다. 종소경은 어원의 병력을 거느리고 도끼 등 연장을 들고 뒤따르게 하였다. 그때까지 중종의 영구는 태극전에 모셔져 있었고, 위황후도 궁전 안에 있었다.

임치왕은 군사들을 거느리고 현무문에 이르러 시위(侍衛)하는 군사들을 제거하며 궁안으로 돌입하였다. 영구를 모시던 군사들이 호응하느라고 떠들썩하였다.

위황후가 깜짝 놀랐으나 별 수 없이 속옷과 적삼만 입고 궁문 밖으로 급히 달려나갔다. 때마침 달려오는 양균과 마진객을 만나자 구원해달라고 소리쳤다. 두 사람이 위황후를 부축하여 비기군영(飛騎 軍營)에 들어갔는데 본영의 장졸들이 먼저 양균과 마진객의 목을 자르고 그들의 몸을 난도질하였다. 그리하여 우선 피하려던 생각은 수포가 되었다. 위황후는 목숨을 살려달라고 열심히 애원하였다. 둘러섰던 군사들이 이구동성으로 꾸짖었다.

"황제를 시살한 음탕한 네 년을 모두가 저주하고 있다."

일제히 칼을 들어 찌르니, 위황후의 시신은 형체를 알아볼 수가 없었다.

임치왕은 위황후가 여러 사람들에 의해 처단되었다는 말을 듣고 영을 내려 궐내를 샅샅이 수색하였다. 무연수는 옥수헌(玉樹軒)에서 이선부한테 붙들려 참수당했다.

유유구가 상관완아를 잡아끌고 임치왕 앞에 와서 말했다.

"상관완아는 태평공주와 함께 상왕을 황위에 앉힐 유서를 기초하였으니 목숨을 살려줍시다."

그러나 임치왕은 단호히 물리쳤다.

"이 여인은 음탕하여 궁궐 안 질서를 엉망으로 만들었으니 용서할 수 없다."

임치왕은 즉각 상관완아를 참수케 하였다.

그리고 이어 유유구를 파견하여 안락공주를 처단하게 했다.

날이 뿌옇게 밝아왔으나 안락공주는 깊숙한 별채에 거처하다 보니 아직 밖에서 일어난 변란을 모르고 있었다. 막 일어나서 목욕하고 거울을 보며 눈썹을 그리는데, 유유구가 여러 사람들을 거느리고 들어왔다.

안락공주는 군사들이 뒤에서 휘두르는 칼에 즉사하였고 그 가속들마저 모두 주살되었다. 종초객은 도주하려고 통화문(通化門)에 왔는데 수문 군졸에 붙잡혀 즉시 네거리에 끌려가 허리를 잘려 죽었다.

안팎이 안정되자[211] 임치왕은 비로소 상왕을 배알하고 먼저 아뢰지 못하였다고 사죄하니, 상왕이 말했다.

"나라가 보전된 모두가 너의 공로이다."

유유구 등은 상왕이 어서 제위에 올라야 한다고 권하였다. 이날 조회 때 온왕(溫王)이 중무가 용상에 앉자, 태평공주가 그를 끌어내며 말했다.

"이 자리는 네 자리가 아니니, 상왕(相王)에게 양위하라."

이리하여 여러 신하들이 상왕을 옹위하여 제위에 오르게 했다.

그가 바로 예종(睿宗)[212]이다. 연호를 경운(景雲)으로 고치고 원

---

211 당륭지변(唐隆之變, 唐隆政變. 710年 7月 21日. 唐 中宗 景龍 4년, 唐 少帝 唐隆 元年)―당시 中宗의 아우인 相王 李旦(이단)의 第 三子인 임치왕(臨淄王) 이융기(李隆基)와 中宗의 여동생 太平公主 등이 長安城에서 發兵하여 중종 위황후를 제거하고 중종과 위황후의 아들 이중무(李重茂)를 축출한 정변. 韋后(위후), 安樂公主(안락공주) 및 韋氏 집단을 제거했다.

212 예종(睿宗, 李旦(이단). 662-716년. 睿는 밝을 예〕―唐 高宗 李治와

년(710년)이라 했다. 중무는 그대로 온왕(溫王)이라 칭하고, 임치 왕을 평왕(平王)으로 올려 봉했다.

또 죽은 태자 중준을 제사 지내고 이다조와 연흠융 등의 공로를 인정하여 관직을 추증하였다. 그리고 장간지(張柬之) 등 다섯 사람의 관직을 복직하거나 추증했다.

위황후와 안락공주의 칭호를 서민으로 강등하였고, 일당들을 수색하여 나포했다. 다만 최일용만은 먼저 반역모의를 자수해 고발한 공로가 있어 그대로 전직에 두고 나머지는 모두 치죄(治罪)했다.

위황후의 여동생은 숭국부인(崇國夫人)으로, 비서감(秘書監) 왕옹(王澭)의 아내였다. 왕옹은 아내 때문에 화를 입을까 봐 처를 독살하고 관아에 자수했다.

어사대부(御史大夫) 두종일(竇從一)의 처는 바로 위황후의 유모였다. 유모의 남편을 항간에서는 '아사(阿奢)' 라 불렀다. 두종일은 늘 자신을 황후의 아사라고 칭하면서도 눈곱만치도 수치스럽

武則天의 막내아들. 5대 및 8대 황제. 모친 무후(武后)가 中宗(李顯)을 폐위하자 즉위(재위 684－690년. 실권을 모친에게 빼앗김)－스스로 퇴위하여 모친에게 양위(측천무후)－중종 폭사 이후 위황후를 제거하는 당륭지변(唐隆之變) 뒤에 다시 제위에 오른다〔復辟(복벽), 710－712년, 만 3년, 연호는 景雲, 太極, 延和〕－다시 아들 융기(玄宗)에게 선양. 李旦은 고종과 무측천의 8번째 아들. 李弘(이홍), 李賢(이현), 唐中宗(당중종) 李顯(이현) 등이 모두 同母兄長, 太平公主는 同母 여동생(妹妹)이었다.

게 여기지 않았다.

그러나 자신의 처지가 난감해지자 그 처를 죽여서 수급을 바쳤다.

전날 처가(妻家) 권력에 기대며 치욕 참더니,　　（昔依婦勢眞堪恥）

오늘 아내 죽이니 은덕을 너무 모른다.　　　（今殺妻身太寡恩）

어찌 마음속으로 오기(吳起)를 따라 배우나,　　（豈是有心學吳起）

보모, 여제(女弟)의 남편 이야기 그만하게나.　　（阿奢妹文總休論）

예종 경운(景雲) 원년(710년) 태자를 정하는 의론이 있었다. 황제는 송왕(宋王) 성기(李成器)[213]가 장자이며, 평왕(平王) 융기(隆基)는 큰 공을 세웠기 때문에 선뜻 결정하기 어려웠다.

송왕 성기가 눈물을 흘리며 사양했다.

"예로부터 태자를 정할 때는 사정에 따라야 합니다. 만약 나라가 태평하면 장자가 나서야 하지만, 나라가 위기에 처하면 공이 있는 사람을 먼저 선택해야 합니다. 동생 융기는 나라를 위해 공

---

213 이성기(李成器, 李憲, 679－742년) － 原名 成器. 唐 睿宗(예종) 이단(李旦)의 嫡長子. 모친은 예종의 元配인 肅明劉皇后. 본래 太子였다가 아우 이융기(李隆基)에게 양위. 封寧王(봉령왕). 공근자수(恭謹自守)하며 함부로 교제하지도 않았으며 정사에 관여하지도 않았다. 현종의 존경을 받았다. 詩歌에 능했고, 音律에 박통했고 피리를 잘 불었다. 사후에 양황제(讓皇帝)라 추존했다.

훈을 세웠으니, 신은 죽는다 해도 그 윗자리에는 앉지 않겠습니다."

유유구가 아뢰었다.

"평왕한테는 공적이 있고, 송왕한테는 겸양의 미덕이 있습니다. 폐하께서는 반드시 평왕의 공로에 보답이 있어야 하고, 송왕의 겸양을 받아주시는 것이 마땅합니다."

이리하여 예종은 조서를 내려 평왕 융기를 태자로 정하였다. 후세 사람이 시를 지어 송왕의 현명한 처사를 칭찬했다.

태자는 본래 적장자를 세워야 원칙이니,　　　(儲位本宜推嫡長)

논공과 사양, 정말로 현명한 처신이로다.　　　(論功辭讓最稱賢)

옛날 (고조 장남) 이건성(李建成) 이를 알았다면,　　　(建成昔日如知此)

형제 세 사람 모두 목숨을 유지했으리라.　　　(同氣三人可保全)

뒷일이 어떻게 되겠는가 궁금하다면, 다음 회를 읽어 보시라.

제78회

어진 황제도 악독한 공주를 못 지키고, 산 장열은 죽은 요숭을 넘지 못했다.(慈上皇難庇惡公主, 生張說不及死姚崇.)

노래하기를,

태평(太平)이란 칭호가

공주의 명칭으로 본래 묘하다.

평안하질 않았고,

천도(天道)는 없이 악(惡)이 차고 넘쳤다.

착한 손님, 악주(惡主)에 잔치 베풀고,

칙명따라 조문 글 지어주나,

망인(亡人)의 꾀가 훨씬 더 나았다.

— 곡조 〈감자목란화〉

詞曰,

(太平封號)

(公主名稱原也妙)

(不肯安平)

(天道難容惡貫盈)

(嘉賓惡主漫說開筵)

(遵聖旨誄死鴻篇)

(卻被亡人算在先)

— 調寄 〈減字木蘭花〉

술과 여색과 재물과 건강(氣), 네 가지에서 사람은 벗어날 수가 없는데, 특히 재물과 여색의 경우는 더욱 벗어나기 어렵다. 부귀나 빈천, 총명과 우둔한 사람을 막론하고 모두가 미색을 좋아하고, 재물을 탐내는 마음에서 벗어나질 못한다.

재물을 탐내는 사람은 자기에게 있는 것을 아끼면서 남이 가진 것을 얻으려 하는데, 그러다 보니 남에게 농락(籠絡) 당하는 것을 알지 못한다.

색탐(色貪)에서 남자가 여색을 탐하는 것처럼, 여인 역시 남색을 탐한다. 남자가 여색을 탐하기야 보통 이야기를 하지만, 여자가 남색을 밝히면 염치나 본심을 잃을 뿐만 아니라 윤리나 기강도 상실하여 못할 짓이 없게 된다. 무후(武后)나 위황후(韋后), 그리고 안락공주나 태평공주가 그러하였다.

한편 태평공주와 태자 이융기(李隆基)는 함께 힘을 합하여 위씨(韋氏)를 죽이고 예종(睿宗)을 황제로 옹립하는데 공로가 많았다. 예종은 그 공로를 높이 평가하였는데, 특히 태평공주는 예종의 친동생이기에 특별히 아껴주었다.

공주는 천성이 영민(英敏)하고 임시 대처능력(權)이나 지략(略)이 뛰어났기에, 예종은 조정의 여러 정사 처리에 태평공주의 의견을 많이 받아들였다.

그리고 재상[214] 이하 주요 대신들의 진퇴에도 공주의 말에 따

---

214 唐의 宰相(재상) ─ 唐 太宗은 中書省, 門下省, 尙書省의 三省에서

르는 경우가 많았다. 그리고 태평공주가 천거하는 사람으로 조정의 요직을 차지한 사람이 매우 많았으며 권세에 추종하며 출세하려는 자들이 많아 공주의 저택은 시장처럼 붐비었다.

설숭행(薛崇行), 설숭민(薛崇敏)과 설숭간(薛崇簡)²¹⁵ 3형제가 모두 王에 봉해졌으며, 전원(田園)과 가택(家宅)이 경기(京畿) 일원에 널려 있었다.

태평공주는 총애를 믿고 교만하며 호화생활을 즐겼다. 또 억제할 수 없는 욕정을 채우려고 은밀히 미소년들을 집으로 끌어들여 음란을 즐겼다. 그중에서 간사한 화상인 혜범(慧範, ?—713년)이 제일 총애를 받았다. 또한 남의 세력을 믿고 우쭐거리는 소인들이 말썽을 일으켜 백성을 못살게 괴롭히는 경우도 많았다.

政務(정무)를 종합적으로 처리하는 일종의 재상합의체를 유지하였다. 당에서 재상이라 부를 수 있는 직책이 매우 많았다. 中書令, 門下侍中, 尚書令은 모두 宰相級(재상급)이었다. 이 중에서 상서령은 正二品이었고 상서령 밑의 좌, 우복야는 從二品이었으나 중서령과 시중은 正三品이었다. 그 밖에도 정무에 참여하지만 정삼품이 아닌 '同中書門下平章事'와 '同中書門下三品'도 사실상의 재상급이었다. 이 재상급 위에 다시 三師라 하여 太師, 太傅(태부), 太保가 있고 三公이라 하여 太尉(태위), 司徒(사도), 司空(사공)이 있었다. 이들 三師와 三公은 명예직이었다.

215 설숭간(薛崇簡, 680?—724년) — 父 설소(薛紹, 661—689), 母는 太平公主(665—713년)이다. 설숭간은 武三思의 딸과 결혼하였다. 현종과 내·외사촌으로 친밀하게 지냈다. 현종이 태평공주를 제거하고 일족을 죽였지만 설숭행을 살려주고 지방관직에 방출하였다.

이에 요숭(姚崇)²¹⁶이나 송경(宋璟) 등 조정의 강직한 대신들은 두려움을 모르고 태평공주를 직접 지적하고 간쟁하였기에 그런 작자의 행패를 어느 정도 제지할 수 있었다.

또 태자 이융기가 더욱 엄히 점검하거나 감찰하였기에 소인들도 눈치를 보느라 마구잡이로 놀아날 수는 없었다.

특히 태자는 군사 위력을 빌어 반란을 평정하였으므로, 비록 태평한 때라 하더라도 무용(武勇)을 등한시하지 않았다.

어느 날, 한가한 틈을 낸 태자 이융기는 동궁을 호위하는 군사들을 거느리고 도성 밖으로 사냥을 나갔다. 한 떼의 사람들이 광야에 이르러 아주 넓은 포위망을 치고 사냥감을 몰기 시작했다.

여러 사람들이 말에 채찍을 휘두르며 말을 달렸고, 활로 사냥감을 쏘았다. 한참 사냥에 빠진 이융기가 힘들어 쉬려고 할 때, 노루〔獐(노루 장)〕한 마리를 발견했다. 태자는 노루를 쫓아 화살을 날렸다. 빗맞은 노루는 화살이 꽂힌 채 달아났다. 태자는 노루를 쫓아 마을 근처까지 달렸으나 노루는 끝내 보이지 않았다. 이리 저리 둘러보며 찾다 보니 어느 외딴 집까지 왔다.

그런데 어떤 여인이 찻(茶)잎을 따고 있었다. 태자가 노루를 못보았느냐고 물었다. 그런데 여인은 돌아보지도 대답도 하지 않

---

216 요숭(姚崇, 651年 – 721年 9月) – 原名 姚元崇, 後名 姚元之. 당 현종의 開元 연호의 元을 피휘하여 요숭(姚崇)으로 통용. 여러 관직을 거쳐 吏部尙書 역임. 71세의 천수를 누리고 별세, 시호는 文貞.

고 찻잎을 계속 따고 있었다.

그러자 태자를 모시던 내시가 큰소리를 약간 화를 내며 물었다.

"정말 고약한 여편네로다. 전하께서 노루를 보았느냐고 물으셨는데도, 왜 대답을 하지 않는가?"

그러자 그 여인이 내시를 돌아보며 말했다.

"내가 지금 찻잎을 따기 바쁜데, 노루가 있든 없든, 그리고 전하가 왔는지 갔는지 내가 어찌 알겠소!"

그리고는 뒤도 돌아보지 않고 당당하게 걸어 집으로 들어갔다. 태자는 여인의 당당한 태도를 보고 내시에게 더 시비 걸지 말라고 분부하였다. 그리고 여인이 들어간 집으로 따라갔다.

그 집은 보통 농가와는 달리 정갈한 집이었다. 태자가 사립문 앞에서 주저하고 서있는데, 어떤 서생이 나귀를 타고 돌아오다가 귀인의 관과 사냥 복장을 보고서는 서둘러 나귀에서 내렸다.

태자 옆에서 내시가 말했다.

"이 나으리가 바로 황태자(東宮千歲)이십니다."

서생이 두 번 절하면서 말했다.

"외진 촌락에 고루한 사람이라 전하의 광림(光臨)을 몰라 영접하지 못한 죄를 용서하십시오."

"내가 사냥하며 노루를 쫓다가 여기까지 왔소, 여기가 경의 거처이신가?"

"소신의 처소입니다. 누추하지만 잠깐 들어오셔서 갈증이나 푸십시오."

태자는 사립문 안으로 들어 갔다. 돌 틈으로 화초를 심었고 뜰에는 난이 자랐으며 넓은 대청에는 서가도 보였다. 그리고 벽에는 거문고와 장검도 있었다.

태자는 서생의 안내로 대청에 올라 좌정했고, 서생의 이름을 물었다.

"저는 왕씨이고 이름은 거(琚, 패옥 거, 王琚)[217]입니다. 조적(祖籍)은 하남(河南)입니다."

"경의 용모와 기상이 훌륭하오. 가택에 기품이 있고 고상하오. 조금 전에 본 찻잎을 따던 부인께 내시의 언사가 거칠어 죄송하오. 과인이 사과하겠소."

그러자 왕거가 머리를 숙이며 말했다.

"벽촌의 아낙네가 무지하여 전하를 알아보지 못한 죄가 큽니다."

---

217 왕거(王琚, ?-747년) - 幼年에 喪父(상부)하였으나 총명하고 재략(才略)이 뛰어났고 天文에 밝았다. 睿宗時(예종시) 입조하였고, 태자 이융기와 친밀하였다. 太子舍人, 諫議大夫(간의대부)를 역임했다. 唐 玄宗 즉위 이후 中書侍郎 역임. 先天 2年(713) 태평공주의 반역을 진압. 이후 戶部尙書 역임. 15개 주의 자사(刺史) 역임. 생활이 사치 호방하였다. 右相 李林甫가 그의 뇌물수수를 조사하자 두려워서 목매 자살하였다. 《舊唐書》106권 列傳 56에 立傳. 《新唐書》121권 列傳 46권에 입전.

"찻잎을 따는 것을 보니, 가내 명다(名茶)로 목을 축이고 떠나겠소."

왕거가 내실로 들어간 틈에 정갈한 서안(書案)을 보니 왕거가 받은 서신 한 통이 얹혀 있었다. 겉에 요숭(姚崇)이라는 이름이 보여 슬쩍 편지를 펼쳐보니 요숭이 왕거에게 출사(出仕)를 권유하는 내용이었다.

「족하(足下)의 기재(奇才)와 특이한 능력(異能)은 저도 잘 알고 있습니다. 적당한 때를 잡아 알현하는 것이 이로우니(利見), 지금이 그런 때입니다. 만약 끝까지 궤 속에 감춰 버려둔다면(韞匵之藏) 그 재능은 아무 쓸모가 없을 것이니(其才能於無用), 이렇게 버려지는 것은 지사(有志之士)의 소망이 아닐 것이요. 출사를 권하오니 빨리 결심하시어 소식을 기대합니다.」

태자가 마음속으로 생각하였다.

'이 사람은 요숭과 가까운 사이이다. 요숭이 알아주는 사람이라면 틀림없는 기인(奇人)이겠지!'

왕거가 차를 들고 들어왔다.

태자는 차를 마시며 왕거에게 앉으라고 권했다.

"선비가 학식이 있으면 자신의 학식과 능력을 알아보기 위해 제때에 관직에 나아가는 것이 옳지 않습니까? 왜 산림에 묻혀서 지내시는가요?"

태자가 묻자, 왕거가 말했다.

"글쎄요. 선비가 밖에 나갈 때는 꼭 시세의 흐름을 따져보아야 하지 않겠습니까? 꼭 내 뜻을 펼칠 수 있다고 확실하게 믿을 수 있어야 합니다. 그러나 저는 옛사람이 말한 '쉽게 물러나고 어렵게 나아가다(易退進難).' 라는 뜻을 늘 생각해봅니다. 그래서 선불리 출사하지 않을 뿐, 일부러 청렴고상한 척하면서 세상을 우습게 보고 멀리하는 뜻은 아닙니다."

태자가 수긍하였다.

"경은 실로 절개를 중시하는 지사(志士)입니다."

한참 이야기를 나누는데 사냥에 참여한 인마들이 들이닥치며 밖이 시끄러웠다. 태자가 일어나 문밖에 나서자 왕거는 따라 나와 전송했다. 태자가 말에 올라 정중히 작별한 일은 여기서 생략한다.

태평공주는 영명(英明)한 태자가 두려웠다. 그래서 태자를 폐할 만한 방책을 늘 생각하고 생각했다. 그래서 친오빠인 예종에게 태자의 이런저런, 크고 작은 잘잘못을 말하면서 태자를 헐뜯었다.

또 태자가 사사로이 인심을 농락하며 반란을 획책한다는 말도 꾸며댔다. 어느 날, 예종은 의심하는 마음으로 편전에 앉았다가 황제를 모시는 대신 위안석(韋安石)[218]에게 말했다.

---

218 위안석(韋安石, 651-714년) ─ 明經科 출신, 中宗時 宰相 역임, 太

"근래에 안팎의 여러 사람들 마음이 태자한테 쏠린다는 말이 있으니, 경은 잘 살펴보기 바란다."

그러자 위안석이 말했다.

"나라를 망칠만한 말씀을 폐하께서는 어디서 들으셨습니까? 이건 틀림없이 태평공주의 음모일 것입니다. 태자는 인자하고 명철하며 효성스럽고 형제간 우애도 깊습니다. 더욱 이 나라에 큰 공을 세웠으니, 폐하께서는 태자를 헐뜯는 사람의 말에 절대로 미혹되어서는 안될 것입니다."

위안석의 말에 예종은 깜짝 놀라며 말했다.

"잘 알았소!"

이후로 황제는 태평공주의 참언에 흔들리지 않았다. 그러자 태평공주의 음모는 더욱 커지면서 행동으로 나타나기 시작하였다. 태평공주는 사람들을 시켜 곧 나라에 병변(兵變)이 일어날 것이라는 거짓 소문을 퍼뜨리게 했다.

예종이 소문을 듣고 근시(近侍)하는 대신에게 말했다.

"점술인의 말대로라면 닷새 사이에 병사들이 반역할 것이라는데, 경들은 이에 대한 대책이 있어야 할 것이다."

그러자 장열(張說)이 아뢰었다.

"이는 어김없이 간사한 자들의 날조일 것입니다. 폐하와 태자

平公主(태평공주)에 아부하지 않았기에 백성이 참 재상이라 칭송했다. 상서우복야(尚書右僕射) 역임. 예종 때 모함을 받아 우울병에 걸려 병사했다.

를 이간하려는 수작이니, 폐하께서는 태자가 나랏일을 주관하도록 하신다면 유언비어는 절로 사라질 것입니다."

그 말에 요숭(姚崇)도 동의하며 거들었다.

"장열은 실로 나라의 사직을 위해 한 말이니, 폐하께서 따르신다면 나라에 유익할 것입니다."

예종은 그들의 말대로 그날 조서를 내려 태자에게 국정 전반을 감독하도록 지시하였다. 태자는 국정 전반을 감국(監國)하였다. 태자는 이후 사람을 시켜 왕거에 예물을 보내며 왕거를 영입하여 입궐케 하였다.

왕거는 명을 어길 수 없어 파견된 신하와 함께 배알하러 왔다. 때마침 태자는 요숭과 함께 내전에서 나랏일을 협의하고 있었다. 왕거는 입궐하며 짐짓 천천히 걸어 들어 왔다.

그를 데리고 온 신하가 손을 들어 제지시키며 귀띔했다.

"동궁 전하께서는 주렴 안에 계시니 태만하지 마시오."

그러자 왕거는 큰소리로 말했다.

"지금 세상에 누가 동궁 전하를 두려워하는가? 태평공주만 알고 있을 뿐이오."

태자가 그 말을 듣고 즉시 주렴 밖으로 나왔다.

왕거가 배례하자 태자가 말했다.

"경의 벗이 지금 여기에 있으니 우선 만나보시오."

그러면서 왕거를 데리고 자리로 돌아와 요숭을 가리키며 말했다.

"이분이 경의 벗이 아니오?"

"요숭은 정말 저와 교분이 있습니다. 그런데 전하께서는 어떻게 아셨습니까?"

왕거의 대답에 태자가 웃었다.

"전날 경의 집 책상에 요숭이 보낸 서신이 있는 것을 얼핏 보았소. 그 서신에 말한 바를 경이 지금 따를 수 있겠소?"

"신이 출사하지 않는 것이 아니고, 다만 지기(知己)를 만나지 못했기에 주저하였습니다. 지금 이렇게 전하의 은덕을 받았으니 몸 바쳐 보답할 것입니다. 하지만 방금 직전에 소신이 한 말을 전하께서도 들으셨습니까?"

왕거가 머리를 숙이고 사례하며 묻는 말에, 태자가 "들었소"라고 대답하자, 왕거가 다시 말했다.

"태평공주는 권세를 함부로 부리며 음탕한 생활을 하고 있습니다. 혜범(慧範)이라는 간악한 화상을 총애하자, 그가 세력을 업고 횡행하고 있어서 길 가는 사람들이 모두 눈을 흘기고 있습니다. 공주는 흉악하고 사납기 그지 없으니, 많은 조신(朝臣)들이 태평공주를 두려워하며 그 뜻에 따라 전하께 불리한 흉계를 꾸미고 있는데, 전하께서는 왜 일찍부터 대책을 강구하지 않는지 참으로 알 수가 없습니다."

그러자 곁에 있던 요숭이 말했다.

"왕거가 오자마자 이런 충언을 드리는 그 충심(衷心)을 전하께서 이해하시리라 믿습니다. 저에게 왕거는 둘도 없는 지기(知己)

입니다."

"왕거의 생각이 옳소. 하지만 부황께서는 하나뿐인 여동생이
기에 혈육의 정이 아주 도탑습니다. 만약 살상(殺傷)이라도 벌어
진다면, 부친께 불효가 되기에 과인도 많이 생각하고 있소."

"나라를 위하는 일이 큰 효도이니, 어찌 동기(同氣)라는 소절
(小節)을 우선할 수 있겠습니까?"

왕거의 말에 태자가 머리를 끄덕였다.

"천천히 도모합시다. 지금 당장은 아니라도 괜찮을 것 같소."

태자는 왕거를 동궁 시반(侍班)에 임명하였고, 늘 왕거와 더불
어 일을 의론했다.

예종 태극(太極, 연호, 712年 정월 – 4월) 원년, 7월,[219] 서쪽 하늘
에 혜성(彗星)[220]이 나타나더니 태미성(太微星, 天帝의 南宮에 해당하
는 성좌)쪽으로 이동하였다.

---

219 예종은 712년에 태극으로 改元(개원)했다가 5월에 연화(延和)로
　　개원하며 8월에 현종에게 선양했다. 태극 연호는 712년 4월까지
　　이다. 연화가 예종의 마지막 연호이다. 현종은 712년 9월 초(양
　　력) 즉위하고, 先天(선천)이라는 연호를 반포하여 다음 해 913년
　　11월까지 사용했다.

220 혜성(彗星, 彗는 빗자루 혜) – 살별, 彗頭와 혜미(彗尾)로 구분할 수
　　있다. 살별의 출현은 옛것을 쓸어내는 혁신의 뜻으로 보았다. 彗
　　星(혜성)은 별과 비슷하나 별이 아니고(如星非星) 구름 같으나 구
　　름이 아니라서(如雲非雲) 歸邪星(귀사성)이라고도 부른다.

태평공주는 방술(方術)에 능한 자를 시켜 예종에게 상주하게 시켰다.

"혜성은 낡은 것을 제거하고 새것을 맞이하는 징표인데다 제위(帝位)에 아주 가깝게 접근하였으니, 이는 하늘의 계시를 보여준 것입니다. 황태자가 천자의 자리에 오르려는 의도이니 폐하께서는 이를 대비하셔야 합니다."

태평공주는 이런 말로 예종의 마음을 격동케 하여 태자를 음해하고자 했다. 그런데 뜻밖에도 예종은 천문의 변화에 관한 예언을 듣고도 두려워하기는커녕 도리어 흐뭇해하며 말했다.

"천문의 예시가 그렇다면, 짐은 천의(天意)를 충분히 짐작할 수 있다. 덕을 널리 펴고 재해를 막을 일이니 짐은 결단을 내렸소!"

그러면서 조서를 내려 황위를 태자에게 물려주었다(712년).

태평공주는 예상 밖의 조치에 크게 놀라며 갖은 방법을 다하여 양위는 불가하다고 반대하였다. 태자도 상주하여 한사코 사절하였다. 그러나 예종은 누구의 말도 듣지 않고 8월 중 길일을 택하여 태자가 황위에 오르도록 양위 조서를 내렸고 태자가 제위에 올랐다〔현종(玄宗)〕.[221]

---

[221] 현종(李隆基)은 즉위 이후 先天(712年 8月 −713年 11月), 開元(713年 12月 −741年), 천보(天寶, 742年 −756年 7月)의 연호를 사용하였다. 현종(玄宗)은 묘호(廟號)이니 재위 중에는 현종이라는 말 자체가 있을 수 없었다. 다만 후세인들이 편의상 재위 기간에도 현종이라 지칭할 뿐이다. 붕어한 이후에 신하들이 올린 존호

예종은 태상황(太上皇)이 되었고,[222] 태자비 왕씨(王氏)는 황후가 되었다. 태극 원년을 선천(先天) 원년으로 고치고, (연호 연화延和 누락, 이는 소설의 착오) 요숭(姚崇)과 송경(宋璟)을 중용하였으며, 왕거를 중서시랑에 임명하였다.

그 이후 태자를 음해하던 자들을 제거하고 광명정대한 사람들을 승급시켜 정사를 일신하니, 천하 백성들이 기뻐하며 온 나라가 진정 태평하기를 소원하였다.

그러나 태평공주만은 태상황(예종)의 힘을 믿고 제멋대로 법을 어겼다. 현종이 좀 제지시키고 단속하였더니 공주는 큰 감정을 품고 조정의 소지충(蕭至忠)과 잠희(岑羲), 그리고 최식(崔湜), 두회정(竇懷貞) 등과 결탁하여 붕당(朋黨) 형성하여, 뒤에서 음모를 꾸며 거짓으로 태상황의 성지(聖旨)를 핑계로 삼아 현종을 폐

(尊號)는 「開元聖文神武皇帝(개원성문신무황제)」이다. 시호(諡號)는 「至道大聖大明孝皇帝」이다. 우리가 보통 사용하는 '唐明皇'이라는 존호는 宋代 이후에 통용되었다.

현종이 즉위할 때, 新羅(신라)에서는 聖德王〔성덕왕, 名은 金隆基(김융기), 702년 즉위〕 때였다. 신라에서 712년에 당에 사신을 보냈는데, 唐에서는 현종의 이름을 避諱(피휘)하여 聖德王의 이름을 고치라 요구했다. 신라에서는 김융기를 興光으로 고쳤다. 渤海(발해, 698-926년)는 698년에 건국되어 高王〔大祚榮(대조영), 재위 698-719년〕이 재위 중이었다.

222 현종의 생모인 두덕비(竇德妃)는 예종이 황제에서 강등되어 동궁에서 머물 때 무측천에게 살해되었고 그 시신이 어디에 묻혔는지도 알 수 없었다. 추가된 시호는 昭成順聖皇后이다.

하고 새 황제를 옹위하려고 했다.

태평공주는 비밀리에 시어(侍御)인 육상선(陸象先)²²³과 흉계를 꾸며 실행하려 했다. 그러나 육상선이 듣고서는 경악하고 실색(失色)하면서 반대했다.

"절대 안 됩니다. 이게 어떤 일이라고 감히 망발을 부리려 하십니까!"

"맏이를 젖혀두고 동생을 앉힌 일 자체가 잘못되었고, 지금 황제의 실덕(失德)이 많으니 폐위한다 하여 사직에 무슨 해악이 있겠는가?"

"그간 쌓은 공이 있어 태자가 되었고, 태자로서 큰 죄가 없어 선황께서 양위하셨는데, 지금 폐위하려면 그만한 죄가 있어야 하나, 폐하께서는 아무런 죄과(罪過)가 없습니다."

공주의 말을 반박한 육상선은 소매를 뿌리치고 나가버렸다. 공주는 최식 등과 상론해 보았다. 그리고는 거짓으로 태상황의 성지를 받아 폐한다면, 아마 여러 사람들이 불복하고 변고가 있을 수 있다고 여겨 암암리에 독살할 음모를 꾸미었다.

이리하여 궁녀 원씨(元氏)에게 음식에 독약을 넣도록 획책하였

---

223 육상선(陸象先, 665−736년, 本名 景初) − 蘇州(소주) 吳縣(오현, 今 江蘇省 蘇州市) 출신. 父 陸元方(부 육원방). 景雲(경운) 2년(711年) − 최식(崔湜)과 함께 재상의 반열에 올랐다. 唐 玄宗, 益州(今 四川省)에 방출. 開元 6年 포주자사(蒲州刺史), 개원 24년(736) 卒. 시호 文貞. 《新唐書 · 陸象先傳》이 있다.

는데, 왕거가 그 소문을 들었다. 개원(開元) 원년(713)²²⁴ 7월 초하루(이는 開元 元年이 아니라 先天 2년 7월이다.) 조회가 끝나고 현종이 편전에 나오자, 왕거가 은밀히 상주하였다.

"태평공주가 일을 재촉하고 있으니 조속히 대책을 세워야 합니다!"

황제가 여전히 결단을 내리지 못하고 있을 때 장열(張說)이 동쪽 낙양에 출장나갔다가 현종에게 사람을 파견해서 패도(佩刀, 佩는 찰 패)를 올리게 했다.

장사(長史)인 최일용이 아뢰었다.

"말은 패도라 하지만, 폐하께서 결단성 있게 처사하라는 뜻이라 생각합니다. 폐하께서 전일에 동궁(東宮)에 계실 때는 거동에 불편한 점이 있었지만 지금은 대권을 장악하고 계시지 않습니까? 역적을 처단하라는 영을 내리시면 거역할 사람이 없을 것이니 머뭇거릴 일이 아닙니다."

"경의 말이 지당하나 태상황께서 놀라시지 않을까 우려되오."

현종의 말을 듣고, 왕거가 다시 아뢰었다.

"가령 간사한 자의 획책이 이루어진다면 나라가 위험에 처할 것은 불을 보듯 뻔합니다〔明若觀火(명약관화)〕. 그렇게 되면 폐하

---

224 開元(개원) ─ 현종의 두 번째 연호(713년 12월) ─ 741년 12월까지 29년간. 開元의 뜻은 개벽(開闢) 신기원(新紀元)의 뜻. 개원 연간에 唐朝 國力이 가장 강성하였다. 이를 역사에서는 개원성세(開元盛世)라 한다. 그 시기 현종의 정치를 開元之治라 한다.

께서 평안하실 수 있겠습니까?'

한동안 상론하고 있을 때 시랑(侍郎)인 위지고(韋知古)가 편전 섬돌 앞으로 달려와 조용히 상주할 말이 있다고 아뢰었다. 현종이 서안(書案) 앞으로 불러 물으니, 지고가 아뢰었다.

"소신이 간악한 자들의 음모를 탐지하였습니다. 이달 4일에 반란을 일으키려 한다니 속히 토벌해야 합니다."

그러자 현종이 군사 동원과 토벌을 명령하였다.

현종은 아우인 기왕 이범(岐王 李範),[225] 설왕 이업(薛王 李業),[226] 병부상서 곽원진(郭元振),[227] 용무장군(龍武將軍) 왕모중(王毛仲), 내시(內侍, 환관)인 고력사(高力士) 및 왕거(王琚), 최일용, 위지고 등이 군사를 거느리고 건화문(虔化門)으로 들어가서 잠희(岑羲), 소지충(蕭至忠)을 조당(朝堂)에서 목을 잘랐다. 두회정(竇懷貞)은 목을 매어 자살하였고, 최식(崔湜) 및 宮人 원씨(元氏)는 모두 처형되었다.

태평공주는 사원으로 피신하였다가 체포되어 집에서 죽었

---

225 이범(李範, 686-726年) - 唐朝의 皇子, 本名 李隆範(이융범), 唐 睿宗 第四子, 唐 玄宗(당 현종) 李隆基(이융기)의 아우.

226 이업(李業, 686-734년) - 唐朝 皇子, 本名 李隆業, 唐 睿宗(예종) 第五子, 母는 王德妃(왕덕비). 이범과 이업의 생년이 같다 하여 쌍둥이가 아니다. 모친이 다르다는 것을 염두에 두어야 한다.

227 곽원진(郭元振, 656-713年, 名은 震, 字는 元振) - 장군, 재상 역임. 《新唐書 郭元振傳》 참고.

다.[228] 아울러 요승(妖僧) 혜법(慧範) 및 그 반역 도당으로 죽은 자

---

228 태평공주의 몰락 — 서기 712년 8월 睿宗은 太子 李隆基에게 傳位
하고서 太上皇帝라 칭했고, 玄宗은 즉위하면서 先天이라 개원한
다. 이 해에 太平公主의 남편인 武攸曁(무유기)가 죽었다.

先天 2년(713년) 太平公主는 현종으로부터 정권을 탈취하려고
御林軍(어림군)과 南衙兵(남아병)을 동원하여 기병한다. 현종은 즉
시 郭元振(곽원진), 王毛仲(왕모중), 高力士(고력사) 등을 출동케 하
여 무력 제압에 성공한다. 태평공주는 부득불 南山의 佛寺로 도
주했다가 3일 뒤에 돌아온다. 태상황은 현종을 만나 태평공주의
死罪(사죄)를 용서해줄 것을 요청했으나 현종은 단호히 거부한
다. 태평공주는 자신의 집에서 사약을 받는다. 태평공주의 집과
자산은 모두 몰수되었는데, 財貨(재화)가 산처럼 쌓였고 진기한
보물이 나라의 창고보다도 더 많았다고 한다. 물론 태평공주 소
유의 목장이나 전원등도 모두 몰수되었다.

태평공주는 16세인 681년에 薛紹(설소)와 화려한 결혼을 하였다.
그러나 688년에 설소는 李沖(이충)의 모반에 관여했다 하여 옥사
한다. 무후는 과부가 된 태평공주를 자신의 친정 조카인 무유기
에게 690년에 시집보낸다. 그리고 무후는 정식 황제로 등극한다.
이후 태평공주의 생활은 매우 음란했다. 수많은 情夫(정부)를 거
느렸고 장역지와 장창종 형제와도 通姦(통간)했으며 朝臣(조신)들
을 불러 정욕을 채우기도 하였다. 또 자신의 情夫 중에서 선별하
여 측천무후에게 進上하기도 하였다. 어찌 보면 태평공주는 측
천무후의 복사판으로 야심이 많고 心計가 남들보다 뛰어나 결코
남자의 품에서 얌전하게 지낼 여인은 아니었다. 太平公主가 반
란을 음모하여 진정으로 군대를 동원했었다면 그렇게 간단히 현
종에게 제압당하지는 않았을 것이라는 견해도 있다. 하여튼 많
은 정변을 겪으면서 매번 승리를 했던 풍운의 여인이었지만 713
년에 그 일생은 끝났다.

가 매우 많았다.

태상황이 소문을 듣고 몹시 놀라 출궁하여 숭천문(承天門) 문루에 올라 연고를 물었다. 현종은 급히 고력사를 보내 태평공주가 붕당을 만들어 반역 음모를 꾸미다 모두 처단되었고 사건이 평정되었으니 놀라실 필요 없다고 아뢰게 했다.

태상황은 듣고 탄식하면서 환궁했다.

    태평공주의 칭호는 헛 칭호니,　　（公主空號太平）

    태평한 세상을 만들지 않았다.　　（作事不肯太平）

    태평공주 죽이고 나서야　　　　（直待殺此太平）

    태평한 천하가 되었도다.　　　　（天下方得太平）

현종이 역적무리를 처단하고 난 뒤, 육상선은 역적들을 따르지 않았다는 말을 들었다. 현종은 그의 충성을 높이 치하하며 포주자사(蒲州刺史)로 승진시켰다.

그리고 말했다.

태평공주의 모반 실패는 626년 이세민의 '玄武門(현무문)의 變(변)' 이후 측천무후의 등장과 중종 폐위와 예종을 대신한 섭정, 武周의 건국과 무후의 퇴위(神龍 革命), 709년 中宗의 태자 李重俊의 謀反, 위황후의 발호와 중종의 독살, 그리고 위황후의 축출과 예종의 즉위〔唐隆之變(당륭지변)〕에 이은 마지막 정변이었다. 이후 '開元의 治'라는 태평성세가 이어진다.

"한겨울 추위를 지내봐야만 송백(松柏)의 지조를 알 수 있다고 하였다."[229]

그러자 육상선이 아뢰었다.

---

229 《論語 子罕(논어 자한)》子曰, "歲寒然後知松柏之後彫也." 松은 군자의 지조를 상징할 수 있는 나무다. 곧게 쭉 자란 老松을 보면 畏敬(외경)의 마음이 든다. 柏(백, 栢은 俗字)은 보통 잣나무라 하여 소나무의 형님 정도로 생각한다. 구불구불 자라는 잣나무를 필자는 아직 못 보았다. 보통 약간 응달진 산비탈에 잣나무 숲이 만들어진다. 그런데 공자가 말한 柏(栢)은 측백나무이니, 側柏(측백)과 扁柏(편백)의 총칭이다. 彫(새길 조, 시들다)는 凋(시들 조)와 같다. 彫落(조락, 凋落)이라는 말을 흔히 쓴다. 소나무가 잎이 지지 않는 것은 아니다. 봄에 피어난 솔잎은 다음 해에 떨어진다. 다만 겨울에도 솔잎이 푸르기에 잎이 지지 않는다고 생각할 뿐이다. 날이 추워지고 눈이 천지를 뒤덮었을 때 유일하게 푸른 소나무와 잣나무는 푸른 잎을 떨구지 않는다. 그래서 간단히 '松柏後彫(송백후조)'라고도 말한다.

겨울 혹한과 白雪(백설)은 嚴酷(엄혹)한 시련이며 검증이다. 한여름에는 활엽수가 더 번성하고 푸르며 잎도 무성하고, 그 나무 그늘이 더 시원하고 좋다. 그러기에 소나무가 드러나지 않는다. 마찬가지로 군자와 소인이 함께 섞이면 군자의 장점은 묻혀서 드러나지 않는다.

군자는 난세에 또 역경 속에 지조와 절조를 지키며 世波(세파)를 따라 떠내려가지 않는다. 그래서 군자인 것이다. 백설 속에 우뚝 선 獨也靑靑(독야청청) 소나무이다. 이와 비슷한 뜻으로 '疾風(질풍)에 억센 풀(勁草(경초))을 알 수 있고, 나라가 어지러울 때(板蕩(판탕)) 충신을 알아볼 수 있다(疾風知勁草 板蕩識忠信).'라는 말이 있다.

"《서경(書經)》에 그 괴수를 처단했으면 뒤따른 자는 치죄(治罪)하지 않는다고 하였습니다. 지금 태평공주를 주살했으니 나머지 붕당들에 대해서는 너그럽게 용서하시길 바랍니다. 이로써 민심을 안정시켜야 합니다."

현종은 그 말을 옳게 여겨 많은 사람을 관대하게 처리하였다. 또 태평공주의 아들 설숭간은 늘 그 어머니를 말리다가 여러 번 매를 맞아가며 욕을 보았는지라 죽음을 면해주었다. 또 설숭간에게 이씨 성을 하사하고 원래의 관직에 근무케 하였다.

그리고 다른 공신들에게도 공에 따라 관작을 높여주거나 상을 주었다. 이로부터 조정은 태평무사하게 되었다.

현종이 요숭을 재상에 임명하려 하니, 장열이 이를 꺼려 전중감(殿中監)인 강교(姜皎)를 시켜 상주하게 했다.

"폐하께서 하동(河東)의 총관을 선발하신다 하나 합당한 사람을 고르기가 어려웠다고 들었습니다. 그러나 소신이 적임자를 찾아 추천하려 합니다."

현종이 누구냐고 물으니, 강교가 대답했다.

"요숭은 문무를 겸비한 사람이니 실로 적임자라고 생각합니다."

그러자 현종이 말했다.

"그것은 장열의 뜻이 아닌가? 경은 왜 짐을 속이려고 하는가?"

그러자 강교가 꿇어 엎드려 사죄했다. 현종은 그날로 조서를 내려 요숭에게 재상급인 중서령(中書令)을 제수했다.

장열은 크게 두려워 현종의 동생인 기왕(岐王, 李範)에게 뇌물을 보내 돌봐달라고 부탁했다. 요숭은 소문을 듣고 매우 불쾌하게 생각했다.

어느 날 요숭은 입궐해서 편전으로 걸어가며 다리를 절룩거렸다.

그러자 현종이 말했다.

"경은 갑자기 다리에 병이 난 모양이군."

현종의 말에 요숭은 말했다.

"소신한테 마음이 아픈 심환(心患)이 있어 다리가 아픈 것이지 족질(足疾)은 아닙니다."

"심환은 무슨 연유입니까?"

"기왕(岐王)은 폐하께서 친애하시는 동생입니다. 장열은 중신으로서 그와 사사로이 왕래하는데, 혹 불찰이 있을까 봐 제가 마음속으로 걱정이 많습니다."

현종은 요숭의 말을 듣고 대노하여 말했다.

"장열에게 어찌 그런 일이 있겠는가? 내일 당장 어사에게 명령하여 그 일을 심문케 할 것이오."

요숭은 중서성 관아로 돌아와 집무를 보았다.

이런 사실을 장열은 전혀 모르고 집에 태평하게 쉬고 있었는데, 갑자기 하인이 명함을 올리는데 살펴보니 가전허(賈全虛)의 명함으로, 긴급한 일을 아뢰고자 특별히 만나보겠다는 것이었다.

가전허는 젊었던 시절의 장열의 소첩 성화(醒花)와 눈이 맞아 함께 도망갔다가 잡혀왔으나 장열이 용서해준 사람이었다.(75회 내용 참고)

장열이 놀라 중얼거렸다.

"그 자가 나의 첩년 영성화(寧醒花)를 꾀어 함께 도망쳤다가 잡혀왔을 때, 내가 용서해 주었지. 그런 뒤로 한동안 소식이 없더니 오늘 갑자기 찾아왔네! 아마 꼭 무슨 연유가 있을거야."

장열이 만나보러 나왔더니 가전허가 배알하며 말했다.

"불초한 저는 명공(明公)의 두터운 은혜를 입은 뒤, 산야에 은둔하여 살았습니다. 그러다가 근자에 빈곤에 시달린데다 무료하여 장안으로 올라와 이름을 바꾸고 한 대신의 집에 서사(書士)로 들어갔습니다. 마침 그 대신과 우연히 한담하다가 명공의 말이 나왔는데, 명공께서 기왕(岐王)과 왕래한 것을 재상 요숭이 상주하여, 폐하께서 대노하셨답니다. 내일 그 내막을 밝힌다고 하니, 그 화를 예측하기 어렵습니다. 불초한 제가 이 소식을 듣고 깜짝 놀라 일부러 와서 알려드립니다."

장열은 가전허의 말을 듣고 기절초풍할 정도였다.

"이 일을 어떻게 하면 좋겠나?"

"지금 명공을 위한 방법으로는 황상께서 귀여워하는 구공주(九公主)[230]한테 간청해서 돌봐달라고 부탁드리는 수밖에 없습니

---

230 九公主 - 현종은 23子29女를 두었다. 九公主가 아홉 번째 공주

다. 그래야 화를 면할 수 있습니다."

"그게 절묘한 계책이나 갑자기 그 문하에 연줄을 댈 수가 없네."

장열이 대답하자, 가전허가 방법을 말하였다.

"불초한 제가 이미 그 방법을 생각해보았습니다. 바로 구공주한테 선물을 보내는 일입니다. 그러자면 꼭 명공의 집에 있는 한 보물을 선물해야만 합니다."

장열은 만면에 희색이 돌면서 전부터 집에 소장하고 있는 여러 가지 귀중한 물건을 언급하였다. 그러나 가전허가 그런 물건은 쓸모가 없다고 말하자, 장열은 문득 어떤 물건을 떠올렸다.

"전에 계림군(鷄林郡, 新羅)에서 보내온 밤에는 빛이 나는 주렴(夜明簾)이 있는데 어떻겠는가?"

"제가 한 번 봐도 되겠습니까?"

장열이 하인을 시켜 가져온 것을 가전허가 보고 말했다.

"이것이 좋겠습니다. 일이 늦어지면 모든 것이 수포로 돌아갈지 모르니 꼭 오늘 저녁에 보내야 합니다."

장열은 즉시 간절한 정이 담긴 글월을 써서 야명렴을 큰 비단 보자기에 싸서 가전허에게 주었다. 가전허가 밤에 곧바로 구공주

인지 미상. 9번째 공주는 만안공주(萬安公主)로 도관에 들어가 도고(道姑, 女道士)가 되었다. 나중에 현종이 퇴위하고 장안에 머물 때 만안공주가 함께 기거하며 부친의 衣食 시중을 들었다는 기록이 있다.

를 찾아가 만났다. 찾아온 연유를 다 말한 후 야명주렴과 서신을 올렸다. 구공주는 야명주렴을 보더니 아주 좋아하면서 즉석에서 가전허의 청을 들어주었다.

앞서 칼을 헌상하여 결단을 촉구했고,　　(前日獻刀取決斷)
오늘 주렴 바치면서 보호를 부탁했다.　　(今日獻簾求遮庇)
그날 곧은 충성심은 나라를 위했지만,　　(一日爲公矢忠心)
오늘 제몸 지키려는 은밀한 계책이다.　　(一是爲私行密計)

이튿날 구공주가 입궁하여 현종을 만났다. 그러나 그때는 이미 현종이 명을 내려서 어사중승(御史中丞)을 중서성(中書省)에 보내 장열이 암암리에 기왕과 교제하게 된 연고를 추궁하게 한 뒤였다.

구공주가 현종에게 말했다.

"전에 장열은 동궁 시절의 시신(侍臣)이었습니다. 자리를 지키게 해주고 보호해 준 공훈이 있으므로 경솔하게 견책해서는 안된다고 생각합니다. 만약 기왕과 내통한 이유를 의심해서 사람을 시켜 심문하게 한다면 기왕이 불안할 것입니다. 이는 절대로 폐하께서 평소에 베풀어오시던 형제 우애의 뜻이 아닙니다."

현종은 워낙 형제들과 정이 아주 두터웠다. 오래전부터 긴 베개와 큰 이불로 형제들과 함께 잠을 잤으며,[231] 평소에도 궁전에

―――
231 玄宗(현종)은 태자로 있을 때, 긴 베개와 큰 이불〔長枕大衾(장침대

서 이야기를 나눌 때는 식구
들 사이에 지키는 예의만 지
키게 했다.

그리고 설왕(薛王, 李業)이
병에 걸려 앓을 때, 현종은
몸소 약을 달이며 불을 부느
라 수염까지 그슬렸다. 좌
우가 모두 놀랐으나 현종은
대수롭지 않게 여겼다.

"설왕이 이 약을 마시고
즉효를 보기를 바랄뿐이다.
내 수염이야 뭐가 아까웁겠
느냐? 다시 자라는게 수염
이다."

고력사 탈화(高力士 脫靴)

현종은 구공주의 말을 듣고 측은한 생각이 들어 즉각 고력사

금)]을 만들어 여러 형제가 함께 베고 덮었다는 이야기가 있는데,
이는 형제간에 우애가 좋다는 뜻으로 해석할 수 있다. 그리고 형
제가 화목하면 가문이 번창한다(兄弟和睦家必昌)고 하였다. 형
제는 수족과 같아서(兄弟如手足) 떨어질 수 없지만, 처자는 의복
과 같다는(妻子如衣服) 말도 있다. 이렇듯 형제간의 우애를 강조
한 중국인들도 '금전을 나누는 데는 아버지와 아들도 없고(金錢
分上無父子), 이해가 걸린 문제라면 형제도 없다(利害面前無兄
弟).' 라는 속담도 있다. 세상사는 그리 간단하지 않다.

(高力士)²³²를 중서성에 보내 장열에 대한 추궁을 멈추라고 전달

---

232 高力士〔690年－762年 本名 馮元一(풍원일)〕－唐代의 저명 환관. 10세 이전에 거세하고 入宮하였다. 측천무후가 內侍省(내시성) 환관 고연복(高延福)에게 양자로 주어 高氏 성을 받았고, 이름도 高力士로 고쳤다. 李隆基가 당륭지변(唐隆之變)을 일으켜 韋皇后와 安樂公主를 죽이고 睿宗을 복위시킬 때에 고력사의 도움이 컸다. 安史之亂 후에 현종을 따라 入蜀하였고, 內侍監으로 齊國公에 봉해졌다. 高力士는 일생동안 현종에게 충성을 다하였다. 현종이 아들 숙종에게 선양하였고, 고력사는 上元 初年(760年)에 무주〔巫州, 今 湖南 검양현(黔陽縣)〕에 유배되었다가 寶應 元年(보응 원년, 762年) 사면을 받아 장안으로 돌아오던 중, 현종이 붕어했다는 소식을 朗州 龍興寺에서 들었다. 고력사는 애통하여 슬피 울다가 죽으니, 그때 고력사 나이 73세였다.
소설《삼국연의》의 독자라면 누구든 後漢(후한) 말기의 黃巾賊(황건적)의 난과 환관 十常侍(십상시)의 발호를 기억하고 있다. 사실 환관들의 하는 일이란 것이 궁중의 출입문을 지키고 관리하거나 황제와 大臣 간에 문서를 나르는 심부름이나 궁중 생활의 잡역을 담당하는 것이 전부였다.
당나라에서 환관이 고위직에 나가고 정치에 관여하기 시작한 것은 현종 때였다. 현종은 中宗이 독살당한 뒤 중종의 韋皇后(위황후)를 죽이고 예종을 즉위시키는데 환관 高力士(고력사)의 힘을 빌렸다. 현종이 즉위한 뒤 開元 원년에, 高力士는 우감문장군이 되어 內侍省(내시성)의 일을 함께 담당했다. 그전에 태종이 만든 제도로는 내시성에 삼품 관리를 둘 수 없었지만 고력사가 三品(삼품)장군을 제수 받는 뒤로 삼품관도 많아지고 환관도 크게 늘어나 환관이 3천 명이나 되었다. 이후 환관의 관아를 총칭하는 北司는 조정 대신들의 행정체계의 총칭인 南衙(남아)의 상대적

케 하였다.

그리고 장열을 상주자사(相州刺史, 수 河南省 북부 安陽市 주변)로 좌천시켜 사건을 마무리하였다. 장열은 가전허의 호의를 고마워하여 후히 사례하려 했다. 그러나 가전허는 다시 찾아오지도 않았고 전혀 찾을 길도 없었다. 실로 기인이었다.

위기 곤란을 해결 뒤 보답 바라지 않고,　　(拯危排難非求報)

다만 첩을 넘겨준 은덕의 보은이었네.　　(只爲當年贈愛姬)

요숭은 여러 해 동안 재상으로 있다가 물러나면서 송경을 추천했다. 송경은 무후 때부터 정직하고 아첨할 줄 몰랐다. 재상의 자리에 오르자, 더욱 단정하고 정중한 인격을 갖춘지라 사람마다 존경하고 두려워했다.

그때 내시 고력사나 동궁의 마굿간을 관리하던 왕모중(王毛仲)[233]이 모두 역당을 토벌하는데 공훈을 세웠기에 황제의 인정을 받고 있었다. 왕모중은 목마(牧馬)를 잘해 크게 번식하자, 개부

조직이 되었다. 당 말기에는 황제가 오로지 환관의 손에 의하여 옹립되고 폐위되는 일이 빈번하였다.

233 왕모중(王毛仲, ?-731년) - 고구려인. 임치왕 李隆基의 가노, 태자가 된 이후 동궁의 말과 낙타 사냥 매, 사냥개 등을 관리했다. 唐隆之變에 공을 세웠고, 현종 즉위 이후 대장군이 되어 소지충 등 반역자를 처단하였고 輔國大將軍(보국대장군)으로 승진했다. 부침 끝에 개원 19년에 유배되었다가 永州에서 賜死(사사)되었다.

의동삼사(開府儀同三司) 관직을 겸하고 있어서 그가 받는 총애와 비길 자가 없었다.

많은 조신들이 왕모중의 집 문전으로 뻔질나게 드나들었지만 송경만은 염두에 두지도 않았다. 왕모중에게는 딸이 있었는데, 조정의 귀족과 혼사가 이뤄져서 채단을 마련해 시집보내게 되었다.

현종이 소문을 듣고 물었다.

"시집 보낼 경의 딸 혼사를 다 준비하였는가?"

왕모중이 아뢰었다.

"모든 일은 신이 다 마련했습니다. 다만 귀한 손님들을 모셨으면 하는데 그게 생각보다 쉽지 않습니다."

현종이 알았다는 듯이 웃으며 말했다.

"경이 다른 사람이야 쉽게 모셔올 수 있을 것이오. 모셔오기 어려운 사람은 송경 한 사람 뿐이니, 짐이 경을 대신해 초청에 응할 수 있게 해주겠소."

그러면서 재상과 여러 대신들에게 내일 왕모중의 집안 혼사잔치에 참석하여 자리를 빛내주라고 일렀다. 이튿날 여러 대신들이 모두 일찍 도착했으나 송경만은 도착하지를 않아 왕모중은 사람을 보내 무슨 일인가 알아보게 했다. 송경은 병이 났다고 핑계하고 일찍 갈 수는 없지만 천천히 갈 것이라고 전갈을 보내왔다.

여러 사람들이 조용히 앉아서 그를 기다리는 수밖에 없었다. 오후에 겨우 도착한 송경은 오자마자 주인과 여러 대신들과 인사도 나누지 않고 먼저 술을 가져오라고 했다.

송경은 한 손에 술잔을 들고 말했다.

"오늘 어명을 받들고 이 술을 마시니 먼저 사은해야 마땅하다고 생각합니다."

그리고는 북쪽 궁궐을 향해 절을 올리고 잔을 들어 쭉 마시다가 한 잔도 채 마시지도 않았는데, 갑자기 "배가 아프다!"고 외치더니 좌석에 앉지도 않고 여러 대신들을 향해 읍을 하고서는 즉시 돌아갔다.

왕모중은 부끄럽기 짝이 없었다. 그러나 송경은 평소에 강직하기로 유명하여 조정 모두의 존경을 받는 터라 어쩔 수가 없었다. 잔뜩 화가 났지만 참으면서 여러 대신들에게 술을 권했다. 연회는 저녁 늦게서야 끝났다.

주인 노릇에 손님을 꼭 골라 모셔야,　　(作主固須擇賓)
손님도 응당 주인을 가려야 하노니.　　(作賓更須擇主)
고약한 손님 만나지 않을 수 없지만,　　(惡賓固不可逢)
고약한 주인 초대도 응하기 힘들다.　　(惡主更難與處)

훗날 왕모중은 황제의 총애를 믿고 교만하다가 고력사와 알력이 생겼다. 왕모중의 아내가 아들을 낳은 지 3일 만에 현종은 고력사를 시켜 진귀한 예물을 왕모중한테 가져다 주게 했고, 갓 태어난 아들에게 5품 관직을 하사했다.

왕모중은 황제에게 사은(謝恩)은 했지만 몹시 거만을 떨었다.

그는 갓난애를 품에 안고 나와 고력사에게 보이며 말했다.

"이 애가 왜 3품 관직은 할 수 없단 말이오?"

고력사는 묵묵 무답 — 회궁해서 복명할 때 그 말을 그대로 아뢰면서 험담을 보태 넣었고, 현종은 대노했다.

"그놈이 짐의 큰 은혜를 받고서 그 따위로 원망하다니!"

이리하여 곧바로 왕모중의 관작을 삭탈하고 먼 지방으로 유배시켰다. 고력사가 또 사람을 시켜 왕모중이 법을 어긴 많은 일을 고발하여 결국 사약을 내려 죽였는데, 이는 훨씬 뒷날의 일이다.

요숭은 재상에서 물러난 후 양국공(梁國公)의 작위를 받고 사저에서 편안한 나날을 보내고 있었다. 개원 9년(721년) 고령에 우연히 감기가 들어 의원을 데려다 치료했지만 전혀 효험이 없었다. 요숭은 평생에 불교나 도교(道敎)를 믿지 않았으므로 집사람들에게 기도를 하지 말라고 당부했다.

며칠이 지나 병세가 위독하자, 스스로 건강 회복이 어렵다는 것을 알고 아들을 침상 앞에 불러다 놓고 말로 유언의 뜻을 말했다.

조정에는 정원 외의 관리가 너무 많으니 관리의 수를 줄여야 하고, 여러 제도를 보완해야 하며 전쟁을 피해야 하고, 이단과 요망한 주술과 미신을 단속해야 하며, 관리 직분을 오래 수행케 하고, 법 집행에서는 관용이 우선해야 한다고 말했다. 아들은 아버지의 유언 수백 자를 문장으로 지어 상주하였다.

　그리고 요숭은 집안 일에 대해서도 부탁했다. 자신이 죽은 뒤에 세속의 관례를 따라 화상을 불러 명복을 빌지 말아야 하는데, 이를 오래오래 지키도록 가법(家法)으로 정해놓으라고 유언했다. 그의 아들이 모두 따르겠다고 말했다.

　그래도 임종 직전에 다시 아들을 불러놓고 다시 부탁했다.

　"내가 여러 해 동안 재상직에 있으면서 뚜렷한 공적이 없다고 하더라도 백성들은 '시폐를 바로잡은 재상(救時宰相)'이라고 말했다. 내 언행에 관해서 기록해 둘 일도 꽤 있을 것이다. 내가 죽은 뒤, 내 비석의 문장은 꼭 대문장가(大文章家)가 써야만 후세에 전해질 수 있느니라. 이 시대의 으뜸가는 문장가로는 장열(張說)밖에 없는데, 그와 나는 별로 화목하지 못했기에 내가 죽은 뒤에 곧바로 찾아가 비문을 지어달라고 부탁을 하면 틀림없이 핑계를 대고 거절할 것이다. 그러니 너는 내가 말해주는 방법대로 하거라. 내가 죽으면 너는 꼭 진귀한 골동품을 나의 관 옆에 진열해라. 장열이 부고를 받으면 꼭 조문하러 올 것이다. 장열이 만약 진귀한 골동품을 본체만체하면서 돌아간다면, 나에 대한 옛 원한을 되새기며 보복하려 할 것이니 실로 우려가 된다. 그가 만약 그런 물건을 하나하나 들고서 감상한다면 부러워하는 뜻이니, 너는 이 물건들은 선친의 유물이라고 말하면서 몽땅 그에게 주어라. 그리고 즉석에서 비문을 부탁하면 그 사람이 대견하게 생각하며 수락할 것이다. 그러면 빨리 써 달라고 하거라. 그가 비문을 지어

오면 즉시 비석에 새기고 그 길로 폐하께 올려 읽어보시게 하는 것이 상책이다. 그 사람은 천성이 탐욕스럽지만 재주가 많다. 그러면서도 판단이 늦는 편이다. 만약 비문을 당일로 새기지 않으면 장열은 생각이 바뀌어 다시 고쳐 짓겠다고 말할 것이다. 그러나 이미 폐하께서 보셨다면 고칠 수 없을 것이다. 비문에 칭찬의 말이 많아 후회하고 오점을 찾아 써넣어 보복하려 해도 하지 못하도록 미리 손을 쓰거라. 꼭 명심하기 바란다!'

유언을 마치고 운명(殞命)하자, 아들은 통곡했다. 즉시 조정에 상주하고 관리들에게 부고를 보냈으며 장례준비를 서둘렀다. 대렴이 끝나자, 조객들을 맞았는데 조정의 여러 대신들이 모두 찾아와서 조문하였다.

그때 장열은 집현원학사(集賢院學士)였는데, 역시 부의(賻儀)를 보내왔고 찾아와 조문했다. 요숭의 아들이 유언에 따라 희귀한 여러 골동품을 영구 옆 상 위에 놓아두었다. 장열의 추모가 끝나자 아들이 머리를 숙여 사례했다.

장열은 상 위의 여러 골동품을 보고는 아들에게 물었다.

"왜 이런 걸 진열하였소?"

"이 모두는 선친께서 평소에 즐기시던 손때 묻은 골동품입니다. 그래서 여기에 놓아두었습니다."

"선친께서 아끼시던 물건이면 그냥 보통 물건이 아니겠구먼!"

장열은 탁자에 다가가서 하나씩 들어보면서 감탄하자, 그 아들이 말했다.

"이런 물건들이야 어르신의 소장품으로는 퍽 부족할 것입니다만, 만약 꺼리시지 않으시다면, 지금 바로 모두를 어르신께 드리겠습니다."

"훌륭한 뜻을 정중히 받들고 싶지만, 어찌 선친께서 즐기던 물건을 내가 가질 수 있겠소?"

"어르신은 선친의 지기(知己)였습니다. 선친께서 지금 살아계신다면 어찌 드리기를 아까워하시겠습니까? 선친께서 생전에 유언이 계셨는데, 어르신의 손을 빌어 묘지 비문을 써주시길 빕니다. 어르신의 글은 영원히 불후(不朽)의 명문으로 남을 것입니다. 보잘 것 없는 애장품이 어르신의 명문과는 비교할 수 없을 것입니다."

말을 마치고 울며 바닥에 엎드려 절을 하니, 장열이 부축하며 말했다.

"나의 졸필(拙筆)이 무어 대단하겠소! 선친의 그런 말씀이 계셨다면 정말 나에게는 한없는 영광이요!"

요숭의 아들이 재배하고 사례하며 장열을 전송했다. 요숭의 아들은 진열하였던 골동품을 모두 싸서 장열에게 보냈다. 그러면서 예를 갖춰, 다시 한번 비문을 지어달라고 부탁하였다.

한편으로는 미리 석공을 불러 비석의 비면을 반반하게 깎아 놓고 비문만 오면 새기도록 만반의 준비를 갖추고 기다렸다.

장열은 요숭 아들의 선물에 크게 기뻐하며 아주 훌륭한 비문을 지었다. 비문에서 요숭의 인품과 재상으로서의 치적을 크게 칭송하였고, 자신이 평소 흠모하고 따랐던 일도 서술했다. 문장을 마쳤고, 마침 요숭의 아들이 사람을 보내 가지러오자 곧 주어 보냈다. 요숭의 아들은 글을 읽자마자 석공에게 밤을 새워 비석에 새기게 했다. 또 황제께 올려 보내려 했는데, 마침 고력사가 황제의 명을 받고 비문을 보여달라고 찾아왔다. 요숭의 아들은 기회를 놓치지 않고 비문을 황제에게 올렸다.

현종이 읽고서는 칭찬을 아끼지 않았다.

"요숭의 치적은 장열의 이런 명문이 아니라면 모두 다 표창할 수가 없어!"

시폐를 바로잡은 재상을 얻기 어렵고,	(救時宰相不易得)
비문의 칭송 내용 곡필이 결코 아니다.	(碑文贊美非曲筆)
장열이 많은 뇌물 받고서 지은 비문,	(可惜張公多受賄)
삼대가 강직했다 말하기 어렵도다.	(難說斯民三代直)

장열은 하루가 지난 뒤 갑자기 생각이 떠올랐다.

'나는 요숭과 불화하여 거의 몇 번 큰 화를 입을뻔 했지. 지금 그가 죽었으니 보복하지 않는 것만 해도 큰 은덕을 베푼 것인데, 왜 비문까지 지어 그를 칭송해야 하겠나? 이번에 요숭을 칭송하고서 나중에 어떻게 그를 깎아내리겠는가? 다른 사람이 그를 험담하더라도 내가 그를 비호해야 할 입장이 됐으니 이건 앞뒤가

맞지 않아! 비문을 넘겨준 지 얼마 되지 않았으니 아직 새기지 않았을 거야.'

장열은 돌려받아 칭송하는 말속에 험담을 숨겨넣으면 될 것이라고 생각하였다.

장열은 사람을 보내 몇 군데 고칠 곳이 있다며 원고를 찾아오게 했다.

그러나 요숭의 아들이 찾아온 사람에게 말했다.

"어제 학사님의 주옥 같은 글을 받아 읽고 한 글자도 고칠 게 없는지라 즉석에서 비석에 새겼소. 하물며 이미 폐하께 올려보내 감상하셨으니 이제 고칠 수가 없습니다. 감격스런 저의 마음을 깊이 보관하여 나중에 꼭 다시 사례하겠습니다."

그가 돌아가 장열에게 말하자, 장열은 크게 후회하며 말했다.

"나는 모두가 요숭이 유언으로 남긴 계책이란 걸 몰랐었다. 살아있는 장열이 죽은 요숭의 계략에 걸려 그를 칭송하였으니 나의 지략이 요숭을 따라갈 수가 없구나!"

연이어 계략에 걸렸다 말했으니,　　(連聲呼中計)

물러나 후회해도 이미 늦었구나.　　(退悔已嫌遲)

요숭이 죽은 뒤 조정에서는 그에게 문헌(文獻)이라는 시호를 추서했다. 그리고 장열과 송경, 그리고 왕거 등이 연달아 세상을 떠났다.

그리고 한휴(韓休)[234]와 장구령(張九齡)[235] 등 현명한 재상이 두

---

234 한휴(韓休, 673-740년, 字는 良土)-京兆 長安縣 사람. 재상 역임.
개원 21년(733), 韓休(한휴, 672-739)가 同平章事(동평장사, 同中書
門下平章事의 줄임)가 되었다. 한휴는 사람됨이 매우 강직하였는
데, 현종이 연회나 유락이 좀 도를 넘었다 하면 바로 좌우 근신들
에게 "한휴가 아는가 모르는가?"라고 물었다. 그 말이 끝나자마
자 한휴의 충간하는 글이 올라오곤 했다. 측근들이 "한휴가 재상
이 된 뒤로 폐하는 전보다 유달리 수척해지셨습니다."라고 말했
다. 이에 현종은 "내가 수척해졌지만 백성들은 살졌을 것이다."
라고 말했다. 한휴가 사직하자 장구령(張九齡)이 인계받았다.

235 장구령(張九齡, 678-740, 字는 子壽)-韶州(소주) 曲江人〔今 廣東省
(광동성) 북부의 廣東省과 湖南, 江西省의 접경의 韶關市(소관시)〕
이다. 측천무후 때 진사과에 급제하였고, 현종 개원 21년(733)에
재상급인 中書門下侍郎同平章事가 되었다. 唐 현종 때의 저명한
시인이며 재상이었다. 보통 '張曲江'이라 불리며, 그의 문집으
로《張曲江集(장곡강집)》이 있다.
장구령은 開元 盛世(성세)의 賢相(현상)으로 五嶺山脈(오령산맥)
이남, 곧 지금의 광동, 광서성 출신으로는 유일한 재상이었다고
한다. 그는 강직하면서도 溫雅(온아)했고 풍채와 의표가 매우 단
정하여 그때 사람들이 '曲江風度(곡강풍도, 曲江은 그의 고향)'라고
칭찬을 하였다. 장구령이 재상을 그만둔 뒤에, 현종은 인재 추천
을 받으면 '그 사람의 풍도가 장구령에 비해 어떠한가?'라고 반
문하였다고 하니 '紳士(신사) 중의 신사'였다고 생각된다.
장구령은 재상으로서 정직하고 현명하였으며 이해를 따지지 않
고 諫言(간언)을 올렸으며, 특히 安祿山(안록산)의 야심을 간파하
고 현종에게 '안록산의 얼굴에 反相이 뚜렷하니 지금 죽이지 않
으면 필히 후환이 있을 것'이라며 제거를 건의하였지만 현종은

분이 있어 모두 현종의 존경을 받다가 몇 년 지나지 않아 늙어 퇴직하거나 죽었다. 그 이후로 조정에는 성인군자가 점차 없어졌다.

현종도 재위한 햇수가 오래되자 점차로 정사에 태만하였다.[236] 현종이 즉위했던 초년에는 근검과 절약을 숭상하고, 주옥과 수놓은 비단을 궁궐 앞에서 불태워버리며, 1천여 명의 궁녀를 돌려보낸 적도 있었다.

그런데 뒤에 와서는 사치를 즐기는데 젖어 총애받는 궁녀가 날로 많아졌다. 여러 비빈들 가운데 유독 무혜비(武惠妃)[237]에 대한

받아들이지 않았다. 20년 뒤 현종은 안록산의 난을 피해 蜀으로 피난하면서 장구령의 말을 생각하며 통곡했고, 사람을 보내 장구령의 무덤에 제사를 올리게 했다고 한다.

236 玄宗의 재위 기간이 길어지면서 天寶(천보) 연간(742−755년)에는 사치와 향락이 도를 넘게 되고, 여기에 李林甫와 楊國忠의 발호가 국가적 위기를 초래했다. 또한 토지 겸병의 폐단이 두드러졌고 유랑농민의 대량 증가, 세금과 요역의 증가에 따른 사회적 모순과 갈등은 점점 심해졌다. 결국 安史의 난(安祿山과 史思明의 난)으로 진행되었고, 당나라는 이 난을 겪으면서 盛世에서 쇠퇴기로 접어들었다. 안사의 난 이후 당이 안고 있는 여러 가지 모순들이 그 모습을 드러낸다. 중앙정부와 지방 번진 간의 內戰이나 번진(藩鎭, 지방 군벌, 절도사)들의 장안 침공도 있었고 이민족의 침입과 수도 점거, 환관들의 조정의 고급 관원 배척, 그리고 백성들의 피폐와 유랑은 내재적 모순의 외부 표출이라 할 수 있다.

237 무혜비(武惠妃, 武賢妃)−본래 양원(良媛), 예종 延和元年(연화원년, 712) 十月 太上皇(예종) 賢妃(현비)로 책봉.

총애가 제일이었다. (현종의) 황후 왕씨는 무혜비의 참소를 받아
억울하게 폐위당했다. 또 태자 영(瑛)과 악왕(鄂王), 광왕(光王)도
참소를 당하여 한날에 사약을 받고 죽었다. 하루에 세 자식을 죽
였으니 온 천하가 놀라 탄식하지 않는 사람이 없었다. 그러나 무
혜비도 해산 후에 유혈하다가 죽으니 현종은 한없는 슬픔에 빠졌
다.

    그후부터 후궁에서 마음에 드는 궁인이 없었다. 고력사는 현
종에게 널리 미인을 선발해서 황제를 모시도록 해야 한다고 권고
했다. 그러자 현종은 아름답고 재간이 있는 민간의 여인을 선발
하여 입궁시키라는 어명을 내렸다. 그야말로,

     처음과 같지 않았으니,   (靡不有初)
     좋은 결말 거의 없었다.   (鮮克有終)
     개원(開元)과 천보(天寶) 연간이,   (開元天寶)
     크게 서로 같지 않았다.   (大不相同)

강채빈은 총애 속에 기쁨을 누리고, 양옥환은 성은 입어 총애를 다투다.(江采蘋恃愛追歡, 楊玉環承恩奪寵.)

노래하기를,	詞曰,
국색(國色)은 자원해 뽑혀 왔고,	(國色自應供點選)
한번 입궁하면	(一入深宮)
필히 미련이 많았다.	(必定多留戀)
눈썹 세워 꽃을 보지 않고,	(不是眉尖送花片)
멀리 나는 꾀꼬리 응시한다.	(也敎眼角飛鶯燕)
끝까지 다만 바라는 것은,	(只道始終這所願)
혼인의 인연이 아니라	(不料紅絲)
그냥 바람따라 떠돈다.	(恰又隨風轉)
월하노인 믿을 수 없었지만,	(始知月老亦無憑)

그래도 좋은 인연 맺어졌다.　　　（端合成全好姻眷）

　— 곡조〈접연화〉　　　　　　— 調寄〈蝶戀花〉

　사람의 세상살이는 오로지 정(情)과 도리(理)가 있을 뿐이다.
충신과 효자의 모든 일은 오로지 순리따라 이뤄지나니, 이는 누
구에게나 더 말할 필요도 없다.

　아울러 간악한 자들이 사리나 도리를 따르지 않는 사실 역시
더 말할 필요가 없을 것이다. 그러고 보면, 사람의 이런저런 정
(情)도 도리에 어긋나서는 안될 것이다.

　맹자(孟子)[238]가 말했다.

「어려서는 부모를 따르다가도, 미인을 알게 되면 그녀를 따르
고, 처자식이 있으면 처자식을 따르고, 관직에 나가면 군주를 흠
모하는데, 주군에게 인정받지 못하면 노심초사하게 된다. 대효
(大孝)는 죽을 때까지 부모 뜻을 따른다.」[239]

---

238 맹자(孟子, 名은 軻, 前 372 - 289, 軻는 수레의 굴대 가) - 鄒邑人〔추읍
　인, 今 山東省 鄒城市(추성시)〕, 공자의 손자인 子思의 弟子, 戰國 時
　期 儒家의 대표적 인물. '亞聖'의 존칭. 孔子와 합칭하여 '孔
　孟.'《史記 孟子荀卿列傳》에 입전. 性善論(성선론)을 주장, 仁政,
　왕도 정치를 강조했다. 唐의 韓愈(한유)가 맹자를 아주 높게 평가
　했다. 孟子의 弟子 萬章(만장) 등이《孟子》를 저술하여 孔子의 思
　想을 계승, 발양했다. 저서로《孟子》는 7篇. 총 261장, 34,685字.
　南宋의 朱熹(주희)는《論語》,《大學》,《中庸》,《孟子》를「四書」로
　지칭. 淸末까지《四書》는 科擧 시험과목이었다.

이는 예나 지금이나 마찬가지이며 정을 모두 다 끊어버리는 사람은 없다.

소무(蘇武)[240]는 서북방 흉노 땅에서 아주 난처한 처지에 있었지만 양가죽을 씹고 눈(雪)을 받아먹으면서도 생사를 생각지도 않았다. 그런 소무도 결국 흉노의 여인을 얻어 자식을 보았고 귀국하면서 두고와야만 했다.

호담암(胡澹庵)[241]은 해외에서 10여 년 유배살이를 했다. 돌아올 무렵에 날마다 상담(湘潭) 호씨원(胡氏園)에서 술을 마셨고, 아내보다도 시녀 여청(黎淸)을 더 좋아했다. 그래서 시까지 증송했다.

이처럼 정이 다른 사람에게 옮겨가는 일은 아무리 현명한 사람

---

239 이는 《孟子 萬章章句 上(맹자 만장장구 상)》의 구절이다. 원문 「人少則慕父母, 知好色則慕少艾, 有妻子則慕妻子, 仕則慕君, 不得於君則熱中.大孝終身慕父母.」

240 蘇武(소무, ?－前 60, 字는 子卿)－한무제 때, 中郎將(중랑장)으로 흉노에 사신으로 갔다가 억류(前 100년)되었다. 온갖 난관을 이기고 지조를 지키다가 昭帝(소제) 시원(始元 : 원년) 6년(前 81) 봄에 장안으로 돌아왔다. 소무는 흉노에 총 19년간 억류되었는데 젊어 출국했지만 돌아올 때는 수염과 머리가 모두 백발이었다.

241 호전(胡銓, 1102－1180년, 字는 邦衡, 號 澹庵(담암), 시호 忠簡〕－南宋 政治家, 文學家(문학가). 구양수(歐陽修), 양방예(楊邦乂), 주필대(周必大), 양만리(楊萬里), 문천상(文天祥)과 함께 五忠一節(오충일절)이라는 칭송이 있다. 이강(李綱), 조정(趙鼎), 이광(李光)과 함께 '南宋四名臣'이라는 칭송을 듣는다.

일지라도 피하기 어려운데, 하물며 태평성세에 살고 있는 천자의 귀한 몸이라면 더 말할 것도 없을 것이다. 재위 중 현종이 관리를 보내어 미인을 골라오게 한 명령은 당연한 일이었다.

민(閩, 수 福建省 일대) 땅의 홍화현〔興化縣, 수 福建省 중부 해안의 莆田市(보전시)〕 진주촌(珍珠村)에 강중손(江仲遜)이라 부르는 한 수재(秀才)가 있었다. 그의 자는 억지(抑之)였다.

잘생긴 인물에 재산도 많았지만 서른이 넘도록 대를 이을 아들이 없었다. 부인 요씨(廖氏)가 딸을 낳아 슬하에 딸자식 하나만을 두었는데, 그 딸의 아명은 아진(阿珍)이었다. 아진은 영특하여 아홉 살에《시경(詩經)》을 즐겨 읽고 외웠다.

아진이 부친에게 말했다.

"제가 여자이지만 이런 학문에 뜻을 두었습니다."

강중손은 딸을 기특하게 여겨 이름을 채빈(采蘋)이라고 지었다. 그 채빈의 얼굴이 화용월태(花容月態)라서 달에 산다는 미인 항아도(嫦娥) 강채빈 앞에서는 고개를 숙여야 할 정도였다. 더욱이 글을 짓는 능력뿐만 아니라 제자백가(諸子百家)에 통하였고, 거문고(琴)와 바둑(棋), 그리고 서화(書畫)에도 능숙했다.

강채빈은 천성적으로 매화를 매우 좋아하였다. 강중손은 사람을 장강(長江)과 절강(浙江)의 강산에 보내 오래된 매화를 찾아 캐오게 하여 정원에 옮겨 심었고 정자도 지었는데, 이름을 매정(梅亭)이라고 하였다. 그래서 강채빈은 매일 매화를 감상하고 가꾸었으며, 자신의 호를 매분(梅芬, 芬은 향기로울 분)이라 지었다.

강채빈은 문예를 좋아하여 당시에 〈소란(蕭蘭)〉, 〈이원(梨園)〉, 〈매정(梅亭)〉, 〈총계(叢桂)〉, 〈봉적(鳳笛)〉, 〈파배(玻杯)〉, 〈전도(剪刀)〉, 〈기창(綺窓)〉 등의 여덟 개 부(賦)를 지었는데, 이 부가 그때에 널리 알려졌기에 그 명성이 자자하였다.

당시 고력사(高力士)가 호광(湖廣) 지역으로부터 양월(兩粤)[242] 지역에 이르기까지 각지를 다니며 미인을 선발했으니 합당한 여인이 없었다. 그러다가 홍화현에 와서 채빈에 대한 소문을 듣고 찾아와 즉시 그녀를 선발하여 입궁케 하였다.

채평은 그해 열여섯 살로 미모가 출중했다. 현종은 강채빈을 보자마자 희색이 가득했고, 즉시 비빈으로 봉하고 궁중에서 생활케 하였다.

그러면서 강중손에게는 황금 천냥과 채색 비단 1백 필을 하사하였고 집에 돌아가 만년을 여유있게 보내도록 조치하였다.

또 고력사에게 명하여 강중손을 모시고 광록시(光祿寺)에 가서 연회를 베풀도록 했다. 중손은 눈물을 뿌리며 궁궐을 떠났다.

현종은 좌우 시위들에게 연회를 준비하게 한 뒤 채빈과 함께

---

242 양월(兩粤, 粤은 越과 通) — 兩越(양월), 南越〔今 廣東省(광동성), 廣西省(광서성)〕 및 민월(閩越, 今 福建省) 지역.《漢書》의 〈西南夷兩粤朝鮮傳〉의 양월에서 유래. 지금 양월은 兩廣의 同義語, 곧 廣東省과 廣西省 지역을 의미.

술을 마셨다. 그 뒤로는 매일 강채빈, 곧 강비(江妃)와 함께 밤을 보냈는데, 닭이 울고 종이 치거나 날이 밝으면 억지로 일어나 조정에 나와 정사를 돌보았다. 그리고 정사를 마치는 대로 곧장 강비의 처소에 가서 즐기고 쉬었다.

매비〔梅妃, 강비(江妃)〕

어느 날, 현종은 강비가 〈매정부(梅亭賦)〉를 읽는 모습을 보았다. 현종은 강비가 매화를 좋아한다는 취미를 알고 궁궐 정원마다 매화를 심게 하였고, 강비를 그때부터 매비(梅妃)[243]라 불렀다.

그리고 현종이 말했다.

"짐은 이 며칠동안 정사에 열중하다 보니, 지칠대로 지쳤소. 지금

[243] 매비〔梅妃, 강채평(江采萍), 710-756년〕─당 형종이 사랑한 후비. 정사에는 기록이 없다. 宋代 전기소설(傳奇小說)《매비전(梅妃傳)》을 통해 알려졌다.

552 수·당연의 제4권

매화가 활짝 피어 그 향기가 좋으니, 머리가 시원하고 갑자기 가슴이 탁트이는 것처럼 상쾌하오. 비의 모습이 꽃과 같아 사모의 마음이 북받치는구려. 아무리 세상 밖의 선녀라 하더라도 어찌 옅은 치장에 제비같이 날씬한 그대에게 비할 수 있겠는가!'

그러자 매비가 조용히 말했다.

"달이 지새는 새벽에 매화 꽃잎 떨어지듯 냉대받아 처참해질까 봐 두렵습니다."

"짐한테 그런 모진 마음이 있다면, 화신(花神)이 거울처럼 밝혀 비춰줄거요."

"방금 폐하의 말씀을 어기지 않으신다면 첩은 분신쇄골하더라도 은덕을 갚을 것입니다."

"매비의 뛰어난 재능은 이미 〈8부(八賦)〉로 밝혀졌소, 한림원(翰林院)의 여러 학사들이 읽어보고 찬탄을 금치 못했소. 지금 그대가 매화부를 짓는다면 짐은 그걸 시 짓는 신하들에게 나눠줘 보게 할 것이요."

"천첩은 초가 규방에서 자라고 바탕이 고루한지라, 어찌 예원(藝苑)의 거장과 석학(碩學)을 당할 수 있겠습니까? 그러나 폐하의 뜻을 어길 수 없으니 부끄러움을 무릅쓰고 지어올리겠습니다."

매비의 말이 끝나자, 내시가 들어와 알렸다.

"영남(嶺南)자사 위응물(韋應物)[244]과 소주(蘇州)자사 유우석(劉

244 韋應物(위응물, 736－830?, 字는 義博)－京兆郡 杜陵縣(今 陝西省

禹錫)²⁴⁵이 각기 기이한 매화 다섯그루를 진상하였습니다."

西安市 長安區) 출신으로, 則天武后 때 재상이었던 韋令儀(위령의)의 손자이다. 韋應物은 현종 천보 연간(750)에 蔭補(음보)로 황제의 近侍(근시) 무사인 三衛郎(삼위랑)이 되어 거의 불량배와 같은 행동으로 백성들을 괴롭혀 원성을 듣기도 했다.

安史之亂 중에 현종이 蜀으로 피난가면서 韋應物은 실직했고 주변 사람들의 따가운 시선을 견뎌야 했다. 동서양을 막론하고 '浪子回頭金不換(부랑자가 개심하면 황금으로도 바꾸지 않는다).'는 말처럼, 이후 착실하게 독서를 하면서 행실을 고쳤다.

그리하여 代宗이 즉위하자(763) 洛陽丞(낙양승)이 되었고, 이후 德宗 建中 4년(783)에 滁州刺史(저주자사)를 거쳐 德宗 貞元 元年(785)에 江州刺史로 자리를 옮겼고, 이어 정원 6年(790)에 蘇州刺史를 그만두고 蘇州 城外의 永定寺에 거주하다가 죽었다는데, 졸년을 상고할 수는 없지만 90세 가까이 살았다고 한다.

위응물은 '韋江州', '韋蘇州(위소주)'로 불리는데, 그의 시풍은 왕유와 가깝고, 언사가 간결하며 산수경관을 읊은 시가 많다. 《唐詩三百首(당시삼백수)》란 명저가 있는데, 위응물의 시가 무려 12수나 수록되었다. 宋나라의 蘇軾(소식)은 위응물의 시에 대하여 아래와 같은 아주 인상적인 평가를 남겼다.

'樂天長短三千首(백락천의 5언 7언의 3천 수보다), 却愛韋郎五言詩(오히려 위응물의 오언시를 좋아한다).'

245 劉禹錫[유우석, 772-842, 字는 夢得(몽득)] - 唐나라의 저명한 시인이며 中唐 문학을 대표하는 인물의 한 사람이다. 德宗 貞元 9년(793)에 柳宗元(유종원)과 함께 진사에 급제하여 이름을 날렸다. 이후 감찰어사를 지낸 뒤 王叔文(왕숙문)의 천거를 받아 요직을 역임하였으나, 33세 때인 805년 順宗의 禪讓(선양)에 따라 왕숙문이 실각되면서 그도 郎州(낭주, 今 湖南省 북부 常德市) 司馬(사마)로

현종이 대단히 기뻐하며 고력사더러 잘 가꾸어 연회에서 감상할 수 있도록 하라고분부했다.

며칠 지나지않아 현종은 여러 왕들을 매원(梅園)으로 초청하여 연회를 베풀고, 이원(梨園)의 자제를 불러 응답하고 음악을 연주

편직되어 10년을 지내야만 했다.

이후 廣東(광동) 지방에서 지방관을 역임한 뒤 文宗 太和 2년 (828) 장안으로 돌아와 太子賓客을 역임하였기에 '劉賓客(유빈객)'이라고도 부르고, 檢校禮部尙書와 秘書監의 虛銜(허함)을 받았기에 '秘書劉尙書'라고도 부른다.

그러나 다시 정치적 소용돌이에 휘말려 좌천되어 지방관으로 떠돌아야만 했다. 유우석은 특별한 능력을 가진 시인이며 文才였으나 너무 솔직하거나 아니면 경박한 일면이 있었다고 한다.

유우석의 시풍은 질박하지만 웅혼(雄渾)하고 상쾌하며 호탕한 기운이 있어, 친우 白居易는 유우석을 '詩豪(시호)'라고 지칭하면서 '유우석의 시는 신이 보호하고 지지한다(劉君詩 在處有神物護持).'고 말했다. 유우석과 백거이는 함께 '劉白'으로 불리었다. 또 元稹(원진) 등과 함께 詩와 음악, 문자와 음악의 융화를 꾀했기에 많은 사람들이 즐겨 그의 시를 외었다고 한다.

지금 그의 시 약 800여 수가 전해지는데, 서민들의 생활모습과 咏史(영사), 懷古(회고), 抒情을 읊은 명작이 많고, 우정을 중시하여 많은 사람들이 그를 좋아하였다고 한다. 특히 〈柳枝詞〉, 〈竹枝詞〉, 〈楊柳枝詞(양유지사)〉 등은 民歌的이어서 널리 불렸다. 그의 산문 〈陋室銘(누실명)〉은 우리나라에서도 유명한 글이다. 짧은 名文이기에 아래에 수록한다.「山不在高, 有仙則名. 水不在深, 有龍則靈. 斯是陋室, 惟吾德馨. 苔痕上階綠, 草色入簾青. 談笑有鴻儒, 往來無白丁. 可以調素琴, 閱金經. 無絲竹之亂耳, 無案牘之勞形. 南陽諸葛廬, 西蜀子雲亭. 孔子云, 何陋之有.」

하며 시중들게 했다. 현악기와 관악기가 섞여 연주하니 그 청아한 가락이 아름다웠다. 이를 시로 읊었다.

큰 집 멋진 방은 번쩍번쩍 빛나고,　　　　（金屋畫堂光閃閃）

산해진미 차린 상, 풍악을 울린다.　　　　（烹龍炮鳳敲檀板）

멋들어진 노래가 대들보에 울리고,　　　　（歌喉宛轉繞雕樑）

옥 술잔에 미주(美酒)가 가득가득 넘친다.　（瓊漿滿泛玻璃盞）

황제와 여러 왕이 한창 술을 마실 때, 어디선가 멋진 가락의 피리 소리가 들렸다.

"청아한 피리 소리 마치 하늘에서 들려오는 듯한테, 누가 부는가?"

현종이 흐뭇한 표정으로 말했다.

"매비(梅妃)의 가락이요, 여러 형제들이 싫다 하지 않는다면 불러 보이겠소."

현종의 말에 여러 왕이 이구동성으로 찬동했다. 현종은 고력사를 시켜 매비를 모셔오게 하였다.

곧 매비가 들어와 여러 왕과 인사를 나눈 뒤에 현종이 말했다.

"짐은 늘 매비를 매화의 정령이라 생각했네, 번거롭지만 백옥 피리에 경홍무(驚鴻舞)를 한번 춘다면 여기 모두가 흥겨울 것이요. 오늘 이 자리가 여러 왕을 위한 자리이니 매비가 한번 보여주시오."

현종의 부탁에 매비는 옷매무새를 고치고 앞으로 나와 가락에 맞춰 춤을 추었다. 경홍무가 끝나자, 여러 왕들 모두가 칭찬하였다.

현종이 말했다.

"멋진 춤을 보았으니, 이제 한 잔을 아니 들 수 있겠나! 가주(嘉州)에서 진상한 서로진(瑞露珍)이라는 미주가 여기 있으니 우리 모두 함께 마시겠소!"

현종은 형과 아우들 모두들 진정으로 좋아하며 한마디 한마디 결코 결례가 없도록 마음을 쓰며 말했다. 매비는 여러 왕들에게 술을 권하며 덕담을 나누었다.

그때 영왕(寧王, 현종의 형, 李憲)은 빨리 취했는지, 매비의 술을 받고서 일어나다가 매비의 꽃버선을 밟았다. 그러자 매비는 금방 안색을 바꾸고 말없이 방에서 나가버렸다.

현종은 매비가 방에서 나가는 모양을 보고 물었다.

"매비가 왜 아무 말도 없이 방에서 나갔는가?"

그러자 가까이 있던 환관이 말했다.

"매비마마의 꽃신발 매듭이 풀려, 신발을 바꿔 신으러 나가셨습니다."

얼마 뒤에 현종이 환관을 보내 매비를 불렀다.

그러자 매비는 "갑자기 복통이 생겨 나가서 모시지 못하겠습니다."라고 전갈을 보내왔다.

"그렇다면 이만 연회를 마쳐도 되겠군!"

연회가 좀 아쉬운 채 끝나고 각자 헤어지자, 영왕은 너무 놀라 혼비백산한 듯 어쩔 줄 몰라 했다. 영왕은 부마인 양회(楊回)를 생각했다. 양회는 지모가 뛰어난데다 황제의 신임을 받고 있는 사람이라 영왕은 양회를 초청하여 같이 상의하였다.

"과인이 폐하를 모시고 매원의 연회에 참석했었소. 그런데 술을 몇 잔 더 마신 탓에 큰 실수를 저질렀소."

"매비를 희롱한 일 아닙니까?"

"어떻게 알았는가?"

"나쁜 일을 남이 알지 못하게 하려면 처음부터 하지 말았어야 합니다. 그런데 이미 엎질러진 일입니다. 지금 폐하만 모르고 많은 사람들이 다 알고 있습니다."

영왕이 말했다.

"그래서 자네를 불러 상의하는 것일세. 만약 매비가 폐하에게 얘기를 해서 시비거리가 된다면, 내가 어찌 편안할 수 있겠나?"

"괜찮습니다. 지금 두 가지 방법이 있으니 틀림없이 무사할 것입니다."

그러면서 영왕의 귀에 대고 작은 소리로 이야기했다. 이야기를 들은 영왕은 아주 기뻐하며 그 계책을 따랐다.

이튿날 조회 때, 영왕은 양회의 계책대로 자신의 웃통을 벗어 한쪽 어깨를 드러내고 무릎으로 기어 현종 앞에 나와 사죄했다.

"폐하의 연회에서 술을 못 이겨서 그만 매비의 발을 밟는 실수를 하였습니다. 신이 생각없이 저지른 일이나 만 번을 죽어 마땅한 일입니다."

그러자 현종이 말했다.

"이 일이 만약 거론된다면, 천하 사람들은 모두가 짐이 여색을 좋아하고 형제간의 천륜을 경시한다고 나무랄 거요. 경이 무심코 저지른 실수이니 짐도 굳이 더 따지지 않을 것이요."

영왕이 사은하고 일어나자, 양회가 현종에게 조용히 말하였다.

"신이 보건대, 여러 궁전에 비빈이 상당히 많이 있습니다. 그런데도 불구하고 또 고력사를 시켜 미인을 찾게 분부하셨는데 무슨 까닭이십니까?"

"비빈이 많다지만 절대 가인은 없네. 짐은 경국지색을 얻어 인생의 쾌락을 누려보고 싶을 뿐이네."

"폐하께서 꼭 경국지색(傾國之色)을 얻으려 한다면 수왕(壽王)²⁴⁶의 왕비인 양옥환(楊玉環)보다 더 미인은 아마 없을 것입니

---

246 壽王(수왕) 이모(李瑁, 720−775年)−唐 玄宗 第 18子, 生母 武惠妃 (생모 무혜비), 開元(개원) 13年(725)에 壽王(수왕)에 봉해졌다. 첫 왕비 楊氏. 나중에 현종의 楊貴妃(양귀비). 무혜비가 현종의 총애를 받았지만 그 자식들이 모두 요절했다. 그래서 이모는 玄宗의 兄인 영왕(寧王, 李憲)의 저택에서 양육되었다.

玄宗이 총애하던 武惠妃(무혜비)가 開元 25年(737년)에 죽는다. 後宮에 아무리 美人이 많다지만 玄宗의 뜻에 맞는 여인이 없었다. 이에 18子인 壽王의 왕비 楊氏가 미인이라는 말을 듣고 자신의 며느리를 불러보니 과연 미인이었다. 양씨는 양현염의 딸로

양귀비〔楊貴妃, 양옥환(楊玉環)〕(좌측)

다. 자태와 용모를 놓고 보아 실로 보기 드문 절세가인(絶世佳人)입니다."

양회의 말을 듣고, 현종이 물었다.

"매비와 비교하면 어떠한가?"

"신이 직접 본 적은 없습니다. 하지만 수왕이 시를 지어 그 왕비를 칭송한 중간의 한 구절만 보아도 알 수

蜀(촉)에서 태어났지만 10세에 부친을 여의고 叔父(숙부)의 손에 양육되다가 16세인 735년에 壽王 李瑁(이모)의 妃가 되었고 이미 두 아들을 출산했었다. 현종이 양씨를 만나본 뒤, 현종의 모친 두태후의 명복을 빌게 한다는 이유로 양씨를 여도사로 만들어 道觀(도관, 道敎의 사원)에 밀어넣고 道號(도호)를 太眞(태진)이라 했다. 아들 수왕을 재혼시키고, 그 한 달 뒤에 太眞은 환속하여 귀비로 책봉되는데(745년), 이때 貴妃(귀비)는 26세, 현종은 61세의 노인이었다. 귀비는 756년까지 12년간 현종의 총애를 독점했었다. 현종은 712년 28세에 즉위하여 756년까지 45년을 재위하고, 762년 78세에 죽는다.

있습니다.

「두 눈으로 보내는 추파가 일렁거리고(三寸橫波回慢水),

 양쪽 섬섬옥수 뜯는 가락 향기롭구나(一雙纖手語香弦).」

라고 하였습니다. 개원 21년(733년) 겨울에, 신이 수왕의 왕궁에 간 적이 있었습니다. 그때 어떤 사람이 칭찬하는 말을 들었습니다. '높은 하늘 아래(只有天在上) 그녀만한 미인 없도다(更無山與齊).'라고 하였습니다. 폐하께서는 그 수왕의 양씨(楊氏)를 한번 불러 만나보시는 게 좋을 것입니다."

현종이 듣고 몹시 기뻐하며 즉각 고력사를 보내 수왕비 양옥환(楊玉環)[247]을 불러오게 했다. 고력사가 지시를 받고, 즉시 수왕의

---

247 양귀비(楊貴妃) ─ 비도덕적 결합

玄宗(현종)이 총애하던 武惠妃(무혜비)가 開元 25年(737년)에 죽는다. 後宮(후궁)에 아무리 美人(미인)이 많다지만 玄宗의 뜻에 맞는 여인이 없었다. 이에 18子인 수왕〔壽王, 李瑁(이모), ?─775년, 生母 武惠妃〕의 왕비 양씨(楊氏)가 미인이라는 말을 듣고 자신의 며느리를 불러보니, 과연 미인이었다.

양씨는 죽은 蜀州의 司戶 양현염(楊玄琰)의 딸로 蜀에서 태어나 10세에 부친을 여의고 叔父의 손에 양육되다가 16세인 735년에 壽王의 妃가 되었고, 10년 결혼 생활에 이미 두 아들을 출산했었다. 현종이 양씨를 만나본 뒤. 현종의 모친 두태후의 명복을 빌게 한다는 이유로 양씨를 여도사로 만들어 道觀(道敎의 사원)에 밀어 넣고 道號를 태진(太眞)이라 했다. 아들 수왕을 재혼시키고, 그 한 달 뒤에 太眞은 환속(還俗)하여 귀비(貴妃)로 책봉하였다(745년). 貴妃는 女官의 명칭으로 皇后 다음의 봉호(封號)이다. 당 초

궁에 가서 왕비를 폐하께서 만나려 한다는 뜻을 전하자, 왕비가 물었다.

"폐하께서 저를 불러 뭘 한답니까?"

"소신은 모르겠습니다. 마마께서 만나보시면 스스로 알 일입니다."

양옥환은 처참한 기색으로 수왕에게 말했다.

"첩은 백발이 되도록 전하를 모시겠다고 기도드렸습니다. 그런데 누가 알았겠습니까? 지금 폐하께서 고력사를 보내어 첩을 입조하라는 성지를 내렸답니다. 이번에 떠나면 아마도 틀림없이 전하와 영영 이별이라는 생각이 듭니다."

수왕은 왕비의 손을 잡고 말없이 눈물만 흘렸다.

"일이 이 지경이니 거역하기 어려울 것이오. 만약 이번에 가서 폐하의 마음에 들지 않는다면, 혹 다시 상봉할 날이 있지 않겠습

기에 貴妃(귀비), 淑妃(숙비), 德妃(덕비), 賢妃(현비)를 四夫人(사부인)이라 칭했고, 작위로는 正一品(정일품)에 해당한다.

이때 貴妃는 26세, 현종은 61세의 노인이었다. 귀비는 756년까지 12년간 현종의 총애를 독점했었다. 사실 양귀비와 玄宗의 결합과 애정은 비도덕적이고 비정상적이었다. 기운이 왕성하고 풍류를 아는 황제라는 점을 감안하더라도, 자신의 며느리를 강제로 이혼케 하여 아내로 맞이했다는 자체가 비도덕적이었다. 결국 '安史(안사)의 난'으로 양귀비는 마외파의 절에서 목을 매어야 했고, 현종은 슬픔과 실의 속에서 帝位(제위)를 아들에게 넘겨주어야 했다. 말하자면 '安史의 난'과 당의 國運(국운)이 기우는 계기가 된 것은 현종과 귀비의 애정이었다.

니까? 그러나 하여튼 옥체를 자중자애하십시오."

고력사의 재촉에 못이겨 양옥환은 수왕과 이별하고 눈물을 흘리며 집을 나섰다. 두 아들이 눈에 어른거렸지만 입을 꾹 다물고, 눈을 꼭 감으며 애써 잊으려 했다.

고력사는 양옥환을 데리고 가서 복명했다. 양옥환은 마음속으로 수치스러웠다. 부끄러워서 인사를 마치고도 바닥에 엎드려 있자, 현종이 일어나라고 했다.

이때 궁전 안에는 은 촛대의 촛불이 흔들렸고, 섬돌 앞에는 달 그림자가 어른거렸다. 현종은 촛불과 달빛을 받고 선 며느리 양옥환을 지그시 주시하였다.

까만 나비 눈썹은 진하게 하늘을 향했고, 이마 복판에 그려진 아황(鴉黃)은 고왔다. 나비를 수놓은 비단 치마는 몸에 맞았고, 봉황 그린 비단 저고리는 산뜻했다. 가는 허리는 버들 같고, 작은 발은 깜찍했다. 비취 비녀에 달린 구슬은 찰랑거렸고 얹은 머리는 부풀려 구름처럼 솟아 있었다. 옥비녀 꽂힌 머리카락은 검은 옻칠 그대로 윤기가 흘렀다. 살짝 옆으로 흰 얼굴은 슬픈 듯 아닌 듯, 그 표정을 짐작할 수가 없었다.

전체적으로 고운 자태는 월(越)나라의 서시(西施)[248]와 비슷하

---

248 西施(서시, 생졸년 미상)―越女, 본명 施夷光(시이광). 今 浙江省 紹興市 관할 諸暨市(제기시) 출신. 西村의 施氏. 句踐(구천)에 의해

였는데, 그 통통한 하얀 피부는 윤기가 넘쳐, 초로(初老)의 황제 마음을 설레게 하였다. 날렵하게 돌아설 때는 조비연(趙飛燕)[249]과 같아서 요염한 미색에 정신이 아찔해졌다.

그러다보니 현종은 수왕비, 며느리의 고운 얼굴에 온몸의 혼령이 다 달아난 듯, 어지럽기가 취한 것 같았다. 돌아보며 살짝 웃는 모습에 온갖 교태가 쏟아져(回頭一笑百媚生), 그야말로 육궁의 미녀들의 미모가 모두 무색했다(六宮粉黛無顔色).[250]

현종은 고력사에게 분부하여 양옥환이 스스로 여도사(女道士)가 되기를 원한 것으로 만들고, 따라서 양옥환에게 태진(太眞)이라는 도호(道號)를 하사한 뒤에 태진궁(太眞宮)에 머물게 했다.

그리고 양회와 영왕 두 사람에게 말했다.

吳王(오왕) 夫差(부차)의 姬妾(희첩)으로 바쳐졌다. 古代 四大美女 등 沉魚(침어)의 미인. 吳 몰락 후에 범려와 江南 五湖(강남 오호)를 떠돌며 숨어 살았다는 등 전설의 주인공.

249 조비연(趙飛燕, 前 45 – 前 1년) – 前漢 成帝의 2번째 황후. 哀帝 때 황태후. 능가선무(能歌善舞), 소위 장중무(掌中舞)를 했다는 설화가 있다. 자매가 모두 성제의 총애를 받았다. 황후가 되었고, 성제는 日夜로 유락에 빠졌다가 갑자기 죽었다. 哀帝가 즉위하자 皇太后가 되었으나 전한 마지막 황제 平帝가 즉위한 뒤에 서인으로 강등되자 자살했다.《漢書》97권, 〈外戚傳〉(下)에 입전.

250 원문 回頭一笑百媚生(회두일소백미생), 六宮粉黛無顔色(육궁분대무안색) – 이는 백거이(白居易) 〈長恨歌(장한가)〉의 구절이다.

"경들 두 사람이 짐을 생각해 주어 고맙소. 짐이 뒷날 후한 상을 내리겠소."

현종은 천보 4년(745)에 아들 수왕에게는 좌위장군 위소훈(韋昭訓)의 딸을 왕비로 맺어주었다. 그런 다음 양옥환을 조용히 궁중으로 불러들이고 백관들에게 명하여 봉황궁에서 태진궁의 여도사 양씨를 귀비(貴妃)로 책봉하도록 했다.

양귀비의 부친인 양원담(楊元談)은 본래 홍농군(弘農郡) 화음현(華陰縣, 今 陝西省 동부, 渭河 하류, 渭南市 관할 華陰市) 사람으로서 포주(蒲州)의 독두촌(獨頭村)에 살았었다. 개원 초년에, 촉주(蜀州) 사호(司戶)로 있으면서 거기서 양옥환을 낳았다.

부모를 일찍 여윈 양옥환은 하남부 사조(士曹)로 있는 숙부 양원규(楊元珪)의 집에서 자랐다.

귀비로 책봉하는 날 양원담에게 병부상서(兵部尙書)를 추증했고, 모친 이씨는 양국부인(涼國夫人)으로 추증했다. 숙부 원규에게는 광록시(光祿寺)의 책임자인 광록경(光祿卿)을 제수하였다. 사촌오빠인 양섬(楊銛, 銛은 가래 섬)에게는 시어사(侍御史)를 제수했고, 또 다른 사촌 오빠 양쇠(楊釗)에게도 시랑(侍郎)을 제수했다.

양쇠는 원래 장창종(張昌宗)의 아들로서, 양씨네 집에서 양육되었다. 현종은 양쇠의 쇠(釗)자가 쇠 금(金)에 세운 칼 도(刂)자이므로, 글자가 흉하다고 생각하여 새로운 이름 국충(國忠)을 하사하였다.

이리하여 양씨 일족의 권세가 세상을 흔들기 시작했다.

양귀비가 황제를 배알하는 저녁에 예상우의곡(霓裳羽衣曲)을 연주하게 했으며, 그녀에게 금비녀를 넣은 금으로 장식한 전합(鈿盒)을 특별히 하사하였다.

또 현종은 여수진(麗水鎭)이란 곳에 있는 나라 창고에서 꺼내온 금으로 만든 머리 장식을 만들게 해서 직접 가지고 장각(妝閣, 일종의 미용실)에 가서 몸소 양귀비의 머리에 꽂아주었다.

현종은 양귀비를 총애하면서부터 매비(梅妃)를 찾지 않고 멀리 했다.

매비가 궁녀인 언홍(嫣弘, 嫣은 싱긋 웃을 언)에게 물었다.

"폐하께서 요 며칠 사이에 왜 나의 처소에 들르시지 않는가를 알고 있느냐?"

"미천한 제가 어찌 그 내막을 알겠습니까? 만약 고력사를 불러 물어보면 곧 알 수 있습니다."

매비가 분부했다.

"네가 지금 찾아가서 데려 오너라."

언홍이 명을 받고 거처를 나가 고력사를 찾았다. 어원에 이르니 고력사가 낭하에 앉아 혼자 졸고 있었다.

언홍이 중얼거렸다.

"한 번 놀려줄까."

그리고 언홍은 한 그루의 작은 매화 꽃가지 하나를 꺾어들고, 고력사의 콧구멍을 간지럽혔다.

고력사가 깨어 언홍을 보자 물었다.

"언홍아, 뭘 하러 여기 왔느냐?"

언홍이 방긋이 웃으며 말했다.

"우리 마마께서 불러오라고 하여 일부러 왔습니다."

고력사는 언홍과 함께 매비 궁전에 들어와 머리를 숙여 인사를 올렸다.

매비가 고력사에게 물었다.

"요 며칠 사이 폐하께서 어찌된 연고로 여기에 오시지 않는가요?"

"아참! 폐하께서 남궁(南宮)에 새로 수왕의 왕비를 귀비로 맞아들이신 것을 매비마마께서는 아직 모르셨습니까? 그 총애가 대단합니다."

"내가 어찌 알 수 있겠어요. 폐하께서 그 여인을 어떻게 대하고 있는가요?"

"양귀비가 입궁하자, 폐하께서는 대단히 기뻐하시며 금비녀와 비취 보요(步搖)를 손수 하사하시고 귀비의 친족들에게 관직을 제수하였습니다. 그래서 궁중에서는 양귀비를 마마라고 부릅니다. 규정에 따르면 황후에 버금가는 귀비입니다."

그 말을 들은 매비의 눈에서는 눈물이 흘렀다.

"내가 처음 입궁했을 때 이런 일을 우려했었는데, 과연 내 생각과 같이 되었군요. 알겠습니다. 저도 방법을 찾아보겠어요."

고력사가 나가자, 언홍은 그간에 본 일을 모조리 말했다. 황제의 거동과 즐거워하던 정경이 어떻더라는 것을 말하자, 매비가 듣고 한스러워했다.

언홍이 말했다.

"마마께서는 번뇌하지 마십시오. 불민한 저의 생각으로는 잘 단장하고 남궁에 가시어 폐하께서 어떻게 말씀하시는지 들어보십시오."

매비는 언홍의 말을 듣자마자 경대 앞에서 머리를 고쳐 꾸몄다.

매비는 능화보경(菱花寶鏡) 앞에서 탄식했다.

"맙소사! 이렇듯 재모가 뛰어난 나 강채빈이 이 지경으로 초췌해지다니! 내가 어찌 애간장을 태우지 않을 수 있겠는가!"

말을 마친 매비는 복받치는 분노를 참으면서 정신을 가다듬고 단장을 마쳤다. 언홍과 궁녀들이 재삼 위로해서 꽃비녀를 꽂았고 진한 화장을 했다. 나무랄데 없이 치장한 매비는 시종들을 거느리고 남궁을 향해 천천히 걸어갔다.

매비는 홀로 꽃그늘 아래 서있는 현종을 보고 앞에 나가 예를 갖춰 인사하였다.

현종이 말했다.

"오늘 무슨 좋은 바람이 불어 그대가 여기까지 오셨소?"

매비는 마음속의 분노를 참고 미소를 띠우며 말했다.

"때마침 날씨가 화창한데, 갑자기 남풍이 세차게 불기에 바람이 불어오는 곳을 찾다가 여기까지 와서 뜻밖에 폐하를 뵈었습니다."

매비의 대답에는 현종의 처사에 대한 분노가 그대로 담겨있었다.

현종은 좀 머쓱했다.

"아름다운 꽃이 피었길래 사람을 보내 매비와 함께 오늘은 술에 취하고 싶다는 생각을 하고 있었소!"

현종의 대답은 갑자기 꾸며낸 말이었다.

매비가 현종을 비웃듯 말했다.

"폐하께서 새로 맞이한 양귀비를 총애하신다 하여 저는 우선 폐하께 경하(敬賀)드리오며 새사람과 인사라도 나누고 싶습니다."

"그건 심심풀이에 불과하니 입에 올릴 바가 못되오."

그래도 매비가 꼭 만나보겠다고 하자, 현종은 하는 수 없이 수락했다.

"매비가 싫지 않다면 서로 만나도록 불러오겠소. 하지만 화는 내지 마시오."

현종의 부름을 받은 양귀비가 와서 매비에게 절하자, 현종은 연회를 차리게 했다.

술이 세 순배쯤 돌자, 현종이 말했다.

"매비는 본래 시문에 뛰어나니 귀비 미모에 대한 시 한 수를 사양하지 마오."

"제대로 칭송할지 모르겠습니다만 틀리더라도 용서 바랍니다."

그러자 양귀비가 말했다.

"첩은 부들이나 버들같이 미천한 몸인데, 어찌 마마의 시문까지 빌어 칭송받을 수 있겠습니까?"

그러자 현종이 두 여인 사이를 중개하듯 말했다.

"두 사람은 너무 겸양할 것 없소."

현종은 곧 좌우에 환관에게 필묵을 준비케 하였다. 매비는 은근히 부아가 치밀었지만 내색하지 않고 칠언절구를 한 수 지었다.

무산을 떠난 초땅의 구름이 깔리니,	(撤却巫山下楚雲)
밤사이 남궁 누각에 봄이 가득하다.	(南宮一夜玉樓春)
고운 살결 달 같은 미모 또 있으리오,	(冰肌月貌誰能似)
금수강산 절반이 그대 것이 되었네.	(錦繡江天半爲君)

매비는 시를 다 쓰자 현종에게 올렸다. 현종이 보고 찬미하며 양귀비에게 주었다. 양귀비가 받아서 한번 읽어보며 마음속으로 생각했다.

'이 시가 아름답기는 하지만 비웃음이 가득하구나! 무산을 떠난 초운(楚雲)은 내가 수왕의 궁전에서 여기로 왔다는, 말하자면 새것이 아닌 헌 것이라는 뜻 아닌가. 또 금수강산이란 결국 내가 풍만하다고 비웃는 것이야! 그렇다고 내가 당하고만 있을 수 없지! 나도 앙갚음하며 무어라 지껄이는지 두고 봐야지!'

양귀비가 매비를 보고 말했다.

"마마의 아리따운 자태는 절세에 무쌍이니, 저도 한 수 지어 찬미하면 어떻겠습니까?"

매비가 대답했다.

"나의 부족한 시 한 구절은 귀비의 미모를 조금 말했을 뿐입니다. 미인께서 명구(名句)를 아끼지 않는다면, 저는 천만다행으로 생각하겠습니다."

양귀비도 시 한 수를 지었다.

어여쁜 모습에 어느덧 봄빛 죽었고,	(美豔何曾減卻春)
눈 속에 매화꽃 淸眞한 향기 떨친다.	(梅花雪裡亦淸眞)
봄바람 빌려온 향기가 널리 퍼지니,	(總敎借得春風早)
백화는 매화에 경쟁이 아예 안되네.	(不與凡花鬪色新)

양귀비가 쓴 시를 현종이 읽고 나서 마찬가지로 칭찬했다.

"역시 시정을 떠올린 것이 대단히 민첩하구려."

매비에게 넘겨주며 현종이 물었다.

"그대가 보건대, 이 시가 어떠하오?"

매비가 받아서 일고서는 속으로 생각했다.

'눈속에 매화꽃 청진한 향기란 내가 여위었다고 비웃은 뜻이야. 그리고 백화와 매화가 경쟁할 생각을 아예 안한다는 것은 결국 나를 무시하겠다는 뜻이야. 칭찬하면서 뺨을 때리는 것이지! 빌어먹을 뚱땡이!'

두 미인의 기색이 좋지 않고 가운데 낀 현종의 입장이 난처한 것 같자, 고력사가 나섰다.

"마님들께서 글로 화답하셨으니 미천한 저도 비속한 말로 한마디 해보겠습니다."

현종이 수락하자 고력사가 말했다.

"황상께서 오늘 옥 같은 두 분 미인과 함께 귀한 걸음으로 높은 누각에 오르셨습니다. 두 분 마마께서 다투어 술을 권하니 달빛이 해당화 꼭대기에 오를 때까지 마시면 좋을 것입니다. 소인이 삼봉고(三棒鼓)를 치면서 하신랑(賀新郞)이라는 노래를 불러 여러분이 봄바람에 더욱 깊이 취하도록 하겠습니다."

고력사는 시를 읊는지 노래를 하는지 하여튼 혼자 신이 나서 읊었다.

황상은 비단 용포를 벗어버렸고, (皇爺卸下皁羅袍,)
마마는 붉은 속바지 풀어던졌네. (娘娘解下紅袖襖)

홀연 비단옷에 향기가 풍기니	(忽聞一陣錦衣香)
금빛 휘장 안에 다함께 누었네.	(同睡在銷金帳)
꽃술 금방 한껏 크게 부풀어	(那時節花心動將起來)
세 번 맘껏 즐기나니,	(只要快活三)
어디 염노교 석노교 가리겠는가.	(那裡管念奴嬌惜奴嬌)
황제 나으리는 천천히	(皇爺慢慢的)
꽃 찾는 나비이니,	(做個蝶戀花)
봄 물속 노니는 고기이니,	(魚遊春水)
만 년간 누리는 향락 아니랴?	(豈不是萬年歡天下樂)

매비와 양비는 고력사가 알 것은 다 안다고 생각하였다. '꽃술 한껏 커져 올라서, 세 번 맘껏 즐기나니' 라고 읊을 때는 마음속으로 킥킥 웃음을 참아야 했다.

현종도 약간 들뜬 기분으로 말했다.

"고력사의 말이 딱 맞는 말이지! 짐이 오늘 미인 두 사람과 함께 즐기고 싶으니 더 이상 이것저것 따지지 말라."

현종은 미인 두 사람을 양쪽 팔에 끼고, 일부러 비틀거리며 침소로 행했다.

매비는 본래 품성이 온유하여 매섭지 않았다. 그러다 보니 결국 양귀비한테 참소를 당했고, 본궁에서 멀리 떨어진 별궁인 상양궁(上陽宮)으로 밀려났다.

어느 날 현종이 매원에서 산보하다가 갑자기 매비가 생각나 고력사를 보내 근황을 물어보게 했다.

고력사가 상양궁에 가서 매비를 만나니, 매비는 큰 슬픔에 잠겨있었다.

고력사가 서둘러 머리를 조아리며 인사를 올리자, 매비가 말했다.

"폐하와 헤어진 이후 오랫동안 소식이 없더니, 태감께서 어인 일로 노고를 마다하지 않고 여기까지 오셨소."

"폐하께서 오늘 우연히 매원에 오셨다가 몹시 마마를 그리고 계십니다. 그래서 특별히 저를 보내 안부를 여쭙게 하셨습니다."

매비가 듣고 아주 기뻐하며 물었다.

"태감을 보내 안부를 묻게 하셨다니, 폐하께서 아직 저를 버리지 않았다는 뜻입니까! 저를 대신해 황은에 사례해 주십시오. 저는 어느 날이나 폐하를 그리워하지 않은 날이 없었습니다. 황은을 베풀어 시종 변심 말아달라고 빌지 않는 날이 없었다고 말씀 좀 전해주십시오."

고력사는 매비의 말을 듣고 즉시 돌아와, 매비가 하던 말을 그대로 현종에게 여쭈었다.

현종은 그 말을 듣고 혼자 탄식했다.

"짐이 왜 매비를 잊겠는가? 자네는 이원(梨園)²⁵¹에 가서 제일

---

251 중국의 연극업계를 梨園行(이원항)이라 하고, 연극배우들을 梨園

빠른 말 한 필을 가지고 매비한테 가서 조용히 취화서각(翠華西

弟子(이원제자)라고 부른다. 梨園(이원)은 당나라의 궁중 음악과
무용과 잡희(연극)를 교육하고 관리하는 부서였다. 이원을 처음
설치한 玄宗(현종)은 대단한 풍류남아였다. 현종은 음악에도 조
예가 깊어 악공 300여 명을 이원에 모아 음악을 가르쳤는데 음률
이 틀리면 정확히 지적해 내었다고 한다.

현종 자신도 악공과 같이 악기를 연주하며 연주가 잘못되면 바
로잡아주었는데, 특히 북 연주에 일가견이 있었다고 한다. 開元
(개원) 11년(723년)에 이원에서 聖壽樂(성수악)을 연주했는데, 기
녀들의 화려한 의상과 춤에 도취한 현종은 직접 舞衣(무의)를 입
고 궁녀와 함께 춤을 추며 전체 가무를 지휘했다고 한다.

당시 音律의 최고 달인으로 알려진 李龜年(이귀년)도 이원 출신이
었다. 이귀년은 노래뿐만 아니라 여러 악기를 잘 다뤄 현종의 사
랑을 받았는데, 그 형제인 이팽년(李彭年)과 이학년(李鶴年)도 모
두 유명했었다. 安史의 亂 이후에 이귀년은 각지를 유랑했는데
杜甫(두보)의 〈江南逢李龜年(강남봉이귀년)〉이란 시가 있다.

이원의 악공들은 민간에서 엄격한 선발 과정을 거친 뒤, 궁중에
들어가 학습 및 수련에만 전념하였기에 당시의 음악 수준을 크
게 높였다.

이원과 이원자제란 말이 보편화되면서 당 현종은 음악과 가무와
연희의 神, 즉 梨園神(이원신)이 되었다고 한다. 이원신을 속칭 老
郞神(노랑신)이라고도 한다. 노랑신의 모습은 얼굴이 흰 소년인
데, 당 현종이라고 전해온다. 왜냐면 당 현종이 이원을 크게 일으
켰기 때문이다. 老郞이란, 혹 老童(노동)으로 음악의 祖師로 그저
'젊은이'란 뜻이다. 중국인들은 '老'를 '少'의 애칭으로 쓴다. 또
현종은 늘 자신이 3男이었기에 三郞(삼랑)이라고 자칭했었다고
한다. 그는 이원에서 악공이나 무녀들을 연습시킬 때 능숙하지
못한 이들에게 "너희들은 좀 더 열심히 연습해야겠어! 이 삼랑의

閣)으로 데리고 와라. 절대 일이 어긋나지 않게 서둘러라!'

고력사가 바로 달려가려 하자, 현종이 손짓으로 다시 부른 다음 더 은밀하게 다시 한번 말했다.

"꼭 은밀히 다녀오너라. 소문내지 말고! 양귀비가 모르게 다녀와라."

"제가 알아서 챙기겠습니다."

고력사는 이원에 가서 상등 준마 한 필을 골라 끌고, 상양궁에 이르자 매비가 마중 나와 말했다.

"태감께서 또 오시니, 이보다 더 반가울 수가!"

"제가 마마의 말을 폐하께 전했더니 한숨을 푹 내쉬며 '짐이 어찌 매비를 잊겠소.'라고 말씀하셨습니다. 그리고 저더러 준마 한 필을 골라서 마마를 취화서각으로 조용히 모셔오라고 했습니다. 그리고 이야기를 나누시겠다 하옵니다."

"폐하께서 총애해 부르신 건데, 무슨 연고로 조용히 오라고 하셨는가?"

체면을 깎아서야 되겠니?'라고 말했다고 한다.

중국의 연극은 지금도 지방에 따라 사용되는 악기와 唱(창)과 연기 방법이 크게 다르다. 따라서 그들이 생각하는 神도 다를 수밖에 없다. 그러나 그중에서도 가장 보편적으로 알려진 神은 老郎神(노랑신), 곧 唐明皇〔당명황, 玄宗(현종)〕이다. 이는 이원이 당나라 이후에도 존속되었고, 또 현종이 진정으로 음악과 연기를 좋아하고 장려했기 때문일 것이다.

"아마 양귀비가 알까 봐 그러는가 싶습니다. 다른 생각은 하지 마십시오."

"폐하께서 왜 그 뚱보 양귀비를 두려워 하시겠나?"

"마마께서는 어서 말을 타십시오. 폐하께서 기다리신 지 오래 되었습니다."

매비가 말을 타고 취화서각에 이르자, 현종이 매비를 안아서 말에서 내려주었다.

"짐이 어느 하루인들 사랑하는 그대를 만나보고 싶어 하지 않는 날이 있었겠나?"

매비가 인사를 올리고 말했다.

"천첩이 죄를 짓고 영영 버림 받은 줄 알았습니다. 그런데 뜻밖에 오늘 다시 존안을 뵙게 되었습니다."

현종은 궁녀에게 술을 준비하라고 말했다.

술이 몇 잔 돌았고, 매비가 한 잔 부어 올리며 말했다.

"폐하께서 끝까지 저를 버리지 않으셨으니, 이 잔을 다 비워주십시오."

현종이 받아 마신 뒤, 한 잔을 다시 부어 매비에게 권했다. 매비 얼굴에 취기가 돌아 붉어졌을 때, 현종은 두 손으로 매비의 볼을 받쳐들고 살펴보았다.

"그대 꽃 같은 얼굴이 좀 여위었구나!"

"옛 정과 옛날의 그 행복에 젖어있다 보니 눈물을 끝도 없이 흘렸습니다. 그러니 제가 어찌 여위지 않을 수 있었겠습니까?"

"별 탈은 아니오. 오히려 더 청아(淸雅)하니, 이전과 다른 아름다움이요! 정말 새롭게 고운 얼굴이요!"

현종은 매비에게 마치 새로운 정을 느끼는 듯 매비의 작은 얼굴은 두 손으로 감싸 어루만지다가 매비의 얼굴을 당겨 비볐다.

그러자 매비가 웃으며 말했다.

"폐하! 폐하께서는 살이 통통한 미인을 더 좋아하시나요?"

현종은 그냥 웃었다. 매비의 말에는 가시가 있는 것 같았다.

"좋구 나쁘고, 일장일단(一長一短) 아닌가!"

매비와 현종은 오랜만에 한 이불 속에 살을 맞대었다. 매비는 정성을 다하여 현종을 모셨고, 기교를 다해 현종을 받아들였다. 삼경이 지나도록 애무와 속삭임, 그리고 잠이 들었다. 늦잠에 곯아 떨어지니 날이 새는 줄도 몰랐다.

폐하로부터 아무런 소식이 없자, 전전반측(輾轉反側)하며 잠을 설쳤던 귀비가 궁녀를 닦달하여 현종을 수소문케 하였다.

"폐하께서 고력사를 시켜 매비를 취화서각으로 데려왔다는 말을 들었습니다."

양귀비가 그 말을 듣고 서둘러 취화서각 앞뜰에 당도하니, 내시가 기절초풍하며 안에 알렸다.

"귀비께서 밖에 왔습니다. 어떻게 모실까요?"

현종이 옷을 입으며 매비를 안아 휘장 사이에 몸을 숨기게 했다.

양귀비가 안으로 들어와 아침 인사를 마치고 물었다.

"왜 이리 늦게 일어나셨습니까?"

"귀비가 일찍 일어난 것 아닌가?"

"폐하께서 좋아하시는 매화 귀신이 여기 있다 하길래, 제가 꼭 한번 보고 싶어서 달려왔습니다. 폐하께서 헤아려 주십시오!"

"매비는 상양궁에 있을 것이요!"

현종은 딱 잡아뗐다. 일종의 삼십육계와 같지 않은가. 일단 현장을 부정해야 한다.

그러자 양귀비도 더 앙탈할 수도 없었다.

"오늘 불러다가 함께 온천에 가서 즐기고 싶어서 폐하께 아룁니다."

현종이 좌우 궁녀를 돌아볼 뿐 귀비의 말에 호응이 없자, 귀비는 부아가 치밀었다.

"고기와 과일 안주가 낭자하고 침상 아래 구슬 꽃 신발이 있으며, 베갯머리에 금비녀와 비취 떨잠이 보입니다. 밤에 누가 폐하를 모셨습니까? 해가 솟을 때까지 주무시며 조회(朝會)마저 잊으셨으니 어디 체통이 서겠습니까? 폐하께서 어서 나가 조신들을 보셔야 합니다. 첩은 오늘 여기서 폐하가 돌아오실 때까지 기다리고 또 기다리겠습니다."

그러자 현종도 부아가 치밀었다. 현종은 입었던 웃옷을 벗어 던지더니, 침상에 누워 이불을 당겨 덮으면서 소리 질렀다.

"오늘은 몸이 불편해 조회에 못 나가겠다."

양귀비는 몹시 화가 나서 침상에 있던 비녀와 비취 떨잠을 방 바닥에 내동댕이 치고 혼자 돌아갔다.

양귀비가 성화를 낸 것을 본 어린 내시는 큰일이 벌어질까 걱 정하며 매비를 재빨리 데리고 상양궁으로 돌아갔다.

양귀비가 성질을 내고 돌아가자 현종은 다시 매비를 불러 즐기 려 했는데, 어린 내시가 상양궁으로 데려갔다고 하자 분노가 치 밀어 엉뚱한 곳에 화풀이를 했다. 현종은 매비를 데려간 어린 환 관을 불러 그대로 죽여버렸다.

바닥에 내팽겨친 매비의 비녀와 머리 장식, 꽃신들을 손수 집 으며 챙긴 현종은 다른 내시를 시켜 외국 사신이 진상한 구슬이 나 보석 등을 큰 상자에 가득 담아 매비에게 보내주었다.

내시가 영을 받고 매비를 찾아가 문안하자, 매비가 물었다.

"폐하께서 사람을 시켜 날 다시 돌려보냈소. 나는 쫓겨도 한심 하게 체면을 잃은 채 쫓겨났소."

"그렇지 않습니다. 어린 내시가 양귀비의 짜증을 예상하고 마 마를 미리 모셨습니다. 그런데 폐하께서는 마마가 그리웠으나 되 돌아가셨다는 사실을 알고 어린 내시에게 분풀이를 하셨습니다. 폐하께서는 마마께 조금도 서운하게 생각하지 않으셨습니다. 어 린 내시가 멋도 모르고 액운을 당했습니다."

"폐하께서는 나를 너무 아끼고 위하다 보니 그저 손쉬운 뚱녀 한테 정이 든 것 같소. 그리고 폐하의 하사품은 정말 고맙습니다.

그런데 이 보배 구슬 한 말을 받을 수가 없습니다. 폐하께서 이런 보물을 나에게 하사한 줄을 알면 그 통통 양씨가 얼마나 화를 내며 폐하를 닦달하겠습니까? 폐하의 수심만 늘 것입니다. 그래서 다시 돌려보내오니, 여기 시 한 수와 함께 폐하께 전해주시오."

환관은 다시 현종에게 보고하면서 갖고 갔던 보배 구슬 한 말과 매비의 시를 현종에게 올렸다.

현종이 펼쳐 읽었다.

버들 눈썹 오래 아니 그렸으며,	(柳葉蛾眉久不描)
옅은 화장 눈물 젖어 지워졌다.	(殘妝和淚濕紅綃)
닫힌 궁문에 머리도 안 빗었고,	(長門自是無梳洗)
어찌 진주로 설움을 달래리오?	(何必珍珠慰寂寥)

시를 다 읽은 현종은 괴로워 슬픔에 잠겼다. 매비의 뛰어난 시가를 그냥 버려둘 수 없어 악부(樂府)²⁵²에 보내 새로운 곡을 붙여 노

---

252 樂府(악부)는 漢 武帝 때 설치된 國樂(국악)을 관장하고 연주하는 관청이었다. 《漢書 禮樂志》에 의하면, 악부에서는 민간의 가요를 채집케 하는 관청으로 李延年을 協律都尉로 삼아 악곡을 정리하고 司馬相如 같은 當代의 文人을 기용하여 궁중의 제사나 연회에 쓸 樂歌를 짓게 하여 이에 곡조를 붙여 연주케 하였음을 알 수 있다. 관청으로서 악부는 대략 100여 년 존속하면서 중국 문학사에 큰 영향을 끼쳤다. 곧 民歌를 발굴하여 상류사회에 보급하면서 새 시가를 창작케 하여 시가 발전의 새 전기가 되었다.

래하게 하였는데, 제목은 〈진주 한 말 一斛珠(일곡주)〉이라 하였다.

양귀비의 품었던 앙심이 풀어지기도 전에 취화서각의 일이 터지자, 귀비는 날마다 매비를 해칠 궁리만 했다.

다음에는 무슨 일이 일어날지 알 수 없나니, 다음 회를 읽어 보시라.

이 악부에서 사용한 歌詞(가사)를 樂府, 또는 樂府詩라고 한다. 악부시는 음악에 맞춘, 곧 노래로 부르는 가사이다. 악부라는 관청이 없어진 뒤에도 詩體(시체)의 명칭으로 계속 사용되었다.

唐代에는 악부라는 행정 기관이 존재했고, 漢代의 악부시와는 다른 형식의 '新樂府詩(신악부시)'가 나온다.

안록산이 입궁하여 양귀비를 배알하고, 고력사는 거리에서
장원급제자를 찾다.(安祿山入宮見妃子, 高力士沿街覓狀元.)

노래하기를,	詞曰,
군왕(君王)이 미소로 맞아준다면,	(幸得君王帶笑看)
누구나 안일을 얻으려 한다.	(莫偸安)
악독한 여인이 들어온다면,	(野心娘子也來看)
멋대로 질투를 한다.	(漫拈酸)
은밀한 눈길 사랑 가득 담아,	(俏眼盈盈戀所愛)
언제나 추파를 보낸다.	(盡盤桓)
그러다 다른 이 사랑 얻으면,	(卻敎說在別家歡)
그쪽에 속아넘어간다.	(被他瞞)
― 곡조 〈태평시〉	― 調寄 〈太平時〉

예로부터 사인(士人)이 곤경 봉착이나 출세는 대개 시세(時勢)에 따라 달랐다. 그의 지혜에 의해 결정되지 않았다. 타고난 운명으로 영달할 수 있다고 하지만 때를 잘 만나지 못하면 억울한 일을 당하고, 이를 모면하기는 매우 어렵다.

이는 당연한 이치이니 이상하게 여길 일이 아니다. 특히나 괴이한 것은 여인의 귀천(貴賤)이나 품위인데, 이는 여인의 타고난 처지와는 상관이 없이 오로지 미모나 남자의 애정에 따라 극과 극을 오르내리기도 한다.

출신이 아무리 미천하더라도 오히려 높은 뜻을 가지고 결백한 삶을 살 수 있지만, 존귀한 가문의 출생이나 고귀한 지위를 누리고 살다가도, 어느 날 갑자기 무지하고 굴욕의 처지에 빠질 수도 있는 것이 여인의 팔자이다.[253]

---

253 곤궁과 통달, 부자와 귀인은 다 정해진 것이다(窮通富貴皆前定). 곤궁과 영달이 다 타고난 팔자이고(窮通有命), 부귀는 하늘의 뜻이다(富貴在天). 남자가 입이 크면 천하를 차지하고(男人嘴大吃九州) 여자가 입이 크면 남편 덕에 먹고 산다(女人嘴大吃丈夫). 타고난 팔자가 좋더라도 마음씨가 나쁘면(命好心不好), 중도에 요절한다(中途夭折了). 운명은 내가 만들고(命由我作), 복은 내 스스로 구한다(福自己求). 팔자는 바꿀 수 없지만(命難改), 운수는 옮길 수 있다(運可移). ─사람의 생각 따라 불운을 행운으로 바꿀 수 있다. 팔자에 있다면 있는 것이고(命裏有卽是有), 팔자에 없다면 없는 것이다(命裏無卽是無). 일하는 소는 볏짚을 먹고(牛吃稻草), 노는 오리는 곡식을 먹는다(鴨吃穀). ─이처럼 사람 팔자도 다 정해진 것이다.

예를 든다면, 무후(武后), 위황후(韋皇后)와 태평공주와 안락공주는 음란하기 짝이 없는 여자들이었다. 세상을 혼탁하게 만들었고, 가소롭고 가증스러운 여자들이었다. 현종 때에는 뜻밖에도 양귀비(楊貴妃)라는 여인이 출현하였다.

그녀는 황제의 총애를 받아 대단한 영광을

안록산의 반역

누렸다. 현종은 노년이었지만 속되지 않고 풍류를 즐겼으며 안락을 누렸다. 하지만 양귀비는 어떻게 된 판인지 변방의 오랑캐인 안록산과 눈이 맞아 사통하는 바람에 궁궐을 음란하게 만들고, 후에는 적지않은 국가적 재앙을 불러왔으니 어찌 괴상한 일이 아니겠는가?

안록산(安祿山)은 영주(營州, 今 遼寧省 서부 朝陽市 일대)의 오랑캐 출신(夷種)이었다. 원래 성은 강(康)씨이고, 아명(兒名)은 아락산(阿落山)이었다.

안록산(安祿山)

그의 어머니가 안씨(安氏)에게 재가하였으므로, 안(安)씨가 되었고 이름은 녹산(祿山)[254]이라 했다.

사람 됨됨이가 간사 교활하고 남의 속셈을 잘 알아 맞추었다. 뒷날 부락 사람들이 흩어지자 유주(幽州, 지금 북경시 일대)로 도망쳐와 절도사(節度使)[255] 장수규(張守珪)[256]의 휘하에 들어갔다.

---

254 안록산(安祿山, 703–757) ― 父는 이란계 소그디아나人〔Sogdiana. 粟特(속특), 羯族(갈족)의 일부〕으로, 본성은 康, 모친은 돌궐족, 뒷날 아들 안록산을 데리고 安씨에 재가하여 安氏 성을 사용. 소그디아나人들은 상업 활동이 활발했는데, 안록산은 6개 언어를 구사할 수 있었다고 한다. 그리고 史窣干(사솔간)이란 자는 안록산과 한 마을 출신으로 역시 용감한 사람이었다. 장수규의 使者로 장안에 와서 업무를 보고하자, 현종은 思明이라는 이름을 하사하였다. ― 이 사사명(史思明)은 안록산의 부하로 안사의 난 주동자의 한 사람이었다.

255 節度使(절도사) ― 막강 권력의 소유자

  * 唐 태종 때에는 각 지방의 州에 자사, 縣에 현령을 두고 그 상급 기관으로 山川 형세에 따라 전국을 10도로 나누었는데, 10도에는 수시로 순찰사나 안찰사를 파견하여 지방행정을 감독케 하였다. 현종 개원 21년에는, 전국을 15도로 나누고 고정된 감찰관

장수규가 안록산을 기특하게 여겨 양자(養子)로 삼게 되자, 안

이라 할 수 있는 관찰사(觀察使)를 파견하였다. 이렇듯 지방의 각
도에 주둔한 武將을 都督이라 하였는데, 이 도독 중에서 天子를
대행하여 軍權을 행사할 수 있는 持節(지절)을 받은 도독을 節度
使(절도사)라고 불렀다. 예종 경운 2년(711년)에 처음 河西節度使
를 설치했다는 기록이 있는데, 玄宗 開元 연간에 北庭(북정), 河
西, 河東, 隴右(농우), 朔方(삭방), 范陽(범양), 平盧(평로), 劍南(검
남), 嶺南, 磧西(적서)의 10절도사를 두었다. 이 중에 범양절도사
(北京 지역, 幽州)가 가장 강했다고 한다. 절도사를 처음 설치할
때는 군사 업무를 담당하며 외적 방어가 주목적이었으나 점차
권한이 확대되어 관할 구역의 군사 행정 재정의 모든 권한을 장
악하게 되었다. 절도사는 절충부 무관에서 승진한 자가 있고 이
민족 출신의 절도사도 있었다. 이민족을 상대하지 않는 삭방, 하
동, 검남절도사는 문관이 임명되었다.
당나라에서는 이 절도사의 세력을 통제하질 못했기에 안록산의
난이 일어났고, 안록산 난 이후에도 절도사의 세력은 여전히 막
강했다. 결국 당나라도 절도사 출신 주전충(朱全忠)에게 멸망했
고, 五代의 건국자와 北宋의 건국자인 조광윤(趙匡胤)도 모두 절
도사 출신이었다.

256 장수규(張守珪, ?-739) - 장수규는 開元 21년 河北節度大使로 幽
州(유주)에 주둔하며 契丹族(거란족)을 여러 번 격파하고 開元 23
년(735年)에 낙양으로 귀임하였다. 이때 장구령(張九齡)은 현종
에게 '장수규가 거란족을 격파한 공이 있다 하여 폐하께서는 금
방 재상으로 승진시키려 하시는데, 나중에 奚族(해족)을 격파하
신다면 무슨 상을 주시겠습니까?' 라며 저지했다고 한다. 개원
24年에 幽州節度使인 장수규는 敗軍將인 안록산을 잡아 長安으
로 압송한다. 이때도 張九齡은 이를 두고 '장수규가 軍法대로 처

록산은 수시로 드나들며 장수규의 시중을 들었다.

어느 날, 장수규가 발을 씻고 있는데 안록산이 곁에서 시중을 들다가 장수규의 왼쪽 발바닥에 검은 점 다섯 개가 있는 것을 보고 한참 주시하다가 웃었다.

그래서 장수규가 물었다.

"내 발바닥에 있는 이 검은 점 다섯 개는 관상을 아는 사람들이 귀한 점이라고 했다. 그런데 너는 왜 웃느냐?"

"저는 천한 사람이나 두 발바닥에 검은 점이 일곱 개씩 박혀 있습니다. 지금 어르신 발바닥에도 검은 점이 있는 걸 보고 저도 몰래 흐뭇한 웃음을 떠올렸습니다."

장수규가 그 말을 듣고 신발을 벗어 발을 들어 보이라고 했다. 과연 두 발바닥에 북두칠성 모양의 일곱 개 점이 있었다. 장수규 자신의 발바닥에 있는 점보다 더 검고 더 컸다. 그래서 아주 기특

리했으면 될 것' 이라 하였으나, 현종은 '안록산의 재능이 아깝다.' 며 안록산을 용서하였다. 이에 장구령은 '祿山에게 反相이 있으니 처벌하지 않으면 뒷날 틀림없이 후환이 될 것입니다.' 라고 하면서 처형을 적극 주장했었다. 만년에는 軍紀가 해이해졌고 개원 26년(738년)에 장수규의 部將인 趙堪(조감) 등이 거짓으로 장수규의 명령이라 하고서 奚族(해족)을 공격했다가 대패한다. 그러나 장수규는 이를 승전했다고 거짓으로 보고하였는데, 곧 발각이 되었다. 이 때문에 장수규는 括州刺史(괄주자사)로 좌천되었다가, 곧 등창으로 죽었다.

하게 여기고 더욱더 안록산을 귀여워했다.

안록산이 여러 번 군공(軍功)을 세우자, 장수규는 안록산을 추천해서 평로토격사(平盧討擊使)에 봉했다.

동이(東夷, 흉노?)의 한 갈래인 해거란(奚契丹)[257]이 반란을 일으켜 변방을 침범하자, 장수규는 격문을 내고 안록산에게 명하여 군사를 거느리고 가서 토벌하게 했다.

안록산은 자신의 용맹을 과신하여 장수규의 계책대로 따르지 않고 섣불리 진공하다가 해거란한테 대패했다.

군령이 엄한 장수규는 어느 장군을 막론하고 영을 어겨 패전하면 꼭 군법에 의하여 처결했다. 패전한 안록산에 대해서도 양자(養子)라는 정분을 생각하지 않고 조정에 상주해 알리는 한편, 원문(轅門, 군영의 정문) 앞에 대령시키고 법에 의해 처단하려고 했다.

그러자 안록산이 장수규를 보고 말했다.

"대부(大夫)께서는 적을 토벌하면서도 왜 함부로 대장을 죽이려 하십니까?"

장수규는 그 말이 대장부답다고 생각했는지 처형을 늦추고 안록산을 장안으로 올려보내 황제의 뜻에 따라 처결하겠다는 명령을 내렸다. 안록산은 비밀리에 내시들에게 뇌물을 먹여 현종 앞

---

257 거란족 — 契는 맺을 계. 종족 이름 글(契丹 → 글란 → 거란). 사람 이름 설.〔子姓 名契, 제곡(帝嚳)의 아들. 우(禹)의 치수 사업을 잘 도와준 사람.〕

에서 관대히 처분해 달라는 말을 하게 했다.

그때 조신들은 안록산이 군율을 어겨 패전하였으니 법으로 엄히 다스려야 하며, 그의 관상에 반역할 기미가 보이니 남겨두어서는 안된다고 말했다.

현종은 내시들의 말을 먼저 들었으므로, 조신들의 상주를 윤허하지 않고 사형을 사면하도록 지시하였다. 또 평로토격사의 원직에 복무하면서 전공(戰功)을 세워 속죄하게 했다.

안록산은 본래 아주 교묘한 술수를 적절하게 부릴 줄 아는 자였다. 이전에 평로토격사로 재직하면서 현종의 측근 사람들이 어쩌다가 평로에 오기만 하면 모두 후한 뇌물로 구워 삶았다.

그리하여 현종의 귀에는 늘 안록산을 칭찬하는 말만 들어갔다. 때문에 그가 현명하다는 말을 더욱 믿게 되었다. 안록산은 여러 차례 승진하다 보니 그 관직이 영주도독(營州都督) 겸 평로절도사(平盧節度使)까지 올랐다. 천보 2년(743년)에는 입조(入朝)해서 장안에 남아 황제의 시중을 들게 되었다.

안록산은 대단히 간교하나 밖으로는 우직한 것처럼 꾸몄다. 현종은 그 사람이 단순하고 성실하다고 믿으며 날이 갈수록 안록산에 대한 총애가 깊어졌다. 그러다 보니 아무 때나 황제를 배알할 수 있었고, 엄격하기 짝이 없는 궁궐을 제멋대로 출입할 수 있었다.

어느 날 안록산은 사람 말을 아주 잘 흉내내는 흰 앵무새 한 마리를 얻어 금실로 뜬 새장에 넣어 현종에게 진상했다. 황제의 어가가 어원(御苑)에 들어왔다는 말을 듣고 안록산은 앵무새를 가지고 어원으로 갔다.

때마침 현종이 태자와 함께 정원을 거닐고 있었는데, 안록산은 그들을 보자 앵무새가 들어있는 새장을 나뭇가지에 걸어놓고 앞으로 달려나가 절을 올렸다.

안록산은 현종에게만 인사하고 태자한테는 짐짓 아는 체도 하지 않았다.

현종이 말했다.

"경은 태자한테는 왜 인사를 올리지 않는가?"

안록산은 일부러 모르는 척 꾸며서 말했다.

"아둔한 저는 태자가 무슨 관작인지 모르고 있습니다. 그러니 신이 어찌 천자의 존전에서 다른 사람에게 절을 올리겠습니까?"

현종이 웃으면서 말했다.

"태자는 짐의 뒤를 이을 사람이니, 어찌 벼슬의 높낮이가 있겠는가? 내가 붕어하면 다음에 천자가 될 것이다. 경이 어찌 참배하지 않을 수 있는가?"

"아둔한 저는 원래 폐하께만 충성을 다하여 모신다고 생각했습니다. 태자도 마찬가지로 잘 섬겨야 하는 줄을 미처 몰랐습니다."

현종은 태자를 돌아보며 말했다.

"이 사람은 우직하기 짝이 없구나."

한창 말하고 있는데, 새장 속의 앵무새가 소리쳤다.

"안록산아, 어서 태자에게 절을 올려라."

안록산은 태자한테 절을 올린 뒤에 즉시 앵무새를 어전으로 들고 왔다.

현종이 말했다.

"이 새는 말도 하고, 사람의 뜻도 알아맞히는군. 경은 이 새를 어디서 얻었나?"

안록산이 거짓말을 했다.

"그전에 해거란을 토벌하느라 신이 북평군에 이르렀을 때였습니다. 그날 밤 꿈에 선조(先朝)의 명신인 이정(李靖)을 보았는데, 그가 신에게 먹을 걸 달라고 하였습니다. 그래서 신이 제물을 갖추고 제사를 지내주었더니 갑자기 이 새가 공중에서 날아 왔습니다. 신은 상서로운 조짐으로 알고 키웠는데 잘 훈련되었으므로 지금 진상하려던 참이었습니다."

말이 채 끝나기도 전에 앵무새가 또 소리쳤다.

"무슨 말이 그리도 많아? 귀비마마께서 여기 오셨다."

안록산이 바라보니 궁녀들의 호위를 받으며 여인의 수레 하나가 천천히 다가오고 있었다. 다가온 양귀비가 수레에서 내려 궁녀에게 둘러싸여 현종 앞에 와서 인사를 올렸다. 태자도 인사를 올린 후 각기 제자리에 앉았다.

안록산이 물러가려 하자, 현종이 말렸다. 안록산은 자리를 뜨지 않고 귀비에게 절을 올린 뒤에 계단 아래 서있었다.

현종이 앵무새를 가리키며 양귀비한테 말했다.

"이 새는 사람의 말을 멋들어지게 흉내낼뿐더러 사람의 뜻도 잘 알아맞히오."

또 안록산을 가리키며 말했다.

"이건 안록산이 진상한 거요. 가져다가 궁중에서 키우시오."

양귀비가 말했다.

"앵무새는 본래 말을 잘하는 새인데, 흰 앵무새는 보기 힘듭니다. 사람의 속셈까지 안다고 하니 실로 영특한 새인 것 같습니다."

안록산은 곧바로 궁녀 염노(念奴)에게 가져다 키우라고 말했다.

양귀비가 현종에게 물었다.

"이 사람이 안록산인가요? 지금 무슨 관직에 있습니까?"

"저 사람은 본래 변경 밖의 사람인데 대단히 용감한 사내요. 몇 년 전에 조정에 귀순하였으므로 평로절도사를 제수했소. 짐은 저 사람의 충직을 어여삐 여겨 장안에 남겨두고 시위로 쓰고 있소."

그리고 현종은 웃으며 덧붙여 말했다.

"전일에 그는 장수규의 양자였소. 지금 짐의 시위가 되었으니 짐의 양자나 다름이 없소."

"실로 폐하의 말씀처럼 저 사람을 아들이라 할 수 있겠습니다."

양귀비의 말을 듣고 현종이 웃었다.

"귀비가 아들로 여기는 이상 귀엽게 쓰다듬어줘야 하겠소."

그 말에 귀비가 안록산을 한참 바라보면서 웃기만 하고 대답이 없었다. 하지만 안록산은 섬돌 앞으로 달려가 귀비에게 절을 올렸다.

"소신 아니 소자는 귀비마마의 만수무강을 비옵니다."

현종이 웃으며 말했다.

"애 안록산아, 네가 예절을 차릴 줄 모르는구나. 어머니로 삼고 절을 올리자면, 먼저 아버지에게 절을 올려야지."

그러자 안록산이 사례하며 엉뚱한 말을 했다.

"신이 본래 호인(胡人)이다 보니 그렇습니다. 오랑캐들의 풍속에는 어머니를 앞에 두고 아버지를 뒤에 놓습니다."

현종이 양귀비를 돌아보며 말했다.

"이것 보시오, 지금 이 자리서도 저 사람의 우직한 꼴을 볼 수 있지 않소?"

그 사이에 좌우 시위들이 연회상을 차렸다. 병에 걸렸던 태자가 갓 완쾌되었으므로 오래 앉아 있을 수 없어 인사하고 먼저 동궁으로 돌아갔다.

연회에서 현종은 안록산에게 시중들게 했다. 술잔을 들고 술을 권하던 안록산이 양귀비를 곁눈질해 보니 그야말로 더없이 아름다웠다.

안록산은 오래전부터 양귀비가 아름답다는 말을 들었는데, 오늘 갑자기 그 꽃 같은 얼굴을 대하고 보니 아주 기뻤다. 하물며 모자간이 되고 보니 앞으로 접근하는데 편리하다고 여겼다. 그래서 망령되게도 불량한 욕심을 품게 되었다. 귀비도 바람기가 있기에 사람 됨됨이는 뒷전으로 하고 젊은이를 좋아했으며, 덩치가 큰 사나이면 더 좋아했다.

안록산은 몸이 튼튼하고 콧날이 크고 우뚝 솟은 데다 영특한 기운이 흘러넘치는 것을 보고는 음심(淫心)이 움직했다.

> 호색은 귀인 때문만이 아니니,　　　(色旣不近貴)
> 얼굴 치장은 곧 음란을 부른다.　　(冶容又誨淫)
> 현종 또한 대범하지 않았기에,　　　(三郎忒大度)
> 두 사람 벌써 음심이 통했다.　　　(二人已同心)

이야기는 두 갈래로 갈라진다. 안록산과 양귀비가 서로 친근해서 벌어지는 일은 잠시 접어둔다.

그 해는 바로 과거보는 해였으므로 예부(禮部)에서는 과거로 인재를 선발하자고 상주했다. 여러 주와 군에 공문을 보내는 한편, 사인(士人)들을 장안에 불러다가 응시하게 했다. 그때 촉(蜀) 땅의 면주(綿州, 今 四川省 중동부 綿陽市)에 재주가 많은 사인이 있었다.

그의 이름은 이백(李白)이고, 자(字)는 태백(太白)[258]이었다.

---

[258] 詩仙 李白(시선 이백)의 生平(생평).
李白(701-762)의 字는 太白이고, 號는 靑蓮居士(청련거사)이다. 詩仙, 謫仙人(적선인), 酒仙이라는 별칭 외에도 '詩俠(시협)'이라는

원래 이백은 서량(西凉)의 군주였던 이적(李勣)의 9세손이었다.
이백의 어머니가 장경성(長庚星, 金星)이 품에 안기는 꿈을 꾸고

별호도 가끔 볼 수 있다. 이백은 두보(杜甫)와 함께 중국인들이
공인하는 최고의 시인으로 보통 '李杜' 라 병칭한다. 이백은 중국
인들에게 널리 알려진 만큼 이백에 관한 많은 전설이 만들어졌
고, 또 그의 시 구절은 중국인의 일상용어가 되었다. 그의 시는
마치 하늘을 나는 天馬와 같고 行雲流水(행운유수)처럼 활달하고
자유로우며, 주체할 수 없이 넘쳐나는 才氣와 낭만, 天賦(천부)의
화려한 言辭(언사)가 모든 작품에 가득하다. 이백의 詩는《全唐
詩》의 161권~180권에 수록되어 있으며《李太白集》이 전해온
다. 그러나 이백의 생애는 그 기록에 애매한 부분이 많고, 그의
사상도 複雜多端(복잡다단)하여 그의 작품을 전체적으로 鳥瞰(조
감)하거나 이해하기가 쉽지 않다. 실제로 산이 어지간한 크기일
때, 그 산의 전모나 특장을 알 수 있고 또 설명도 할 수 있다. 그
러나 아주 큰 산은 그 전모를 파악하기가 쉽지 않다.
사실 이백의 詩山(시산)은 너무 높고 크며 계곡마다 경관이 달라
전체를 조감하거나 특장을 파악하고 나 나름대로 무엇이라고 또
어떻다고 종합하거나 요약할 수가 없다. 물론 이는 필자의 공부
와 硏學(연학)이 부족한 탓이지만, 이백은 그만큼 위대하면서 다
양하여 전모를 파악하기가 쉽지 않다.
이백의 祖籍(조적)은 隴西(농서) 成紀縣〔성기현, 今, 甘肅省(감숙성) 동
남부 天水市 秦安縣(태안현)〕으로 알려졌다. 이백은 則天武后(측천무
후)가 집권하던 長安 원년(701)에 劍南道(검남도) 綿州(면주, 今 四
川省 북부 綿陽市 관할 江油市)에서 출생한 것으로 알려졌는데, 그가
成紀에서 태어나 5세 때 四川으로 이주했다는 주장도 있다. 이백
의 부친은 성공한 大商人이었고, 모친은 꿈에 長庚星(장경성, 太白
星)을 보고 이백을 출산했다는 이야기가 전한다.

낳았다고 하여 그렇게 이름을 지었다.

　그는 생김새가 천성적으로 민첩해 보이고 특별하였으며 성정은 매우 소탈했다.

　술을 즐기고 시(詩)에 정신이 팔려 있는가 하면, 재물을 분토(糞土, 흙)같이 여기고 호협(豪俠)하기 짝이 없었다.[259] 그는 스스로 호를 청련거사(靑蓮居士)라고 했다. 사람들은 세상 밖으로 우뚝 솟은 듯한 그의 표연한 기상을 보고 하늘에서 귀양온 신선이란 의미로 이적선(李謫仙)[260]이라고 불렀다.

---

259 李白은 어려서 글을 배웠을 것이고, 소년시절에는 諸子書와 史書를 공부하면서도 검술과 奇書와 神仙에 관심을 가졌고 司馬相如(사마상여)처럼 賦도 지었다(十五觀奇書, 做賦凌相如). 이러한 광범위한 독서는 그의 자유분방한 사상의 밑바탕이 되었으며 후세에 시가 창작에 많은 영향을 주었다. 이백은 소년시절에 검술을 좋아했고 협객들과 어울렸으며, 은거생활에도 흥미를 느껴 산에 들어가 도사와 함께 은거도 했다. 청년시절 은거와 협객을 좋아하는 이런 양면성은 이백의 또 다른 개성이라 할 수 있다.

260 하지장〔賀知章, 659—744, 字는 季眞(계진), 晚年號(만년호) 四明狂客(사명광객)〕은 李白(701—762)의 詩才(시재)를 제일 먼저 알아주었고 연령을 초월하여 깊은 교류를 했던 사람이었다. 李白이 고향 四川을 떠나와 각지를 유랑하다가 長安(장안)에 처음 도착한 뒤, 하지장을 만나 자신의 〈촉도난(蜀道難)〉을 보여주었다.
하지장은 李白의 시를 읽고 바로 '그대는 이 세상 사람이 아니네(公非人世之人也). 태백성의 정령이 아닌가?(可不是太白星精耶)'라고 감탄했다. 이어 '그대는 인간 세계에 유배된 신선이요(子謫仙人也).'라고 말했다. 이런 사실은 李白의 시에 사실대로 이백은 관직에 진출하려는 생각이 없었다. 사방으로 유람하는데 뜻을 두었고 천하의 명산대천을 구경하면서 맛 좋은 술은 빼놓지 않고 맛볼 대로 다 맛보았다.

20대 전후하여 아미산(峨眉山)과 운몽(雲夢)에 거처한 적도 있었다. 또 조래산(徂徠山) 죽계(竹溪)에 은거하면서 공소보(孔巢父), 한준(韓准), 배정(裴政), 장숙명(張叔明), 도면(陶沔) 등과 함께 밤낮을 가리지 않고 술을 마시며 신선을 흉내내면서 죽계육일(竹溪六逸)을 자칭한 적도 있었다.[261]

이백은 호주(湖州, 今 浙江省 북부 湖州市, 古稱 烏程, 吳興)의 오주(烏酒)가 대단히 맛이 좋다는 말을 듣고 거기까지 찾아가 술집에서 통쾌하게 마시며 제멋대로 노래까지 불러댔다. 호주의 사마(司馬)인 오균(吳筠)[262]이란 사람이 지나가다 목청을 뽑아 부르는

묘사되었다. 이후 李白은 '李謫仙(이적선)'이며 '詩仙'이라 불리게 된다.

261 李白은 25세를 전후하여 사천을 떠나 각지를 유람하였다. 李白은 이 무렵 지금의 湖北省, 湖南省, 江蘇省(강소성), 浙江省(절강성) 등지를 유람하며 명산과 고적, 道觀과 佛寺를 두루 찾았다. 물론 그런 여행에서 많은 사람과 사귀었고, 협객과 어울렸고, 호방하게 음주를 즐겼다. 27세 경에 今 湖北省(호북성) 중동부 孝感市(효감시) 관할 安陸縣(안륙현)에서 재상을 역임한 許圉師(허어사)의 손녀와 결혼하여 약 10년간 머물다가 이후 다시 각지를 유람하였다. 이백은 今 山西省과 山東省 지역도 유람했으며, 孔巢父(공소부) 등 여러 隱士(은사)와 徂徠山(조래산)에 은거하며 '竹溪六逸(죽계육일)'이라 자처한 적도 있었다.

노랫소리를 듣고 사람을 보내 어떤 사람인가 알아보게 하였더니,
이백은 말이 나오는대로 시를 써서 대답했다.

청련거사 이백 이적선이니,   (靑蓮居士謫仙人)

세상 싫어서 술집 삼십 년,   (酒肆逃名三十春)

호주사마는 나를 왜 묻소?   (湖州司馬何須問)

금속여래 후신이 바로 나요.   (金粟如來是後身)

금속여래란 출가하지 않은 재가불자(在家佛者)인 유마거사(維
摩居士)를 말한다.

오균은 이백의 시를 듣고 아주 기뻐 말했다.

"이적선이 여기에 있구나. 그의 명성을 들은 지 오래되었지만
오늘 만날 수 있으니 얼마나 다행인가."

그리고는 그 자리에서 동헌의 서재로 초청하여 이야기를 나누
고 술을 마시면서 시를 지었다. 얼마간 머물러 있는 사이 오균은
이백에게 장안으로 올라가 과거에 응시하라고 재삼 권고했다.

이백은 근자에 과거시험장에 공정한 원칙이 전혀 없으므로 갈
뜻이 없다고 말했다. 이렇게 주저하고 있을 때 오균이 발탁되어
내직(內職)으로 옮기게 되어 그날로 함께 장안으로 길을 떠났다.

---

262 오균(吳筠, ?−778년, 字는 貞節)−唐代의 저명한 道士. 현종의 인정
을 받았다. 현종이 오균에게 신선의 수련을 묻자, 이는 野人(야
인)의 일이고 人君이 배울만한 일이 아니라고 말했다.

그는 이백을 데리고 함께 장안에 도착했다. 어느 날 이백이 우연히 자극궁(紫極宮) 부근을 산책하다가 소감(少監) 하지장(賀知章)[263]을 만났다.

그들은 피차 통성명을 하였고 연령 차이를 초월한 막역한 친구가 되었다. 지장은 이백을 술집에 청하여 허리에 찼던 금 거북을 풀어주고 술을 사서 함께 마셨다.

과거시험일이 가까워지자 조정에서는 하지장을 과거시험을 주관하는 지공거(知貢擧)로 정하고 가한〔可汗, 양국충(楊國忠)〕[264]과

---

263 하지장(賀知章, 659–744, 字는 季眞, 晚年號 四明狂客) ― 越州 永興(今 浙江省 杭州市 蕭山區) 출신. 하지장은 어려서부터 文名이 있었고, 측천무후 때(695) 진사가 되어 國子監 司文博士를 거쳐 太常博士를 역임했다. 현종 開元 13년(725), 禮部侍郎 겸 集賢院學士가 되었다가 太子賓客, 檢校工部侍郎, 秘書監 등의 관직을 차례로 역임하였다. 賀知章은 書法에도 매우 뛰어나 草書와 隷書에 능했고 '縱筆如飛(종필여비), 奔而不竭(분이불갈)'이라는 평을 들었으며, 또 다른 명필인 張旭(장욱)과 사돈관계였기에 당시 사람들이 '賀張'이라 불렀다. 전해오는 시는 많지 않으니《全唐詩》에 20수가 전한다. 하지장의 대표작인〈回鄕偶書〉는 아래와 같다.

　　〈회향하여 우연히 짓다〉　　　　〈回鄕偶書 二首〉(其 一)
　　어려서 집을 떠나 늙어 돌아왔더니,　　(少小離家老大回)
　　고향의 말씨 그대로, 머리만 희어졌다.　(鄕音難改鬢毛衰)
　　아이는 마주 보아도 서로 알지 못하니,　(兒童相見不相識)
　　웃으며 손님 어디서 왔느냐고 묻는다.　(笑問客從何處來)

264 양국충(楊國忠, 700년대–756년 7월, 본명, 楊釗, 釗는 사람 이름 쇠, 국충

고력사를 내외 감독
관으로 특명하여 고
사장을 점검하고 시
험관에게 보내 채점
해서 결정하게 했다.

　하지장은 마음속
으로 생각했다.

　'내가 지금 지공
거로 어명을 받고 있
으니, 만약 이백을
응시시킨다면 꼭 일
등으로 추천할 수 있
다. 하지만 그 사람

양국충(楊國忠)
양국충의 건의에 따라 현종은 촉으로 피난하다.

은 고고하고 오만해서 암암리에 내통이 있었다 하면 도리어 노여
워하며 응시하려 하지 않을 것이다. 그의 시문은 많은 사람들이
보았으므로 암암리에 내통할 것도 없이 급제시킬 수 있다. 다만

은 현종이 하사한 이름)은 貴妃의 4촌 형제로 궁중을 출입할 수 있
었다. 본래 楊釗(양쇠)는 거의 무뢰배와 같은 생활을 하다가 군에
투신하였다가 양귀비의 득세에 따라 벼슬길에 올랐다. 천보 9년
(750년)에, 개명을 요청하여 현종이 國忠이라는 이름을 하사.
752년에 이림보가 죽은 뒤 재상의 반열에 올라 안록산과 각을 세
우면서 대립하였으며 전성기에 40여 관직을 겸했다. 안록산은
'양국충 타도(誅國忠, 淸君側)' 를 주창하며 난을 일으켰다.

응시하고 감독관들이 적어올려보내면 그만이다. 단지 양국충, 고력사 두 사람한테 잘 부탁해서 돌봐주라고 하면 되는 거야.'

이리하여 양국충과 고력사에게 알리는 한편, 오균에게 부탁하여 이백을 응시하도록 힘껏 권고하라고 했다.

이백은 오균의 권고를 뿌리칠 수가 없어 준비해서 시험장에 들어가려고 했다. 그러나 양국충과 고력사 두 사람은 하지장과 같은 부류가 아니었다. 그들은 소인의 생각으로 군자의 마음을 헤아리는 자들이었다.

그들은 하지장이 뇌물을 받아먹고 암암리에 내통하며 자기네들에게는 아무런 대가도 지불하지 않고 인정을 봐달라 한다고 생각했다. 그래서 그들은 뒷전에서 의론하고는 이백 이름이 박힌 시험지를 기억했다가 적어 올려보내지 않기로 했다.

응시 날짜가 되자, 이백은 여러 사람들을 따라 입장했다. 몇 편의 문장을 시험지에 써넣는 것은 식은 죽 먹기이므로 시험지를 제일 먼저 바친 사람이 이백이었다.

양국충은 시험지에 이백의 성명이 적혀있자 거들떠보지도 않고 붓으로 지워버리고 말했다.

"이따위 되는 대로 내갈긴 보잘 것 없는 답안지를 적어 보내서 무얼하겠나?"

이백이 따지고 논쟁하자, 양국충이 욕을 퍼부었다.

"이따위가 할일은 나한테 먹이나 갈아주면 끝이야."

고력사도 곁들며 한마디 했다.

"먹 가는 심부름도 분에 넘쳐, 내게 신을 벗겨주고 신겨주는 일도 과분하지."

그리고는 좌우 사람들에게 호령하여 이백을 내쫓았다.

문장은 본래 입이 없으니,	(文章無口)
입씨름 애초 하지 못한다.	(爭論不得)
뛰어난 재능 감탄해야 하나,	(堪歎高才)
액운을 만나 배척되었다.	(橫遭揮斥)

이백은 시험장에서 나오자, 분노가 하늘에 사무쳤다. 오균이 재삼 위로하였다.

이백은 훗날 뜻을 이루게 되면 반드시 양국충으로 하여금 먹을 갈게 하고, 고력사로 하여금 신발을 벗기게 하겠다고 다짐하였다.

하지장은 응시자의 답안지를 보며 속으로 생각해 보았다. 많은 인재들이 급제하였으니, 이백도 꼭 그 속에 있으리라고 믿었다. 그러나 방을 내붙일 때 뜻밖에 이백이 낙방한 것을 보고 속으로 몹시 의심이 들었다.

밖에 나와서야, 양국충, 고력사 두 사람한테 부탁했기에 이백의 시험지가 올라오지 못했다는 사실을 알았다. 하지장이 통탄한 바는 더 말하지 않겠다.

금방(金榜)에 일등으로 이름이 오른 사람은 진국정(秦國楨)이고, 5등으로 급제한 사람은 그의 형 진국모(秦國模)였다. 두 사람은 모두 진숙보의 현손(玄孫, 손자의 손자)으로서 젊은이들인데 재능이 출중했다. 형제가 함께 같은 날에 급제하였으므로 사람마다 칭찬하고 흠모했다. 어전에서 시행하는 전시(殿試)에 두 사람은 입조해서 치국 책략에 관한 물음에 방책을 지어 제출했다.

정오가 되어서야 답안지를 바치고 출궁하니 집식구들이 마중했다. 집경방(集慶坊)에 도달하니, 징 소리 북소리가 울리면서 마을 사람들이 태평회(太平會)를 열고 있었다. 삽시간에 사람들이 구경하려고 몰려들다 보니 그만 두 형제가 밀려서 흩어졌다. 태평회 대열이 지나간 뒤에 국정이 살펴보니, 형이 보이지 않았고 또 집 식구들도 보이지 않아 혼자 걸어갔다.

진국정이 한창 걷고 있는데, 갑자기 어떤 동자가 불렀다.

"우리집 나으리께서 상공을 부르라고 해서 나와 초청하니, 어서 가십시다. 지금 화원에서 기다리고 계십니다."

진국정이 물었다.

"너의 주인 나으리가 누구시냐?"

"상공께서 가시면 아실 것입니다."

국정은 이렇게 말하는 동자 애를 물리치지 못하고 따라나섰다. 아마 조정 대신이나 혹 다른 사람이 과거 급제 명단을 알아보려고 초청하는 줄 알고 따라가지 않을수 없었다.

동자는 진국정을 한 작은 골목으로 인도하더니 조그만 대문 안으로 들어갔다. 몇 걸음 가지 않아서 붉은 칠을 한 아주 높은 담장이 보였다. 담장 가에 있는 측문 안으로 들어서니 높고 낮은 푸른 나무가 우거지고 붉은 꽃들이 눈부셨다.

한쪽에 있는 길에는 흰 돌을 깔아 만든 길인데 그 앞에는 연못이 있었다. 연못에는 원앙새와 백학이 짝을 지어 노닐고, 연못 주변에는 여러 복숭아나무와 수양버들이 바람에 흔들렸고, 연못 위로 붉은 난간이 구불구불 돌아간 다리가 있었다. 앞으로 나가 큰 대문 안에 들어서자, 동자가 문을 잠궜다.

안에는 긴 복도가 있고 정원에는 높이 자란 대나무가 우거져 복도에 반사되어 푸른 기운이 감도는 것 같았다.

모서리를 돌아 들어가 보니 정자가 있는데, 편액에는 사허정(四虛亭)이라는 3자가 새겨져 있었고 서주(西州)의 이백(李白)이 썼다고 쓰여있었다.

정자 뒤쪽으로는 높은 담장이 둘려져 있고 돌문 두 짝이 꼭 닫혀 있었다.

동자가 말했다.

"상공께서는 여기 잠깐 앉아 계십시오. 주인이 곧 나오십니다."

동자는 말을 마치자 밖으로 나갔다. 진국정이 생각했다.

'이곳은 대체 누구 집인데 이렇듯 훌륭한 정원을 갖추었는가?'

진국정이 이상하게 생각하고 있는데 돌문이 갑자기 열렸다.

청색 옷을 입은 두 시녀가 나오더니 국정을 보고 방긋이 웃으며 말했다.

"주인께서 안에서 만나뵙자고 상공을 청합니다."

국정이 물었다.

"너희 주인이 누구신데, 왜 여자들을 보내 청하느냐?"

시녀는 대답하지 않고 웃고서는 국정을 안으로 안내했다. 높이 솟은 꽃 누각이 한눈에 들어오고 누각 앞에는 여러 꽃들이 만발했다. 또 누각 안에서 두 시녀가 내려오더니 국정을 데리고 누각으로 올라갔다. 누각의 처마 앞에 있는 새장에서 앵무새가 지저귀고 있었다.

"손님이 오셨어요."

국정이 누각 위를 바라보니 그 설비가 대단히 고급이었다. 유리 병풍이 둘려져 있고 수정 주렴이 걸렸으며 온 누각이 햇빛을 받아 눈부시게 빛났다. 탁자 위에 있는 박산로(博山爐) 안에서는 용연묘향(龍涎妙香)이 진동하였는데, 주인은 여전히 나타나지 않았다. 갑자기 시녀가 부인이 오신다고 전갈하자, 왼쪽에서 두 시녀가 한 미인을 에워싸고 천천히 걸어 나왔다.

진국정이 보고서는 급히 물러나려 하자, 시녀들이 막아서며 말했다.

"부인께서 만나뵈려는 참입니다."

"소인은 하찮은 사람인데, 어찌 부인과 상면할 수 있겠습니까?"

그 부인이 말했다.

"그대는 어디 사람인지 말씀해 보세요."

진국정이 약간은 두려운 생각이 들어 사실대로 말하지 못하고 진(秦)과 정(楨)을 파자하여 말했다.

"성은 여(余)이고, 이름은 정목(貞木)입니다. 저는 군(郡)의 향학 (鄕學)에도 입학하지 못한 사람입니다. 마침 봄 놀이를 나왔다가 한 동자한테 잘못 안내되어 귀댁에 들어왔으니 부인께서 용서하시길 바랍니다."

말을 마치고 정중히 인사를 올렸더니 부인도 얌전히 답례했다.

한 쌍의 고운 눈매에, 예모(禮貌)가 있는 여인이 약간은 수줍어하는 듯, 진국정의 준수하고 말쑥한 모습을 훔쳐보는 모양이 아주 귀티가 있어 보였다.

앞으로 몇 발 다가선 부인이 섬섬옥수를 내밀어 국정을 잡아당겨서 앉히려 했다.

국정은 뒤로 물러서며 사양했다.

"소생이 섣불리 귀댁에 들어온 걸 질책하지 않는 것도 다행이라 하겠거늘, 어찌 부인과 함께 앉을 수 있겠습니까?"

"제가 간 어젯밤에 푸른 봉황새가 저의 집에 날아드는 꿈을 꾸었습니다. 오늘 그대가 이곳으로 찾아왔으니 그 꿈과 맞아떨어집니다. 그대는 장래에 틀림없이 아주 부귀해질 것인데, 그렇게 겸양치 마십시오."

국정이 하는 수 없이 자리에 앉으니 시녀들이 차를 따라주었다.

차를 마시자 부인은 술을 가져오라고 명령했다. 국정이 일어나서 인사하고 떠나려고 했으나 부인이 웃으며 저지하였다.

"저의 부군은 멀리 외출했습니다. 오늘 여기에 다른 사람이 없으니 여기에 계셔도 무방합니다. 그런데다 큰 대문이 모두 잠겨 있으니 어디로 가시려고 그러십니까?"

그 말을 듣고 국정은 마음이 놓여서 앉았다. 이윽고 시녀들이 주안상을 차렸다. 부인은 국정을 끌어당겨 나란히 마주 앉아 대작했다. 맛 좋은 안주는 더 말할 것도 없고 시녀들이 돌아가며 술을 권했다.

국정이 물었다.

"죄송합니다만, 부인의 성씨를 어떻게 부르며, 주인께서는 무슨 관직에 계십니까?"

부인이 웃으며 말했다.

"그대가 연분이 있어 이곳에 이르렀죠. 미인이 모시고 시중들어주면 즐거워하고 자족해야 합니다. 뭘 자꾸 물어보십니까?"

국정도 자기 성명을 제대로 말하지 않았기에 더 묻지 않았다. 두 사람은 권커니 자커니 하면서 저녁 때까지 마신 뒤 촛불을 밝혀놓고 계속 마셨다.

피차간 술이 거나하게 되자, 국정이 말했다.

"술을 취하도록 마셨습니다. 이제는 소생이 떠나도 되겠습니까?"

부인이 의미심장하게 웃었다.

"주흥은 도도하고 춘정(春情)도 무르익었습니다. 그런데 왜 가신다고 하십니까? 오늘 상봉은 사실 우연한 일이 아닙니다. 이 멋진 밤을 어찌 헛되이 보내겠습니까?"

이튿날에도 부인은 국정을 내보내려 하지 않았다. 차마 연정 때문에 진국정도 떠나겠다는 말을 꺼낼 수가 없었다. 4, 5일 머물러있는 사이 전시(殿試)의 등급을 판별하는 방이 붙었는데, 진국정이 장원급제하고 진국모가 이갑(二甲) 제1로 급제했다.

궁궐에서 황제가 진사들의 등수를 발표하였다. 그런데 모든 진사(進士)들이 다 모였으나 장원 합격자가 보이지 않았다. 예부에서는 상주문을 올리고 사람을 파견하여 장원을 찾게 했다.

현종은 진국모가 진국정의 형이라는 사실을 알고 지시하였다.

"동생이 형보다 앞자리를 차지할 수 없고, 또 진국정이 오지 않았으니 진국모를 장원으로 뽑노라. 오늘 즉각 새로 급제한 진사들을 환대하는 경림연(瓊林宴)에 그들 모두 참석하도록 하라."

그러자 진국모가 상주했다.

"신의 동생이 시험장을 나와 집경방에 이르렀을 때 춘사(春社) 집회에 모였던 사람들이 거리에 들이닥치는 바람에 신과 헤어져 오늘까지 돌아오지 않고 있습니다. 신이 하인들을 사방으로 보내 찾고 있지만 종적을 알 수 없어 신의 마음 당혹하기 그지없습니다. 종래의 규례를 타파하고 폐하께서 은혜를 베풀어 경림의 연회를 잠시 늦추어 주옵소서. 그러면 신의 동생이 연회에 참석할 수 있을 것입니다. 신은 감히 장원자리를 차지할 수 없습니다."

현종은 연회 기일을 며칠 늦추어 진국모의 요구를 들어주었다. 그리고 고력사에게는 사람들을 거느리고 집경방 일대에 나가서 거리와 골목을 훑어가며 장원 진국정을 찾아 이틀 내에 복명하라고 했다.

이 괴상한 일은 장안을 발칵 뒤집어놓았고 이 신기한 소문이 부인의 귀에 들어가 진국정에게 말했다.

"밖에서 새 장원을 찾고 있다는 걸 그대는 아시오? 조정에서 고력사를 파견하여 길거리를 쓸며 찾고 있으니 정말 우스운 일입니다."

"새로 급제한 장원이 누구라고 합니까?"

"진국정이라는 분입니다. 본관은 제주(濟州), 고향은 장안, 능연각 공신 진숙보(秦叔寶)의 후손이라 합니다."

진국정은 그 말을 듣고 기뻤지만 놀라서 급히 물었다.

"장원이 없으니 경림연회는 어찌한다고 하였습니까?"

"조정에서는 이갑(二甲)의 첫 번째로 급제한 진국모를 장원으로 삼았다고 합니다. 그러나 국모는 그 기한을 잠시 늦추어 장원을 찾은 후 연회를 베풀어달라고 상주하면서 사양했답니다."

그 말을 들은 국정은 부인 앞에 무릎을 꿇고 말했다.

"부인께서 제발 저를 구원해 주십시오."

부인이 진국정을 부축해 일으켰다.

"무슨 영문입니까?"

"이제 더 속일 수가 없습니다. 첫 상봉에서 본명을 감히 대지 못했습니다. 실은 제가 진국정입니다."

그 말에 부인은 한동안 멍하니 바라보다가 진국정에게 말했다.

"조정에서 장원급제한 그대를 급히 찾고 있으니, 저는 더 붙들어둘 수가 없습니다. 너무나 야속한 이별입니다."

부인이 눈물을 흘리자, 국정이 말했다.

"이렇듯 깊이 사랑했으니 꼭 다시 만날 날이 있겠지요. 너무 상심하지 마십시오. 지금 폐하께서 고력사를 파견해 저를 찾고 있을 것입니다. 자칫 일이 커지면 추궁당하게 되니 어쩌면 좋겠습니까?"

부인이 한참 생각하다가 말했다.

"저에게 방법이 있으니 별다른 일은 없을 것입니다."

부인은 시녀에게 그림이 그려져 있는 족자를 가져오게 하여 국정에게 펼쳐 보였다.

그림에는 오색찬란한 누대와 누각, 그리고 정자가 많이 그려져 있으며, 난간에 기대어 꽃을 구경하는 한 미인이 그려져 있었다. 부인은 그림을 가리키며 말했다.

"그대는 폐하 앞에서 한 노부인을 만났다고만 말하십시오. 선녀의 명을 받고 초청한다 하여 따라갔더니 이런 장소에서 이런 미인을 여차여차하게 만나 붙들려 있었다고 말하십시오. 먹는 음식이나 그릇들은 다 밖에서 볼 수 없는 것들이고, 성명도 알려주지 않았거니와 저의 성명도 묻지 않고 있다가 오늘에야 비로소 풀려나왔다고 하십시오. 나올 때 머리에 보자기를 씌우고 부축을 받아 걷다 보니 대문이 어디에 있었는지, 길거리가 어디였는지 통 알 수 없었다고 말하십시오. 이렇게 말씀하면 아무런 일도 없을 것입니다."

"저는 그림과 그 미인의 내력을 전혀 모르고 있습니다. 어떻게 만났다고 해야 무사하겠습니까?"

"더 물을 필요가 없어요. 자세히 보고 잘 기억해 두면 됩니다. 첩의 말대로 상주하십시오. 제가 사람을 보내 내시들에게 뇌물을 주고 부탁하면 주선해 줄 것입니다. 원래는 술자리를 차려 전별해야 하나 폐하께서 이틀 내로 찾아내라 하셨다니 지체할 수 없습니다. 오늘이 벌써 이틀째입니다. 술 석 잔만 부어 올리겠습니다."

부인은 금잔에 술을 부었다. 쏟아지는 그녀의 눈물이 잔 속에도 떨어졌다. 진국정도 이별의 눈물을 금할 수 없었다.

두 사람은 함께 마셨다.

"부인, 지금 저의 진짜 성명을 알려드렸습니다. 부인의 성씨를 알려주어야 제가 잊지 않고 자주 떠올릴 수 있습니다."

"저의 부군도 조정의 대신이므로 제 성씨를 알려드리기 어렵습니다. 그대가 저의 사랑을 잊지 않는다면 훗날 상봉을 마련해 주십시오."

이런 말을 주고받으며 그들은 이별을 아쉬워했다. 부인은 친히 국정을 문밖으로 전송했다. 그러나 들어올 때 대문과 같지 않았다. 굽이굽이 돌아서 다른 곳의 작은 문을 열고 나왔다.

그 부인은 과연 누구인가? 그의 복성은 달해(達奚)이고 이름은 영영(盈盈)으로, 조정의 한 높은 대신의 첩이었다.[265] 그 대신은 늙도록 자식이 없었다. 그는 일을 보기 위해 먼 곳에 나가 있었고 영영이 홀로 거기에 거처하고 있다 보니 이런 방법으로 자식을 보자고 꾀했던 것이었다.

살아 자식을 얻으려는 욕심으로,   (欲求世間種)
잠시 급제한 인재 모셔 환대했다.   (暫款榜頭人)

국정이 대문 밖에 나왔을 때는 이미 저녁이었다. 비틀거리며 거리에 나섰더니 거리의 사람들이 삼삼오오 짝을 지어 수군거리고 있었다.

"도대체 어찌 된 영문인지 새 장원이 사라졌답니다. 이틀 동안에도 못 찾았다네."

---

265 달해영영이라는 여인은 97회에 다시 등장하여 진국정과 해후한다.

"지금 조정에서는 고력사를 파견해 성 안팎의 절이나 찻집과 술집, 기생집까지 찾고 있답니다. 마치 강도를 잡으려는 것과 다름없네!"

진국정은 이런 말을 들으며 속으로 웃었다. 또 한 거리를 지나는데 2, 30명이나 되는 군졸들이 붉은 몽둥이를 들고 갑자기 나타났다. 그들은 말을 탄 한 태감을 옹위하고 재빨리 다가왔다. 당황해진 국정은 저도 모르게 앞장선 군졸과 부딪쳤다.

군졸은 호통을 치면서 몽둥이로 때리려 했다.

국정이 고함쳤다.

"아이구! 때리지 말라."

옆 골목에서도 어떤 사람이 외쳤다.

"여보시오, 때리지 마시오!"

원래 말을 탄 태감은 바로 어명을 받들고 장원을 찾고 있던 고력사였다. 그는 직접 찾는 한편, 사람을 파견해서 진씨네 하인들을 데려와 패를 나누어 함께 찾게 했다. 군사들이 국정을 때리려고 했을 때, 진씨네 하인이 주인을 알아보고는 기겁해서 때리지 말라고 소리쳤던 것이다.

"우리 집 장원 나으리입니다!"

여러 사람이 그 말을 듣고 함께 달려와 둘러쌌다.

고력사가 즉시 말에서 내렸다.

"장원께서 일을 많이 저질렀습니다. 제가 어딘들 찾아보지 않았겠습니까? 이틀 동안 어디 갔었습니까?"

"괴상한 일이 있었습니다. 귀신한테 홀렸는 지 어느 곳에서 지체하였습니다. 그러다가 지금에야 풀려 나왔습니다. 번거롭게 해드려 죄송합니다. 입조해 폐하를 알현하더라도 많이 돌봐주십시오."

"지금 폐하께서는 화악루(花萼樓, 萼은 꽃받침 악)에 계시니, 즉시 배알할 수 있습니다."

그들은 말을 타고 동행했다. 화악루에 이르자 고력사가 먼저 들어가 알렸다.

곧바로 누각에 올라와 배알하라는 명령이 내려 진국정이 들어가자마자 현종이 물었다.

"경은 그동안 어디에 있었나?"

국정은 달해영영이 말한 대로 상주했다.

"그렇다면 경이 신선을 만난게 확연하니 더 추궁하지 않겠소."

현종은 왜 더 추궁하지 말라고 했겠는가?

당시 양귀비한테는 세 자매가 있었는데 모두 미인이었다. 양귀비의 면목을 보아 현종은 세 자매에게 은혜를 베풀어 봉호(封號)를 하사하고 처형이라 불렀다.

큰언니는 한국부인(韓國夫人), 셋째 언니는 괵국(虢國)부인, 그리고 여덟째 언니는 진국(秦國)부인으로 봉했다.

언니들은 입궁하라는 양귀비의 전갈만 받으면 번갈아 들어와서 현종과 히히덕거리며 못하는 짓이 없었다. 그중에서도 빼어나게 풍류적인 괵국부인은 그 성정(性情)이 초탈해 현종은 늘 그녀와 치근덕거렸다.

궁궐 안의 옷이나 음식, 그리고 식기 등 용품을 자주 선사받았고 집경방에 있는 저택 한 채도 하사받았다. 다정다감한 괵국부인은 늘 젊은이들을 유인하여 저택에 끌어들여 재미를 보았다. 현종은 그런 일을 꽤 알고 있었으나 모르는체했다. 달해영영의 어머니는 괵국부인의 부중에서 침모로 있은 적이 있었기에 그녀의 바람기를 잘 알고 있었다. 그 그림 족자는 부중의 물건으로 영영의 어머니가 딸한테 보여주려고 우연히 가지고 나온 것이었다. 그림 속의 미인은 다름 아닌 괵국부인이었다.

그러므로 그림 속의 미인을 진국정이 말하자, 현종은 괵국부인의 소행인 줄로 의심하면서 더 추궁하지 않았다. 그러나 이것이 위기에서 벗어나게 하려는 영영의 교묘한 꾀인 줄은 미처 몰랐다.

장씨가 마신 술에 이씨가 취했고,　　　　　(張公吃酒李公醉)

정육(鄭六)이 아들 낳자 성구(盛九)도 낳았네.　(鄭六生兒盛九當)

장원 진국정이 돌아왔으므로 현종은 즉석에서 경림 연회에 참석하라는 지시를 내리자, 국정이 말했다.

"어제 폐하께서 신의 형 국모를 장원으로 개정하셨는데 사양했었습니다. 동생이 형 앞에서는 아무런 일이 없도록 해주옵소서. 폐하께서 바꿔 결정하신 대로 저의 형을 장원으로 인정하시는 성은을 베풀어주십시오."

"경의 형제가 서로 사양하니 정말 우애가 깊군."

현종은 그들 형제를 모두 장원급제로 정하니 국정이 사은하고 연회에 참석하였다.

환관이 조정에서 하사한 관복 두 벌과 금으로 만든 꽃 두 송이를 가지고 경림연회장에 나가서 폐하께서 진씨네 형제한테 선사한다고 선포했다. 그야말로 한없는 영광이었다.

해가 지자 사방에 촛불을 밝혔고, 많은 사람들이 참석했다. 이런 행사에는 예로부터 행원(杏苑)에 나가 꽃을 구경했으나 이번에는 유달리 등불을 구경하게 되었다.

궁전에서 급제자의 방을 공포했는데 뜻밖에 장원이 두 사람인지라 기문(奇聞)이 아닐 수 없었다.

이튿날 여러 대신들을 거느린 두 장원이 궁궐에 나와 사은했다. 진국모와 진국정은 한림승지로 임명되었고, 다른 사람들도 관례대로 관직을 제수받은 것은 더 말할 것도 없었다.

궁궐에서 어느 날 꽃을 구경하고 연회를 베풀었는데, 양귀비가 괵국부인에게 입궁해 연회에 동참하라고 했다. 괵국부인이 온 것을 본 현종은 진국정이 하던 말이 생각났다. 옷을 바꿔 입느라 양귀비가 나간 틈을 타서 괵국부인을 보고 현종이 빙그레 웃으며 조용히 물었다.

"부인은 왜 집안에 젊은이를 감춰 두었었소?"

근자에 괵국부인은 한 천우위관(千牛衛官)의 아들을 꼬셔서 집안에 숨겨두고 있었다. 그래서 현종이 그 일을 두고 하는 말인줄 알았다. 괵국부인은 옷깃을 여미고 아미를 숙이며 조금 웃었다.

"여인의 정사는 막을 길이 없으니 더 추궁하지 마십시오."

현종은 손가락으로 탁 튕기며 놀려댔다.

"한번 용서해 주지."

그들은 서로 바라보며 한참을 웃었다.

이모가 바람을 피우니,　　(阿姨風騷)

이모부 알고서 놀린다.　　(姨夫識竅)

모두가 어긋난 짓이니,　　(大家錯誤)

한번은 웃으며 넘긴다.　　(付之一笑)

수·당연의(隋·唐演義) {제4권}

초판 인쇄 2023년 6월 15일
초판 발행 2023년 6월 22일

지　　음 | 저인확
옮　　김 | 진기환
발 행 자 | 김동구
디 자 인 | 이명숙·양철민
발 행 처 | 명문당(1923. 10. 1 창립)
주　　소 | 서울시 종로구 윤보선길 61(안국동)
　　　　　 국민은행 006-01-0483-171
전　　화 | 02)733-3039, 734-4798, 733-4748(영)
팩　　스 | 02)734-9209
Homepage | www.myungmundang.net
E-mail | mmdbook1@hanmail.net
등　　록 | 1977. 11. 19. 제1~148호

ISBN 979-11-91757-78-1 (04820)
ISBN 979-11-91757-74-3 (세트)
20,000원

＊낙장 및 파본은 교환해 드립니다.
＊복제불허